紫庵文集

（第三冊）

魏際昌 著 ◎ 方 勇 主編

人民出版社

目　録

中華詩詞發展小史

漢魏六朝賦

大賦之部

小賦之部

唐代邊塞詩析論
——也算"詩選"

李白評傳

明　清　文　學

中華詩詞發展小史

一、古詩之源

我國的詩歌（即韻語），不是在有了文字以後才發生的。上古人民在勞作的時候，為了協同、節力，往往口呼號子"杭育、咳喲、杭育"（HaiEaio），一般是有聲無字的。有了舟車之後，舟子搖槳曼呼"欸來"（Oulei），車夫驅馬駕言"渥迂"（O，U）也都是只有音聲並無符號的短語。因為中國漢字的結構是形、音、義三者一體的，由聲衍義而後成形，文字後起，所以有此現象。甲骨、鐘鼎，直至小篆，其迹昭然，不過從形式上看好像以象形為主罷了。實際是《說文》九千三百五十三字，泰半是"形聲字"，筆之於書與宣之於口者充分地結合起來的結果。形聲相益，故謂之"字"，"文者物象之本，字者言孳乳而浸多也"（許慎《說文解字敘》）。語、文分家，已是後來的事。

詩歌更是這樣，不是到了《三百篇》才有成篇的創作的。《三百篇》不過是一個"選集"，經過孔仲尼篩選下來的古代詩歌，主要是"郁郁乎文哉"。西周以降的作品，所謂"二雅""三頌""十五國風"者是。譬如，詩歌的涵義，即遠在《尚書》的《舜典》裏，就有了"詩言志"（抒發作者的思想感情），"歌永言"（曼聲詠唱，帶腔的"聲樂"），"聲依永"（聲謂宮、商、角、徵、羽等五音也，長歌之下須諧合抑揚頓挫的音素），"律和聲"（已是有樂器伴奏的歌詩）的全面結論了。儘管人們可以說它靠不住，不一定是虞舜時的說法，但總不能否定它是中國詩歌最早的定義吧，詩與樂往往不可分割麼。

因此我們大可以說，散見於先秦典籍中的古代逸詩，未可使之向隅。（清人沈德潛輯有《古詩源》，可以參考。）如見於《帝王世紀》之

《擊壤歌》:

> 日出而作,日入而息,鑿井而飲,耕田而食,帝力於我何
> 有哉!

此言唐堯之時,近於洪荒,天下無事,人民勞作,自食其力也。歌辭基本四言四句,以帶語氣詞“哉”字之七言作結,並使二句之“息”與四句之“食”相叶(按:《中原音韻》兩字俱在“齊”“微”部),雖是“天籟”,未嘗無規律可言。

又《禮記·郊特牲》引伊耆氏《蠟辭》云:

> 土反其宅,水歸其壑,昆蟲毋作,草木歸其澤。

按:“蠟”者,索(有所需求)也。歲十二月年終,合聚萬物而索饗之。大意是祈願水土莫流失,各反本源,害蟲亦不滋生,莫雜於耕稼之田以利於生產的。語意純樸,目的明確,言簡辭賅,聲調鏗鏘(二、三兩句之“壑”“作”同在“歌”“戈”部之故),句法則是四、四、四而結之以五,極盡宛轉天然之妙。三個指物代詞“其”字,運用得無懈可擊。如以賦、比、興之筆法繩之,應歸類於賦。直陳其事,不假比興麼。又《尚書大傳》載《卿雲歌》曰:

> 卿雲爛兮,糺(同糾)縵縵兮。日月光華,旦復旦兮。

此歌相傳為帝舜所作,乃是一種政通人和、上下相安的清平景象,直到辛亥革命(1911)之初,還選用它作為“國歌”呢。你看它純以自然景象、日月卿雲之光彩照人為喻,好一派燦爛光景。而四字一句(加上語

尾助詞"兮"字,只有第三句沒有)"爛""縵""旦"三字又俱叶"寒"
"山"韻。詞調渾厚、高亢有力,最宜歌唱。如再對比一下《益稷》篇之
"元首明哉,股肱良哉,庶事康哉"等一系列的短歌,連帶句末助詞
"哉"字所組成的重疊式四字句,更可以說明《三百篇》前早有四言成
組的詩,譬如"明明上天,爛然星陳。日月光華,弘於一人",與《卿雲
歌》相答和的《八百歌》(其下不錄)也是四言四句,"陳""人"相叶,都
是《三百篇》的前驅。至其內容,當然即是頌揚虞舜的。與《孔子家
語》所記引的"舜彈五弦之琴,歌《南風》之詩",也可以對照。詩曰:

> 南風之薰兮,可以解吾民之慍兮。南風之時兮,可以阜
> 吾民之財兮。

四、七賡續(不算"兮"字),"薰""慍"相叶,已近雜言,其意也是大
舜關懷黎民生活的。以"南風"自況,為人造福。

殷、周之際,也有此類歌辭,抒發傷怨的四、五言句,如見於《史
記·伯夷列傳》之《采薇歌》,記曰:

> 伯夷、叔齊,孤竹君之二子也(按:《括地志》云:"孤竹古
> 城"在今河北省盧龍縣附近)。……武王載木主,號為文王,
> 東伐紂。伯夷、叔齊叩馬而諫曰:"父死不葬,爰及干戈,可謂
> 孝乎?以臣弒君,可謂仁乎?"左右欲兵(殺傷)之。太公(姜
> 尚)曰:"此義人也。"扶而去之。武王已平殷亂,天下宗周,
> 而伯夷、叔齊恥之,義不食周粟,隱於首陽山(在今河北省盧
> 龍縣東南廿五里),采薇而食之,及餓且死,作歌,其辭曰:"登
> 彼西山兮,采其薇矣。以暴易暴兮,不知其非矣。神農、虞、
> 夏忽焉沒兮,我安適歸矣?於嗟徂兮,命之衰矣!"遂餓死於

首陽山。

按：唐張守節"正義"云："其傳蓋《韓詩外傳》及《呂氏春秋》也。"二書早於《史記》，當是。孟子曰："伯夷，聖之清者也。"（見《萬章》等篇）極言其高潔，韓愈也有《伯夷頌》麼，可見他們在中國歷史上不朽的地位了。此詩"薇""非""歸"相叶，並在"齊""微"之部。

《三百篇》前，此類歌詩甚多，既說明了成章的作品不是直到西周才有，其思路、句法、韻調，早已流被四方，也表現著中華人民從上古以來就是能歌善謳的，方之世界各國，有過之而無不及。某些人等閒視之，認為不足徵信的態度，我們不同意。

《文心雕龍·明詩》篇曰："大舜云：詩言志，歌永言。聖謨所析，義已明矣。是以在心為志，發言為詩，舒文載實，其在茲乎！詩者持也，持人情性。"又云："人稟七情，應物斯感，感物吟志，莫非自然。昔葛天氏《樂辭》云：玄鳥在曲，皇帝《雲門》，理不空綺。至堯有《大唐》之歌，舜造《南風》之詩，觀其二文，辭達而已。"可見非止堯舜，連遠古之葛天、黃帝都有樂歌呢。

按：《呂氏春秋·古樂》篇云："昔葛天氏之樂，三人操牛尾，投足以歌八闋：一曰《載民》，二曰《玄鳥》，三曰《遂草木》，四曰《奮五穀》，五曰《敬天常》，六曰《建帝功》，七曰《依地德》，八曰《總禽獸之極》。"已是歌舞並作的樣法了。黃帝軒轅氏也有"令伶倫作為律""命大容作《雲門大卷樂》"之說。"民生而志，詠歌所含"（《明詩》篇贊文），包括樂舞在內，恐怕不能只認為是古代傳說吧。

總之，周秦以前的詩歌，可以這樣看：

①雖然傳下來的不多，可是未嘗沒有，而且源遠流長。從傳說中的"五帝"（如葛天氏、軒轅氏）到於傳有之的"三王"，都有作品。

②形式上以四言為主,帶有語助辭"兮""哉"等字,並不時叶韻的句法,也是自食其力的人民,和關心人民疾苦的"明主"之類的短歌,俱已出現。

③從中華民族的語文特點(形、音、義三者俱備的文字)及其藝術手法的造詣上看,在世界文學史中,可以說是最早的也是獨步的。

二、也談《詩》

這《詩》就是後來的《詩經》,也稱為《三百篇》。據《史記》說,是孔子(前551—前479)從三千多篇古詩中整理出來的一部中國最早的詩歌總集,它只有305篇,而《小雅》有"笙詩"6篇,還有聲無辭,所以稱為《三百篇》,也簡稱曰《詩》,為孔子教學的六藝之一。漢儒尊之為"經",因而又有《詩經》之名(孔子當日雖兩稱之,並無"經"字)。

孔子對於《詩》的評價,那是很高的。如他說《詩》為"雅言"(《論語·述而》)、"興於《詩》"(《泰伯》)、"起予者商(卜子夏)也,始可與言《詩》已矣"(《八佾》)、"賜(端木子貢)也,始可與言《詩》已矣"(《學而》)。又嘗教育他的兒子孔鯉(伯魚)說:"不學《詩》,無以言。"(《季氏》)又說:"女為《周南》《召南》矣乎?人而不為《周南》《召南》,其猶正牆面而立也與?"(《陽貨》)這都證明著孔子對於《三百篇》有特殊愛好、認識,說不學習它就開不得口,說不了話,它是士大夫階層交際中的"官話"(正統語言,包括外交辭令在內),他說:

> 誦《詩》三百,授之以政,不達,使於四方,不能專對。雖多,亦奚以為!(《子路》)

可見學《詩》不是為了欣賞、好玩、裝門面,而是要它起政治上的作用,作為外交工具之一的。這些只要我們打開《左氏傳》和《孟》《荀》諸子的書一看,便知分曉了:引《詩》多(儘管是"斷章取義"的),"專對"多(有的也未必是全詩)。引《詩》之例:

（1）《左隱元年傳》："五月,鄭伯克段於鄢。君子曰:'穎考叔,純孝也,愛其母,施及莊公。《詩》曰:孝子不匱,永錫爾類。（見《大雅·既醉》之五章）其是之謂乎!'"言考叔能感化鄭莊,使其重迎母歸。

（2）《左隱三年傳》："八月庚辰,宋穆公卒,殤公即位。君子曰:'宋宣公可謂知人矣。立穆公,其子饗之,命以義夫!《商頌》曰:殷受命咸宜,百祿是荷。（《玄鳥》之卒章）其是之謂乎!'"蓋言宋宣之知人,所謂出於仁義中者。

（3）《左閔元年傳》："春,狄人伐邢,管敬仲言於齊侯曰:'戎狄豺狼,不可厭也。諸夏親昵,不可棄也。宴安酖毒,不可懷也。《詩》云:豈不懷歸,畏此簡書。'（《小雅》美文王為西伯,勞來諸侯之詩）"

這些不都是"斷章取義"的引《詩》嗎？見於諸子中的就更多了,也舉數例:

（1）《禮記·中庸》："子曰:'鬼神之為德,其盛矣乎! 視之而弗見,聽之而弗聞,體物而不可遺。'《詩》曰:'神之格思,不可度思,矧可射思'。"（按:此《大雅·抑》之詩,刺厲王者也）言鬼神不可不敬。

（2）《禮記·中庸》："君子之道,淡而不厭,簡而文,溫而理,知遠之近,知風之自,知微之顯,可與入德矣。《詩》云:'潛雖伏矣,亦孔之昭。'"（按:此《小雅·正月》之篇,所以刺幽王也。）

（3）《禮記·大學》："《詩》曰:'周雖舊邦,其命惟新。'"

（按：此為《大雅·文王》之篇，言受天之命為諸侯之共主者，仍是姬周也。）

（4）《荀子·勸學》："《詩》曰：'嗟爾君子，無恒安息，靖共爾位。好是正直，神之聽之，介爾景福。'（神莫大於化道，福莫長於無禍）"（按：此《小雅·小明》之篇也，所以喻勸學。）

（5）《荀子·勸學》："《詩》曰：'尸鳩在桑，其子七兮。淑人君子，其儀一兮。其儀一兮，心如結兮。'"（按：此為《曹風·尸鳩》之篇。言君子執義用心亦當如尸鳩之專心致志，專一不二。）

此等凡事引《詩》為證之例，遂為儒學開了端緒。從"斷章"到"成章"有比擬，有直敘，運用之妙存乎一心，下筆即有，並不牽強附會。

"專對"亦舉數例，主要是引自《左氏傳》中的：

（1）《左文四年傳》："秋，衛寧武子來聘，公與之宴，為賦《湛露》及《彤弓》（按二詩乃天子宴諸侯所用）。不辭，又不答賦，使行人私焉。對曰：'臣以為肄業及之也。昔諸侯朝正於王，王宴樂之，於是乎賦《湛露》，則天子當陽，諸侯用命也。諸侯敵王所愾，而獻其功，王於是乎賜之彤弓一，彤矢百，玈弓矢千，以覺報宴。今陪臣（諸侯之臣）來繼舊好，君辱貺之，其敢干大禮以自取戾！'"言其《詩》句不當也，魯非天子，寧武只是諸侯之臣。

（2）《左文十三年傳》："冬，鄭伯與公宴於棐（棐林，春秋鄭也，在今河南省新鄭縣南廿五里），子家賦《鴻雁》（《小雅》詩，子家，鄭大夫公子歸生），季文子曰：'寡君未免於此。'"

(言亦同有微弱之憂)文子賦《四月》(亦《小雅》詩,義取行役逾時,思歸),子家賦《載馳》之四章(《鄘風》,言小國有急,欲引大國以援助也)。文子賦《采薇》之四章(《小雅》,取"豈敢定居,一月三捷"之義,言即歸為鄭)。鄭伯拜,公答拜。"

(3)《左襄八年傳》:"冬,楚子囊伐鄭。……晉范宣子來聘,且拜公之辱,告將用師於鄭。公享之。宣子賦《摽有梅》(《召南》詩,言欲魯及時出兵共討鄭背晉敗盟也),季武子曰:'誰敢哉?'(言不敢不聽命令)……武子賦《角弓》(《小雅》詩,取其兄弟婚姻無相遠也之義)。賓將出,武子賦《彤弓》(天子賜有功諸侯之詩),宣子曰:'城濮(今山東鄄城西南)之役(在僖廿六年),我先君文公,獻功於衡雍,受彤弓於襄王,以為子孫藏。匄(范宣子名)也,先君守官之嗣也,敢不承命?'君子以為知禮。"

"不學《詩》,無以言",從上面列舉的兩類文字裏,已可略見端倪,包括行文在內。所以孔子才說:

> 《詩》可以興,可以觀,可以群(搞好上下人民的關係),可以怨(《小雅》怨悱而不亂),邇之事父,遠之事君,多識於鳥獸草木之名。(《論語·陽貨》)

從"興、觀、群、怨、事父事君"到"多識於鳥獸草木之名",這個作用可真偉大。《禮記·經解》說:"溫柔敦厚,《詩》教也。"又是它的精神了。因為它一方面講求"聲色格律",一方面更重視思想感情之"真實不欺",也可以說,形式是為內容服務的。孔子曰:"《詩》三百,一言以蔽之,曰:'思無邪'。"(《論語·為政》)按"無邪"即是"正大",不

11

"真實"怎麼算得上"正大"？如他說:"《關雎》樂而不淫,哀而不傷。"
(《八佾》)他說:"放'鄭聲',鄭聲淫。"(《衛靈公》)這樣貶斥"鄭聲",
可是他在整理《三百篇》時,並未把《鄭風》刪掉,包括《衛風》在內,這
是他的"求實"之處,因為這是史實,不可以意為之。如同他一再強調
《關雎》之樂"洋洋盈耳"一樣,男女居室人之大倫,"一陰一陽之謂道"
麼。連孟子都說"說《詩》者,不以文害辭,不以辭害志,以意逆志,是
為得之"(《孟子·萬章》)。元代陳繹曾亦說:"凡讀《三百篇》,要會其
情不足性有餘處,情不足故寓之景,性有餘故見乎情。"(《詩譜》)這些
體會幾乎是一致的。

　　《詩》有六義:"風、雅、頌、賦、比、興"。一般人們都說,前三者為
《詩》之體,後三者是《詩》之用。《周南·關雎》詁訓傳第一云:

　　　　"風",風也,教也,風以動之,教以化之。上以風化下,下
　　以風刺上,主文而譎諫,言之者無罪,聞之者足以戒,故曰
　　"風"。"雅",雅者,正也,言王政之所由廢興也,政有小大,
　　故有"小雅"焉,有"大雅"焉。"頌",頌者,美盛德之形容,以
　　其成功,告於神明者也。

　　其實,現在看起來:"風"乃是當日各地方的歌辭,"雅"則中央廟
堂之歌詩,"頌"乃祭告祖先以示不忘其功德的樂曲,所以它又有"以
一國之事,繫一人之本,謂之'風',言天下之事,形四方之風,謂之
'雅'"的互相關聯的說法,和"王道衰,禮義廢,政教失,國異政,家殊
俗"的"變風""變雅"的析論。至於"賦、比、興",則它說:"賦","賦
者,直陳其事也",開口就說人事,不必假借別的事物。如《衛風·擊
鼓》。

　　"比","比者,以彼物比此物也"。多具象徵之義,如《碩鼠》以大

12

老鼠比擬貪婪者。

"興"，"先言他物，以引起所詠之辭也"，如《周南·關雎》。

它們都是屬於創作的手法的。

按："風詩"十五，計為：《周南》《召南》《邶》《鄘》《衛》《王》《鄭》《齊》《魏》《唐》《秦》《陳》《檜》《曹》《豳》，共一百六十篇，自西徂東，遍及黃河流域南北各地。大多數是民間的歌辭。

"雅詩"的《大雅》卅一篇，《小雅》七十四篇，合共一百〇五篇，主要是西周時期的作品，王畿地區的樂歌。

"頌詩"凡分《周頌》（卅一篇多是西周時的詩），《魯頌》（四篇，東周春秋時的詩）和《商頌》（五篇，也是春秋時的詩）。

《詩》的內容，多數是反映現實生活，藝術性也很強，一般是以四言為主的，章法也是四章的居多。"重言"、"雙聲"、"疊韻"的字，經常使用，因為配樂的關係，重複的語句也很多。

《詩》是講求音韻的，清人陳第說："士人篇章必有音節，田野俚曲亦各諧聲，豈以古人之詩而獨無韻乎？蓋時有古今，地有南此，字有更革，音有轉移，亦勢所必至。故以今之音讀古之作，不免乖刺而不入，於是悉委之叶。"（《毛詩古音考序》）蓋古詩皆被弦歌，詩即樂也。孔子說："吾自衛返魯，然後樂正，《雅》《頌》各得其所。"（《論語·子罕》）足以為證。

我們說它以四言為主，因為有時它也未嘗不間以雜言。如：

三言的："篤公劉。"（《大雅·公劉》）

"苕之華。"（《小雅·苕之華》）

"止於樊。"（《小雅·青蠅》）

五言的："誰謂爾無羊。"（《小雅·無羊》）

"鶴鳴於九皋。"（《小雅·鶴鳴》）

"胡為乎株林。"（《陳風·株林》）

六言的：“謂爾遷於王都。”(《小雅・雨無正》)

　　“女炰烋於中國。”(《大雅・蕩》)

　　“予豈不知而作。”(《大雅・桑柔》)

七言的：“予其懲而毖後患。”(《周頌・小毖》)

　　“儀式刑文王之典。”(《周頌・我將》)

　　“交交黃鳥止於桑。”(《秦風・黃鳥》)

九言的：“泂酌彼行潦挹彼注茲。”(《大雅・泂酌》,此句黃侃分為二句,前五後四)

　　三、五、七、九的雜言,詩人多用之,因此語氣已漸近於靈活,為後來的歌辭開拓了道路。而語助詞除“兮”字外,又採取了“之”“乎”“也”“矣”“焉”“哉”和“止”“只”“而”等作為語氣辭,也使著詩句的結構搖曳多變。至於《三百篇》狀物之工、思緒之美,歷代評論家各有看法,我們認為清人王士禎(1634—1711)說得較為全面,他認為《三百篇》在描寫上“真如化工之肖物”。如:“燕燕”之傷別、“籊籊竹竿”之思歸,“蒹葭蒼蒼”之懷人、“小戎”之典制,《碩人》次章寫美人之姚冶、《七月》次章寫春陽之明麗而終以“女心傷悲,殆及公子同歸”,《東山》之三章“我來自東,零雨其濛、鸛鳴於垤,婦歎於室”、四章之“其新孔嘉,其舊如之何”,寫閨閣之致,遠歸之情,遂為六朝唐人之祖。《無羊》之“或降於阿,或飲於池,或寢或訛,爾牧來思,何蓑何笠,或負其餱,……麾之以肱,畢來既升”,字字寫生。(《漁洋詩話》)但我們覺得還有補充的必要,如《蒹葭》:

　　蒹葭蒼蒼,白露為霜。所謂伊人,在水一方。溯洄從之,道阻且長。溯游從之,宛在水中央。(《秦風・蒹葭》)

　　同是“懷人”,而其情景如畫,刻縷入微,連同“可望而不可即”的

心理狀態,已經栩栩然於字裏行間,"秋水伊人",堪稱千古絕唱。次如所謂寫"美人之姚冶"的:

> 手如柔荑,膚如凝脂。領如蝤蠐,齒如瓠犀。螓首蛾眉,
> 巧笑倩兮,美目盼兮。(《衛風·碩人》)

這可以說是描寫中國古典式美人的最早也最為都麗的詩篇。因為它使讀者至今還為那"倩笑""流盼"的神情所傾倒,確是一個活生生的形象,那"牧曲"也藻飾得好,不過王漁洋漏掉了"爾羊來思,其角濈濈,爾牛來思,其耳濕濕"(《小雅·無羊》)這兩句形象化的重言。

《三百篇》不愧稱為獨步世界的上古詩集,從第一章《周南》的《關雎》唱起,就是情真意切,音樂和諧之作。"結婚進行曲",解放前北方娶婦的鼓樂棚上就貼有"樂奏周南第一章"的"紅聯"麼,橫批也是"鐘鼓樂之"。

> 關關雎鳩,在河之洲。窈窕淑女,君子好逑。參差荇菜,
> 左右流之。窈窕淑女,寤寐求之。求之不得,寤寐思服。悠
> 哉悠哉,輾轉反側!

"鳩""洲""逑""流""悠",首先在韻調上就悠揚悅耳了(它們叶的都是"尤"、"侯"部),更不要說重言"關關"、疊韻"窈窕"、雙聲"參差"等字的交替使用,令人有義隨聲出,天然婉轉之感啦。"《國風》好色而不淫"(《文心雕龍·辨騷》),誠哉斯言,一語概括。再如《鄭風·女曰雞鳴》:

> 女曰雞鳴,士曰昧旦。子興視夜,明星有爛。將翱將翔,

15

弋鳬與雁。弋言加之,與子宜之。宜言飲酒,與子偕老。琴
瑟在御,莫不靜好。

這是極其美好的夫婦生活的寫照,採用的是"對話式"的手法,喁
喁說來,纏綿無盡,而"旦""爛""雁",以及"老""好"的叶韻(分別為
"寒山"與"蕭豪"部),也是信手拈來天衣無縫的。《毛傳》"刺不說德
而好色"之語,完全是胡說。帶便也交待一下《毛詩》的由來。

按:《四庫全書總目》云:《毛詩正義》四十卷,漢毛亨傳,鄭元(即
玄)箋,唐孔穎達疏。《漢書·藝文志》"毛詩"廿九卷、"毛詩詁訓傳"
三十卷,然但稱毛公不著其名。《後漢書·儒林傳》始云:趙人毛長傳
《詩》,是為"毛詩",其"長"字不從艸。據鄭元《詩譜》:魯人大毛公為
"詁訓傳"於其家,趙人荀卿授魯國毛亨,毛亨作"詁訓傳"以授趙國毛
萇,時人謂亨為大毛公,萇為小毛公。是作傳者乃毛亨非毛萇,故孔氏
"正義"亦云:大毛公為其傳,由小毛公而題毛也。

至於"鄭箋",則"《說文》曰:'箋,表識書也。'鄭氏《六藝論》云:
'注《詩》宗毛為主,毛義若隱略,則更表明。如有不同,即下己意使可
識別。'然則康成特因'毛傳'而表識其旁,如今人之簽記積而成帙,故
謂之'箋'。無庸別曲說也。自'鄭箋'既行,齊、魯、韓三家遂廢"(《四
庫全書總目》)。我們的看法是:在音韻、篇章、文字的訓釋上,毛、鄭確
有貢獻,至於《詩》的內涵,也就是它的思想性、藝術性之所在,則兩人
都未能深入剖析,只妄自作說,等於堆砌了許多瓦礫,應該予以清除,
還其本來面目,才能洞見真髓使之重光。綜上所述,可歸納成以下
數點:

(1)《詩》即《三百篇》,經孔子整理過,最初並無《詩經》之名。

(2)它繼往開來,成為中華民族最早、最好,也彪炳於世界文學中
的"詩歌總集"。

（3）雖有"二雅""三頌""十五國風"之別,所謂時間空間上的差異,但無作者之主名。

（4）全部以四言為主,間有五、七、九一類的雜言,篇章短小,內容豐富,音調協和,不厭重複。

（5）交替使用重言、雙聲、疊韻,及"之、乎、也、焉、哉、兮、只、止"等字詞,靈活多變,極便唱和。

（6）《詩》"樂"已難分割,還有舞蹈。"樂正"、"弦歌"、《簡兮》"萬舞",影響後世亦大。

（7）用途極廣:月旦人物、反映生活、外交專對、社會唱和,乃儒家的教科書,視同經典。

（8）歷宣、幽、平王以至春秋,它代表的時代幾至三百年(前727—前411)。

（9）涉及的地區主要為黃河流域,詩歌的精神主要是現實主義的,真實、多用、樸素。

三、"屈賦"種種

中華詩歌發展到秦漢，其初仍以楚聲楚辭為主，如漢高祖劉邦（前256—前195）之《大風歌》："大風起兮雲飛揚，威加海內兮歸故鄉，安得猛士兮守四方！"前此，只有項羽（前232—前202）的《垓下歌》："力拔山兮氣蓋世，時不利兮騅不逝，騅不逝兮可奈何！虞兮虞兮奈若何！"雖然一個是奄有海內的"創業主"，一個是英雄末路的"自挽曲"，而其蒼涼悲壯古樸自然可以代表一個時期的詩風，則是並無二致的（兩人本皆楚人，所以嫻習楚聲）。特別是劉邦，他還有《鴻鵠歌》（為撫慰戚夫人而作），歌曰："鴻鵠高飛，一舉千里。羽翼已就，橫絕四海。橫絕四海，又可奈何。雖有繒繳，將安所施？"從形式上看，此為四言，《大風》七言（連同語氣詞"兮"字在內），竟可以說，儼然《詩》《騷》的餘緒了（劉邦唐山夫人之《房中歌》"大孝備矣，休德昭明，高張四懸，樂充宮庭，芬樹羽林。雲景杳冥，金支秀華，庶旄翠旌"等十五首，都是四言的，論者稱為"不膚不庸，有典有則，是西京極大文字"）。

至於楚辭，則光被更久，直至東漢王逸，尚有"屈賦再生"之作。如淮南小山（西漢人）之《招隱士》（閔傷屈原，又怪其文升天乘雲，役使百神，似若仙者，雖身沈沒，名德顯聞，與隱處山澤無異），東方朔（前154—前93）之《七諫》（殷勤之意，忠厚之節也，追憫屈原，故作此辭，凡《初放》《沈江》《怨世》《怨思》《自悲》《哀命》《謬諫》等七篇），嚴忌（西漢人）之《哀時命》（哀屈原受性忠貞，不遭明君而遇暗世），王褒（西漢人）之《九懷》（言屈原雖見放逐猶思念其君，憂國傾危而不能忘也。凡《匡機》《通路》《危俊》《昭世》《尊嘉》《蓄英》《思忠》《陶甕》和《株昭》等九篇），劉向（約前77—前6）之《九歎》（追念屈原忠信之節，故作《九歎》。歎者，傷也，息也。言屈原放在山澤憂傷念君，歎息無已。計《逢紛》《離世》《怨思》《遠逝》《惜賢》《憂苦》《愍命》《思古》與《遠遊》等九篇，篇篇以"歎曰"作結）和王逸之《九思》（讀《楚辭》而傷愍屈原，逸與之同土共國，其情與凡有異，賦亦九篇：《逢尤》[為佞人所傷害也]、《怨上》[君不聖明]、《疾世》[世亂可疾惡]、《憫上》[大人處卑賤，小人在尊位]、《遭厄》[為眾偽所害]、《悼亂》[古賢亦多困境，其情可憫]、《傷時》[遭時混濁，所遇不祥]、《哀歲》[歲聿云暮，獨行踽踽]和《守志》[忠貞不變，悵望休明]）。

這些漢人賦篇的共同特點是：念念不忘屈原，甚至用他的口吻，襲用他的辭氣，反復呻吟，哀傷不已，足見以靈均為首的"楚辭"中人之深、影響之大了。例如東方朔《七諫》首篇的《初放》：

> 平生於國兮，長於原野。言語訥澀兮，又無強輔。淺智褊能兮，聞見又寡。數言便事兮，見怨門下。王不察其長利兮，卒見棄乎原野。

而結以"竊怨君之不寤兮，吾獨死而後已"。朔乃漢武帝劉徹（前156—前87）時辭賦的名家，亦以諧語狂態見稱，乃有此作，可見一般。劉氏大家劉向（約前77—前6）的《九歎》其二章之《離世》竟言：

> 靈懷其不吾知兮，靈懷其不吾聞。就靈懷之皇祖兮，愬靈懷之鬼神。靈懷曾不吾與兮，即聽夫人之諛辭。

其結語之"歎曰：余思舊邦心依違兮，日暮黃昏羌幽悲兮，去郢東遷余

19

誰慕兮"等語,直用第一人稱屈原自家的語氣,稱楚懷為"靈懷",其他可知了。

這些也是由於劉徹特愛《騷經》,曾令淮南王劉安作傳(見《漢書·本紀》及《劉安傳》)。上有好者下必有甚,此後兩漢的辭賦,遂大行其道,如班固(32—92)的《西都賦》,揚雄(前53—18)的《羽獵》《甘泉》,司馬相如(前179—前117)的《子虛》《上林》等大賦。不過這些都是誇張鋪敘的"頌聖文學",多以能言為本,並不抒發作者的性靈了。

"賦者,鋪也,鋪采摛文,體物寫志也。"(《文心雕龍·詮賦》)劉向說:"不歌而頌謂之賦。"班固稱:"賦者,古詩之流也。"揚雄認為:"詩人之賦,麗以則。"可見,即從體例而言,詩與賦的關係就是極其密切的。但是,我們卻不同意"六藝附庸,蔚成大國"的說法。因為從《左氏傳》鄭莊之賦"大隧",士蒍之賦"狐裘"以來,楚地楚聲早已存在,並且不斷地有所發展,非必待"《風》《雅》寢聲",而始"奇文蔚起"的(《辨騷》)。劉勰自己也說麼:"賦也者,受命於詩人,拓宇於楚辭","靈均唱《騷》,始廣聲貌","荀況《禮》《智》,宋玉《風》《釣》,爰錫名號,與《詩》畫境"(亦見《詮賦》)。這從近來出土的許多楚地文物,斐然爛然,亦可佐證。

自然,這裏引證的,還不過是"零金碎玉",而且我們對"楚辭"後起之論,又有意見。究其實,蕭梁劉勰之評價"楚辭"是最精到的,他說:

> 固知"楚辭"者,體慢於三代,而風雅於戰國,乃"雅"、
> "頌"之博徒,而詞賦之英傑也。觀其骨鯁所樹,肌膚所附,雖
> 取熔經意,亦自鑄偉辭。故《騷經》《九章》,朗麗以哀志;《九
> 歌》《九辯》,綺靡以傷情;《遠遊》《天問》,瓌詭而惠巧;《招
> 魂》《招隱》,耀豔而深華;《卜居》標放言之致,《漁父》寄獨往

之才。故能氣往轢古，辭來切今，驚采絕豔，難與並能矣。
（《文心雕龍·辨騷》）

並非誇飾，實際情況就是這樣。因為，眾所周知，《詩》之作者未有主名（寺人孟子和吉甫，只是極個別的），而"騷賦"則因屈原而始著，並且代表著長江流域戰國時期的文學創作（從前419—前247，即周威烈王16年至東周惠公6年之滅亡），所以我們叫它作"屈賦"。美人香草，抒發哀怨，上天下地，神話連篇（如《九歌》《離騷》之作，還有《天問》），它的浪漫氣息十足，已與《詩》的"寫實手法"迥乎不同了。

按："楚辭"共是《離騷》（後加"經"字，以其為屈原的主要作品）、《天問》《九章》《九歌》《遠遊》《卜居》《漁父》《招魂》等八篇。其中的《九歌》《九章》還各有篇章的細目，計：

《九歌》共是十一篇，計為《東皇太一》（楚人的上帝）、《雲中君》（雲神）、《湘君》《湘夫人》（湘水之神，一對夫婦）、《大司命》（掌壽的神，總管人類生死）、《少司命》（專管兒童命運之神）、《東君》（日神）、《河伯》（黃河之神）、《山鬼》（山神）、《國殤》（死於國事之鬼）、《禮魂》（送神曲），掃數來自民間，其時期頗為久遠，不是到戰國之際才有的，不過後來經過屈原加工，始得成為中國古代著名的"神曲"。王逸（字叔師，東漢的文學家）說：

　　《九歌》者，屈原之所作也。昔楚國南郢（今湖北江陵附近一帶）之邑，沅湘（兩水名，流貫今湖南省）之間，其俗信鬼而好祀，其祠必作歌樂鼓舞以樂諸神。屈原放逐，竄伏其域，懷憂苦毒，愁思怫鬱，出見俗人祭祀之禮，歌舞之樂，其詞鄙陋，因為作《九歌》之曲，上陳事神之敬，下見己之冤結，托之以風諫。（《九歌》序）

這話很有道理,可以憑信,因為《史》《漢》等書,前已言之。

《九章》也是屈原之作,王逸說:"屈原放於江南之野,思君念國,憂心罔極,故復作《九章》。章者,著也,明也,言已所陳忠信之道甚著明也。"(《九章》序)此亦說得明白。它們共是:《惜誦》(言己以忠信事君可質於神明,而為讒邪蔽,進退不可也)、《涉江》(言己佩服殊異抗志高遠,國無人知之而徘徊江上,以歎小人在位、君子遇害也)、《哀郢》(言己雖被放,心在楚國,見郢而不見君,竊自悲傷也)、《抽思》(言己所以多憂者,以君信諛,昧於施報,己雖忠直無所赴愬)、《懷沙》(言己雖放逐,不以窮困易行,思古人而不得見,已有死志矣)、《思美人》(思君而不能自達,初志亦不變易,愈益自修,死而後已也)、《惜往日》(懷念昔被信任之時,楚國幾於復治,而懷王以忠為邪,竟被放逐也)、《橘頌》(言橘有美德,不可移植,以言至死不去它國之志)和《悲回風》(言小人之盛,君子所憂,故記遊天地以泄憤懣,而終於自沈也)。

這些篇章,都所以明志見性,自道忠憤愛國之心,可以補《離騷》之不足,而參互用之。自《詩》以來,還沒有這樣忠貞自矢、至死不變的偉大的愛國詩人,特別是他的絢麗多采,馳騁人間天上,浪漫思想洋溢,影響後人的卓越詩篇,真稱得起是千古無二了。

餘如《遠遊》之"文采鋪發,遂敘妙思,托配仙人,與俱遊戲,周歷天地,無所不到,然猶懷念楚國"(亦王逸語),《卜居》之"心迷意惑,不知所為。乃往至太卜之家,稽問神明,決之蓍龜,卜己居世何所宜行",以及設為漁父之問答(《漁父》)而唱"滄浪之歌"等篇,互有增益,加重形象,使人愈知屈原之為不可及已。《招魂》《大招》尤為奇特:"憐哀屈原,忠而斥棄,愁滿山澤,魂魄放佚,厥命將落,故作《招魂》"(《招魂》)。《大招》同然,不過又"盛稱楚國之樂,崇懷、襄之德","因以風諫,達己之志"。總之,千方百計地在表明心跡以冀君王覺悟,己得重歸,而結局一切落空,不免於自沈,哀哉此老。"燦然雖與日月爭光可也",夫復何言! 宜稱之"詩王",桂冠非此莫屬。

下面讓我們專章敘述一下屈原及其代表著作《離騷》。《楚辭》最早的注疏者東漢人王逸道:

《離騷經》者,屈原(約前340—約前278)之所作也。屈原與楚同姓,仕於懷王,為三閭大夫。三閭之職,掌王族三姓,曰昭、屈、景。屈原序其譜屬,率其賢良,以屬國士,入則與王圖議政事,決定嫌疑;出則監察群下,應對諸侯,謀行職修,王甚珍之。同列大夫上官靳尚妒害其能,共譖毀之,王乃疏屈原。

屈原執履忠貞而被讒邪,憂心煩亂,不知所愬,乃作《離騷經》。離,別也。騷,愁也。經,徑也。言己放逐離別,中心愁思,猶依道徑,以風諫君也。故上述唐虞三后之制,下序桀紂羿澆之敗,冀君覺悟,反於正道而還己也。

是時,秦昭王使張儀譎詐懷王,令絕齊交。又使誘楚,請與俱會武關(地在今陝西省商縣南一百八十里),遂脅與俱歸,拘留不遺,卒客死於秦。其子襄王,復用讒言,遷屈原於江南(今兩湖東南之間),屈原放在草野,復作《九章》,援天引聖,以自證明,終不見省,不忍以清白久居濁世,遂赴汨淵(今湖南省汨羅縣西北有屈潭)自沈而死。

(《離騷經》前序)

屈子的一生,於此已可以概見,《離騷》的中心思想,也要言不繁地交待出來,對於靈均來說,王叔師真夠得上是"知己"和"功臣"了。至《離騷》具體的內容,我們認為它表現出了以下各點:

23

(1)從賦的一開始,先敘述其家世出身:"帝高陽之苗裔兮,朕皇考曰伯庸。"說明著他的遠祖也是漢人,並非"南蠻鴃舌"另有血統,而且這使用的是一種自傳式的手法。

(2)血淚交迸,至誠感人,辭藻絢麗,音調鏗鏘,無論內容形式,都是前所未有的絕唱,影響至為巨大長遠。誠哉辭賦之祖,中國古代文學的"驕傲",難予歪曲。

(3)就作者的忠貞不二,所反映出來的氣象萬千、波瀾壯闊的詩篇及其精神而言,堪稱最先進最偉大的愛國詩人,開拓了史無前例的中華氣魄,千古不朽。

(4)《詩》《騷》聯璧,日月雙輝,現實與浪漫相結合,洋溢著渾然一體天衣無縫的藝術手法,至今為我們所矜式。

四、五言樂府

樂府詩辭雖然是漢武帝御用的官方詩辭,以五言為主要形式的歌曲而立與"樂府"機關的,但它卻是來自民間而且受外邦影響之物,如"胡笳""胡琴"之為樂器,"橫吹曲辭"之入樂府。而且劉徹本人亦善歌詠。如《秋風辭》曰:

秋風起兮白雲飛,草木黃落兮雁南歸。蘭有秀兮菊有芳,懷佳人兮不能忘。泛樓船兮濟汾河,橫中流兮揚素波。簫鼓鳴兮發棹歌,歡樂極兮哀情多。少壯幾時兮奈老何!

可以說無論辭色情調都是"楚辭"遺響。何止五言,已是七言的濫觴了。其《瓠子歌》與之同工:

瓠子決兮將奈何,浩浩洋洋兮慮殫為河。殫為河兮地不得寧,功無已時兮吾山平。吾山平兮鉅野溢,魚弗鬱兮迫冬日。正道馳兮離常流,蛟龍騁兮放遠遊。(下略)

按:河決塞瓠子(今河北省濮陽縣南),先封二年(前109)事也。《史記·河渠書》:帝親臨塞之,"東南注鉅野(今山東省鉅野縣南),通於淮泗(水名,出山東泗水縣,四源併發,歷曲阜、濟寧、徐州、清河等地入淮。淮水,古四瀆之一,源出河南省之桐柏山,東流入安徽境,瀦於江蘇、安徽間之洪澤湖。其下游自江蘇漣水縣入海)。"辭美意良,嵌入

25

"兮"字成七、八言不等，亦武帝之佳作也。其柏梁臺之聯句"日月星辰和四時""撞鐘伐鼓聲中詩"等句更有代表性。

然而求索起漢代樂府，還須從李延年（？—約前87）兄妹身上下筆。《漢書·佞幸傳》："李延年，中山（應為今河北省定縣）人，身及父母兄弟皆故倡（舊藝人，歌者）也。延年坐法腐刑，給事狗監中。女弟（即李夫人）得幸於上（武帝），號李夫人，列《外戚傳》。延年善歌，為新變聲（按：即當日之流行歌曲，多趙、代、秦、楚之謳）。"《漢書·外戚傳》曰："孝武李夫人，本以倡進。初，夫人兄延年，性知音，善歌舞，武帝愛之。每為新聲變曲，聞者莫不感動。延年侍上，起舞歌曰：'北方有佳人，絕世而獨立。一顧傾人城，再顧傾人國。寧不知傾城與傾國，佳人難再得！'上歎息曰：'善！世豈有此人乎？'平陽主因言：'延年有女弟。'上乃召見之，實妙麗善舞，由是得幸。"其後早死，武帝思之，於帳帷上似見其容貌，悲而為詩曰："是耶？非耶？立而望之，偏何姍姍其來遲！"令樂府諸音樂家弦歌之。按：此等皆新聲變曲也，與《天馬》《赤蛟》《白麟》等十九章《郊祀歌》遂與之並行，三、四言都有，如"練時日，侯有望，爇膋蕭，延四方"（《練時日》）、"帝臨中壇，四方承宇，繩繩意變，備得其所"（《帝臨》）。亦雜見五七言，如《天門》之後半"函蒙祉福常若期，寂廖上天知厭時。泛泛滇滇從高斿（或作遊，旌旗之末垂），殷勤此路艫所求"，《景星》之後半"空桑琴瑟結信成，四興遞代八風生。殷殷鐘石羽籥鳴，河龍供鯉醇犧牲"。《天馬》有二：一為三言之"太一況，天馬下，沾赤汗，沫流赭"，一為七言之"天馬來兮從西極，經萬里兮歸有德，承靈威兮降外國，涉流沙兮四夷服"（《史記·樂書》），後者且為武帝自製。而烏孫公主（江都王建女，細君）之《悲愁歌》可相比擬，歌曰：

吾家嫁我兮天一方，遠托異國兮烏孫王。穹廬為室兮旃

為牆,以肉為食兮酪為漿。居常土思兮心內傷,願為黃鵠兮
歸故鄉。(《漢書·西域傳》)

此則哀愁感人,怨聲如畫,格調雖與《天馬》之威烈有異,而其形式,加
"兮"字為七言則一也,而且可與《柏梁詩》相印證。

成問題的還是"五言詩",到底是不是起自蘇(武)、李(陵)? 蘇武
(?—前60)詩云:"骨肉緣枝葉,結交亦相因。四海皆兄弟,誰為行路
人? 況我連枝樹,與子同一身。"(首章別兄弟)李陵(?—前74)詩云:
"攜手上河梁,遊子暮何之? 徘徊蹊路側,恨恨不能辭。行人難久留,
各言長相思。安知非日月,弦望自有時。努力崇明德,皓首以為期。"
(《與蘇武詩》三首錄一)王漁洋評曰:"寫情欵欵,淡而彌悲"(《說
蘇》),"一片化機,不關人力,此五言詩之祖也"。又曰:"音極和,調極
諧,字極穩,然自是漢人古詩,後人摹仿不得,所以為至。"(《古詩源》)
我們同意這話,包括"古詩十九首"在內,漁洋認為:"風雅後有'楚
辭','楚辭'後有'十九首',風會變遷,非緣人力,然其源流,則一而已
矣。""'河梁'之作,與'十九首'同一風味,皆所謂驚心動魄,一字千金
者也。"(《詩話》)

關於"古詩十九首",我們也舉數例:

行行重行行,與君生別離。相去萬餘里,各在天一涯。
道路阻且長,會面安可知? 胡馬依北風,越鳥巢南枝。相去
日已遠,衣帶日已緩。浮雲蔽白日,遊子不顧反。思君令人
老,歲月忽已晚。棄捐勿復道,努力加餐飯。(其一)
西北有高樓,上與浮雲齊。交疏結綺窗,阿閣三重階。
上有弦歌聲,音響一何悲! 誰能為此曲,無乃杞梁妻。清商
隨風發,中曲正徘徊。一彈再三歎,慷慨有餘哀。不惜歌者

苦,但傷知音稀。願為雙黃鵠,奮翅起高飛。(其五)

冉冉孤生竹,結根泰山阿。與君為新婚,菟絲附女蘿。菟絲生有時,夫婦會有宜。千里遠結婚,悠悠隔山陂。思君令人老,軒車來何遲! 傷彼蕙蘭花,含英揚光輝。過時而不采,將隨秋草萎。君亮執高節,賤妾亦何為!(其八)

驅車上東門,遙望郭北墓。白楊何蕭蕭,松柏夾廣路。下有陳死人,杳杳即長暮。潛寐黃泉下,千載永不寤。浩浩陰陽移,年命如朝露。人生忽如寄,壽無金石固。萬歲更相送,賢聖莫能度。服食求神仙,多為藥所誤。不如飲美酒,被服紈與素。(其十三)

生年不滿百,常懷千歲憂。晝短苦夜長,何不秉燭遊! 為樂當及時,何能待來茲? 愚者愛惜費,但為後世嗤。仙人王子喬,難可與等期。(其十五)

"十九首"非一人一時作,早已有人說過。昭明(蕭統,501—531)以不知姓名統名為"古詩",甚為允當。到此,我們可以認為:

(1)西漢初年,"楚辭"的影響特大,擬作"屈賦"者多,其後衍為狀物的大賦,作家輩出,則已成帶韻排比的散文,非詩歌的正宗了。

(2)五、七言均定於漢武之際,其初來自民間,頗多新聲,亦有外來之音,胡羌雜作,厥後"樂府"詩成,遂為廟堂御用,但蘇、李、枚乘之功,不可泯滅。

(3)"七"者,文章之一體,詞雖為"八",問對凡七,乃"楚辭"《七諫》之流亞(徐師曾《文體明辨》)。"五"則《古詩十九首》最有代表性,如"柏梁"聯句之七字成句然,均是劉徹好尚之結果,不承認也是不行的。

五、建安"三曹"(附"七子")

後漢自光武帝劉秀建都洛陽以後(25—220),詩歌樂府仍多新作,最著稱者如梁鴻之《五噫》,張衡(78—139)之《四愁》。《五噫》云:

> 陟彼北芒兮,噫!顧瞻帝京兮,噫!宮闕崔巍兮,噫!民之劬勞兮,噫!遼遼未央兮,噫!(《後漢書·梁鴻傳》)

鴻,即與孟光舉案齊眉者。又有"逝舊邦兮遐征,將遙集兮東南。心惙怛兮傷悴,志菲菲兮升降"之詩,俱隱逸而有所諷之言。張衡(字平子)則東漢之文學家與科學家也,其《四愁詩》亦效"屈原以美人為君子,以珍寶為仁義,以水深雪雰為小人,思以道術相報,貽於時君"者也。四首錄一,詩曰:

> 我所思兮在泰山,欲往從之梁父艱,側身東望涕沾翰。美人贈我金錯刀,何以報之英瓊瑤?路遠莫致倚逍遙,何為懷憂心煩勞!(其一)

純為七言,每首七句,重複跌盪,聲韻亦響,憂煩鬱結,宛轉低徊,也可以說是"風騷"的變格。五言者,則蔡琰(文姬)之《悲憤詩》(別嫁董祀後,感傷亂離,追懷之作),長而動人,不碎不亂。其開篇曰:

> 漢季失權柄,董卓亂天常。志欲圖篡弒,先害諸賢良。

逼迫遷舊邦,擁王以自強。海內興義師,欲共討不祥。卓眾來東下,金甲耀日光。平土人脆弱,來兵皆胡羌。獵野圍城邑,所向悉破亡。斬截無孑遺,屍骸相撐拒。馬邊懸男頭,馬後載婦女。長驅西入關,回路險且阻。(下略)

沈德潛曰:"激昂酸楚,讀去如驚蓬坐振,沙礫自飛。在東漢人中,力量最大。"又說:"由情真亦由情深也。世所傳'十八拍',時多率句,應屬後人擬作。"(《古詩源》)章節附注)當然,最長的五言漢詩,還是"為焦仲卿妻作"的《孔雀東南飛》,一千七百四十五字(亦古今第一首長詩。時在建安,地是廬江,即今安徽省廬江縣。其妻劉氏蘭芝為仲卿母所遣,自誓不嫁,被逼,投水死,仲卿聞之,亦自縊於庭樹)。沈氏亦云:"淋淋漓漓,反反復復,雜述十數人口中語,而各肖其聲音面目,豈非化工之筆?"如劉氏晨起告別之一段描寫:

新婦起嚴妝。著我繡夾裙,事事四五通。足下躡絲履,頭上玳瑁光。腰若流紈素,耳著明月璫。指如削蔥根,口如含朱丹。纖纖作細步,精妙世無雙。

真是一位豔妝的美婦! 再如別小姑的一段,既悲愴而亦溫厚,實風人之旨矣:

卻與小姑別,淚落連珠子。新婦初來時,小姑始扶牀;今日被驅遣,小姑如我長。勤心養公姥,好自相扶將。初七及下九,嬉戲莫相忘。

沈德潛又云:"長篇詩若平平敍去,恐無色澤。中間須點染華縟,五色陸離,使讀者心目俱炫。"

> 青雀白鵠舫,四角龍子幡。婀娜隨風轉,金車玉作輪。躑躅青驄馬,流蘇金鏤鞍。齎錢三百萬,皆用青絲穿。雜彩三百匹,交廣市鮭珍。從人四五百,鬱鬱登郡門。

誇飾有方,絢麗多彩,以反襯蘭芝之不慕名利,忠貞自矢。入後云:

> 其日牛馬嘶,新婦入青廬。奄奄黃昏後,寂寂人定初。我命絕今日,魂去屍長留! 攬裙脫絲履,舉身赴清池。府吏聞此事,心知長別離。徘徊庭樹下,自掛東南枝!

也可以說是千古絕唱吧,為後世受壓迫之青年男女,婚姻不自由者作了反面教員,封建餘毒,至今猶待清除。

明末古代文學評論家譚友夏(1586—1637)曰:"人知其詳處,不知其略處。人知其真處,不知其諧處。人知其苦處,不知其復處。人知其烈處,不知其細處。知此數者,可以讀此詩。"鍾惺(1574—1624)亦云:"此古今第一首長詩。當於亂處看其整,纖處看其厚,碎處看其完,忙處看其閑。此隆古人氣脈力量所至,不可強也。"鍾又曰:"蔡琰《悲憤》,《廬江小吏妻》,累千數百言。人知其委曲詳至,幾於無餘矣。不知其意言之外,手口之間,有一段說不出來處,所以為長詩之妙也。""古詩猶易長,樂府不易長。"(《古詩歸·漢四》)

於是,我們大可以說,中華詩詞發展到了東漢末年建安之際,實際上已經上總兩漢之菁英,下導六朝的先路了。特別是三曹父子出來,既是詩歌能手,又在掌握文壇,在中國文學史上實是空前之巨舉。這首先是由於曹操(155—220)柄國,人才薈萃,摧抑豪強,百姓嚮往,固一世之雄也。譚友夏贊之曰:"此老詩歌中有霸氣,而不必其王,有菩薩氣,而不必其佛,'山不厭高,水不厭深','水何澹澹,山島竦峙',吾即取為此老'詩品'。"鍾伯敬曰:"曹公心腸,較司馬懿(字仲達,晉宣帝179—251,河內溫縣,今河南省溫縣人)光明些。""'治世能臣,亂世奸雄',明明供出。讀其詩知之。"又曰:"英雄帝王,未必盡不讀書,而其作詩之故,不盡在此,志至而氣從之,氣至而筆與舌從之,難與後世文人道。"如《短歌行》云:

對酒當歌("當"字有境有力,言當及時為樂也),人生幾何?譬如朝露,去日苦多。慨當以慷,憂思難忘。何以解憂,惟有杜康(酒之魅力大矣)!青青子衿,悠悠我心。但為君故,沉吟至今(誰說老瞞不懂交情,熱情腸其意躍然紙上)。呦呦鹿鳴,食野之蘋。我有嘉賓,鼓瑟吹笙(雖用《詩》句,不嫌其襲,以其別有會心耳)。明明如月,何時可掇(如、掇兩字俱用得好)?憂從中來,不可斷絕。越陌度阡,枉用相存。契闊談宴,心念舊恩(並不慘刻,以誠待人)。月明星稀,烏鵲南飛。繞樹三匝,何枝可依(寫得淒涼,如在深秋)?山不厭高,水不厭深。周公吐哺,天下歸心(結語雄壯,志大言大)。

對於四言而說,已是心手不凡、絕不粘帶了。再引一首以比興為義而專工景色的《觀滄海》,正是作於今河北省山海關附近之碣石(今河北省臨榆縣南水中,已淪沒矣)的。其詩曰:

東臨碣石,以觀滄海(在今渤海)。水何澹澹,山島竦峙!樹木叢生,百草豐茂。秋風蕭瑟,洪波湧起。日月之行,若出其中。星漢燦爛,若出其裏。幸甚至哉,歌以詠志。

　　一片蒼勁悲涼、雄偉高爽的氣魄,有了生活,臨此境界,才能唱出物我為一的歌詩,而《龜雖壽》之"神龜雖壽,猶有竟時。騰蛇乘霧,終為土灰。老驥伏櫪,志在千里。烈士暮年,壯心不已! 盈縮之期,不但在天,養怡之福,可得永年"的心情,又是一種人定勝天,福壽由自己創造、掌握的觀點了。所以面對此老,引為榜樣,尤其是年歲較大的人。換句話說,《三國志》的曹操,許多地方值得我們參考、學習,《三國演義》和京劇舞臺上的白臉譜者,又當別論矣。沈德潛曰:"孟德詩猶是漢音。子恒以下,純乎魏響。沈雄俊爽,時露霸氣。"(《古詩源·卷五·魏詩·武帝》)亦是"知言"。

　　魏文帝曹丕(187—226),雖然繼承父業做了皇帝,可是生心狹小不能相容並包,連自家的弟兄曹植(192—232)、曹彰(白馬王)都不放過(一貶再貶,形同罪人)。不過他的詩卻作得婉孌秀約,富有文士氣息,自然,論其悲壯雄武,則不如其父多多。其《雜詩》之二:

　　　　西北有浮雲,亭亭如車蓋。惜哉時不遇,適與飄風會。
　　　　吹我東南行,行行至吳會。吳會非我鄉,安得久留滯? 棄置
　　　　勿復陳,客子常畏人。

　　"詩以自然為宗,言外有無窮悲戚。"(沈德潛語)"此首雖清灑,然寄意亦薄"(鍾惺)。言其有欠高古,不如其他之五言樂府也。《燕歌行》則此善於彼:

　　　　秋風蕭瑟天氣涼,草木搖落露為霜,群燕辭歸雁南翔。
　　　　念君客遊思斷腸,慊慊思歸戀故鄉,君何淹留寄他方?

賤妾煢煢守空房,憂來思君不敢忘,不覺淚下沾衣裳。

援琴鳴弦發清商,短歌微吟不能長。

明月皎皎照我牀,星漢西流夜未央。

牽牛織女遙相望,爾獨何辜限河梁。

此詩一句一韻,"江陽"到底,在格調上已屬罕見,而此地風光充滿字裏行間,讀之使人感受柔曼。一個先為貴公子後作皇帝的曹子桓,竟有此等離愁別緒,亦大奇事也。此外,他的最大貢獻,還在於寫出了《典論·論文》,為中國古代文論月旦作者、批評詩文開闢了一條路子,而"建安七子"及曹魏文學之規格標準,於焉確立。他說孔融(字文舉)、陳琳(字孔璋)、王粲(字仲宣)、徐幹(字偉長)、阮瑀(字元瑜)、應瑒(字德璉)、劉楨(字公幹)這七位作者,"於學無所遺,於辭無所假,咸自以騁驥騄於千里,仰齊足而並馳"。他說他們旗鼓相當、各有專長,難於相服,所謂"文人相輕"者是矣。跡其造詣,則:

王粲:長於辭賦,《初征》《登樓》《槐賦》《征思》。

徐幹:時有奇氣,王粲之匹,《玄猿》《漏卮》《圓扇》《橘賦》,張、蔡不過。然於它文,未能稱是。

陳琳:章表書記,今之儁也。阮瑀同工。

應瑒:和而不壯。

劉楨:壯而不密。

孔融:體氣高妙,有過人者,然不能持論,理不勝辭。至於雜以嘲戲,及其所善,揚、班儔也。

這說得雖然比較抽象,語焉不詳,可是也優缺點並舉,類比了古之作者。此後鍾嶸(？—約518)的《詩品》(牽涉到南梁以前百多個詩人),陸機(261—303)的《文賦》(文體備全,特重形式),以及劉勰之《文心雕龍》遂踵事增華、大開文論,而歷代"詩話"亦風起雲湧了。"七子"之詩,我們例舉王粲、陳琳各一。王之《從軍行》云:

> 朝發鄴都橋,暮濟白馬津(在今河南省滑縣北)。逍遙河堤上,左右望我軍。連舫逾萬艘,帶甲千萬人。率彼東南路,將定一舉勳。籌策運帷幄,一由我聖君。恨我無時謀,譬諸具官臣。鞠躬中堅內,微畫無所陳。許歷為完士,一言猶敗秦。我有素餐責,誠愧伐檀人。雖無鉛刀用,庶幾奮薄身。

鍾惺曰:"'聖君'二字,擁戴得無品","'伐檀人'用得無謂","仲宣諸人,氣骨文藻,事事不敢相敵。(與蔡邕、孔融、彌衡相比也)公宴諸作,尤有乞氣"。我們同有此感,此詩即不高明。陳琳的《飲馬長城窟行》卻略勝一籌:

> 飲馬長城窟,水寒傷馬骨。往謂長城吏:"慎莫稽留太原卒!"官作自有程,舉築諧汝聲。男兒寧當格鬥死,何能怫鬱築長城?長城何連連,連連三千里。邊城多健少,內舍多寡婦。作書與內舍:"便嫁莫留住。善待新姑嫜(嫜,音章zhang,夫之父母),時時念我故夫子。"報書往邊地:"君今出語一何鄙!身在禍難中,何為稽留他家子?生男慎莫舉,生女哺用脯。君獨不見長城下,死人白骨相撐拄。結髮行事君,慊慊心意關。明知邊地苦,賤妾何能久自全?"

作為問答体而不留痕跡。兩性情深,不相棄於患難之中,寫邊境的寒苦景象、軍旅生活,寥寥數語,囊括無餘,真是妙筆。王粲的《七哀》惟起始之"西京亂無象,豺虎方遘患。復棄中國去,委身適荊蠻。親戚對我悲,朋友相追攀。出門無所見,白骨蔽平原","悟彼下泉人,喟然傷心肝"的思緒仿佛似之,但卻不及孔璋謀篇之巧,至於兩詩都反映了民間疾苦,厭戰厭亂,則是並無二致的。

"七子"其它諸詩,則我以為劉楨《贈從弟》之二,以景物喻人者,較有比興的新義。詩曰:

> 亭亭山上松,瑟瑟谷中風。風聲一何盛,松枝一何勁。
> 冰霜正慘淒,終歲常端正。豈不罹凝寒,松柏有本性。

頗得"歲寒,然後知松柏之後凋也"(《論語·子罕》)之旨。

陳思王曹植(字子建,192—232)自是建安魁首。沈德潛說他"五色相宣,八音朗暢,使才而不矜才,用博而不逞博"。鍾伯敬則說:"子建柔情麗質,不減文帝。而肝腸氣骨,時有磊塊處,似為過之。"(《古詩歸·陳思王植》)如《野田黃雀行》云:

> 高樹多悲風,海水揚其波。利劍不在掌,結友何須多?
> 不見籬間雀,見鷂自投羅。羅家得雀喜,少年見雀悲。拔劍
> 捎羅網,黃雀得飛飛。飛飛摩蒼天,來下謝少年。

此亦有為而發者也。"詩窮然後工",曹植如不感受壓抑、排斥,何能得此以物擬人之作?否則三、四、五、六句,作何解釋?而論者只以"仁人""仙佛"之心腸視"少年",恐非其本義。蓋"雀"與"少年"一而二,二而一之類耳!《贈白馬王彪》七章,而直道骨肉情深之歎。其

一云：

> 心悲動我神，棄置莫復陳。丈夫志四海，萬里猶比鄰。
> 恩愛苟不虧，在遠分日親。何必同衾幬，然後展殷勤。憂思
> 成疾疢，無乃兒女仁。倉卒骨肉情，能不懷苦辛！

意圖親切，在勢有所不能。所以只好滾滾思緒，作無可奈何語，讀之令人酸鼻。他也不是沒有豔麗婉媚之作的，如《美女篇》《棄婦篇》《妾薄命》等即是。《美女篇》云：

> 美女妖且閑，採桑歧路間。柔條紛冉冉，落葉何翩翩！
> 攘袖見素手，皓腕約金環。頭上金爵釵，腰佩翠琅玕。明珠
> 交玉體，珊瑚間木難。羅衣何飄飄，輕裾隨風還。顧盼遺光
> 彩，長嘯氣若蘭。行徒用息駕，休者以忘餐。借問女安居，
> 乃在城南端。青樓臨大路，高門結重關。容華耀朝日，誰不
> 希令顏？媒氏何所營？玉帛不時安。佳人慕高義，求賢良
> 獨難。

沈德潛曰："寫美女如見君子品節，此不專以華縟勝人。"（《古詩源·魏詩》）這話是對的，如同《名都篇》以"妖女"襯"少年"一樣，雖敷陳藻采，非徒修詞而已，蓋刺責騎射之能者，只知遊騁之樂而無憂國之心也。曹植隱憂在懷，念念不忘。如《怨歌行》之"為君既不易，為臣良獨難。忠信事不顯，乃有見疑患"（直賦其事，引周公佐成王之歷史為證），《箜篌引》"盛時不可再，百年忽我遒，生存華屋處，零落歸山丘。先民誰不死，知命復何憂"之樂天安命等，皆是，筆法不同，用心則一。

鍾嶸《詩品》評價建安七子及三曹父子道:"降及建安,曹公父子,篤好斯文。平原兄弟,郁為文棟,劉楨、王粲,為其羽翼,次有攀龍托鳳,自致於屬車者,蓋將百計。彬彬之盛,大備於時矣。"曹氏父子之中,陳思王植,尤為後人所推。《詩品》列陳思於"上品",曰:"其源出於《國風》,骨氣奇高,詞采華茂,情兼雅怨,體被文質,粲溢今古,卓爾不群。嗟乎!陳思之於文章也,譬人倫之有周孔,鱗羽之有龍鳳,音樂之有琴笙,女工之有黼黻,俾爾懷鉛吮墨者,抱篇章而景慕,映餘輝以自燭。故孔氏之門如用詩,則公幹升堂,思王入室。"劉楨、王粲雖同在上品,而於楨則曰:"自陳思以下,楨稱獨步。"於粲則曰:"方陳思不足,比魏文有餘。"對於曹植,也可以說"獨具隻眼"了。

劉勰《文心雕龍·時序》亦言:"自獻帝(劉協,181—234)播遷,文學蓬轉,建安之末,區宇方輯;魏武以相王之尊,雅愛詩章;文帝以副君之重,妙善辭賦;陳思以公子之豪,下筆琳琅。並體貌英逸,故俊才雲蒸。仲宣委質於漢南,孔璋歸命於河北,偉長從宦於青土,公幹徇質於海隅;德璉綜其斐然之思,元瑜展其翩翩之樂;文蔚休伯之儔,於叔德祖之侶,傲雅觴豆之前,雍容衽席之上,灑筆以成酣歌,和墨以藉談笑。觀其時文,雅好慷慨,良由世積亂離,風衰俗怨,並志深而筆長,故梗概而多氣也。"這些雖語焉不詳,撮其大略,則詩家並陳,亦彬彬然了。因為彥和首出三曹,繼以七子,人物具在,輕重已分,讀者可以按圖而索驥了。

六、正始“七賢”

“正始”（魏齊王芳年號，240—254）清談的“玄風”，是從王弼（226—249，注《周易》《老子》。“援老入儒”，反對煩瑣漢學）、何晏（？—249，曹魏駙馬，為尚書郎，喜玄學，善詩賦），還有夏侯玄（209—254，曹魏征西將軍，為當時玄學的領袖）開始的，卻是直到嵇康（224—263）、阮籍（210—263）等，才大行其道的。劉勰說：“至明帝（即曹叡，205—239）纂戎，制詩度曲，徵篇章之士，置崇文之觀，何（晏）劉（伶）群才，迭相照耀，少主相仍（按指齊王芳、高貴鄉公髦、陳留王恭三少帝而言），惟高貴英雅，顧盼合章，動言成論，於時正始餘風，篇體輕澹，而嵇、阮、應（璩）、繆，並馳文路矣。”（《文心雕龍·時序》）

按：“竹林七賢”共是嵇康、阮籍、山濤、向秀、阮咸、劉伶等七人。《三國志》裴松之（372—451）注引《魏氏春秋》曰：“相與友善，遊於竹林，號為七賢。”茲以嵇、阮為代表。嵇康，字叔夜，譙國銍人，“家世儒學，少有雋才，曠邁不群，高亮任性，不修名譽，寬簡有大量，學不師授，博洽多聞，長而好老、莊之業，恬靜無欲，性好服食，常采御上藥。善屬文論，彈琴詠詩，自足於懷抱之中，以為神仙者，稟之自然，非積學所致。至於導養得理，以盡性命，若安期、彭祖之倫，可以善求而得也。著《養生篇》，知自厚者所以喪其所生，其求益者必失其性，超然獨達，遂放世事，縱意於塵埃之表，撰錄上古以來聖賢隱逸遯心遺名者，集為傳贊。自混沌至於管寧（158—241）凡百一十有九人，蓋求之於宇宙之內，而發之乎千載之外者矣！故世人莫得而名焉”（《嵇康傳》晉揚州刺史宗正喜撰）。康之《幽憤詩》自敘其志云：

嗟余薄祐,少遭不造。哀煢靡識,越在繈緥。母兄鞠育,有慈無威。恃愛肆姐,不訓不師。爰及冠帶,憑寵自放。抗心希古,任其所尚。托好老莊,賤物貴身。志在守樸,養素全真。(下略)

他這不僅是淡泊寧靜,與物遂通,而且言語生動,音韻和諧,是一首足以媲美建安三曹的好詩。特別是四言形式的,所以譚友夏道:"似自狀,似年譜,歷敘得妙,引咎得妙","摹仿移遍動不得!"鍾伯敬說:"自怨自艾,自供自悔,知其所以殺身之道(按康為司馬昭所誅),而性不可化,付之無奈,高士每有此病!"(《古詩歸·魏》)嵇康的雜詩,往往類此,如"微風清扇,雲氣四除,皎皎亮月,麗於高隅;興命公子,攜手同車,龍驥翼翼,扬鑣踟躕"諸句即是。饒有《三百篇》的風格。

阮籍,《晉書》有傳:"籍字嗣宗,陳留尉氏(即今河南省尉氏縣)人也。……博覽群籍,尤好《莊》《老》,嗜酒能嘯,善彈琴。當其得意,忘其形骸。……籍能屬文,初不留意,作《詠懷詩》八十餘篇,為世所重。著《達莊論》,敘無為之貴。"其所著《大人先生傳》略云:"世之所謂君子,惟法是修,惟禮是克,手持圭璧,足覆繩墨,行欲為目前檢,言欲為無窮則。少稱鄉黨,長聞鄰國,上欲圖三公,下不失九州牧。""獨不見群蝨之處乎褌中,逃乎深縫壞絮,自以為吉宅也。行不敢離縫際,動不敢出褌襠,自以為得繩墨也。饑則齧人,自以為無窮食也。然炎丘火流,焦邑滅都,群蝨死於褌中而不能出。汝君子之處區內,亦何異夫蝨之處褌中乎?"比擬得既謔而虐,可謂滑稽突梯,其一種憤世嫉俗的形態,已經躍然紙上,但他卻佯狂內慎保住了首領:《詠懷詩》云:

夜中不能寐，起坐彈鳴琴。薄帷鑒明月，清風吹我襟。
孤鴻號外野，翔鳥鳴北林。徘徊將何見，憂思獨傷心。

楊朱泣歧路，墨子悲染絲。揖讓長別離，飄颻難與期。
豈徒燕婉情，存亡誠有之。蕭索人所悲，禍釁不可辭。趙女
媚中山，謙柔愈見欺。嗟嗟塗上士，何用自保持？

昔聞東陵瓜，近在青門外。連畛距阡陌，子母相鉤帶。
五色曜朝日，嘉賓四面會。膏火自煎熬，多財為患害。布衣
可終身，寵祿豈足賴。

沈德潛曰："阮公詠懷，反復零亂，興寄無端，和愉哀怨，雜集於
中，令讀者莫求歸趣，此其為阮公之詩也。必求時事以實之，則鑿
矣。"又曰："其原自《離騷》來。"沈氏的說法有道理，再把他的《大人
先生歌》"天地解兮六合開，星辰隕兮日月頹，我騰而上將何懷"拿來
對比，愈知其言之不謬。此因阮嗣宗對立當世，慷慨悲歌，在情調上
有與屈原共同之處耳。別的不講，只看形式，這五言詩也夠精熟的
了，開拓、自然、任其所之。按：六朝宋人顏延之（384—456）亦言：
"說者謂阮籍在晉文代，常慮禍患，故發此詠，看來諸詠非一時所作，
因情觸景，隨興寓言，有說破者，有不說破者，忽哀忽樂，俶詭不羈。"
斯言得之矣。鍾嶸亦評之曰："其源出於《小雅》，無雕蟲之功，而
《詠懷》之作，可以陶性靈，發幽思，言在耳目之外，情寄八荒之表，洋
洋乎會於《風》《雅》，使人忘其鄙近，自致遠大，頗多感慨之詞，厥旨
淵放，歸趣難求。"（《詩品》）

七、西晉詩學

晉至武帝(司馬炎,236—290),掃滅了吳國,天下統一,始致力於文學。太康之際,"三張二陸兩潘一左,勃爾復興,踵武前王,風流未沫,亦文章之中興也。"(《詩品》)劉勰亦言:"晉世群才,稍入輕綺,張潘左陸,比肩詩衢。"(《文心雕龍·明詩》)又說:"張華(字茂先,232—300,范陽方城[今河北固安縣]人。西晉大臣、文學家,歷任中書令、散騎常侍、侍中、中書監、司空等官。以博洽著稱,其詩辭藻浮麗)短章,奕奕清暢,其《鷦鷯》寓意,即韓非之《說難》也。左思(字太沖,約250—約305,文學家,齊臨淄[今山東淄博市]人。其詩語言質樸,《詠史》乃代表作)奇才,業深覃思,盡銳於《三都》,拔萃於《詠史》,無遺力矣。潘岳(字安仁,247—300,滎陽中牟[今屬河南]人,西晉文學家,美姿容,為黃門侍郎,長於辭賦,文辭華靡)敏給,辭自和暢,鍾美於《西征》,賈餘於哀誄,非自外也。陸機(字士衡,261—303,吳郡吳縣華亭[今上海松江]人,祖遜、父抗皆三國時吳國名將。曾官平原內史、後將軍、河北大都督,詩重藻繪排偶,多擬古之作。其《文賦》繼《典論·論文》而為,乃有名之古代文論)才欲窺深,辭務索廣,故思能入巧而不制繁。摯虞(字仲洽,?—311,長安[今屬陝西省西安]人,官太常卿,著有《文章流別集》,已佚)述懷,必循規以溫雅,其品藻《流別》,有條理焉。"(《文心雕龍·才略篇》)其《時序篇》又備言:"晉雖不文,人才實盛。茂先搖筆而散珠,太沖動墨而橫錦,岳湛曜聯璧之華,機、雲標二俊之采,應、傅、三張之徒,孫、摯、成公之屬,並結藻清英,流韻綺靡。"這些文字,點染得大體不差,以其人有重點,中肯動聽也。

譬如張華之《勵志詩》(凡九首)即四言古樸,比興有章,結響動聽。
其一云:

> 太儀斡運,天迴地游。四氣鱗次,寒暑環周。星火既夕,
> 忽焉素秋。涼風振落,熠耀宵流。

天行有常,兩句一韻(此叶尤、侯之部,一聲到底),乾脆俐落,醒人
心目。其五則云:

> 養由矯矢,獸號於林。蒲盧縈繳,神感飛禽。末技之妙,
> 動物應心。研精耽道,安有幽深。

雖有玄學之語,但卻徹悟不凡,而"侵""尋"通叶,固定有法。它
如其《答何劭》之"吏道何其迫,窘然坐自拘。纓綏為徽纆,文憲焉可
踰。恬曠苦不足,煩促每有餘",《雜詩》之"朱火青無光,蘭膏坐自凝。
重衾無暖氣,挾纊如懷冰。伏枕終遙夕,寤言莫予應。永思慮崇替,慨
然獨拊膺"等句,亦足見茂先非利祿熏心、樂此不疲之輩。而其直抒胸
臆五言清曠之詩,遂亦獨具特色了。至其《情詩》"清風動帷簾,晨月
照幽房。佳人處遐遠,蘭室無容光。襟懷擁虛景,輕衾覆空牀。居歡
惜夜促,在戚怨宵長。撫枕獨嘯歎,感慨心內傷"之語,非必兒女情長
而已,或是有所寄托,如屈靈均美人香草之類。

傅玄(字休奕,217—278,北地泥陽[今陝西耀縣東南]人,西晉文
學家,曾任司隸校尉、散騎常侍等官,精通音律,擅長樂府)之《短歌
行》"長安高城,層樓亭亭。千雲四起,上貫天庭。蜉蝣何整,行如軍
征。蟋蟀何感,中夜哀鳴。蚍蜉愉樂,粲粲其榮。寤寐念之,誰知我情
(下略)",亦甚有意境,為四言之佼佼者,但終不如五言《雜詩》之形象

如畫,蒼勁動人。其詩云:

> 志士惜日短,愁人知夜長。攝衣步前庭,仰觀南雁翔。
> 玄景隨形運,流響歸空房。清風何飄飆,微月出西方。繁星
> 依青天,列宿自成行。蟬鳴高樹間,野鳥號東廂。纖雲時仿
> 佛,渥露沾我裳。良時無停影,北斗忽低昂。常恐寒節至,凝
> 氣結為霜。落葉隨風摧,一絕如流光。

沈德潛曰:"清俊是選體,故昭明獨收此篇。"(《古詩源》六)餘
則謂詩有玄學之味。蓋傅玄亦一思想家也,他把自然和人冶為一
爐,說歷史的過程未嘗有二。其《吳楚歌》中之"燕人美兮趙女佳,其
室則邇兮限層崖",《車遙遙篇》中之"車遙遙兮馬洋洋,追思君兮不
可忘",也都是詩如其人的名句。鍾惺所謂:"吞吐起落,音節生情"
者是。

潘岳的《悼亡詩》"荏苒冬春謝,寒暑忽流易。之子歸窮泉,重壤
永幽隔"(其一),"皎皎窗中月,照我室南端。清商應秋至,溽暑隨節
闌。凜凜涼風生,始覺夏衾單。豈曰無重纊,誰與同歲寒"(其二),同
是凄婉動人,傳流至今之句,但我們卻更喜讀左思的《詠史》(八首選
二)。其一云:

> 弱冠弄柔翰,卓犖觀群書。著論準《過秦》,作賦擬《子
> 虛》。邊城苦鳴鏑,羽檄飛京都。雖非甲冑士,疇昔覽《穰
> 苴》。長嘯激清風,志若無東吳(孫吳也)。鉛刀貴一割,夢
> 想騁良圖。左眄澄江湘,右盼定羌胡。功成不受爵,長揖歸
> 田廬。

此詩志大才雄,睥睨一切,境界既高,音響亦美(書、虛、都、苴、吳、圖、胡、廬,"魚模"部一韻到底)。鍾惺曰:"太沖筆舌靈動,遠出潘、陸上。"沈德潛更曰:"太沖胸次高曠而筆力又復雄邁,陶冶漢魏,自製偉詞,故是一代作手,豈潘、陸輩所能比埒?"(《古詩源》卷七)說得正是,鍾、沈看法一致。其五云:

> 皓天舒白日,靈景耀神州。列宅紫宮裏,飛宇若雲浮。峨峨高門內,藹藹皆王侯。自非攀龍客,何為欻來遊?被褐出閶闔,高步追許由。振衣千仞岡,濯足萬里流。

結響二句,乃人們自古熟悉的豪言壯語,此即太沖的氣充辭沛不與人同處。但他也不是沒有秀麗娟婉之作,如《嬌女詩》之字不離"女"特別是"嬌女",鍾惺所謂"盡理,盡情,盡態",而其主題思想則是"嬌女"先嬌後疏,"兒女孺慕不如前"(見《古詩歸·晉》),蓋亦涚彼注茲慨乎言之者也。其始曰:"吾家有嬌女,皎皎頗白皙。小字為紈素,口齒自清厲。鬢髮覆廣額,雙耳似連璧。"(極言女之嬌美)而結以"任其孺子意,羞受長者責。瞥聞當與杖,掩淚俱向壁"。鍾云:"父母之愛在嗔,兒女之嬌在懼。"筆端言外,可見可思,人世間事前後不一,可以類推矣。詩凡五十六句二百八十字,一韻(齊微部)到底。在西晉之五言作中,允稱上品。此外,左思的《招隱》二首,在抒情狀物上亦妙,如"杖策招隱士,荒塗橫古今",一起首就單刀直入,使人無處躲閃,而繼之以"巖穴無結構,丘中有鳴琴。白雲停陰岡,丹葩曜陽林。石泉漱瓊瑤,纖鱗或浮沉。非必絲與竹,山水有清音。何事待嘯歌,灌木自悲吟(其一)",則不止寫景貼切清高,其人其事,亦脫落於塵埃之外矣。"秋菊兼餱糧,幽蘭間垂襟。躊躇足力煩,聊欲投吾簪。"已有仙乎人乎?可與屈靈均一較辭情。兩潘(岳、尼)二陸(機、雲),何足以語此？

張載(字孟陽,安平[今屬河北省深縣]人,西晉文學家,官至中書侍郎,領著作,因世亂告歸)之《七哀詩》,慨歎末世漢帝不保其陵墓,藉以指出人世滄桑,厚葬無益的慘狀。其詩云:

北芒何累累,高陵有四五。借問誰家墳,皆云漢世主。恭文遙相望,原陵鬱膴膴。季世喪亂起,賊盜如豺虎。毀壞過一坏,便房啟幽戶。珠匣離玉體,珍寶見剽虜。園寢化為墟,周墉無遺堵。蒙蘢荊棘生,蹊徑登童豎。狐兔窟其中,蕪穢不復掃。頹隴並墾發,萌隸營農圃。昔為萬乘君,今為丘中土。感彼雍門言,悽愴哀今古!

按:《後漢書·董卓傳》:"使呂布發諸帝陵及公卿以下冢墓,收其寶玉。"是確有其事的,所以孟陽之歎亦易代以後觸目而發者也。一片荒涼淒婉的描述,動人思緒,使人猛省。

永嘉(晉懷帝司馬熾年號,307—312)以後,又有晉太尉劉琨(字越石,271—318,中山魏昌[今河北省無極縣]人,西晉將領,都督并州諸軍事,詩人,與祖逖為友,忠於王室,後為鮮卑段匹磾所害),其源出於王粲,善為淒戾之詞。自有清拔之氣,"琨既體良才,又罹厄運,故善敘喪亂,多感恨之詞"(《詩品》),劉勰亦稱其"雅壯而多風"(《文心雕龍·才略篇》)。《扶風歌》云:

朝發廣莫門,暮宿丹水山。左手彎繁弱(古代良弓名,亦作藩弱),右手揮龍淵。顧瞻望宮闕,俯仰御飛軒。據鞍長太息,淚下如流泉。繫馬長松下,發鞍高嶽頭。列列悲風起,泠泠澗水流。揮手長相謝,哽咽不能言。浮雲為我結,

飛鳥為我旋。去家日已遠,安知存與亡。慷慨窮林中,抱膝
獨摧藏。麋鹿遊我前,猿猴戲我側。資糧既乏盡,薇蕨安可
食?攬轡命徒侶,吟嘯絕巖中。君子道微矣,夫子固有窮。
惟昔李愍期,寄在匈奴庭(此指漢將李陵而言)。忠信反獲
罪,漢武不見明。我欲竟此曲,此曲悲且長。棄置勿重陳,
重陳令心傷!

此永嘉九年元月,詩人赴并州刺史任中所作也。其時北方"胡寇"
猖狂,越石慨然有澄清之志,而國勢凌弱,力不從心,因有李陵之歎,其
詩悲壯憤切,溢於言表,又長於白描筆法,堪稱永嘉以來第一愛國將領
之篇。有趣味的是,他也有婉約豔體的歌詠,儘管傳下來的作品極少
(據說只有三篇),如《胡姬年十五》:

虹梁照曉日,渌水泛香蓮。如何十五少,含笑酒爐前。
花將面自許,人共影相憐。回頭堪百萬,價重為時年。

這簡直是齊梁豔詩的先河了,越石到底感情豐富,反映多方,英雄亦兒
女。譚友夏云:"六朝以下,不愁無此等語。"鍾惺曰:"音節全是梁、
陳。"(《古詩歸·晉詩》)

劉琨而外,應稱郭璞(字景純,276—324,河東聞喜[今山西省絳
縣]人,博學多才,好古文、經術及天文五行之學。後因反對王敦謀反
被害)的"遊仙詩"。鍾嶸說:"永嘉時,貴黃老,稍尚清淡,於是篇什理
過其辭,淡乎寡味","郭景純用雋上之才,變創其體"(《詩品》)。劉勰
亦曰:"景純豔逸,足冠中興,郊賦即穆穆以大觀,仙詩亦飄飄而凌雲
矣。"(《文心雕龍·才略篇》)按:《遊仙》之一文:

　　京華遊俠窟,山林隱遁棲。朱門何足榮,未若託蓬萊。
臨源挹清波,陵岡掇丹荑。靈溪可潛盤,安事登雲梯?漆園
有傲吏(莊周),萊氏有逸妻(老萊子)。進則保龍見,退為觸
藩羝。高蹈風塵外,長揖謝夷齊(伯夷,叔齊)。

　　沈德潛曰:"進謂仕進,言仕進者為保全身名之計,退則類觸藩
之羝,孰若高蹈風塵,從事於遊仙乎?"(《古詩源·晉詩》)按景純遊
仙本有托而言,不滿現狀故擬超脫,非謂神仙可致也。其二云:

　　青溪千餘仞,中有一道士。雲生梁棟間,風出窗戶裏。
借問此何誰,云是鬼谷子。翹跡企穎陽,臨河思洗耳。閶闔
西南來,潛波渙鱗起。靈妃顧我笑,粲然啟玉齒。蹇修時不
存,要之將誰使?

　　這裏值得注意的是,佛教早已傳入中國,甚至"竹林七賢"的各家思想,
清淡、無為也與釋氏的清淨、不染相表裏,而縱欲、貪婪、不拘禮法,又
有悖乎儒教。按照范文瀾先生的分析,是"司馬氏集團中人,相互間只
有一種極陰惡的殺奪關係。就是見利必奪,以殺助奪,愈殺愈猛烈,一
直殺到大混戰,輔殺奪而行的是濫賞,用濫賞來糾集徒黨,用徒黨來進
行殺奪,殺奪愈急愈多,賞賜愈濫愈厚,人人想望厚賞,也就人人想望
禍亂,西晉統治集團,就是這樣一個以殺奪濫賞始,以殺奪濫賞終的黑
暗集團。"(《中國通史簡編二·極度腐朽的西晉統治集團》)在這種國
度裏,有什麼官好做? 所以有點兒骨氣的人,便想要"跳出三界外,不
在五行"中,以神仙的思想來解脫自己了。
　　劉郭兩人,一個愛國志士,一個博雅君子,體現於詩文中的思緒,
自會與眾不同,成為庸中佼佼,為後代的評論家所肯定,西晉晚些創作

的可以佔一席地者以此。郭璞《贈溫嶠》言:"人亦有言,松竹有林。及爾臭味,異苔同岑。言以忘得,交以淡成。同匪伊和,惟我與生。爾神余契,我懷子情。"出世者有此情調,亦可徵信。

八、東晉陶潛

東晉（元帝司馬睿建武元年至恭帝司馬德文元熙元年，317—419）詩人，眾所公認的是以陶潛（一名淵明，字元亮，潯陽柴桑［今江西九江西南］人，只曾做過鎮軍參軍和彭澤［今江西湖口縣東］令等小官，以不慣"為五斗米折腰"而去縣令職）為首的"田園詩作者"。我們認為慷慨悲歌，志大言大，或是綺靡香豔，利慾熏心一類的詩歌，比較容易作，而"淡泊寧靜"、表裏無二的隱者就難乎其抒情了。所以鍾嶸評之曰："文體省靜，殆無長語，篤意真古，辭興婉愜，每觀其文，想其人德，世歎其質直，……豈直為田家語耶？古今隱逸詩人之宗也。"真是確切之見，無可非議。鍾惺亦曰："古人論詩文，曰樸茂，曰清深，曰雄渾，曰積厚流光。不樸不茂，不深不清，不渾不雄，不厚不光，了此可讀陶詩。"（《古詩歸·晉二》）我們欣賞這些前人對於陶詩的讚語，因為淵明之作，宛轉天然，絕不雕飾，詩如其人，一清到底。先從形式上說，四、五言及小賦，他都是能手，如：

> 斯晨斯夕，言息其廬。花藥分列，林竹翳如。清琴橫牀，濁酒半壺。黃唐莫逮，慨獨在予！（《時運》）

情景如畫，竟是羲皇上人，不假帝力。處濁世中，超然自得，誰能比得此老？即知即行，四言無窮，饒有《三百篇》古風，《勸農》尤是：

> 悠悠上古，厥初生民。傲然自足，抱樸含真。智巧既萌，

資待靡因。誰其贍之？實賴哲人。

這哲人即是教民稼穡的后稷,連舜禹都要"播植""躬耕"麼。民以食為天,要在自給自足,因之詩人強調的是"桑婦宵征,農夫野宿"於"卉木繁榮,和風清穆"的景色之中。鍾惺評道:"即從作息勤屬中,寫景觀物,討出一段快樂,高人性情。"(《古詩歸九·晉二》)淵明自己也是熱愛勞動生產的,他說:"種豆南山下,草盛豆苗稀。晨興理荒穢,帶月荷鋤歸。"(《歸田園居·其二》)他說:"開春理常業,歲功聊可觀。晨出肆微勤,日入負耒還。"(《西田獲早稻》)他說:"貧居依稼穡,戮力東林隈。不言春作苦,常恐負所懷。"(《下潠田舍獲》)他之最不可及處,乃在怡然自得,樂在其中,非矯揉造作,聊以解嘲者可比。他說:"田園將蕪胡不歸!"(《歸去來兮辭》)他反對鄙學稼的孔仲尼,"耽樂琴書,田園不履"的董仲舒(《勸農》)。他一再倡言:"相命肆農耕"、"菽稷隨時藝"(《桃花源詩》)、"既耕亦已種,時還讀我書"(《讀山海經》)、"茅茨已就治,新疇復應畬(yú,治田也)"、"耕織稱其用,過此奚所須"(《和劉柴桑》)、"園田日夢想,安得久離析"(《為建威參軍使都經錢溪》)、"開荒南野際,守拙歸園田"(《歸園田居》)。這些都說明著詩人雅愛躬耕的田園之樂是觸處可見的。但我們還是喜歡他的:

結廬在人境,而無車馬喧。問君何能爾,心遠地自偏。采菊東籬下,悠然見南山。山氣日夕佳,飛鳥相與還。

秋菊有佳色,裛(yì,潤也)露掇其英。泛此忘憂物,遠我遺世情。一觴雖獨進,杯盡壺自傾。日入群動息,歸鳥趨林鳴。

(《飲酒》)

　　自《三百篇》以來,詩人和酒便是分不開的。但古昔多燕享之句,
如:"我有旨酒,嘉賓式燕以敖"(《詩·小雅·鹿鳴》),"飲酒之飫,兄
弟既具,和樂且孺"(《小雅·常棣》),"酒既和旨,飲酒孔偕"(《小
雅·賓之初筵》),"君子有酒,酌言嘗之"(《小雅·瓠葉》)之類。至
於個人以酒助詩,以詩行酒之風,則至魏晉而始盛,如魏武之"對酒
當歌,人生幾何?""何以解憂? 惟有杜康。"(《短歌行》)劉伶之"止
則操巵執觚,動則絜榼提壺,惟酒是務"(《酒德頌》),大有後人"古
来聖賢皆寂寞,惟有飲者留其名"(李白)的神氣。以至阮嗣宗之嗜
酒佯狂以避時禍,其明智之處,就更不待說了。淵明之"閒居寡歡,
兼比夜已長,偶有名酒,無夕不飲,顧影獨盡,忽焉復醉,既醉之後,
輒題數句自娛"(《飲酒序》),不過是把兩者結合得更自然更貼切而
已。潛、懷被虜,五胡亂華,生值偏安江左以後的陶潛,宜乎其有此
態也。

　　所以,不能不說陶淵明也有積極愛國的一面,"刑天舞干戚,猛志
固常在"。特別是像《詠荊軻》這樣的詩句:"燕丹善養士,志在報強
嬴。招集百夫良,歲暮得荊卿。君子死知己,提劍出燕京。素驥鳴廣
陌,慷慨送我行。雄髮指危冠,猛氣衝長纓。飲餞易水上,四座列群
英。漸離擊悲築,宋意唱高聲。蕭蕭哀風逝,淡淡寒波生。商音更流
涕,羽奏壯士驚。心知去不歸,且有後世名。登車何時顧,飛蓋入秦
庭。凌屬越萬里,逶迤過千城。圖窮事自至,豪主正怔營。惜哉劍術
疏,奇功遂不成。其人雖已沒,千載有餘情。"沈德潛評曰:"英氣勃發,
情見乎詞。"(《古詩源》卷九)按軻乃戰國末期北燕劍客,《史記·刺客
列傳》言之甚詳,歷代詩人詠而論之者甚多。我們則認為淵明此作,所
以自況也。不止是詩用賦體,直書其事,而亦聲情俱茂,動人心意,可
以說是不朽之辭,為陶元亮潛在意識的另一端倪,未可忽視。對於古
今著稱之士大夫知識分子來講,有的生不逢時,政治上的遇合有問題,

這種主客觀的矛盾許多人是無法徹底解決的。"窮則獨善其身，達則兼濟天下"，主觀能動性，終須受限制於時間、地點、條件的。於是，淵明打算積極有救民於水火之中的雄心壯志，便被湮沒於另一種傾向，在園田居裏頭了。

九、南北朝詩

　　自南朝宋文帝劉義慶元嘉元年(424)至陳後主叔寶禎明二年(588)這一百六十四年間(北魏太武帝拓跋燾始光元年至北周靜帝宇文衍大定年),中華南北分裂,詩學北不如南,而宋之文學以元嘉時為最盛,謝靈運(385—433)、顏延之(384—456)又是當時極有名的詩家,其次則是鮑照(?—466)啦。

　　謝靈運,陳郡陽夏(今河南省太康附近)人,為名將謝玄(343—388)之孫,襲封安樂公,曾官永嘉太守及秘書監。與族弟惠連、東海何長瑜、穎川荀雍、太山羊璿之以詩文相會,為山澤之遊,時人謂之"四友"。靈運遊山詩最工,如:《登上戍石鼓山詩》云:

　　　　旅人心長久,憂憂自相接。故鄉路遙遠,川陸不可涉。泪泪莫與娛,發春托登躡。歡願既無並,戚慮庶有協。極目睞左闊,回顧眺右狹。日沒澗增波,雲生嶺逾疊。白芷競新苕,綠蘋齊初葉。摘芳芳靡諼,愉樂樂不燮。佳期緬無像,騁望誰云愜。

　　鍾惺云:"靈運以麗情密藻,發其胸中奇秀,有骨,有顏,有色,有香。"譚友夏亦言:"康樂靈心秀質,吐翕山川,然以謝家體局,微恨其板。"(《古詩歸·宋一》)鍾嶸《詩品》評之曰:"名章迥句,處處間起,麗典新聲,絡繹奔會。譬猶青松之拔灌木,白玉之映塵沙,未足貶其高潔也。"劉勰說得更為貼切,說:"宋初文詠,體有因革,莊老告退,而山水方滋,儷采百字之偶,爭價一句之奇,情必極貌以寫物,辭必窮力而追新。"(《文心雕龍·明詩》)此自靈運倡之矣。

康樂此類名句甚多,如:

> 石淺水潺湲,日落山照曜。荒林紛沃若,哀禽相叫嘯。
> (《七里瀨》)
> 潛虯媚幽姿,飛鴻響遠音。薄霄愧雲浮,棲川怍淵沈。
> (《登池上樓》)
> 時竟夕澄霽,雲歸日西馳。密林含餘清,遠峰隱半規。
> (《遊南亭》)
> 首夏猶清和,芳草亦未歇。水宿淹晨暮,陰霞屢興沒。
> (《遊赤石進帆海》)
> 澹瀲結寒姿,團欒潤霜質。澗委水屢迷,林迴巖逾密。
> (《登永嘉綠嶂山》)
> 莓莓蘭渚急,藐藐苔嶺高。石室冠林陬,飛泉發山椒。
> (《石室山詩》)

清麗非凡,匠心獨運,可稱當時山水詩王,但都結合著飄逸的思緒,並非單純刻畫景物者。

顏延之(延年),琅邪臨沂(今屬山東省)人,官金紫光祿大夫,常犯權要,與謝靈運並有詩名。所作長於雕琢,鏤金錯采。四言如"朏(kū,髐也)魄雙交,月氣參變。開榮灑澤,舒虹燦電。化際無間。皇情爰眷,伊思鎬飲,每惟洛宴"(《應詔讌曲水作》其六),即鍛練過甚有失古樸,五言的也不例外,如:

> 改服飭徒旅,首路跼險艱。振楫發吳洲,秣馬陵楚山。

途出梁宋郊,道由周鄭間。前登陽城路,日夕望三川。在昔
輟期運,經始闊聖賢。伊瀍絕津濟,臺館無尺椽。宮陛多巢
穴,城闕生雲煙。王猷升八表,嗟行方暮年。陰風振涼野,飛
雲督窮天。臨途未及引,置酒慘無言。隱閔徒御悲,威遲良
馬煩。遊役去芳時,歸來屢徂愆。蓬心既已矣,飛薄殊亦然。
(《北使洛》)

沈德潛評之曰:"文辭藻麗","黍離之感,行役之悲,情旨暢越。"(《古
詩源·宋詩》)可是我們總覺得他搬弄字句,使人生厭,難與謝康樂之
山水清新動人視聽者媲美。

鮑照(?—466),字明遠,東海(今江蘇省灌雲縣)人,出身寒微,
只做過參軍一類的小官,他的樂府詩頗有造詣,博得"俊逸"之稱。鍾
惺稱之曰:"鮑參軍靈心妙舌,樂府第一手。"譚友夏亦曰:"鮑照能以
古詩聲格作樂府,以五言性情入七言,別有奇響異趣。"(《古詩歸·宋
二》)五言如《代東門行》云:

傷禽惡弦驚,倦客惡離聲。離聲斷客情,賓御皆涕零。
涕零心斷絕,將去復還訣。一息不相知,何況異鄉別?遙遙
征駕遠,杳杳白日晚。居人掩閨臥,行子夜中飯。野風吹草
木,行子心腸斷。食梅常苦酸,衣葛常苦寒。絲竹徒滿座,憂
人不解顏。長歌欲自慰,彌起長恨端。

鍾惺以為"促節厲響,情思婉轉,樂府中古詩也"(同上)。七言的也舉
一首,《代鳴雁行》云:

邕邕鳴雁鳴始旦,齊行命侶入雲漢。中夜相失群離亂,

留連徘徊不忍散。憔悴儀容君不知，辛苦風霜亦何為！

沈德潛曰："明遠樂府如五丁鑿山，開人世所未有，後太白往往效之，五言古亦在顏謝之間。"又曰："抗音吐懷，每成亮節，其高處遠軼機、雲，上追操、植。"（《古詩源·宋詩》）

十、永明詩聲

　　齊武帝蕭賾永明年間,"吳興(今浙江省吳興縣)沈約(字休文)、陳郡(今河南省淮陽縣)謝脁(字玄暉)、琅玡(今山東省諸城縣)王融(字元長)以氣類相推轂,汝南(今河南省汝南縣)周顒善識聲韻,約等文皆用宮商,以平上去入為四聲,以此制韻,不可增減,世呼為'永明體。'"(《南齊書・陸厥傳》)按:《詩人玉屑》載沈約云:

　　詩病有八:一曰"平頭":第一第二字不得與第六第七字同聲。二曰"上尾":第五字不得與第十字同聲。三曰"蜂腰":第三字不得與第五字同聲。四曰"鶴膝":第五字不得與第十五字同聲。五曰"大韻":如聲鳴為韻,上九字不得用驚傾平榮字。六曰"小韻":除大一字外,九字中不得有兩字同韻。七曰"旁紐":不共一紐而有雙聲者。八曰"正紐":十字內兩字疊韻者。

　　此八種中唯"上尾""鶴膝"最須避忌,餘病皆可通。

　　沈休文(約 441—513),幼孤,長為記室、襄陽令、著作郎等小官,齊時始位至吏部尚書,入梁為尚書僕射,封建昌縣侯。詩以五言最佳。《別范安城》曰:

　　生平少年日,分手易前期。及爾同衰暮,非復別離時。勿言一樽酒,明日難重持。夢中不識路,何以慰相思?

鍾惺評之曰："平生年少日乙首,聲實風雅,《十九首》中所難。"
(《古詩歸·齊詩》)沈德潛亦曰："一片真氣流出,句句轉,字字厚,去
《十九首》不遠。"(《古詩源·齊詩》)又《遊沈道士館》云:

　　秦皇御宇宙,漢帝恢武功。歡娛人事盡,情性猶未充。
銳意三山上,托慕九霄中。既表祈年觀,復立望仙宮。寧為
心好道,直由意無窮。日余知止足,是願不須豐。遇可淹留
處,便欲息微躬。山嶂遠重疊,竹樹近蒙籠。開襟濯寒水,解
帶臨清風。所累非外物,為念在玄空。朋來握石髓,賓至駕
輕鴻。都令人徑絕,唯使雲路通。一舉凌倒景,無事適華嵩。
寄言賞心客,歲暮爾來同。

　　按:自漢明帝劉莊永平十年(公元67年)佛經傳入中華以前,本由
儒、道二家控制人民思想,還沒有釋氏的事。晉初至齊梁便不同了,梁
武帝蕭衍,前後三度捨身佛寺,餓死臺城(為侯景所逼),老百姓之俟釋
迦者更不待說啦,休文此詩侈談仙道,已見其思路開拓,把從來富貴
人家深慕"神仙"之意斷得確,說得盡了。而韻叶"東""鍾",通響到
底,又足見休文運用宮商的妙處了。其《早發定山》更是景色如畫,通
體對偶:

　　夙齡愛遠壑,晚莅見奇山。標峰綵虹外,置嶺白雲間。
傾壁忽斜豎,絕頂復孤圓。歸流海漫漫,出浦水濺濺。野棠
開未落,山櫻發欲然。忘歸屬蘭杜,懷祿寄芳荃。眷言采三
秀,徘徊望九仙。

此詩比之康樂、明遠，未可認有遜色。

謝朓（字玄暉，464—499）文章清麗，歷為參軍、功曹、諮議等官，也做過宣城太守，尚書吏部郎，長於五言詩，沈約稱之曰："二百年來所未有。"其《江上曲》云：

> 易陽春草出，踟躕日已暮。蓮葉尚田田，淇水不可渡。願子淹桂舟，時同千里路。千里既相許，桂舟復容與。江上可采菱，清歌共南楚。

"魚""模"一韻到底，沈、謝之詩，都以聲調分明見稱。其思緒亦多清俊，即《入朝曲》亦不庸俗：

> 江南佳麗地，金陵帝王州。逶迤帶綠水，迢遞起朱樓。飛甍（méng，屋棟）夾馳道，垂楊蔭御溝。凝笳翼高蓋，疊鼓送華輈。獻納雲臺表，功名良可收。

江淹（字文通，444—505），濟陽考城（今河南蘭考）人，歷事宋、齊、梁三代，官至金紫光禄大夫。此録敘他一首《陶徵君潛田居》：

> 種苗在東皋，苗生滿阡陌。雖有荷鋤倦，濁酒聊自適。日暮巾柴車，路闇光已夕。歸人望煙火，稚子候簷隙。問君亦何為，百年會有役。但願桑麻成，蠶月得紡績。素心正如此，開徑望三益。

譚友夏曰："文通所擬諸詩，獨此為妙耳，蓋其心手秀麗，而少真至，以徵君真至一路，發其思理，則秀麗之筆不為浮華用，而為性情用，

夫是以幽細易妙。"(《古詩歸・梁一》)

這話有道理,長於小賦(如《恨賦》《別賦》)的江淹,文筆都麗之處,自不待言,而能深得元亮田園之趣,殆非"才盡"者也。

南朝蕭梁之君,亦多詩作(差可比擬曹氏父子),如武帝蕭衍之《擬青青河畔草》:

> 幕幕繡戶絲,悠悠懷昔期。昔期久不歸,鄉國曠音輝。
> 音輝空結遲,半寢覺如至。既寤了無形,與君隔平生。月以
> 雲掩光,葉以霜摧老。當途競自容,莫肯為妾道。

頗有兒女之情,還是相當的真摯。簡文帝蕭綱之《折楊柳》等作亦然:

> 楊柳亂成絲,攀折上春時。葉密鳥飛礙,風輕花落遲。
> 城高短簫發,林空畫角悲。曲中無別意,並是為相思。

三、四兩句特別雋雅,君主而有此,勝似宮室田獵多多。上有好者下必有甚,沈約等人雖非世家大族,而能在五言詩歌上卓有成就,不無根源了,失在多豔情之作。

十一、北朝作者

按：《北史·文苑傳序》："永明、天監之際，太和、天保之間，洛陽、江左，文雅尤盛，彼此好尚，互有異同。江左宫商發越，貴於清綺；河朔詞義貞剛，重乎氣質。氣質則理勝其詞，清綺則文過其意。理深者便於時用，文華者宜於詠歌。此其南北詞人得失之大較也。"又說："太和在運，銳情文學，固以頡頏漢徹，跨躡曹丕，氣韻高遠，豔藻獨構。衣冠仰止，咸慕新風，律調頗殊，曲度遂改。辭罕泉源，言多胸臆，潤古雕今，有所未遇。是故雅言麗則之奇，綺合繡聯之美，眇歷歲年，未聞獨得。"說了一大堆，不過是北不如南，靡麗後人。以北齊、北周而論，惟以顏之推（531—約590）、庾信（513—581）稱為首選，信還是來自南朝的作者。

顏之推，琅邪臨沂（今山東省臨沂縣東南是其地）人，博覽洽聞，詩不如文，曾為散騎常侍、中書舍人等官。其《古意》云：

> 十五好詩書，二十彈冠仕。楚王賜顏色，出入章華裏。作賦淩屈原，讀書誇左史。數從明月宴，或侍朝雲祀。登山摘紫芝，泛江采綠芷。歌舞未終曲，風塵暗天起。吳師破九龍，秦兵割千里。狐兔穴宗廟，霜露沾朝市。璧入邯鄲宮，劍去襄城水。未獲殉陵墓，獨生良足恥。惘惘思舊都，惻惻懷君子。白髮窺明鏡，憂傷沒余齒。

忍辱異朝，直抒胸臆，使人讀之，生心悱惻。之推亦善於言事者，

《從周入齊夜度砥柱》之"馬色迷關吏,雞鳴起戍人。露鮮華劍色,月
照寶刀新"句,尤為古樸。

庾子山(信)又自不同了。他由南而北,著作等身,詩賦特佳,官亦
做得不小。《春》《燈》《鏡》等小賦,尤其是《哀江南賦》,富有抒情意
味,不尚堆砌用典,奉和"山池""泛江"等詩,亦自具一格,頗饒清氣。
在梁時與父肩吾並為學士,出入禁闥,恩禮無比,入北周為開府儀同三
司,驃騎大將軍,北使以後,極多鄉思,其《擬詠懷》云:

> 榆關斷音信,漢使絕經過。胡笳落淚曲,羌笛斷腸歌。
> 纖腰減束素,別淚損橫波。恨心終不歇,紅顏無復多。枯木
> 期填海,青山望斷河。(其二)
> 悲歌度燕水,弭節出陽關。李陵從此去,荊卿不復返。
> 故人形影滅,音書兩俱絕。遙看塞北雲,懸想關山重。遊子
> 河梁上,應將蘇武別。(其八)

沈德潛曰:"無窮孤憤、傾吐而出,工拙都忘,不專擬阮。"(《古詩
源》十四)這裏,榆關、燕水、陽關等北地,胡笳、羌笛等北音,尤其是荊
卿、李陵等北人都羅列出來了,可見沉痛所在。《寄徐陵》小詩亦不
外是:

> 故人倘思我,及此平生時。莫待山陽路,空聞吹笛悲。

所以沈德潛又說:"子山詩固是一時作手,以造句能新,使事無跡,
比何水部(遜)似又過之。"(同上)譚友夏亦稱為"清明暎徹,稱為佳手
不負"(《古詩歸·北周》)。我們則認為一個辭賦家作起詩來,卻能這
般地洗煉,毫無鋪陳飾誇之處,實在不可多得,也說明著北地風氣的純

樸了。

北朝有一個為南朝所不可及處,即就民間創作而言,也素樸真實得多,如為人所熟悉的《敕勒歌》(斛律金作):

> 敕勒川,陰山下。天似穹廬,籠蓋四野。天蒼蒼,野茫茫,風吹草低見牛羊。

自然高古,天衣無縫,真是神來之筆。《折楊柳枝歌》差可比擬:

> 門前一株棗,歲歲不知老。阿婆不嫁女,哪得孫兒抱?

至情至理,妙在迫切坦蕩,與南人之綺麗纏綿,迥不相同。《李波小妹歌》則更英武了得:

> 李波小妹字雍容,褰裙逐馬如卷蓬。左射右射必疊雙。婦女尚如此,男兒安可逢!

活畫一馬上女健兒,寫來咄咄逼人。

民間樂長歌,自以代父從軍之《木蘭辭》最為膾炙人口,它主題獨到,內容空前,辭氣悠揚,流傳久遠。這些人所共知的特色,主要由於來自民間,喜聞樂見,即從形式上看,那一起始之"唧唧復唧唧,木蘭當戶織,不聞機杼聲,唯聞女歎息",在《折楊柳枝歌》中,即已有此情調。其三云:"敕敕何力力,女子臨窗織,不聞機杼聲,唯聞女歎息"如出一轍。其四云:"問女何所思,問女何所憶。"語氣無殊。惟後二句:"阿婆許嫁女,今年無消息",與《木蘭辭》有異。按全辭共六十二句,以五言為主,間以個別的七、九言,如:"不聞爺娘喚女聲,但聞黃河流水鳴濺濺""磨刀霍霍向豬羊""安能辨我是雄雌"等句即是。

其中有幾段非常悱惻,也為前人所罕有的語句:

> 昨夜見軍帖,可汗大點兵。軍書十二卷,卷卷有爺名。
> 阿爺無大兒,木蘭無長兄。願為市鞍馬,從此替爺征。

這裏有幾個罕見的字眼兒"軍帖""可汗",而"市鞍馬"既說明了當時是兵士自備武裝的又係征兵的史實。此中生動詩句,以寫行程景色的"黃河流水鳴濺濺,旦辭黃河去,暮至黑水頭,不聞爺娘喚女聲,但聞燕山胡騎聲啾啾"為最。而"萬里赴戎機,關山度若飛,朔氣傳金柝,寒光照鐵衣"等語之於描寫北方部隊的戰地生活,此可以稱為刻畫入微,概括精到了。其"將軍百戰死,壯士十年歸。歸來見天子,天子坐明堂。策勳十二轉,賞賜百千強",以及"可汗問所欲,木蘭不用尚書郎。願借明駝千里足,送兒還故鄉"尤見工夫,簡練之至。入後之還鄉受歡迎,變妝人驚詫,尤其是雌雄兔撲朔迷離之結語,誠為千古絕唱,亦通俗可讀。沈德潛曰:"事奇,詩奇,卑靡時得此,如鳳皇鳴、卿雲見,為之快絕。"(《古詩源·梁詩》)人謂此詩頗有"忠孝"兩全之愛國愛家思想。我們說這不是主要的,"巾幗英雄"不慕榮利,才是最足稱道的,沈氏指為兩奇,擬以鳳鳴、卿雲之美,或以此耳。至其妙在北地風光,五言佳作,絕不"卑靡"之處,前已言之矣。惟作者既無主名,又不識究為北朝何時何國之詩,使人悵然(與古詩為焦仲卿妻作之《孔雀東南飛》相類似,但《孔雀東南飛》尚知其為東漢之末廬江小吏妻劉蘭芝而作者)。

十二、隋之作者

隋自文帝楊堅開皇九年(公元 589)代北周(靜帝宇文衍)滅陳,使南北朝統一,並自為天子,至恭帝楊侑義寧二年(公元 618)遜位於唐高祖李淵(凡三帝,中間煬帝楊廣較長),只有二十八年,為期不長,在詩歌上談不到有什麼大成就。《隋書‧文苑傳》序云:"高祖初統萬機,每念斷彫為樸,發號施令,咸去浮華,然時俗詞藻,猶多淫麗,故憲臺執法,屢飛霜簡。煬帝初習藝文,有非輕側,暨乎即位,一變其風。《與越公書》《建東都詔》《冬至受朝詩》及《擬飲馬長城窟》,並存雅體,歸於典制。雖意在驕淫,而詞無浮蕩,故當時綴文之士,遂得依而取正焉,所謂能言者未必能行,蓋亦君子不以人廢言也。"

按:隋煬帝楊廣(569—618)"淫荒無度,法令滋章。教絕四維,刑參五虐。鋤誅骨肉,屠剿忠良。受賞者莫見其功,為戮者不知其罪。驕怒之兵屢動,土木之功不息。頻出朔方,三駕遼左。旌旗萬里,征稅百端。猾吏侵漁,人不堪命"(《隋書‧本紀》),並不是一個好皇帝,但他的詩"能作雅正語"(沈德潛),此《隋書‧文苑傳》序言,所謂"不以人廢言"者也。如其《飲馬長城窟行示從征群臣》云:

> 蕭蕭秋風起,悠悠行萬里。萬里何所行,橫漠築長城。豈台小子智,先聖之所營。樹茲萬世策,安此億兆生。詎敢憚焦思,高枕於上京。北河秉武節,千里卷戎旌。山川互出沒,原野窮超忽。摅金止行陣,鳴鼓興士卒。千乘萬騎動,飲馬長城窟。秋昏塞外雲,霧暗關山月。緣巖驛馬上,乘空烽

火發。借問長城侯,單于入朝謁。濁氣靜天山,晨光照高闕。
釋兵仍振旅,要荒事萬舉。飲至告言旋,功歸清廟前。

作為皇帝親征塞外之敵的報導上看,那生活是夠逼真豐富的,氣魄也夠宏大,動人聽聞,自在意中。如起首之"蕭蕭秋風起,悠悠萬里行"兩句,就把"遠征"的氣象點染出來了;而自"北河秉武節"直至"乘空烽火發"諸句,那戰場的景色,大軍的動向,也都刻畫入微,素描精細,迥非一般文人的筆墨所可比擬的啦。惟"先聖所營,策樹萬世,安生億兆"之語,則是楊廣論古自是的,不值一顧。此外,他也不乏溫情香豔之作,如:

我夢江都好,征遼亦偶然。但存顏色在,離別只今年。
(《賜守宮女》)

皇帝在軍,不帶妃嬪,亦自難得,意顯溫存,無異常人。只是眼中沒有老百姓,竟說征遼事出偶然,則豈止是兒戲軍國大政,簡直是毫無心肝! 又《春江花月夜》云:

暮江平不動,春花滿正開。流波將月去,潮水帶星來。

孔丘說:"吾未見好德如好色者也。"(《論語‧衛靈公》)兒女情長,隋煬正是此輩,惜乎其貴為天子,富有四海。他的老臣楊素(? —606),物以類聚,本人武人奸雄(平陳,殺太子楊勇,以此得為僕射,封越國公),而詩卻作得不差,如《山齋獨坐贈薛內史》云:

居山四望阻,風雲競朝夕。深溪橫古樹,空巖臥幽石。

日出遠岫明，鳥散空林寂。蘭庭動幽氣，竹室生虛白。落花
入戶飛，細草當階積。桂酒徒盈樽，故人不在席。日落山之
幽，臨風望羽客。（其一）

狀物工，寫景美，格調清遠，一付悠閒寂靜神態，簡直是個"道爺"
啦。至所謂薛內史則是當時大作家薛道衡（540—609），薛歷事北齊、
北周，隋時官司隸大夫，《昔昔鹽》中有"空梁落燕泥"名句，為人所傳
誦，後被隋煬殺害。楊素贈薛另有《贈薛播州》九首，沈德潛說是"從
天下之亂，說到定鼎，次說求才，次說立朝，次說薛之出守，頌其政成，
次說己之歸閑，末致相思之意"（《古詩源·陳詩》）。茲亦錄其首章：

在昔天地閉，品物屬屯蒙。和平替王道，哀怨結人風。
麟傷世已季，龍戰道將窮。亂海飛群水，貫日引長虹。干戈
異革命，揖讓非至公。

真率性之論，友情之厚溢於言表。譚友夏云：楊公"淡然出世人，
是其經世本領也"，"有無窮深衷在內"，"一章一章，自成氣候耳"。鍾
惺也說："處道英雄人，作清適頗像"，"其一種幽樸古淡之氣，自無文
士習。"（《古詩歸·隋》）薛之《敬酬楊僕射山齋獨坐》云：

相望山河近，相思朝夕勞。龍門竹箭急，華岳蓮花高。
岳高嶂重疊，鳥道風煙接。遙原樹若薺，遠水舟如葉。葉舟
旦旦浮，驚波夜夜流。露寒洲渚白，月冷函關秋。秋夜清風
發，彈琴即鑒月。雖非莊舄歌，吟詠常思越（指楊素而言，素
封越國公。可見道衡跟楊素的友誼還是不錯的）。

"露寒洲渚白,月冷函關秋"這樣的句子,也真夠漂亮,與見於《昔昔鹽》中的"暗牖懸蛛網,空梁落燕泥",在寫景抒情上可以媲美,而且應該說與楊素的詩也在伯仲之間。道衡的短詩如《人日思歸》更是玲瓏雋永:

入春才七日,離家已二年。人歸落雁後,思發在花前。

庸中佼佼,以少勝多,五言詩到了隋代可以說已經變化了南朝的綺麗,發展了北朝的純樸,而為稱盛的唐詩,奠定了基礎,開拓了境界。古體樂府益臻精妙,近體律、絕之作也花開奇葩,蔚為壯觀了,詩和聲韻更好地結合起來,小詩經常出現,非盡蛻化於民歌,業已自成格調。
【後缺】

十三、初唐信息

　　唐自李淵武德元年(公元 618)代隋而有天下,至哀帝李柷(zhù)
天祐三年(公元 906)之二百八十八年間,詩臻極盛,體制大備,這和唐
太宗李世民(599—649)以及唐玄宗李隆基(685—762)的積極好尚大
力提倡是分不開的(如科舉有詩,詩人可以為官等均是),所以論時期
既分初、盛、中、晚,計作者何止千家。至其詩篇,只說"絕句"已不止萬
首了。它的繼承發展的情況,還是清人沈德潛分析得比較精當,他說:

　　　　五言古體發源於西京(長安,此指西漢而言),流衍於魏、
晉,頹靡於梁、陳,至唐顯慶龍朔(俱唐高宗李治年號)間,不振
極矣! 蘇、李十九首以後,五言所貴,大率優柔善人,婉而多風。
　　　　《大風》《柏梁》,七言權輿也:自時厥後,魏宋之間,時多
傑作,唐人出而變態極焉。
　　　　五言律,陰鏗、何遜、庾信、徐陵,已開其體,唐初人研揣
聲音,穩順體勢,其制大備。
　　　　七言律,平敘易於徑直,雕鏤失之佻巧,比五言更難。初
唐英華乍起,門戶未開,不用意而自勝。
　　　　五言長律,貴嚴整、貴勻稱、貴屬對工切、貴血脈動盈,唐
初應制贈送諸篇,王、楊等並皆佳妙。
　　　　五言絕句,右丞(王維)之自然,太白之高妙,蘇州(韋應
物)之古淡,純是化機,不關人力。
　　　　七言絕句,貴言微旨遠,語淺情深,如清廟之瑟,一倡而

三歎,有遺音者矣。開元之時,龍標(王昌齡)、供奉(李白)允稱神品。

唐人詩,無論大家名家不能諸體兼善,唐人達樂者已少,其樂府題不過借古人體制寫自己胸臆耳,雖各出機杼,實憲章八代。

（《唐詩別裁集》卷首"凡例"）

沈氏所言,極著見地,正本溯源,識其脈絡,從形式句法上看,亦使人思過半焉。他之不可及處,更把其所主張,落實到作者和他們的代表作上,按圖索驥,瞭若指掌。因此我們也不汲汲於分期,先從體制上找尋其成就上的特色,以便學習。

唐太宗詩,帶有陳隋舊響,雖有氣魄,非通人之語,不能令人感生輕快,如《帝京篇》云:

以茲遊觀極,悠然獨長想。披卷覽前蹤,撫躬尋既往。望古茅茨約,瞻今蘭殿廣。人道惡高危,虛心戒盈蕩。奉天戒誠敬,臨民思惠養。納善察忠諫,明科慎刑賞。六五誠難繼,四三非易仰。庶待淳化敷,方嗣雲亭響。

此詩帝王氣息特重,無從學擬。《首春》之類,差強人意,以其點染景色也,詩云:

寒隨窮律變,春逐鳥聲開。初風飄帶柳,晚雪間花梅。碧林青舊竹,綠沼翠新苔。芝田初雁去,綺樹未鶯來。

雕鏤痕跡昭然,排比觸處可見,已為律詩開了蹊徑。

71

李世民欣賞的臣子也是五言詩的健者虞世南(558—638),字伯施,越州餘姚人,唐代書法家、詩人,官至秘書監,封永興縣子。魏征(580—643),字玄成,館陶今河北人,官諫議大夫、秘書監,直言敢諫,唐太宗稱之為"人鑒"。也各舉一首為例,世南之《蟬》云:

> 垂緌(冠纓)飲清露,流響出疏桐。居高聲自遠,非是藉秋風。

以蟬自況,說得超凡得體,使人感生清遠,但其《從軍行》之"塗山烽候驚,弭節度龍城。冀馬樓蘭將,燕犀上谷兵。劍寒花不落,弓曉月愈明。凜凜嚴霜節,冰壯黃河絕。蔽日卷征蓬,浮天散飛雪",寫北地行軍的景色,也未嘗不是絕唱。魏徵之《述懷》(樂府作《出關》)云:

> 中原還逐鹿,投筆事戎軒。縱橫計不就,慷慨志猶存。杖策謁天子,驅馬出關門。請纓係南越,憑軾下東藩。鬱紆陟高岫,出沒望平原。古木鳴寒鳥,空山啼夜猿。既傷千里目,還驚九折魂。豈不憚艱險,深懷國士恩。季布無二諾,侯贏重一言。人生感意氣,功名誰復論!

詩不多作,即此已足見其氣格高古,一掃齊梁綺靡之音為盛唐之前趨了。試看"古木""空山"等句,是何等的淒涼呵,而結語之直摯亦溢於言表了。惟虞、魏二詩均不及章懷太子李賢《黃臺瓜辭》的悱惻空靈,其辭曰:

> 種瓜黃臺下,瓜熟子離離。一摘使瓜好,再摘令瓜稀。三摘尚自可,摘絕抱蔓歸。

李賢,高宗李治之子,曾嗣立為太子,以武氏專擅,欲代李氏,章懷總有感,亦難免於連類的廢死了。鍾惺曰:"深有漢魏遺音,妙於《煮豆歌》"(《詩歸·初唐一》)。其實,一個是母子相殘,一個是兄弟相害,前者換了朝廷,以武代李,後者曹魏不變,止陳思鬱鬱而終,同而不同,武氏是更為兇狠的。"虎毒不吃子",武氏為了統治天下,奪取大位,已經無所顧忌了。

不過,武則天卻是愛好文藝,獎掖詩學的。當權之後,上官(儀、及其女婉兒)頗蒙恩寵,而張(說)、沈(詮期)、宋(之問)之流,亦垂青睞。如上官儀,貴為丞相,而詩的造詣亦高,特別是關於"對仗",他竟總結出來一套規格,如"六對""八對"之說:

六對:
正名對　天地日月。
同類對　花葉草芽。
連珠對　蕭蕭赫赫。
雙聲對　黃槐綠柳。
疊韻對　彷徨放曠。
雙擬對　春樹秋池。

他更進一步地以詩句為例言其"八對"云:

的名對"送酒東南去,迎琴西北來"。
屬類對"風織池間樹,蟲穿草上文"。
雙聲對"秋露香佳菊,春風馥麗蘭"。
疊韻對"放蕩千般意,遷延一介心"。

聯綿對"殘河若帶,初月如眉"。

雙擬對"議月眉欺月,論花頰勝花"。

回文對"情新因意得,意得逐情新"。

隔句對"相思復相憶,夜夜淚沾衣。空歎復空泣,朝朝君未歸"。

(以上所引,俱見《詩苑類格》中)

唐詩特重"格律""聲色"的寫作手法,於此不是已經略見端倪了嗎? 上官儀(約608—664),陝州陝縣(今屬河南)人,貞觀進士,曾官宏文館學士,西臺侍郎,後見惡於武后,下獄死。

至所謂初唐"四傑"之王(勃)、楊(炯)、盧(照鄰)、駱(賓王),以王最有才氣,成名亦早,其《仲春郊外》云:

東園垂柳徑,西堰落花津。物色連三月,風光絕四鄰。

鳥飛村覺曙,魚戲水知春。初晴山院裏,何處染囂塵。

詩是寫得春意盎然,景色如畫,但終嫌其雕琢,痕跡太重,結語又有飄然世外之思,不如"落霞與孤鶩齊飛,秋水共長天一色"(《滕王閣序》)的自然。

駱賓王(約640—?),婺州義烏(今屬浙江)人,以《討武氏檄》知名,徐敬業兵敗,賓王亦下落不明。他的《在獄詠蟬》詩,卻是流傳至今,哀傷有致的。詩前有序,四六排聯,以秋蟬自況,其尾語云:"僕失路艱虞,遭時徽纆。不哀傷而自怨,未搖落而先衰。聞蟪蛄之流聲,誤平反之已奏;見螳蟑之抱影,怯危機之未安。感而綴詩,貽諸知己。庶情沿物應,哀弱羽之飄零;道寄人知,憫餘聲之寂寞。非謂文墨,取代幽憂云爾。"文凡二百六十七字,在當時不能不算作長序了。詩曰:

西陸蟬聲唱，南冠客思侵。那堪玄鬢影，來對白頭吟？
露重飛難進，風多響易沉。無人信高潔，誰為表予心？

鍾惺認為"序文思理韻致，是四六中一篇小題絕佳文字，詩亦森挺，不肯自下"(《詩歸·初唐一》)。又賓王《靈隱寺》中之"樓觀滄海日，門對浙江潮。桂子月中落，天香雲外飄"，也是名句，以其氣象宏壯寫景俏麗，耐人尋味之故爾。也錄盧照鄰(約 635—689，字升之，號幽憂子，幽州范陽，即今河北涿縣人，官新都尉，以困於風痹症，投穎水死)一首《春晚山莊率題》：

田家無四鄰，獨坐一園春。鶯啼非選樹，魚戲不驚綸。
山水彈琴盡，風光酌酒頻。年華已可樂，高興復留人。

鍾惺認為此詩溫潤，高於賓王，並曰："王、楊、盧、駱，偶然同時有此稱耳，非初唐至處也。王森秀，非三子可比，盧稍優於駱，楊寥寥數作，又不能佳，其何稱焉？少陵云：'王、楊、盧、駱當時體，可破盲俗吠聲之惑矣。'"(《詩歸·初唐一》)甚是。如楊炯(650—693)，華陰(今陝西)人，十二歲有"神童"之稱。授校書郎，後為盈川令，擅長五律，邊塞詩盛於氣勢，其它諸作未能盡脫綺豔之風，其《早行》云：

敞朗東方徹，欄幹北斗斜。地氣俄成霧，天雲漸作霞。
河流才辨馬，巖路不容車。阡陌經三歲，閭閻對五家。露文沾細草，風影轉高花。日月從來惜，關山猶自賒。

楊炯自言"吾愧在盧前，恥居王后"，實則王勃之作，如"城闕輔三秦,風煙望五津。與君離別意,同是宦遊人。海内存知己,天涯若比鄰。無為在歧路,兒女共沾巾"(《送杜少府之任蜀州》)則有創有修,較之楊詩自然得多。

這其間,從武后永昌(688),歷天授(690)、長壽(692)、延載(694)、太后天冊萬歲(695)、萬歲通天(696)、神功(697)、聖歷(698)、久視(700),直至長安(701)的十幾年間,詩文之政,實在張易之、張說、宋之問等人手中。而預修《三教珠英》者,兩張之外,又有李嶠、沈佺期等人。李則趙州贊皇(今屬河北)人,與其同州欒城之蘇味道齊名,時號"蘇、李"。又與崔融(字安成,全節(今屬廣西,即全縣)人,官鳳閣舍人、國子司業,文章華婉典麗,朝廷大手筆多出其手)、杜審言(約645—約708,字必簡,祖籍襄陽,遷居今河南鞏縣,為杜甫的祖父,咸亨進士,官修文閣學士,附張易之兄弟,詩格律謹嚴,長於五言,但應制與酬和之作多)並稱"文章四友"。

蘇味道(648—705),乾封進士,聖歷初官至宰相,為人圓通,人稱"蘇模棱",後貶死郿州(今陝西郿縣)。其詩不多,《正月十五夜》云:

火樹銀花合,星橋鐵鎖開。暗塵隨馬去,明月逐人來。
遊妓皆穠李,行歌盡落梅。金吾不禁夜,玉漏莫相催。

詩雖未臻上乘,而"火樹銀花,金吾不禁"等詞,卻成了後來詠唱上元節夜的常用語。

李嶠(644—712),字巨山,二十舉進士,歷仕高宗、武后、中宗,官至中書令,玄宗貶之廬州別駕。詩多詠物之作,茲錄其《送李邕》及《送別》二首如下:

落日荒郊外,風景正淒淒。離人席上起,征馬路旁嘶。

別酒傾壺贈,行書掩淚題。殷勤御溝水,從此各東西。

此詩寫友朋惜別的情景直和畫圖一般,引人同感。其《送別》之辭意,則更園暢,物色亦佳:

歧路方為客,芳樽暫解顏。人隨轉蓬去,春伴落梅還。白雲渡汾水,黃河繞晉關。離心不可問,宿昔鬢成斑。

與李嶠齊名之崔融(安成),齊州全節(今屬山東)人,武后時為著作郎,袁州刺史,國子司業等官,封清河縣子。融以曾佞附張易之兄弟,行誼有玷,但為文華婉高麗,罕有及者,詩亦清俊。如《擬古》思人之"飲馬臨濁河,濁河深不測。河水日東注,河源乃西極。思君正如此,誰為生羽翼?日夕大川陰,雲霞千里色。所思在何處?宛在機中織"等句,以河方人,千波萬緒,又知其為"思婦"愁居之作了。其《從軍行》亦別具風格,而且以七言見稱:

穹廬雜種亂金方,武將神兵下玉堂。天子旌旗過細柳,匈奴運數盡枯楊。關頭落月橫西嶺,塞下凝雲斷北荒。漠漠邊塵飛眾鳥,昏昏朔氣聚群羊。依稀蜀杖迷新竹,仿佛胡牀識故桑。臨海歸來聞驃騎,尋河本自有中郎。坐看戰壁為平土,近待軍營作破羌。

頗為流麗,也有妙思,寫邊塞的景物亦佳。早期得此,實足矜式,換言之,就是為唐代詩歌,開了個好頭。但沈(佺期字雲卿,相州內黃即今河南內黃人,歷任考功員外郎,太子詹事等官)、宋(之問字延清,虢州弘農,即今河南靈寶人,官尚方監丞左)偕出,音韻相和,約句准篇,如錦繡成文,益趨靡曼。如沈之"盧家少婦郁金堂,海燕雙棲玳瑁梁。九月寒砧催木葉,十年征戍憶遼陽。白狼北河音書斷,丹鳳城南秋夜長。誰謂含愁獨不見,更將明月照流黃"(《古意·呈補闕喬知之》),以及《雜詩》之"聞道黃龍戍,頻年不解兵。可憐閨裏月,長在漢家營。少婦今春意,良人昨夜情。誰能將旗鼓,一為取龍城"都是流傳至今為人熟悉的佳作。因為他咳唾珠玉,富有魅力,非一般詩人所能吟得。音調協和,發為奇響。其應制諸作也不無可取者,如《昆明池侍宴》云:

> 武帝伐昆明,穿池習五兵。水同河漢在,館有豫章名。我后光天德,垂衣文教成。黷兵非帝念,勞物豈皇情?春仗過鯨沼,雲旗出鳳城。靈魚銜寶躍,仙女廢機迎。柳拂旌門暗,蘭依帳殿生。還如流水曲,日曉棹歌聲。

鍾惺評之曰:"古直淹雅,排律當家。"(《詩歸·初唐三》)是有見識的,非只一味頌聖者可比。如結語"還如流水曲,日晚棹歌聲",頗具悠然散淡之意。

宋之問的《龍門應制》尤為出色,甚至奪了東方虯已被賞得的錦袍。其起語云:"宿雨霽氛埃,流雲度城關。河堤柳新翠,苑樹花先發。洛陽花柳此時濃,山水樓臺映幾重。群公拂霧朝翔鳳,天子乘春幸鑿龍"等句,五七言合用,而且"天子乘春幸鑿龍"以後的卅六句掃數是七言的,景物層出不窮,使人眼花繚亂,不怪武后喜之不已。如"山壁嶄巖斷復連,清流澄澈俯伊川。雁塔遙遙綠波上,星龕奕奕翠微邊。層巒舊長千尋木,遠壑初飛百丈泉"等句,確是雄偉壯麗不同凡響。他的《有所思》中的"洛陽城東桃李花,飛來飛去落誰家?洛陽女兒好顏色,坐見落花長歎息!今年花落顏色改,明年花開復誰在?已見松柏摧為薪,更聞桑田變成海。古人無復洛陽東,今人還對落花風。年年歲歲花相似,歲歲年年人不同。"這裏面幾句詠落花的情調,直為清人曹雪芹的黛玉"葬花詞"之所標榜了。

沈、宋才氣橫溢,思路敏捷,五言造詣絕不在王、楊、盧、駱之下,抑且作品較多。已上七言,不應以其附麗弄臣而過於貶抑。自然,初唐這些作家還不能脫陳、隋的舊習,沒有開拓的精神,直到陳子昂(661—702,伯玉,梓州射洪,今屬四川人。進士,為武則天所賞識,官至右拾遺)才有所振奮。他詩語高妙,尤善比興。如人所熟知的《登幽州臺歌》,"前不見古人,後不見來者。念天地之悠悠,獨愴然而泣下!"登高時四顧茫茫,使人頓感孤寂,可謂千古絕調。(此詩雖未直接反映作者的生活,實則跟他的隨征契丹失敗,遭到武攸宜的奏貶有關。)

他的"五律"也多精品,如《晚次樂鄉縣》云:

> 故鄉杳無際,日暮且孤征。川原迷舊國,道路入邊城。
> 野戍荒煙斷,深山古木平。如何此時恨,嗷嗷夜猿鳴!

此詩沈德潛稱為"聖光奧響",方虛谷指為律詩之祖(俱見《唐詩別裁集卷九》)。他這二、三兩聯,不但屬對工整,抑且辭義深沉,一片客子離鄉的景色。蓋子昂曾隨建安王武攸宜兩番出塞,不免有此愁思。送人從軍亦復有此意,如《送魏大》云:

> 匈奴猶未滅,魏絳復從戎。恨別三河道,言追六郡雄。
> 雁山橫代北,狐塞接雲中。勿使燕然上,唯留漢將功。

此雖結句故作壯語,實則主題思想已很明確。其它名句如:

　　巴國山川盡,荊門煙霧開。城分蒼野外,樹斷白雲隈。
(《度荊門望楚》)

　　離堂思琴瑟,別路繞山川。明月隱高樹,長河沒曉天。
(《春夜別友人》)

　　諸如此類,實際已經是抒發詩人自家思緒為主之作,與應制頌聖者迥乎不同了。其《感遇詩》(凡三十首,已餘其半)尤然。沈德潛所謂:"感於心,因於遇,猶莊子之寓言也。"(《唐詩別裁集‧五言古詩》卷一)其三云:

　　林居病時久,水木澹孤清。閑臥觀物化,悠然念無生。青春始萌達,朱火已滿盈。徂落方自此,感歎何時平!(沈云:"有生必化,不如無生也。況春、夏交遷,凋落旋盡,能無感歎耶?")

其五云:

　　玄蟬號白露,茲歲已蹉跎。群物從大化,孤英將奈何?瑤臺有青鳥,遠食玉山禾。崑崙見玄鳳,豈復虞雲羅。(沈云:"人生天地中,不能不隨時變遷,或遊仙庶幾可免也,此無可奈何之辭。")

其七云:

　　深居觀無化,悱然爭朵頤。讒說相啖食,利害紛嶷嶷(小兒有知也)。便便誇毗子,榮耀更相持。務光讓天下,商賈競刀錐。已矣行采芝,萬世同一時。(沈云:"此言群動紛爭,互相啖食,不如采芝深山之樂也。")

其十云:

吾愛鬼谷子,青溪無垢氛。囊括經世道,遺身在白雲。七雄方龍鬥,天下久無君。浮榮不足貴,遵養晦時文。舒可彌宇宙,卷之不盈分。豈徒山木壽,空與麋鹿群。(沈云:"言隱居而抱經世之道,以世亂不可為,故卷而懷之,非與麋鹿同群者等也。")

其十二云:

朝發宜都渚,浩然思故鄉。故鄉不可見,路隔巫山陽。巫山采雲沒,高丘正微茫。佇立望已久,涕淚沾衣裳。豈茲越鄉感,憶昔楚襄王。朝雲無處所,荊國亦淪亡!(沈云:"以荒淫足以亡國為世戒也。")

其十五云:

幽居觀天運,悠悠念群生。終古代興沒,豪傑莫能爭。三季淪周赧,七雄滅秦嬴。復聞赤精子,提劍入咸京。炎光既無象,晉虜復縱橫。堯禹道已昧,昏虐勢方行。豈無當世雄,天道與胡兵。咄咄安可言,時醉而未醒。仲尼溺東魯,伯陽遁西溟。大運自古來,旅人胡歎哉?(沈云:"天道如斯,孔子、老氏亦惟居夷出關而已。"又曰:"阮籍《詠懷》,後人每章

注釋，失之於鑿。讀者隨所感觸可見，子昂《感遇》亦不當以鑿求之。"以上沈云並見《唐詩别裁集·五古》卷一）

按諸詩神理高古，格律典雅，詞句流暢，意存諷喻，確非凡響。蓋子昂被武氏迫害致死之根源也。

盧藏用《唐右拾遺陳子昂文集序》曰：

昔孔宣父以天縱之才，自衛返魯，乃刪詩定禮，述易道而修春秋，數千百年，文章粲然可觀也。孔子末二百歲而騷人作，於是怨麗浮侈之法行焉。

漢興二百年，賈誼、馬遷為之傑，憲章禮樂，有老成之風。長卿、子雲之儔，瑰詭萬變，亦奇特之士也。惜其王公大人之言，溺於流辭而不顧。其後班、張、崔、蔡、曹、劉、潘、陸，隨波而作，雖大雅不足，其遺風餘烈，尚有典型。

宋、齊之末，蓋憔悴矣！逶迤陵頹，流靡忘返，至於徐、庾，天之將喪斯文也。後進之士，若上官儀者，繼踵而生，於是風雅之道，掃地盡矣！

《易》曰："物不可以終否，故受之以泰。"道喪五百歲而得陳君。君諱子昂，字伯玉，蜀人也。崛起江漢，虎視函夏，卓立千古，橫制頹波，天下翕然，質文一變。非夫岷峨之精，巫廬之靈，則何以生此！

故其諫諍之辭，則為政之先也；昭夷之碣，則議論之當也；國殤之文，則大雅之怨也；徐君之議，則刑禮之中也。至於感激頓挫，微顯闡幽，庶幾見變化之朕，以接乎天人之際者，則《感遇》之篇存焉。

觀其逸足駸駸，方將搏扶搖而陵太清，獵遺風而薄嵩岱，

吾見其進未見其止。惜乎湮厄當世,道不偶時,委骨巴山,年
志俱夭,故其文未極也。嗚呼!聰明精粹而淪剝,貪饕桀驁
以顯榮,天乎天乎,吾殆未知夫天焉。

盧藏用(字子潛,進士,歷官左拾遺、黃門侍郎、尚書右丞。人頗驕
縱,後以貶死)與子昂為友,至有"嘗與余有忘形之契,四海之內,一人
而已。良友歿矣!天其喪余"(同上)之歎,可見相知之深,推崇之重。
所言非止子昂之詩,包括文學在內,所以具有典型的代表性,不當
忽視。

十四、盛唐之詩

王漁洋曰："盛唐諸公五言之妙,多本阮籍、郭璞、陶潛、謝靈運、謝朓、江淹、何遜,邊塞之作則出鮑照、吳均。"(《漁洋詩話》)又說:"唐人於六朝,率攬其菁華,汰其蕪蔓,可為學古者之法。蓋自陳子昂追建安之風,開元之際,則張曲江繼之,李太白又繼之,沈、宋集律體之成,而王、孟、高、岑益為華贍,子美兼擅古律,是盛唐之宗矣。"(同上)他這來龍去脈,擺得相當的清楚,而且講得滿有道理。其實,李隆基自己即很能詩,不單是高高在上,倩人代庖之主。明人鍾惺談得最好:

六朝帝王鮮不能詩,大抵崇尚纖靡,與文士競長。偏雜軟滯,略於文字中,窺其治象。至明皇而骨韻風力,一洗殆盡,開盛唐廣大清明氣象。真主筆舌,與運數隆替相對。(《古詩歸·盛唐一》卷六)

讓我們也録引明皇李隆基五、七言詩各一首見其風骨格律。如《經魯祭孔子而歎之》:

夫子何為者? 棲棲一代中。地猶鄹氏邑,宅即魯王宮。歎鳳嗟身否,傷麟怨道窮。今看兩楹奠,應與夢時同。

這是大家都很熟悉的詩,《唐詩三百首》《千家詩》等選本裏都有。鍾惺云:"命題即有氣魄。"又說:"八句皆用孔子實事,不板、不滯、不砌,人不可以無筆。"又《首夏花萼樓觀君臣宴寧王山亭,回樓下又申之以賞樂賦詩並序》云："萬物莫不氣兆乎上,而形現乎下。鐵石異品,雲蒸並溫。草木無心,春來咸喜。故聖人弘道,先王法天,酒星主獻酬之義,《需卦》陳飲食之象。近命群官,欣時宴樂,盡九春之麗景,匝三旬之暇日。暢飲桂山,棹歌泌水,醇以養德,味以平心。本將導達陽和,助成長育,亦朝廷多慶,軍國餘閒者也。(下略)"冠冕堂皇,不矜不誇,這序言就有氣魄,其詩云:

> 今年通閏月,入夏展春暉。樓下風光晚,城隅燕賞歸。九歌揚政要,六舞散朝衣。天喜時相合,人和事不違。禮中推意厚,樂處感心微。別賞陽臺樂,前旬暮雨飛。

情景交融,直書其事,並不賣弄辭彙,相當典雅,也符合天子的身份,這就是唐明皇詩的特點。又《為趙法師別造精院,過院賦詩》詩云:

> 宗師心物外,為道運虛身。不戀巖泉賞,來從宮禁遊。探玄知幾歲?習靜更宜秋。煙樹辨朝色,風湍聞夜流。坐朝繁聽覽,尋勝在清幽。欲廣無為化,因茲庶可求。

詩,道家的氣氛極重,足為李隆基得諡玄宗的前證。蓋伊自稱為李耳的玄孫,又有"探玄習靜"、"尋勝清幽,欲廣無為"之語也。鍾伯敬說明皇是"清理、清悟、清言"得未曾有。

1. 李白

盛唐大詩人自以李(白)、杜(甫)為代表人物。《唐書·文藝傳》載言:

　　李白字太白,興聖皇帝九世孫,其先隋末罪徙西域。神龍(中宗李顯年號)遁還,客巴西(人謂今之四川綿縣)。白之生母夢長庚星,因以命之。十歲通詩書,既長隱岷山,州舉有道,不應。蘇頲為益州長史,見白異之,曰:“是子天才奇特,少益以學,可比相如。”然喜縱橫術,擊劍為任俠,輕財好施。更客任城(即今山東濟寧縣),與孔巢父、韓准、裴政、張叔明、陶沔居徂徠山,日沈飲,號“竹溪六逸”。天寶初,南入會稽(即今浙江紹興縣),與吳筠善,筠被召,故白亦至長安。往見賀知章,知章見其文歎曰:“子謫仙人也。”言於玄宗,詔見金鑾殿,論當世事,奏頌一篇,帝賜食親為調羹,有詔供奉翰林。白猶與飲徒醉於市,帝坐沉香亭子,意有所感,欲得白為樂章,召入而白已醉,左右以水沃面,稍解,援筆成文,婉麗精切,無留思。帝愛其才,數宴見。白嘗侍帝,醉使高力士脫靴,力士素貴,恥之。摘其詩以激楊貴妃,帝欲官白,妃輒沮止。白自知不為親近所容,益騖放不自修,與知章、李適之、汝陽王璡、崔宗之、蘇晉、張旭、焦遂為酒中八仙人,懇求還山。帝賜金放還。白浮遊四方,嘗乘舟與崔宗之自採石至金陵,著宮錦袍坐舟中,旁若無人。安祿山反,轉側宿松匡廬間,永王璘辟為府僚佐。璘起兵,逃還彭澤,璘敗,當誅。初白遊并州,見郭子儀奇之,子儀嘗犯法,白為救免。至是子儀請解官以贖,有詔長流夜郎。會赦還潯陽,坐事下獄。釋囚後,依當塗令李陽冰,遂卒於當塗。

　　唐孟棨《本事詩》言:“李太白初自蜀至京師,舍於逆旅。賀監知章聞其名首訪之,既奇其姿,復請所為文,出《蜀道難》以示之。讀未竟,稱歎者數四,號為謫仙,解金龜換酒,與傾盡醉。期不間日,由是稱譽光赫。賀又見其《烏棲曲》,歎賞苦吟曰:‘此可以泣鬼神矣!’故杜子美贈詩及焉。”其曲曰:

> 姑蘇臺上烏棲時,吳王宮裏醉西施。吳歌楚舞歡未畢,西山欲銜半邊日。金壺丁丁漏水多,起看秋月墮江波。東方漸高奈樂何。

白才逸氣高,與陳子昂齊名,先後合德,他論詩道:“梁、陳以來,豔薄斯極,沈休文又尚以聲律,將復古道,非我而誰?”故陳、李二集,律詩殊少,嘗言“興寄深微,五言不如四言,七言又其靡也。況使束於聲調俳優哉!”所以他是主張天馬行空,信口信手,而反對束縛拘牽清規戒律太多的。鍾伯敬曰:“古人雖氣極逸,才極雄,未有不具深心幽致而可入詩者,讀太白詩,當於雄快中察其靜遠精出處,有斤兩,有脈理。今人把太白只作一粗人看矣,恐太白不粗於今之詩人也。”(《詩歸·盛唐卷十五》)現在讓我們就先看他一首四言的《來日大難》云:

> 來日一身,攜糧負薪。道長食盡,苦口焦脣。今日醉飽,樂過千春。仙人相存,誘我遠學。海淩三山,陸憩五嶽。乘龍天飛,目瞻兩角。授以神藥,金丹滿握。蟪蛄蒙恩,深愧短促。思填東海,強銜一木。道重天地,軒師廣成。蟬翼九五,以求長生。下士大笑,如蒼蠅聲。

此太白醉心長生之遊仙詩也。看他馳騁上下,小大由之,故作高曠,實乃自戲,頗具莊周的氣魄了。我們別忘了這是四言詩,並非《逍遙遊》。此類甚多,再看他的五言絕句:

長安一片月，萬戶擣衣聲。秋風吹不盡，總是玉關情。
何日平胡虜，良人罷遠征？（《子夜四時歌》）

不是"閨思"嗎？實在反對邊事，然而情景自然，毫不做作，此其所
以為太白。其詠史自勵之辭，亦甚坦蕩動人。《贈新平少年》云：

韓信在淮陰，少年相欺凌。屈體若無骨，壯心有所憑。
一遭龍顏君，嘯叱從此興。千金答漂母，萬古共嗟稱。而我
竟胡為，寒苦坐相仍。長風入短袂，兩手如懷冰。故友不相
恤，新交寧見矜？摧殘檻中虎，羈紲韝上鷹。何時騰飛雲？
搏擊申所能。

太白何嘗無用世之心，特不得其所耳。借題發揮得好，其抑鬱之
氣亦可見矣！太白更兒女情長，出言有章，《寄東魯二稚子》云：

吳地桑葉綠，吳蠶已三眠。我家寄東魯，誰種龜茲田？
春事已不及，江行復茫然。南風吹歸心，飛墮酒樓前。樓東
一株桃，枝葉拂青煙。此樹我所種，別來向三年。桃今與樓
齊，我行尚未旋。嬌女字平陽，折花倚桃邊。折花不見我，淚
下如流泉。小兒名伯禽，與姊亦齊肩。雙行桃樹下，撫背復
誰憐。念此失次第，肝腸日憂煎。裂素寫遠意，因之汶陽川。

天倫之愛亦至性的所在，絲毫遮掩不得，所以娓娓敘來，引人同
調，已與工部如出一轍。

七言絕句和長歌，也各舉一首為例，人最稔熟的《黃鶴樓送孟浩然

88

之廣陵》云：

　　故人西辭黃鶴樓，煙花三月下揚州。孤帆遠影碧空盡，
惟見長江天際流。

真是油然而來，飄然而去，天衣無縫，已非人籟。又《早發白帝
城》云：

　　朝辭白帝彩雲間，千里江陵一日還。兩岸猿聲啼不盡，
輕舟已過萬重山。

疾如飛隼，瞬息而過，真是神筆，誰人學得？《扶風豪士歌》云：

　　洛陽三月飛胡沙，洛陽城中人怨嗟。天津流水波赤血，
白骨相撐如亂麻。我亦東奔向吳國，浮雲四塞道路賒。東方
日出啼早鴉，城門人開掃落花。梧桐楊柳拂金井，來醉扶風
豪士家。扶風豪士天下奇，意氣相傾山可移。作人不倚將軍
勢，飲酒豈顧尚書期？雕盤綺食會眾客，吳歌趙舞香風吹。
原嘗春陵六國時，開心寫意君所知。堂中各有三千士，明日
報恩知是誰？撫長劍，一揚眉，清水白石何離離！脫吾帽，向
君笑，飲君酒，為君吟，張良未逐赤松去，橋邊黃石知我心。

不用細說，即知此作當是反映安祿山叛變所造成的慘像及太白自
家忠君報國的豪言壯語的。則其南奔吳國及贊助永王璘起兵東南之
舉有由然矣（也非細事）。而肅宗李亨罪之，顯係帝位之爭，自相殘
殺了。

2. 偉大的現實主義詩人杜甫

杜甫(公元 712-770)，生當唐睿宗李旦太極年，卒於代宗李豫大歷五年，字子美，本襄陽人，後遷河南鞏縣。他是杜審言的孫子，少時李邕(大書法家)奇其才，但應進士不第，天寶末獻《三大禮賦》，頗為玄宗所賞識，會安祿山叛亂，轉依肅宗李亨於靈武(今屬陝西)，官至左拾遺。後依嚴武於劍南，武死往來梓、夔間(均今四川省地)，大歷中出瞿塘峽，下江陵(今湖北省)沂沅湘以登衡山(均今湖南省址)，遊客耒陽卒，《唐書》說他"曠故不自檢，好論天下大事，高而不切，少與李白齊名，時號李、杜，嘗與白及高適過汴州(今河南省開封市)，酒酣登'吹臺'慷慨懷古，人莫測也"。

王世貞(1526-1590)的《藝苑卮言》曰："李、杜光焰千古，人人知之。滄浪(嚴羽)並極推尊，而不能致辨，元微之(積)獨重子美，宋人以為談柄。近時楊用修為李左祖，輕俊之士，往往傅焉，要其所得。但影響之間，五言古，選體，及七言歌行，太白以氣為主，以自然為宗，以俊逸高暢為貴。其歌行之妙，詠之使人飄揚欲仙者，太白也;使人慷慨激烈唏噓欲絕者，子美也。選體太白多露語率語，子美多稚語累語，置之陶(潛)、謝(靈運)間，便覺傖父，而乃欲使之奪曹氏父子位耶? 五言律，七言歌行，子美神矣，七言律聖矣! 五七言絕，太白神矣，七言歌行聖矣，五言次之。太白之七言律，子美之七言絕，皆變體，間為之可耳，不足法也。"按鳳洲之言透明深入，分析有方，可以參考，雖然偏重於格調聲色。

我們的看法是李、杜各有千秋，難為軒輊。韓退之詩曰："李、杜文章在，光焰萬丈長。不知群兒愚，那用故謗傷。蚍蜉撼大樹，可笑不自量。"有人說這是說給元積聽的。

積是抑李尊杜的,積之言曰:

> 至於子美,蓋所謂上薄《風》《騷》,下該沈、宋,言奪蘇、李,氣吞曹、劉,掩顏、謝之孤高,雜徐、庾之流麗,盡得古今之體勢,而兼人人之所獨專矣。使仲尼考鍛其旨要,尚不知貴其多乎哉,苟以為能所不能,無可無不可,則詩人以來,未有如子美者。
>
> 是時,山東人李白亦以文奇取稱,時人謂之李、杜。予觀其壯浪縱恣,擺去拘束,模寫物象,以樂府歌詩,誠亦差肩於子美矣。至若鋪陳終始,排比聲韻,大或千言,次猶數百,詞氣豪邁,而風調清新,屬對律切,而脫棄凡近,則李尚不能歷其藩翰,況堂奧乎?

這可以說是最早的“李、杜優劣論”,究其實際,尊杜未免過高,認為是自古以來第一詩人麼。而抑李也太出格“尚不能歷其藩翰”,豈非貶損過甚,所以宋人嚴羽跟韓愈一樣,不予同意,清人王世貞言之綦詳,足以參證。

杜甫出身於一個以儒家為主導思想的小官僚家庭(其父杜閑做過州縣司馬、縣令一類的小官),他的一生正是李唐帝國盛極而衰的動盪時代(從開元到天寶,直至大歷之初),可以分作下列幾個時期:①712-746 讀書壯遊。(約34年)②746-755 困守長安。③756-759 陷賊為官。(一個9年,一個3年,都比較短)④760-710(計10年)作品的造詣也各自不同。“讀書破萬卷,下筆如有神”,正是他漫遊吳、越、齊、趙的情況,此際唐王朝繁榮富強,得以飽覽名山大川,增益了他的生活知識,擴大了眼界,廣交了朋友(如李白等人)。因之詩歌豪放,有浪漫氣息,可是接著由於謀官長安,“朝叩富兒門,暮隨肥馬塵”,以期其“致君堯舜上,再使風俗淳"的政治理想的實現,但結果破滅了。潦倒貧困,頓生"朱門酒肉臭,路有凍死骨"的同情人民疾苦之言,安史亂起,顛沛流離,曾做俘虜,後又逃出,深入人民的生活以後,始有"三史""三別"等不朽之作,這時正是他的壯年後期四十多歲之際,復因疏救房琯遭貶出陝流寓四川。這之後,詩歌創作,便多樣化了,茲僅錄其論詩者數首:

王楊盧駱當時體,輕薄為文哂未休。爾曹身與名俱滅,不廢江河萬古流。(《戲為六絕句》)

不薄今人愛古人,清詞麗句必為鄰。竊攀屈宋宜方駕,恐與齊梁作後塵。(同上)

陶冶性靈存底物,新詩改罷自長吟。孰知二謝將能事,頗學陰何苦用心。(《解悶》)

不見高人王右丞,藍田丘壑漫寒藤。最傳秀句寰區滿,未絕風流相國能。(同上)

此類七絕多是杜甫傾心今古作者之證。此外如"庚信文章老更成,凌雲健筆意縱橫(《戲為六絕句》)","復憶襄陽孟浩然,清詩句句盡堪傳"(《解悶》)等句,統是此意。可見工部之不薄古人雅愛時人之深矣,而其終結實在"未及前賢更勿疑,遞相祖述復先誰? 別裁偽體親風雅,轉益多師是汝師"(《戲為六絕句》)。

鍾伯敬曰:"讀老杜詩,有進去不得時,有出去不得時。諸體有之,一篇有之,一句有之。須辦全付精神而諸家分應之,觀我所用精神多少、分合,便可定古人厚薄、偏全"(《詩歸‧盛唐十二》),此言有理,確乎非凡,讓我們也遍觀一下諸體杜詩以為參證。《前出塞》之一云:

挽弓當挽強,用箭當用長。射人先射馬,擒賊先擒王。殺人亦有限,立國自有疆。苟能制侵陵,豈在多殺傷?

此詩頗有辯證的方法,開始是克敵須強,結語則制寇以仁,此等語非老杜莫辦,而五言邊塞詩,遂為絕作。又目擊人民疾苦,如捉壯丁之悲慘情況云:

暮投石壕村,有吏夜捉人。老翁逾牆走,老婦出門看。吏呼一何怒,婦啼一何苦!聽婦前致詞:三男鄴城戍。二男附書至,一男新戰死。存者且偷生,死者長已矣。室中更無人,惟有乳下孫。孫有母未去,出入無完裙。老嫗力雖衰,請從吏夜歸。急應河陽役,猶得備晨炊。夜久語聲絕,如聞泣幽咽,天明登前途,獨與老翁別。

此著名《三吏》之一《石壕吏》也。題而以"吏"名,蓋斥此輩作惡多端,害民致死之故。老杜對此,一用白描手段,哭訴、對話,婦、孺、老、弱,羅掘俱全,讀之使人悱惻,從而鞭撻盛唐之黷武開邊民不聊生之虐政,皮裏陽秋又是絕唱。再如刻劃友情歷歷在目之《贈衛八處士》云:

人生不相見,動如參與商。今夕復何夕?共此燈燭光。少壯能幾時,鬢髮各已蒼。訪舊半為鬼,驚呼熱中腸。焉知二十載,重上君子堂。昔別君未婚,兒女忽成行。怡然敬父執,問我來何方?回答未及已,兒女羅酒漿。夜雨剪春韭,新炊間黃粱。主稱會面難,一舉累十觴。十觴亦不醉,感子故意長。明日隔山嶽,世事兩茫茫。

敘闊別,道家常,吃便飯,飲酒漿,此詩人情的味道特別深厚,但在一起一結的語氣中,已使人倍生滄桑淒涼之感了。其《夢李白》之"死別已吞聲,生別常惻惻","江湖多風波,舟楫恐失墜",則更知作者對於摯友間的關懷親切,甚至於動魄驚心啦。五七律亦各舉一首為例:

國破山河在,城春草木深。感時花濺淚,恨別鳥驚心。烽火連三月,家書抵萬金。白頭搔更短,渾欲不勝簪(《春望》)。

亂中憂國,一片赤誠,語亦清順可喜,是首好的新體詩。七言的如《客至》:

舍南舍北皆春水,但見群鷗日日來。花徑不曾緣客掃,蓬門今始為君開。盤餐市遠無兼味,樽酒家貧只舊醅。肯與鄰翁相對飲,隔籬呼取盡餘杯。

此與《贈衛八處士》對比起來,一客一主相映有趣。因為作者描繪的俱是村居的知識分子生活,當行本色,身份無別。最後,再看一首七絕:

江月去人只數尺,風燈照夜欲三更。沙頭宿鷺聯拳靜,船尾跳魚撥剌鳴。

寫江月夜景甚佳。但七絕究非少陵本工,以其有似民歌也。

3. 其他作者王維等人

(1)王維

開元、天寶詩人,李、杜之外,還有王維、孟浩然、高適、岑參等名家,王、孟極為杜甫所推許,前已略見。蓋摩詰,好釋氏,立性高致,山水勝絕,其才秀麗疏朗,往往意興發端,沖情傅合,由工入微,不犯痕跡。其詩如《鬱輪袍》等,頗為伶人所歌唱,而以"紅豆生南國,春來發幾枝。願君多採擷,此物最相思"最流行(乃祿山亂後之作)。禪理詩以《酬張少府》為代表作,詩為五律:

晚年惟好靜,萬事不關心。自顧無長策,空知返舊林。
松風吹解帶,山月照彈琴。君問窮通理,漁歌入浦深。

鍾伯敬云:"透悟說不出。"譚友夏云:"妙極。"(《唐詩歸·盛唐四》)又其寫景詩云:

秋山斂餘照,飛鳥逐前侶。彩翠時分明,夕嵐無處所。
(《木蘭柴》)

鍾伯敬云:"此首殊勝諸詠物,論恐不然。"(同上)又《鹿柴》詩:

空山不見人,但聞人語響。返景入深林,復照青苔上。

又《竹里館》:

> 獨坐幽篁裏,彈琴復長嘯。深林人不知,明月來相照。

諸作情景交融,清虛高曠,別人無此生活,也難覓此等境界,所以為絕作。七絕如《送元二使安西》:

> 渭城朝雨浥輕塵,客舍青青柳色新。勸君更盡一杯酒,西出陽關無故人。

這是人所熟知的佳作,如《九月九日憶山東兄弟》一樣:

> 獨在異鄉為異客,每逢佳節倍思親。遙知兄弟登高處,遍插茱萸少一人!

鍾伯敬云:"讀不得。"(同上)以其情真意切,悲從中來也。再錄五律一首:

> 杜門不復出,久與世情疏。以此為長策,勸君歸舊廬。醉歌田舍酒,笑讀古人書。好是一生事,無勞獻《子虛》!

此《送孟六歸襄陽》詩,孟六,孟浩然也,可見兩人相得之深。鍾伯敬云:"極真! 極厚! 不作一體面勉留套語,然亦憤甚 ,特深渾不覺。"(同上)

按王維(701-761),字摩詰,太原祁(今山西祁縣)人,出身官僚地主家庭,廿一歲舉進士,任右拾遺、監察御史、吏部郎中、給事中等官,宰相張九齡之所拔擢也。他能詩能畫精通樂理,大約在四十歲後,便過著半官半隱的生活了,安史之亂為賊所俘,接受偽職,肅宗還朝後,

被檢察,鬱鬱以終。如《初出濟州別城中故人》有云:

> 微官易得罪,謫去濟川陰。執政方持法,明君無此心。
> 閭閻河潤上,井邑海雲深。縱有歸來日,各愁年鬢侵!

《舊唐書》本傳言:

> 維以詩名盛於開元、天寶間,昆仲宦遊兩都(其弟縉,肅
> 宗初為刑部侍郎,曾請削官以贖兄罪,帝特宥之),凡諸王駙
> 馬豪右貴勢之門,無不拂席迎之,寧王、薛王待之如師友。維
> 尤長五言詩,書畫特臻其妙,筆蹤措思,參於造化,而創意經
> 圖,即有所缺。如山水平遠,雲峰石色,絕跡天機,非繪者之
> 所及也。
> 維弟兄俱奉佛,居常蔬食,不茹葷血,晚年長齋,不衣文
> 綵,得宋之問藍田別墅,在輞口,輞水周於舍下,別漲竹洲花
> 塢,與道友裴迪浮舟往來,彈琴賦詩,嘯詠終日,嘗聚其田園
> 所為詩,號《輞川集》。在京師日飯十數名僧,以玄談為樂,齋
> 中無所有,唯茶鐺、茶臼、經案、繩牀而已。退朝之後,焚香獨
> 坐,以禪誦為事。妻亡不再娶,三十年孤居一室,屏絕塵累。
> 代宗李豫時,王縉為宰相,受命進維詩四百餘篇,已其殘餘矣
> (原有千篇,天寶後十不存一)!其《凝碧詩》云:"萬戶傷心
> 生野煙,百官何日再朝天?秋槐花落空宮裏,凝碧池頭奏
> 管弦!"

可見維未甘心從燕,李亨亦以此赦之,然終不免於物議也。
亦擇錄維弟縉、其友裴迪詩各一首以參證之。縉詩《同王昌齡、裴

迪遊青龍寺曇壁上人兄院集和兄維》云：

　　林中空寂舍，階下終南山。高臥一牀地，回看六合間。
浮雲幾處滅，飛鳥何時還？問義天人接，無心世界閑。誰知
大隱者，兄弟自追攀。

鍾伯敬云：“此排律也，有高韻，不當以整求之。”（《唐詩歸·盛唐
四》）縉雖高官厚禄，無害其有避世攀兄弟之心，裴迪《夏日過青龍寺
謁操禪師》云：

　　安禪一室內，左右竹亭幽。有法知不染，無言誰敢酬？
鳥飛爭向夕，蟬噪已先秋。煩暑自茲適，清涼何所求？

出言清靜，還我自然，自是王維同道。

（2）孟浩然

孟浩然（689-約740），襄州襄陽（今屬湖北）人，早年隱居鹿門山
（本縣東境三十里），年四十，遊長安，應進士不第，後為荊州從事，張九
齡所署任也。《唐書》有傳（極簡），其詩清淡，長於寫景，與王維齊名，
有《孟浩然集》。皮日休《孟亭記》云：“明皇世章句之風，大得建安體，
論者推李翰林、杜工部為尤，介其間能不愧者，惟吾鄉之孟先生也。先
生之作，遇景入詠，不鉤奇抉異，令齷齪束人口者，涵涵然有干霄之興，
若公輸氏當巧而不巧者也。”鍾伯敬《唐詩歸·盛唐五》云：“浩然詩，
當於清淺中尋其靜遠之趣，豈可故作清態，飾其寒窘，為不讀書不深思
人便門？若右丞詩，雖欲竊其似以自文，不可得矣，此王、孟之別也。”
我們認為鍾之言允當，亦深知王、孟之神髓者。如《留別王侍御維》

詩曰：

寂寂竟何待？朝朝空自歸。欲尋芳草去，惜與故人違。
當路誰相假？知音世所稀。只應守索莫，還掩故園扉。

鍾伯敬曰："讀三、四二語，可見浩然朋友之念重於君臣矣。"其淡
泊寧靜之意態亦自躍然紙上。按浩然見放明皇之詩為《歲暮歸南山》：

北闕休上書，南山歸敝廬。不才明主棄，多病故人疏。
白髮催年老，青陽逼歲除。永懷愁不寐，松月夜空虛。

三、四兩句即惹得明皇指為"卿不求仕，而朕未嘗棄卿，奈何誣朕"
之處。草野山人，山言莽撞，可見其為人。但是不管怎麼說，浩然自在
之格調，確已風靡一時。如人所稔知之《過故人莊》：

故人具雞黍，邀我至田家。綠樹村邊合，青山郭外斜。
開筵面場圃，把酒話桑麻。待到重陽日，還來就菊花。

此詩直敘其事，起得自然。寫景亦信手拈來境界昭晰，不愧與摩
詰齊名，特別是五言之作，五絕亦不外是，如為鍾惺稱為"通是情境，
妙！妙！"之《春曉》：

春眠不覺曉，處處聞啼鳥。夜來風雨聲，花落知多少？

孟浩然並非生來即喜隱逸者，古代書生都是一樣的，特未得其所
耳！如《望洞庭贈張丞相》云：

八月湖水平,涵虛混太清。氣蒸雲夢澤,波撼岳陽城。
欲濟無舟楫,端居恥聖明。坐觀垂釣者,徒有羨魚情!

這張丞相當即是張九齡,曾委浩然以"從事"之職的,欲兩相"唱
和"的,但亦"不達"。鍾伯敬曰"二語(五、六兩句)有用世之思",又曰
"人知其雄大,不知其溫厚"(《唐詩歸·盛唐五》)。

浩然的詩,七言不如五言,長篇不及短篇,下面也錄《春情》一首
為例:

青樓曉日珠簾映,紅粉春妝寶鏡催。已厭交歡憐枕席,
相將遊戲繞池臺。坐時衣帶縈纖草,行即裙裾掃落梅。更道
明朝不當作,相期共鬥管弦來。

鍾伯敬肯定了他的五、六兩句,說是"二語皆裝點趣事,覺下句為
妙",譚友夏也稱之為秀(同上),我則認為此非浩然的正常生活,第三
句尤僑俗。

(3)王昌齡

王昌齡(約689-757)字少伯,長安人。開元十五年進士,二十二
年中宏詞科,初補秘書郎,調汜水尉,謫嶺南,後任江寧丞,又因事貶龍
標尉,旋棄官隱居江夏。安史亂後,為刺史閭丘曉所殺。

龍標之詩,名著"邊塞",《出塞》云:

秦時明月漢時關,萬里長征人未還。但使龍城飛將在,
不教胡馬度陰山。

鍾伯敬曰：“龍標七言絕，妙在全不說出，讀未畢而言外目前，可思可見矣。然終亦說不出。”（《唐詩歸·盛唐六》）又其《閨怨》云：

閨中少婦不知愁，春日凝妝上翠樓。忽見陌頭楊柳色，悔教夫婿覓封侯！

這也含蓄得妙，不言邊事而反對戰爭，他的《長信秋詞》，則是代宮女訴哀怨的：

奉帚平明金殿開，且將團扇暫徘徊。玉顏不及寒鴉色，猶帶昭陽日影來。

鍾伯敬曰：“寒鴉”“日影”尤覺悲怨之甚。譚友夏曰：“宮詞細於毫髮，不推為第一婉麗手不可。”（同上）按此類小詩，都是流行古今之作。其五言長歌亦是繪景繪聲，使人一唱三歎的，如《宿天竺寺》：

松柏亂巖口，山西微徑通。天開一峰見，宮闕生虛空。正殿倚霞壁，千樓標石叢。夜來猿鳥靜，鐘梵寒雲中。峰翠映湖月，泉聲亂溪風。心超諸境外，了與懸解同。明發唯改視，朝日長崖東。湖色濃蕩漾，海光漸瞳曨。葛仙跡尚在，許氏道猶崇。獨往古來事，幽懷期二公。

此已超然物外頗有出世之意了，而色調斑爛，令人耳不暇給為可貴耳，其《乘潮至漁浦作》備言潮水來去壯觀之處，亦美不勝收，蓋恍如使讀者身臨其境，同賞同觀了：

艤棹乘早潮，潮來如風雨。樟臺忽已隱，界峰莫及覩。崩騰心為失，浩蕩目無主。阤劃浪始開，漾漾入漁浦。雲景共澄霽，江山相吞吐。偉哉造化靈，此事從終古。流沫誠足誡，商歌調易苦。頗因忠信全，客心猶栩栩。

十五、中唐諸家

代宗(李豫)大歷以下,一般稱作"中唐",詩人之較早者當推韋應物與劉長卿,明人鍾伯敬云:"漢魏詩至齊梁而衰,衰在豔。豔至極妙,而漢魏之詩始亡。唐詩至中晚而衰,衰在澹,澹至極妙,而初、盛之詩始亡。不衰不亡,不妙不衰也。"譚友夏亦云:"豔之害詩易見,澹之害詩難知。"(《唐詩歸·中唐一》)極有見地。

1. 劉長卿

劉長卿(709-780)字文房,河間(即今河間)人,開元二十一年進士,大歷中,官至鄂嶽轉運留後,為觀整誣奏,下姑蘇獄,後貶南巴尉,終隨州刺史,《唐書》有傳。以詩馳名上元、寶應(均肅宗年號)間,擅長近體,工為五律,風格含蓄溫和,清雅洗煉,雖近王(維)、孟(浩然),也有反映現實之作,《穆陵關北逢人歸漁陽》云:

逢君穆陵路,匹馬向桑乾。楚國蒼山古,幽州白日寒。
城池百戰後,耆舊幾家殘。處處蓬蒿遍,歸人掩淚看!

顯然這也是在詛咒安史之亂的,不過著眼在"歸人"目擊上罷了。其《和靈一上人新泉》云:

東林一泉出,復與遠公期。石淺寒流處,山空夜落時。
夢閑聞細響,慮澹對清漪。動靜皆無意,唯應達者知。

思想空寂，環境清幽，頗有入道之象。長卿也有釋氏念頭，《送靈澈上人還越中》云：

> 禪客無心杖錫還，沃洲深處草堂閑。身隨敝履經殘雪，
> 手綻寒衣入舊山。獨向青溪依樹下，空留白日在人間。那堪
> 別後長相憶，雲木蒼蒼但閉關。

三教同歸本是唐代思潮，長卿政治失意老病侵身之後，自然容易有出世之念："孤雲將野鶴，豈向人間住？"（《送方外上人》）"請近東林寺，窮年事遠公。"（《雲門寺訪靈一上人》）此類話頭不一而足，可證。長卿生活坎坷流落南方的情況，可以《新年作》為代表：

> 鄉心新歲切，天畔獨潸然。老至居人下，春歸在客先。
> 嶺猿同旦暮，江柳共風煙。已似長沙傅，從今又幾年。

長卿官鄂嶽間已不如意（所以自比賈長沙誼），貶南巴（今廣東茂名縣東）後，又感悽愴，此類詩絕非無病呻吟。北人南官，又遭貶竄，應知個中苦況，雖然還未考定它的年月。

2. 韋應物

韋應物（737-790），京兆長安（今屬陝西）人，少年時以三衛郎事玄宗李隆基，後為滁州、蘇州（今安徽、湖北、江蘇等省之市、縣）刺史，故其詩集稱《韋蘇州》。

應物詩清新簡淡，人謂多似陶潛，實則雖詠田園，頗思報國，亦未

嘗不關心人民疾苦,特其早年放蕩後始敦厚耳,變化之跡可於詩中見之,如《觀田家》:

> 微雨眾卉新,一雷驚蟄始。田家幾日閑?耕種從此起。丁壯俱在野,場圃亦就理。歸來景常晏,飲犢西澗水。饑劬不自苦,膏澤且為喜。倉廩無宿儲,徭役猶未已。方慚不耕者,祿食出閭里。

很顯然,這不單純是"田家樂"一類的詩歌,以欣賞為題材的,因為它既講耕耘之辛勞,又指斥徭役不已和不耕而食祿者啦。其《東郊》詩,始寫景色,又慕淵明的:

> 吏舍跼終年,出郊曠清曙。楊柳散和風,青山澹吾慮。依叢適自憩,緣澗還復去。微雨靄芳原,春鳩鳴何處?樂幽心屢止,遵事蹟猶遽。終罷斯結廬,慕陶真可庶。

雖然也有閒情逸志賞心樂事,畢竟還是"樂幽心屢止""遵事蹟猶遽"的。然而其五言之美觸處可見了,鍾伯敬云:"韋蘇州等詩,胸中腕中,皆先有一段真至深永之趣,落筆自然清妙,非專以淺澹擬陶者,世人誤認陶詩作淺澹,所以不知韋詩也。"譚友夏亦言:"總是清之一字,要有來歷,不讀書,不深思人,僥倖假借不得。"(《唐詩歸·中唐二》)

3. 大歷十才子

大歷十才子,《唐書·文藝》有傳,但其說不一,一般稱為:盧綸、吉中孚、韓翃、錢起、司空曙、苗發、崔炯、耿諱、夏侯審、李端等十人。詩多吟詠山水、應制唱和之作,濃厚不足,稍趨浮想,就中以盧綸、錢起為著。

盧綸(748-800?),蒲(今山西隰縣西北,一說今河北省長垣縣)人,字允言,大歷初數舉進士不第,渾瑊鎮河中,辟為元帥判官,累遷檢校戶部郎中。韋渠牟表其才,德宗李適召見禁中,有所作,輒使賡和。綸詩風奇偉,時有壯語,如《和張僕射塞下曲》二首云:

林暗草驚風,將軍夜引弓。平明尋白羽,沒在石棱中。
(其一)
月黑雁飛高,單于夜遁逃。欲將輕騎逐,大雪滿弓刀。
(其二)

詩充滿著戰鬥氣息,威武雄壯,又《代員將軍罷戰歸舊里贈朔北故人》云:

結髮事疆場,全生俱到鄉。連雲防鐵嶺,同日破漁陽。牧馬胡天晚,移軍磧路長。枕戈眠古戍,吹角立繁霜。歸老勳仍在,酬恩虜未忘。獨行過里邑,多病對農桑。雄劍依塵橐,陰符寄藥囊。空餘麾下將,猶逐羽林郎。

將老英雄在,威風不減當年,而情景如畫,好似作者自己也有此生活,所以稱為妙筆。七絕亦有佳者,《送暢當還舊山》云:

常逢明月馬塵間,是夜照君歸處山。山中松桂花發盡,頭白屬君如等閒。

鍾伯敬云:"調古甚,入絕句尤難。"(《唐詩歸‧中唐二》)

錢起(722-780?),吳興(今江蘇省)人,字仲文。天寶中舉進士,與郎士元齊名,時稱錢、郎,凡公卿出牧奉使,以不得兩人之詩祖行為耻。官終考功郎中,有《錢仲文集》。其《省試湘靈鼓瑟》,頗有新義:

> 善鼓雲和瑟,常聞帝子靈。馮夷空自舞,楚客不堪聽。若調淒金石,清音入杳冥。蒼梧來怨慕,白芷動芳馨。流水傳湘浦,悲風過洞庭。曲終人不見,江上數峰青。

詩音悽楚,而結語"曲終"二語傳為"神來"之筆,余則認為不是五言上乘。

郎士元,字群冑,中山人,天寶十五年進士。人稱其為"河岳英奇,人倫秀異,自家型國,遂擁大名",王維之後,已與錢起爭名。

4. 白居易

貞元(德宗)、元和(憲宗)年間,宦寺專權,藩鎮割據,戰亂頻仍,賦稅繁重,加之吐蕃、回紇不斷入侵,内外交迫,民不聊生。士大夫之關心政治者難免憂心忡忡有所反映,以白居易為代表的詩人們,不免面對現實大呼改革,這便是"新樂府"以諷諭批判為主旨的詩歌所以大批出籠的歷史背景。漢樂府緣事而發,新樂府則因事立題(杜甫創始,元結、顧況等相繼而作,由白居易予以光大),這是應該交待清楚的。

白居易(772-846),字樂天,晚號香山居士。原籍太原,後遷渭南。他青年時代生活貧困,顛沛流離,因此能夠深入民間,備知疾苦,思想情況則是儒、釋、道相容並包的。

他是元和初的翰林學士,後遷官左拾遺,累官蘇州刺史、河南尹,會昌(武宗李炎)初以刑部尚書致仕。在當時的知識分子中,樂天的官,還是做得不小的,壽命也較長。

居易敏悟絕人,工文章,未冠謁顧況,況吳人,恃才少所推可。見其文自矢曰:"吾謂斯文遂絕,今復得子矣。"居易最工詩,初頗以規諷得失,及其多更下偶俗好,至數千篇。

《墨客揮犀》曰:"白樂天每作詩,令一老嫗解之,問曰:'解否?'曰解則錄之,不解則又復易之,故唐末之詩,近於鄙俚。"《容齋隨筆》曰:"元微之、白樂天在唐元和、長慶間齊名。"

鍾伯敬曰:"元白淺俚處,皆不足為病。正惡其太直耳,詩貴言其所欲言,非直之謂也,直則不必為詩矣"(《唐詩歸·中唐四》)。

居易之"感傷""諷喻"詩多中、長篇,如《紅地毯》《上陽白髮人》《新豐折臂翁》《賣炭翁》《琵琶行》《長恨歌》等,寫人敘事不一而足。"一丈毯,千兩絲。地不知寒人要暖,少奪人衣作地衣"(《紅地毯》),"骨碎筋傷非不苦,且圖揀退歸鄉土。此臂折來六十年,一肢雖廢一身全(《新豐折臂翁》)","滿面塵灰煙火色,兩鬢蒼蒼十指黑。賣炭得錢何所營,身上衣裳口中食"(《賣炭翁》),"我聞琵琶已歎息,又聞此語重唧唧。同是天涯淪落人,相逢何必曾相識"(《琵琶行》)等語,全是分門別類地挾擊"宮市"、"開邊"和同情被淩辱迫害的婦女的。《長恨歌》則賦詠天寶時事,以唐玄宗追憶楊貴妃為主題的,偏於感傷,使人搖盪,如身臨其境親見其事者。

白樂天詩二千八百首,多樂詩,飲酒者九百首(方勻《泊宅編》語),《詩苑類格》曰:"白樂天諷諭之詩長於激,閒適之詩長於遣,感傷之詩長於切,律詩百言以上長於贍,五字七字百言以下長於情",此則庶乎近之。茲錄其小詩數首示意:

朝從紫禁歸，暮出青門去。勿言城東陌，便是江南路。揚鞭篗車馬，揮手辭親故。我生本無鄉，心安是歸處。(《初出城留別》)

這不是也很瀟脫嗎? 隨遇而安，不戚戚於外放。又《狂歌詞》云：

明月照君席，白露霑我衣。勸君酒杯滿，聽我狂歌詞：五十已後衰，二十已前癡。晝夜又分半，其間幾何時? 生前不歡樂，死後有餘資。焉用黃壚下，殊衾玉匣為!

人生及時行樂，飲詩、賦詩，徜徉山水，此樂天之所以為樂天也。他的詠物小詩尤可愛：自然感傷，不露痕跡。《贈賣松者》曰：

一束蒼蒼色，知從澗底來。斲掘經幾日，枝葉滿塵埃。不買非它意，城中無地栽。

又《出關路》道其路上感受云：

山川函谷路，塵土遊子顏。蕭條去國意，秋風生故關。

雖亦感喟，行所無事，時際秋涼了麼。《夜雨》更是只寫聲、色的。

早蛩啼復歇，殘燈滅又明。隔窗知夜雨，芭蕉先有聲。

這就是作者思想有時空寂與物契合不無關係了。

5. 元稹

　　元稹(779-831),字微之,河南人。他雖然出身寒門,後來卻做了宰相(與宦官妥協的結果),在詩歌上也得與白樂天齊名,因同為"新樂府"而不朽。明人鍾伯敬評之曰:"看古人輕快詩,當另察其精神靜深處。如微之'秋依靜處多',樂天'清冷由木性,恬淡隨人心'、'曲罷秋夜深'等句,元、白本色,幾無尋處矣。然此乃元、白詩所由出,與其所以可傳之本也。"(《唐詩歸·中唐四》)鍾氏也是元、白雙題,足見古人所見皆同。

　　微之的長短詩歌均有傑作,小詩如《行宮》:"寥落古行宮,宮花寂寞紅。白頭宮女在,閑坐說玄宗",簡直抵得上一百二十句的《長恨歌》了,因為它概括得好,以少勝多啦(起碼是各有千秋的)。而《連昌宮詞》則不只可以媲美《長恨歌》且有過之而無不及呢。《客齋隨筆》曰:"元微之、白樂天,在唐元和、長慶間齊名,其賦詠天寶時事,《連昌宮詞》《長恨歌》皆膾炙人口,使讀之者性情蕩搖,如身生其時,親見其事,殆未易以優劣論也。"以余之意,《長恨歌》不過述明皇追憶貴妃始末,無它激揚,不若《連昌宮詞》有監戒規諷之意。如:

　　　　姚崇宋璟作相公,勸諫上皇言語切。長官清平太守好,揀選皆言由相公。開元之末姚宋死,朝廷漸漸由妃子。祿山宮裏養作兒,虢國門前鬧如市。弄權宰相不記名,依稀憶得楊與李。廟謨顛倒四海搖,五十年來作瘡痏。

　　詩的政治性是強的,但其開篇之景色描寫如"連昌宮中滿宮竹,歲久無人森似束。又有牆頭千葉桃,風動落花紅蔌蔌。"及中間描寫淒涼荒敗景象的"荊榛櫛比塞池塘,狐兔驕癡緣樹木。舞榭欹傾基尚在,文窗窈窕紗猶綠。塵埋粉壁舊花鈿,鳥啄風箏碎珠玉",都是動人心脾的名句。其它短詩如《遣春》之二:

> 暄寒深淺春,紅日前後花。顏色詎相讓,生成良有涯。
> 梅芳勿自早,菊秀勿自賒。各持一時意,終年無再華。

俯仰自知,藉物寫志,很好的新樂府詩麼。《解愁》復云:

> 微霜纔結露,翔鳩初變鷹。無乃天地意,使之行小懲。
> 鴟鴞誠可惡,蔽日有高鵬。舍大以擒細,我心終不能。

變換鳥類,聊以自譬,結語已明心境。

6. 韓愈

韓愈(768-824),字退之,河陽(今河南孟縣)人。早孤(三歲時),由嫂鄭氏撫養成人。貞元進士(廿五歲),歷官監察御史,國子四門博士,刑部侍郎。他反對駢體,以文入詩,為唐宋八家之首,世稱"韓昌黎",有文集行世,凡四十卷(另"外集"十卷)。

韓(愈)、柳(宗元)都是古代散文的大作家,這是人們知道的。同時,他們也能詩,各有其獨到的風格,便不那麼著稱了。其實,即說韓愈,對於大歷十才子的"詩風",早就有所指摘,認為他們"平庸",理應予以糾正。其《薦士》備言詩歌發生發展的歷史情況,而歸本於李、杜云:

周詩三百篇，雅麗理訓詁。曾經聖人手，議論安敢到。五言出漢時，蘇李首更號。東都漸彌漫，派別百川導。建安能者七，卓犖變風操。逶迤抵晉宋，氣象日凋耗。中間數鮑謝，比近最清奧。齊梁及陳隋，眾作等蟬噪。搜春摘花卉，沿襲傷剽盜。國朝盛文章，子昂始高蹈。勃興得李杜，萬類困陵暴。後來相繼生，亦各臻閫奧（下略）。

一看就曉得退之之於詩是追本索源講求工力的，所謂"杳然粹而清，可以鎮浮躁"（同上），不過借孟東野（郊）以為說辭而已（他肯定了孟郊之"冥觀洞古今，象外逐幽好"（同上）麼。其所作《琴操》十首（《將歸》《猗蘭》《龜山》《越裳》《拘幽》《峽山》《履霜》《雉朝非》《別鵠》和《殘形》可以佐證）：竟體四言，敷陳古事。

但這可不等於說，退之是以"掉書袋"為能事，而不面對現實的，他的許多詩篇也綻露著不滿朝政和同情人民的災難的。《赴江陵途中寄贈王二十補闕（名涯）李十一拾遺（名建）李廿六員外（名程）翰林三學士》中有句云：

是年京師旱，田畝少有收。上憐民無食，徵賦半已休。有司恤經費，未免煩徵求。富者既云急，貧者固已流。傳聞閭里間，赤子棄渠溝。持男易斗粟，掉臂莫肯酬。我時出衢路，餓者何其稠。親逢道邊死，佇立久咿憂。歸舍不能食，有如魚中鉤。

此時退之正為監察御史，上疏亟言其狀，致使德宗震怒，遂遭貶逐，非只緣諫迎佛骨也。《歸彭城》又云：

天下兵又動,太平意何時?許謨者誰子,無乃失所宜。前年關中旱,閭里多死饑。去歲東郡水,生民為流屍。上天不虛應,禍福各有墮。我欲進短策,無由至彤墀。剖肝以為紙,瀝血以書辭。

天災人禍紛至沓來,不能不使退之憂心,適又竄逐在外,故言無由面奏耳。憲宗李純時復以諫迎佛骨而遠貶潮州(今廣東潮安縣),亦有詩云:

一封朝奏九重天,夕貶潮州路八千。欲為聖明除弊事,肯將衰朽惜殘年。雲橫秦嶺家何在?雪擁藍關馬不前。知汝遠來應有意,好收吾骨瘴江邊!(《左遷至藍關示侄孫湘》)

按退之夙以儒家正宗自居,歷來詆斥佛老,《送惠師》云:"子道非吾遵","吾非西方教,憐子狂且諄","去矣各異趣,何為淚沾巾"。《送靈師》又云:"佛法入中國,爾來六百年。齊民逃賦役,高士著幽禪。官吏不之制,紛紛聽其然。"在三教混淆之唐代,不可謂非中流砥柱之士,徒以沽名釣譽患得患失之輩視之,似亦太過。因為他始終守正不阿,反對邪謀外崇,說:"人生處萬類,知識最為賢。奈何不自信,反欲從物遷。"又說:"人生有常理,男女各有倫,寒衣及饑食,在紡績耕耘",說:"苟異於此道,皆為棄其身"。

綜觀退之之詩計有下列特點:

(1)散文化,跟他的古文運動在精神、內容上可以說是完全一致的。

(2)博學多聞,好發議論,造語新穎,不同凡響,矯正了大歷的輕淺。

（3）多長篇敘事之作,融合抒情,格調險怪,不如少陵的樸素精到。

（4）疊聯句的詩(與孟郊等人所為),排比鋪張,光怪陸離,雖屬創新,不可多學。

7. 柳宗元

柳宗元(774-819),字子厚,河南(今山西永濟縣)人,後徙於吳,第進士博學鴻辭科,授校書郎,調藍田尉。貞元十九年為監察御史裏行,善王叔文,韋執誼引內禁近,擢禮部員外郎。叔文敗,貶永州司馬,終柳州刺史。

子厚同韓愈一樣,既是古代散文大家,也是一位優秀的詩人,所作多悲憤抑鬱懷鄉去國之感,蓋貶官永州、柳州以後之物也。最具有代表性的如《登柳州城樓寄漳、汀、封、連四州》:

城上高樓接大荒,海天愁思正茫茫。驚風亂颭芙蓉水,密雨斜侵薜荔牆。嶺樹重遮千里月,江流曲似九回腸。共來百粵紋身地,猶自音書滯一鄉。

元和(憲宗)十年,子厚為柳州、韓泰為漳州、韓曄為汀州、禹錫為連州、陳諫為封州,皆再出為刺史,故在柳州有此作,實"同病相憐"備感惆悵之意也。其小詩《重別夢得》之"二十年來萬事同,今朝歧路忽西東。皇恩若許歸田去,晚歲當為鄰舍翁",亦是此等心情。自然,此外也偶有心靈超逸獨往獨來的短詩,如《江雪》:

千山鳥飛絕,萬徑人蹤滅。孤舟蓑笠翁,獨釣寒江雪。

冷極、靜極,自然與人事一體矣,非子厚寫不出來。其《漁翁》亦近似:

> 漁翁夜傍西巖宿,曉汲清湘燃楚竹。煙消日出不見人,欸乃一聲山水綠。迴看天際下中流,巖上無心雲相逐。

七言之美亦不下於五言。

8. 劉禹錫

在"八司馬"的政治集團中,劉禹錫和柳宗元的友誼最為篤厚,柳請以遠惡軍州代劉(以劉有老母在堂),劉為柳辦理後事(包括整理其詩文集),更重要的是兩人同是中唐的優秀詩人,對後代的影響也很大。

劉禹錫(772-842)字夢得,洛陽(即今河南洛陽)人,貞元(德宗)九年進士,以參加王叔文集團之政治改革失敗,被貶為朗州司馬等官,在外地二十多年,始得入朝做主客郎中,晚年遷太子賓客。

夢得之詩,諷刺憤懟者多,往往通過詠物以抒發其不平之氣。如《視刀環歌》云:

> 常恨言語淺,不如人意深。今朝兩相視,脈脈百種心。

鍾伯敬曰:"詩作如是語,卻妙在題又是'視刀環',所以詩益覺深至。"(《唐詩歸·中唐四》)又《歲夜晚詠懷》云:

彌年不得意,新歲又如何?念昔同遊者,而今有幾多?以閑為自在,將壽補蹉跎,春色無新故,幽居亦見過。

鍾伯敬曰:"達生之言,一篇只如一句,此謂淵永。"(同上)又(蒙池》亦言:

漾淳幽壁下,深靜如無力。風起不成文,月來同一色。地靈草木瘦,人遠煙霞逼。往往疑列仙,圍棋在巖側。

看他寫來極不費力,即已天地玄黃,飄渺欲仙了,夢得善於安排自己超然物外之處,子厚不及也。其《晝居池上亭獨吟》又云:

日午樹陰正,獨吟池上亭。靜看蜂教誨,閑想鶴似形。法酒調神氣,清琴入性靈。浩然機已息,几杖復何銘?

一片悠悠閒適之感,如果不是參悟了什麼,看穿了人生,不會如此空靈。七言長篇的如《西山蘭若試茶歌》風骨神韻雖然無差,卻不容易一窺無餘了。

山僧後簷茶數叢,春來映竹抽新茸。宛然為客振衣起,自傍芳叢摘英嘴。斯須妙成滿室香,便酌沥下金沙水。驟雨松聲入鼎來,白雲滿碗花徘徊。悠揚噴鼻宿醒散,清峭澈骨煩襟開。陽崖陰嶺各殊氣,未若竹下莓苔地。炎帝雖嘗未解煎,桐君有錄那知味?新芽連拳半未舒,自摘至煎俄頃餘。木蘭沾露香微似,瑤草臨波色不如。僧言靈味宜幽寂,采采翹英為佳客。不辭緘封寄郡齋,磚井銅爐損標格。何況蒙山

顧渚春,白泥赤印走風塵。欲知花乳清冷味,須是眠雲跂
石人。

在山僧廟裏吃一杯新茶,便做出這麼多文章使人受用不盡,夢得
真是錦心繡口妙筆生花了,而他的幽香動人、物我同化的境界風神,卻
不是輕易能夠體會到手的。

子厚、夢得酬答之詩甚多,錄其一首以示純摯。子厚詩:

二十年來萬事同,今朝歧路忽西東。皇恩若許歸田去,
晚歲當為鄰舍翁。(《重別夢得》)

夢得答詩曰:

弱冠同懷長者憂,臨鼓回想盡悠悠。耦耕若梗遺身世,
黃髮相看萬事休。

蓋貞元九年兩人同舉進士,其後出處亦略同耳。

9. 張籍

元和(憲宗)、長慶(穆宗)之間,元(稹)、白(居易)以外,得名較久
亦為當時詩人所宗奉者,當為張籍(766?-830)。籍字文昌,原籍蘇
州,長在和州(今安徽和縣)。文昌早擅樂府,自具格調,晚始為律詩,
及門者甚眾,晚唐多效其體,蓋由大歷(代宗)以來,全開晚唐的風
格了。

《唐書》籍本傳言其生平云:"第進士,為太常寺太祝,久次遷秘書

郎，韓愈薦為國子博士。歷水部員外郎、主客郎中，當時名士皆與遊，而愈特賢重之。籍性狷介，論議好勝人，時人評其詩歌者甚多，以其長於樂府，每有警句耳。仕終國子同業，可以說是一位詩文並茂影響頗大的儒者。

韓愈雖以張籍為弟子，實則對之推許備至，如《此日足可惜贈張籍》云：

> 日念子來遊，子豈知我情？別來未為久，辛苦多所經。
> 對食每不飽，共言無倦聽。連延三十日，晨坐達五更。

足證師弟之誼，極為濃厚，可與孟郊諸人等量齊觀了。《病中酬張十八》更亟言其詩文之造詣：

> 籍也處閭里，抱能未施邦。文章自娛戲，金石日擊撞。龍文百斛鼎，筆力可獨扛。談舌久不掉，非君諒誰雙。扶幾導之言，曲節初樅樅。半途喜開鑿，派別失大江。吾欲盈其氣，不令見麾幢。

相與誘導啟發，惟恐不盡其辭，志同道合之人，往往如是，愈為籍之知己也已充滿詩中。

韓愈之外，他人評者如：

(1)白樂天讀張籍詩集曰："張公何為者？業文三十春。尤工樂府詞，舉代少其倫。"（《全唐詩話》）

(2)朱慶餘校書作《閨意》一篇以獻張公云："洞房昨夜停紅燭，待曉堂拜舅姑。妝罷低聲問夫婿，畫眉深淺入時

無。"(《雲溪友談》)

（3）《歲寒堂詩話》言："張司業詩，與元、白一律，專以道得人心中事為工。但白才多而意切，張思深而語精，元體輕而詞躁爾。"

（4）《彥周詩話》亦載："張籍、王建樂府皆傑出，所不能追逐李、杜者，氣不勝耳！"

張籍樂府詩近八十首，多用古題，但其內容與精神卻是自家創制的，已經為時為事而作了，如《西州》之鞭斥兵、政，懷念民生：

> 羌胡據西州，近甸無邊城。山東收租稅，養我防塞兵。胡騎來無時，居人常震驚。嗟我五陵間，農者罷耘耕。邊頭多殺傷，士卒難全形。郡縣發丁役，丈夫各征行。生男不能養，懼身有姓名。良馬不念秣，烈士不苟營。所願除國難，再逢天下平。

信筆直書，不怒而怨，結以愛國，大義昭然。《雜怨》則從征夫征婦之別，道其生離死別之苦：

> 切切重切切，秋風桂枝折。人當少年嫁，我當少年別。念君昨征行，年年長遠途。妾身甘獨歿，高堂有舅姑。山川豈遙遠？行為自不返。

淒淒切切，冷冷清清，而"甘獨歿""自不返"之語，實已痛徹五內矣。又《野老歌》云：

　　老農家翁在山住,耕種山田三四畝。苗疏稅多不得食,
輸入官倉化為土。歲暮鋤犁傍空室,呼兒登山收橡實。西江
賈客珠百斛,船中養犬常食肉。

此已人而不如犬矣,這種生活怎麼得了! 其隱憂所在之深,夫人
而知之。其著名之《節婦吟》則可與"漢樂府"之《陌上桑》媲美啦:

　　君知妾有夫,贈妾雙明珠。感君纏綿意,係在紅羅襦。
妾家高樓連苑起,良人執戟明光裏。知君用心如日月,事夫
誓擬同生死。還君明珠雙淚垂,何不相逢未嫁時?

鍾伯敬云:"節義肝腸,以情款語出之,妙! 妙!"(《詩歸·中唐
六》)我們也認為文昌多才,"說龍似龍,裝虎象虎",非常人所可及。
文昌之小詩亦佳,飄逸清澈,耐人尋味,《西樓望月》云:

　　城西樓上月,復是雪晴時。寒夜共來望,思鄉獨下遲。
幽光落冰壑,淨色遍霜枝。明日千里去,此中還別離。

雪月相映,一片冰心,再加上離情別緒,其何以堪!《夜到漁家》尤
靜寂可喜:

　　漁家在江口,潮水入柴扉。行客欲投宿,主人猶未歸。
竹深村路遠,月出釣船稀。遙見尋沙岸,春風動草衣。

其純寫景色,詩如畫面的,如《水》:

蕩漾空沙際,虛明入遠天。秋光照不極,鳥色去無邊。
勢引長雲闊,波輕片雪連。江州杳難測,萬古復蒼煙。

高曠奮起,水天一色,萬古蒼煙,憑君觀賞。

10. 賈島

賈島(779-843),字閬仙,范陽(今河北省涿縣)人,早年為僧,名
無本,受知於韓愈,去浮屠,舉進士,累舉不中第,文宗(李昂)貶長江主
薄卒。

島為人疏曠,喜苦吟詩。《野客叢談》載島初赴舉在京,一日驢上
得句云:"鳥宿池邊樹,僧敲月下門",思易"敲"為"推",引手作推敲之
勢,沖了韓愈的車騎(韓時為京兆尹),具道其事,遂為布衣交。

《全唐詩話》:島詩多警句,韓愈喜之,貽以詩云"孟郊死葬北邙
山,日月星辰頓覺閑。天恐文章中斷絕,再生賈島在人間",郊、島並
稱,俱為韓門弟子,島詩每有蕭瑟荒蔓之句如:

蕭條微爾絕,荒岸抱清源。入舫山侵寒,分泉稻接村。
秋聲依樹色,月影在蒲根。淹泊方難逐,他宵關夢魂。(《南
池》)

閒居少鄰並,草徑入荒園。鳥宿池邊樹,僧敲月下門。
過橋分野色,移石動雲根。暫去還來此,幽期不負言。(《題
李凝幽居》)

此時氣蕭颯,瑟院可應關。鶴似君無事,風吐雨遍山。
松生青石上,泉落白雲間。有徑連高頂,心期相與還。(《寄
山中長孫棲嶠》)。

客舍舉州已十霜，歸心日夜憶咸陽。無端又渡桑乾水，卻望并州是故鄉。（《渡桑乾》）

寫景雖多佳句，思想未免衰敗，不脫和尚舊習，亦有遊仙氣息，一"瘦"字實難概括。

十六、晚唐之詩

晚唐一般是指文宗(李昂)太和、開成之後,到唐亡的七、八十年間。這個時期,中央王朝日益式微,藩鎮割據,宦寺橫行,天下大亂,爆發了黃巢起義,人民求生不得,朱全忠遂得手篡奪。此際的詩人是以杜牧、李商隱為首的頹放沒落之作,形式纖巧,趨於綺麗。雖有皮日休、杜荀鶴等希圖振作,恢復中唐風韻,惜已非其主流了。

1. 杜牧

杜牧(803-852),字牧之,京兆萬年(今陝西西安)人,宰相杜佑之孫。太和(文宗)二年成進士,但以敢發議論,指摘政治得失,不見容於當道,常被放為外官,年已五十,始得終於中書舍人。

牧詩之傳今者多七絕小詩,如《山行》:

遠上寒山石徑斜,白雲生處有人家。停車坐愛楓林晚,霜葉紅於二月花。

好像也很有閒情逸志,其實像《題華清宮絕句》等詩,才是小杜深文周納之作:

長安回望繡成堆,山頂千門次第開。一騎紅塵妃子笑,無人知是荔枝來。

這也等於是諷喻詩,只不過是出之以"詠史"之手段而已,《泊秦淮》亦是此類:

　　煙籠寒水月籠沙,夜泊秦淮近酒家。商女不知亡國恨,隔江猶唱後庭花。

妙在借古喻今,旁敲側擊,可是力有千鈞,入木三分。再錄五律兩首以見其"氣韻幽寒,骨響綺嶽"(明人鍾伯敬語,見《詩歸·晚唐一》)之處:

　　野店正紛泊,繭蠶初引絲。行人碧溪渡,係馬綠楊枝。莘莘跡始去,悠悠心所期。秋山念君別,惆悵桂花時。

譚友夏云:"借事紀時,是古詩法。"鍾伯敬曰:"淡然深情。"(《詩歸·晚唐一》)又《山寺》云:

　　峭壁引行徑,截溪開石門。泉飛濺虛檻,雲起漲河軒。隔水看來路,疏籬見定猿。未閑難久住,歸去復何言。

此亦明係狀物寫景,而意在感喟萬端,與王維之山水田園詩迥異,古之傷心人別有懷抱也。論者說小杜詞采清麗,畫面鮮明,格調悠揚是有道理的。可別忽視他的憂傷的一面,也另有一些狎妓徵歌生活糜爛之作,為當時和後代的文人所標榜,那就無聊得很,屬於糟粕之部了。

2. 李商隱

杜牧以次應為李商隱(813-858),商隱字義山,號玉溪生,懷州河內(今屬河南沁陽)人。開成(文宗)二年進士,初官秘書省校書郎,調宏農尉,以後在外歷佐幕府,終於東川節度判官,檢校工部郎中,《唐書‧文苑》有傳。商隱當日與溫庭筠齊名,詩律豔麗,實則商隱感時傷事頗得風人之旨,與飛卿之專尚縟麗,紙迷金醉不盡相同,如跡似詠史之《賈生》云:

宣室求賢訪逐臣,賈生才調更無倫。可憐夜半虛前席,不問蒼生問鬼神。

豈非以古例今深有所懷之作。他的《杜工部蜀中離席》更云:

人生何處不離群,世路干戈惜暫分。雪嶺未歸天外使,松州猶駐殿前軍。座中醉客延醒客,江上晴雲雜雨雲。美酒成都堪送老,當爐仍是卓文君。

商隱之詩以七律成就最高,尤其是表達愛情的,如集中開卷第一首的《錦瑟》即是:

錦瑟無端五十弦,一弦一柱思華年。莊生曉夢迷蝴蝶,望帝春心托杜鵑。滄海月明珠有淚,藍田日暖玉生煙。此情可待成追憶,只是當時已惘然!

前人解云:"滄海"句自指,言流涕時多,"藍田"指妻,言埋香日久,以悼亡定論,所謂追憶也。《蟬》則自悲失意之作:

> 本以高難保,徒勞恨費聲。五更疎欲斷,一樹碧無情。薄宦梗猶泛,故園蕪已平。煩君最相警,我亦舉家清。

"一樹"句高渾傳神,無跡可尋,真絕唱也,以物方人,然而悲矣。七絕亦高亮深響,如《夜雨寄北》:

> 君問歸期未有期,巴山夜雨漲秋池。何當共剪西窗燭,卻話巴山夜雨時。

此寄內詩也,卻含蓄不露,故為高唱。又《無題》四首之一云:

> 來是空言去絕蹤,月斜樓上五更鐘。夢為遠別啼難喚,書被催成墨未濃。蠟照半籠金翡翠,麝熏微度繡芙蓉。劉郎已恨蓬山遠,更隔蓬山一萬重!

深情厚意,有聲有色,特別是結語兩句,誰能寫得出來? 又《無題》:

> 相見時難別亦難,東風無力百花殘。春蠶到死絲方盡,蠟炬成灰淚始乾! 曉鏡但愁雲鬢改,夜吟應覺月光寒。蓬山此去無多路,青鳥殷勤為探看。

三、四一聯已為言情之千古名句,而論者妄以政治上之遇合解之,未免唐突義山,未覩其深意淵淵之所在。其《柳》詩始為自傷知遇者:

為有橋邊拂面香,何曾自敢占流光? 後庭玉樹承恩澤,
不信年華有斷腸。

張采田云:"起二句言年少氣盛,視功名如拾芥,不復以光陰為可惜,今
老矣,沉淪使府,雖蒙府主厚愛,而不覺年華遲暮,無能為矣!"(《李義
山詩辨正》中語,見《玉溪生年譜會箋》中)又五絕小詩亦有佳作,如
《歌舞》:

遏雲歌響清,迴雪舞腰輕。只要君流盼,君傾國自傾。

我看此廿言可以比擬數百言之《長恨歌》,張采田云:"正面說來,深戒
色荒,意最警策,蘊藉在神骨,不在外面詞句也。"(同上)

最後讓我們以其《漫成》之一二兩章作結:

沈宋裁辭矜變律,王楊落筆得良朋。當時自謂宗師妙,
今日惟觀對屬能。(其一)
李杜操持事略齊,三才五象共端倪。集仙殿與金鑾殿,
可是蒼蠅惑曙雞?(其二)

這明明是義山對於初唐、盛唐作者沈佺期、宋之問、王勃、楊炯,以及李
白、杜甫諸大家的品評月旦,而言己所取法,必謂與側身牛李黨爭有
關,吾不云然(義山少年偶為令狐楚所識,本非為入黨局,及婚於河陽
帥王茂元遂被認為介入)。義山雖與飛卿並稱,但不若飛卿之無行,從
上面分析的作品上看,也可以得到充分的證明。

3. 溫庭筠

《舊唐書·溫庭筠傳》云:"庭筠(約 812-866)太原人,本名岐,字飛卿。大中(宣宗李忱年號)初,應進士,苦心硯席,尤長於詩賦。初至京師,人士翕然推崇,然士行塵雜,不修邊幅,能逐弦吹之音為側豔之詞,公卿家無賴子弟,相與蒲飲,酣醉終日,由是累年不第。"執政鄙其為人,授方山尉。

我們不想以人廢言,也摘錄幾首比較清雋的小詩,略備一格,非謂其全部如是也。《寄山中人》云:

> 月中一雙鶴,石上百尺松。素琴入爽籟,山酒和春容。
> 幽瀑有時斷,片云無所從。何事蘇門坐,攜手東南峰?

頗為孤迥淡冶,不見搔首弄姿之豔,其《鄠郊別墅寄所知》亦是:

> 持頤望平綠,萬景集所思。南塘過新雨,百草生容姿。
> 幽鳥不相識,美人如何期? 徒然委搖盪,惆悵春風時。

此中雖有"美人""搖盪"一類的字眼兒,並不害其幽情惆悵之氣。又《題薛昌之所居》云:

> 所得乃清曠,寂寥常掩關。獨來春尚在,相得暮方還。
> 花白風露晚,柳青街陌閑。翠微應有雪,窗外見南山。

對於飛卿來說,這樣較為冷僻幽淡之作,還是不多見的。蓋"溫八叉"

文思敏捷,精於音律之才,固觸處可見也。尤其是他的多寫閨情的穠詞豔語,已開五代、宋詞之先河,這個留待以後再說。

4. 聶夷中

聶夷中(837-?)字坦之,河東(今山西省永濟縣)人。他出身寒家,洞悉人民疾苦,成進士(懿宗李漼咸通十二年)後,也沒做什麼官(只在晚年當了一回華陰縣尉),《唐才子傳》說他"奮身草澤,備嘗辛楚"是屬實的生活情況,因此,他之抨擊權貴,同情民瘼,發為詩歌,以抒積悃惆,是很自然的事。如《傷田家》云:

> 二月賣新絲,五月糶新穀。醫得眼前瘡,剜卻心頭肉。
> 我願君王心,化作光明燭。不照綺羅筵,只照逃亡屋。

說得多麼沉痛,也敢於立言,真是為民請命之作。《雜興》更云:

> 兩葉能蔽目,雙豆能塞聰。理身不知道,將為天地聾。
> 擾擾造化內,茫茫天地中。苟或無所願,毛髮亦不容。

辛辣,然而泛及廣被,並不躲閃,"念天地之悠悠,獨愴然而泣下"。《田家》又振筆直書:

> 父耕原上田,子劚山下荒。六月禾未秀,官家已修倉。
> (其一)
> 鋤田當日午,汗滴禾下土。誰知盤中餐? 粒粒皆辛苦!
> (其二)

控訴剝削農民之酷,為之代鳴不平,遂成不朽之作。夷中講求閨情的詩,也是苦在別離的:

　　君淚濡羅巾,妾淚滴路塵。羅巾今在手,日得隨妾身。
　　路塵如煙飛,得上君車輪。(《雜怨》之二)。

古樸,別致,可是癡情,以淚相洗麼,無可奈何天!

5. 司空圖

元和以後,詩尚格律。張籍、賈島並為鉅子,時流宗之,其後司空圖即學於張籍,亦推服賈島。

司空圖(837-908),字表聖,河中虞鄉(今山西虞縣)人。《唐書》有傳,言其道德高上,詩文有名,殿軍文苑,允稱正聲,贊以“國之華采,人文化成,間代傑出,奮藻摛英。騏驥逸步,咸韶正聲。燦流緗素,下視姬嬴”,直是後來居上,得未曾有了。

空圖是咸通(懿宗李漼)十年的進士及第(榜首,時尚未有“狀元”之稱),尊師(主司王凝)貴友(宰相盧攜),不慕高官(移疾不起),止為僖宗李儇的知制誥,中書舍人,不拜昭宗李曄的兵部侍郎,詔曰“俊造登科,朱紫升籍,既養高以傲代,類移山以釣名,心惟樂於漱流,仕非專於祿食。”及朱溫代唐,絕食而死。

圖詩亦以寫山水隱逸為主,蓋其恬淡之志使之然耳。他的特殊貢獻在於創作《詩品》,強調“韻味”說:“辨於味而後可以言詩”,說“近而不浮,遠而不盡,然後可以言韻外之致”,說“儻復以全美為上,即知味外之旨”(《與李生論詩書》),並於書中遍舉此類名句以為例證:

詠早春的："草嫩侵沙長，冰輕著雨消。"

"人家寒食月，花影午時天。"

"雨微吟足思，花落夢無憀。"

詠山中的："坡暖冬生筍，松涼夏健人。"

"川明虹照雨，樹密鳥沖人。"

詠江南的："戍鼓和潮暗，船燈照島幽。"

"曲塘春盡雨，方響夜深船。"

"夜短猿悲減，風和鵲喜靈。"

詠塞上的："馬色經寒慘，雕聲帶晚饑。"

詠喪亂的："驊騮思故第，鸚鵡失佳人。"

"鯨鯢人海涸，魑魅棘林幽。"

詠道宮的："棋聲花院閉，幡影石壇高。"

詠夏景的："地涼清鶴夢，林靜肅僧儀。"

詠佛寺的："松日明金像，苔龕響木魚。"

"解吟僧亦俗，愛舞鶴終卑。"

詠郊原的："遠坡春旱滲，猶有水禽飛。"

詠府樂的："晚妝留拜月，春睡更生香。"

詠寂寥的："孤螢出荒池，落葉空破屋。"

詠愜適的："客來當意愜，花發遇歌成。"

又七言的："逃難人多分隙地，放生鹿大出寒林。"

"得劍乍如添健僕，亡書久似憶良朋。"

"孤嶼池痕春漲滿，小欄花韻午晴初。"

"五更惆悵迴孤枕，猶自殘燈照落花。"

看來表聖是得心應手工於狀物的，五言較絕，七言亦得，說者謂其創作

遜於理論,恐不盡然。也録《下方》一首以概其全貌:

> 昏旦松軒下,怡然對一瓢。鳥啼春未足,花落夢無聊。
> 細事當棋遣,衰容喜鏡饒。溪僧有深趣,書至又相招。

司空圖晚年隱於中條山(在山西永濟縣東南),多與方外人往來,故其詩句多清幽之思,為蘇軾等後人稱為"妙品"。

6. 皮日休

皮日休(834? -883?),字逸少,襄陽(即今湖北襄陽)人。日休出身寒家,晚年始得一第(榜末),入朝為太堂博士,出為毗陵(今江蘇武進)副使。黃巢軍興入長安,日休為其翰林學士,巢敗(僖宗李儇中和三年,883)),日休亦不知下落。

日休之新樂府,琅琅玉振,多為諷諭,蓋其深入民間,浪跡天下,聞見親切不得不發耳。詞則五言,佐以序文,可謂雙絕,如《三羞詩》其三並序云:

> 丙戌歲,淮右蝗旱。日休寓小墅於州東,下第後,歸之。見潁民轉徙者,盈途塞陌,至有父舍其子,夫捐其妻,行哭立丐,朝去夕死。嗚呼! 天地誠不仁邪? 皮子之山居,槭有裘,鑊有炊,晏眠而夕飽,朝樂而暮娛,何能於潁川民,而獨享是為? 將天地遣耶? 因羞不自容,作詩以唁之:天子丙戌年,淮右民多饑。就中潁之汭,轉徙何累累。夫婦相顧亡,棄卻抱中兒。兄弟各自敢,出門如大癡。一金易蘿蔔,一縑換鳧茈。荒村墓鳥樹,空屋野花籬。兒童齧草根,倚桑空贏贏。斑白

死路旁,枕土皆離離。(下略)

日休竟能自羞足食,可見其心靈之素樸及與人民息息相關之至意,此其所以為"人民的詩人"也。然而非耳濡目染尚有"良心"之士君子,曷克有此! 其《正樂府》詩亦序云:

"樂府"蓋古聖王采天下之詩,欲以知國之利病,民之休戚者也。得之者命司樂氏入之於塤篪,和之以管龠。詩之美也,聞之足以觀乎功;詩之刺也,聞之足以戒乎政。故《周禮》太師之職掌教六詩,小師之職掌諷誦詩,由是觀之,樂府之道大矣。今之所謂樂府者,唯以魏晉之侈麗,陳梁之浮豔,謂之樂府詩,真不然矣! 故嘗有可悲可懼者,時宣於詠歌,正十篇,故命曰"正樂府詩"。

茲舉其《卒妻怨》云:

河湟戍卒去,一半多不回。家有半菽食,身為一囊灰。官吏按其籍,伍中斥其妻。處處魯人髽,家家杞婦哀。少者任所歸,老者無所攜。況當刳瘻年,米粒如瓊瑰。累累作餓殍,見之心若摧。其夫死鋒刃,其室委塵埃。其命即用矣,其賞安在哉? 豈無黔敖恩,救此窮餓骸。誰知白屋士,念此翻欷歔。

這序和詩說得很清楚,它不是給君王作消遣用的,使之知憂知戒與民同生也,所以修辭謀篇立意都是以此為指導思想的。詩凡:《橡媼歎》《貪官怨》《農父謠》《路臣恨》《賤貢士》《頌夷臣》《惜義鳥》《誚虛器》《哀隴民》和上所錄引的《卒妻怨》等十篇,看他以"歎、怨、恨、哀、誚、

惜"一類的字眼為題,即可顧名思義了。日休的小詩亦借物言事,深刻喜人,《喜鵲》云:

> 棄膻在庭際,雙鵲來搖尾。欲啄怕人驚,喜語晴光裏。
> 何況佞倖人,微禽解如此!

寫景亦佳,而且意境高曠,如《秋江曉望》:

> 萬頃湖天碧,一星飛鷺白。此時放懷望,不厭為浮客。

也有素描生活清苦之詩,真實可信,《貧居秋日》言:

> 亭午頭未冠,端坐獨愁予。貧家煙炊稀,竈底陰蟲語。
> 門小愧車馬,廩空慚鳥鼠。盡室未寒衣,機聲羨鄰女。

寒酸之相,披露無餘,達官貴人,何得有此! 所以他能夠與百姓同流而惡夫膏粱之輩。蓋日休"處世既孤特,傳家無承襲"(《秋夜有懷》),"身外所勞者,飲食須自持"(《鹿門夏日》),"貧士無繹紗,忍苦臥茅屋"(《蚊子》)之語,不一而足,既憂國憂民亦未嘗不自畫也。

7. 杜荀鶴

唐代末年,士人多挾詩以干權貴,甚至挾結方鎮,劫宰輔以遂行其志。故粗獷膚淺之作,常氾濫四方,即作者如杜荀鶴、羅隱等亦所難免。蓋諸侯附庸風雅樂於承受,乃使此輩騰躍其間耳。

杜荀鶴(846-907),字彥之,池州石埭(今安徽石埭)人。他出身寒微,四十六歲始舉進士,曾為宣州田頵的從事。唐亡,竟依朱溫做了翰林學士,未幾即卒,有《唐風集》。

荀鶴生於亂世,又仕不得所,常懷匡濟之心,只能形諸筆墨,而抉發時事暴露黑暗之詩遂汩汩以生。《旅泊遇郡中叛亂示同志》有云:

握手相看誰敢言,軍家刀劍在腰邊。遍搜寶貨無藏處,亂殺平人不怕天。古寺折為修寨木,荒墳開作甃城磚。郡侯逐出渾閒事,正是鑾輿幸蜀時。

此乃僖宗李儇為黃巢所逐,蒙塵幸蜀之事,其亂可知。但荀鶴詩中反映更多的還是農民的災難。《亂後逢村叟》:

八十衰翁住破村,村中何事不傷魂。因供寨木無桑柘,為點鄉兵絕子孫。還似平寧征賦稅,未嘗州縣略安存。至今雞犬皆星散,日落前山獨倚門。

不管人民喪亂,照舊苛捐雜稅,怎麼能夠生活下去呢? 又從寡婦的口中,訴其痛苦云:

夫因兵死守蓬茅,麻苧衣衫鬢髮焦。桑柘廢來猶納稅,田園荒後尚征苗。時挑野菜和根煮,旋斫生柴帶葉燒。任是深山更深處,也應無計避征徭!

8. 羅隱

羅隱(833-909),字昭諫,新登(今浙江新登)人,累應進士試不

第,乃憤而自編《讒書》,益為朝廷所惡。黃巢起事後,避亂還鄉,晚年依吳越王錢鏐,為錢塘令,諫議大夫。

隱的詩不如文,但也有許多流傳人口的通俗之作,如《雪》云:

> 盡道豐年瑞,豐年事若何? 長安有貧者,為瑞不宜多!

這是說什麼雪兆豐年,雪對貧人來說,反是災難之物,饑寒交迫呀。

《遁齋聞覽》云:"唐人詩句中用俗語者,惟杜荀鶴、羅隱為多。"杜詩曰:

> 只悉為僧僧不了,為僧得了盡輸僧。乍可百年無稱意,難教一日不吟詩。啼得血流無用處,不如緘口過殘春。舉世盡從愁裏老,誰人肯向死前閑。世間多少能言客,誰是無愁行睡人。逢人不說人間事,便是人間無事人。莫道無金空有壽,有金無壽欲何如?

羅隱詩:

> "西施若解亡人國,越國亡來又是誰?""今宵有酒今宵醉,明日愁來明日愁。""能消造化幾多力,不受陽和一點塵。""只知事逐眼前去,不覺老從頭上來。""時來天地皆同力,運去英雄不自由。""采得百花成蜜後,不知辛苦為誰甜。""明年更有新條在,繞亂春風卒未休。"

此自白樂天而已然,務使通俗易懂麼。

十七、唐五代之詞

1. 唐詞

"詞"意内言外也(《說文》),又嗣也,今撰善言嗣續也(《釋名》)。用為詩詞之專稱,已是後來之事。它大約產生在唐初,本指一切可以合樂歌唱的詩體,所謂"曲子詞"者是。先本來自民間,多俚曲小調,嗣由文人加工,使其内容充實,音樂性加強以濟律詩之不足,在形式上還要句子參差,分成上下闋以便演奏,於是"倚聲""詩餘""長短句"的別稱,也就跟著出現了。

《藝苑卮言》:"詞者,樂府之變也。昔人謂李太白《菩薩蠻》《憶秦娥》,楊用修又傳其《清平樂》二首以為調祖。"(胡應麟《筆叢》疑其偽托)實則唐自玄宗以後,聲樂極盛,由詩變調,其所從來已久,《花間集》(後蜀趙崇祚編)録自溫庭筠以下十八人,凡五百首。宋張炎《樂府指迷》曰:"粤自隋唐以來,聲詩間為長短句,至唐人則有《尊前》《花間集》。"然《尊前集》不著編者名氏,陳振孫《書録解題》但推《花間》為倚聲填詞之祖,故學者疑《尊前》或為晚出,於是言詞者,不能不以唐人李(白)、溫(飛卿)為肇始之作者。

按李白的《菩薩蠻》曰:

　　平林漠漠煙如織,寒山一帶傷心碧。暝色入高樓,有人樓上愁。　　玉階空佇立,宿鳥歸飛急。何處是歸程,長亭連短亭。

此詞表現離愁之無窮無盡也,而詞格高渾盪氣迴腸,非太白莫辦。又《憶秦娥》云:

> 蕭聲咽,秦娥夢斷秦樓月。秦樓月,年年柳色,灞陵傷別。　樂遊原上清秋節,咸陽古道音塵絕。音塵絕,西風殘照,漢家陵闕。

自抒積慍,托之以秦女之口,漢家皇室猶不免於“殘照”“西風”,何況吾輩!俯仰千古,其聲激越。由此二詞看來,詞固非以靡靡之音開始者也,與溫飛卿輩迥乎不同,張志和之《漁歌子》亦然,五首錄一:

> 西塞山前白鷺飛,桃花流水鱖魚肥。青箬笠,綠蓑衣,斜風細雨不須歸。

志和亦高潔之士,遺世而獨立者也,故能身在江湖,手把釣竿。

按張志和(約730-約810)字子同,婺州(今浙江金華)人。年十六舉明經,肅宗時待詔翰林,後隱居江南,自號煙波釣徒,實則歌吹書畫無一不能,多才多藝之士也。

王建之《宮中調笑》,則是另有題材的。宮人自傷之詞,節短韻長,鏗鏘動人:

> 團扇,團扇,美人病來遮面。玉顏憔悴三年,誰復商量管弦。弦管,弦管,春草昭陽路斷!

按王建(約767-約830),字仲初,潁川(今河南許昌)人,大歷進士,晚年為陝州司馬,曾從軍塞上。擅長樂府詩,與張籍齊名,所作百首宮詞,相當地反映了人民的疾苦和政治的腐朽,有《王司馬集》。

劉禹錫之《竹枝》《瀟湘神》《憶江南》等作,亦是較早的詞。《竹枝》云:

> 楊柳青青江水平,聞郎江上踏歌聲。東邊日出西邊雨,道是無晴(與情同音)卻有晴。

此已近似民歌,其意正在調情。又《瀟湘神》云:

> 湘水流,湘水流,九嶷人物至今愁。君問二妃何處所,零陵香草露中秋。
> 斑竹枝,斑竹枝,淚痕點點寄相思。楚客欲聽瑤瑟怨,瀟湘深夜月明時。

此九嶷懷古之作,哀帝舜二妃之無所也。也未嘗沒有自況之意,蓋夢得不貶湖湘,難生此情也。

白居易之《長相思》,也是我們很熟悉的唐詞:

> 汴水流,泗水流,流到瓜州古渡頭。吳山點點愁。思悠悠,恨悠悠,恨到歸時方始休。月明人倚樓。

閨情詞也,通體清靈,且分上下闋。

多產的唐代詞人,自然應以溫飛卿為首:流麗華妍,前所未有,但亦寄托幽思,非直為視聽之美,如:

> 小山重疊金明滅,鬢雲欲度香腮雪。懶起畫蛾眉,弄妝

梳洗遲。　　照花前後鏡，花面交相映。新帖繡羅襦，雙雙
金鷓鴣。（《菩薩蠻》）

活畫一位美人梳妝圖，但她卻嬌懶成性，遲遲妝扮，真是有恃無恐，自
我欣賞，自我安排得好。又：

　　柳絲長，春雨細，花外漏聲迢遞。驚塞雁，起城烏，畫屏
金鷓鴣。　　香霧薄，透簾幕，惆悵謝家池閣。紅燭背，繡簾
垂，夢君君不知。（《更漏子》）

"塞雁""城烏"，以鳥為喻，它們俱被驚起了，畫屏上的"金鷓鴣"，知也
不知呢，還空自惆悵嗎？又：

　　玉爐香，紅蠟淚，偏照畫堂秋思。眉翠薄，鬢雲殘，夜夜
衾枕寒。　　梧桐樹，三更雨，不道離情正苦。一葉葉，一聲
聲，空階滴到明。（前調）

淒涼的秋夜秋聲，以反襯離情之苦。這"淚""殘""寒"的字詞，豈是隨
便派用場的？讀者深思可也。又：

　　梳洗罷，獨倚望江樓，過盡千帆皆不是，斜暉脈脈水悠
悠，腸斷白蘋洲！（《憶江南》）

都是離情別緒，這兒卻說得形象生動，腸斷、魂消，真是大手筆不與人
同。又：

　　宜春苑外最長條，閑嫋春風伴舞腰。正是玉人腸斷處，一渠春水赤欄橋。

　　蘇小門前柳萬條，毿毿金線拂平橋。黄鶯不語東風起，深閉朱門伴舞腰。

　　館娃宫外鄴城西，遠映征帆近拂堤。繫得王孫歸意切，不關芳草緑萋萋。

　　兩兩黄鸝色似金，嫋枝啼露動芳音。春來幸自長如線，可惜牽纏蕩子心。

　　織錦機邊鶯語頻，停梭垂淚憶征人。塞門三月猶蕭索，縱有垂楊未覺春。

　　（以上五首皆《楊柳枝》詞）

　　洛陽愁絶，楊柳花飄雪。終日行人爭攀折，橋下水流嗚咽。上馬爭勸離觴，南浦鶯聲斷腸。愁殺平原年少，回首揮淚千行。（《清平樂》）

飛卿慣寫楊柳以象離情，千姿百態搖曳動人，蓋深得《三百篇》"昔我往矣，楊柳依依"（《小雅·采薇》）之神髓也。亦有征人思婦之詞：

　　萬枝香雪開已遍，細雨雙燕。鈿蟬箏，金雀扇，畫梁相見。雁門消息不歸來，又飛回。（《蕃女怨》其一）

　　磧南沙上驚雁起，飛雪千里。五連環，金鏃箭，年年征戰。畫樓離恨錦屏空，杏花紅。（《蕃女怨》其二）。

此詞借燕、雁以寄懷，而備道"雁門""沙磧"之地並點之以"金箭"，已使人一看即知其為塞外征戰矣。"無消息""錦屏空"，這是個啥情況呢？表面上説得輕巧，實際上卻夠沉痛啦！"開已遍""杏花紅"不是春天嗎？飛卿真是"巧言如簧"，極詞人之聲色了，無怪影響久遠，人多北面事之。

王拯云："唐之中葉，李白沿襲樂府遺音，為《菩薩蠻》《憶秦娥》之闋，王建、韓偓、溫庭筠諸人復推衍之，而詞之體以立，其文窈深幽約，善達賢人君子愷惻怨悱不能自言之情，論者以庭筠為獨至。"(《龍壁山房文集懺庵詞序》)

張惠言曰："飛卿之詞，深美宏約，信然。飛卿醖釀最深，故其言不怨不懟，備剛柔之氣，針縷之密，南宋人始露痕跡。《花間》極有濃厚氣象，如飛卿則神理超越，不可復以跡象求矣。然細繹之，正字字有脈絡。"(《介存齋論詞雜著》)

劉熙載言："溫飛卿詞，精妙絕人。然類不出乎綺怨。"(《藝概》卷四)王國維說："溫飛卿之詞句秀也。"(《人間詞話》上)

2. 五代詞

和凝

和凝(898-955)，字成績，汶陽須昌(今山東東平縣)人。年十七舉明經，十九登進士第，歷事梁、唐、晉、漢、周五代，與馮道同，亦一"長樂老"也。累官中書侍郎、平章事、太子太傅。周顯德(世宗柴榮)二年(公元955年)，年五十八。凝性奢靡，喜修飾，講排場，車服僕從必皆華楚。為文長於短歌豔曲，蓋其生活使之然耳。有《香奩集》乃詭為韓偓所作，契丹人稱之為"曲子相公"(《分見《舊五代史》本傳及《北夢瑣言》中)。《花間集》錄其詞二十首，《全唐詩》錄廿四首，《小重山》等多作於後晉為相之日：

春入神京萬木芳，禁林鶯語滑，蝶飛狂。曉花擎露妒奶啼妝,紅日永,風和百花香。　　煙鎖柳絲長,御溝澄碧水,轉池塘。時時微雨洗風光,天衢遠,到處引笙簧。

一派承平華貴的氣象,哪裏還管喪失燕雲十六州的辱國之事,更不要說戰亂頻仍的老百姓生活了。《喜遷鶯》其闋一也:

曉月墜,宿雲披,銀燭錦帷。建章鐘動玉繩低,宮漏出花遲。　　春態淺,來雙燕,紅日漸長一線。嚴妝欲罷囀黃鸝,飛上萬年枝。

在錦繡堆裏討生活,才有這種閒情逸志。稍好一些的是刻畫風景人物的,如《漁父》:

白芷汀寒立鷺鷥,蘋風輕剪浪花時。煙漠漠,日遲遲,香引芙蓉惹釣絲。

這倒是畫面昭然,可以欣賞之詞。但古來賦《漁父》者辭多高逸,此則只寫水天風景,漁舟笠翁之形象而已,類似自然主義的白描。亦寫閨怨,如《薄命女》,代人作文章:

天欲曉,宮漏穿花聲繚繞,窗裏星光少。冷露寒侵帳額,殘月光灑樹杪。夢斷錦帷空悄悄,強起愁眉小。

雖然人也孤寂,畢竟不是寒女。《草堂詩餘》云“此詞頗盡宮中幽怨之意”,信然。佳處在於描寫曙光極盡乍明還冷殘月斜沉之美。《春光好》在渲染春江情侶歡會之景色上亦臻化境:

143

蘋葉軟,杏花明,畫船輕。雙浴鴛鴦出綠汀,棹歌聲。

春水無風無浪,春天半雨半晴。紅粉相隨南浦晚,幾含情。

此詞前半寫煙波畫舫,後半言晴雨相間,風微浪靜,真是良辰美景奈何天,秀色確自出江南,令人神往焉。

3. 蜀詞

韋莊

自朱溫代唐為梁(906年),其後相繼以後唐(李存勗)、後晉(石敬塘)、後漢(劉知遠)、後周(郭威)之五十年間,天下迄未統一(南方分別有前後蜀王建、孟知祥,南唐李昪,南楚馬殷,吳越錢鏐等小國分立),殘民如草,易君如棋,士大夫浮沉其中,茹苦於心,積感欲宣,多忠篤悱惻之詞,亦高渾而綺麗,論其風格,由來遠矣。

按五代時詞,以蜀與南唐為最盛。蜀有:韋莊、牛嶠、毛文煬、牛希濟、薛昭蘊、顧瓊、魏承詠、毛熙震、李珣、歐陽炯、孫光憲等。晉、漢之際,和凝亦好小詞,南唐多善為之,而後主李煜尤工,其臣馮延巳亦警麗可觀。蜀詞賴《花間集》以傳,南唐諸詞往往見於《尊前集》中。

韋莊(836-910),字端己,京兆杜陵(即今陝西西安市)人。遭逢黃巢軍入,病困重圍,其後脫至洛陽,轉道南遊,遍及金陵、蘇州、揚州、浙西、湖北、湘南、江西、皖中等地。至昭宗景福二年始還京師,旋舉進士,官校書郎。乾寧四年,兩川宣諭和協使李詢辟為判官,率使兩度入蜀,遂識王建,留掌節記,乃定居焉。唐亡,建稱帝,拜左散騎常侍,判中書門下事,累官至吏部侍郎,兼平章事,一切開國制度多出莊手,亦可見相得之深矣。武成三年八月卒於成都,謚文靖。

張炎云："詞之難於令曲，如詩之難於絕句。不過十數句，一字一句閑不得，末句最當留意，有有餘不盡之意始佳，當以《花間集》中韋莊、溫飛卿為則。"(《詞源》卷下)周濟云："端己詞，清豔絕倫，初日芙蓉春月柳，使人想見風度。"(《介存齋論詞雜著》)劉熙載云："韋端己、馮正中諸家詞，留連光景，惆悵自憐，蓋亦易飄揚於風雨者，若第論其吐屬之類，又何加焉。"(《藝概》卷四)況周頤云："韋文靖詞，與溫方城齊名，熏香掬豔，眩目醉心，尤能遠密入疏，寓濃於淡。《花間》諸賢，殆少其匹。"(《歷代詞人考略》卷五)王國維云："'絃上黃鶯語'，端己語也，其詞品亦似之。韋端己之詞，骨秀也。"(《人間詞話》卷上)按其《天仙子》云：

> 蟾采霜華夜不分，天外鴻聲枕上聞。繡衾香冷懶重熏。
> 人寂寂，葉紛紛，才睡依前夢見君。

月冷霜嚴，雁聲到枕，好一派淒寂光景。結句醒而復睡，自尋其夢，相思深矣！

《定西番》亦云：

> 挑盡金燈紅爐。人灼灼，漏遲遲，未眠時。斜倚銀屏無語，閒愁上翠眉，悶殺梧桐殘雨，滴相思！

倚聲響，遣句豔，重在結語的"滴相思"，真是絕妙好辭。又《菩薩蠻》(四首錄二)云：

> 紅樓別夜堪惆悵，香燈半卷流蘇帳。殘月出門時，美人和淚辭。　琵琶金翠羽，弦上黃鶯語。勸我早歸家，綠窗

人似花。

從詞面上看,自然是傷離別的豔體,而骨子裏則寓有去國之思,仍在留戀唐家。其二亦云:

> 人人盡說江南好,遊人只合江南老。春水碧於天,畫船聽雨眠。　　爐邊人似月,皓腕凝霜雪。未老莫還鄉,還鄉須斷腸!

首章言奉使泣別,預訂歸期,此章則傷中原板蕩欲歸不得矣。"皓腕相招"喻蜀王待己甚厚,不易言辭之意,所謂話裏有話也。《思帝鄉》更是一看便知:

> 雲髻墜,鳳釵垂,髻墜釵垂無力。枕函散,翡翠屏深月落,漏依依。說盡人間天上,兩心知。

身已相蜀,豈能求諒故君,但此心終不忘唐,故托為綺詞,於結句"兩心知"知之。端己入蜀諸作均是此類,其尤悱惻動人者如《荷杯》之"碧天無路信難通,惆悵舊房櫳",《小重山》之"夢君恩,臥思陳事暗消魂",《浣溪沙》之"憶來惟把舊書看,幾時攜手入長安",都是。

十八、"詞"的淵源

按詩歌發展到了唐末,無論古體律絕、長篇短制,都達到最成熟的階段,後代雖仍有人從事製作,已難再有驚人的成就。按照文學演進的歷史公例上講,因其本身及客觀的種種原因,常產生一種新的體裁,例如由四言而古體而近體,即可明了其興衰轉變的因果性,由八世紀後半期到十世紀初期,乃是中國詩歌在形式上一個開始轉變的時代,這便是詞的興起。

廣義的說,詞就是詩。不過比起詩來,詞和音樂的關係更為密切,在最初階段裏,詞只是音樂的附庸。在這一點上,它與樂府詩辭很相近似。但古樂府多為徒歌,各由知音者作曲入樂,詞則是以曲譜為主,後有聲而後有辭的,所以詞的音樂生命更重於樂府詩,宋翔鳳《樂府餘論》云:"宋元之間,詞與曲一也。以文寫之則為詞,以聲度之則為曲。"

可以看出,這種新起的詞體,當初的作者,沒有把它看作是一種與詩平行的東西,而只當作是附庸的,不過後來經過了五代、宋諸家的大量製作,得到了優美的成就,無論在形式上還是風格上,都顯然同詩有明確的界限與獨立的生命了,於是詞這一文學形式,便在唐末及五代之際,接替了唐詩的地位。

總之,關於詞的產生,古人雖有各種說法,要以出於樂府與由唐代的近體詩變化而來之論為最有力,如:

王應麟《困學紀聞》云:"古樂府者,詩之旁行也;詞曲者,古樂府之末造也。"

王國維《戲曲考源》云："詩餘之興,齊梁小樂府先之。"這兩個人都認識到了詞與樂府的共同性,其次便是說詞出於唐代的近體詩了。

方成培《香研居詞塵》云："唐人所歌,多五、七言絕句,必雜以散聲,然後可披之管弦,如陽關必至三疊而後成音,此自然之理也。後來遂譜其散聲,以字句實之,而長短句興焉,故詞者所以濟近體之窮,而上承樂府之變也。"

宋翔鳳《樂府餘論》也說："謂之詩餘者,以詞起於唐人絕句,如李白之《清平調》即以披之於樂府;旗亭畫壁諸唱(按指興元中詩人王昌齡、高適、王之渙共詣旗亭聽妙妓唱詩,暗中畫壁計數而言,事在《集異記》)皆七言絕句,後至十國時,遂競為長短句,自一字兩字至七字,以抑揚高下其聲,而樂府之體一變,則詞實詩之餘,故曰詩餘。"

其實上述的四種說法,表面上雖似不同,內容卻無大差異,因為都承認詞本身的性質是詩,詞的功能是音樂,漢魏的樂府固然是樂府,唐代可歌的近體詩也是樂府,李白的《清平調》和"旗亭畫壁"諸唱是詩,漢魏的樂府又何嘗不是詩? 說詞出於樂府固然可以,說它出於近體詩,又有什麼不可以呢? 再放遠一些講,說與《周頌》《國風》同流,也未嘗不行。

不過,詩與詞雖同其淵源,但在形成上畢竟不一樣,詞體的構成,不只是文體的自然演化,它還有外部的動力,即其音樂之適合性與社會之適應性,所以樂調與歌辭並不平行存在,而前者為主後者為附庸了。

所以,說來說去,就是在內容實質上講,"詞",只是詩的一體,兩者並不矛盾對立,不過是文體上的一種術語而已。因為《三百篇》中的"風、雅、頌",漢魏的樂府辭,都是各自時代能夠歌唱的曲子。其後的

五、七言詩,始逐漸脫離歌唱合樂的路子,而別為能和樂歌的"詞",所以過去某些文人錫以"樂府""詩餘""新聲"和"長短句"等名稱。

五、七言的新體詩,正是唐人的新樂府,由於它們的字句都非常整齊,與音樂的曲拍合不上,唱的時候,不免曼聲悠揚添上許多無字的虛聲,所謂"泛聲""和聲"或"散聲"。正如南宋朱熹說的"古樂府只是詩,中間卻添許多泛聲,後人怕失了那泛聲,逐一聲添個實字,遂成長短句,今曲子便是。

這說明著五、七言新體詩,不但與樂合不來,唱起來不習慣,而且已經遠遠地跟不上語言和音樂發展的情況了,民間因以另創詞曲一類的長短句以應需要,《詩》《騷》《樂府》本來就都有長短句,它是越來越發展為新的較為固定的形式了。一般地講,晚唐、五代,是詞的幼年時期,到了北宋便開始繁榮起來,它的本制,是:

"小令",如《如夢令》《三字令》等,發生最早。

"引":《陽關引》《千秋引》等繼之而來。

"引"又稱"近",如《祝英臺近》等。

"慢":"慢"與"曼"通,乃由引近更為引長之物,如《卜運算元慢》《木蘭花慢》等。

此外,又有由唐宋《大曲》中變通而來的"遍""破""序"等,不過都是"添字""減字""偷聲""攤破"之類,表示從原腔調中增減字數之意,詞曲家把"令""引""近""慢"分別稱為"小""中""長"調,按《十六字令》是"令"中最短的詞式,它只有十六個字,最長的是"慢詞"中的《鶯啼序》,它共有四段,長達240字。再說說調名,從其本義上分,計有以下四類:

(1)直用曲調名作詞的調名的,如《南歌子》《浪淘沙》《千秋樂》等。

（2）起於所詠的事物的，如《雙雙燕》之詠燕，《暗香疏影》的詠梅等。

（3）取古詩中字句作為符號使用作詞名的，如《青玉案》取張衡詩"何以報之青玉案"，《風入松》取李白詩"風入松下清"。

（4）以自己所作詞中的某一字句作為調名的，如《一葉落》《陽臺夢》等，以自別於他調。

詞調的總數，據清《欽定詞譜》所列為八百二十六調，二千三百零六體，萬樹《詞律》則列為六百六十個，一千一百八十體。後之論者各有增減，但不出八百、一千之間。

北宋初年，由於天下又歸一統，歷經太宗趙匡義、真宗趙恒、仁宗趙禎三朝之休養生息，工商業發達，都市繁榮，城市人民生活安定，不免講求享受流於奢靡。當時的娛樂場所如"瓦舍"、酒樓甚至妓院，都需要唱詞，聽曲，文人們標榜風流，仕宦者也競逐新聲，於是其道大行。

下面讓我們分別敘述一下五代的大家：

3. 南唐詞

按詞雖導源李唐，殆至南唐二主祖尚聲律，而馮延巳和之，始成淵藪。

（1）李煜

李煜（937-978），字重光，初名從嘉，是南唐中主李璟的第六子，嗣為後主。凡十五年而國滅，入宋為違命侯，加特進，封隴西郡公，不及四載，暴卒，年僅四十二。贈太師，追封吳王，其舊臣徐鉉以文稱之云：

王,天骨秀穎,神氣清粹,言動有則,容止可觀。精究《六經》,旁綜"百氏",酷好文辭,多所述作。洞曉音律,精別《雅》《鄭》,為文論之,以續《樂記》。所著《文集》三十卷,《雜說》百篇,味其文,知其道矣。至於弧矢之善,筆劄之工,天縱多能,必造精絕。(《吳王墓誌》)

又《十國春秋·南唐三·後主本紀》云:

後主,為人仁惠,有慧性。雅善屬文,工書畫,知音律。廣額豐頰,駢齒,一目重瞳子。

按《紀》引《青異録》言其書法云:

後主善書,作顏筆繆曲之狀,遒勁如寒松霜竹,謂之"金錯刀"。

一云:"後主作大字,不事筆,卷帛書之,皆能如意,世謂'撮襟書'。"《紀》又引《宣和畫譜》述其丹青云:"後主丹青,自稱'鍾峰隱居'。"又引《太平清話》云:"後主善墨竹。"

准是種種,我們大可以說,後主"洵洵大雅,美秀多文",是一位富有藝術修養的國主,已不止是"詞"的能手與開拓者了。此其一。

《十國春秋·南唐本紀》還說他的性行道:

後主天資純孝,事元宗(中主李璟)盡子道,居喪哀毀,杖而後起。嗣位之初,屬軍興之後,國勢削弱,帑庾空竭,專以

151

愛民為急,蠲捐賦息役,以裕民力,尊事中原,不憚卑屈,境內賴以少安者十有餘年……論決死刑,多從末減,有司固爭,乃得少正。然垂泣而後許之。

李煜自己也常剖析其嗣立的心意云:

> 本於諸子,實愧非才。自出膠癢,心疏利祿。被父兄之蔭育,樂日月以優遊。思追巢、許之餘塵,遠慕夷、齊之高義。既傾懇悃,上告先君,固未虛詞,人多知者。(襲位初表於宋太祖語)

可見李煜最初之恬淡為懷書卷氣息了。對於庶政,他也確有善施,關心民瘼非止一事。如:

> 建隆二年六月嗣立之初,大赦境內(甚至引起了宋太祖趙匡胤之疾惡)。
> 始行鐵錢,公私便之。
> 罷諸路屯田使,佃民遂絕公吏之擾。
> 乾德五年春,命兩省侍郎等更值光政殿,召對諮訪,率直夜分。
> 開寶二年冬,至大理寺,親錄囚,原宥甚眾,請省司罰內帑錢三百萬,充軍資。
> 以惻隱之心,好竺乾(佛家)之教,草木不殺,禽魚咸遂,賞人之善,常若不及;掩人之過,惟恐其聞。

按殘唐五代之際,易君如棋,民不聊生,李煜獨能憂生念亂,悱惻為懷,使其城內短期安定,已屬可貴。而其用心之苦,在對待天朝宋太祖趙匡胤的委屈求全恭順奉侍上,尤可概見。此其二。

建隆二年六月嗣立之初,即遣中書侍郎馮延魯如宋,表陳奉朔稱號悉遵周舊,其言曰:

> 陛下顯膺帝籙,彌篤睿情,方誓子孫。仰承酬臨照,則臣向於脫屣,亦匪邀名,既嗣宗枋,敢忘負荷。惟堅臣節,上奉天朝,若曰稱易初心,輒萌異志,豈獨不遵於祖稱,實當受譴於神明。

誠惶誠恐,頂禮膜拜,這還不夠崇奉嗎?

> 冬十月,宋遣樞密承旨王文來賀襲位,始易紫袍見使者。
>
> 是歲宋葬詔憲太后(趙匡胤母杜氏),遣戶部侍郎韓熙載,太府卿田霖會葬。
>
> 建隆三年春三月,遣馮延魯入貢於宋。
>
> 六月,遣客省使翟如璧入貢於宋,宋放降卒千人南還。
>
> 十一月,遣水部郎中顧彝入貢於宋,宋頒建隆四年曆。
>
> 建隆四年春正月,宋遣使餉羊、馬、橐駝。
>
> 三月,宋出師平荊湖,遣使往軍前犒師。
>
> 秋七月,宋詔遣還顯德(周世宗柴榮年號)以來中朝將士在江南者,及今揚州民遷江南者,還歸故土。
>
> 冬十一月,宋改元乾德。十二月,表宋乞罷詔書不名之禮,不從。
>
> 乾德二年五月,賀宋文明殿成,進銀萬兩。
>
> 秋八月,宋於江北置折博物(緣江採買及過江貿易),禁

商旅過江。

十一月,國后周氏殂,宋遣作坊副使魏丕來弔祭。

秋九月,聖尊后(李煜母)鍾氏殂。冬十月,宋遣染院使李光圖來拜祭。

遣使獻宋銀二萬兩,金銀龍鳳茶酒器數百事。

開寶四年,春,遣使如宋。貢占城、闍婆、大食國所送禮物。

冬十月,聞宋滅南漢,屯兵於漢陽。大懼,遣太尉、中書令韓王從善朝貢,稱江南國主,請罷詔書不名,許之。

開寶五年春二月,以宋長春節,貢錢三十萬緡。

開寶六年五月,聞欲興師,遣使上表,願受爵命,不許。是歲,江南饑,宋饋米麥十萬斛。

甲戌歲,秋,遣使求南楚國公從善歸國,不許。宋遣閣門使梁迥來,從容言曰:"天子今冬行柴燎之禮,國主宜助祭",不答。

宋復遣知制誥李穆為國信使,持詔來曰:"朕將從仲冬有事圜丘,冀全思與卿同閱犧牲",且諭以將出師,宜早入朝之意。國主辭以疾,且曰:"臣事大朝,冀全宗祀意如是,今有死而已!"時宋已遣宣徽南院使曹彬等,水陸並進。

冬十月,遣江國公從鎰貢帛二十萬匹,白金二十萬斤,又遣起居舍人潘慎修貢買宴帛萬匹,錢五百萬,築城聚糧,大為守備。

閏十月,宋師陷池州(今安徽省貴池縣),於是下令戒嚴。去開寶紀年,稱甲戌歲。

辛未,宋師陷蕪湖(今安徽省蕪湖市)及雄遠軍,吳越亦大舉兵犯常、潤(今江蘇省武進縣及鎮江縣)。國主遣吳越王書曰："今日無我,明日豈有君? 一旦今天子易地賞功,王亦大梁一布衣耳!"吳越王表其書於宋。

宋師次采石磯(今之南京江邊),破潰南唐兵二萬人,擒龍驤都虞侯楊收,池州人樊若水詣宋闕獻策,依其事先測量,造浮梁以濟師,故得長驅渡江,直逼金陵,吳越兵亦來會師合圍。

秋,鎮南節度使朱令贇為帥勝兵十五萬赴難,旌旗、戰艦甚盛,編木為筏,長百餘丈,大艦容千人,令贇所乘艦尤大,擁甲士,建大將旗鼓,將斷采石浮梁。至皖口,與宋師遇,傾火油焚北船,適北風,反焰自焚,軍遂大潰,令贇等皆被執。

外援既絕,金陵益危,宋師百道攻城,晝夜不休。城中米斗萬錢,人病足弱,死者相枕藉,李煜兩遣徐鉉等厚供方物,求緩兵,守祭祀,皆不報。

按歐史《南唐世家》曰:

太祖出師南征也,煜遣徐鉉朝於京師。鉉居江南以名臣自負,欲以口舌馳說存其國,及其將見也,大臣亦先入,言鉉博學有辯,宜有以待之。太祖笑曰:"第去,非爾所知也。"明日,鉉朝於廷,仰而言曰:"李煜無罪,陛下師出無名。"太祖徐召之升,使畢其說。鉉曰:"煜以小事大,如子事父,未有過失,奈何見伐?"其說累數百言。太祖曰:"爾謂父子者,為兩家可乎?"鉉無以對而退。

《後山詩話》載:

鉉來宋,欲以口舌解圍,盛稱其主博學多藝,使誦其詩,曰:"秋水之篇,天下傳誦。"太祖大笑曰:"寒士語爾,吾不道也。"因自言微時自秦中歸,道華山下,醉臥,覺而月出,有句曰:"未離海底千山黑,才到天中萬國明。"鉉大驚服。

《宋通鑒》云:

> 逾月,復遣鉉乞緩師,以全一邦之命。鉉見太祖,反復論辯不已,太祖怒曰:"不須多言,江南亦有何罪,但天下一家,臥榻之側豈容他人鼾睡耶!"

開寶八年冬十一月,城陷,李煜率司空,知左右內史事殷崇義等四十五人,肉袒降於軍門。明年春正月,至汴京(今之河南省開封市),賜官光祿大夫,檢校太傅,右千牛衛上將軍,仍封違命侯。

太宗趙匡義即位,始去違命侯,封隴西郡公。太平興國二年,李煜自言其貧,太宗命增給月奉,仍予錢三百萬。此其三。

觀乎此,可知李煜本自無罪,"父子可兩家,臥榻之旁,豈容他人鼾睡",趙匡胤數語已盡之矣。為什麼趙匡義又要了李煜的性命呢?那很簡單:匡義忌其才。李煜自己亦不能隱忍,多言賈禍。

一云:宋太祖使徐鉉見後主於賜第,後主忽吁歎曰:"當時悔殺潘佑、李平(平有軍功,佑知農事,兩人俱習神仙修養之說,而李煜惑之)。"鉉不敢隱。遂有賜後主牽機藥之事。蓋餌其藥則病,前卻數十回,頭足相就如牽機狀也。

又後主在賜第,七夕,命故伎作樂,聲聞於外,太宗聞之大怒。又傳"小樓昨夜又東風",又"一江春水向東流"句,並坐之,遂被禍云。

又《南唐拾遺記》云:"後主歸宋後,鬱鬱不自聊,常作長短句"簾外雨潺潺"云云,情思淒切,未幾下世。

按,李煜致命之二詞,依次為《虞美人》《浪淘沙令》,原文及譯釋如下:

《虞美人》:春花秋月何時了,往事知多少。小樓昨夜又東風,故國不堪回首月明中。　雕欄玉砌依然在,只是朱顏改。問君能有幾多愁,恰似一江春水向東流!

譯釋:美麗的三春之花,皎潔的中秋月亮,什麼時候不存在的? 過去的事千絲萬縷地湧上了我的心頭。這座小樓昨天夜裏又吹來使人蘇醒的東風。在皓月當空的景色下,實在沒有勇氣再遙望我的舊江山了! 那些雕樑畫棟砌著玉石欄杆的宮殿,必然完好如初,可惜的是褪了朱紅的顏色,請問閣下現在還有多少愁恨哪? 恐怕要像滾滾東流的滿江春水了吧!

《浪淘沙令》:簾外雨潺潺,春意闌珊。羅衾不耐五更寒。夢裏不知身是客,一晌貪歡。　獨自莫憑欄,天限江山,別時容易見時難。流水落花春去也,天上人間!

釋譯:簾子外邊的雨,淅淅瀝瀝地下個不停,春天已經悄悄地溜走了。穿著單薄的羅衣,實在受不了五更天時早間寒氣的侵襲,睡夢裏才忘記啦是作客他鄉,貪圖這一煞那的欣歡。

獨自一個人可不敢靠著欄杆遠望那無邊無際的江山,離開故土是容易的,再想見它可就難了。春天已經像流著的水落了的花,一去不復返啦。此乃人間世並非是天堂。

兩詞懷念故國,惆悵不已,愁深似海,怨聲載道。再加上"多少恨,昨夜夢魂中,還似舊時遊上苑,車如流水馬如龍,花月正春風"(《望江南》)一類的今昔對比,歡戚天壤之作,能不說李煜是在思想反復,動盪非常嗎?那麼猜忌成性殘忍慣用的趙匡義,豈有不趁機剪除之理?所以就下了毒手,使一代詞宗含恨而死。當然,李煜的哀思傑作亦因此不朽,此其四。

就是這四種生活情況,分別地也未嘗不是系列地構成了李煜的頗有聲色的一生:多才多藝,罰不當罪,使人同情,其詞不朽,在中國文藝史上,佔有光輝的一頁。

下面我們從"詞"的發生成長上,對於李煜的成就,再做進一步的探索:

按"詞"者"詩"之餘,但它並不是"詩"的"派生物"。按照吾師俞平伯和鄭振鐸先生的說法它是"物極必反","窮則變,變則通"的。"詩"自《三百篇》,漢《樂府》,魏、晉、南北朝"五言",特別是"盛唐律絕以後""日趣淺薄","不復""宏妙渾厚","會有倚聲作詞者,本欲酒間易曉,擺落故態,適於六朝跌宕意氣差近","簡古可愛","故大中(唐宣宗李忱)以後詩衰而倚聲作"(陸游語)。就是說:"詞"是來自民間的"新聲",隨著語言和音樂的發展,而不得不變的"長短句",它的興起自非偶然。

此因"詞"的"格式",不下二千餘種,(康熙《欽定詞譜》:詞八百二十六,體二千三百零六),絕大多數都是從配合音樂旋律來的,而且它在最初,是不但接近口語(雖然亦用文言)而且也相當地反映現實的,既是"樂歌""徒歌",又可以叫做"新詩"。作者,各階層的人都有(接近人民的知識分子最多),題材廣泛,傳達了人民的思想感情。後來,發展到了《花間》,才漸漸為士大夫所專用、潤飾,寫情戀的"靡靡之音"居多,路子越來越窄,正如陸游在《花間集跋》裏所說的:"方斯時,天下岌岌,生民救死不暇,士大夫乃流宕至此,可歎也哉!"

可是李煜之詞,卻不全是這樣的,特別是他的後期、晚年之作我們可以叫作"哀思"一派(以有別於後來宋人之"婉約派"與"豪邁派")的,因為它:窮愁、恨怨、以淚洗面。如:

"愁":

"問君能有幾多愁。"(《虞美人》)

"人生愁恨何能免。"(《菩薩蠻》)

"畫雨新愁。"(《采桑子》)

"是離愁。"(《相見歡》)

按"愁"的字義,從《說文》《廣韻》上講,本是"憂苦"和"悲傷"的意思。這裏《虞美人》中的自問"幾多",譬以"春江",真是古之傷心人別有懷抱的;"雕欄""朱顏""已改""故國不堪回首",象外之象,意外之意,還有比這個哀思更深的語言嗎?而《菩薩蠻》之"愁恨"並提,夢歸"故國","往事已空",醒來哀痛不止的情況,就更淒慘啦。李煜正是由於此類的詩詞送了自己的性命的。作者難道不曉得"禍從口出"的厲害嗎?然而不能自已,只能任其暴露。"詩言志","詩者,志之所之也。在心為志,發言為聲,嗟歎之不足,故永歌之",為情造文,所以為"真",李煜何能外是?詩歌本來就必須寄托作者的"興、觀、群、怨"嘛,這兒不過是以"怨"為主罷了。

於是"新愁"也好,"舊恨"也好,只要念念不忘,總會脫口而出,絲毫也矜假不得的。李煜後期之詞,即是做了"俘虜"當了"囚徒"以後的《虞美人》諸作之所以膾炙人口流傳不朽者,正由於它是"亡國之音哀以思"的緣故,有"愁"就有"恨"(它表現在"恨"字上面的思緒,與"愁"同工)。我們信手拈來,也得有以下四句:

"恨":

"回首恨依依。"(《臨江仙》)

"多少恨。"(《望江南》)

"離恨恰如春草。"(《清平樂》)

"常恨朝來寒雨晚來風。"(《相見歡》)

《說文》解釋得好:"恨,怨也。"而《臨江仙》之"惆悵暮煙"、"門巷寂寥"、"殘草低迷"以及"空持羅帶,回首恨怨"之詞,據說是宋軍圍城時作。按升州(即今江蘇省江寧縣)被圍計達一年之久,這時守城者已精疲力盡,眾叛親離,金陵即將陷落,所以,李煜覩狀傷情,筆出白描,以自道其淒涼荒敗之恨也,而仍"依依"者,畢竟是自己的土地人民,難以割捨故耳。《西清詩話》說:"未就而城破,缺後兩句。"《耆舊續聞》則說:"家藏後主詞二本,中有《臨江仙》塗注數字,未嘗不全。

至於"夢魂"中之"多少恨",從《望江南》詞目已可以覘知內容了:"還似舊時遊上苑,車如流水馬如龍。"正在苦思舊時京華麼,把當年之繁盛,和現在的孤淒比較起來,安得不恨!再如《相見歡》之常恨朝晚的"寒雨"與"冷風",為的是"太匆匆"地使"林花謝了春紅"。這又是借傷春為喻以恨逆臣誤國(指樊若水等而言),遂使自己宗社傾圮萬劫不反,只剩下心灰意冷的份兒了,恨恨不已,伴隨著"胭脂淚"啦。此外還有一系列的"淚句":

"淚":

"胭脂淚。"(《相見歡》)

"覺來雙淚垂。"(《菩薩蠻》)

"蠟成淚。"(《更漏子》)

"多少淚。"(《望江南》)

"心事莫將和淚說。"（同上）

李煜此際，真正是歌以當哭，每個字都是從血管裏流出來的符號，而不是"水"。"胭脂淚"麼，"夢中醒來雙淚垂"麼，"蠟燭成灰淚始乾"麼，"沾袖橫頤"，這是"多少淚"喲。但是，即將"心事"和"淚說"，又有什麼用呢？其結局，還不是徒使"腸斷"而已麼，這是毫無疑問的。

總之，從上面的分析介紹中，我們可以得出如下的結論了。

①李煜雖然也有像"繡牀斜憑嬌無那，爛嚼紅絨笑向檀郎唾"（《一斛珠》），"紅錦地衣隨步皺，佳人舞點金釵溜（《浣溪沙》）一類的豔體、宮詞，但其主要的貢獻還在於後期的"哀思"之作。因為他給"綺麗"的詞體開拓了新的境界，而且情真意切不避斧鉞，是在被迫害的晚年寫出來的。

②他的作品境界高遠，詞彙清新，婉轉天然，不事雕琢，而聲味雋永，耐人深思，其《虞美人》《浪淘沙令》等作，不只膾炙讀者，而且極易引起同情，共掬淚水，蓋藝術之魅力使然，終不以其年代久遠而有差也。於是稱為"五代詞宗"亦非過譽。前無古人，至今不朽，學者信之。

③作者善於借用具體的事物來表達個人的思想，特別是自然界的。信手拈來，彌合無間，簡直也可以叫做"天人合一"了。還不止是《三百篇》的"比、興"而已，這種手法恐怕是學自"曲子詞"（敦煌所見本）的。例如："枕前發盡千般願，要休且待青山爛，水面秤錘浮，黃河徹底枯"（《菩薩蠻》），又如"此時模樣，算來是秋天月。無一事，堪惆悵，須圓缺"（《別仙子》）均是。

④那麼，研究李煜詞有沒有現實的意義呢？我們說是有。首先，它在中國詞史上佔有一定的地位，承前啟後，影響不小。如"菡萏香銷翠葉殘，西風愁起綠波間"，"細雨夢回雞塞遠，小樓吹徹玉笙寒"，不就是他父親李璟（916-961）的《山花子》嗎？家學淵源。而秦少游之

"飛紅萬點愁如海"(《千秋歲》結語),楊孟載之"閒情正在停針處,笑嚼紅絨唾碧窗"(《春繡》絕句),又何嘗沒有李煜《虞美人》和《一斛珠》結句的影子?

上有好者下必有甚,特別是詩詞這東西,歷代的最高統治者,很多都是使之蔚然成風君臣唱和的(前面的例證極多),馮延巳何能外是?

(3)馮延巳

馮延巳(904-960),字正中,廣陵(今江蘇省揚州市)人。有辭學,多伎藝,李升(南唐烈祖)以為秘書郎,使與李璟(南唐元宗)遊處,累遷駕部郎中,元帥府書記。保大(李景年號)四年,自中書侍郎拜平章事,出鎮撫州(今江西臨川),及再入相,元宗悉以朝政委之,罷為宮保卒,年五十七。著有樂章百餘闋,見稱於世(《南唐書》卷廿一)。

延巳之詞"思深辭麗,均律調新,清奇飄逸"(陳世修語見《陽春集序》),"俯仰身世,所懷萬端,繆悠其辭,若顯若晦,揆之六義,比興為多"(劉馮煦,亦見《陽春集序》),實為五代一大作家,與溫(飛卿)、韋(端己)鼎足而三,王國維稱其"不失五代風格而堂廡特大,開北宋一代風氣"(《人間詞話》卷上)。況周頤亦稱"馮詞如古蕃錦,如周秦寶鼎彝,琳琅滿目,美不勝收,詞之境詣至此,不易學,並不易知,未容漫加選擇,與後主詞實異曲同工也"(《歷代詞人考略》卷四)。

馮延巳之《鵲踏枝》曰"誰道閒情拋擲久?每到春來,惆悵還依舊。日日花前常病酒,不辭鏡裏朱顏瘦。河畔青蕪堤上柳。為問新愁,何事年年有?獨立小橋風滿袖,平林新月人歸後"(其一),已足代表其閒愁久病的心情了。"惆悵依舊","不辭朱顏瘦"麼,為甚麼這樣的潦倒呢?一個高官得做錦衣玉衾的人,必其心有隱憂耳,江左自周師南侵,朝政日非,而己匡救無術,坐視疆土之淪喪,是以悽惶。以下七首,我們可以逐一地看:

162

香印成灰,起坐渾無緒……夜夜夢魂休謾語,已知前事無尋處。(其二)

叵耐人情太薄,幾度思量,真擬渾拋卻。(其三)

蕭索清秋珠淚墜,枕簟(dian,席子)微涼,輾轉渾無寐。(其三)

煩惱韶光能幾許? 腸斷魂銷,看卻春還去……夢斷巫山路,滿眼新愁無問處。(其四)

淚眼問花花不語,亂紅已過秋千去。(其五)

不論春秋,還是夢醒,盡作淚垂、魂斷、煩惱模樣,連景色都是灰色的,這種生活還用問嗎? 其它詞調也差不多。如:

明月,明月,照得離人愁絕。(《三臺令》)

流水流水,中有傷心雙淚。(前調)

蘆花千里霜月白,傷行色。(《歸國遙》)

波搖梅蕊傷心白,風入羅衣貼體寒。(《拋球樂》)

白雲天遠重重恨,黃葉煙深淅淅風。(前調)

舊愁新恨知多少,目斷遙天。(《采桑子》)

繡戶慵(yong,懶也)開,香印成灰。(前調)

滿院春風,惆悵牆東……愁心似醉兼如病,欲語還慵。(前調)

獨自尋芳,滿目悲涼,縱有笙歌亦斷腸。(前調)

昨夜笙歌容易散,酒醒添得愁無限。(《鵲踏枝》)

舊恨年年秋不管,朦朧如夢空腸斷。(《鵲踏枝》)

一點春心無限恨,羅衣印滿啼妝粉。(前調)

残月尚彎環,玉箏和淚彈。(《菩薩蠻》)

聲隨幽咽絕,雲斷澄霜月。(前調)

燭淚欲欄幹,落梅生晚寒。(前調)

夕陽千里連芳草,風光愁煞王孫。(《臨江仙》)

窗外寒雞天欲曙,香印成灰,起坐渾無緒。(《蝶戀花》)

畫堂昨夜愁無睡,風雨凄凄。(《采桑子》)

昔年無限傷心事,依舊東風。(前調)

天長煙遠,凝恨獨沾襟。(《臨江仙》)

薄羅依舊泣青春,野花芳草逐年新,事難論。(《虞美人》)

幽怨憑誰說……一時彈淚與東風,恨重重。(同上,下闋)

細濕流光,芳草年年與恨長。

斜陽,負你殘春淚幾行。(《南鄉子》)

和粉淚,一時封……已分今生薄命,將遠恨,上高樓。(《更漏子》)

裹羅幕,憑朱閣,不獨堪悲搖落。(前調)

簾幕裏,青苔地,誰信閒愁如醉。(前調)

紅燭淚欄幹,翠屏煙浪寒……和淚試嚴妝,落梅飛夜霜。(《菩薩蠻》)

欲尋陳跡恨人非,天教心願與身違……蔭花樓閣漫斜暉,登臨不惜更沾衣。(《浣溪沙》)

春色迷人恨正除,可堪浪子不還家。(前調)

一夢經年瘦,今宵簾幕颺花陰,空餘枕淚獨傷心。(《憶江南》)

從以上錄引的三十五首詞句中,可以看出作者的旨隱詞微調高意遠,低眉愁思既深且久之種種,其善用蕭索之景以寓悵惆之懷之處,尤使人攬擷不盡淒苦欲絕不得以豔章綺語目之也。當然,像《謁金門》中的"風乍起,吹皺一池春水"曾經引令中主後主欣賞之句(仿佛是在單純刻畫景物的),但是請別忘記,即在同一詞調裏,也有"夢斷禁城鐘鼓,淚滴枕檀無數"的話麼。

4. 蜀詞

蜀之作者原多晚唐文人而後仕於王建、王衍(前蜀)、孟知祥、孟昶(後蜀)、韋莊、牛嶠、顧夐、李珣、尹鶚、孫光憲等均是:

(1)韋莊

韋莊(約 836-910),字端己,長安杜陵(今陝西省長安縣)人,乾寧進士,後仕蜀,官至吏部侍郎兼平章事。端己本能詩,早年之《秦婦吟》即有名,詞則語言清麗,多用白描手法抒寫閨情和遊樂生活,在《花間集》中頗有特色,為時人稱許。《浣花集》乃其詩詞專著,寫離情別緒之作甚多,如《定西番》云:

挑盡金燈紅爐,人灼灼,漏遲遲,未眠時。　斜倚銀屏無語,閒愁上翠眉,悶殺梧桐殘雨,滴相思。

此詞情景兼到,結語一片愁思。又《浣溪沙》云:

夜夜相思更漏殘,傷心明月憑闌幹,想君思我錦衾寒。
咫尺畫堂深似海,憶來惟把舊書看,幾時攜手入長安?

165

按《古今詞話》云："韋莊為蜀王所羈。莊有愛姬,姿質豔美,兼工詞翰。蜀王聞之,托言教授宮人,強奪之去,莊追念悒怏,常有哀感之作,此類是也。"這樣看來,王建也不是什麼好人,酒色之徒很對不住朋友。端己誤矣。

(2)顧夐

顧夐,前蜀通政(王建年號)時,以小臣給事內廷,後擢刺史,已而復事高祖孟知祥,累官至太尉。夐善小詞,以豔麗稱,時亦清疏,妙在分際恰合,如《河傳》云:

> 棹舉,舟去,波光渺渺,不知何處? 岸花汀草共依依,雨微,鷓鴣相逐飛。　　天涯離恨江聲咽,啼猿切,此意知誰說? 倚蘭橈,獨無聊,魂銷,小爐香欲焦。

簡勁,清遠,情景如畫,實顧詞之所長,《訴衷情》則豔麗矣:

> 永夜拋人何處去? 絕來因,香閣掩,眉斂,月將沉,爭忍不相尋? 怨孤衾,換我心,為你心,始知相憶深。

"換心",還不是透骨的情語嗎?

(3)李珣

李珣字德潤,先世本波斯人,家於梓州(今四川三臺縣),有詩名,以秀才預賓貢,事蜀主王衍,國亡,不仕。有《瓊瑤集》,多感喟之音,如《巫山一段雲》云:

166

古廟依青嶂,行宮枕碧流。水聲山色鎖妝樓,往事思悠悠! 雲雨朝還暮,煙花復春秋。啼猿何必近孤舟,行客自多愁。

五代人詞,大都綺麗,推德潤之聲時或清疏,沁人心目,《漁歌子》尤為泊雅:

荻花秋,瀟湘夜,橘州佳景如屏畫。碧煙中,明月下,小艇垂綸初罷。 水為鄉,篷作舍,魚羹稻飯常餐也。酒盈杯,書滿架,名利不將心掛。

高曠,自然,詞如其人,李秀才不凡。

(4)尹鶚

尹鶚,成都人,與李珣友善。鶚事王衍,為翰林校書,累官參卿。詞亦清越,如:

月沉沉,人悄悄,一炷後庭香嬝。風流帝子不歸來,滿地禁花慵掃。 離恨多,相見少,何處醉迷三島?漏清宮樹子規啼,愁鎖碧窗春曉。(《滿宮花》)

聲韻響,詞氣幽,別有一番滋味。又:

朧雲暗合秋天白,俯窗獨坐窺煙陌。樓際角重吹,黃昏方醉歸。 荒唐難共語,明日還應去。上馬出門時,金鞭

莫與伊。(《菩薩蠻》)

上闋寫西北清秋時節,樓上獨坐候人,而人昏夜醉歸之情狀,淋漓盡致;下闋言其"荒唐",雖不近人情,亦不聽任離去也,涵義極深。

附:孫光憲(事高季興)

孫光憲,字孟文,貴平人,出身農家而好讀書,唐時為陵州判官,有聲。天成(後唐明宗李嗣源年號)初,避地江陵,時高季興(稱武信王)奄有荊上,招致四方之士,以梁震薦得掌書記,遂服事高氏三世不去,累官荊南節度副使,檢校秘書少監。宋興,勸高繼沖以三州內附,太祖趙匡胤嘉其功,特授黃州刺史,乾德(太祖年號)末年卒。

光憲好學,老而彌篤,積有經藉數千卷,孜孜校仇,或手自鈔寫,整理成書,《北夢瑣言》即其專著。詞亦成家,見於《花間集》者六十首,《尊前集》者二十三首,《全唐詩》有八十首,人評其《酒泉子》等作為:三疊文之《出塞曲》,長短句之《吊古戰場文》,樂府遺音,詞壇麗藻。如:

空磧無邊,萬里陽關道路。馬蕭蕭,人去去,隴雲愁。
香貂舊制戎衣窄,胡霜千里白。綺羅心,魂夢隔,上高樓。(《酒泉子》)

以詞談邊塞事的人不多,尤其是在五代之季的,光憲於此突出了。又如描寫南地風光的《浣溪沙》:

蓼岸風多桔柚香,江邊一望楚天長。片帆煙際閃孤

光。　　月送征鴻飛杳杳,思隨流水去茫茫。蘭紅波碧憶
瀟湘。

光憲居楚地久,領略景色真切,所以搖筆即來,本身又係飽學之士,自
與輕蕩為文者不同,經得起推敲。它如:"白紵春衫如雪色,揚州初去
日"(《謁金門》)等詞,均係此類。

5. 宋初作者

宋自太祖趙匡胤陳橋兵變,黃袍加身,代柴周而有天下以後,即杯
酒釋兵柄集權力於中央並特重文治開始,與之相輔而行的文教工作亦
大有所更易,特別是關於反映現實生活的詩、詞的。大體說來,統一初
期多效法唐人,後則格調因時變易,詩既多言法則,詞則清新穩切,已
駕五代而過之,備極工巧,益臻成熟。歷太宗(趙匡義)、真宗(趙恒)、
仁宗(趙禎)諸帝而不衰,劉後村云:"宋詩豈惟不愧於唐,蓋過之矣。"
明方孝儒亦曰:"天歷諸公制作新,力排舊習祖唐人。粗豪未脫風沙
氣,難詆熙豐作後塵。"此應首言"西崑體":

"西崑體",得名於《西崑酬唱集》(凡五七言近體詩二百四十八
首)。主要作者為楊億、錢惟演、劉筠,他們當時都是宮廷侍臣(如翰林
學士之類),接觸較多,常相唱和,於是多辭章之美,而內容則泛泛矣。
歐陽修《六一詩話》曰:"楊大年與錢、劉數公唱和,自《西崑集》出,時
人爭效之,詩體一變。而先生老輩,患其多用故事,至於語僻難曉,殊
不知自是學者之弊。"清《四庫全書提要》曰:"《西崑酬唱集》宗法唐李
商隱,詞取妍華,而不乏興象,效之者漸失本真。"

(1)"西崑"楊、錢

楊億(974—1020)字大年,浦城(今屬福建)人,淳化(太宗年號)進士,官翰林學士、史館修撰。詩多雕章麗句,反映內廷生活,如《夜宴》《直夜》之類,脫離人民,貧乏空虛,雖有仿效唐人李義山處,而晦澀堆砌過之,格調低下,全無韻味,其詠物之作如《鶴》《蟬》《柳絮》《荷花》等亦不外是。如詠《梨》云:

> 繁花如雪早傷春,千樹封侯未是貧。漢苑浸傳盧橘賦,驪山誰識荔枝塵?九秋青女霜添味,五夜方渚月溜津。夢客狂醒朝已解,水風猶自獵汀蘋。

典故生僻,神理不足,看不出有什麼義山的氣味。又《成都》詩曰:

> 五丁力盡蜀山通,千古成都綠酎濃。白帝倉空蛙在井,青天路險劍為峰。漫傳西漢祠神馬,已見南陽起臥龍。張載勒銘堪作戒,莫矜函谷一丸封。

缺點是一樣的,插入許多故事,令人撲朔迷離,無法一目了然,是懷古呢還是說今? 又《寄靈仙觀舒職方學士》:

> 綠髮郎潛不記年,卻尋丹竈味靈篇。華陰學霧還成市,彭澤橫琴豈要弦? 曉案只應餐沆瀣(露氣),夜灘誰見弄潺溪? 須知吏隱金門客,待乞刀圭作地仙。

居然有了學道的氣氛。"尋丹竈,餐沆瀣",要作"金門客"麼,未必只是為舒職方學士作的。

錢惟演（？－1033），字希聖，臨安（今屬浙江）人，吳越王錢俶之子。入宋，官保大軍節度使，加同中書門下平章事，仁宗趙禎時落職。詩的格調與楊億近似，如《淚》亦云：

家在河陽路入秦，樓頭相望只酸辛。江南滿目新亭宴，旗鼓傷心故國春。仙掌倚天頻滴露，方渚待月自涵津。荊王未辨連城價，腸斷南州抱璧人。

雖非無病呻吟，也令人有味同嚼蠟之感。又其《別墅》云：

別館斗城傍，斜軒映曲房。蒼頭冠綠幘，中婦織流黃。複道登平樂，期門集未央。惹錢梁冀宅，挾瑟莫愁堂。走馬章臺柳，停在陌上桑。彀弓隨寶帳，投轄付銀牀。出戴繁星急，歸沖細雨忙。曾過阿君宿，碎舞起跳梁。

我們無法知道詩的中心思想是什麼，模模糊糊只看到了許多故事，並不一定都恰當。這就是"西崑體"的特點，所以不討人喜歡。《寄靈仙觀舒職方學士》差強人意，略有新言：

方瞳玄髮粉闈郎，絳闕齋心奉紫皇。征士高懷雲在嶺，騷人秋思水周堂。閑園露草開三徑，靈宇華燈燭九光。知有美田堪種玉，幾時春渚逐歸航。

（2）王禹偁

王禹偁（954－1001），字元之，巨野（今屬山東）人，太平興國（太宗）八年進士，官至翰林學士，直言敢諫，屢遭貶黜而志不少灰。詩不

與"西崑"同唱,而特愛李(白)、杜(甫)與白居易,饒有風骨,體近樂天,如《佘天詞》云:

> 鼓聲獵獵酒釃釃,斲上空山入亂雲。自種自收還自足,不知堯舜是吾君。

此雖有上古老人《擊壤歌》的情調,而不害其為抄襲。又《村行》則尤有風趣了:

> 馬穿山徑菊初黃,信馬悠悠野興長。萬壑有聲含晚籟,數峰無語立斜陽。棠梨葉落胭脂色,蕎麥花開白雪香。何事吟餘忽惆悵,村橋原樹是吾鄉。

頗有農村風味,沒有田園生活的人說不出來。《五更睡》自言在朝的心情說:

> 數載值承明,寵深還若驚。趁朝雞喚起,殘夢馬馱行。左宦離雙闕,高眠盡五更。如將閑比貴,此味敵公卿。

能高眠盡五更,比待漏的公卿還有味道,可見禹偁的不汲汲於高官厚祿了。此非矯情,已有修養。詩亦坦蕩平淡,七言絕並有可觀者,《泛吳松江》云:

> 葦蓬疏薄漏斜陽,半日孤吟未過江。唯有鷺鷥知我意,時時翹足對船窗。

已有閑云野鶴的神態,《春居雜興》風情不殊:

> 兩株桃杏映籬斜,裝點商山副使家。何事春風容不得,
> 和鶯吹折數枝花。

這不是也很本色嗎? 到底是詩人。

對於"西崑體"束手束腳鑽牛角尖的宮體酬唱而言,王禹偁可謂大開大合橫掃陰霾了。他表現在新體方面的尤為突出,除上所錄引的幾章以外,還可以補充兩首七律,以見其意。如《日長簡仲咸》云:

> 日長何計到黃昏,郡僻官閑晝掩門。子美集開詩世界,
> 伯陽書見道根源。風騷北院花千片,月上東樓酒一尊。不足
> 同年來主郡,此心牢落共誰論。

也講官場,也引古人,可是風格開朗,有道有詩,即一新耳目。《寄獻潤州趙舍人》與之同工:

> 南徐城古樹蒼蒼,衙府樓臺盡枕江。甘露鐘聲清醉榻,
> 海門山色滴吟窗。直廬久負題紅葉,出鎮何妨擁碧幢。聞說
> 秋來自高上,道裝笻竹鶴成雙。

(3)梅堯臣

梅堯臣(1002-1060),字聖俞,宣城(今屬安徽)人。世稱宛陵先生。他少年時屢應進士試,不第,淪為州縣屬官,中年後賜進士出身,始授國子監直講,官尚書都官員外郎,論詩注意政治,講求技巧,風格力求平淡,蓋以之矯"西崑"之靡麗也,其失在於有時陷於板滯。曾敏

行《獨醒雜誌》稱："王曙知河南日，堯臣為縣主簿，袖所為詩文呈覽，曙謂其詩有晉、宋遺風，自杜子美歿後二百餘年，不見此作。"按堯臣之小詩頗有可取者，如《泛溪》：

> 中流清且平，舍楫任舟行。漸近鷺猶立，已遙村轉橫。
> 何妨綠樽滿，不畏晚風生。屈賈江潭上，愁多未適情。

語頗明快，寫景亦佳。也有報導人民生活代為呼吁苦痛之作，如《汝墳貧女》云：

> 汝墳貧家女，行哭音悽愴。自言有老父，孤獨無丁壯。
> 郡吏來何暴，官家不敢抗。督遣勿稽留，龍種去攜杖。勤勤
> 囑四鄰，幸願相依傍。適聞閭里歸，問訊疑猶強。果然寒雨
> 中，僵死壞河上。弱質無以托，橫屍無以葬。生女不如男，雖
> 存何所當。拊膺呼蒼天，生死將奈向？

直書其事，呼天搶地，不親有感受而又富有同情心者，寫不出來，這就跟"西崑體"之同輩酬唱脫離現實諸作，毫無共同之處。友朋交往者亦然，《送樂職方知泗州》云：

> 長堤凍柳不堪折，窮臘使君單騎行。蘇合輕裘霜莫犯，
> 銅牙大弩吏先迎。山旁楚賈連檣泊，水上禹書寒磬清。試向
> 郡樓東北望，煙波千里月臨城。

很有氣魄，"銅牙大弩，煙波千里"，境界開擴。五律亦有好詩，如《依韻和子聰見寄》：

嘗念餞行舟,風蟬動去愁。獨登孤岸立,不見遠帆收。
及送故人盡,亦嗟歸跡留。洛陽君更憶,寧復醉危樓。

"風蟬動去愁"見景生情,也點出了季候,"不見遠帆收"更覺瞻望脈脈,不勝依依,貴在"真"字。其《夏日晚霽與崔子登周襄故城》亦甚清幽:

雨腳收不盡,斜陽半古城。獨攜幽客步,閑閱老農耕。
寶氣無人發,陰蟲入夜鳴。余非避喧者,坐愛遠風清。

有懷古之意,而重在抒發自家飄逸之思,因為堯臣仕宦坎坷,已能超俗看待生活。

(4)蘇舜欽

蘇舜欽(1008-1048),字子美,梓州銅山(今四川中江縣)人,生於開封(今河南開封市),"少慷慨,有大志"(《宋史》本傳),因屢上書言時政得失為權貴所忌,長期放廢於蘇州等地,憤而為詩,揭露抨擊益無忌憚。歐陽修《六一詩話》曰:"聖俞,子美,齊名於一時,而二家詩體特異。子美筆力豪儁,以超邁橫絕為奇,聖俞覃思精微,以深遠閑淡為意,各極其長,雖善論者,不能優劣也。"按子美之作,大體可分為下列諸類:

①主張殺敵致果舒民貧困的詩,如《有客》:

有客論時事,相看各慘然! 蠻夷殺郡將,蝗螟食民田。
蕭瑟心空遠,徘徊志可憐。何人同國恥,餘憤落樽前。

②揭露社會黑暗的古風,如《城南感懷呈永叔》和《獵狐篇》,分別刻畫了餓殍在野,和達官貴人的空談誤國,理應剷除這些社鼠城狐以安天下之類。

③笑罵將帥的怯懦無能、損兵辱國,如《吳越大旱》《慶州敗》《己卯冬大寒有感》,尖銳地指出內政不修,橫徵暴斂,邊防鬆弛,驅民而戰的情況。

④推己及人同情朋友不幸的遭際的,如《城南歸值大風雪》《哭師魯》《蜀士》等詩為知識分子鳴不平,並抒發自己激憤的"又疑天憎善,專與惡報仇"。

⑤寫景詩也經常帶有強烈的感情,和客觀地描寫自然景色者不同,如《滄浪亭懷貫之》就很有聲色:

　　滄浪獨步亦無悰(樂也),聊上危臺四望中。秋色入林紅黯淡,日光穿竹翠玲瓏。酒徒飄落風前燕,詩社凋零霜後桐。君又暫來還徑去,醉吟誰復伴衰翁!

情、景融合,客、主一致,特別是三、四兩聯表現得很充分。七律如《夏意》《絕句》亦不差:

　　別院深深夏簟清,石榴開遍透簾明。樹陰滿地日卓午,夢覺流鶯時一聲。(《夏意》)
　　春陰垂野草青青,時有幽花一樹明。晚泊孤舟古祠下,滿川風雨看潮生。(《絕句》)

蘇舜欽的筆力是雄健的,感情也夠奔放,鬥爭性比梅堯臣激烈,缺點在於措辭不免粗糙,有欠典雅。

(5)范仲淹

跟著,讓我們說說范仲淹(989-1052),他雖然是位政治家,不以文學為業,但卻留傳下來許多詩詞散文為人所傳誦,有《范文正公集》。《宋史》本傳略稱,仲淹字希文,滋州吳縣(今屬江蘇)人。大中祥符(真宗趙恒年號)進士,少時家貧,出仕後直言敢諫。仁宗(趙禎)天聖中任西溪鹽官,建議秦州知州張綸修築捍海堰堤,使大量土地保留下來未遭淹沒,寶元三年西夏趙元昊攻延州(即今陝西膚施縣),與韓琦同任陝西經略副使,改革軍制,鞏固邊防有功,慶歷三年參知政事,主張建立任官制度,注意農桑、整頓武備、推行法制、減輕徭役,因保守派反對未能實現,出為陝西四路宣撫使,道卒。

仲淹文多政治內容,如《嚴先生祠堂記》《岳陽樓記》至今有名。詞則只存三首:《蘇幕遮》《御街行》與《漁家傲》,後者獨寫塞外風光、征人血淚:

　　塞下秋來風景異,衡陽雁去無留意。四面邊聲連角起,千嶂裏,長煙落日孤城閉。濁酒一杯家萬里,燕然未勒歸無計。羌管悠悠霜滿地,人不寐,將軍白髮征夫淚。

此與繼"花間"而起的"婉約派"毫無共同之處,景色特異,同情軍士。其《蘇幕遮》也蒼勁高曠不與人同,儘管有愁有淚:

　　碧雲天,紅葉地,秋色連波,波上寒煙翠。山映斜陽天接水,芳草無情,更在斜陽外。　　黯鄉魂,追旅意,夜夜除非,好夢留人睡。明月樓高休獨倚,酒入愁腸,化作相思淚。

此詞上闋描繪秋色,使人神往;下闋直接說旅愁,一片黯傷,情景貼切,直同天籟。

(6)歐陽修

歐陽修,北宋的文學巨匠,一代宗師,他不只是詩人、文章家、批評家,還是歷史學家,承前啟後,在中國古代文學史上影響極大。

按《宋史》本傳:歐陽修,廬陵(今江西吉安)人,四歲而孤,母鄭守節自誓,親誨之學。家貧,至以荻畫地學書,幼敏悟過人,讀書輒成誦,及冠嶷然有聲,舉進士試南宮第一,擢甲科,調西京推官,歷任樞密副使,參知政事。諡文忠,有《歐陽文忠集》。

修之散文明達曉暢,抒情委婉。為"唐宋八家"之一,且不說它。詩詞,亦清麗,有南唐餘風,而富於批判的精神,《石林詩話》說他"好矯崑體,專以氣格為主,故其詩多平易疏暢"。如《明妃曲》曰:

> 漢宮有佳人,天子初未識。一朝隨漢使,遠嫁單于國。
> 絕色天下無,一失難再得。雖能殺畫工,於事竟何益!耳目
> 所及尚如此,萬里安能制夷狄!漢計已成拙,女色難自誇。
> 明妃去時淚,灑向枝上花。狂風日暮起,飄泊落誰家?紅顏
> 勝人多薄命,莫怨東風當自嗟。

從漢高祖劉邦以婁敬之議開始"和親"以來,就是有失國體未免恥辱之事,永叔念念不忘也是一個歷史學家應有的批判態度。詩則直書其事,感想深刻,體制亦宛轉自如,五、七字參差,其《聖節五方老人祝壽文》《結語詩》裝腔作勢,四平八穩,毫無新意,因為它是祝頌的:

欲知盛集繼荀陳，請看當筵主與賓。金馬玉堂三學士，清風明月兩閒人。紅芳已盡鶯猶囀，青杏初嘗酒正醇。美景難並良會少，乘歡舉白莫辭頻。

簡直是些陳辭濫調，官樣文章。其詞則新穎可喜，如《采桑子》誇西湖的(十三首錄一)：

短舟短棹西湖好，綠水逶迤，芳草長堤，隱隱笙歌處處隨。　　無風水面琉璃滑，不覺船移，微動漣漪，驚起沙禽掠岸飛。(其一)

此類小詞，頗為輕盈，如下闋之一、二兩句就說得景色不差。不過十三首合併相看，便覺得絮煩無味了。《朝中措》述其黃堂生活也還真摯：

平山欄檻倚晴空，山色有無中。手種堂前垂柳，別來幾度春風。　　文章太守，揮毫萬字，一飲千鍾。行樂直須年少，樽前看取衰翁。

文章太守，及時行樂，可與其《醉翁亭記》"太守者誰？廬陵歐陽修也"相參證。《長相思》表示送別之情的也好(四首錄一)：

蘋滿溪，柳繞堤。相送行人溪水西。回時隴月低。煙霏霏，風淒淒，重倚朱門聽馬嘶，寒鷗相對飛。

下闋的景物就寫得自然動人，語言通脫，極便歌唱。下面的一首《生查子》，敘說男女相悅於元宵之夜的，更是盡人皆知之作：

179

去年元夜時,花市燈如晝。月上柳梢頭,人約黃昏後。
今日元夜時,月與燈依舊。不見去年人,淚滿春衫袖。

一往情深,多麽纏綿,令人目擊心傷。其《蝶戀花》廿二首,風光旖旎,
心神綺麗,聲色俱美,使人留連迷戀。茲錄其二:

簾下清歌簾外宴,雖愛新聲不見如花面。牙板數敲珠一
串,梁塵暗落琉璃盞。　桐樹花深孤鳳怨,漸遏遙天,不放
行雲散。坐上少年聽未慣,玉山將倒腸先斷。(十五)

豔情如畫,聲流華宴,上闋之"梁塵暗落",下闋之"不放行雲"等句,真
是妙筆生花。又十九云:

幾日行雲何處去,忘了歸來,不道春將暮。百草千花寒
食路,香車繫在誰家樹?　淚眼倚樓頻獨語,雙燕來時,陌
上相逢後?撩亂春愁如柳絮,依依夢裏無尋處!

"春愁如柳絮","夢裏無尋處",巧思巧的盡在其情深處。永叔詩不及
文,詞又勝之,於此可見。

(7)王安石

王安石(1021-1086)字介甫,撫州臨川(今屬江西)人。他為人剛
直,有澄清天下之志。北宋中葉,漸趨貧弱,階級矛盾尖銳,國防力量
下降。神宗(趙頊)上來,蓄意革新,於是安石始得大用。其變法之指
導思想是清除敝政,限制官僚地主商人的特權,用青苗,農田水利,方

田均稅,免役,保甲,保馬,市場等新法,一時間確曾加強了皇權,鞏固了封建統治,但另一方面也相當地減輕了人民的負擔,推動了生產力的發展,抵抗了西夏北遼的侵淩,惜為保守勢力所格阻,未得徹底推行,久見成效,反而不如他的文學成就了。

安石的文學思想是"務為有補於世",非必"巧且華也"的,他體現於散文上的如《讀孟嘗君傳》《論議》諸文(如《諫客論》《三聖人》等)且不說它,即其詩、詞亦每每有之。如"七絕"《漢武》云:

壯士悲歌出塞頻,中原蕭瑟半無人。君王不負長陵約,
直欲功成賞漢臣。

又《諸葛武侯》:

慟哭楊顒為一言,餘風今日更誰傳?區區庸蜀支吳魏,
不是虛心豈得賢!

詠古諷今,政治意識感強,他的惆悵不平的詩詞也所在多有。如:

安得病身生羽翼,長隨沙鳥自由飛。(《望越亭》)
今日樽前千萬恨,不堪頻唱鷓鴣辭。(《春日席上》)
二十四年三往返,一身多在百憂中。(《句容道中》)
日月不膠時易失,感令懷昔使人愁。(《漫成》)

由於安石胸懷大志而不得展其抱負,所以鬱悶隱憂。如七律《金陵懷古》等詩亦云:

181

　　霸祖孤身取二江,子孫多以百城降。豪華盡出成功後,
逸樂安知與禍雙?東府舊基留佛刹,後庭餘唱落船窗。黍離
麥秀從來事,且置興亡近酒缸。(其一)

借古喻今有所諷頌,此實臨川的特色。其《次韻平甫金山會宿寄親友》
又云:

　　天末海門橫北固,煙中沙岸似西興。已無船舫猶聞笛,
遠有樓臺只見燈。山月入松金破碎,江風吹水雪崩騰。飄然
欲作乘桴計,一到扶桑恨未能。

此則起興以自然景物,結語以胸中積悃,甚有氣勢。中間兩對,尤為秀
麗,臨川詩中頗不多見。
　　長篇古詩之作亦選一首,《韓持國見訪》:

　　余生非匏瓜,於世不無求。弱力憚耕稼,衣食當周流。
起家始二十,南北今白頭。愁傷意已敗,罷病恐難瘳。江湖
把一節,屢乞東南州。治民豈吾能,間僻庶可偷。謬恩當徂
冬,黽勉始今秋。豈敢事高褰,茫然乖本謀。撫心私自憐,仰
屋竊歎愀。強騎黃鐽馬,欲語將誰投。賴此城下宅,數蒙故
人留。攬衣坐中庭,仰視白雲浮。白雲御西風,一一向滄州。
安得兩黃鵠,跨之與雲遊。

安石罷相以後當有此作,詩用賦體,一韻到底,亦所以述志也。他的詩
小大由之,大抵古體勝近體,五言過七言,長於敘說,不甚寫景(其文遊
記亦少)。又《今日非昨日》云:

今日非昨日，昨日已可思。明日異今日，如何能勿悲。當門五六樹，上有蟬鳴枝。朝聽尚壯急，暮聞已衰遲。仰看青青葉，亦復少華滋。萬物同一氣，固知當爾為。我友南山居，笑談解人頤。分我秋柏實，問言歸何時？衣冠汙窮塵，苟得猶苦饑。低佪歲已晚，恐負平生期。

此與帶韻的散文、短文何異，殆韓退之之流風遺韻也。七言的也舉一例：

汴水無情日夜流，不肯為我少淹留。相逢故人昨夜去，不如今日到何州。州州人物不相似，處處蟬鳴令客愁。可憐南北意不就，二十起家今白頭。

文從字順，章法自然，依舊是散文筆調，惟以汴水起興而已。

安石填詞不多，絕少靡靡之音，如：

百畝中庭半是苔。門前白道水縈回。愛閑能有幾人來。小院回廊春寂寂，山桃溪杏兩三栽。為誰零落為誰開？（《浣溪沙》）

嗟見世間人。但有纖毫即是塵。不住舊時無相貌，沉淪。只為從來認識神。　作麼有疏親。我自降魔轉世輪。不是攝心除妄想，求真。幻化空身即法身。（《南鄉子》）

上兩首詞《浣溪沙》點了居處的環境景色，已屬罕見，而《南鄉子》之具有諸家思想，則是特點。《望江南·歸依三寶贊》云：

歸依眾,梵行四威儀。願我遍遊諸佛土,十方賢聖不相離。永滅世間癡。

歸依法,法法不思議。願我六根常寂靜,心如寶月映琉璃。了法更無疑。

歸依佛,彈指越三祇。願我速登無寂覺,還如佛坐道場時,能智又能悲。

已經說歸依佛法,是安石中晚年後已有釋氏思想,事屬毫無疑問。

按安石自五十歲至五十六歲這六年為相,在並世文人之中,不可謂非官高爵顯。晚年退居鍾山,猶被進封荊國公,六十四歲時竟以所居園屋為僧寺,又以田割入蔣山,徹底歸依釋氏,其事甚奇,殆古之傷心人別有懷抱,於國於家無望也(其弟安國、其子雱亦先後前卒)。

十九、遼金之詩

遼,初稱"契丹",自太祖阿保機(在位十一年)至天祚帝延禧(小字阿果,在位廿四年),共有國二百一十年。但以起事松漠,以兵經略方內,未遑文事,景宗(賢)、聖宗(隆緒)兩朝後漸崇儒學,然因風氣剛勁,以搜獮為務,典章文物,仍甚簡缺,習其事者,亦只肖韓家奴、王鼎等數人而已,如肖韓家奴之對興宗(宗真)問政曰:"惟知炒栗(肖韓嘗掌栗園),小者熟則大者必生,大者熟則小者必焦,使大、小均熟始為盡美。"其言治道之要,亦甚得體,然而粗獷可見了。(事見《遼史·文學上》)又如耶律孟簡之說詩:"禽獸有哀樂之聲,螻蟻有動靜之形。在物猶然,況於人乎!"(同上《文學下·孟簡書傳·放懷詩序》)可為代表。

1. 金人文學

完顏金氏乃女真族,自太祖阿骨打(旻在位八年)至哀宗守緒(在位十一年),凡九主百二十年。金承遼後,用武得國,而一代製作能自樹立於唐宋之間,已遠非遼人所及,蓋治世以文不以武也。詩文大家以趙秉文(1159—1232)、王若虛(1174—1243)、元好問(1190—1257)為最著。元好問之《閑閑公墓志》對於宋、遼、金文學繼承發展的情況,說得比較詳盡。好問云:"宋人宣和以後(宋徽宗年號),似是而非,空虛無用",遼則"假貸剽竊,牽合補綴"、"國初因遼、宋之舊,以詞賦經義取士"。但"經為通儒,文為名家"的人,還不夠多。蓋自宋以後百年,遼以來三百年,惟有趙秉文(即趙閑閑)能夠"不溺於時俗,不汨於利祿,慨然以道德仁義性命禍福之學自任,沉潛乎六經,從容乎百家"(《遺山集·閑閑公墓志》)。他還說:"趙秉文的文章是義理之學,長於辨析,極所欲言而止,不以繩墨自拘",並推崇其詩:"七言長篇,筆勢縱放,不拘一律。律詩壯麗,小詩精絕,多以近體為之。至五言則沉鬱頓挫,真淳古樸,有似阮(籍)、陶(潛)。"諸語具見《中州集·禮部閑閑趙公秉文小傳》。

(1) 趙秉文

元好問是趙秉文的學生,所以這般揄揚不遺餘力。現在讓我們就看看秉文的生平及其詩文。元好問云:

> 秉文字周臣,滏陽(今河北省磁縣)人,閑閑其自號也。幼穎悟,讀書若夙習,大定(金世宗年號)廿五年進士,應奉翰林文字,上書論宰相胥持國當罷,宗室守貞可大用,又言獄訟征伐,國之大政,自古未有君以為可,大臣以為不可而可行者。坐譏訕免官。未幾,起為同知岢嵐軍州事,轉北京路轉運司度支判官。承安(金章宗年號)冬十月,陰晦連日,帝語宰相萬公曰:"卿昨言天日晦冥,亦猶人君用人,邪正不分者,極有理。趙秉文曩以言事降授,聞其人有才藻,工書翰,又且敢言,朕非棄不用,以此邊軍興,姑試之耳。"泰和(亦章宗年號)改戶部主事,翰林修撰,出為寧邊州刺史,一年改平定州,治化清淨,所去人思之。貞祐(金宣宗年號)初,中國仍歲被兵。公建言時事可行者三:一遷都,二導河,三封建。朝廷略施行之,四年除翰林侍講學士,明年轉侍讀,興定(金宣宗年號)中拜禮部尚書,兼侍讀,同修國史。知集賢院。開興(金哀宗年號)正月,京師戒嚴。時公已老,日以時事為憂,雖食

息頃不能忘。每聞一事可便民,一士可擢用,大則拜章,小則為當路者言,殷勤鄭重,不能自己,竟用是得疾薨,年七十四。自幼至老,未嘗一日廢書不觀。著《易叢說》十卷、《中庸說》一卷、《楊子發微》一卷、《南華略釋》一卷、《列子補注》一卷、刪集《論語、孟子解》各十卷、《資暇錄》一十五卷,所著文章號《滏水集》者,前後三十卷。

我們所以不憚煩瑣地全引元撰趙傳,一以說明趙秉文確為金人文學之元老(宇文虛中輩,不過是"楚才晉用",南來的"貳臣"而已),而元好問亦為繼承之大家。蓋兩人無論在文學的造詣上,還是做人的操守上,都是極為近似,相得益彰的。比如元好問稱道趙秉文的一生是:"至誠樂易,與人交不立崖岸,主盟吾道將三十年,未嘗以大名自居。仕五朝,官六卿,自奉養如寒士,不知富貴為何物,蓋學道所得云"(同上),這就非比尋常了。對金人來講,趙、元盡係忠貞自守之士,富有愛國主義精神的。下面先選讀幾首趙秉文的詩《雜擬三首》之三云:

　　白日淪西氾,滄海無回波,四時更代謝,奈此遲暮何!我欲制頹光,惜無魯陽戈。憑高望八荒,瞵盻迷山河。驚風振江海,山林無靜柯。獸狂走四顧,曠野迷掛羅。西登廣武山(在河南河陽縣北),北顧望三河。蓬蒿蔽極目,人少虎狼多。喟然發長歎,撫劍徙悲歌!

此詩已有慷慨悲歌無可奈何之意,而作者五言大詩"沉鬱"的情況已可見其一斑。又《和陶淵明擬古五首》之一云:

　　小智多自私,大方乃無隅。一毫納萬象,萬象非卷舒。

日月為我牖,天地為我廬。曲士窘拘囚,一身無容居。我夢登日觀,青天入平蕪。俯看但一氣,二毫彼何如?

這則似乎海闊天空一切看穿了,"一毫萬象,日月為牖,天地為廬"嘛。氣派不小,已過陶公,實際是在故作高放。又一首也是這樣:

張衡詠《思玄》,屈平賦《遠遊》。高情薄雲天,意氣隘九州。朝攀扶桑枝,夕飲弱水流。翻然不忍去,無女哀高丘。嚴霜下百草,歲津聿其周。蕭蘭共憔悴,已矣吾何求!

看來,趙秉文不止是熱愛淵明的淡泊,他的五言古詩也頗有此境界:"千載淵明翁,誰謂不知道? 漫賦責子詩,調戲以娛老"以及"歸來五柳宅,守我不貪寶。長嘯天地間,獨立萬物表",確有神韻。再引一首:

淵明非嗜酒,愛此酒中真。謂言忘憂物,中有太古淳。回首市朝中,萬事牛毛新。去年持使節,悠悠過西秦。宮闕隨飛煙,衣冠化埃塵。當年憑軾士,慷慨歎徒勤。所以山林客,樂與魚鳥親。西登太華頂,曠望長河津。寄謝三山雲,聊欲濫吾巾。誓將從此去,笑謝當途人。

不過,趙秉文究非遁世寧靜之人,其憂國憂民之心至老彌篤。如《上清官》二首之一云:

霜葉蕭蕭複井欄,朝元閣上玉箏寒。千年遼鶴歸華表,萬里宮車泣露盤。日上霧塵迷碧瓦,夜深月露洗荒壇。斷碑膾炙人何在？吏部而今不姓韓。

他這七言律詩也好：景色如畫，情意純真，"一片冰心在玉壺"，妙在借題發揮極有含蓄。《寄陳正叔》與此同工：

渺渺西風去翼輕，長林風葉動秋聲。嵩邙競秀容多可，河洛交流忌獨清。廣武山川迷故壘，成皋草木閉空城。憑高一掬英雄淚，寄與窮途阮步兵。

這可以說是趙秉文的吊古戰場詩，因為他所懷念的正是千多年前楚漢相爭的"河洛故壘"，"英雄淚落，憑高一掬"當是同情項王之故也。寫景絕句則以《雨晴》二首為最：

東風時送瓦溝聲，倚枕幽窗夢自驚。睡起不知雲已散，夕陽偏向柳梢明。
一抹平林媚夕暉，山煙漠漠燕飛飛。倚欄遙認天邊霤，何處行人帶雨歸。

元好問說趙秉文的"律詩壯麗，小詩精絕"，我們卻認為秉文的近體以清新婉約見長，與古詩絕異，有宋人之風。雖學淵明，實非隱逸，蓋其理學思想使之然耳。也對照一下他的小詞：

一葉黃飛一葉舟，半竿落日半江秋。青草渡，白蘋洲，歸路月明山上頭。《漁歌子》
白頭波上白頭人，黃葉渡西黃葉村，山幾朵，酒盈樽，落日西風送到門。（同上）

這不是飄逸自然得很嗎？應該是趙秉文的晚年之作。他對蘇軾的詞，也是尤而效之不遺餘力的，如《缺月掛疏桐》擬東坡作云：

烏鵲不多驚，貼貼風枝靜。珠貝橫空冷不收，半濕秋河影。缺月墮幽窗，推枕驚深省。落落蕭蕭聽雨聲，簾外霜華冷。

沒有什麼抄襲的痕跡，而且是信手拈來，不假雕飾的。其《大江東去》用東坡先生韻的一首，更加神似：

秋光一片，問蒼蒼掛影，其中何物？一葉扁舟波萬頃，四顧粘天無壁。叩枻長歌，嫦娥欲下，萬里揮冰雪。京塵千丈，可能容此人傑。回首赤壁磯邊，騎鯨人去，幾度山花發。淡淡長空今古夢，只有歸鴻明滅。我欲從公，乘風歸去，散此麒麟髮。三山安在？玉簫吹斷明月。

能說這是單純的摹擬嗎？"心有靈犀一點通"，趙秉文只是在情調上受了蘇軾的影響罷了。因此，也可以想見，在那個時期，文學還不受國家的限制的，作為金人的趙秉文，也可以醉心理學崇拜東坡的嘛，而金文學不過是宋文學的餘緒，中國古代的少數民族往往歸一同化為炎黃子孫，也可見一斑了。

趙秉文的散文，我們只選錄一篇有關文學評論及繼承發展的《答李天英書》以為範例，其文云：

天英足下：自足下失意東歸，無日不思，況如三歲何！得來音,具悉動靜為慰可望。所寄《雜詩》,疾讀數過,擊節屢歎。足下天才英逸,不假繩削,豈復老夫所可擬議,然似受之天而不受之人,屢欲貢悃誠,山川間之,坐成浮沉。況勤厚如此,遇望點化,僕非其人。筆拙思荒,自濡其涸,況望餘波耶?豈以犬馬齒在前,欲俯就先後進禮耶?布一工所聞於師友間者,幸恕不揆。

嘗讀古人之詩,各得其一偏,又多其性之似者。若陶淵明、謝靈運、韋蘇州、王維、柳子厚、白樂天,得其沖淡,江淹、鮑明遠、李白、李賀,得其峭峻,孟東野、賈浪仙,又得其幽憂不平之氣,若老杜可謂兼之矣。然杜陵知詩之為詩,未知不詩之為詩,而韓愈又以古文之渾浩,溢而為詩,然後古今之變盡矣。太白詞勝於理,樂天理勝於詞,東坡又以太白之豪、樂天之理合而為一,是以高視古人,然亦不能廢古人。

足下以唐、宋詩人,得處雖能免俗,殊無風雅,過矣! 所謂近風雅,豈規規然如晉宋詞人蹈襲一律耶?若曰子厚近古,退之變古,此屏山守株之論,非僕所敢知也。詩至於李、杜,以為未足;是畫至於無形,聽至於無聲,其為怪且也甚矣,其於書也亦然。

足下之言,措意不蹈襲前人一語,此最詩人妙處。然亦從古人中入,譬如彈琴不師譜,稱物不師衡,上匠不師繩墨,獨自師心,雖終身無成可也。故為文當師六經、左丘明、莊周、太史公、賈誼、劉向、楊雄、韓愈,為詩當師《三百篇》《離騷》《文選》《古詩十九首》下及李、杜,學書當師三代金石、鍾、王、歐、虞、顏、柳,盡得諸人所長,然後卓然自成一家,非有意於專師古人也,亦非有意於專擯古人也。自書契以來,未有擯古人而獨立者。若楊子雲不師古人,然亦有擬相如四賦。韓退之惟陳言之務去,若《進學解》則《客難》之變也,《南山詩》則子厚之餘也。豈遽汗漫自師胸臆,至不成語,然後為快哉?然此詩人造語之工,古人謂之一藝可也。至於詩文之意,當以明王道,輔教化為主。六經吾師也,可以一藝名之哉!賈誼、董仲舒、司馬遷、楊子雲、韓愈、歐陽修、司馬溫公,大儒之文也,僕未之能學焉。梁肅,裴休、晁迥、張無盡(分別為唐、宋的佛學家,而且都做大官),名理之文也,吾師之。太白、杜陵、東坡,詞人之文也,吾師其辭,不師其意。淵明、樂天,高士之詩也,吾師其意,不師其辭。然吾老矣,眼昏力繭,雖欲力學古人,力不足也。

從這篇文章裏,我們可以認識到下面幾個問題:

①趙秉文確乎其為金文學的前輩先生。他的師承及其修養都是淵源於中國的。

②他對於自《三百篇》以下的詩作,六經以次的散文和作者,熟習得很。

③文學批評也作得頗為中肯,如陶、謝之沖淡,江、鮑之峭峻,孟、賈之幽憂,以及杜陵之兼擅即是。

④為文當師"六經",左、莊、史、遷、賈、劉、楊、韓,從古人中入而不蹈襲,亦是深得此中三昧之言。

⑤詩文的藝術性,到底不過是雕技,"明王道、輔教化"始為主旨,也就是政治思想的所在,所以特重賈、董等人的"大儒"之文。

文章的後半部批評了李天英的詩,說"長河老秋凍,馬怯冰未牢"等句,未能"以故為新,以俗為雅",不是"鳳鳴",乃是"梟音",說得頗為苛刻。其論"書法"之處,所謂"真積力久",須"自模法中來",則是極有見地,因為趙秉文也是當時有名的書法家。

（2）元好問

元好問，係出拓拔魏，太原秀容（今山西省忻縣）人。《金史》本傳云：

> 好問，字裕之。七歲能詩，年十有四，從陵川郝晉卿學，不事舉業，淹貫經傳百家，六年而業成。下太行，渡大河，為《箕山》《琴臺》等詩。禮部趙秉文見之，以為近代無此作也，於是名震京師，中興定五年第，歷內鄉令。正大（金哀宗年號）中為南陽令。天興（亦哀宗年號）初擢尚書省掾。頃之，除左司都事，轉行尚書省左司員外郎。金亡不仕。

好問為文有繩尺，備眾體。其詩奇崛而絕雕劇，巧縟而謝綺麗。五言高古沉鬱，七言樂府不用古題，特出新意。歌謠慷慨，挾幽、并之氣。其長短句，揄揚新聲以寫思怨者，又數百篇。兵後故老皆盡，好問蔚為一代宗工，四方碑板銘志盡趨其門。其所著文章詩若干卷，《杜詩學》一卷、《東坡詩雅》三卷、《錦機》一卷、《詩文自警》十卷。

晚年尤以著作自任，以金源氏有天下，典章法度幾及漢唐，國亡史作，己所當任。時《金國實錄》在順天張萬戶家，乃言於張，願為撰述。既而為樂夔所阻而止。好問曰：“不可令一代之跡泯而不傳。”乃構亭於家，著述其上，因名曰《野史》。凡金源君臣遺言往行，采摭所聞，有所得輒以寸紙細字為記錄，至百餘萬言。今所傳者有《中州集》及《壬辰雜編》若干卷。享年六十八。纂修《金史》，多本其所著云。

從上面的《本傳》裏，已經可以反映出來元好問為金人一代宗工，不但著作等身，而且還是一位愛國的文人和歷史學家，他的作品雖然多已失傳，可是只從今日僅見的《中州集》與《元遺山集》，已可以略知

193

其梗概,首先是他的詩詞,憂國憂民,感時悲憤,極具北人慷慨激昂抑鬱痛傷的風格。如七律《岐陽》(正大八年蒙軍攻陷京兆,作者時為南陽令)之二,真實記錄了山河破碎人民慘遭屠殺的情景:

> 百二關河草不橫,十年戎馬暗秦京。岐陽西望無來信,隴水東流聞哭聲。野蔓有情縈戰骨,殘陽何意照空城!從誰細向蒼蒼問,爭遣蚩尤作五兵。

他這悲天憫人恨恨不已的心境,不是全面地反映出來了嗎?你看,"哭聲""戰骨""殘陽""空城",一片淒慘荒涼的景象,而"何意""從誰"之問,確是無可奈何的神情啦。其《壬辰十二月車駕東狩後即事》也是真實地報導連年戰亂國難不已,缺少抗敵禦侮救民於水火之中的大將的。(五首錄一)

> 慘澹龍蛇日鬥爭,干戈直欲盡生靈。高原水出山河改,戰地風來草木腥。精衛有冤填瀚海,包胥無淚哭秦庭。并州豪傑知誰在?莫擬分兵下井陘。

哀宗天興二年(1233)蒙古軍復圍汴京(金之南京,即今河南省開封市),金西面元帥崔立通敵,舉兵反,國事更加糜亂。元好問時為尚書省左司員外郎,被驅至聊城(即今山東省聊城縣),痛述所見。其奮筆疾書直抒胸臆,不尚雕飾,樸素無華的筆調和章法,也一望可知了。還有七絕三首《癸巳五月三日北度》與此同為哀鳴之作:

> 道旁僵臥滿累囚,過去旃車似水流。紅粉哭隨回鶻馬,為誰一步一回頭?

　　隨營木佛賤於柴，大樂編鐘滿市排。虜掠幾何君莫問，
大船渾載汴京來。

　　白骨縱橫似亂麻，幾年桑梓變龍沙。只知河朔生靈盡，
破屋疏煙卻數家。

　　兵敗以後，人民橫遭虜掠：囚徒，婦女，觸目皆是。木佛，編鐘，已
不為貴。而白骨縱橫、生靈殆盡，蒙人之貪婪橫暴，不禁令人髮指的種
種，簡直是血淚的報導了。物必自腐而後蟲生，外患往往與內憂無法
分割。因此，好問指斥貪婪，同情人民疾苦的詩也不在少，如《雁門道
中書所見》(五言長詩)即屬此類，詩云：

　　金城留旬浹，兀兀醉歌舞。出門覽民風，慘慘愁肺腑。
去年夏秋旱，七月禾穗吐。一夕營幕來，天明但平土。調度
急星火，逋負迫捶楚。網羅方高懸，樂國果何所？食禾有百
螣，擇肉非一虎。呼天天不聞，感諷復何補？單衣者誰子，販
糴就南府。傾身營一飽，豈樂遠服賈？盤盤雁門道，雪澗深
以阻。半嶺逢驅車，人牛一何苦！

　　總之，天災人禍接踵而至，內外交迫民不聊生：食禾之螣，擇肉之
虎，簡直無法逃避！哀哉，老百姓。"慘慘愁肺腑"一語道盡了。
　　此外，好問也有山水詩，氣象雄偉，狀物甚工，蓋其胸中自有丘壑
故耳。如《遊黃華山》(山在今河南省林縣西北)。

　　黃華水簾天下絕，我初聞之雪溪翁(王庭筠字，也是金之
作家)。丹霞翠壁高歡宮(北齊神武帝建於山巔的避暑宮
殿)，銀河下濯青芙蓉。昨朝一遊亦偶爾，更覺摹寫難為功。

是時氣節巳三月,山木赤立無春容。湍聲洶洶轉絕壑,雪氣
凜凜隨陰風。懸流千丈忽當眼,芥蒂一洗平生胸。雷公怒擊
散飛電,日腳倒射垂長虹。驪珠百斛供一瀉,海藏翻倒愁龍
公。輕明圓轉不相礙,變見融結誰為雄?歸來心魄為動盪,
曉夢月落春山空。手中仙人九節杖,每恨勝景不得窮。攜壺
重來巖下宿,道人巳約山櫻紅。

他這首七言長詩應是晚年之作,已有意氣浩瀚神駿飄逸的聲色。
例如,關於瀑布的摹畫,大有萬馬奔騰激蕩人心之勢:其聲隆隆,寒光
四射,凜乎其不可留矣,而歸結於神仙之道,斯非超脫而何? 好問的小
詞,亦多此類閒情,《水調歌頭》之三云:

　　石壇洗秋露,喬木擁蒼煙。縱山(少室諸峰之一)七月笙
鶴,曾此上賓天。為問雲間嵩少,老眼無窮今古,夜樂幾人
傳? 宇宙一丘土,城郭又千年。一襟風,一片月,酒尊前。王
喬(古之仙人)為汝轟飲,留看醉時顛。杳杳白雲青嶂,蕩蕩
銀河碧落,長袖得迴旋。舉手謝浮世,我是飲中仙。

好問又是"詩餘"能手,被人稱為"深於用事、精於練句,風流蘊藉
處,不減周(邦彥)、秦(觀)"。我們則認為,在這一方面他同樣是多產
的作家,使用的詞牌有六七十個,而且有的竟連續填制三、五首,十餘
首,甚至三十七首者(如《鷓鴣天》即是),真是洋洋灑灑蔚為大觀。它
們的特色是:語言清新、音調和諧,沒有雕琢的痕跡。思想通脫開朗,
有時海闊天空,已經獨具風格。而且帶"酒"說"醉"的多,不脫文人本
色(此自阮籍、淵明、太白已然,可見好問詩詞的脈絡淵源,來自中華漢
家了)。下面,讓我們單舉他那帶"酒"說"醉"的二十闋,以為例證(有

的只摘錄一闋、或半闋）如"洞仙歌"。

升平十二策，丞相封侯，說與高人應笑倒。對清風明月，展放眉頭。長恁地，大醉高歌也好。待都把功名付時流，只求個天公，放教空老。

百年來，神州萬里。望浮雲，西北淚沾襟。青山好，一樽未盡，且共登臨。

一番風雨未應稀，怨春遲，怕春歸。恨不高張，紅錦百重圍。多載酒來連夜看，嫌化作，彩雲飛。

折枝圖上看精神，見來頻、畫來真。辦作黃徐，無負百年身，也待不來花下醉，嫌笑煞，洛陽人。

醉來長袖舞雞鳴。短歌行，壯心驚，西北神州，依舊一新亭。

花間人似玉芙蓉，月明中，下瑤宮。只恐行雲，歸去卷花空。媵著瓊杯斟曉露，留少住，莫匆匆。

眾人皆醉屈原醒。笑劉伶，酒為名。不道劉伶，久矣答螟蛉。死葬糟丘殊不惡，緣底事，赴清冷。醉鄉千古一升平。忘情，我忘形，相去羲皇，不到一牛鳴。若見三閭憑寄語，樽有酒，可同傾。

來鴻去燕十年閑，鏡中看，各衰顏，恰待蒙泉東畔買青山。夢裏鄰村新釀熟，攜竹杖，款柴關。

旗亭誰唱渭城詩，酒盈巵，兩相思。萬古垂楊都是折殘枝。舊見青山青似染，緣底事，淡無姿。

上高城置酒，遙望春陵。興與廢，兩虛名。江山埋王氣，草木動威靈。中原鹿，千年後，盡人爭。

世事飽經過。算都輸、暢飲高歌。天公不禁人間酒，良辰美景,賞心樂事,不醉如何。

花塢與松坡。盡先生,少小經過。老來詩酒猶堪任,家山在眼,親朋滿座,不醉如何!

鏡中冉冉韶華暮。欲寫幽懷恨無句,九十花期能幾許。一卮芳酒,一襟清淚,寂寞西窻語。

西城流水東城雨,綠葉成陰慣相誤。只恐韶華容易去,一聲金縷,一卮芳酒,且為花枝住。

尋常月圓,恨都向,別時偏。幾度郵亭枕上,野店樽前,珠明玉秀,算一日,想看一日仙。人共月、長似今年。

白水青田萬頃秋。風煙平楚散羊牛。莫放相公黃閣去,留取。笑談樽俎也風流。

華表仙人人不識。今夕。鹿車也到百花洲。好把襄江都釀酒。

一片花飛春意減,雨雨風風,常恨尋芳晚。若個花枝偏入眼,樽前細問春風揀。醉裏看花雲錦爛。

牢落羈懷愁有信。流水浮生,幾見中秋閏。千古詩壇將酒陣,一輪明月消磨盡。

蓋世功名將底用,從前錯怨天公。浩歌一曲酒千盅,男兒行處是,未要論窮通。

漢 魏 六 朝 賦

小 言

　　七五年春,讀罷了《昭明文選》《文苑英華》和《六朝文誥》的"賦篇"以後(也對比了一下《詩》《騷》),覺得劉彥和"賦者,鋪也。鋪采摛文,體物寫志"的說法雖是,而其"六藝附庸,蔚成大國"、賦"自《詩》出"(《文心雕龍·詮賦》),以及"風雅寝聲,莫或抽緒,奇文鬱起,其《離騷》哉"之論,則是值得研究的。

　　因為"屈賦"(還有前此的"荀賦")畢竟是南方的文學,以楚人楚聲為主;如同《詩》乃北方的詩歌,地在黃河流域(荀子是北方學者,後亦久住楚國,為蘭陵令)。儘管也有人講,二《南》提及江漢,未嘗沒有南調。尤其是從《詩》《騷》的風格體例等藝術特點上看,讓人無法強不同以為同。唯物主義者應該實事求是嘛。

　　總之,《詩》是"詩",《騷》是"賦","漢賦"亦非"屈賦",魏晉六朝之作更與漢人大異,這是時間、空間、物質條件不同的關係。只要我們認真地調查研究一番,便可以發現它們的根源所在。因此才在博覽之餘,擇要地作了點兒筆記,分析了某些具有代表性的篇章。看法未必正確,用為講義,則是希望取得斧正的意思。

八二年春節於保定河大

大賦之部

一、大賦中的都城部分的

"賦"為《詩》的"六義"之一,"直陳其事",乃是敘說作者的手法的。其後《屈賦》出來,抒發憂思哀怨,始擴大成篇而有"鋪陳"之論。其實玩弄辭彙、堆砌排比還是班、馬、枚、揚諸人的事,這時已經可以認為是"以能文為本",不甚涉及"忠憤"了。這就是說,在奴隸制轉入封建制的初期,作為御用文人的士大夫們,早已每況愈下,被新興的地主階級"俳優畜之"了。六朝的"小賦",也是"幫閒"之作居多,所謂"靡靡之音"雖"綺麗"亦"不足珍惜"了。李唐代興,青出於藍,"賦"固不如"詩"與"散文",然而從"宮、觀、郊、廟",以及"山海、花木、器物"的大小篇章,無論看它們的神理、氣味,還是格律、聲色,都同樣地具有獨到之處理。

先談"大賦":

1. 班固的《西都賦》

從屈原的《離騷》說起,那是"好色不淫,怨悱不亂",金聲玉振,百世無匹的大賦的宗師啦。每當我們念到"長太息以掩涕兮,哀民生之多艱"，"怨靈修之浩蕩兮，終不察夫民心"一類的句子，誰能不對詩人憂國愛民的思想感生崇敬哪！且不要說"美人香草，鸞鳳君子"那些久為詞人矜式的都麗典雅之辭了。至於漢人班孟堅的《西都賦》，雖亦別開生面膾炙人口，究嫌其咬文嚼字，誇飾特多。例如他說長安地勢之雄偉與都市之繁庶云：

於是睎秦嶺，晀北阜，挾灃霸，據龍首。圖皇基於億載，度宏規而大起。肇自高而終平，世增飾以崇麗；歷十二之延祚，故窮奢而極侈。

建金城而萬雉，呀周池而成淵。披三條之廣路，立十二之通門。內則街衢洞達，閭閻且千，九市開場，貨別隧分，人不得顧，車不得旋，闐城溢郭，傍流百廛，紅塵四合，煙雲相連。

這基本上已是駢四儷六的格局。聲調響，對仗工，還可以體會出來西漢統治王朝的富強康樂源遠流長了。再看下面的一段，描寫宮室之美的：

其宮室也，體象乎天地，經緯乎陰陽。據坤靈之正位，仿太紫之圓方。樹中天之華闕，豐冠山之朱堂。因瑰材而究奇，抗應龍之虹梁。列棼橑以布翼，荷棟桴而高驤。雕玉瑱以居楹，裁金璧以飾璫。發五色之渥彩，光爛朗以景彰。於是左城右平，重軒三階，閨房周通，門闥洞開。列鐘虡於中庭，立金人於端闈。仍增崖而衡閾，臨峻路而啟扉。徇以離宮別寢，承以崇臺閒館。煥若列宿，紫宮是環。清涼宣溫，神仙長年。金華玉堂，白虎麒麟。區宇若茲，不可殫論。

這固然刻劃的是宮殿的富麗堂皇,同時也未嘗不證明著當時建築工程之偉大與勞動人民技藝的高超,而劉漢王朝的窮奢極欲深重剥削也就不言而喻了。不過作者的中心思想,卻是吹捧皇家的,反而不如張衡(平子)的《西京賦》。

2. **張衡的《西京賦》**

平子雖然也侈言長安的都麗崇宏,還敢寓貶於褒地非議皇帝的醉心方士,枉求長生不老:

> 於是采少君之端信,庶欒大之貞固。立修莖之仙掌,承雲表之清露。屑瓊蕊以朝飧,必性命之可度。美往昔之松喬,要羨門乎天路。想升龍於鼎湖,豈時俗之足慕?若歷世而長存,何遽營乎陵墓?

這也應該算是揭露批判吧,如果真能不死,還大修陵墓幹什麼?漢武帝劉徹,正是這般胡搞的。勞民傷財,騰笑四方,實在非同小可。也有諷刺權貴鞭撻豪強的:

> 北闕甲第,當道直啟。程巧致功,期不陁陊。木衣綈錦,土被朱紫。武庫禁兵,設在蘭錡。匪石匪董,疇能宅此?
>
> 茂陵之原,陽陵之朱。趫悍虓豁,如虎如貙。睚眥蠆芥,屍僵路隅。丞相欲以贖子罪,陽石汙而公孫誅。

　　按,霍光有甲第於皇城之北,乃漢武所賜。石為元帝劉奭之黃門中官石顯,董乃哀帝劉欣之寵臣董賢,都是專權誤國的佞臣。丞相指公孫賀而言,陽石則是陽石公主,因與賀子私通,為被罪之長安大流氓朱安世所舉發,而父子俱死獄中。原,原涉也,也是城內大混混。張衡這樣地振筆直書,借題發揮,可就比那位以史家而作賦的班固大膽得多,特別是從兩賦的結論上看,更可以這般論定。班說士、農、工、商,"各得其所",意在歌頌"祖德宗功"。張則言:"徒恨不能以靡麗為國華,獨儉嗇以齷齪。"志在反對奢侈浪費,足以說明問題。但有一點兩人倒是相同的,對於西京的舊時都麗來講,全是得諸傳聞,未嘗親見:"徒觀跡於舊墟,聞之乎故老,十分而未得其一端,故不能遍舉也。"(班說)"雅好博古,學乎舊史氏,是以多識前代之載,言於安處先生","獨不見西京之事歟? 請為吾子陳之"(張語)可證。同理,對於東都洛陽,兩人則都極熟悉,因而班的《東都賦》既有:"增周舊,修洛邑。扇巍巍,顯翼翼。光漢京於諸夏,總八方而為之極。於是皇城之內,宮室光明,闕庭神麗。奢不可踰,儉不能侈。外則因原野以作苑,填流泉而為沼。發蘋藻以潛魚,豐圃草以毓獸。制同乎梁鄒,誼合乎靈囿"之言,更有崇儉之諭:

　　　乃申舊章,下明詔。命有司,班憲度。昭節儉,示太素。去後宮之麗飾,損乘輿之服御。抑工商之淫業,興農桑之盛務。遂令海內棄末而反本,背偽而歸真。女修織紝,男務耕耘。器用陶匏,服尚素玄。恥纖靡而不服,賤奇麗而弗珍。捐金於山,沉珠於淵。

3. 張衡的《東京賦》

西漢經新莽之亂，以及赤眉等農民軍的起義，長安已經殘毀，天下元氣大傷，劉秀上來自應節衣縮食與民更始，因他疲敝之餘，沒有條件再擺闊氣了。所以這兒的話是在一定限度上反映了實際情況的。直至劉莊（明帝）這才像張衡所言，有了擴建，然亦係“奢未及侈，儉而不陋”的合乎規格指標：

> 乃新崇德，遂作德陽。啟南端之特闈，立應門之將將。昭仁惠於崇賢，抗義聲於金商。飛雲龍於春路，屯神虎於秋方。建象魏之兩觀，旌六典之舊章。其內則含德章臺，天禄宣明。溫飭、迎春、壽安、永寧。飛閣神行，非我能形。濯龍、芳林，九谷、八溪。芙蓉覆水，秋蘭被涯。渚戲躍魚，淵遊龜蠵。

張衡跟班固一樣，也在賦中強調“改奢即儉”之道，說“遵節儉，尚素樸”，“賤犀象，簡珠玉。藏金於山，抵璧於谷。翡翠不裂，瑪瑁不蔟。所貴惟賢，所寶惟穀。民去末而反本，咸懷忠而抱愨”。這雖不免有過甚之辭，卻不乏政治生活的情趣：

> 方其用財取物，常畏生類之殄也。賦政任役，常畏人力之盡也。取之以道，用之以時。山無槎枿，畋不麑胎。草木蕃蕪，鳥獸阜滋。民忘其勞，樂輸其財。百姓同於饒衍，上下共其雍熙。洪恩素蓄，民心固結。

據說張衡的“二京賦”作了十年，深受安帝劉祜的賞識，並且因此得官,可見他是煞費苦心的,對比起班固的《西都賦》來,簡直是有過之而不及呢。

4. 左思的《三都賦》

晉人左思(字太沖)的"三都賦" 蜀都(成都)、吳都(建業)、魏都(安陽)的描繪,論其歷史、地理上的關係,雖不如長安、洛陽的重要,可是太沖自北而南轉向西陲,把三國時代三座大城市,都調查研究地各還本色地狀貌一番,自非學植博雅,文筆生花而又切磋琢磨肯下死功夫的人,不足以語此的。不破不立,例如作者一開始就先批判了漢代賦家班、馬、張、揚等人的"假稱珍怪,以為潤色"之非。從而認為"侈言無驗,雖麗非經",於是鄭重其事地介紹了自己寫作的態度說:

> 余既思摹"二京"而賦《三都》,其山川城邑則稽之地圖,其鳥獸草木則驗之方志。風謠歌舞,各附其俗。魁梧長者,莫非其舊。何則?發言為詩者,詠其所志也;升高能賦者,頌其所見也。美物者貴依其本,贊事者宜本其實。匪本匪實,覽者奚信?(《三都賦序》)

不只要"言之有物",而且應"言之有本",徹底否定了那些單純為誇飾而作,於義無徵的濫調、空言,這豈止是賦家必具的準則而已?例如他說蜀都之形勢云:

①《蜀都賦》

> 夫蜀都者,蓋兆基於上世,開國於中古。廓靈關以為門,包玉壘而為宇。帶二江之雙流,抗峨眉之重阻。水陸所湊,

兼六合而交會焉;豐蔚所盛,茂八區而菴薈焉。於前則跨躡
犍、牂,枕轎交趾。經途所亘,五千餘里。山阜相屬,含溪懷
谷。崗巒紕紛,觸石吐雲。鬱葐蒀以翠微,崛巍巍以裁裁。
干青雲而秀出,舒丹氣而為霞。龍池漉瀑濆其限,漏江伏流
潰其阿。泊若湯谷之揚濤,沛若蒙汜之湧波。(《蜀都賦》)

下面便是有關蜀地的特產草、木、蟲、魚、鳥、獸的描述了。再抄一
段成都本市的景色:

　　於是乎金城石郭,兼市中區。即麗且崇,實號成都。辟
二九之通門,畫方軌之廣塗。營新宮於爽塏,擬承明而起廬。
結陽城之延閣,飛觀榭乎雲中。開高軒以臨山,列綺窗而瞰
江。內則議殿爵堂,武義虎威。宣化之闥,崇禮之闈。華闕
雙邈,重門洞開。金鋪交映,玉題相暉。外則軌躅八達,里閈
對出。比屋連甍,千廡萬室。亦有甲第,當衢向術。壇宇顯
敞,高門納駟。庭扣鐘磬,堂撫琴瑟。匪葛匪姜,疇能是恤。
亞以少城,接乎其西。市廛所會,萬商之淵。列隧百重,羅肆
巨千。賄貨山積,纖麗星繁。

無論前一段言蜀地的險要,還是這一段談蜀城之繁華的,全使人
有臥遊其中猶如目覩之感:"山阜相屬,含溪懷谷,崗巒紕紛,觸石吐
雲。"走過劍閣身入腹地的人,能不佩服作者狀物之工,幾於文字攝影
了嗎? 而"列隧百重,羅肆巨千,賄貨山積,纖麗星繁",又極道這個天
府之國物阜豐年,食用不盡的情況了。其它如敘列本地的風俗習慣以
及名貴特產之處,也是琳琅滿目淋漓盡致的,深合"詩人之賦麗以則"
(揚雄《法言》),"古詩之流,以觀土風"(班固《兩都賦序》)的深意。

②《吳都賦》

《吳都賦》一開篇,是假作別人的議論來非笑蜀都之富的,說你"瑋其區域,美其林藪。矜巴漢之阻,則以為襲險之右。徇蹲鴟之沃,則以為世濟陽九",為什麼"公孫國之而破,諸葛家之而滅"呢?這種搶白,顯然是為了行文之妙以反襯其"吳都"之另有可觀的。例如他在這裏特別描繪江南這個"水鄉",處處是濤聲波影,百川東匯的:

潰渱泮汗,滇㴠淼漫。或湧川而開瀆,或吞江而納漢。磈磈巋巋,滮滮涆涆,磝埪乎數州之間,灌注乎天下之半。百川派別,歸海而會。控清引濁,混濤並瀨。濆薄沸騰,寂寥長邁。濞焉洶洶,隱焉磕磕。出乎大荒之中,行乎東極之外。經扶桑之中林,包湯谷之滂沛。潮波汩起,回復萬里。歊霧漨浡,雲蒸昏昧。泓澄奫潫,澒溶沆瀁。莫測其深,莫究其廣。澶湉漠而無涯,揔有流而為長。瓌異之所叢育,鱗甲之所集往。

重言疊韻,音調鏗鏘,真是聲容並茂,得未曾有。而其最大成功,是綺麗少見粉飾,排比不顯堆砌,而且總離不開這個"坎中滿"字,如"江蘺""海苔"之為水草;"蛟龍""魚鱉"之為水產;"瓊枝""珊瑚"之為水珍;"島嶼""洲渚"之為水陸;甚至論及財富亦強調其"煮海為鹽",稻粱再熟,蠶絲入貢等等。至於建築方面的"通門二八,水道陸衢","高臺臨江,長洲茂苑",就更不消說了。我們認為作者泛舟、漁獵的報導真是入神之筆:

弘舸連舳,巨檻接艫。飛雲蓋海,制非常模。疊華樓而

島跱,時髣髴於方壺。比鷁首而有裕,邁余皇於往初。張組
幃,構流蘇。開軒幌,鏡水區。槁工檝師,選自閩禺。習御長
風,狎翫靈胥。責千里於寸陰,聊先期而須臾。

舟楫之利的唯一條件也是江河湖海的波浪滾滾,所以這依舊未曾
離開了"水"。因此幾乎可以講,這哪裏是什麼《吳都賦》,簡直是在弦
頌整個的江南了。賦家之慣於鋪陳,大都類此。這從左思追溯吳都的
歷史,居然由泰伯的禮讓開始,中經闔閭、夫差以迄於吳大帝孫權一點
可略見梗概:"有吳之開國也,造自太伯,宣於延陵"、"闡闔閭之所營,
采夫差之遺法"即是。按《三國志·吳志》,前吳都武昌在豫章,後都
建業在丹陽,孫權自會稽徙治丹陽,建業人皆不樂徙,故為歌曰:"寧飲
建業水,不向武昌居。"這也許是左賦中不得不長江上、下游一齊落筆,
且有"起寢廟於武昌,作離宮於建業"的說法的(建業而謂之離宮,即
有非孫權舊都之意)。它那宮殿、市區的規模,同樣是豪華異常的,使
得作者也只能一面刻鏤一面批判啦:

　　抗神龍之華殿,施榮楯而捷獵。崇臨海之崔巍,飾赤烏
之韡曄。東西膠葛,南北崢嶸。房櫳對櫎,連閣相經。閣闥
譎詭,異出奇名。左稱彎碕,右號臨硎。雕欒鏤楶,青瑣丹
楹。圖以雲氣,畫以仙靈。雖茲宅之誇麗,曾未足以少寧。
思比屋於傾宮,畢結瑤而構瓊。高闈有閌,洞門方軌。朱闕
雙立,馳道如砥。樹以青槐,亙以綠水。玄蔭眈眈,清流
亹亹。

很清楚,坐擁江南八十一州的孫氏不會不大事鋪張,窮奢極欲的,
特別是在孫皓接手以後。不然的話,怎麼能被司馬氏統一了呢? 作者

"雖茲宅之誇麗,曾未足以少寧",便是針砭之言,而那"高闈""朱闕"
"綠水""青槐"又的確道出了吳都別具一格的優美所在。再從此中人
士的生活上看:

> 綵賄紛紜,器用萬端。金鎰磊砢,珠琲闌干。桃笙象簟,
> 韜於筒中。蕉葛升越,弱於羅紈。
>
> 富中之盱,貨殖之選。乘時射利,財豐巨萬。競其區宇,
> 則並疆兼巷;矜其宴居,則珠服玉饌。

不要說帝王之家了,連地主、富商都這般闊綽,可見江南的富庶、
吳都的紅火。這也可以說是一種烘托反襯的筆法。

③《魏都賦》

揆諸作者之意,是把東吳擺在第二位的。因為他明說:"西蜀之於
東吳,小大之相絕也,亦猶棘林螢耀,而與夫枌木龍燭也","庸可共世
而論巨細,同年而議豐碻"? 但對比起魏都來,兩者又都是藐乎小鳥者
矣。他在《魏都賦》一開頭就說麼:

> 劍閣雖嶒,憑之者蹶,非所以深根固蒂也。洞庭雖浚,負
> 之者北,非所以愛人治國也。彼桑榆之末光,踰長庚之初輝。
> 況河冀之爽塏,與江介之淰湄。故將語子以神州之略,赤縣
> 之畿。魏都之卓犖,六合之樞機。

試看這把魏都抬得多高哇,顯然是由於司馬炎繼承了中原,統一
了四海之故。其結尾之"日不雙麗,世不兩帝。天經地緯,理有大歸",
也充分說明了問題。這兒是正統,晉繼魏而有天下麼。儘管它那疆域

不過是"旁極齊秦","開胸殷衛,跨躡燕趙",既比東吳大不了多少,也不如西蜀的險要。論其財富,也只有"趙之鳴瑟,真定之梨,故安之栗","淇洹之筍,信都之棗。雍丘之粱,清流之稻",以及襄邑的"錦繡",朝歌的"羅綺",房子的"綿纊",清河的"縑總"之類,恐怕比"天府"的西蜀,"錦繡"的江南,也是小巫見大巫了吧。那麼到底是什麼緣故,使著魏地這般的高尚哪?信如作者所言,由於齊國出過管仲,西晉曾有魏絳,這樣的"信其果毅,糾華綏戎"的將相;魏邦也是"富仁寵義,止戈諸侯"的幹木,禮賢下士,援趙卻秦的無忌交相為用的強國;以及"虎狼之秦"更有"四海齊鋒,一口所敵"的縱橫舌辯之徒大行其道的種種,所謂"天時不如地利,地利不如人和"的老一套政治的法門吧?這可真有意思了,談遠不談近,談大不談小,難道西蜀就缺少老謀深算、扶危濟傾的諸葛亮,東吳也不見了少年英俊、抗敵禦侮的周瑜、陸遜嗎?於是讀者真會看不出來賦家枉有軒輊故弄玄虛之處,豈不笑話?何況左思有言在先:"蓋比物以錯辭,述清都之閑麗。雖選言以簡章,徒九復而遺旨。覽大《易》與《春秋》,判殊隱而一致"呢!"本前修以作系"的結果,便是如此這般了。其實,當時的鄴都也真沒有什麼好寫的,"街衝輻輳,朱闕結隅。石杠飛梁,出控漳渠。疏通溝以濱路,羅青槐以蔭塗",不過如此。另外則"廈屋一揆,華屏齊榮"是官府衙門;"都護之堂,殿居綺窗"是貴族公館;"葺牆冪室,房廡雜襲"是使臣賓舍;"班列肆以兼羅,設闤闠以襟帶"是貿易場所。對於一個都會來說,這些設施還不是極一般的嗎?惟有誇曹操武功的"克剪方命,吞滅咆烋。雲撤叛換,席捲虔劉。浸威八紘,荒阻率由。洗兵海島,刷馬江州",從初平元年一直敘述到建安二十五年的戰無不勝,攻無不取的情況,算是言簡意賅囊括無餘啦。總之,左思的《魏都》,就其列舉的事物來講,比較空洞抽象,平凡一般,看不出有什麼凌越蜀、吳兩都的地方,儘管作者將它作了壓卷,吹噓成為"狀元紅"的,諷諫云云,就更難從字面上有所發現了。

"京都賦"的小結

現在讓我們就"大賦"中的都城部分,小結如下:

①班固、張衡、左思等人在形式上繼承了"屈賦"四、六參用的文句,但是少用語助詞的"兮"字。

②首尾也設為問答的方式,並有辯解、批判的話,雖然涵義深淺不同,長短亦異。

③屈賦妙於托物比興,班等則以描寫具體的事物為主,而俯仰天地、抒發憂思之真情實感,遠遠不逮。

④孟堅、太沖,俱有序言冠於篇首,以道其"賦"之真詮,和它的發生、成長。左氏"頌其所見,宜本其實"之言,最是。

⑤辭賦駢麗,誇飾不已,聲色俱備,允稱鉅制,然而文物紛呈,目不暇給,抑且典故繁多,不易通曉,此其所短。如就三位賦家優劣而言,則班氏之功在於首創,以史家而兼擅辭賦,不能不說是難能可貴,唯其《西都》之詩,雖云遠法"三頌"(《寶鼎》《白雉》二首用了"兮"字),究係應制之作。張氏繼之,摹擬孟堅而賣弄淵雅,鋪陳特甚,有意諷諫是獨到之處。左氏後出,廣賦《三都》,下筆十年,志欲凌駕前人,有求實精神,也敢於批評,惜《魏都》頗嫌空疏,好像有什麼難言之隱。

二、大賦中的畋獵部分的

1. 司馬相如《子虛賦》《上林賦》

其次,再說說大賦中的畋獵部分的,這首先需要介紹司馬相如的《子虛》《上林》兩賦了,如果我們不應該以人廢言的話。按《漢書》本傳:"司馬相如字長卿,蜀郡人,少好讀書,為武騎常侍,後拜孝文園令,病卒。"這個曾經接收過富室寡女卓文君私奔的才子,是怎樣開始創作《子虛賦》的呢?《漢書》也說:相如遊梁,乃著《子虛賦》,"後蜀人楊得意為狗監,侍上(即武帝劉徹),上讀《子虛賦》而善之,曰:'朕獨不得與此人同時哉!'得意曰:'臣邑人司馬相如,自言為此賦。'上驚,乃召問相如,相如曰:'有是,然此乃諸侯之事,未足觀,請為天子遊獵之賦。'"

①《子虛賦》

"相如以'子虛',虛言也,為楚稱;'烏有先生'者,烏有此事也,為齊難;'亡是公'者,亡是人也,欲明天子之義。故虛藉此三人為辭,以推天子諸侯之苑囿。其卒章歸之於節儉,因以風諫。"這說明相如進身為劉徹侍從是經由狗監同鄉的推薦的。但是這個窮兵黷武好大喜功的劉徹為什麼竟愛好了《子虛賦》這樣的文章呢?原來是作者在賦中極言諸侯的地大物博,以及君王畋獵之盛,打動了這位窮奢極欲的皇帝的。例如相如說齊國是"東陼鉅海,南有琅邪。觀乎成山,射乎之罘。浮渤澥,遊孟諸。邪與肅慎為鄰,右以湯谷為界",論其物產則是"俶儻瑰瑋,異方殊類。珍怪鳥獸,萬端鱗崒。充牣其中者,不可勝計"

的。楚國比它更了不得,單說出產即是“眾物居之,不可勝圖”了。且看兩王畋獵情況:

　　齊王是:駕車千乘,選徒萬騎,畋於海濱。列卒滿澤,罘綱彌山。掩兔轔鹿,射麋腳麟。騖於鹽浦,割鮮染輪。射中獲多,矜而自功。

　　楚王是:駕馴蛟之駟,乘雕玉之輿。靡魚須之橈旃,曳明月之珠旗。建干將之雄戟,左烏號之雕弓,右夏服之勁箭。陽子驂乘,纖阿為御。弓不虛發,中必決眥。獲若雨獸,掩草蔽地。

　　一國諸侯都可以這樣淫樂奢靡,大擺闊氣,還用說威震中外富有天下的皇帝嗎? 作者不是借烏有先生之口遜言“在諸侯之位,不敢言遊戲之樂,苑囿之大”了嗎? 其實他是虛晃一著的,因為在文章中已經宣傳夠了,賣弄完了,不然的話,怎麼連劉徹都被聳動了呢? 這正是文人的狡獪處,用了伏筆,以待下回分解。

②《上林賦》

　　長卿的《上林賦》既然是應制之作,特意寫給皇帝看的,不用說,更會竭盡全力大顯身手地幹啦。結果呢? 也果然洋洋灑灑,競奇鬥豔,夠得上有美皆備無麗不臻啦。值得尋味的是,他在大講天子畋獵的排場——“乘鏤象,六玉虯。拖蜺旌,靡雲旗。前皮軒,後道遊。孫叔奉轡,衛公參乘。扈從橫行,出乎四校之中。鼓嚴簿,縱獵者,河江為阹,泰山為櫓。車騎雷起,殷天動地。先後陸離,離散別追。淫淫裔裔,緣陵流澤,雲佈雨施。生貔豹,搏豺狼,手熊羆,足壄羊。蒙鶡蘇,絝白虎,被斑文,跨壄馬。”以後卻又讓皇帝“罪己”似的說了一通“禽荒”之

215

非,這不止是善於揣模的官樣文章,實際也是貶中之褒,借著機會頌聖:

> 嗟乎,此大奢侈! 朕以覽聽餘閒,無事棄日。順天道以
> 殺伐,時休息於此。恐後世靡麗,遂往而不返,非所以為繼嗣
> 創業垂統也。於是乎乃解酒罷獵,而命有司曰:"地可墾辟,
> 悉為農郊,以贍氓隸,隤牆填塹,使山澤之人得至焉。實陂池
> 而勿禁,虛宮館而勿仞。發倉廩以救貧窮,補不足,恤鰥寡,
> 存孤獨。出德號,省刑罰,改制度,易服色,革正朔,與天下為
> 更始。"

真有兩下子,玩足了樂夠了,想起老百姓了,居然肯把上林的園圃
與人民共有,這不是孟軻"與民同樂","芻蕘者往焉,雉兔者往焉"
(《孟子·梁惠王》)的翻版嗎? "游於六藝之囿,馳騖乎仁義之塗",宣
傳了聖王之道,哪裏去找這樣"稱心如意"的文章? 長卿還恐怕人家不
明白,反復地叮嚀:

> 故獵乃可喜也。若夫終日馳騁,勞神苦形。罷車馬之
> 用,抏士卒之精。費府庫之財,而無德厚之恩。務在獨樂,不
> 顧眾庶。忘國家之政,貪雉兔之獲。則仁者不繇也。

言外之意,只要不是獨樂,又對老百姓有恩德,就可以從事"可喜
之獵"的,惟有那"地方不過千里",而"樂萬乘之所侈"的諸侯,才是不
度德不量力呢? 既有前提,又設了替罪羊,我想,皇帝要是不喜歡才
怪。而論者說他志在"諷諫",恐怕太皮相了。因為這是對於劉徹和司
馬相如的為人,尤其是西漢當時的經濟狀況還不夠認識。單以非議
齊、楚這樣的諸侯而言,既有繼承漢景帝劉啟削減諸王勢力的政策,尊

216

崇中央貶斥地方之義。此外,我們還不能忘記劉徹是表彰六經,獨尊儒術的皇帝。這從賦中的講求仁義,高談《詩》《書》,以及修《禮》園,述《易》道,覽《春秋》的都被強調,也可以反映出來。總之,這樣的作品,當然會得到漢武的欣賞的。因而這個比弄臣差不了多少的司馬相如,終於做成了皇帝的侍從,官雖然不大,文名卻流傳下來,也應該算是喜出望外的不虞之譽了吧。

2. 揚雄的《羽獵賦》《長揚賦》

說到這裏,我們倒覺得後起的揚雄(字子雲,蜀郡成都人,先為王音的"門下吏",其後待詔為郎中,給事黃門)表現在《羽獵賦》和《長揚賦》中的文字,並不止於有"似相如",而且從修辭、謀篇兩方面看頗有匠心獨運不與人同之處。先說《羽獵》:

①《羽獵賦》

子雲不像長卿那樣,枉設什麼"子虛""烏有""亡是"之類的人物,通過問答起落文章,而是一上來就在"序言"之中,抬出了二帝、三王之德業,以反襯孝武的"尚泰奢,麗誇詡"之不足為訓,一點也不避諱謗傷祖先。其文曰:

> 孝成帝時羽獵,雄從。以為昔在二帝三王,宮館臺榭,沼池苑囿,林麓藪澤,財足以奉郊廟,御賓客,充庖廚而已,不奪百姓膏腴谷土桑柘之地。女有餘布,男有餘粟,國家殷富,上下交足。故甘露零其庭,醴泉流其唐,鳳凰巢其樹,黃龍遊其沼,麒麟臻其囿,神爵棲其林。昔者禹任益虞而上下和、草木茂,成湯好田而天下用足;文王囿百里,民以為尚小;齊宣王

囿四十里,民以為大,裕民之與奪民也。

武帝廣開上林,東南至宜春、鼎湖、御宿、昆吾,旁南山,西至長楊、五柞,北繞黃山,濱渭而東,周袤數百里。穿昆明池,象滇河,營建章、鳳闕、神明、馺娑、漸臺、泰液,象海水周流方丈、瀛洲、蓬萊。遊觀侈靡,窮妙極麗。雖頗割其三垂以贍齊民,然至羽獵,甲車戎馬,器械儲偫,禁御所營,尚泰奢麗誇詡,非堯、舜、成湯、文王三驅之意也。

子雲在頌揚二帝三王之節約愛民時,把所有的祥瑞事物如"甘露""醴泉""鳳凰""黃龍""麒麟""神爵"都擺了出來,這是西漢末年特重此道之證。"文王"一段徑直引用了《孟子》齊宣王問"田獵"的故事,可以說明他這法先王、重經術的思想,也是跟著政治要求走的。而作者"雖頗割其三垂以贍齊民"等對於孝武的評議,到底不能不算是大膽、狂妄的。這或者是當時允許"謗書"存在(指司馬遷之《史記》而言)的又一佐證。就這一點上看,也可以推知子雲的身分是高於相如的,雖同為侍從之臣,後者還是一位學者。

序文中揭示出來的事物,子雲在賦中,更加有所論列,如關於推重儒家的:"鴻生巨儒,俄軒冕,襍衣裳,修唐典,匡《雅》《頌》,揖讓於前,昭光振耀。"關於法先王的:"歷五帝之寥廓,涉三皇之登閎。建道德以為師,友仁義與為朋。"關於祥瑞的:"方將上獵三靈之流,下決醴泉之滋。發黃龍之穴,窺鳳凰之巢,臨麒麟之囿,幸神雀之林。"關於節約的:"奢雲夢,侈孟諸。非章華,是靈臺。罕徂離宮而輟觀遊,土事不飾,木工不雕。"關於愛民的:"丞民乎農桑,勸之以弗怠,儕男女使莫違。恐貧窮者不遍被洋溢之饒,開禁苑,散公儲。"特別是關於推崇他的"今上"孝武的:"崇哉乎德,雖有唐、虞、大夏、成周之隆,何以侈茲!夫古之觀東嶽,禪梁基,舍此世也,其誰與哉?"這連封禪都談上了。

"加勞三皇,勘勤五帝,不亦至乎!"高抬子孫之世,亦是藐視祖宗的態度,而"放雉兔,收置罘,麋鹿芻蕘與百姓共之"之言,以及"崇賢聖之業,未遑苑囿之麗,遊獵之靡也"等語,則未嘗不是司馬長卿"解酒罷獵","地可墾辟,悉為農郊,以瞻萌隸,隤牆填塹,使山澤之人得至焉","卉然興道而遷義,刑錯而不用,德隆於三王,而功羨於五帝"(俱見《上林賦》中)的故伎。惟不必以因襲視之而已。因為他在陳述田獵的景色時,竟然使出了經天緯地驅策日月的辭藻,就是他的前輩馬、班等人也要瞠乎其後的。如形容圍場之大的:"出入日月,天與地沓。"描寫網羅之廣的:"荷垂天之畢,張竟壑之罘。"誇美旌旗之盛的:"靡日月之朱竿,曳彗星之飛旗。青雲為紛,紅蜺為繯。"特別是皇帝出獵之威武雄烈的:

> 於是天子乃以陽晁始出乎玄宮,撞鴻鐘,建九旒,六白虎,載靈輿。蚩尤並轂,蒙公先驅。立歷天之旅,曳捎星之游。霹靂烈缺,吐火施鞭。萃傱沇溶,淋漓廓落,戲八鎮而開關。飛廉雲師,吸嚊潚率。鱗羅布烈,攢以龍翰。啾啾蹌蹌,入西園,切神光。望平樂,徑竹林。蹂蕙圃,踐蘭唐。舉烽烈火,彎者施技,方馳千駟,狡騎萬帥。虓虎之陳,從橫膠轕。猋拉雷厲,驣駍駖礚。洶洶旭旭,天動地岋。羨慢半散,蕭條數千里外。若夫壯士忼慨,殊鄉別趣。東西南北,騁者奔欲。拕蒼豨,跋犀犛,蹶浮麋。斮巨狿,搏玄蝯。騰空虛,距連卷。踔夭蟜,娭澗間。莫莫紛紛,山谷為之風猋,林叢為之生塵。

你看,這是得多麼的煊赫,風馳雷動,如火如荼。但只一件,許多生詞僻字,不經過注釋、訓詁,讀者是不會懂得的,這是賦家的通病。子雲自己又是深通文字、聲韻的人,好用"鴻濛""霹靂""啾啾""蹌蹌"

一類的疊韻重言,所以就更加詰奧了。老百姓那裏能費心力去理解它呢? 所以謂之"宮廷文學"。

②《長楊賦》

和《羽獵》同工一體的《長楊賦》也是說畋獵的,但以整軍經武誇示胡人作題目,其實是非常之牽強的。序曰:

> 明年,上將大誇胡人以多禽獸。秋,命右扶風發民入南山,西自褒斜,東至弘農,南驅漢中,張羅網罝罦,捕熊羆、豪豬、虎豹、狖玃、狐兔、麋鹿,載以檻車,輸長楊射熊館。以網為周阹,縱禽獸其中,令胡人手搏之,自取其獲,上親臨觀焉。是時,農民不得收斂。雄從至射熊館,還,上《長楊賦》。

《昭明文選》李善注曰:"明年,謂作《羽獵賦》之明年。"《漢書·成帝紀》曰:元延二年"冬,行幸長楊宮,從胡客大校獵"是也。由此可見,劉驁是酷嗜畋獵而且能夠花樣翻新巧立名目的。同時也證明著揚雄《羽獵賦》中的"立君臣之節,崇賢聖之業,未遑苑囿之麗,遊獵之靡也"是胡扯淡的官樣文章罷了。什麼"諷喻",一點作用也起不了。《長楊》更是無聊,雖然一上來就借著"子墨客卿"和"翰林主人"的問答,以開脫再次畋獵擾民的行徑:"恐不識者,外之則以為娛樂之遊,內之則不以為乾豆之事,豈為民乎哉",是"所謂知其一未覩其二,見其外不識其內"。於是把祖宗的文治武功(從劉邦到劉徹)都擺了出來,特別是文帝劉恒的:"躬服節儉,綈衣不敝,革鞜不穿。大廈不居,木器無文。於是後宮賤瑇瑁而疏珠璣,卻翡翠之飾,除雕琢之巧。惡麗靡而不近,斥芬芳而不御,抑止絲竹晏衍之樂,憎聞鄭衛幼眇之聲。"如果屬實,也只能反襯劉驁的不肖,照舊奢靡,不恤民命,至於誇示劉徹北征

匈奴的一段,則忒嫌其殘暴:

> 疾如奔星,擊如震霆。碎轒輼,破穹廬。腦沙幕,髓餘吾,遂躪乎王庭。毆橐駝,燒焄蠹。分勢單于,磔裂屬國。夷阬谷,拔鹵莽,刊山石。蹂屍輿廝,繫累老弱。兌鍥瘢者、金鏃淫夷者數十萬人。

老弱也要繫累(捆起來牽著走),死了的人還不免於踐踏,不死帶傷的俘虜和被征服者有幾十萬人之多,這在人口稀少的北胡來說,不能不算是很大的數目了。犂庭掃穴,毀滅一切,這叫什麼仁義之師?對於南越幾乎一樣,因為都把他們看作是"上仁所不化,茂德所不綏"的野蠻人了。作者的蓄意當然是顯言"今朝廷純仁,遵道顯義",只在"平不肆險,安不忘危"的政策下,"時以有年出兵,整輿竦戎,振師五柞,習馬長楊"的,於是不免於"簡力狡獸,校武票禽"的,絕非"常以此為國家之大務",因而"淫荒田獵"呢。這真是善為說辭的"遁辭"了。"亦所以奉太尊之烈,尊文武之度。復三王之田,反五帝之虞"云云,更是令人齒寒!總而言之,正是劉驁興高采烈於"淫覽浮觀",這才不惜"馳騁秔稻之地,周流黎栗之林,蹂踐芻蕘",以求"盛狄獲之收,多麋鹿之獲"的。不僅是"豈徒欲"這三個字的冠詞短語應該裁掉,連"客徒愛胡人之獲我禽獸,曾不知我亦已獲其王侯"都是蛇足的,也大可以刪除啦。

職是之故,遂使我們深深體會到"宮廷文學"的沒有靈魂,因為它只能變著法兒歌功頌德,體制使然,不管誰在執筆。其中的大賦更是如此:鋪陳一陣,字面上是能冠冕堂皇的,鏗鏘綺麗的,可就是經不起分析推敲,因為如果一認真接觸,便令人頭腦昏昏昧同嚼蠟,關於"畋獵"的固然如此,它如"郊祀""耕籍"的更無例外。

三、大賦中的"郊祀""耕籍""紀行"部分的

1. 揚雄的《甘泉賦》

"郊祀"這個玩藝更是只是封建帝王才有資格講求的把戲,而且據說還是"大典",天子郊天祀地,以通"神明",以祈福蔭麼。揚子雲是懂它的分量的,因而充分地給予了運用。他在《甘泉賦》裏首先標榜了自己,說"孝成帝時,客有薦雄文似相如者,上方郊祀甘泉泰畤、汾陰后土,以求繼嗣,召雄待詔承明之庭"。接著再奏《甘泉賦》從而讚揚皇室,藉以壽世不朽。哪有比這個更"美氣"的事! 至於賦的本身,則我們以為有以下幾個特點:

(1)摹擬了《屈賦》的語氣句法,大量地使用了"兮"字,它的句子有長至九、十、十一個字的。如:

> 蚩尤之倫帶干將而秉玉戚兮,飛蒙茸而走陸梁。齊總總以撙撙其相膠轕兮,猋駭雲迅奮以方攘。駢羅列布鱗以雜沓兮,柴虒參差魚頡而鳥昕。翕赫㬠霍霧集而蒙合兮,半散昭爛粲以成章。

甚至有些字眼、詞彙,竟襲用了《屈賦》的。例如:

> 靡薜荔而為席兮,折瓊枝以為芳。吸清云之流瑕兮,飲若木之露英。

想西王母欣然而上壽兮,屏玉女而卻宓妃。玉女亡所眺
其清矑兮,宓妃曾不得施其蛾眉。

選巫咸兮叫帝閽,開天庭兮延群神。

(2)驅神迎仙通天徹地,這一習氣也是從《屈賦》沾染來的,這裏
賦的又是郊祀,正好大量借用,得心應手。至於下餘那些"同符三皇,
錄功五帝"、"聖皇穆穆,信厥對兮"、"光輝眩耀,降厥福兮"的話,自然
是照例應有的,這裏不多介紹。據說就是這樣一篇賦,便使子雲絕筆
"成神"了。桓譚《新論》說:"雄作《甘泉賦》一首,始成,夢腸出,收而
納之,明日遂卒。"是耶非耶? 既然有此傳聞,想是子雲"才盡"了。

2. 潘岳的《籍田賦》

天子"耕籍"也是擺樣子給人民看的事。自漢景帝劉啟以來就不
斷有此舉動。一般是在春初,皇帝由百官陪伴到固定農場(舊名"千
畝",後曰"農壇"),推三下犁耙便算親耕完畢,純係表演性質。但是,
也只有關心民食想搞好統治的皇帝才鬧的。司馬炎代魏不久,不能不
在政治上興革一番,所以也在"泰始四年正月,初籍於千畝",由司空掾
潘岳作了《籍田賦》以歌頌之。(事見《晉書·武帝本紀》)

潘岳字安仁,滎陽中牟(今河南省中牟縣)人。總角辯惠,攤藻清
豔,鄉邑稱為奇童。弱冠辟司空太尉府,舉秀才,高步一時,為眾所疾。
(具見《晉書》本傳)安仁生得漂亮,這是書上有記載的,他的詞賦也很
有名,《文心雕龍》說:"潘岳敏給,辭自和暢。"(《才略篇》)大概是對比
左思的十年《三都》而言,不過他的《籍田》一賦卻是無法與"洛陽紙
貴"的《三都》相提並論的。文章一破題,是採用的《春秋》筆法:"伊晉
之四年正月丁未,皇帝親率群后藉於千畝之甸,禮也。"下面緊接著就

是皇帝出行之前的清宮除道：“於是乃使甸帥清畿，野廬掃路，封人壝宮，掌舍設柜。”和千畝之設壇施幕：“青壇蔚其嶽立兮，翠幕默以雲布。結崇基之靈趾兮，啟四塗之廣阼。”以及其它各種準備工作。通過服裝車飾所點染的氣候，卻是輕巧的：“襲春服之萋萋兮，接遊車之鱗鱗。微風生於輕幰，纖埃起於朱輪。”“御駕”本身的排場，便更不必說了，恭候者戒慎威儀：“森奉璋以階列，望皇軒而肅震。若洪露之晞朝陽，似眾星之拱北辰也。於是前驅魚麗，屬車鱗萃。闔閭洞啟，參塗方駟。常伯陪乘，太僕秉轡。后妃獻種稑之種，司農撰播殖之器。”這又是在說隨從與供奉之盛況了。最後皇帝出場了：

> 天子乃御玉輦，蔭華蓋。沖牙錚鎗，綃紈綷縩。金根照
> 耀以炯晃兮，龍驥騰驤而沛艾。表朱玄於離坎，飛青縞於震
> 兌。中黃曄以發揮，方彩紛其繁會。五輅鳴鑾，九旗揚旆。
> 瓊鈒入藥，雲罕晻藹。簫管嘲哳以啾嘈兮，鼓鞞硡隱以砰磕。
> 笱簴嶷以軒鼜兮，洪鐘越乎區外。震震填填，塵鶩連天，以幸
> 乎藉田。

這一段鹵簿的工筆，卻是有些費解了。譬如青、黃、赤、白、紅的車騎顏色（合十乘，建旟十二）就不容易看得出來。他如玉輅之分玉、金、象、革、水等，以及九旗之分：“日月為常，交龍為旂，通帛為旜，雜帛為物，熊虎為旗，鳥隼為旟，龜蛇為旐，全羽為旞，析羽為旌”等名物，都是見於《周禮》的，不加注釋怎麼可以知道？這便是作者以典章文物來作弄人了，至於親耕的動作則簡單得很：

> 於是我皇乃降靈壇，撫御耦，坻場染屨，洪糜在手，三推
> 而舍，庶人終畝。

費了這麼大的操持,結果博得了什麼呢? 依我看,是瞧熱鬧老百姓不少:

> 於斯時也,居靡都鄙,民無華裔,長幼雜遝以交集,士女頒斌而咸戾。被褐振裾,垂髫總髮,蹦踵側肩,摛裳連襼。黃塵為之四合兮,陽光為之潛翳。動容發音而觀者,莫不抃舞乎康衢,謳吟乎聖世。

真能為皇帝的籍田而歡欣鼓舞地謳歌"聖世"嗎? 天曉得!"高以下為基,民以食為天"的點睛處雖好,而歸結於"以孝治天下"和"勸稽以足百姓"之為"盛德大業",則又是封建統治者必不可少的教條了。

以上簡概"籍田"、"郊祀"之賦已畢。從這裏可以看出來封建帝王的裝神(郊祀,上通於天)弄鬼(籍田,祖先崇拜),千方百計地欺騙人民,嚇唬百姓的種種。因為如果不莊嚴肅穆像煞有介事地擺出個樣子來,就不足為訓了(所以浪費了人力物力種種,自然不在話下)。它還是從奴隸社會就已經存在的"神道設教"的老手法麼。而御用文人便是立意要描寫得活靈活現從而傳信四方,規範後世的"刀斧手"。什麼"露才揚己",正是求之不得的己利利人的美差,如何不趨之若鶩呢? 不過我們今天評價起來,只覺得它空虛可笑,而且殺人不見血罷了。但如潘岳表現於《西征賦》中的,在思想感情方面便全然不一樣了:為情造文之作,自己是主人公了。

3. 潘岳"紀行"的《西征賦》

紀行的文字《西征》也是大賦,雖然它是發抒個人的觀感的。但"征"乃是行役之義,並非征伐作戰,臧榮緒《晉書》曰:"岳為長安令,作《西征賦》,述行歷,論所經人物山水也。"按晉惠帝司馬衷元康二年,岳被任為長安令,以家在鞏縣東的中牟,故言"西征",因行役有感而作此賦。那麼,感歎的是什麼呢? 原來當日的太傅楊駿因為專擅弄權為司馬衷所誅殺,作者是楊駿的主簿,連帶得罪,也被貶為長安縣令,雖然保住了首級,可是遠離了家鄉,覩物傷情,不免愁苦,這從他一開筆就提出了"宿命論":"生有修短之命,位有通塞之遇,鬼神莫能要,聖智弗能豫。"即已見其端倪。而於指斥楊駿該死之後,"無危明以安位,只居逼以示專。陷亂逆以受戮,匪禍降之自天",既恐懼於累卵、巢幕之危,說:"匪擇木以棲集,尠林焚而鳥存。"又僥倖於皇恩浩蕩:"馳秋霜之嚴威,流春澤之渥恩。"於是思想上矛盾起來:

> 皇鑒揆余之忠誠,俄命余以末班。牧疲人於西夏,攜老幼而入關。丘去魯而顧歎,季過沛而涕零。伊故鄉之可懷,疢聖達之幽情。矧匹夫之安土,邈投身於鎬京。猶犬馬之戀主,竊托慕於闕庭。眷鞏洛而掩涕,思纏綿於墳塋。

一方面滿意於還有官做,一方面悲傷遠離家鄉,也是人心不足的表現。可是一篇大文章便從這裏展開了。即從這兒細看,已有《屈賦·遠遊》的味道。

安仁此賦的結構是,除了首篇敘其所以"西征"之故,和結尾申言將黽勉奉公以贖前愆之外,基本上是以旅途經過的地區為綱,從而一段段一件件地論古懷今,說三道四的。人物提到了近百個(帝王將相,才士名賢都有),故事也超過了五十樁(國家興亡大事,個人恩怨、升沈俱全),講時代則由遠古傳疑的黃帝起,中經唐、虞、三代的奴隸社會,直至封建社會的晉初。而涉及的空間地點,主要的卻只是作為華夏中原的黃河流域,自東徂西。但包括作者描寫的文物景色在內,可以說是熔經鑄史,泛流百家,要言不繁,異常精煉的。不同《毛詩》,發展了《屈賦》,特別是從他重點月旦的周秦兩漢以及魏晉的人事上看,是得未曾有的。例如他首途前於述懷中所援引的人事:

武皇忽其升遐:晉武帝司馬炎死。

天子寢於諒闇:晉惠帝司馬衷居喪。

百官聽於冢宰:楊駿為太傅,代折代行。

雖伊、周其猶始:伊尹相太甲,致桐宮之師。周旦輔成王,有流言之謗。

窺七貴於漢庭:謂呂、霍、上官、趙、丁、傅、王等貴戚。

孔隨時以行藏:《論語》:"子謂顏淵曰:'用之則行,舍之則藏,惟我與爾有是夫。'"

蘧與國而舒卷:又曰:"君子哉蘧伯玉,邦有道則仕,邦無道可卷而懷之。"

季過沛而涕零:《漢書·高帝紀》:"上還,過沛,留,置酒沛宮","上乃起舞,忼慨傷懷,泣數行下,謂沛父老曰:'遊子悲故鄉。'"

他這手法是:有明說也有暗點,既譬喻,又直陳。只這八條,就帝王將相、經、子、史、集都采啦。而且一下子即遠商周,近晉初,談到了差不多兩千年的事,不大有可觀嗎?"觀古今於須臾,撫四海於一瞬",

"收百世之闕文,采千載之遺韻"（陸機《文賦》語）,此賦仿佛似之了。作者在"爾乃越平樂,過街郵,秣馬皋門"（在今河南、陝西兩省）繼續他的行程以後,對於西周的興廢,從后稷到赧王,卻梗概得更好。例如說周家祖先的一段：

> 遠矣姬德,興自高辛。思文后稷,厥初生民。率西水滸,
> 化流岐嶓。祚隆昌發,舊邦惟新。

按《史記・周本紀》：帝嚳高辛者,黃帝曾孫也。姜嫄為帝嚳元妃,生棄,號曰后稷,別姓姬氏。后稷之孫慶節立國於邠,後古公為戎狄攻之,遂去邠止於岐下。公季卒,子昌立,曰文王。文王崩,太子發立,是為武王。他這是活用《毛詩》,頗為精當。《周頌・思文》云："思文后稷,克配彼天。"《大雅・生民》云："厥初生民,時維姜嫄。"又《綿》云："古公亶父,來朝走馬,率西水滸,至於岐下。"又《詩・大雅・文王》云："周雖舊邦,其命惟新。"總之,見於經史的資料,安仁都擇用了,那口氣是稱頌的。

據我們今天的考證,周人乃是一個姬姓的老部落,傳說其始祖棄,善於農作,做過夏代的農官。棄的三世孫公劉也是一個能手,率領族人遷居於豳,一面墾荒發展農牧事業,一面擴大勢力化家為國。又傳了九世,到了古公亶父的時代,因受戎狄的侵擾,不得不放棄豳地逃避到岐山,並開始臣服於商。商王武乙之際,古公亶父的小兒子季歷代立,對附近戎狄大動干戈,由於商朝支持,打了許多勝仗,增加了財富和奴隸,成為西方的強國,但同商朝的矛盾越來越大了。商王文丁為了遏制周邦,終於殺掉了季歷,換了姬昌,就是後來有名的文王。這個文王卻很會收拾人心,應付鄰國,在商王辛紂時已經東征西討地開拓了大量疆土,鞏固了周族的地方政權,辛紂竟無奈之如何。文王的兒

子武王發繼立,由於商紂淫靡腐朽,天下日益歸向,便會師孟津,一舉而覆滅了商朝。這些都是在《詩》《書》之中載有明文的事,所以我們說作者概括得不差。

其東周的一段敘述如"平失道而來遷,繄二國而是祐,豈時王之無僻,賴先哲以長懋"等文,直至赧王之亡的"踰十葉以逮赧,邦分崩而為二。竟橫噬於虎口,輸文武之神器"等語,同樣是精闢地運用了《左氏傳》《國語》以及《史記》的有關文獻的。重點突出,辭氣生動,使人並不覺得板滯或浮泛,這裏就不一一徵引、論列了。

作者剛走到新安(地在今河南省洛陽之西),他的小兒子不幸夭折了,這也給了他很大的刺激。《傷弱子序》云:"三月壬寅,弱子生。五月之長安。壬寅,次於新安之千秋亭。甲辰而弱子夭,乙巳,瘞於亭東。"並在賦裏悲傷地說:"夭赤子於新安,坎路側而瘞之。亭有千秋之號,子無七旬之期。雖勉勵於延吳,實潛慟乎余慈。"按《禮記》曰:"延陵季子適齊,於其反也,其長子死,葬於嬴、博之間,其坎深不至於泉。"此乃以季札之淺葬其子自況,言其草草掩埋即去也,故心有餘哀。但未妨其懷古,把項羽在這裏坑殺秦降卒二十餘萬的殘暴罵了一通:"虐項氏之肆暴,坑降卒之無辜。激秦人以歸德,成劉后之來蘇。事回沇而好還,卒宗滅而身屠。"繳槍不殺,殺降不祥,項羽此事,的確幹得殘忍。從收拾人心上講是敗局已定的。(其事具見《史記·項羽本紀》)

繼續西進路過澠池,又想起了"澠池之會",景仰了當年藺相如面折秦人禮讓廉頗的智勇:"恥東瑟之偏鼓,提西缶而接刃。辱十城之虛壽,奄咸陽以取儶。出申威於河外,何猛氣之咆勃。入屈節於廉公,若四體之無骨。處智勇之淵偉,方鄙吝之忿悁。雖改日而易歲,無等級以寄言。"這評價是極其公允的,特別是關於禮讓一節,大敵當前,團結為上。公忠體國,風格實高,即在此刻,我們也未嘗不可以批判地取法。這段歷史故事也是《史記》記載得好(分見於《趙世家》及《廉頗藺相如列傳》)。

這之後,安仁依次西上,在崤阪、安陽、陝縣、弘農等旅途必經之地,又分別遙想了春秋時,秦晉"崤之戰":"塞哭孟以審敗,襄墨縗以授戈。曾只輪之不反,綜三帥以濟河。"以及前此的晉人"假途滅虢":"降曲崤而憐虢,托與國於亡虞。貪誘賂以賣鄰,不及臘而就拘。"還有更早的"周、邵分治":"固乃周、邵之所分,二《南》之所交。《麟趾》信於《關雎》,《騶虞》應乎《鵲巢》。"和近逮後漢末年的李催戰亂:"分身首於鋒刃,洞胸腋以流矢。有褰裳以投岸,或攘袂以赴水。傷桴檝之褊小,撮舟中而掬指。"這就說得更淒慘了(諸事分見《左氏傳》《毛詩》《後漢書》和《三國志·魏志》)。惟在潼關之前,吹捧了曹操指斥了馬超:"慍韓馬之大憝,阻關谷以稱亂。魏武赫以霆震,奉義辭以伐叛。彼雖眾其焉用,故制勝於廟算。""超遂遁而奔狄,甲卒化為京觀。"可以領會到他在三國中是以曹魏為正統的苗頭。而於稱頌關中"黃壤千里,沃野彌望。華實紛敷,桑麻條暢"之餘,肯定了班固的《西都賦》和張衡的《西京賦》說:"班述陸海珍藏,張敘神皋隩區。此西賓所以言於東主,安處所以聽於憑虛也,可不謂然乎?"卻證明著他很尊重他的前輩,包括"長卿淵雲之文,子長政駿之史"(司馬相如、王褒、陸雲、揚雄和司馬遷、劉向、劉歆父子)、"賈生洛陽之才子"(賈誼)在內,讚揚他們"皆揚清風於上烈,垂令聞而不已。想珮聲之遺響,若鏗鏘之在耳"。

至於長安以內宮廷之上的事,則以藐視秦皇報導灞上和批判漢武的最有代表性。他說嬴政的狼狽及其末路的:

> 窺秦墟於渭城,冀闕緬其堙盡。覓陛殿之餘基,栽岥岮以隱嶙。想趙使之抱璧,瀏睨楹以抗憤。燕圖窮而荊發,紛絕袖而自引。築聲屬而高奮,狙潛鉛以脫臟。據天位其若茲,亦狼狽而可愍!

　　秦室早已丘墟，還要翻他的老帳，主要是因為"儒林填於坑穽，《詩》《書》煬而為煙"的事做得太絕啦，所以恨其未能早死，連荆軻之刺、高漸離之擊，都提了出來(詳見《史記·廉頗藺相如列傳》《刺客列傳》)。又說：

　　異哉秦始皇之為君也！傾天下以厚葬，自開闢而未聞。匠人勞而弗圖，俾生埋以報勤。外罹西楚之禍，內受牧豎之焚。語曰：行無禮必自及。此非其效與？

　　這一節的事實載記，見於《漢書》劉向疏中，說秦始皇葬驪山之阿，石槨為遊館，生埋工匠，後項藉燔其宮室，牧兒復因覓其亡羊，持火入鑿中，燒掉了石槨，屍身不保也。

　　藉含怒於鴻門，沛踡躇而來王。范謀害而弗許，陰授劍以約莊。擁白刃以萬舞，危冬葉之待霜。履虎尾而不噬，寔要伯於子房。樊抗憤以卮酒，咀彘肩以激揚。忽蛇變而龍攄，雄霸上而高驤。曾遷怒而橫撞，碎玉斗其何傷！

　　可以認為這是專題縮寫的典型，而作者於字裏行間左祖劉邦的神情已經昭昭在人耳目，更不必先有"觀夫漢高之興也，非徒聰明神武、豁達大度而已也。乃寔慎終追舊，篤誠款愛，澤靡不漸，恩無不逮"這些話了。其實，劉邦在楚漢相爭時雖然是如此，得天下後，一樣地猜忌誅夷，未嘗仁厚也。作者不過是對比秦皇及楚項之特別殘暴而言罷了。譬如後來的劉徹，他便不大客氣了：

武雄略其焉在,近惑文成而溺五利。侔造化以製作,窮山海之奧秘。靈若翔於神島,奔鯨浪而失水。爆鱗骼於漫沙,隕明月以雙墜。擢仙掌以承露,干雲漢而上至。致邛筇其奚難,惟余欲而是恣。縱逸遊於角抵,絡甲乙以珠翠。忍生民之減半,勒東嶽以虛美。超長懷以退念,若循環之無賜。較面朝之煥炳,次後庭之猗靡。

孝武好大喜功,勤開邊釁,醉心長生,苦索神仙,又封禪東嶽,大興土木,田獵嬉遊,奢靡無已,以致海内虛耗,戶口減半,這是史有明言的(具見《史記》《漢書》孝武本紀),因而作者也就無從隱諱了。

總之,秦皇、漢武,在作者筆下,是不像樣子的。此外關於哀傷漢家陵闕的如"造長山而慷慨"(高陵),"越安陵而無譏""訊景皇於陽丘""告孝元於渭塋""過延門而責成""刺哀主於義域""瞰康園之孤墳"等,無不帶有評價生平的意味。而"昔豫章之名宇,披玄流而特起。儀景星於天漢,列牛女以雙峙。圖萬載而不傾,奄摧落於十紀。擢百尋之層觀,今數仞之餘趾",又說明著作者雖係晉人,也未嘗沒有"黍離"滄桑之感的。據范曄《後漢書》,說是赤眉起義軍焚燒了西京宮室,發掘了漢室園陵。因為潘岳幹的正是長安令,仰觀俯察,觸處皆是,自然容易發思古之幽情。特色在於言簡意賅,頌贊有章,但是由於他是以旅程的順序為綱,自東西上的,所以在故事的安排上就不免於時間顛倒,人物重疊了。

紀行之賦本不始於潘岳,不必說屈賦之《遠遊》《哀郢》了,即兩漢班氏父女(彪與曹大家)的《北征》(班彪)、《東征》(大家)便是他的先行者。不過他們只偏於個人觀感的發抒,且係小賦,留在後面再說。

四、大賦中的宮殿部分的（附《思玄賦》）

既曰宮殿，當然又是帝王之居，按照舊日描寫的習慣上講，不能不算它是大賦的一類，因為臣子們寫起來，終不免於誇大頌贊、踵事增華。這兒打算分別介紹王延壽的《魯靈光殿賦》和何晏的《景福殿賦》：一篇是東漢末年的，一篇是曹魏末年的，大同小異，各有千秋。

按賦的題材說，題目大的好下筆，事物多的易安排，因為它們堂皇昭著，奔湊富麗，人所盡知，俯拾即是，用不到冥思苦想，搜剔挖掘。前所述①都城、②郊祀、③畋獵、④紀行都屬此類，至於描寫宮殿的，單純是一座大建築物的文章，那就不但局面小，而且範圍也窄啦。如《魯靈光殿賦》《景福殿賦》，充其量不過講說形狀之巍峨都麗而已，拿來介紹，也是略備一格的意思。先說王延壽（文考）的《魯靈光殿賦》。

1. 王延壽的《魯靈光殿賦》

按范曄《後漢書·王逸傳》，王延壽是注釋《楚辭》者王逸的兒子，少有雋才，遊魯而作此賦。後溺水死，年止二十餘歲。據說當時的文學巨匠蔡邕曾賦"靈光"未及成，見延壽所為，甚奇之，遂輟翰而止。王賦先在序中說明魯靈光殿是漢景帝劉啟的兒子魯恭王餘修建的，西漢以後，長安的未央宮、建章殿皆見隳壞，而此山東的靈光殿巋然獨存，所以有感而賦。他說："詩人之興，感物而作"，"物以賦顯，事以頌宣，匪賦匪頌，將何述焉？"這講得不差，但是他認為魯殿無恙緣於"神明之依憑支持"和"其規矩制度上應星宿"之故，卻是幼稚可笑的了，這自

233

然跟當時盛行鬼（祖宗）神（天帝）之說有關，不能過責延壽。

延壽此賦，在刻劃宮殿外形的崇宏以及內飾的都麗上有其獨到的工夫。他說外形：

> 瞻彼靈光之為狀也：則嵯峨崨嵬，岧巍嶵嵬。吁！可畏乎！其駴人也！迢嶢倜儻，豐麗博敞，洞轇轕乎其無垠也。邈希世而特出，羌瓌譎而鴻紛。屹山峙以紆鬱，隆崛岉乎青雲。鬱坱圠以嶒峔，崱繒綾而龍鱗。汨磑磑以璀璨，赫燁燁而爥坤。

他這"吁，可畏乎，其駴人也"的一個驚歎的句子，就可以傳神於久遠啦。而把許多形容山嶽高大的字眼用在一個建築物上，這不但是創新而且也聳人聽聞。他說宮殿內部的結構時，就更使人讚歎不已：

> 於是詳察其棟宇，觀其結構。規矩應天，上憲觜陬。倔佹雲起，嶔崟離摟。三間四表，八維九隅。萬楹叢倚，磊砢相扶。浮柱岧嵽以星懸，漂嶢嵲而枝拄。飛梁偃蹇以虹指，揭蘧蘧而騰湊。層櫨磥垝以岌峩，曲枅要紹而環句。芝栭攢羅以戲眷，枝掌枊枒而斜據。傍夭蟜以橫出，互黝糾而搏負。下崒蔚以璀錯，上崎嶬而重注。捷獵鱗集，支離分赴。縱橫駱驛，各有所趣。

看到這裏，使人首先歡賞的是漢代建築藝術之精巧，木瓦師傅們的鬼斧神工，然後再稱許延壽文筆之矯健，寫得確是生動，引人入勝。因為，如果沒有這樣偉大的實物體，文人雖能，也說不出來畫圖一般的形象。殿內壁畫尤難例外，作者指陳它是：

圖畫天地,品類群生。雜物奇怪,山神海靈。寫載其狀,托之丹青。千變萬化,事各繆形。隨色象類,曲得其情。

包括作者報導的周圍臺榭在內:"連閣承宮,馳道周環。陽榭外望,高樓飛觀。長途升降,軒檻蔓延。漸臺臨池,層曲九成。""何宏麗之靡靡,咨用力之妙勤,非夫通神之俊才,誰能克成乎此勳?"妙才通神,果然非凡。因為他在結語上還說:"窮奇極妙,棟宇已來,未之有兮!"可見他對這個"大藝術品"是傾倒不已的。而我們同時也承認,這位青年辭賦家的本領也是非凡的呢。遂至曹魏,又有了何晏的《景福殿賦》。

2. 何晏的《景福殿賦》

何晏在身世上可就大不同於王延壽了,延壽雖也是世家子弟,並未做過官,而且只活了二十幾歲。這個何晏卻是有名人焉,既是曹魏的貴戚之卿(尚書,駙馬都尉,關內侯),又是注釋、集解《論語》的大家,只是由於參與了司馬氏和曹魏的政治鬥爭,被司馬懿斬於東市,人皆惜其才華。他這篇作品自然要以歌頌曹魏的功德為主題的,所以用"大哉惟魏,世有哲聖。武創元基,文集大命。皆體天作制,順時立政。至於帝皇,遂重熙而累盛。遠則襲陰陽之自然,近則本人物之至情,上則崇稽古之弘道,下則闡長世之善經。庶事既康,天秩孔明。故載祀二三,而國富刑清"這樣的話頭開篇。因為那"武"指的是武帝曹操,"文"則是文帝曹丕,而所謂"帝皇"乃明帝曹叡也,何晏正是魏明的女婿(尚金鄉公主),怎麼能不多捧幾句呢?

這座景福殿是修建在洛陽東南的許昌的,曹叡東巡,怕夏天炎熱,

特為避暑用的。《洛陽宮殿簿》說:"許昌景福殿七間。"看來不算什麼特大的建築,可是在何晏筆下,卻很有可觀了:

> 立景福之秘殿,備皇居之制度。爾乃豐層覆之耽耽,建高基之堂堂。羅疏柱之汩越,肅坻鄂之鏘鏘。飛櫩翼以軒翥,反宇轍以高驤。流羽毛之威蕤,乘環玭之琳琅。參旗九旒,從風飄揚。皓皓旰旰,丹彩煌煌。故其華表則鎬鎬鑠鑠,赫奕章灼,若日月之麗天也。其奧秘則㲉蔽曖昧,髣髴退概,若幽星之纚連也。既櫛比而攢集,又宏璉以豐敞。兼苞博落,不常一象。遠而望之,若摛朱霞而耀天文。迫而察之,若仰崇山而戴垂雲。羌瓌瑋以壯麗,紛或或其難分,此其大較也。

只有七間房的宮殿,就說得這等富麗堂皇,而像"耽耽""坻鄂""轍轍""高驤"和"秘殿""奧秘"這樣的辭彙,又都是班固的《西都》、張衡的《西京》和王延壽的《魯靈光》早已使用過的,不能不認為何晏的誇飾是有所摹擬的。惟其椒房圖案,用以箴規之言,雖亦學自延壽的"圖畫天地,品類群生","惡以誡世,善以示後"的,卻是單單列舉了"貞女"一流,說:

> 觀虞姬之容止,知治國之佞臣。見姜后之解珮,寤前世之所遵。賢鍾離之讜言,懿楚樊之退身。嘉班妾之辭輦,偉孟母之擇鄰。

以上列舉的六位婦女,除孟母外,都是奴隸主或封建統治者的后妃。她們的獻義對於加強和鞏固各自依附的政權,自然是起到積極的作用的,如①虞娟之能使田齊的威王烹殺佞臣阿大夫、周破胡,和封贈了即墨賢人北郭先生為大夫,而使疆土恢復,國家大治。②周宣王姜后因宣王晏起,待罪永巷,以自罪其萌生淫心,致君王失禮,誤了早朝。③以及無鹽醜女鍾離春諫諍齊宣王的"四殆":忽視秦楚強敵;高築漸臺,萬民疲困;賢者伏匿,諂諛倖進;酒漿沉湎,女樂雜陳。遂使宣王感悟,立以為后。④楚莊王夫人樊姬非笑令尹虞丘子任人唯親,不進賢能,而進以為賢能。⑤班婕好不為嬖女,拒與漢成帝后庭同輦等故事(具見劉向所著的《列女傳》和《漢書》中)即是。餘如擇鄰的孟母,雖係平民,卻把孟軻教成了維護沒落的奴隸主統治階級利益的儒士,也必須批判地對待(孟母事亦見《列女傳》)。

最後,何晏敍列坊署之處,如"屯坊列署,三十有二。星居宿陳,綺錯鱗比,辛壬癸甲,為之名秩。房室齊均,庭堂如一。出此入彼,欲反忘術。惟工匠之多端,固萬變之不窮。物無難而不知,乃與造化乎比隆",極力頌揚了能工巧匠,倒是值得肯定的。

總之,這大賦中的宮殿一類,儘管不免於頌聖之辭,但它到底是描寫建築物的,既有狀物之工,也就難舍勞動者創造之美了,應算它的特色吧。同時又可以說它的影響還真不小呢。即以《魯靈光殿賦》而言,單只"魯殿靈光"這個題目,便流傳下來,成為"碩果僅存,巋然獨立"的慣用語了。再如《三國志·蜀志》說,車騎將軍劉琰,"車服飲食,號為侈靡。侍婢數十,皆能為聲樂,又悉教誦讀《魯靈光殿賦》"。儘管這不過是封建貴族享受的玩藝兒,到底它是有了名頭的不朽之作啦。他如引用《景福殿賦》詞句的文章也不少,這裏暫不多說。

3. 附:張衡的《思玄賦》

最後讓我們拿張衡(平子)的《思玄賦》作為壓卷,這是因為:

①漢和帝劉肇時宦豎用事,張衡官為侍中,在政治上不得展其抱負,因而從思想上逃避現實,欲遊於六合之外,故有此賦。這就跟應制"頌聖"或是"玩物喪志"之作,毫無共同之處了。

②作者不但在思想感情方面有許多同於《屈賦》的地方,即在辭句章法的運用方面也有不少是沿襲《屈賦》的。然而有一點必須明白提出來:名曰"思玄",實則歸本儒家(它依舊是後漢的統治思想)。

③張衡不止是一位文學家,而且是天文、地理無所不曉的博雅君子,他體現在這篇作品的,便是草、木、蟲、魚、鳥、獸、山、川、江、湖、河、海無不紛至沓來,奔湊筆下,仍不脫離"賦體物而瀏亮"的本色。

文章一開始,就給自己定了調子。他說:

> 仰先哲之玄訓兮,雖彌高而弗違。匪仁里其焉宅兮,匪義跡其焉追?潛服膺以永靚兮,綿日月而不衰。伊中情之信修兮,慕古人之貞節。竦余身而順止兮,遵繩墨而不跌。志摶摶以應懸兮,誠心固其如結。

這"先哲"毫無疑問指的是孔丘。因為"彌高"之言出自《論語·子罕》,顏淵喟然歎曰:"仰之彌高,鑽之彌堅。"正是吹捧孔丘道高德重之語。同理,"仁里"之句也是變通《論語·里仁》"里仁為美,擇不處仁,焉得知"的。另外,他這誦詠《屈賦》的情調也就躍然紙上了,如"中情信修"之語便是脫胎於《楚辭》"苟中情其好修"和"原生受命於貞節"的。而像"繢幽蘭之秋華兮,又綴之以江離"這樣的文句,就更似《楚辭》的"扈江離與辟芷兮,紉秋蘭以為佩"了。

作者敘說那時的世道是:"寶蕭艾於重笥兮,謂蕙茝之不香。"好人

238

不香,壞人不臭,可是他自己卻跟屈原一樣,眾濁已清,守正不阿,雖然也有牢騷。

> 惟天地之無窮兮,何遭遇之無常! 不抑操而苟容兮,譬臨河而無航。欲巧笑以干媚兮,非余心之所嘗。襲溫恭之戇衣兮,被禮義之繡裳。

很有意思,前三句就都是套用了《屈賦》的,如果我們不嫌麻煩地印證一下,那便是"惟天地之無窮兮,哀人生之長勤","昔余夢登天兮,魂中道而無杭","處濁世而顯榮兮,非余心之所樂"。有的全句襲用,有的擇取半句,有的師其意而不師其詞,那就是說,基本上千變萬化的。例如他幻想漫遊的一段文字,真是上天下地,四海八荒,無乎不至,而且都有神物與之周旋的:

> 占既吉而無悔兮,簡元辰而儆裝。旦余沐於清源兮,晞余髮於朝陽。漱飛泉之瀝液兮,咀石菌之流英。翾鳥舉而魚躍兮,將往走乎八荒。過少皞之窮野兮,問三丘於句芒。何道真之淳粹兮,去穢累而飄輕。登蓬萊而容與兮,鼇雖抃而不傾。留瀛洲而采芝兮,聊且以乎長生。馮歸雲而遐逝兮,夕余宿乎扶桑。飲青岑之玉醴兮,餐沆瀣以為糧。發昔夢於木禾兮,穀崑崙之高岡。

關於平子靈活地採用《楚辭》的種種這裏就不一一對比了。還有略而不引的,是自此以後,他所打交道的自黃帝、舜、禹以下的歷史人物,也都是見景生情,因地懷古之筆。最為獨到的地方是他"叫帝閽使辟扉兮,覿天皇於瓊宮"以後,遨遊太空所見的群星:

出紫宮之肅肅兮,集太微之闐闐。命王良掌策駟兮,踰高閣之將將。建罔車之幕幕兮,獵青林之芒芒。彎威弧之拔刺兮,射嶓冢之封狼。觀壁壘於北落兮,伐河鼓之磅硠。乘天潢之泛泛兮,浮雲漢之湯湯。倚招搖攝提以低徊剹流兮,察二紀五緯之綢繆遹皇。

據《漢書·天文志》云:"中宮太極星,其一明者,泰一常居也;旁三星三公,後句曲四星,一星正妃,餘三星後宮之屬也;環衛十二星,藩臣,皆曰紫宮。"《春秋元命苞》曰:"漢中四星,天騎,一曰天駟,旁一星王良,主天馬也。"李善曰:"罔車,畢星也。青林,天苑也。"又,威弧、封狼俱星名。狼下有四星曰弧。北落,河鼓,也都是星名。天潢,天津也。雲漢,天河也。二紀則說的日月。五緯,五星也。攝提,星名,形似車。又按,《漢書》說:"杓端有兩星,一內為矛,招搖。"孟康曰:"近北斗者招搖。"作者數到這些日、月、星、辰幹什麼呢?這從"肅肅、闐闐、將將、幕幕、芒芒、泛泛、湯湯"一類的重言上,使人可以理會到是在強調天行有常,不失紀綱的形象,以感歎人事之不臧的,這在他的《歸田賦》中極言"遊都邑以永久,無明略以佐時,徒臨川以羨魚,俟河清乎未期","諒天道之微昧,追漁父以同嬉",也可以佐證。

大賦小結

漢魏文朝的大賦至此簡概已畢。容易引起議論的地方,恐怕是單純從篇幅之大小長短上來分,而沒有特別注意內容上的豐瘠繁簡,或是優劣高下去區別。我們的回答則是:還是照顧到了的。譬如從班孟堅、張平子、左太沖的"都會大賦",到司馬長卿、揚子雲等郊祀、羽獵、籍田的"皇事大賦",按照當時的看法講,無論形式上的還是内容上的,都不能不指為"大"吧。王文考、何平叔則賦的是宮殿,所謂"皇居"(何況它還有頌聖之處),也不好意思歸類為"小"的。獨有潘安仁的《西征》和張平子的《思玄》,像是個人抒情,紀事的渺乎小焉者矣。可是他們不僅是篇幅不短,而且上下天地,博古通今的詞意極為豐富,又怎能夠不算為"大"呢? 至於我們所說的"小賦",就不止是文章比較短小了,它們一般地說,全是主題明確,思想集中,語言精練,情調真摯的作品,那麼也就不應該只從稱謂上來小看它們啦。何況即以《屈賦》而論,也是除《離騷》《天問》等篇幅較大外,其餘像《九歌》《九章》諸作,不同樣是小品為主的嗎?

小賦之部

一、小賦中的紀行部分的

1. 班彪的《北征賦》

還是從班家父女"紀行"的《北征》《東征》說起。

前面提到過,潘岳的《西征》雖為大賦,但它的先行者卻是班彪(叔皮)的《北征賦》和他的女兒班昭的《東征賦》。這兩篇小賦的共同特點是題材簡單,內容單一,開門見山,不蔓不枝。微有不同之處是,班彪有身世之感,怨聲載道,一破題就是:"余遭世之顛覆兮,罹填塞之阨災。舊室滅以丘墟兮,曾不得乎少留。"這是什麼原故呢?原來彪在二十歲時遭逢王莽之亂,廬舍丘墟,不得不北走天水(今甘肅省通渭縣附近),去投奔割據隴西等地的隗囂,故云。他的旅程是從長安至安定(今甘肅省固原縣),所以叫做"北征"。他在賦中也說麼:"紛吾去此舊都兮,騑遲遲以歷茲。遂舒節以遠逝兮,指安定以為期。"按《漢書·地理志》:"安定郡,武帝元鼎三年置,在涇、渭之間,去長安三百五十里。"這是作者行程的第一段,快要過長城了,因而接著又說:"越安定以容與兮,遵長城之漫漫。"帶便把蒙恬批評了一頓,說他是"疲民"、

“築怨”,最終不免身首異處。對比之下,特別歌頌了本朝的孝文皇帝劉恒,說他“蕩蕩”“克讓”“不勞師”和綏和四夷。寫到這裏,班彪不免對景傷情,由於塞外的“野蕭條以莽蕩,迥千里而無家”,“飛雲霧之杳杳,涉積雪之皚皚”,從而:

> 遊子悲其故鄉,心愴悢以傷懷。撫長劍而慨息,泣漣落而沾衣。攬余涕以於邑兮,哀生民之多故。夫何陰曀之不陽兮,嗟久失其平度。諒時運之所為兮,永伊鬱其誰愬?

不管怎麼說,不能不承認作者的感情是真摯的,包括“哀生民之多故”在內,仿佛是屈靈均的派頭了。當然,把災難歸之於“時運”,是其無可奈何的自解,如同他在結語之“亂曰”中提出來“夫子固窮,游藝文兮;樂以忘憂,惟聖賢兮;達人從事,有儀則兮;行止屈申,與時息兮”一樣,也只好靈活處事隨遇而安了。也許這便是他的老莊思想起了作用。

談起來班家父、子、兄、妹的遭際,的確是夠淒惶的。他們雖然都是世家子弟(祖父班況,成帝時官越騎校尉。父親班稚,哀帝時為廣平太守),可是幾經喪亂,家道中落。班彪自己就是流離失所,靠著文筆吃飯的(先依隗囂,後歸竇融),始終沒做什麼大官。長子班固,文、史俱優,而以竇憲事敗,死於獄中。女班昭早寡,續成《漢書》。就是說,在中國的文化上都是有貢獻的(少子班超,遠定西域,在武功上也不平凡)。昭在和帝劉肇時,甚至被召入宮,為皇后貴人們所師事,真不簡單。現在只說她的《東征賦》。

2. 班昭的《東征賦》

按《曹大家集》:"子谷為陳留長,大家隨至官,作《東征賦》。"虞摯《文章流別論》曰:"發洛至陳留,述所經歷也。"這篇賦雖則明白表示是在學習她父親的《北征》的:"先君行止,則有作兮。雖其不敏,敢不法兮。"但那辭情,卻溫婉得多了,只有"去故就新"之悲,並無"罹此百殃"之恨。而一開始就點出了時間、人事,和旅途所經之地:"惟永初之有七兮,余隨子乎東征。時孟春之吉日兮,撰良辰而將行。"就是說漢安帝永初七年孟春正月,作者同她的丈夫曹世叔挑好了日子準備啟程東去的。第一天從洛陽,"舉趾升輿",當晚到了偃師以後,遵循著"通衢大道",向鞏縣、成皋、滎陽、原武、陽武、封丘、平丘、長垣這些東漢當時河南、陳留兩郡的大縣一路下來了(各地都在今河南省北部隴海鐵路沿線,陳留郡治即今河南陳留縣,離開封沒有多遠)。每到一處,跟她的父親一樣,對於歷史人物,小有聯繫而特尊孔丘。說:"入匡郭而追遠兮,念夫子之厄勤。彼衰亂之無道兮,乃困畏乎聖人。"且從"亂曰"中的"君子之思,必成文兮",盡各言志,慕古人兮","貴賤貧富,不可求兮。正身履道,以俟時兮"等話,更可以看出來她是踩著父親的腳印走的。父女兩人,都是以文會友,居易俟命的作家。大家尤其突出,甚至做了後漢經學大師馬融的先生,這在中國文化史上的確是罕見的。

二、小賦中的遊覽部分的

1. 王粲的《登樓賦》

　　小賦發展到了王粲(仲宣)等人《登樓》一類的遊覽之作,真可以說是脫胎換骨,從宮廷御用的文學一變而為個人服務的東西了,它可以報導極目遊觀的事物,充分發抒自己的思愁感情啦,沒有束縛,不背包袱,使讀者接觸以後,也有輕快之感,這能說是小事情嗎?

　　王粲字仲宣,山陽(今河南省修武縣西北附近)人,曾隨漢獻帝劉協西遷至長安。以西京擾亂不休,乃南去荊州依附劉表。表卒後,曹操取了荊州,使他充當丞相府的秘書。曹丕代漢,官為侍中,是建安七子之一(詳見《魏志》本傳)。這篇賦是他在南中登當陽縣的城樓時,因思鄉而作。"登茲樓以四望兮,聊暇日以銷憂!"這第一句就扣了題表了態啦。什麼"清漳通浦""皋隰沃流"、"華實蔽野,黍稷盈疇","雖信美而非吾土兮,曾何足以少留?遭紛濁而遷逝兮,漫踰紀以迄今。情眷眷而懷歸兮,孰憂思之可任?"於是討厭亂離,憂心長期流亡的中心思想合盤托出了。下邊接著來的也是"悲舊鄉之壅隔兮,涕橫墜而弗禁","人情同於懷土兮,豈窮達而異心","心悽愴以感發兮,意忉怛而慘惻"等句子,歎聲不絕的文字。而它的高潮則在以孔丘在陳,猶有"歸歟"之歎,以及結尾之輾轉反側連覺都睡不著的思緒。當然也有得失之感,如"懼匏瓜之徒懸兮,畏井渫之莫食"的透露。不過,這不是主要的。

2. 孫綽的《遊天台山賦》

孫綽(興公)之《遊天台山賦》便迥乎不同。

孫綽字興公,西晉太原人,博學善屬文,少有高尚之志。居於會稽,遊放山水,作《遂初賦》以見意。又嘗作《天台山賦》,辭致甚工,初成,以示友人范榮期云:"卿試擲地,當作金石聲也。"榮期曰:"恐此金石,非中宮商。"然每至佳句,輒云:"應是我輩語。"官除著作佐郎,累遷廷尉卿,領著作。兄統(承公),放誕不羈,亦有才氣,善屬文,好山水,家於會稽,曾為鄞縣、餘姚等縣縣令。居官不留心事務,或是家風使然(其父孫楚,即才藻卓絕,爽邁不群,嘗訕毀時政,幾致湮廢。惠帝司馬衷之初,為馮翊太守,楚年少時曾欲隱居。說:"吾欲漱石枕流,枕流欲洗其耳,漱石欲厲其齒。"可證)。

《遊天台山賦》不與人同之處,便在於孫綽把他當作"神山",說是"神秀",認為乃"玄聖之所遊化,靈仙之所窟宅",不是"遺世翫道,絕粒茹芝者",皆不能"輕舉而宅茲"。連想遊記它的人,都必須"遠寄冥搜,篤信通神",像作者自己這樣已經"方解纓絡","若已再生者"。這不是在賦的"前言"裏,就講得"神乎其神"了嗎?何況正文的首句,既是"太虛遼闊而無閡,運自然之妙有",接著又指稱"台嶽之所奇挺,寔神明之所扶持"呢?你看他說山路之險峻:

> 跨穹窿之懸磴,臨萬丈之絕冥。踐莓苔之滑石,搏壁立之翠屏。攬樛木之長蘿,援葛藟之飛莖。雖一冒於垂堂,乃永存乎長生。

叫人聽著看著都會覺得攀登起來是危險萬分的,所以"必契誠於幽昧",才能"履重險而逾平"哪。而漸入佳境之後,那萋萋的纖草,蔭蔭的長松,裔裔的翔鸞,以及鳳鳴的噰噰,可以疏煩想,蕩遺塵的幽勝景色也就呈現於耳目之間了。再看那"仙都"之縹緲:

> 雙闕雲竦以夾路,瓊臺中天而懸居。朱閣玲瓏於林間,玉堂陰映於高隅。彤雲斐亹以翼櫺,嫩日炯晃於綺疏。八桂森挺以凌霜,五芝含秀而晨敷。惠風佇芳於陽林,醴泉湧溜於陰渠。建木滅景於千尋,琪樹璀璨而垂珠。

這寫得若隱若現,似有似無,彩雲麗日,掩映其間,醴泉琪樹,相互點綴,真是海上三神山一般,可望而不可即了。原因是作者本人就有"王喬控鶴""應真飛錫""出有入無""世事都捐"的虛無思想麼。下面說得明白:

> 肆覲天宗,爰集通仙。挹以玄玉之膏,嗽以華池之泉。散以象外之說,暢以無生之篇。悟遣有之不盡,覺涉無之有間。泯色空以合跡,忽即有而得玄。釋二名之同出,消一無於三幡。恣語樂以終日,等寂默於不言。渾萬象以冥觀,兀同體於自然。

在此應該指出的是:孫綽不止有清靜無為的道家思想,而且還雜糅著色即是空的釋家觀念。這恐怕是魏晉以來哲學思潮的主流在他身上的反映,還不止是家風寧靜淡泊而已。不用說,它純係作者個人的幻想,連一句頌聖的話也沒有。按天台山在今浙江省天台縣北,山有八層,四面如一,為仙霞嶺脈之東支,形勢高大,西南接括蒼、雁蕩,西北接四明、金華,蜿蜒東海之濱,如衣之有緣,北有石橋,長數十丈,自古為"仙人"所居,故人多附會之說,合予補充。

3. 鮑照的《蕪城賦》

鮑照(明遠)的《蕪城賦》就更是別開生面之作。它不止是寫實的,入世的,而且是感事的,有所諷刺而賦的。在形式上也是短小精悍,以四言為主的。

沈約《宋書·鮑照傳》說:鮑照字明遠,文辭贍逸,世祖(劉駿)時,照為中書舍人。上好為文章,自謂物莫能及,照悟其旨,為文多鄙言累句,當時咸謂照才盡,實不然也。臨海王子頊為荊州,照為前軍掌書記之任。子頊敗,為亂兵所殺。

所謂"蕪城"是指當時業已荒蕪了的西漢故城廣陵(在今江蘇省江陰縣西北附近),這個城市原為吳王濞的舊都,鮑照隨臨海王子頊過其地,因賦所見以諷子頊,蓋逆知子頊有異謀,恐其為濞之續也。

此賦先言廣陵地形的優美,說是"灑迤平原,南馳蒼梧、漲海,北走紫塞、雁門。柂以漕渠,軸以昆崗。重江復關之隩,四會五達之莊"。有水陸舟車之便,又實魚鹽銅產之利。並遙想它全盛之時的景色是"車掛轊,人駕肩。廛閈撲地,歌吹沸天"的繁華異常的景色,以反襯荒蕪以後的淒慘:

澤葵依井,荒葛罥塗。壇羅虺蜮,階鬥鼯鼪。木魅山鬼,野鼠城狐。風嗥雨嘯,昏見晨趨。饑鷹厲吻,寒鴟嚇雛。伏虣藏虎,乳血飧膚。崩榛塞路,崢嶸古馗。白楊早落,寒草前衰。棱棱霜氣,蔌蔌風威。孤蓬自振,驚砂坐飛。灌莽杳而無際,叢薄紛其相依。通池既已夷,峻隅又已頹。直視千里外,唯見起黃埃。

他這一段描寫是以四言為主的,讀了它會使人覺得草木荒敗,禽獸縱橫,陰氣森森,淒涼可怕,不像進入了一個城市。因為曾經有過的建築方面的"藻扃黼帳,歌堂舞閣"早已經"熏歇燼滅"了;人物方面的"東都妙姬,南國麗人",更加是"埋魂幽石,委骨窮塵",作古多年了。面對這樣的情況,只能吞恨喊天,感慨萬千啦。那麼,臨海王子頊看到聽到以後,有了警惕沒有呢?我們的回答是:"對牛彈琴"等於零了。從結局上看,不僅子頊完蛋,就是作者自己也連性命都搭上了。東晉偏安江左,特別是劉裕(南朝的宋高祖)接手後,封建統治階級的內部矛盾加大,風氣浮薄,行險僥倖者多,於是鮑照一類的文人,就不會有更好的命運了。

三、小賦中的山水部分的

賦而到了山水,不只是題材有了更新,它的内容也客觀多了,描寫自然現象不與政治發生關係麽。雖然冠以“遊”字的,不免有作者因物起興的地方,但是像東晉木華(玄虚)的《海賦》和郭璞(景純)的《江賦》,那就純屬是物質世界的報導啦。

1. 木華的《海賦》

木華(玄虚),廣川(今河北省棗強縣東卅里是其地)人,曾充楊駿府主簿,為文雋麗,時人稱之。他這篇《海賦》就很出色。他寫的海波之動,是結合著日、月、風的直接影響而言的。在“江河既導,萬穴俱流”,“涓流泱瀼,莫不來注”的情况下,其為狀也是:

> 㴔渫㵳灩,浮天無岸。浺瀜沆瀁,渺瀰湠漫。波如連山,乍合乍散。嘘噏百川,洗滌淮漢。襄陵廣舄,瀏濭浩汗。若乃大明摭轡於金樞之穴,翔陽逸駭於扶桑之津。彯沙礐石,蕩颾島濱。於是鼓怒,溢浪揚浮,更相觸搏,飛沫起濤。狀如天輪,膠戾而激轉;又似地軸,挺拔而爭迴。岑嶺飛騰而反復,五嶽鼓舞而相碓。㵑濆淪而滀漯,鬱沏迭而隆頹。盤盓激而成窟,㴖泋潗而為魁。潤泊栢而迤颺,磊匒匌而相豗。驚浪雷奔,駭水迸集,開合解會,瀼瀼濕濕。葩華踧沑,澒濘潗㵫。若乃霾曀潛銷,莫振莫竦。輕塵不飛,纖蘿不動。猶

尚呀呷，餘波獨湧。澎濞灪滵，碨磊山壘。

中國的方塊字是以聲符加義符所謂形聲字為主要的結構方式的，依聲托事，有聲有色，這裏的二百〇九個字裏頭有五十五個字是帶水的偏旁的，而且還有"浟湙""渺瀰""浩汗"等三個雙聲，"沖瀜""潏灝""沆瀁""淡漫""洗滌""潧濘""呀呷"等七個疊韻，和"瀼瀼""濕濕"等兩個重言，已經令人具有如聞水聲又見水形的觀感了。再加上"大明"（月亮）、"翔陽"（太陽）、颶風的晝射、夜照、激吹，成了驚濤駭浪，排山倒海似的，使人也隨著洶湧澎湃傾來，真是妙文妙用。他說水產也概括得好，不止是隨珠、大貝，應該認為"將世之所收者常聞，所未名者若無。且希世之所聞，惡審其名？故可仿像其色，靉靆其形"。這不是比列舉珍寶之名還蘊蓄得多嗎？對於海中的魚類，作者突出地寫了鯨，很有聲勢：

魚則橫海之鯨，突扤孤游。戛巖嶅，偃高濤。茹鱗甲，吞龍舟。噏波則洪漣踧蹜，吹潲則百川倒流。或乃蹭蹬窮波，陸死鹽田。巨鱗插雲，鬐鬣刺天，顱骨成嶽，流膏成淵。

動物死了以後，還鱗鬐插刺雲天，骨膏堆流山淵，真是誇飾得不凡。

木華所賦的"海"，沒有特稱，肯定是泛指所有的海而言的："爾其為大量也，則南澈朱崖，北灑天墟，東演析木，西薄青徐，經途瀴溟，萬萬有餘。"可見從渤海、黃海、東海，以至南海全都有了（朱崖當是今廣東省海南島南端的崖縣。析木，今遼寧省海城東南四十里是其地）。

2. 郭璞的《江賦》

郭璞的《江賦》就不然了。他這"江"專指的是長江,因古稱"長江大河","長江"即是"江",也叫"大江"。"大河"即"黃河",簡稱曰"河"。這從作者篇首的源流敘列,就看得出來的:

"惟岷山之導江,初發源乎濫觴。"按岷山之脈,自巴顏哈喇山脈東北分出,北與西傾山止隔洮河之谷,其跗曰羊膊嶺,岷江所出。山之幹脈分為二支:一支夾岷江南下,曰岷山山脈,連峰千里;一支東行者,曰巴山山脈,其南端有巫山十二峰,約束大江。可以說"大江"的發源地正是現在青海省西北處的巴顏喀拉山南麓的深谷之中,流經青海、四川,以至湖北的萬縣以西,都是它的上流,然後東下江西、安徽、江蘇等省,沿途吞納江河湖泊,至江陰而入於東海。作者學識博贍,不過泛言其發源地為岷山而已。唐古拉山脈各拉丹東雪峰西南側最上游是沱沱河,全長 6464 公里,世界第三大河。

"聿經始於洛沫,攏萬川乎巴梁。"《漢書·地理志》:"廣漢郡雒縣,有漳山,雒水所出,入湔。"按廣漢郡即今四川省廣漢縣,洛水又作雒水,出陝西省雒南縣冢嶺山。沫水出蜀西塞外,東南入江。巴,即今四川巴縣;梁,今陝西韓城縣。

"衝巫峽以迅激,躋江津而起漲。"巫峽在四川巫山縣,東接湖北巴東縣界。江津在今湖北省江陵縣南。

"總括漢泗,兼包淮湘。"郭璞《山海經》注曰:"泗水出魯國卞縣,至臨淮下相縣入淮。"按即今山東省泗水縣的陪尾山,是泗水的發源地,流經曲阜、濟寧、鄒縣、滕縣、徐州、宿遷,至清河縣入淮。今則自徐州以下悉為黃河所佔。淮水源出河南省的桐柏山,東流入安徽境,瀦江蘇安徽間的洪澤湖。其下游本由江蘇漣水縣入海。金元以來,黃河自淮陰縣西南清江入淮。淮水下流,遂為黃河所佔。清咸豐初,黃河北徙,淮水下游亦淤,其幹流遂自淮陰縣合於運河。《漢書·地理志》:"零陵縣陽海山,湘水所出,北至酃入江。"《水經注》:"陽海山即陽朔山,湘漓同源,分為二水,南為漓水,北則湘江。"

"併吞沅澧,汲引沮漳。"《山海經》曰:"沅水出象郡而東注江,合洞庭中。"按沅水有南北二沅:北源出貴州甕安縣,即潕水,亦曰鎮陽江。南源為平越之豬良江,都勻之馬尾河,合流為清水江,二水東流入湖南境,合於黔陽縣西,總稱曰沅江。東南流至洪江口,會巫江折而北迆,至辰溪縣西南會辰水,至沅陵縣南會酉水,又東北流經桃源,常德分數道入洞庭湖。《漢書·地理志》:"武陵郡充縣歷山,澧水所出。"《水經注》:"澧水會於沅,然後入湖。"今澧水注於洞庭,謂之澧口,已不相通。其水合源於湖南省西北地區。桑植、永順、大庸、石門等縣之細流經澧縣而東南入於洞庭湖。《山海經》:"景山,睢水出焉,南注於沔江。"又曰:"荊山,漳水出焉,而東南流注於睢。"沮與睢同。沮水出湖北省保康縣西南,東南流經南漳、遠安、當陽,至兩河口會漳水,又南納罝子柳港諸水,至江陵而入於江。漳水源出湖北南漳縣西南之蓬萊洞山,東南流經鍾祥、當陽,合沮水又東南經江陵縣治入於江。

"源二分於岷嶓,流九派乎潯陽。"《山海經》曰:"岷山東北百四十里嶓山,江水出焉。又東百五十里崍山,江水出焉,而東流注於大江。"郭璞曰:"崍山,中江所出也。嶓山,北江所出也。"按岷山在崍山東北,江所出,畢沅曰:"疑即四川名山縣之蒙山,北江即沫水,東北與青衣水合。崍山即邛崍山,在四川榮經縣西,邛水所出,東流入青衣水為南江。"潯陽即今江西省九江縣,潯陽江在九江縣北,即大江也。沈約曰:"潯本水名,在江北,南流入大江,固以名縣,而江遂得潯陽之稱。"

"鼓洪濤於赤岸,淪餘波乎柴桑。"赤岸山在江蘇六合縣東南四十里,亦名紅山,其山巖與江岸數里土色皆赤。柴桑,今江西九江縣西南二十里是其地。漢置柴桑縣,潯陽、江州在晉後均嘗治此。

"表神委於江都,混流宗而東會。"江都即今江蘇省江都縣,故城在縣西南四十六里,東會泗水、沂水。

"注五湖以漫漭,灌三江而溯沛。"五湖,太湖之別名,周行五百餘里。三江,北江、中江、南江也。北江為長江下游正幹,中江即溧水(在江蘇溧陽縣),南江指吳淞江(在江蘇上海縣)而言。

"滈汗六州之域,經營炎景之外。"六州:《禹貢》之益、梁、荊、江、揚、徐也。即今之四川、陝西、湖北、河南、江西、江蘇等省之地。五行南方屬火,故言炎景。

實際上說,郭景純在這裏已經把長江流經的主要地區和匯入長江的主要支流,自西而東包括南北兩岸的湖泊簡概出來了。他援引的古籍幾乎遍及《禹貢》《漢書·地理志》《山海經》和《水經》等書,不過包孕得好,不深加推敲不容易發現罷了。他還重點地刻畫了巴東三峽之險和波浪的飛動說:

> 若乃巴東之峽,夏后疏鑿。絕岸萬丈,壁立赮駁。虎牙嵥豎以屹崒,荊門闕竦而盤礴。圓淵九回以懸騰,溢流雷呴而電激。駭浪暴灑,驚波飛薄。迅澓增澆,湧湍疊躍。砅巖鼓作,潚湱澩灂。㵳㶇瀇淑,潰濩泧漷。潏湟淴泱,㴔潣㶂淪。漩澴滎瀯,渨㶁濆瀑。溭淢濜涓,龍鱗結絡。碧沙瀢湤而往來,巨石硉矹以前卻。潛演之所汩淈,奔溜之所磢錯。厓隒為之泐嵃,碕嶺為之巖崿。幽礀積岨,礐硞䃜礭。

它這奇特之處,在於既有懸崖峭壁,臥石險灘,又有飛流急湍,高波巨浪,相與顛漣激蕩,使人頓生滿眼山嶂,一片水聲之感。只是這位《爾雅》《山海經》《三蒼》《方言》的注釋者,過於咬文嚼字,以求典雅,淵博是沒的說了,其如深奥難解何!他寫江中生產的動植物的,同樣犯這個毛病,如說魚類:

> 魚則江豚海狶,叔鮪王鱣。䱻鯆鱗鰰,鯪鰩鯩鰱。或鹿觡象鼻,或虎狀龍顔。鱗甲𨫼錯,焕爛錦斑。揚鰭掉尾,噴浪飛唌。排流呼哈,隨波遊延。或爆采以晃淵,或𧾷鰓乎巖間。介鯨乘濤以出入,鯼鮆順時而往還。

按李善注引《南越志》曰:"江豚似豬。"郭璞《山海經》注曰:"今海中有海狶,體如魚,頭似豬。"《爾雅·釋魚》郭璞注曰:"鮪屬,大者王鮪,小者叔鮪。王鱣之大者,猶曰王鮪。"《山海經》曰:"䱻魚,其狀如魚而鳥翼,出入有光,其音如鴛鴦。"郭璞曰:"䱻音滑,舊說曰:鯆,似繩。"《楚辭》曰:"鯪魚何所出。"王逸曰:"鯪魚,鯪鯉也。"《山海經》曰:"鰩魚,狀如鯉。"又曰:"鯩魚,黑文,狀如鮒,食之不腫。"郭璞曰:"音倫。"《廣雅》曰:"鰱,鱮也。"郭璞《山海經》注曰:"麋鹿角曰觡。"又曰:"今海中有虎鹿魚,體皆如魚,而頭似虎鹿。"龍顔,似龍也。《字林》曰:"鯼魚,出南海,頭中有石,一名石首。"郭璞《山海經》注曰:"鮆,狹薄而長,頭大者長尺餘,一名刀魚,常以三月八月出,故曰順時。"這些魚非必江中皆有,例如鯨及鹿魚之類,分明都是海產,作者卻列為江魚。雖誇飾不妨,到底於求實有礙。看他列舉的其他各種魚類也多是稀奇古怪的,見於《爾雅》《山海經》中的東西,只能謂之博雅,不能據以核實江産,他皆類是。至其末尾之"譎變儵怳,符祥非一。動應無方,感事而出。經紀天地,錯綜人術。妙不可盡之於言,事不可窮之於筆",更是讀得撲朔迷離,不好捉摸。這是什麼緣故呢?原來其人篤信玄學,放誕不拘,精於卜筮,善說五行,為王敦的記室參軍。敦起兵反司馬紹,璞不附,因而被殺(詳見《晉書》本傳)。他這"符祥非一""感事而出"的話,即是陰陽家的說法。

四、小賦中的物色(風、秋興、雪、月)部分的

1. 宋玉的《風賦》

小賦中的有關"物色"方面的作品好像是吟風弄月,對景感懷的東西,其實也不盡然。例如屈原的學生宋玉,他的《風賦》便不是發抒個人的情緒的:由於楚襄王熊橫的發問,對於"風"所作的文章。這篇作品名之曰賦,可是從組織結構以及用詞遣字上看,未嘗不可以說是駢體文的濫觴。第一,它不止是散起散接散結,而且採用的是問答形式,不過在中間安排了一些四六駢聯的句子。第二,雖然也有關於"風"的描寫,卻有意地把它分成了"大王之風"和"庶人之風",對比之下,階級性異常分明,顯然是藉以諷喻的。作者先一般地泛言:

> 風之初生:夫風生於地,起於青蘋之末。侵淫溪谷,盛怒於土囊之口。緣泰山之阿,舞於松柏之下。
> 盛怒之風:飄忽溴溁,激颺熛怒。耾耾雷聲,迴穴錯迕。蹶石伐木,梢殺林莽。
> 其將衰也:被麗披離,衝孔動楗,眴煥粲爛,離散轉移。

宋玉自然還不知道"風"是空氣流動的關係,所以才有生於地起於蘋末之言,但其"蹶石伐木"的大風形狀,卻說得不差。下面再分述

"大王之風"和"庶民之風":

大王之風:

風之情況:清涼雄風,則飄舉升降。乘凌高城,入於深宮。邸華葉而振氣,徘徊於桂椒之間,翺翔於激水之上,將擊芙蓉之精。獵蕙草,離秦衡,概新夷,被荑楊。迴穴衝陵,蕭條眾芳。然後徜徉中庭,北上玉堂,躋於羅幬,經於洞房。

風中人狀:直憯淒惏栗,清涼增欷。清清泠泠,愈病析酲。發明耳目,寧體便人。

這飄進宮庭內苑的"雄風",實在看不出來它有什麼威烈之處。反而令人覺得那飄舉、徘徊、翺翔於花樹、香草,甚至擠入了玉堂、洞房、羅幬的東西,只是使人爽快的"清風",儘管它也有叫人感生淒涼的時候,到底還是可以醒酒愈病,寧體便人的麼。那麼,"庶人之風"呢?

庶人之風:夫庶人之風,塕然起於窮巷之間,堀堁揚塵,勃鬱煩冤,衝孔襲門。動沙堁,吹死灰,駭溷濁,揚腐餘。邪薄入甕牖,至於室廬。

風中人狀:憞溷鬱邑,毆溫致濕,中心慘怛,生病造熱。中唇為胗,得目為蔑,啗齰嗽獲,死生不卒。

這帶著髒土臭氣闖入窮巷陋室的邪惡之風,卻只能叫人頭昏腦漲目怵心眩,甚至半身不遂,生死不得了。這就非常地清楚啦,"其所托者然,則風氣殊焉"。用現在的話說,就是統治階級與被統治階級的生活環境不同,物質條件各異,有以致之耳。老百姓怎麼比得了諸侯王?這從宋玉一開始就否定了風為"天地之氣,溥暢而至,不

擇貴賤高下而加”的說法,已經可以覘知了,大概作者委婉諷喻之
意,就在於此。

2. 潘岳的《秋興賦》

宋玉的《風賦》是寫給楚王看的,其後五百年西晉潘岳的《秋興
賦》則是抒發自己愁思的。雖“攝官承乏”卻有“池魚籠鳥”之意,所以
想要放跡山林去過自由自在的生活。這固然是當時清靜無為的玄學
思想使然,也是為官不易“夙興晏寢,匪遑底寧”的文人,經常危懼的
事。安仁不是終於掛冠歸田了嗎? 因之,此賦絕非無病呻吟者所可望
其項背。

潘岳在賦中引用了宋玉《九辯》“悲哉秋之為氣也! 蕭瑟兮草木
搖落而變衰。憭栗兮若在遠行。登山臨水兮送將歸”這幾句,最能說
明問題。因為,它充分地反映了作者悲秋的情緒。王逸注曰:“寒氣聊
戾,歲將暮也。陰氣促急,風暴疾也。花葉隕落,肥潤去也。形體易
色,枝枯槁也。息念卷戾,心自傷。遠出,之他方。升高望遠,視江河
也。族親別,還故鄉。”這解釋得最好,所以我們才說作者也引用得好。
緊接著他自己就概括了兩句話麼:“嗟秋日之可哀兮,諒無愁而不盡。”
關於秋色、秋聲、秋蟲的互染,作者也是獨到的:

　　野有歸燕,隰有翔隼。游氛朝興,槁葉夕殞。於是乃屏
輕箑,釋纖絺,藉莞蒻,御袷衣。庭樹槭以灑落兮,勁風戾而
吹帷。蟬嘒嘒而寒吟兮,雁飄飄而南飛。天晃朗以彌高兮,
日悠陽而浸微。何微陽之短晷,覺涼夜之方永。月朣朧以含
光兮,露淒清以凝冷。熠耀粲於階闥兮,蟋蟀鳴乎軒屏。聽
離鴻之晨吟兮,望流火之餘景。

他在這裏頭的許多語彙詞氣是靈活運用自《毛詩》《楚辭》的。但卻不啻若自其口出，直到了天衣無縫的地步。所以使人毫無摹擬之感，此之謂青出於藍而勝於藍。尤其是入後的"聞至人之休風兮，齊天地於一指。彼知安而忘危兮，故出生而入死"等語，已是老莊思想的再生。而"且斂衽以歸來兮，忽投紱以高厲。耕東皋之沃壤兮，輸黍稷之餘稅"反爾無關宏指。

3. 謝惠連的《雪賦》

謝惠連的《雪賦》則是信手而作、不拘一格的麗辭。惠連是陳郡陽夏(今河南太康縣是其地)人，文學家謝靈運的族弟，幼而聰敏，年十歲即能屬文。本州辟主簿，不就，後為司徒彭城王(劉義康)法曹，年二十七卒(見沈約《宋書》)。他這篇賦的特點在於假托古人古事抒發自己的文思，不只是西漢梁孝王(劉武)遊兔園的故事來了，連劉徹的侍從司馬相如、鄒陽、枚乘都搬上了場，並以相如自況。雪和冰的景色寫得最是美麗：

> 霰淅瀝而先集，雪粉糅而遂多。其為狀也，散漫交錯，氛氳蕭索。藹藹浮浮，瀌瀌弈弈。聯翩飛灑，徘徊委積。始緣甍而冒棟，終開簾而入隙。初便娟於墀廡，末縈盈於帷席。既因方而為圭，亦遇圓而成璧。眄隰則萬頃同縞，瞻山則千巖俱白。於是臺如重璧，逵似連璐。庭列瑤階，林挺瓊樹，皓鶴奪鮮，白鷳失素。紈袖慚冶，玉顏掩嫮。若乃積素未虧，白日朝鮮，爛兮若燭龍，銜耀照崑山。爾其流滴垂冰，緣霤承隅。粲兮若馮夷，剖蚌列明珠。至夫繽紛繁騖之貌，皓旰曒

絜之儀,回散縈積之勢,飛聚凝曜之奇,固輾轉而無窮,嗟難得而備知。

對於雪景來說,這寫的可算是空前了。只覺得它飛舞散落,晶光耀眼,隨物變形,盡態極妍。脫胎於《楚辭》者多,間亦採擇《毛詩》,實在是有才華。不過,末尾的"白雪之歌"與"積雪之歌",則是封建統治者醇酒婦人賞心樂事的靡靡之音,不想多去說它。反而不如"亂曰"以後的飄逸,值得一讀了。

白羽雖白,質以輕兮。白玉雖白,空守貞兮。未若茲雪,因時興滅。玄陰凝不昧其潔,太陽曜不固其節。節豈我名,潔豈我貞!憑雲升降,從風飄零。值物賦象,任地班形。素因遇立,汙隨染成。縱心皓然,何慮何營?

這以四言為主的冷雋之詞,不只是精粹異常,而且也是畫龍點睛之處。

4. 謝莊的《月賦》

最後介紹一篇《月賦》,它是謝莊的名著。

按沈約《宋書》,謝莊字希逸,也是陳郡陽夏(今河南太康縣)人,年七歲能屬文,仕至光禄大夫。泰初(宋明帝劉彧年號)二年卒,年卅六歲。

謝莊這篇賦跟謝惠連的《雪賦》一樣,也是托跡古人,自抒胸臆的。他說曹植因為沒了應(瑒)劉(楨),夜不能寐,對月傷懷,叫王粲(仲宣)秉筆,做了此文。而且也在篇末作了兩首歌詞。不過,對於"月"的描繪,則是詰屈難懂,不如《雪賦》的清新冷雋了。例如他說月的形

體及其所以得名的:

> 擅扶光於東沼,嗣若英於西冥。引玄兔於帝臺,集素娥
> 於後庭。朒朓警闕,朏魄示沖。順辰通燭,從星澤風。增華
> 臺室,揚采軒宮。

這裏有許多名詞、典故,應該鬧清楚,否則大家不知道作者說的是什麼。"扶光",扶桑之光也。"東沼",湯谷也。"若英",若木之英也。"西冥",昧谷也。《山海經》曰:"湯谷有扶木,九日居下枝,一日居上枝。"張衡《靈憲》曰:"月者,陰精之宗,積成為獸,象兔形。"《春秋元命苞》曰:"月之為言闕也。兩說蟾蜍與兔者,陰陽雙居,明陽之制陰,陰之倚陽。"《淮南子》曰:"羿請不死之藥於西王母,嫦娥竊而奔月。"《說文》曰:"朒,朔而月見東方,縮朒然。朓,晦而月見西方也。朏,月未成光。魄,月始生魄然也。"辰,十二辰,言月順之以照天下也。《尚書》曰:"月之從星,則以風以雨。"孔安國《傳》曰:"月經於箕則多風,離於畢則多雨。"《史記》曰:"中宮文昌,魁下六星,兩兩相比,名曰三台。"只是八句文章,就誦詠著這些名物,所以才說是奧深難知。不過,下邊的幾句月色,倒還寫得不錯:

> 升清質之悠悠,降澄輝之靄靄。列宿掩縟,長河韜映。
> 柔祇雪凝,圓靈水鏡。連觀霜縞,周除冰淨。

"清質澄輝,悠悠靄靄",再配合著"銀河掩映,天白地晶",既柔和又幽靜,好一片清光夜景,惟此文以憂悄不怡開始,臨風歎月告終。在思想感情上是傷懷的,無望的,不能與謝惠連的《雪賦》相比。

總之,"物色"的小賦同大賦的不同之處,不只在於形式上的短小

簡潔,思想上的自我抒情,詳細地說還有以下幾點:

①賦裏有歌(包括有的"亂曰"在內),進一步地打破不歌而頌的
界限。

②散起散落,中間嵌以四六對句,層次井然,為駢體文開了管道。

③托跡古人古事,不拘一格地描寫景物,抒發感情,比起單純應制
頌聖的宮廷大賦,生動活潑,耐人尋味。

④此類作品應以宋玉的瀟灑為先聲,而郭璞的淵雅,及潘岳的活
用,尤其是謝惠連的都麗,也是各有千秋的。

⑤"先言它物以引起的所詠之詞"本是《毛詩》的"興"義。物色之
賦,則是反客為主地竟體敷說物之本身,而夾敘夾議的文章。
這是應該特別指出的文體之變,殆及"鳥獸",其意更顯。

下面我們就談小賦中的"鳥獸"一類。按照梁昭明太子蕭統的序
列,應以西漢賈誼的《鵬鳥賦》為首。而後漢末年禰衡的《鸚鵡賦》和
西晉之初張華的《鷦鷯賦》以及南朝劉宋顏延年的《赭白馬賦》等次
之,這不只是年代的先後使然,作品本身的神理、氣味、格律、聲色,也
反映出來它的優劣高下了。謂予不信,以下的分析介紹可以見證。

五、小賦中的鳥獸部分的

1. 賈誼的《鵬鳥賦》

按《史記·屈原賈生列傳》，賈誼，洛陽(今河南洛陽縣)人。十八歲時即以能誦讀《詩》《書》，會寫文章，著名郡中。河南太守吳某聽說他有才氣，便把他召至門下，很是信任。後來吳某又將賈誼舉薦給漢文帝劉恒，劉恒用他作了博士官，這時候朝廷每有詔令下來討論，許多老先生都說不好，可是賈誼卻談得頭頭是道，各如其意，所以人人稱讚佩服而自愧不如。劉恒也特別賞識他，這時他才二十幾歲。僅一年光景就超等升官直至太中大夫。賈生也力圖報效，奏請皇帝改正朔、易服色、法制度、定官名、興禮樂。劉恒雖然謙讓未遑，可是越發地倚重他，諸如更定律令，及使列侯就國，便都是採納他的建議，因而想要任以公卿之位，但為當時的大臣周勃、灌嬰等所忌害，說賈生乃洛陽少年，賣弄聰明，想要專擅權力，紛亂朝政。於是劉恒也漸漸地疏遠了賈誼，沒有全部聽信他的意見，並且把他派往長沙(今湖南省長沙縣)做長沙王的太傅。賈生認為長沙自古卑濕，生活在這地方，壽命不會久長。在渡湘江時，為賦以吊屈原。說屈原是由於時人顛倒是非，橫遭迫害而死的，賈誼自己也好比是游於汙瀆的大魚，制於螻蟻的鱣鰭。過了一年多，劉恒雖然又召見了他，並且自愧不如，但還是不能重用，只叫他轉為梁懷王(劉揖，文帝少子)太傅。賈生數上書請削減諸侯郡縣，以免勢大難制，劉恒依舊不聽。不數年劉揖墜馬而死，賈誼自傷沒有盡到師傅的責任，哭泣不已，歲餘亦死，年才卅二歲。

《鵩鳥賦》就是賈誼為長沙王太傅時，見鵩鳥飛入自己的寓所，止於坐旁，以為不祥，難於長壽，感傷而作的。這他在序文裏說得很清楚，賦一開頭時更說：

> 庚子日斜兮，鵩集予舍。止於坐隅兮，貌甚閒暇。異物來萃兮，私怪其故。發書占之兮，讖言其度。曰：野鳥入室兮，主人將去。請問於鵩兮，予去何之？吉凶告我，凶言其災。淹速之度兮，語予其期。鵩乃歎息，舉首奮翼，口不能言，請對以臆。

從《詩》《騷》以來，這鳥獸之屬至多不過是起到了因物起興或多識其名的作用，並沒有真個作為主體，居然可以大篇地表示意見的。所以即從形式上看，賈誼此賦也是在繼承之下大有發展的事例，饒有趣味的是：它的主題思想竟是老莊的，出世的，歸返於大自然的，如"萬物變化兮，固無休息。斡流而遷兮，或推而還。"特別是像"禍兮福所倚，福兮禍所伏，憂喜聚門兮，吉凶同域"這樣的句子，其外生死，無終始，齊禍福，同吉凶的思路，簡直可以認為純乎黃老之學了，哪裏能跟大談中央集權，反對地方割據，打算在政治上有所作為的賈誼同日而語呢？殊不知物極必反，失意的人，往往會消極地達觀起來，說他是真搞通了也好，聊以解嘲也好，反正是暴露出來此類的思想啦。例如他的人生觀，已是：

> 天地為爐兮，造化為工。陰陽為炭兮，萬物為銅。合散消息兮，安有常則。千變萬化兮，未始有極。忽然為人兮，何足控摶！化為異物兮，又何足患！小智自私兮，賤彼貴我。

達人大觀兮,物無不可。

通過一篇小賦,就把人生態度說得這般明確,而且在詞氣上很有《道德經》(《老子》)《南華經》(《莊子》)的意味,這就不能不說是《鵬鳥賦》獨具的特色了。譬如"貪夫殉財,烈士殉名。誇者死權,品庶每生"這樣的名句,不只總結得好,也鞭策得不差。仿佛作者真個已經成了"獨與道俱","獨與道息"以至"與道翱翔"的"至人、真人"了。而"其生若浮,其死若休,澹若深泉之靜,泛若不繫之舟"等語,尤足證明序文裏的"誼既以謫居長沙,長沙卑濕,誼自傷悼,以為壽不得長"之言是前後判若兩人,"乃為賦以自廣"得太沒邊了。因為他的得失之感,以及對於生命的顧惜本來是比一般人重得多的。過湘江吊屈原的辭就是牢騷滿腹肝氣不舒的麼,"遭世罔極兮,乃殞厥身。嗚呼哀哉!逢時不祥,鸞鳳伏竄兮,鴟梟翱翔。闒茸尊顯兮,讒諛得志。賢聖逆曳兮,方正倒植。"(見《史記·屈原賈生列傳》)那麼,對比起此賦的無私無畏來,豈不是又有天壤之別了嗎?我們到底不信,滿腹經綸,才華蓋世,作過《過秦論》又是大賦家的賈誼,思想會搞通得這樣快,不然的話,為什麼劉揖墜馬死後不久,他也悲泣歲餘,跟著殉職了呢?可見此賦還是為文造情之作。

2. 禰衡的《鸚鵡賦》

禰正平的《鸚鵡賦》也是借題發揮以鳥自況的,可以人而不如鳥乎?這個狂生,到底還是以口舌喪身,只活了二十六歲。

按《後漢書》:禰衡字正平,平原(今山東省平原縣)人。少有才辯而尚氣傲。曹操欲見之不肯往。操懷忿而以才命不欲殺之。送劉表,後復侮慢於表,表不能容,以江夏太守黃祖性急,故送衡與之,祖長子射為章陵太守,尤善於衡。射大會賓客,人有獻鸚鵡者,射舉禮於衡前曰:願先生賦之。衡攬筆而作,辭彩甚麗,後黃祖殺之,時年廿六。

可見《鸚鵡賦》在禰衡一生中所佔的地位了。作者在此賦開始的引言裏,也說得明白:

> 時黃祖太子射,賓客大會,有獻鸚鵡者,舉酒於衡前曰:禰處士,今日無用娛賓,竊以此鳥自遠而至,明彗聰善,羽族之可貴。願先生為之賦,使四座咸共榮觀,不亦可乎?衡因為賦,筆不停綴,文不加點。

還說明著這還是臨時委托不容慎思的急就文章了,可是我們今天參詳起來它不只是等於宿構的麗文而已,同時一下子就辭氣飛揚,明心見性真稱得上是才思敏捷,文學修養亦深的青年作者的。讓我們把它分析如下:

> 出處:惟西域之靈鳥兮,挺自然之奇姿。體金精之妙質兮,合火德之明輝。
>
> 性靈:性辯慧而能言兮,才聰明以識機。故其嬉遊高峻,棲峙幽深。飛不妄集,翔必擇林。
>
> 形狀:紺趾丹觜,綠衣翠衿。采采麗容,咬咬好音。配鸞皇而等美,焉比德與眾禽。
>
> 入籠:爾乃歸窮委命,離群喪侶。閉以雕籠,翦其翅羽。流飄萬里,崎嶇重阻。逾岷越障,載罹寒暑。

這下面的文章,便名為說鳥,實為自白,因為它不止是"遊子思故鄉",而且又歎"命薄祿淺"了:

女辭家而適人,臣出身而事主。彼賢哲之逢患,猶棲遲以羈旅。矧禽鳥之微物,能訓擾以安處。眷西路而長懷,望故鄉而延佇。忖陋體之腥臊,亦何勞於鼎俎。嗟禄命之衰薄,奚遭時之險巇。豈言語以階亂,將不密以致危。痛母子之永隔,哀伉儷之生離。匪餘年之足惜,慜眾雛之無知。

看他說得多麼悽惋,分明知道這一次使命不是好差事,所以才"音聲淒以激揚,容貌慘以憔悴。聞之者悲傷,見之者隕淚"的。但也未嘗沒有倖免之想:

苟竭心於所事,敢背惠而忘初?托輕鄙之微命,委陋賤之薄軀。期守死以報德,甘盡辭以效愚。恃隆恩於既往,庶彌久而不渝。

儘量巴結黃祖的兒子,已在字裏行間表現得很充分,但業已"六翮殘毀,俯仰籠檻"的能言之鳥,還枉想什麼"崑山之高岳,鄧林之扶疏"呢?終於留下一篇跟絕命詞差不多的《鸚鵡賦》,含恨死去了事。比起"逼之不懼,撫之不驚。寧順從以遠害,不違迕以喪生"的鸚鵡,畢竟不如了。

3. 張華的《鷦鷯賦》

《鷦鷯賦》的作者,張華,既不同賈誼,也有異乎禰衡,是西晉初年爬上去的一個大官僚。他是犧牲於司馬王朝最高權力機構的內部矛盾的。雖欲為"形微處卑,物莫之害"的小黃雀,而不可得,這是另一類的人物。

《晉書·張華傳》:張華,字茂先,范陽(今北京市大興縣)人。少好文義,博覽墳典,為太常博士,轉兼中書郎,雖棲處雲閣,慨然有感,作《鷦鷯賦》後,詔加右光禄大夫,封壯武郡公,遷司空,為趙王倫所害。

按《方言》"桑飛"郭璞注曰:即鷦鷯也,自關而東謂之工雀,又云女工,一云巧婦,又云女匠。又《毛詩》"肇允彼桃蟲",詩義疏曰:桃蟲今鷦鷯,微小黃雀也。這是一種常見易得的小鳥,不為人所珍視,故張華引以自喻。惜乎言不由衷,無救於尸位素餐的作者耳。他在序言中說:

> 鷦鷯,小鳥也,生於蒿萊之間,長於藩籬之下,翔集尋常之內,而生生之理足矣。色淺體陋,不為人用,形微處卑,物莫之害,繁滋族類,乘居匹遊,翩翩然有以自樂也。彼鷲鶚鵾鴻,孔雀翡翠,或凌赤霄之際,或托絕垠之外,翰舉足以衝天,嘴距足以自衛,然皆負矰嬰繳,羽毛入貢。何者,有用於人也。夫言有淺而可以托深,類有微而可以喻大,故賦之云爾。

這把事情看得很清楚,道理也講得很明白,只是能說不能行,毫無裨益於實際,可悲也!作者位登晉惠帝(司馬衷)首輔之後,居然依附賈后,不救太子(司馬遹),安常保位,坐觀成敗,結果弄得自己丟了腦袋,還夷滅了三族。(詳見《晉書》本傳及《通鑒·晉紀·孝惠皇帝上之下》)。他在賦裏,還把小鳥跟大鳥的遭際對比了一番,更說得透闢。

> 鷦鷯之微禽兮,亦攝生而受氣。育翩翾之陋體,無玄黃以自貴。毛弗施於器用,肉弗登於俎味。
> 翳薈蒙籠,是焉遊集。飛不飄揚,翔不翕習。其居易容,

其求易給。巢林不過一枝,每食不過數粒。棲無所滯,遊無所盤。匪陋荊棘,匪榮苣蘭。動翼而逸,投足而安。委命順理,與物無患。不懷寶以賈害,不飾表以招累。靜守約而不矜,動因循以簡易。任自然以為資,無誘慕於世偽。

　　雕鶚介其觜距,鵾鷖軼於雲際。鷗雞竄於幽險,孔翠生乎遐裔。彼晨鳧與歸雁,又矯翼而增逝。咸美羽而豐肌,故無罪而皆斃。徒銜蘆以避繳,終為戮於此世。蒼鷹鷙而受緤,鸚鵡惠而入籠。屈猛志以服養,塊幽縶於九重。變音聲以順旨,思摧翮而為庸。戀鍾岱之林野,慕隴坻之高松。雖蒙幸於今日,未若疇昔之從容。

事實上作者在序文裏已經言之在先,這兒雖越講越細,愈辯愈明,終究嫌它沒有新意,有些重複。何況作者這位青雲直上的"雕鶚雁鵾",俯視蓬蒿間的小雀,不過是偶一動念聊以自解的哪。因為作者的行徑已經在"屈志服養,變音順旨,幽縶九重,摧翮為庸"了麼。這恐怕也是西晉初年一種風氣,從王戎、何劭(晉惠帝司馬衷之司徒,尚書僕射,位列三公),即"與世浮沉,無所匡救,委事僚寀"(同上)啦。

4. 顏延年的《赭白馬賦》

也舉一篇獸類的。

顏延年(延之)的《赭白馬賦》又是一篇頌聖之作,而且讚美的不過是宋武帝劉裕胯下的一匹雜毛馬,雖然詞藻華麗,獨出心裁,終是格調不高,浪費筆墨的文字。這從序文裏的"我高祖(即劉裕也)之造宋也,五方率職,四隩入貢。秘寶盈於玉府,文駟列乎華廐。乃有乘輿赭白:特稟逸異之姿,妙簡帝心,用錫聖皁。服御順志,馳驟合度。齒歷雖衰,而藝美不忒",已經可見一般。尤其是"召詔陪侍,奉述中旨。末臣庸蔽,敢同獻賦"之言,活畫出一付御用文人的嘴臉!

說到這裏,讓我們抄一段有關顏延之人品的記載,藉以更進一步地認識作者的卑污,以及劉宋統治集團豢養他們的情況。《資治通鑒·宋紀二·太祖文皇帝(劉義隆)上之上》說:

> 南豫州刺史廬陵王義真,警悟愛文義,而性輕易,與太子左衛率謝靈運、員外常侍顏延之、慧琳道人情好款密。嘗云:"得志之日,以靈運、延之為宰相,慧琳為西豫州都督。"靈運,玄之孫也,性褊傲,不遵法度,朝廷但以文義處之,不以為有實用。靈運自謂才能宜參權要,常懷憤邑。延之,含之曾孫也,嗜酒放縱。徐羨之等惡義真與靈運等遊,義真故吏范晏從容戒之,義真曰:"靈運空疏,延之隘薄,魏文帝所謂'古今文人類不護細行'者也。但性情所得,未忘言於悟賞耳。"於是羨之等以為靈運、延之構扇異同,非毀執政,出靈運為永嘉太守,延之為始安太守。

從這裏可以看出來,劉義真與延之等是臭味相投狼狽為奸的。謝靈運先不說他。顏延之的好酒貪杯,以及為人"隘薄",就是劉義真也未嘗不知之甚稔,不是嗎? 劉義真後為徐羨之等殺害,也沒聽說顏延之哀悼,也照舊做他的官,因為他這個人還不止隘薄而已,並且貪瀆好利,霸佔別人的田產,《宋書》本傳云:

> 延之為始興王濬後軍諮議參軍、御史中丞。在任縱容,無所奉奏。遷國子祭酒、司徒左長史。坐啟買人田,不肯還直。尚書左丞荀赤松奏之曰:"求田問舍,前賢所鄙。延之唯

利是視，輕冒陳聞，依傍詔恩，拒捍餘直，垂及周年，猶不畢了。昧利苟得，無所顧忌。延之昔坐事屏斥，復蒙抽進，而曾不悛革，怨誹無已。交遊閭茸，沉迷麴蘗，橫興讒謗，詆毀朝士。仰竊過榮，增憤薄之性。私恃顧眄，成強梁之心。外示寡求，内懷奔競。干禄祈遷，不知極已。預宴班觴，肆詈上席。山海容舍，每存遵養；愛兼雕蟲，未忍退棄。而驕放不節，日月彌甚。臣聞聲問過情，孟軻所恥。況聲非外來，問由己出。雖心智薄劣，而高自比擬，客氣虛張，曾無愧畏。豈可復弼亮五教，增曜臺階。"

這可是把顔延之指摘得淋漓盡致，體無完膚，豈止是文人無行，簡直是狂妄自大利禄熏心之輩。我們雖然不打算以人廢言，還要研究他的作品，可是對於這個顔謝齊名冠絕當世的文豪，卻不能不批判地看待，大打折扣其聲譽了。

他這賦一上來就吹捧劉義隆（宋文帝）的德業說："惟宋二十有二載，盛烈光乎重葉。武義奥其肅陳，文教迄已優洽。泰階之平可升，興王之軌可接。"自是照例的話頭，可是接著幾句包孕良馬傳說的文字，卻是穿插得巧，先交待說這是得之於舊史、往牒的：

> 昔帝軒陟位，飛黄服皁①。后唐膺籙②，赤文候日。漢道亨而天驥呈才③，魏德林而澤馬效質④。伊逸倫之妙足，自前代而間出。並榮光於瑞典，登郊歌乎司律。

此中的典故是：①黄帝治天下，於是飛黄服皁，《淮南子》高誘注曰：飛黄如狐，背上有角，乘之壽三千歲。②后唐謂堯也。《春秋命歷引》曰：五德之運，徵符合膺籙次相代。③武帝元鼎四年，馬生渥窪水中,《天馬歌》曰:天馬來,從西極。④《三國志·魏志》文帝黃初中,於上黨得澤馬。這些都需要注釋的,中間一些形容駿馬的身狀的則多采自《相馬經》如:

徒觀其附筋樹骨,垂梢植髮,雙瞳夾鏡,兩權協月,異體峰生,殊相逸發。①超攄絕夫塵轍,驅騖迅於滅沒。②

①《相馬經》曰:"良馬可以筋骨相也,梢尾之垂者,髮額上毛也,尾欲梢而長。目成人者行千里。"注云:"成人者,視童子中人頭足皆見。"言目中清明如鏡,或曰兩目中央旋毛為鏡。權,頰權也。頰欲圓如懸壁因謂之雙壁,其盈滿如月,異相之表也。②伯樂曰:"天下之馬者,若滅若沒,若亡若夫。若此者,絕塵弭轍。"(語見《列子》"對秦穆公問")。此外,賦中結尾"亂曰"之中間十句也是句句不離"馬"的:

於時駔駿,充階銜兮。稟靈月駒,祖雲螭兮。雄志倜儻,精權奇兮。既剛且淑,服覊靮兮。效足中黃,殉驅馳兮。

竟體四字一句,即從形式上看也是可以唱出來的歌詞,這也是有意補充"不歌而頌謂之賦"的缺陷的。班固的《東都賦》臨了不是也有《明堂》《辟雍》《靈臺》《寶鼎》《白雉》等五首頌詩嗎?

273

六、小賦中的抒懷部分的

1. 班固的《幽通賦》

繼承《詩》《騷》的優良傳統,把向來用以頌聖的大賦一轉而表達起個人的思緒,這不能不說是一大飛躍,如果追源溯本,則應以班固的《幽通賦》為首創。"幽通"者,謂與神遇也。班固身世坎坷,從家至國,屢遭喪亂,故托諸夢寐,言與神通,以自道其積悃耳。此賦有其妹曹大家(班昭)的注釋,相與發明,愈益彰著。

作者開頭先敘家世,與《離騷》同一路數:

> 系高頊之玄胄兮,(系,連也。胄,緒也。高,高陽氏也。頊,帝顓頊也。言己與楚同祖,俱帝顓頊之子孫也。水,北方黑行,故稱玄也。)氏中葉之炳靈。(應劭曰:中葉謂令尹子文也,乳虎故曰炳靈。《漢書》班氏之先,與楚同姓,令尹子文之後,子文初生棄於夢澤中,虎乳之,楚人謂虎班,其子以為號,秦滅楚遷晉、代之間,因號焉)。颯颯風而蟬蛻兮,雄朔野以颺聲。(颯,飄颯也,南風曰凱風。朔,北方也,言己先人自楚徙,北至朔方也。如蟬蛻之剖,後為雄傑揚其聲。《漢書》曰:始皇之末,班壹避地於樓煩,當孝惠高后時,以財雄北邊。)皇十紀而鴻漸兮,有羽儀於上京。(晉灼曰:皇,漢皇也。應劭曰:紀,世也。鴻,鳥也。漸,進也。言先人至漢,十世始進仕,有羽翼於京師也。成帝之初,班況女為婕妤,父子並在長

安)巨滔天而泯夏兮,考遘慜以行謠。(應劭曰:王莽,字巨君。曹大家曰:滔,漫也。泯,滅也。夏,諸夏也。考,父也。言父遭亂猶行歌謠,意欲救亂也。)終保己而貽則兮,里上仁之所廬。(終,猶竟也。言考能自保己,又遺我法則也。曹大家曰:貽,遺也。里廬皆居處名也。言我父早終,遺我善法則也。何謂善法則乎?言為我擇居處也。孔子曰里仁為美。)懿前烈之純淑兮,窮與達其必濟。(懿,美也。前烈,先祖也。言己先祖窮遭王莽,達則必富貴濟渡民人,惠利之風,有令名於後世也。孟子曰:窮則獨善其身,達則兼濟天下。《呂氏春秋》曰:古之得道者,窮亦樂,達亦樂,非窮達異也,道得於此,窮達一也。)咨孤蒙之眇眇兮,將圮絕而罔階。(蒙,童蒙也。眇,微也。圮,毀也。言己孤生童微,陋鄙薄,將毀絕先祖之跡,無階路以自成也。)豈余身之足殉兮,違世業之可懷。(項岱曰:殉,營也。曹大家曰:違,恨也。懷,思也。違或作悼,悼亦恨也。《孔叢子》曰:仲尼大聖,自茲以降,世業不替也。)靖潛處以永思兮,經日月而彌遠。(言己安靜長思,不欲毀絕先人之功跡,日月不居,忽復大遠。)匪黨人之敢拾兮,庶斯言之不玷。(應劭曰:拾,更也。自謙不敢與鄉人更進也。曹大家曰:庶此異行,不玷先人之道也。《毛詩》曰:斯言之玷,不可為也。)

高攀名門貴族,甚或自托為帝王之後,這是古代文人追敘家世(尤其是為帝王本身作譜牒時),從來不可避免的習氣。文史大家如班固者,自亦不能外是。竟爾公然宣稱五帝及名臣楚子文為其祖先了。那麼,作為後代子孫的他,以殞落家聲不肖繼承為憂,還有什麼可以奇怪的呢?下面便接言夢與神通的情形:

魂𢠳𢠳與神交兮,精誠發於宵寐。(言人之晝所思想,夜為之發夢,乃與神靈接也。)夢登山而迥眺兮,覿幽人之髣髴。(項岱曰:"覿,見也。"張晏曰:"幽人,神人也。"曹大家曰:"登山遠望,見深谷之中有人髣髴欲來也。")攬葛藟而授余兮,眷峻谷曰勿墜。(言夢臨深谷欲墜,見神持葛來授我也。)昒昕寤而仰思兮,心濛濛猶未察。(昒昕,晨旦明也。言己旦仰思此夢,心中矇矓,未知其吉凶。)黃神邈而靡質兮,儀遺讖以臆對。(應劭曰:"黃,黃帝也,作《占夢書》。邈,遠也。言黃神邈遠,無所質問,依其遺讖文,以胸臆為對也。"《淮南子》曰:"黃神嘯吟。"遺讖,謂《夢書》也。)曰乘高而遻神兮,道遻通而不迷。(遻,遇也。言己緣高而遇神,道術將通,不迷惑之象也。)葛綿綿於樛木兮,詠南風以為綏。(《詩·國風·周南》曰:"南有樛木,葛藟累之。樂只君子,福履綏之。"此是安樂之象也。)蓋惴惴之臨深兮,乃二雅之所祗。(祗,敬也。《大雅》曰:"人亦有言,進退維谷。"《小雅》曰:"惴惴小心,如臨於谷。"此皆敬慎之戒也。)既訊爾以吉象兮,又申之以炯戒。(《爾雅》曰:"訊,告也。"炯,明也。登高為吉象,深谷為明戒也。)盍孟晉以迨群兮,辰倏忽其不再。(盍,何不也。孟,勉也。晉,進也。迨,及也。倏,過也。言何不勉進而及群時,早得進用,日月倏忽,將復過去。《楚辭》曰:"時不可兮再得。")承靈訓其虛徐兮,竚盤桓而且俟。(靈,神靈也。虛徐,狐疑也。竚,立也。盤桓,不進也。俟,待也。《詩》曰:"其虛其徐。"《周易》曰:"初九,盤桓,利居貞。")惟天地之無窮兮,鮮生民之晦在。(鮮,少也。晦,亡幾也。言天地無窮極,民在其間,上壽一百二十年,少者亡幾

耳。《莊子》曰:"天與地無窮,人死有時晦。") 紛屯邅與蹇連
兮,何艱多而智寡。(《漢書音義》曰:"世艱多智少,故遇禍
也。"曹大家曰:"屯蹇,皆難也。"《周易》曰:"屯如邅如。"又
曰:"往蹇來連。")

這一段文章雖然影影綽綽地說得不明不白,但我們可以很清楚地
看到,作者神道設教藉以自勵是虛,而遭時不遇懼殞家聲是實。這也
是封建社會裏頭賦性祖先崇拜的文人必不可免的想法。至於藝術形
式上的格律氣味,自然還是脫胎於《楚辭·離騷》的,不待細說。此後
他又旁徵博引了一系列的古人古事,從"上聖"的虞舜、商湯、周文王、
孔子都是經歷艱險然後"自拔"的說起,直到西漢末年的王莽篡位,五
辟成災,意在陳明事態變幻離奇,誰也不能先知,福禍相與倚伏,但當
順天斷誼的道理。他的毛病在於人物前後錯落,不以時代為經,事故
點到為止,更不詳言始末,遂使讀者不免有雜亂無章急切摸不著頭緒
的感覺。例如:

昔衛叔之御昆兮,昆為寇而喪予。管彎弧欲斃仇兮,仇
作後而成已。變化故而相詭兮,孰云預其終始?

這些故事是說春秋時代衛國叔武讓國,反遭其兄的殺戮。管仲射
齊桓帶鉤,後來卻被用為相國。和呂郤將害晉文,可是援救他的,正是
當年要捉住重耳的寺人披。曹大家說,"事變如此,誰能預知其始終吉
凶"呢?可是,如果不加注釋,怎麼能夠一下子便明白這些事件的本末
哪?再如:

聿中和為庶幾兮,顏與冉又不得。溺招路以從已兮,謂

277

孔氏猶未可。安慆慆而不葩兮，卒隕身乎世禍。遊聖門而靡救兮，雖覆醢其何補？固行行其必凶兮，免盜亂為賴道。形氣發於根柢兮，柯葉匯而零茂。恐魍魎之責景兮，羌未得其云已。

曹大家曰："聿，惟也。顔，顔淵也。冉，冉伯牛也。二子居中履和，庶幾聖賢。然淵早夭，伯牛被疾，俱不得其死也。""溺，桀溺也。謂孔子為避人之士，未可與安身；自謂避世者，招子路從己隱也。""慆慆，亂貌。葩，避也。言子路不避慆慆之亂，終隕身於世之禍也。""子路遊學聖師之門，無救禍防患之助，既身死於衛，覆醢不食，何補益乎？《禮記》曰："孔子哭子路於中庭，引使者而問其故，使者曰：醢之矣。遂命覆醢。"應劭曰："子路得免盜與亂，聞道於仲尼也。"《論語》曰："子路，行行如也。"子曰："若由也，不得其死然。"又曰："君子有勇而無義為亂，小人有勇而無義為盜。"韋昭曰："柢，本也。"應劭曰："匯，類也。"曹大家曰："零，落也。"張晏曰："言人稟氣於父母，吉凶夭壽，非獨在人。譬諸草木，華葉盛與零落，由本根也。"應劭曰："諸子以顔、冉、季路逢災蹈害，或疑其身，或非其師，是由魍魎問景，乃未得有已也。言罔兩責景之無操，不知景之行止而有待。或非三子之行，殊不知吉凶之由命也。故云恐罔兩之責景，羌未得其實言也。"

這是班固在說了西漢初年的雍齒，以高祖劉邦的仇人而得率先封侯，與此相反，丁公是放縱劉邦逃去的故人，後來卻被責以不忠於項羽而掉了腦袋的故事以後，又以顔淵、子路的遭際為例，反復申明吉凶禍福非人力之所能前定，只能歸諸"天命"的道理。這不但太嫌辭費，而且也章法板滯，很難引人入勝。

當然最成問題的還是作者的"天命論"，以及想要超凡入聖的儒家思想。這從賦的結語，見於"亂曰"中的幾句四言歌詞也可以看出：

天造草昧，立性命兮。復心弘道，惟聖賢兮。渾元運物，流不處兮。保身遺名，民之表兮。舍生取誼，以道用兮。憂傷夭物，忝莫痛兮。皓爾太素，曷渝色兮。尚越其幾，淪神域兮。

曹大家曰：“天道始造，萬物草創於冥昧之中，皆立其性命也。《周易》曰：‘天造草昧。’”又曰：“明道在人身，誠能復心而弘之，達於天地之性也。《周易》曰：‘復其見天地之心乎。’孔子曰：‘人能弘道，非道弘人。’”又曰：“渾，大也。元，氣。運，轉也。物，萬物也。言元氣周行，始終無已，如水之流，不得獨處也。”又曰：“人生能保其身，死有遺名，民之表也。《莊子》曰：‘可以保身，可以全生。’《家語》孔子曰：‘凡上者民之表。’”《孟子》曰：“生我所欲也，義亦我所欲也，二者不可得兼，舍生而取義也。”曹大家曰：“忝，辱也。橫夭於物，憂辱傷生，恥辱不過於是。”又曰“皓，白也。素，質也。渝，變也。言人能篤信好學，守死善道，不漸染於流俗，是為白爾，天質何有渝變之色也。”又曰“大素不染，神色不變，則庶幾於神道之幾微，而入於神明之域矣。子曰：‘知幾其神乎！’”

經過曹大家這一闡明，則作者盡人事，聽天命，出於污泥而不染的克紹箕裘的中心思想，豈不是更加確切了嗎？降及東漢，則張衡（平子）的《思玄賦》或可與之相伯仲。張之“思玄”，前面已經介紹過，需要對比補充的是：兩人都是漢代的名家，具有豐富的文史修養，起著承前啟後繼往開來的作用。稍有不同之處，是張衡在科學（天文方面的）、政治上也是很有成就的。史家說他“善屬文，通貫六藝，雖才高於世而無驕尚之情。善機巧，尤致思於天文、陰陽、歷算，作渾天儀，著《靈憲》。性恬淡，不慕當世。”（《資治通鑒·漢紀·孝順皇帝上》）衡在政治上的表現,如以"天變"為辭,奏請順帝劉保審慎去留官吏,察舉孝廉須重根本,藉以避免多所紛爭,疲勞百姓,上體天下為公之理,政行選賢與能之道即是(同上)。

2. 潘岳的《閒居賦》《懷舊賦》《寡婦賦》

①《閒居賦》

潘岳本是一個多情善感、文詞博贍的作者,自遭楊駿之禍以後,從政屢不如意,加之故舊凋零,身世淒涼,故有《閒居》《懷舊》《寡婦》等賦,在東晉之初,亦可謂多產文人了。他在《閒居賦》的序文裏說:

> 僕少竊鄉曲之譽,忝司空太尉之命,所奉之主,即太宰魯武公其人也,舉秀才為郎。逮事世祖武皇帝,為河陽、懷令,尚書郎,廷尉平。今天子諒闇之際,領太傅主簿。府主誅,除名為民。俄而復官,除長安令。遷博士,未召拜,親疾,輒去官免。自弱冠涉乎知命之年,八徙官而一進階,再免,一除名,一不拜職,遷者三而已矣。雖通塞有遇,抑亦拙者之效也。

這可是潘岳自撰的比較全面的履歷表了,凡經司馬炎、司馬衷兩個皇帝,賈充、楊駿兩個首輔,從舉秀才為郎,到五十之年遷博士未召拜,所幹的不過是幕僚和縣長一類的小官吏,而且還是東奔西波,提心吊膽的混著。因此才有"止足之分,浮雲之志",想要"築室種樹,逍遙自得,池沼魚釣,春稅代耕,灌園鬻蔬,以供膳食,牧羊酤酪,以供臘費"(俱序文中語)。可悲的是他空有此心,孝道未終,便被殺掉,還連累了全族。(因為趙王倫的親信孫秀,誣告潘岳與石崇、歐陽建謀反之故。)

《閒居賦》動人之處,是作者對於園田的設計,他說:

爰定我居,築室穿池。長楊映沼,芳枳樹籬。游鱗瀺灂,菡萏敷披。竹木蓊藹,靈果參差。張公大谷之梨,梁侯烏椑之柿,周文弱枝之棗,房陵朱仲之李,靡不畢殖。三桃表櫻胡之列,二奈曜丹白之色。石榴蒲陶之珍,磊落蔓衍乎其側。梅杏鬱棣之屬,繁榮麗藻之飾。華實照爛,言所不能極也。菜則蔥韭蒜芋,青筍紫薑;堇薺甘旨,蓼荽芬芳;襄荷依陰,時藿向陽;綠葵含露,白薤負霜。

菜園菜圃,無所不有,宅幽地靜,絕好去處,誦讀起來都叫人神往的。作者真會描述,特別是他那"太夫人乃御版輿,升輕軒","席長筵,列孫子","稱壽獻觴"的天倫樂趣,簡直是人間少有的了。然而事實上呢?作者並不是一個能夠淡泊寧靜,不慕榮利的人。《晉書》本傳說他:"性輕躁,趨世利,與石崇等諂事賈謐(父賈充,與子俱為晉初的權臣),每候其出,與崇輒望塵而拜。構愍懷(惠帝司馬衷長子遹)之文,岳之辭也。謐二十四友,岳為其首。謐《晉書》限斷(曹魏元帝曹奐咸熙二年,即晉武帝司馬炎泰始元年以下的朝臣,始入《晉書》),亦岳之辭也。"可見潘岳與賈謐的關係,密切到什麼程度了。而且潘岳也不聽母親的話,貪濫無行。其母數誚之曰:"爾當知足,而乾沒不已乎?"臨去刑場以前,始與母訣曰:"負阿母!"豈不為時已晚!(同上)於是見於賦中結尾的話"退求己而自省,信用薄而才劣。奉周任之格言,敢陳力而就列",如同他要安樂田園,奉養老母一樣,都不過是說得好聽罷了。

②《懷舊賦》

潘岳的《懷舊賦》則是懷念他的岳父楊肇和內兄楊潭的。因為路經他們的墓地,觸目傷情,所以那思緒是夠陰沉的。如"晨風淒以激冷,夕雪皛以掩路。轍含冰以滅軌,水漸軔以凝洹。塗艱屯其難進,日晼晚而將暮",先在景色氣象上就使人有一片淒涼之感了。再讀到"墳壘壘而接壟,柏森森以攢植","陳荄被於堂除,舊圃化而為薪",以及"空館闃其無人"等句,更覺得這是進了荒煙蔓草四無居人的墳場了。至於"自祖考而隆好,逮二子而世親。歡攜手以偕老,庶報德之有鄰"等語,自是懷念死者,爰及生人,偕老報德,以示不忘的照例文章。

③《寡婦賦》

安仁的《寡婦》一賦與此同功,乃是同情他的姨妹任子咸之妻的夫亡寡居,從而表示勸慰的。其序文云:"樂安任子咸,有韜世之量,與余少而歡焉。雖兄弟之愛,無以加也,不幸弱冠而終。良友既沒,何痛如之? 其妻又吾姨也,少喪父母,適人而所天又殞,孤女藐焉始孩,斯亦生民之至艱,而荼毒之極哀也。"還說,他這是摹擬魏文帝曹丕悼念阮瑀亡後,曾為其妻作"寡婦"之賦的前例而作的,可見頗有來頭。此中敘述孀婦獨守的一段文字說得相當淒切:

> 何遭命之奇薄兮,遘天禍之未悔。榮華曄其始茂兮,良人忽以捐背。靜闔門以窮居兮,塊㷀獨而靡依。易錦茵以苦席兮,代羅幬以素帷。命阿保而就列兮,覽巾箑以舒悲。口嗚咽以失聲兮,淚橫迸而沾衣。愁煩冤其誰告兮,提孤孩於坐側。

這裏自然說的是富貴人家(也就是地主官僚家)的寡婦才會有這種情景的。因為裏面用了"榮華""錦茵""羅幬""巾箑"的字眼,通常的老百姓家哪得如此。其思愁感情也不一樣,如下面的話:

時曖曖而向昏兮,日杳杳而西匿。雀群飛而赴楹兮,難
登棲而斂翼。歸空館而自憐兮,撫衾裯以歎息。思纏綿以督
亂兮,心摧傷以愴惻!

簡直講得天昏地暗日色無光了,連鳥雀之類都仿佛受了"未亡人"
的感染而黯傷起來,"淚眼看花花不語",這當然又是文人的習性。這
裏需要特別指出的有兩點:一是在那時有"寡婦門前是非多"的封建
性,社會關係不夠的人是不敢輕易同情孀婦的遭際的,特別是形諸文
字的東西,所以作者在序文裏首先申明自己跟任子咸的友愛,這才由
鳥及屋地念及阿姨。還怕史無前列,又援引曹丕之賦以為"護身",其
用心亦良苦矣。二是,唯其如此,那"生民之至艱,而荼毒之極哀"的
話,就不好說了。這些肉食者流,即或再困難又怎麼能夠被認為是"至
艱"、"極哀"呢? 還不是立場的原因嗎? 作者是始終牢固地為地主統
治階級服務的。

七、小賦中的哀傷部分的

1. 司馬相如的《長門賦》

小賦裏有"哀傷"一類,是作者們為抒發個人的哀怨或是懷念故舊而寫的,也應該以司馬相如的《長門賦》為首創之作,雖然它是為人捉刀的"幫忙文字"。相如在序裏自己說:"孝武皇帝陳皇后,時得幸,頗妒。別在長門宮,愁悶悲思。聞蜀郡成都司馬相如,天下工為文,奉黃金百斤為相如文君取酒,因於解悲愁之辭。而相如為文以悟主上,陳皇后復得親幸。"

按《漢書·外威傳》及《資治通鑒·漢紀九·世宗孝武皇帝上之上》云:"陳皇后者,長公主嫖女也。武帝得立為太子,長公主有力焉,以其女為太子妃。及即位,妃為皇后,驕妒擅寵而無子,后寵浸衰。聞衛子夫得幸,幾死者數矣。元光五年,坐女子楚服等為皇后巫蠱祠祭祝詛。上愈怒,罷退歸長門宮。"這是陳皇后得立和失寵的始末。

為什麼司馬相如能在武帝劉徹面前起這樣的作用呢? 都參與了皇家的宮幃之事。這是由於,劉徹即位之初,即"招選天下文學材智之士,待以不次之位。蜀人司馬相如特以辭賦得幸"。這從他的《子虛》《上林》兩賦之被欣賞已可略見端倪。還有兩段文字記載,我們也抄在下面證明一下司馬相如當時的社會地位。先說他諫劉徹田獵:

上又好自擊熊豕,馳逐野獸。司馬相如上疏諫曰:臣聞
物有同類而殊能者,故力稱烏獲,捷言慶忌,勇期賁育。臣之

愚,竊以為人誠有之,獸亦宜然。今陛下好陵阻險,射猛獸,卒然遇逸材之獸,駭不存之地,犯屬車之清塵,輿不及還,轅人不暇施巧,雖有烏獲、逢蒙之技不得用,枯木朽株盡為難矣。是胡越起千轂下,而羌夷接軫也,豈不殆哉?雖萬全而無患,然本非天子之所宜近也。且夫清道而後行,中路而馳,猶時有銜橛之變,況乎涉豐草,騁丘墟?前有利獸之樂,而內無存變之意,其為害也不難矣。夫輕萬乘之重,不以為安樂,出萬有一危之塗以為娛,臣竊為陛下不取。蓋明者遠見於未萌,而知者避危於無形。禍固多藏於隱微,而發於人之所忽者也。故鄙諺曰:"家累千金,坐不垂堂。"此言雖小,可以諭大。上善之。(《資治通鑒·漢紀九·世宗孝武皇帝上之上》)

從愛護皇帝,關心他的安危出發,自然容易動人聽聞,所以儘管擬於不倫,言語有些"過火"也不礙事,應該同作者《上林賦》中的"獵乃可喜,若夫終日馳騁,勞神苦形,罷車馬之用,抏士卒之精。費府庫之財,而無德厚之恩"的"仁者不由"結合起來看。再說他開通"西南夷":

發巴蜀卒治道,自僰道指牂柯江,作者數萬人,士卒多物故。有逃亡者,用軍興法誅其渠率,巴蜀民大驚恐。上聞之,使司馬相如責唐蒙等,因諭告巴蜀民以非上意。相如還報。是時,邛筰之君長聞南夷與漢通,得賞賜多,多欲願為內臣妾,請吏比南夷。天子問相如,相如曰:"邛、筰、冉、駹者近蜀,道亦易通,秦時嘗通為郡縣,至漢興而罷。今誠復通,為置郡縣,愈於南夷。"天子以為然,乃拜相如為中郎將,建節往使,及副使王然于等乘傳,因巴蜀吏幣物以略西夷。邛筰冉

馳斯榆之君,皆請為內臣,除邊關,關益斥,西至沫若水,南至
牂柯,為徼通零關道,橋孫水,以通邛都,為置一都尉,十餘縣
屬蜀。天子大說。(同上)

這說明相如不僅是一個玩弄筆墨取悅人主的侍從文臣而已,還是
很有辦法能夠安撫人民和邊遠地帶的"政客""欽差"等。按牂柯郡漢
時所置,今貴州遵義縣以南至思南、石阡等地皆其舊治。故且蘭,即平
越,連同當日蜀境西南,以及今西康一帶都是西漢初年的西南夷,多係
少數民族。

我們說此賦語言憨直,有的地方"過火",是指這樣的詞句而言:
"我朝往而暮來兮,飲食樂而忘人。心慊移而不省故兮,交得意而相
親。"此地的"我"字是說武帝劉徹的,"人"則是陳后自稱,意思是埋怨
武帝昔日曾經允許朝往暮來幸臨自己,沒有想到竟另有所歡完全把我
忘掉了! 這不是很大膽的講法嗎? 雖然陳后可能是有所恃而無恐的,
這一點也被相如了然於胸臆之中了。接著它那一節關於宮殿的描述,
也是因物及人,見景生情之意:

正殿塊以造天兮,鬱並起而穹崇。間徙倚於東廂兮,觀
夫靡靡而無窮。擠玉戶以撼金鋪兮,聲噌吰而似鐘音。刻木
蘭以為榱兮,飾文杏以為梁。羅豐茸之遊樹兮,離樓梧而相
撐。施瑰木之欂櫨兮,委參差以槺梁。時仿佛以物類兮,象
積石之將將。五色炫以相曜兮,爛耀耀而成光。致錯石之瓴
甓兮,象瑇瑁之文章。

巍峨的宮殿縱然瑰麗非凡,其如室邇人遠鳳去樓空何,所以"白鶴
噭以哀號兮,孤雁時於枯楊。日黃昏而望絕兮,悵獨托於空堂。懸明

月以自照兮,徂清夜於洞房"才是陳后望幸的正文。結局是武帝劉徹居然回心轉意了,真使人莫名其妙。就賦的主題思想上說,可以認為沒有什麼價值。

2. 向秀的《思舊賦》

西晉初年向秀(子期)的《思舊賦》則純係思念自己的好友、業已因事被殺的嵇康而作的,情見於詞,與司馬相如為人作嫁的《長門賦》毫無共同之處。而其難能可貴的地方,卻在於膽敢悼念司馬王朝的罪人,並未顧及本身的利害,這就跟他"本有不羈之志""雅好老莊之學"有關。作者和嵇康的友情是非常之真摯的。《晉書·本傳》說:"始秀欲注(《莊子》),嵇康曰:'此書詎復須注?正是妨人作樂耳!'及成,示康曰:'殊復勝不?'"以秀能"為之隱解,發明奇趣,振起玄風",使"讀之者超然心悟,莫不自足一時也"。書中又說:

> 又與康論養生,辭難往復,蓋欲發康高致也。康善鍛(打鐵),秀為之佐,相對欣然,傍若無人。又共呂安灌園於山陽。

可見兩人相知之深。這個呂安也是桀驁不馴的人物,同嵇康一起見殺的狂士。(都由於司馬昭的親信鍾會的誹謗而不免,可能是當時功利派與空淡派鬥爭的結果。)但是有"箕山之志"的向秀,後來卻改變了初衷,爬了上去,做了黃門侍郎、散騎常侍以及侍中一類的大官。他在《思舊賦》的序言中說明自己跟嵇、呂的關係道:

> 余與嵇康、呂安居止接近,其人並有不羈之才。然嵇志遠而疏,呂心曠而放,其後各以事見法。嵇博綜技藝,於絲竹

特妙,臨當就命,顧視日影,索琴而彈之。余逝將西邁,經其舊廬。於時日薄虞淵,寒冰淒然。鄰人有吹笛者,發聲寥亮。追思曩昔遊宴之好,感音而歎,故作賦云。

嵇康、向秀都是"竹林七賢"中的主要成員(其餘諸人為阮籍、山濤、劉伶、阮咸和王戎)。據說"康將刑東市,太學生三千人請以為師,弗許。康顧視日影,索琴彈之,曰:'昔袁孝尼從吾學《廣陵散》,吾每靳固之,《廣陵散》於今絕矣!'時年四十,海內之士,莫不痛之。"(見《晉書》本傳)足以說明康的影響是大的,他的精神也夠得上視死如歸了。這裏向秀竟敢在賦中既有"窮巷空廬"之思,又生"黍離殷墟"之歎,豈不是正面唐突了司馬氏統治王朝了嗎?西晉方興未艾,何得妄比已經敗亡的殷商與宗周呢?還想念的是兩個業已服刑的罪人?所以作者雖有"嵇康遠而疏,呂心曠而放"的胆,也只能證明他是覩物興悲,念念不忘的。

此賦共只廿四句(序文廿句除外),一上來就是帶"兮"字的歌辭形式,而且一貫到底,淨是些"曠野蕭條""徘徊躊躇""悲歎哀悼"的字樣,"望風懷想,能不依依",其實是寓襃於貶的。低徊留之,不能離去的思想感情跳躍於字裏行間的,因而叫它是一首悼念歌詞,也未嘗不可以。

3. 陸機的《歎逝賦》

陸機(士衡)的《歎逝賦》則與之大同而小異,說它大同,是因為陸機也是在悼念他的已經逝世的許多故舊,說它小異乃在於他不是專指哪一個固定的人的。《歎逝賦》序云:

288

昔每聞長老追計平生同時親故,或凋落已盡,或僅有存者。余年方四十,而慼親戚屬,亡多存寡;昵交密友,亦不半在。或所曾共遊一塗,同宴一室,十年之外,索然已盡。以是思哀,哀可知矣。

作者年方四十,便親故凋零,半入鬼籍,這應該是跟東吳滅亡備遭迫害有關,遂使他自己也有"嗟人生之短期,孰長年之能執? 時飄忽其不再,老晼晚其將及","亮造化之若茲,吾安取夫久長","彌年時其詎幾,夫何往而不殘","啟四體而深悼,懼茲形之將然"的感喟,尤其是下面的幾句話:

年彌往而念廣,途薄暮而意迮。親落落而日稀,友靡靡而愈索。顧舊要於遺存,得十一於千百。樂隤心其如忘,哀緣情而來宅。托末契於後生,余將老而為客。

這是作者把自己的命運和他已逝的親友等量齊觀了,說來也真個不差,只有兩三年以後,陸機自己跟他的家族便被司馬穎(成都王,西晉八王之一)掃數殺掉了,所謂"解心累於末跡,聊優遊以娛老"的心願,到底成了泡影,因為他自己根本不是一個甘於寂寞與世浮沉的人。

按陸士衡、士龍(雲)兄弟本是東吳的世家弟子,本籍吳郡(今江蘇省瀘海、蘇常、金陵等地,治吳縣),祖父陸遜為吳之丞相,父親陸抗是大司馬。陸機少有異才,文章冠世,服膺儒術,領父兵為牙門將軍,吳平太傅楊駿辟為祭酒,轉太子洗馬,後成都王穎以機為司馬參大將軍軍事,弟弟亦為司馬,軍敗,兄弟被害,並被夷滅三族。

4. 蕭繹的《採蓮賦》《蕩婦秋思賦》

以皇帝而兼擅文學創作的,史不乏人,魏晉南北朝之際自當首推曹丕。但是如果專就這方面的造詣而言,我們認為梁元帝蕭繹實亦未便多讓,這是因為蕭繹不止著作等身(都凡《孝德傳》卅卷,《忠臣傳》卅卷,《丹陽尹傳》十卷,《注漢書》一百一十五卷,《周易講疏》十卷,《內典博要》一百卷,《連山》卅卷,《洞林》三卷,《玉韜》十卷,《補闕子》十卷,《老子講疏》四卷,《全德志》《懷舊志》《荊南志》《江州記》《貢職圖》《古今同姓名録》一卷,《笨經》十二卷,《式贊》三卷,文集五十卷。縱令這裏面不可避免的會有臣下代為纂輯的東西,也不能不說是多產),而且辭章絢麗,多行於世。現在打算介紹的,乃是他的兩篇小賦:《採蓮》和《蕩婦秋思》。先說前者:

①《採蓮賦》

> 紫莖兮文波,紅蓮兮芰荷。綠房兮翠蓋,素實兮黃螺。

從這一起首的四句,即看出了作者的巧思,首先是字面上的紫、紅、綠、素、黃五色繽紛,其次是"楚辭"、漢賦的融會貫通,言之有本,如"芙蓉始發,雜芰荷些。紫莖屏風,文緣波些",以及《魯靈光殿賦》的"綠房紫菂",晉夏侯湛《芙蓉賦》的"析碧皮,食素實"、"黃螺圓出"等等,可能就是他們的母體。再如:

> 棹將移而藻掛,船欲動而萍開。爾其纖腰束素,遷延顧步。夏始春餘,葉嫩花初。恐沾裳而淺笑,畏傾船而斂裾。

對於青年婦女的水上採蓮情況來說,這描繪的是多麼生動形象,簡直寫活了! "賦體物而瀏亮",誠哉斯言! 而周人宋玉《登徒子好色賦》的"腰如束素"和《神女賦》的"遷延引身"一類形容女性身段的詞語,也被引用上啦。就是說,藻飾得好。結尾一歌更為俏麗:

> 碧玉小家女,來嫁汝南王。蓮花亂臉色,荷葉雜衣香。
> 因持薦君子,願襲芙蓉裳。

按《樂府》有《情人碧玉歌》,一云"汝南王妾"。北周庾信詩曰: "定知劉碧玉,偷嫁汝南王。"竟說碧玉姓劉,後人成語"小家碧玉"之言,即出於此。從而蕭繹的貴族統治階級立場也就暴露出來了:侮蔑婦女,自抬身價。所以這首小賦在思想性上說,沒法不認為是反面的,大有問題的。

②《蕩婦秋思賦》

按《古詩十九首》: "昔為倡家女,今為蕩人婦。蕩子行不歸,空牀難獨守。"蕭繹是不是取材於此,可供參考。它一上來就點題說:

> 蕩子之別十年,倡婦之居自憐。登樓一望,惟見遠樹含煙;平原如此,不知道路幾千。

這起得詞語輕淺,可見涵義甚深,仿佛是在同情被壓迫的婦女似的。下面煊染的秋色、人情,也夠精緻。

> 秋何月而不清,月何秋而不明。況乃倡樓蕩婦,對此傷

情。於時露萎庭蕙,霜封階砌,坐視帶長,轉看腰細。重以秋水文波,秋雲似羅。日黯黯而將暮,風騷騷而渡河。妾怨回文之錦,君思出塞之歌。相思相望,路遠如何?

不過這裏頭的兩個典故,"回文之錦"與"出塞之歌",卻是擬於不倫的。按《晉書·竇滔妻蘇氏傳》:"蘇氏,始平人也,名蕙,字若蘭,善屬文。滔苻堅時為秦州刺史,被徙流沙。蘇氏思之,織錦為'回文旋圖詩'以贈滔,宛轉循環以讀之,詞甚淒婉。"拿這樣有文學修養的良家婦女去比擬娼女、蕩婦,合適嗎?《西京雜記》曰:"高帝戚夫人善皷瑟擊築,帝常擁夫人倚瑟而弦歌,畢,每泣下流漣。夫人善為《翹袖》《折腰》之舞,歌《出塞》《入塞》《望歸》之曲,侍婢數百皆習之,後宮齊首高唱,聲入雲霄。"又是帝王作文引帝王的故事了,嵌接到此中,也是咄咄怪事,說蕩婦乎?抑或君王自己乎?所以說它們是不倫不類。只是結語的"秋風起兮秋葉飛,春花落兮春日暉。春日遲遲猶可至,客子行行終不歸",由"秋風"過渡到"春花",更輕巧而深切的從"遲遲猶可至",跌落到"行行終不歸",在文字上說,不能不稱為別有慧心。

按《梁書·元帝本紀》說蕭繹眇一目,"不好聲色,頗有高名,與裴子野、劉顯、蕭子雲、張纘及當時才秀為布衣之交"。他自己呢,也是"好學,博綜群書,下筆成章,出言為論,才辨敏速,冠絕一時"的。但其人賦性殘忍,為政尚嚴,及魏師圍城,猶欲梏殺獄中死囚數千人,未成而城陷,遂為魏人所害。(具見《梁書·元帝本紀》及《資治通鑑·梁紀廿一》)

5. 江淹的《恨賦》《別賦》

①《恨賦》

江淹,字文通,濟陽考城(今河南省考城縣)人。他少而沉敏,六歲能屬詩,愛奇尚異,勵志篤學,漸得聲譽。為齊豫章王蕭嶷記室,後遷驍騎將軍,國子博士,兼御史中丞,彈劾中書令謝朏、司徒左長史王績等,久疾,不預山陵公事。又奏前益州刺史劉悛等贓貨巨萬,輒收付廷尉治罪,蓋皆前宋舊臣也。蕭鸞(齊明帝)稱其為"嚴明中丞,近世獨步"。明帝即位,累遷吏部尚書,冠軍將軍,後轉為散騎常侍,左衛將軍,封開國伯。以疾遷金紫光祿大夫,改封醴陵侯。嘗謂子弟曰:"吾本素宦,不求富貴,今之忝竊,遂至於此。平生言止足之事,亦以備矣。人生行樂耳,須富貴何時。吾功名既立,正欲歸身草萊耳。"卒年六十二。在南朝劉、蕭兩姓皇帝的文臣中,他算是一個富貴壽考的人了。凡所著述百餘篇,自撰為集,又《齊史》十志並行於世。(具見《梁書·本傳》)

作者的《恨賦》《別賦》在舊詞賦中是膾炙人口之作,因為它們格調獨特,泛指通人,筆法簡勁,聲韻鏗鏘,可以說已是駢文體的模樣了。先說《恨賦》。

這個"恨",並非自己怨恨什麼,而是論一些不稱其情飲恨而死的古人的。所謂"帝王""列侯""將軍""美人""才士""高人"之恨,無一不有。他是從看到荒原蔓草的大片墳地,於是聯想到冢中枯骨感慨萬端的。他指陳著說:"人生到此,天道寧論!""僕本恨人,心驚不已。"於是有了文章了:"直念古者,伏恨而死。"他們分別為:

秦帝:"削平天下,同文共規","一旦魂斷,宮車晚出"。

趙王:既虜以後,"遷於房陵","千秋萬歲,為怨難勝"。

李陵:"名辱身冤","吊影慚魂","朝露溘至,握手何言"。

王嬙:王嬙"去時,仰天太息","望君無期,蕪絕異域"。

馮衍:"敬通見抵,罷歸田里","齎志沒地,長懷無已"。

嵇康:"中散下獄,神氣激揚","秋日蕭索,浮雲無光"。

無論是貴為帝王,還是"名將"、"美人"、"高客",都有含恨而死、死不瞑目之事,再加上"孤臣危涕,孽子墜心。遷客海上(蘇武),流戍隴陰(婁敬)","無不煙斷火絕,閉骨泉里"。總之,世事炎涼無常,枯榮同歸於盡。賦的結語說得對:"自古皆有死,莫不飲恨而吞聲。"只有草木無知之物而無憂恨耳。他這賦,從頭到尾,都似《古詩十九首·其十三》的"驅車上東門,遙望郭北墓。白楊何蕭蕭,松柏夾廣路。下有陳死人,杳杳即長暮。潛寐黃泉下,千載永不寤。浩浩陰陽移,年命如朝露。人生忽如寄,壽無金石固。萬歲更相送,賢聖莫能度"的繼承與發展。不過,那裏沒有列舉古人,不言含恨,又是竟體五言而已。

②《別賦》

《別賦》則是一破題就揭示了主要思想:"黯然銷魂者,唯別而已矣!"真是說得無限淒涼,允為一篇之骨。因為別時容易見時難,尤其是當春秋之際作千里之別,其苦愈甚。所以江淹跟著又講:"況秦吳兮絕國,復燕宋兮千里。或春苔兮始生,乍秋風兮暫起。是以行子腸斷,百感淒惻。"下面的幾句"行色"也點綴得優美貼切:

> 風蕭蕭而異響,雲漫漫而奇色。舟凝滯於水濱,車逶遲於山側。棹容與而詎前,馬寒鳴而不息。掩金觴而誰御,橫玉柱而沾軾。

這些目擊心傷的話,自然都是主觀上的感情移入,與景色的本身無關。但是。"異響""奇色""凝滯""逶遲""容與""寒鳴"一類的字詞,卻運用得各盡其妙。"知離夢之躑躅,意別魂之飛揚",始終扣住離情別緒。並且極言"別雖一緒,事乃萬族",無論富貴貧賤,卻少不了這個離別之苦。

富貴之別："龍馬銀鞍，朱軒繡軸。帳飲東都，送客金谷"，"造分手而銜涕，感寂漠而傷神"。

任俠之別："劍客慚恩，少年投士。韓國趙廁，吳宮燕市。割慈忍愛，離邦去里。瀝泣共訣，抆血相視"。

從軍之別："邊郡未和，負羽從軍。遼水無極，雁山參雲"，"攀桃李兮不忍別，送愛子兮沾羅裙"。

絕國之別："一赴絕國，詎相見期。視喬木兮故里，決北梁兮永辭。左右兮魂動，親賓兮淚滋"。

伉儷之別："君居淄右，妾家河陽"，"君結綬兮千里，惜瑤草之徒芳。慚幽閨之琴瑟，晦高臺之流黃"。

方外之別："華陰上士，服食還山。術既妙而猶學，道已寂而未傳"，"駕鶴上漢，驂鸞騰天。暫遊萬里，少別千年"。

狹邪之別："惟世間兮重別，謝主人兮依然。下有芍藥之詩，佳人之歌。桑中衛女，上宮陳娥。春草碧色，春水綠波。送君南浦，傷如之何"。

敘列的筆法雖跟《恨賦》一般，可是多數沒有固定的代表人物。偶爾談到的也是暗點，如"韓國"之為聶政刺俠累，"趙廁"之為豫讓刺趙襄子，"吳宮"是說專諸刺王僚，"燕市"是說荊軻刺秦王之類，具見《史記·刺客列傳》。典故不如成語之夥。出自《尚書》《毛詩》《楚辭》《史記》《漢書》《孟子》和漢魏詩文中的比比皆是。長處在於熔鑄得自然，不露痕跡。漂亮的句子還真不少，如：

珠與玉兮豔暮秋，羅與綺兮嬌上春。

日出天而曜景，露下地而騰文。鏡朱塵之照爛，襲青氣之煙熅。

值秋雁兮飛日,當白露兮下時。怨復怨兮遠山曲,去復去兮長河湄。

春宮閟此青苔色,秋帳含茲明月光。夏簟清兮晝不暮,冬缸凝兮夜何長!

不只是春、夏、秋、冬四季景色全有,而且"朱塵""青氣""白露""綠波",五顏六色紛呈。他如"金觴""玉柱""錦幕""繡軸""龍馬""銀鞍"之屬,也充滿於字裏行間,不能不說是盡雕琢之能事了。尾聲之"別方不定,別理千名,有別必怨,有怨必盈",更是總括得好。文章到了"意奪神駭,心折骨驚",本來已經說盡了,應該沒詞了,還要有言盡意不盡的話:

雖淵、雲之墨妙,嚴、樂之筆精,金閨之諸彥,蘭臺之群英,賦有淩雲之稱,辯有雕龍之聲,誰能摹暫離之狀,寫永訣之情者乎?

按,"淵"指王褒,"雲"是揚雄(子雲),兩人是漢代的詞賦家。"嚴"為嚴安,"樂"乃樂燕(徐姓),兩人則係疏奏的能手。(諸人具見《漢書》)"金閨",金馬門,著作之庭,公孫弘等待詔於此。"蘭臺",漢宮,臺名也,傅毅、班固等曾充蘭臺令史,更都是文章巨匠(事見《史》《漢》)。"賦有淩雲之稱"的是說戰國的荀卿,"辯有雕龍之聲"的是鄒衍談天。用這些大作者的文筆,也說不清道不完,這可真是成了"無涯"的事體了。"神龍見首不見尾",江淹的《別賦》,未嘗不可以作如是觀。

6. 庾信的《小園賦》

庾信的《小園賦》既不同於潘岳的《閒居賦》,也不是仲長統的《樂志賦》可比。因為作者以南朝的文人而為官於北魏北周,不免有異鄉之感,且欲隱居亦不可得,於是發為哀怨之辭的。

按李延壽《北史》本傳說:"庾信,字子山,南陽新野(今河南省新野縣)人。祖易,父肩吾,並《南史》有傳。信幼而俊邁,聰敏絕倫,博覽群書,尤善《春秋左氏傳》。摛子陵及信並為抄撰學士,出入禁闥,恩禮莫與比隆。既文並綺豔,故世號為徐庾體焉。累遷通直散騎侍郎,聘於東魏,文章辭令,盛為鄴下所稱。還為東宮學士,領建康令。侯景作亂,信奔於江陵。梁元帝承制,除御史中丞,及即位,轉右衛將軍,封武康縣侯,加散騎侍郎。聘於西魏,屬大軍南討,遂留長安。江陵平,累遷儀同三司。周孝閔帝(宇文覺)踐祚,封臨清縣子,除司水下大夫,出為弘農郡守,遷驃騎大將軍、開府儀同三司、司憲中大夫,進爵義城縣侯。信雖位望通顯,常作鄉關之思,乃作《哀江南賦》以致其意。"

《哀江南賦》是庾信追述蕭梁的興亡和他個人身世的一篇大賦。序言中說:"追為此賦,聊以記言,不無危苦之辭,惟以悲哀為主。"賦中描寫了蕭梁小朝廷的腐朽無能,自相殘殺,以及西魏攻破江陵(今湖北省江陵縣)老百姓遭受的情況,如:

> 城崩杞婦之哭,竹染湘妃之淚。水毒秦涇,山高趙陘。十里五里,長亭短亭。饑隨蟄燕,暗逐流螢。秦中水黑,關上泥青。於時瓦解冰泮,風飛電散,渾然千里,淄澠一亂,雪暗如沙,冰橫似岸。

淒涼荒敗,流離失所,泣饑號寒,無以為生,真是受盡了人間苦難！詞賦作家能夠這樣反映兵災戰禍的還不多見。入後談到他自己的遭際時,如"提挈老幼,關河累年,死生契闊,不可問天",也是形象狼狽,憂慮萬端的。

《小園賦》

他的《小園賦》雖然也是發抒鄉關之思的哀怨之詞,卻不冠以悲歡字樣,也沒有什麼序言。賦的前半純著墨於園林,盡情寫景狀物,後半方才緬懷今昔,思念南朝,極悲哭之能事。"庾信文章老更成",確乎不凡。

文章一上來,就雋永輕快恬淡異常,只希望有一巢之棲,一壺之飲。"藜牀"可坐(用《高士傳》管寧的故事),"鍛灶"堪眠(以西晉的嵇康自況),而不必要是"連闥洞房"(《後漢書》樊宏的宅第)、"綠墀青瑣"(西漢貴戚王根的官邸)。最理想的住所環境則為:

> 數畝弊廬,寂寞人外,聊以擬伏臘,聊以避風霜。雖復晏嬰近市,不求朝夕之利(事見《左昭三年傳》);潘岳面城,且適閒居之樂(引用《晉書》潘岳的《閒居賦》)。況乃黃鶴戒露,非有意於輪軒(《左閔二年傳》,衛懿公好鶴),爰居避風,本無情於鐘鼓(《左文二年傳》,臧文仲祀爰居)。陸機則兄弟同居(《世說新語》有云),韓康則舅甥不別(《後漢書》《晉書》有記)。蝸角蚊睫,又足相容者也(《莊子》及崔豹《古今注》有言)。爾乃窟室徘徊,聊同鑿坯(《左傳》《淮南子》鄭伯、顏闔有此傳聞)。桐間露落,柳下風來。琴號珠柱,書名玉杯(江淹《別賦》:"橫玉柱而霑軾"。《漢書·董仲舒傳》說

《春秋》事得失,有篇名"玉杯")。有棠梨而無館,足酸棗而非臺。猶得欹側八九丈,縱橫數十步,榆柳三兩行,梨桃百餘樹。撥蒙密兮見窻,行欹斜兮得路。蟬有翳兮不驚,雉無羅兮何懼。草樹混淆,枝格相交。山為簣覆,地有堂坳。藏狸並窟,乳鵲重巢。連珠細茵,長柄寒匏。可以療饑,可以棲遲。

他這"非有意於輪軒,本無情於鐘鼓"乃是暗中埋怨魏、周,迫使自己仕於北朝,不得泥塗軒冕高臥松雲,從而優遊歲月來去自由的苦處。所以關於"小園"幽境的文筆,也只能算是說得好聽的一廂情願的幻想,而其"蝸角蚊睫即足相容"之語,真可以認為是說到了家的話。是不是假惺惺的呢?倒不一定這樣去看,因為結合著《哀江南賦》和《枯樹賦》的"危苦之詞,悲哀為主","此樹婆娑,生意盡矣",以及《詠懷》詩的"燕客思遼水,秦人望隴頭",《寄王琳》的"玉關道路遠,金陵信使疏"等詩句,都可以參證他的鄉關之情是念念不忘的,雖然不得不談得含蓄。尤其是《小園》此後之言:

心則歷陵枯木,發則睢陽亂絲(《宋書·五行志》,永嘉六年七月,豫章郡樟樹,久枯忽榮。亂絲言蓬頭白髮色若素絲也)。非夏日而可畏,異秋天而可悲。一寸二寸之魚,三竿兩竿之竹。雲氣蔭於叢著,金精養於秋菊。棗酸梨酢,桃榹李薁。落葉半牀,狂花滿屋。名為野人之家,是為愚公之谷。試偃息於茂林,乃久羨於抽簪。雖有門而長閉,實無水而恒沉。三春負鋤相識,五月披裘見尋(見皇甫謐《高士傳》魏人林類及披裘公的故事)。問葛洪之藥性,訪京房之卜林(分見《抱朴子》及《漢書》)。草無忘憂之意,花無長樂之心。鳥何

事而逐酒？魚何情而聽琴？（事見《莊子》及《韓詩外傳》所言魯飲鳥久不欲而死，伯牙鼓琴淵魚出聽）

此處"一寸二寸之魚，三竿兩竿之竹"，乃是千古傳誦的名句。因為它飄逸絕倫，並為疊股法示範之故，而"試偃息於茂林"云云，則更說明著像他這樣位望通顯的人高唱園林隱居之樂，實則不過是自我解嘲而已，"乃久羨於抽簪"，這交代得明白嘛。於是"草無忘憂，花無長樂"，"鳥不逐酒，魚不聽琴"以及下此的"崔駰以不樂損年，吳質以長愁養病"等語，便和官樣文章差不多少了。這也未嘗不是作者自相矛盾之處。"燋麥兩甕，寒菜一畦。風騷騷而樹急，天慘慘而雲低"與此同工。惟下此兩段之言前在蕭、梁時，官居侍從，時際承平，"或陪玄武之觀，時參鳳凰之墟"，如同西漢賈誼之宣室召對，揚雄的作賦長楊一樣，不勝今夕之感。一言遭逢侯景之亂，梁室摧折，自己也奉使西魏，留遺不歸，遂致有窮途之慟，異國之悲，則是真情的話：

昔草濫於吹噓，籍文言之慶餘。門有通德，家承賜書，或陪玄武之觀，時參鳳凰之墟。官受釐於宣室，晤長楊於直廬。

這是作者說自己承伯父（庾于陵，字子介，博學有才思，能文，頗負盛名。《梁書》有傳）、父親（庾肩吾，八歲即能賦詩，後為東宮舍人，也有文集行世）之餘蔭，早有文名，故得通顯。

遂乃山崩川竭，冰碎瓦裂，大盜潛移，長離永滅。摧直轡於三危，碎平途於九折。荊軻有寒水之悲，蘇武有秋風之別。關山則風月悽愴，隴水則肝腸斷絕。龜言此地之寒，鶴訝今年之雪。

遠適異國,昔人所悲,況值喪亂之後,終於不歸乎? 故此庾信有"百齡兮儵忽,光華兮已晚。不雪雁門之蹄,先念鴻陸之遠。非淮海兮可變,非金丹兮能轉。不暴骨於龍門,終低頭於馬阪"的浩歎,最後以"呼天"作結,蓋古人痛極則呼父母,窮極始"叫天"也。

總結起來說:

①表傷之賦雖有《長門》《蕩婦秋思》一類的為人作嫁之文,但是一般說來還是發抒自己悲怨之情者居多。就是泛指通人的《恨》《別》兩賦,也未嘗不是代表作者個人的思想感情的。

②"物不得其平則鳴",所以他們都是敢想敢說勇於表現的。無論是"悲秋""思舊""歎逝"還是"傷離別"的,全係慷慨淋漓,歌以當哭之作。

③這些作者,從世代簪纓的陸機,到高官厚祿的潘岳,包括貴為宰相的張華,甚至曾為小皇帝的蕭繹在內,都是不得其死的,而且遭到了族滅。言為心聲呢,還是必有的預感? 可發深思!

④從藝術性上看,諸賦固然不免雕琢堆砌多用典故的積習,但也有玲瓏剔透之句,如"黯然銷魂者,惟別而已矣"一類即是,而且許多是四六排聯,對仗工整的,已為駢體文開了先河。

八、庾信的宮體賦

庾子山的《春賦》《鏡賦》《對燭賦》諸作,語傷輕豔,似是南朝的宮體,與入魏、周以後觸景傷懷多為離愁別緒者迥乎不同,讓我們也管窺一下以免遺落。

1.《春賦》

這一篇小賦都是五七言相雜成文,風格超逸,自然遠俗,而且搖筆即來,單刀直入,不序不亂,一覽無餘。如《春賦》開頭的八句七言:

> 宜春苑中春已歸,披香殿裏作春衣。新年鳥聲千種囀,
> 二月楊花滿路飛。河陽一縣並是花,金谷從來滿園樹。一叢
> 香草足礙人,數尺遊絲即橫路。

拈住春色春花春衣作文章,不厭重複,一再突出,初唐的王(勃)楊(炯)盧(照鄰)駱(賓王)的駢體,即常使用類似的筆法。至於"宜春苑""披香殿"則說的是秦漢的宮殿。《括地志》云:"秦宜春宮在雍州萬年縣(故城在今陝西省臨潼縣東北)西南卅里,宜春苑在宮之東,杜之南。"《三輔黃圖》云:"武帝時,後宮八區,有披香殿。"下面再引四六排聯之句為例:

> 吹簫弄玉之臺,鳴佩凌波之水。移戚里而家富,入新豐

而酒美。石榴聊泛,蒲桃酸醅。芙蓉玉碗,蓮子金杯。新芽
竹筍,細核楊梅。

弄玉,秦穆公女,其夫蕭史善吹簫,厥後同居鳳凰臺上,相傳飛升
而去(事見《列仙傳》)。"淩波"詞見曹植《洛神賦》。《三輔舊事》曰:
"太上皇不樂關中,思慕鄉里,高祖徙豐、沛屠兒、酤酒、賣餅商人,立為
新豐。"這裏的"石榴""蒲桃""芙蓉""蓮子""竹筍""楊梅"等六項果
品倒點綴得好,堆砌得新。唯賦中"出麗華之金屋,下飛燕之蘭宫,釵
朵多而訝重,髻鬟高而畏風。眉將柳而爭綠,面共桃而競紅。影來池
裏,花落衫中"一類刻畫貴族婦女容顏的詞句,則是所謂地道的豔麗宫
體了。結尾的"百丈山頭日欲斜,三晡未醉莫還家。池中水影懸勝鏡,
屋裏衣香不如花",跟起首的"宜春"等四句是一樣的筆法,不過在内
容上使人感生鏡花水月,春光已晚之思罷了。

不管怎麼說,它也是宫廷文學的一種,不然的話像"麗華金屋,飛
燕蘭宫"這種漢宫后妃,"芙蓉玉碗,蓮子金杯"之類的御用寶器,以及
龍飛鳳舞"天鹿""回鸞""協律都尉"(李延年)、"射雉中郎"(潘岳)等
等皇室生活、供奉人物,是不會在賦中層出不窮的,雖然作者沒有指出
這是承制之作。

2.《鏡賦》

準此,談到《鏡賦》,也在伯仲之間,因為他這鏡是專為"美人"用
的,因而綺語麗詞,選聲鍊色之句,令人目炫心醉,歎為絕作。它一開
始,卻先點出清晨,細語殘妝,從而過渡到銅鏡本身的作用與形象。最
後還是以"美人"對鏡修飾整容的種種為主要文字:

天河漸沒,日輪將起,燕噪吳王,烏驚御史。

　　楊泉《物理論》曰:"水之精氣上浮,宛轉隨流,名之曰天河。"《列子》云:"日出之初,大如車輪。"《越絕書·吳地傳》:"東宮周一里二百七十步,路西宮在長秋,周一里廿六步,秦始皇帝十一年,守宮者照燕失火燒之。"《漢書》:"御史府中列柏樹,常有野鳥數千棲宿其上,晨去暮來,號曰朝夕鳥。"這一組四句四言的句子,正是在說天之轉夜為晝,燕噪烏驚,以引起美人清晨梳妝的前後情況也。

　　玉花簟上,金蓮帳裏。始摺屏風,新開戶扇。朝光晃眼,
　早風吹面。臨桁下而牽衫,就箱邊而著釧。

　　這是在描寫"美人"曉起的,從臥室中的"玉簟""金帳""屏風""戶扇"等設備上看,自然是貴族婦女才能具備此類的物質條件的。

　　宿鬟尚卷,殘妝已薄。無復唇珠,才餘眉萼。簷上星稀,
　黃中月落。

　　"美人"沒有妝扮以前的形象,什麼"宿鬟""殘妝""唇珠""眉萼""粉靨""花黃",可以覘知六朝婦女之所謂"美容"。這和當時的勞動人民是毫無共同之處的。因為她給人的是一副嬌嫩的形象。這以下才是鏡的本文:

　　鏡臺銀帶,本出魏宮。能橫卻月,巧掛回風。龍垂匣外,
　鳳倚花中。鏡乃照膽照心,難逢難值。鏤五色之盤龍,刻千
　年之古字。山雞看而獨舞,海鳥見而孤鳴。臨水則池中月

出，照日則壁上菱生。

　　據說"鏡臺"出曹魏宮中，有純銀參帶。"卻月"言鏡之形圓似月也。"龍鳳"指鏡臺及鏡背之花紋而言。《西京雜記》云："咸陽宮有方鏡，廣四尺，高五尺九寸，表裏有明，人直來照之，影則倒見。以手捫心而來，則見腸胃五臟，歷然無硋。""盤龍"、"古字"也是鏡的雕飾。《鄴中記》曰："石虎宮中鏡，有徑二三尺者，下有純金蟠龍雕飾。"《大戴禮》云："武王踐祚，於鑒為銘焉，銘曰：'見爾前，慮而後。'""雞舞""鳥鳴""月出""菱生"都說的是鏡光反射於物的景象。最後又話歸"美人"的梳妝：

　　　　暫設妝盒，還抽鏡屉。競學生情，爭憐今世。鬢齊故略，眉平猶剃。飛花磚子，次第須安。朱開錦蹹，黛蘸油檀。脂和甲煎，澤漬香蘭。量髻鬢之長短，度安花之相去。懸媚子於搔頭，拭釵梁於粉絮。梳頭新罷照著衣，還從妝處取將歸。暫看弦繫，懸知纈縵。衫正身長，裙斜假襻。

　　這裏的"飛花磚子"照上下文的聯接來看，應該是一種花磚式樣的首飾或容狀，不當似某些箋注者指為瓴甓之屬的磚，否則不倫不類無法解釋。因為在"鬢齊眉平"之後，忽然又談鏡臺，則與開臉之朱顏，畫眉之"油檀"的下句，結合不起來。脂即膏粉。"甲煎"似說色染指甲。這些化妝品都是膩質的香料製成的，包括塗髮的"澤漬"在內。《說文》："髻，總髮也。鬢，頰髮也。""美人"對鏡插花，必須量度其鬢髮的長短。"搔頭"即髮簪，貴婦多以金玉為之。"粉絮"就是粉撲，言用粉紫擦拭釵梁，可以使它的色澤光豔。"弦繫"，纏繫身臂的絲織品，"纈縵"亦此類綵繒製成的小飾物。司馬光《類篇》曰："衣繫曰襻。"按即

結衣的扣子。這很顯然,"美人"妝飾之際,從頭面到衣著都離不開鏡子。不但此也,結語說:

真成個鏡特相宜,不能片時藏匣裏,暫出圍中也自隨。

從長期的封建社會直到現在的資本主義社會,那些"貴婦人"的侍女,或是自家的手提包裹,還不是分別帶著鏡子和香粉,時時照著"勻臉"、"理鬢"嗎?而這"真成個"的口語化的句子,竟在千多年前的小賦中萌蘖,尤為可喜。

3.《燈賦》

《燈賦》的規格手法,幾同《鏡賦》,四言起,六言接,古香古色,典故內嵌,可是烘染蘊藉,不厭雕琢。一開頭先說日沒日出行將入寢的情況:

九龍將暝,三爵行棲,瓊鉤半上,若木全低。窗藏明於粉壁,柳助暗於蘭閨。翡翠珠被,流蘇羽帳,舒屈膝之屏風,卷芙蓉之行障。卷衣秦后之牀,送枕荊臺之上。

不用細說,這"粉壁""蘭閨""珠被""羽帳""屏風""行障"又是只有封建貴族之家才會具備的。讀到"秦后之牀"、"送枕荊臺"(楚王)就更加顯明了,所以仍是宮詞,雖然並不公開的頌聖。此賦以關於燈的一段形容,最為絢麗:

乃有百枝同樹,四照連盤,香添然蜜,氣雜燒蘭。燼長宵久,光青夜寒。秀華掩映,蚖膏照灼。動鱗甲於鯨魚,焰光芒於鳴鶴。蛾飄則碎花亂下,風起則流星細落。

《鄴中記》:"石虎正旦會於殿前,設百二十枝燈。"《山海經》:"招搖之山有木,其花四照。"《東宮舊事》:"太子納妃,有金塗連盤短燈二,金塗連盤鴨燈一。"《淮南子·萬畢術》:"取蚖脂為燈,置火中即見諸物。"《述異記》:"南海有明珠,即鯨魚目瞳。鯨死而目皆無精,夜可以鑒,謂之夜光。"王子年《拾遺記》:"昔秦始皇為冢,斂天下環異,於海中作玉象鯨魚,銜火珠為星,以代膏燭,光出墓中。"崔豹《古今注》:"飛蛾善燈,一名火花,一名慕光。"這裏"蛾飄則碎花亂下,風起則流星細落",兩句飄逸雋永,唐人常宗法之,結束語歸到燈花燈光上:

> 輝輝朱燼,焰焰紅榮。乍九光而連采,或雙花而並明。
> 寄言蘇季子,應知餘照情。

蘇季子(代)餘照之情則用的是《戰國策·秦策二》江上處女的故事:"甘茂亡秦,且之齊,出關遇蘇子,曰:'君聞夫江上之處女乎?'蘇子曰:'不聞。'曰:'夫江上之處女,有家貧而無燭者,處女相與語,欲去之。家貧無燭者將去矣,謂處女曰:妾以無燭,故常先至,掃舍布席,何愛於餘明之照四壁者?幸以賜妾,何妨於處女?妾自以為有益於處女,何為去我?處女相語,以為然而留之。今臣不肖,棄逐於秦而出關,願為足下掃室布席,幸無我逐也。'蘇子乃西說秦王,賜之上卿。"這是說惠而不費,應知職類合誼的意思。

4.《對燭賦》

庾信的《對燭賦》除掉一些燭下活動的筆墨以外,也可以說是《燈

賦》的另篇,起首的六句七言,蓋謂遠行者關山苦寒,故為夫婿趕製征衣的主婦須在燈下忙於針綫也。他說:

> 龍沙雁塞甲應寒,天山月沒客衣單。燈前桁衣疑不亮,月下穿針覺最難。剌取燈花持桂燭,還卻燈檠下獨盤。

不同之處,是這兒的婦女燈下縫衣(《燈賦》的貴婦專講寢處,而《鏡賦》女主人又只說妝扮),這就有點兒勞動的味道了。但也並非一般的人民,因此他又說:

> 鑄鳳銜蓮,圖龍並眠。燼高疑數剪,心濕暫難然。銅荷承淚蠟,鐵鋏染浮煙。本知雪光能映紙,復訝燈花今得錢。蓮帳寒檠窗拂曙,筠籠熏火香盈絮。傍垂細溜,上繞飛蛾。光清寒入,焰暗風過。楚人纓脫盡,燕君書誤多。夜風吹,香氣隨,郁金苑,芙蓉池。

試看,這燈的樣式乃是雕龍鑄鳳的;這室內是高懸蓮帳,香盈熏籠的;院中還種得有鬱金香花,開得有芙蓉池圃,普通老百姓那裏能這麼闊綽? 三句話不離本等,作者的封建貴族立場已經昭然可見了。當然,單從詞藻上看,那是夠絢麗多彩啦。而且音調清澈,排比精巧,允稱駢體的上乘、賦家的傑作。而結尾之"晚星沒,芳草歇。還持照夜遊,詎減西園月",又落到夜遊的燈光上,這跟一開始的燈下製寒衣在情調上則大不一樣了。前後不一致,是庾開府的老毛病。

九、樂器部分的

1. 王褒的《洞簫賦》

"玩物喪志",昔人所忌,然於樂器及隨身日用之物,以其密切生活,不可或缺,故亦不乏賦頌之辭,如王褒之於"洞簫",馬融之於"長笛",嵇康之於"琴",潘岳之於"笙"。還不止是文字上的愛好而已,有的且係吹奏的能手。《禮記·樂記》云:"凡音之起,由人心生也。心之動,物使之然也。感於物而動,故形於聲。聲相應,故生變。變成方,謂之音。比音而樂之,及干戚羽旄,謂之樂。"八音諧和,必須使用樂器,所以諸人之賦便不是無的放矢了。工欲善其事,必先利其器,音樂家於樂器尤應愛重的。六朝作者之格調,雖較兩漢西晉為低,但其托物起興,直抒胸臆之處,則一也。現在先說王褒的《洞簫賦》。

《漢書》:"王褒,字子淵,蜀(今四川省)人也。宣帝(劉詢)時為諫議大夫,所為《甘泉》及《洞簫頌》,後宮貴人左右皆誦讀之。"可見,此賦原是"宮廷文學"之一種。按洞者,通也,簫之無底者,故曰洞簫。《釋名》:"簫,肅也。言其聲肅肅然清也。大者二十三管,長三尺四寸。小者十六管,一名籟。"蓋古代之簫皆編排各管於一處,與今世之單管之簫不同。單管之簫,古稱豎笛。賦之起首先言簫竹所生之地:"原夫簫幹之所生兮,於江南之丘墟。"《丹陽記》曰:"江寧縣慈母山臨江生簫管竹。王褒《賦》云:'於江南之丘墟。'即此處也。其竹圓,異眾處。故歷代常給樂府,而呼鼓吹山。""洞條暢而罕節兮,標敷紛以扶疏",就是說這兒的竹子竹節稀疏,中空外直的意思。下邊的幾句則很有點辯證法兩點論的味道,一方面說此地山嶺險峻,竹生其旁,欹側不安:"徒觀其旁山側兮,則嶇嶔巋崎。倚巘迤巇,誠可悲乎其不安也。"一方面又說環境敞閒,竹生其間,可以逸樂:"彌望儻莽,聯延曠蕩,又足樂乎其敞閒也。"接著再說此竹貞萃萬載,色澤蒼潤,適應自然的變化,為生物之所遊憩的情況:"托身軀於后土兮,經萬載而不遷。吸至精之滋熙兮,稟蒼色之潤堅。感陰陽之變化兮,附性命乎皇天。翔風蕭蕭而逕其末兮,回江流川而溉其山。揚素波而揮連珠兮,聲礚礚而漰淵。朝露清泠而隕其側兮,玉液浸潤而承其根。孤雌寡鶴,娛優乎其下兮;春禽群嬉,翱翔乎其顛。秋蜩不食,抱樸而長吟兮;玄猨悲嘯,搜索乎其間。處幽隱而奧屏兮,密漠泊以猭猍。惟詳察其素體兮,宜清靜而弗諠。"這一段話不只文字優美,烘托有法,而且竹為君子,說的是"物",也未嘗不是"人"。賦家的善於鋪陳,小題大做,皆是此類。而"幸得諡為洞簫兮,蒙聖王之渥恩",又小結為頌聖之言了。順序再言竹之製造成簫:

> 於是般匠施巧,夔妃準法。帶以象牙,挺其會合。鎪鏤
> 離灑,絳脣錯雜。鄰菌繚糾,羅鱗捷獵。膠致理比,挹扰
> 撏擸。

巧匠如公輸般,知音如典樂之夔,大顯身手,以象牙飾其會合之際,雕鏤花紋,朱飾簫孔,魚鱗羅列,參差不齊,細密適度,吹按咸宜,而鳳簫以成。此後又說簫聲之美道:

> 故吻吮值夫宮商兮,龢紛雜其匹溢。形旖旎以順吹兮,
> 瞋㘁㗀以紆鬱。泛旁近以飛射兮,馳散渙以逫律。趣從容其

勿述兮,驚合遝以詭譎。或渾沌而潺湲兮,獵若枚折;或漫衍
而駱驛兮,沛焉競溢。惏栗密率,掩以絕滅。噭囂曄踕,跳然
復出。若乃徐聽其曲度兮,廉察其賦歌。啾咇嘫而將吟兮,
行鍖銋以龢囉。風鴻洞而不絕兮,優嬈嬈以婆娑。翩綿連以
牢落兮,漂乍棄而為他。要復遮其蹊徑兮,與謳謠乎相龢。

此言口吻所吹唅者,皆成宮商之調。它的聲音飛溢四散,旖旎宛
轉,抑揚頓挫,旋律美妙,有時混沌不分,忽而漫衍駱驛,一會急促,一
會兒斷絕。總之,不管簫聲怎樣千變萬化,如果仔細諦聽起來都是有
板有眼,"《雅》《頌》各得其所",合乎謳歌的尺度的。至於爾後又說,
它的"巨音"是"周流氾濫,並包吐含",好似父親慈愛子弟一般。它的
"妙音"則"清靜厭㕢,順敘卑达",又如孝子奉養父母一樣,乃是封建
道德之謬論,還不如說"慷慨"之聲有似"壯士","溫潤"之音仿佛"君
子"的摹擬了。"貪饕者聽之廉隅,狼戾者聞之而不懟"的話,也是過
甚之辭,這樣的人哪裏會懂得什麼音樂! 此外則列舉古代知音之士,
鍾子期、師曠、師襄等面對蕭聲也要"悵然而愕";(分見《呂氏春秋》
《左氏傳》《家語》及《孟子》各書中)不肖之徒如丹朱、商均、夏桀等更
將"惕而復惠"之語,顯然都是為了行文高古,足以嚇唬老百姓的,越發
不消去理它了。倒是"亂曰"中幾句形容鳳簫音聲的文字,雖然抽象一
些,卻還可以一讀:"狀若捷武,超騰踰曳,迅漂巧兮。又似流波,泡溲
泛㵃,趨巘道兮。哱呷呟喚,躋躓連絕,涽殄沌兮。攬搜澤捎,逍遙踴
躍,若壞頹兮。優遊流離,躊躇稽詣,亦足耽兮。頹唐遂往,長辭長逝,
漂不還兮。"這些生僻的辭彙,不過是作者故弄玄虛賣弄自己的淵雅,
其實只是在說簫聲似水,高下徐急,大小洪細任意泛流,無孔不入而
已。末了,歸功於"聖化"之"從容中道,樂不淫兮。條暢洞達,中節操
兮",又完全抹殺了樂工的創作能力,只求討好於封建貴族的統治者,

仍是一副御用文人的面孔,令人生厭!

2. 馬融的《長笛賦》

現在說說馬融的《長笛賦》。按《後漢書·馬融傳》:"馬融,字季長,扶風茂陵(今陝西省興平縣)人,將作大匠嚴之子。為人美辭貌,有俊才,好吹笛,為校書郎。順帝(劉保)時,遷南郡太守,免。"融博覽典雅,長於經學,常坐高堂,施絳紗帳,前授生徒,後列女樂,鄭玄、盧植皆其弟子。後拜議郎,卒。這位漢學大師是非同小可的。嘗著《三傳異同說》,編注《孝經》《論語》《詩》《易》《尚書》、三《禮》《列女傳》《老子》《淮南子》《離騷》等書,為世所宗。

馬融不止是個經學家,還是個音樂家。他自己說:"性好音,能鼓琴吹笛。"(《長笛賦序》)因此他來作《笛賦》便遠非望文生義、隔靴搔癢之輩所可比擬的了。內行人說內行話,又是能文的巨匠,它的壽世不朽是理有固然的。按"笛"之為物,《風俗通》曰:"笛,滌也。蕩滌邪志,納之雅正。"《說文》曰:"笛,七孔,長一尺四寸,今人長笛是也。"《周禮》:"笙師掌教吹笛。"他這賦以序開始,而且毫不客氣地自我宣傳一番:

> 融既博覽典雅,精核數術。又性好音,能鼓琴吹笛。而為督郵,無留事,獨臥郿平陽鄔中。有雒客舍逆旅,吹笛為《氣出》《精列》相和。融去京師逾年,蹔聞,甚悲而樂之。追慕王子淵、枚乘、劉伯康、傅武仲等簫、琴、笙頌,唯笛獨無,故聊復備數,作《長笛賦》。

這把作賦的始末原由說得夠完備、清楚了,而一上來就誇示自己

的博雅精到,則同司馬相如、揚雄如出一轍,總是忘不了借題吹噓,露
才揚己的。不過賦的起首襲用的仍是王褒《洞簫賦》的老一套,也是先
說作為長笛材料之竹產生的地帶及其周圍環境的:

> 惟鐘籠之奇生兮,於終南之陰崖。托九成之孤岑兮,臨
> 萬仞之石磎。特箭槀而莖立兮,獨聆風於極危。秋潦漱其下
> 趾兮,冬雪揣封乎其枝。巔根跂之螫剒兮,感回飆而將頹。

鐘籠、箭槀都是竹名。終南山在今陝西省長安縣西境,"陰"為
山的北面。八尺曰仞。"秋潦""冬雪""回飆"也說的是風霜雨雪的
浸潤。下面的"夫其面旁則重巘增石,簡積頹砡"等,又極言山嶺重
疊,港洞幽邃,以及泉水潰瀉,瀑布噴注之狀。因而蹊徑不通,人跡
罕到。再加上"猨蜼晝吟,鼯鼠夜叫。寒熊振頷,特麚昏髟"一類的
禽獸攪擾,前後左右日夜不停的情況,藉以反襯這些竹子經得起自
然的陶冶,培養成功了能發清音可製良笛的好材料。因為它連"放
臣逐子,棄妻離友",許多顆哀傷的心都被感動了麼,再不採取更待
何時? 他說:

> 夫固危殆險巇之所迫也,眾哀集悲之所積也。故其應清
> 風也,纖末奮蒴,錚鐄謍嗃,若絙瑟促柱,號鐘高調。於是放
> 臣逐子,棄妻離友。彭胥伯奇,哀姜孝已。攢乎下風,收精注
> 耳。鬴欷頹息,挏膺擗摽。泣血沄流,交橫而下。通旦忘寐,
> 不能自御。

成問題的是,作者依舊不脫經師的積習,慣好出辭典雅,使人急切
難明,同時鋪陳誇示的也嫌過火,這就跟文學家的作品不一樣了。譬

如彭胥是伍子胥,伯奇是尹吉甫的兒子,哀姜是魯哀公夫人,孝己是殷高宗世子,盡是些"忠臣""孝子"或諸侯的"小君"(故事分見《左氏傳》《吳越春秋》《尸子》《家語》《帝王世紀》等書),需要考據,始能知曉。至於"收精"不窺,"注耳"專聽,歘聲如雷,息聲若頹。"掐",爪也。"膺"乃胸膛。"擗摽",拊心貌。更非注釋不辦了。接著言說如何伐取材料製成長笛,還是深文周納非比尋常的,把巧匠公輸般,音樂祖師爺夔,都搬了出來。什麼"乃使魯般、宋翟,構雲梯,抗浮柱。蹉纖根,跋篾縷(是講用腳蹉躝纖根,又跋躪細縷之意)。膺陷阤,腹陘阻(言登攀險阻不易,必須胸貼峭壁,腹碰岩石也)。逮乎其上,匍匐伐取(到了頂端,依舊得爬著採取呢)。挑截本末,規摹菙矩(挑選合乎標準的細竹,除根去梢)。"最後一道工序便是:

> 蔇裹比律,子繫協呂。十二畢具,黃鐘為主。橋揉斤械,剒捒度擬。鎪劏隙墜,程表朱裏。定名曰笛,以觀賢士。陳於東階,八音俱起。

按《周禮》:"太師掌六律六呂。六律陽聲,黃鐘、太簇、姑洗、蕤賓、夷則、無射;六呂陰聲,大呂、應鐘、南呂、林鐘、中呂、夾鐘。"又《呂氏春秋》云:"黃帝命伶倫為律。伶倫制十二簫,聽鳳鳥之鳴,以別十二律,以比黃鐘之宮。故黃鐘,宮律之本也。"《周禮》"播之以八音",孔安國注曰:"八音:金、石、絲、竹、匏、土、革、木。"但是這"肄業脩聲"的"工人巧士"乃是為了"遊閑"的"公子"、"暇豫"的"王孫"的。是為了他們"心樂五聲之和,耳比八音之調"的,於是作者立場何在,也不問可知了。

馬融這賦在行文手法上有一個不與人同之處:連用"也"字,頓挫有力;雜以"兮"字,聲口宛然。如說曲音的悠揚和諧:

詳觀夫曲胤之繁會叢雜，何其富也。紛葩爛漫，誠可喜也。波散廣衍，實可異也。掌距劫遻，又足怪也。啾咋嘈啐似華羽兮，絞灼激以轉切。震鬱怫以憑怒兮，耾碭駭以奮肆。氣噴勃以布覆兮，乍時蹠以狼戾。霤叩鍛之岌峇兮，正瀏溧以風洌。薄湊會而凌節兮，馳趣期而赴躓。

按"胤"，亦曲也，字或為"引"。"紛葩"，盛多貌。"衍"，溢也。"掌"，柱也。"劫"，脇也。"遻"，觸也。"啾"，眾聲也。"嘈啐"，聲貌。"絞灼"，聲相繞激也。"憑"，大也。"鬱"，蘊積也。"耾"，聲貌。"碭"，突也。"肆"，放也。"噴"，吒也。"勃"，盛貌。"布覆"，周布四覆。"時蹠"，言其聲跱立，如有所蹠踏也。"狼戾"，乖背也。"岌峇"，為聲也。"鍛"，椎也。"瀏"，清也。"溧"，寒也。"洌"，清也。"淩"，乘也。"節"，曲節也。"趣"，向也。"期"，會也。"躓"，謂顛僕也。都是敘列樂音的。其所論列雖然不易體會，都是創格，前所罕見。下面一段誇飾曲調作用的，就更說得奇特了，以兩"焉"字起句，六"也"字頓挫：

故聆曲引者，觀法於節奏，察變於句投，以知禮制之不可踰越焉。聽箟弄者，遙思於古昔，虞志於怛惕，以知長戚之不能閒居焉。故論記其義，協比其象，彷徨縱肆，曠漠敞罔，老莊之概也。溫直擾毅，孔孟之方也。激朗清厲，隨光之介也。牢剌拂戾，諸賁之氣也。節解句斷，管商之制也。條決纖紛，申韓之察也。繁縟駱驛，范蔡之說也。劻襐銚懂，晳龍之惠也。

按"聆"，聽也。"引"，亦曲也。"節奏"，聲之飾也。"投"，句之所止也。"投"與"逗"古字通。"籦弄"，小曲也。"怛惕"，憂勞也。"敞罔"，大貌。老，老聃。莊，莊周。老子"玄之又玄"，莊子"汪洋自恣"。"概"，猶節也。《尚書》皋陶曰："擾而毅，直而溫。"言正直而有溫和也。溫和正直，柔而能毅也。孔即孔丘，字仲尼，魯昌平鄉陬邑人。孟乃孟軻，字子輿，鄒人，述孔子之言。"屬"，列也。激切明朗，清而能屬。隨、瞀光，均是商湯時臣子，拒以聞伐桀之事。夏亡，湯兩責之，俱投水而死。"介"，操也。"刺"，戾也。專諸，刺吳王僚。孟賁，勇士，水行不避蛟龍，路行不避虎狼。管仲，字夷吾，相齊桓公，霸諸侯。衛鞅佐秦孝公變法，封於商，號商君。"制"，法度。"節解句斷"，言其節奏明快，段容清晰。申不害主刑名，韓非則尚法術。"察"，精到，言科條能分決，繽紛能整理也。"縟"，彩飾也。言辭旨繁縟，又相連續也。范雎、蔡澤，都是舌辯之士，先後為秦卿。"劈櫟銚憻"，皆分別節制之貌。鄧析，倡為竹刑，鄭大夫。公孫龍，趙人，為堅白異同之說。

一曲笛音，幾出諧奏，居然可以包蘊老、莊、申、韓、孔、孟之類高士、遊俠、說客之流，這可真是不簡單。還不止於此。他甚至說連"魚鱉禽獸"聽到以後都要"張耳鹿駭，熊經鳥申，鴟眄狼顧，拊噪踴躍"，更不要講人會"各得其齊，人盈所欲，皆反中和，以美風俗"了。他又補充而亦加重地說，這種音樂，能夠使殞身湘水的屈原改"適樂國"，逃隱綿山的介子推出而"受祿"，宋之南宮長萬、鄭之高渠彌不弒其君，以致於叫"王公保其位，隱處安林薄。宦夫樂其業，士子世其宅"。總之，一句話，讓貴族統治階級各得其所，真個完成了"通靈感物，寫神喻意"的任務。其結尾之十句七言之讚辭，則淺明易曉，亦頗別致：

近世雙笛從羌起，羌人伐竹未及已。龍鳴水中不見已，

截竹吹之聲相似。刴其上孔通洞之,裁以當籬便易持。易京
君明識音律,故本四孔加以一。君明所加孔後出,是謂商聲
五音畢。

"羌",當時西方之少數民族也。《風俗通》曰:"笛元羌出,又有羌
笛。然羌笛與笛,二器不同。長於古笛,有三孔,大小異,故謂之雙
笛。"又粗者曰籬,細者曰枚。言裁笛以當籬,故便而易持也。"籬",
馬策也。京房字君明,漢武帝時人,修《易》,尤好鐘律,知五音,故曰易
京。笛本四孔,京加一孔於下,為商聲,故謂五音畢。這把笛的祖宗
"羌笛",和"長笛"之由京房所足成,以及笛之洞通加孔,裁制如策,都
交待出來了,且自然諧韻。而"龍鳴水中,竹吹之聲相似"之語,尤為清
妙。下此以後,便只有西晉嵇康的《琴賦》可以同它媲美啦。

3. 嵇康的《琴賦》

嵇叔夜更是一個既懂樂理又能演奏的作家,特別是關於"琴"的,
簡直可以說出此中"聖手",而且是至死不舍的。按《白虎通》曰:"琴
者,禁也。禁人邪惡,歸於正道,故謂之琴。"他自己說得好:

> 余少好音聲,長而翫之。以為物有盛衰,而此無變;滋味
> 有猒,而此不倦。可以導養神氣,宣和情志。處窮獨而不悶
> 者,莫近於音聲也。是故復之而不足,則吟詠以肆志;吟詠之
> 不足,則寄言以廣意。然八音之器,歌舞之象,歷世才士,並
> 為之賦頌。其體制風流,莫不相襲。稱其材幹,則以危苦為
> 上;賦其聲音,則以悲哀為主;美其感化,則以垂涕為貴。麗
> 則麗矣,然未盡其理也。推其所由,似元不解音聲;覽其旨

趣,亦未達禮樂之情也。眾器之中,琴德最優,故綴敘所懷,
以為之賦。

人之七情,原有喜、怒、哀、樂、愛、惡、欲,感於物而生,豈能只是哭
哭啼啼的聲音? 所以嵇康之論,極為中正。桓譚《新論》曰:"八音廣
博,琴德最優。"當是作者獨推琴音之所從來。又馬融《琴賦》亦曰:
"曠三奏而神物下降,何琴德之深哉!"亦當是其所本。

此賦從開篇第一句"惟椅梧之所生兮,托峻嶽之崇岡。披重壤以
誕載兮,參辰極而高驤。含天地之醇和兮,吸日月之休光"起,直至"若
乃春蘭被其東,沙棠殖其西。涓子宅其陽,玉醴湧其前。玄雲蔭其上,
翔鸞集其巔。清露潤其膚,惠風流其間",都是美化作為琴材產生的所
在的。手法則是由六個"兮"字句引頭,而繼之以四六排聯並參差了五
字句,可謂極變法之能事。但從實際上講,也是遠效馬融的。尤其是
製琴成器之經過,分明像一個模子倒出來的一樣:

顧茲梧而興慮,思假物以托心。乃斲孫枝,準量所任,至
人攄思,制為雅琴。乃使離子督墨,匠石奮斤,夔襄薦法,般
倕騁神。鎪會裛廁,朗密調均,華繪雕琢,布藻垂文,錯以犀
象,籍以翠綠。弦以園客之絲,徽以鍾山之玉。爰有龍鳳之
象,古人之形。

按,"斲",斷也。"孫枝",枝根之未生者。《莊子》曰:"不離於真
謂之至人。"離子,離婁,亦作離朱。《孟子》云:"明足以察秋毫之末。"
匠石,人名,字伯。《莊子》曰:"匠石運斤成風。"夔、襄、般、倕,乃古之
樂師及巧匠。"鎪會",謂鎪鏤其縫會也。"裛廁",謂裛纏其填廁之處
也。園客,濟陰人,善養蠶絲,故事見《列女傳》。許慎曰:"鍾山,北陸

無曰之地,出美玉。"這裏把琴的製成也說得這般珍重,而且從裝潢上看也是富麗堂皇的,遠非普通的"素琴"可以比擬。因此,它自然還是貴族統治階級御用的玩藝兒。但下邊描繪琴音的一段文字,卻是獨具特色,允為方家的:

伯牙揮手,鍾期聽聲,華容灼爚,發采揚明,何其麗也。伶倫比律,田連操張,進御君子,新聲憀亮,何其偉也。及其初調,則角羽俱起,宮徵相證,參發並趣,上下累應。蹝踔磥硌,美聲將興,固以和昶而足躭矣。爾乃理正聲,奏妙曲,揚白雪,發清角。紛淋浪以流離,奐淫衍而優渥。粲奕奕而高逝,馳炎炎以相屬。沛騰遌而競趣,翕韡曄而繁縟。狀若崇山,又象流波。浩兮湯湯,鬱兮戕戕。佛愲煩冤,紆餘婆娑。陵縱播逸,霍濩紛葩。檢容授節,應變合度。兢名擅業,安軌徐步。洋洋習習,聲烈遐布。含顯媚以送終,飄餘響乎泰素。

按《呂氏春秋》及《列子》俱言:戰國時俞伯牙善鼓琴,鍾子期知其音。伯牙志在高山,子期便說:"巍巍乎若太山。"志在流水,則說:"湯湯乎若流水。"子期死,伯牙摔琴以謝知音,不再鼓奏。作者以此作為審音之始,可謂用典切當。伶倫乃黃帝的樂官,取竹崑崙之山,斷兩節間吹之,以為黃鐘之宮。事見《漢書·律曆志》。田連,成竅,天下善鼓琴者。又曰:"伯牙學琴於成連先生。"《韓非子》有言。"憀亮",聲清澈貌。"證",驗也。"蹝踔",無常也。"磥硌",壯大貌。"昶",通也。"陽春白雪",曲名見宋玉《對楚王問》。師曠曰:"清徵之聲不如清角。"見《韓非子》。"奕奕",盛貌。"炎炎",高貌。"韡曄"也是盛貌。"繁縟",細聲。"遌",相觸遌也。"佛愲煩冤",聲蘊積不安貌。"陵縱播逸",言聲陵縱播布而起,霍濩然似水聲。"紛葩",開張貌。"霍濩",盛貌。"終",曲盡也。"顯媚",柔曼之音。"泰素",質之始也。這一節關於音色的描述,雖嫌詞意晦澀,用典稍多,可是一上來就抬出了古代的許多樂師,尤其是知音和長於鼓奏的琴手,使人無可懷疑地寄以信托。然後再洋洋灑灑高下疾徐地以竟其音,實在不能不說是別開生面之作。他那"器冷弦調,心閑手敏。觸攦如志,唯意所擬"的話,更是演奏家得心應手曲盡其妙的深知此中三昧的內行語言。它和歌詞中的"曲引向闌,眾音將歇,改韻易調,奇弄乃發。揚和顏,攘皓腕,飛纖指以馳騖,紛㒿㐀以流漫"的繪影繪色的白描手段,也是膾炙人口之處,值得後人借鑒的。它在形式上,依舊是以四言為主,雜以六言的筆法。

　　或徘徊顧慕,擁鬱抑按。盤桓毓養,從容秘翫。闓爾奮逸,風駭雲亂。牢落凌厲,布濩半散。豐融披離,斐韡奐爛。英聲發越,采采粲粲。或間聲錯糅,狀若詭赴。雙美並進,駢馳翼驅。初若將乖,後卒同趣。或曲而不屈,直而不倨。或相凌而不亂,或相離而不殊。時劫掎以慷慨,或怨嫭而躊躇。忽飄颻以輕邁,乍留聯而扶疏。或參譚繁促,復疊攢仄。縱橫駱驛,奔邀相逼。拊嗟累贊,間不容息。瓌豔奇偉,殫不可識。若乃閑舒都雅,洪纖有宜。清和條昶,案衍陸離。穆溫柔以怡懌,婉順敘而委蛇。或乘險投會,邀隙趨危。譬若離鵾鳴清池,翼若遊鴻翔曾崖。紛文斐尾,慊縿離纚。微風餘音,靡靡猗猗。或摟批擽捊,縹繚潎洌。輕行浮彈,明嫿㬥慧。疾而不速,留而不滯。翩綿飄邈,微音迅逝。遠而聽之,若鸞鳳和鳴戲雲中;迫而察之,若眾葩敷榮曜春風。既豐贍以多姿,又善始而令終。嗟姣妙以弘麗,何變態之無窮!

按《廣雅》"盤桓"，不進貌。"從容"，舉動也。"毓"，與育同。"闐"，疾貌。"牢落"，猶遼落也。《上林賦》曰："布濩宏澤。""豐融"，盛貌。"斐韡"，明貌。"英"，美也。"狀若詭赴"，言其狀若詭詐而相赴也。"騈"，並也。"翼"，疾貌，隨後曰驅。"倨"，傲也。"殊"，猶絕也。"嫭"，嬌也，或作姱，古字通，假借也。"躊躇"，猶躑躅也。"扶疏"，四布也。"參譚"，相隨貌。"攢仄"，聚聲。"不容息"，不容氣息，促之甚也。《說文》曰："閑，雅也。"《毛傳》："都，閑也。""案衍"，不平貌。"陸離"，參差也。"婉然"，美貌。"委蛇"，聲長貌。鄭玄曰："委曲自得之貌。""會"，節會也。"邀"，要也。"嚶"，鳥聲也。"紛文斐尾"，文彩貌。"慊縿離纚"，羽毛貌。"靡靡"，順風貌。"猗猗"，眾盛貌。"搜捴攦捋"，皆手撫弦之貌。《爾雅》："搜，牽也。"《說文》："捴，反手擊也。"《廣雅》："攦，擊也。"《毛傳》："捋，取也。""縹繚瀳洌"，聲相糾激之貌。《說文》曰："繚，纏也。""瀳洌"，水波浪貌，言聲似也。《說文》曰："嫧，靜好也。""瞭"，察也。《字書》曰："贍，足也。""令"，善也。

他這裏最大的問題也是玩弄辭彙，謬為典雅的。至其形容琴音，結合人性之處，則頗能出奇制勝，言人之所未言。接著描寫操琴的場所、時期，以及引起共鳴、知音的種種情況，筆調亦不外是。惟在結束語之"亂曰"中，侈言"琴德"，說它"不可測兮，體清心遠"，為眾藝之長，"識音者希，孰能珍兮，能盡雅琴，唯至人兮"是已經以物方人而且屬於"夫子自道"一類了。

唐代邊塞詩析論

——也算"詩選"

前　言

我國是多民族的國家,可是,不能忘記,這是幾千年來人民在這塊中華的土地上,沖蕩、廝殺、混合、同化的歷史產物。如果不用歷史唯物主義的眼光去看待,那是解決不了問題的。就說唐代(618—906)吧,有時,民族矛盾大於階級矛盾:北方的突厥,西邊的吐蕃、回紇,還有南部的南詔、南蠻,東北方面的高麗諸國,屢開邊釁,侵淩不已。從高祖李淵(566—635)起,即與突厥有聯繫,又打又拉,並借其力以有天下。太宗李世民(599—649)繼之,採取懷柔政策,然而對方忽戰忽和,反復無常,經常被其侵擾,以李世民之英勇,猶不能徹底消除邊患,譬如對高麗,便沒討到什麼好處。其餘諸帝,便不要說啦。以號稱繼貞觀之治的開元年代,唐玄宗李隆基(685—762)為例,即逐年都有兵役,主要是對付西羌後裔的吐蕃(以弄贊為首,曾尚唐之宗女文成公主),和也是匈奴之屬的回紇(以薛延陀為代表),唐肅宗李亨(711—762)、唐德宗李適(762—805),跟他們的父祖一樣,不斷地跟這些敵國打交道,勞民傷財,互有勝負,破毀城池,迄無寧息。因此,反映這一方面生活狀況的"邊塞詩歌"必然是豐富多彩前無古人的了。

如果先從題目上看,則有:《出塞曲》《塞上曲》《塞下曲》《出塞》《從軍行》《古從軍行》《北風行》《老將行》《燕歌行》《隴西行》《兵車行》《苦樂行》《征人歌》《胡笳歌》《隴頭歌》《征人怨》《征婦怨》《寄征衣》《書邊事》及《春思》等。再從執筆者和詩的內容上看,則有:將相巡邊的、送人參加邊塞工作的、將相歌頌邊功的、文人在邊軍中做幕僚的、詩人反對邊塞戰爭的、弔祭死於邊事的文武官員的、代人抒發閨怨的等等作品。此中百分之八十是同情人民疾苦、哀悼士卒傷亡、暴露與聲訴邊塞戰爭的悲慘景象的。名家輩出,新老交織,決不止是岑參、高適、王昌齡等數人而已。在遣詞用字篇章結構方面,就是說藝術手法的運用上,尤其是千姿百態絢麗多彩,可以認為已集"邊塞詩"之大成,極繼承發展之能事了。李白、杜甫之此類詩歌,即其最高的典範。下面讓我們以作家作品為主,略依時間的先後,詩本事的不盡相同,分述虞世南等四十三人的特殊成就,長短詩歌計一百〇四首,也算是個小型的"詩選"吧。

一、沒有邊塞生活(或較少)而詩敍其事的

1. **虞世南**,字伯施,餘姚(即今浙江省餘姚縣)人。為秦王府參軍,貞觀中累遷秘書監,封永興縣子。太宗稱其具有五德:德行、忠直、博學、文辭、書翰。清人沈德潛(1673—1769)說他的《從軍行》"追琢精警,漸開唐風"(《唐詩別裁集》卷一)。其詩云:

> 塗山烽候驚,彌節度龍城。冀馬樓蘭將,燕犀上谷兵。劍寒花不落,弓曉月逾明。凜凜嚴霜節,冰壯黃河絕。蔽日卷征蓬,浮天散飛雪。全兵值月滿,精騎乘膠折。結髮早驅馳,辛苦事旌麾。馬凍重關冷,輪摧九折危。獨有西山將,年年屬數奇。

看來虞世南是有過邊塞的軍旅生活的。"劍寒"、"弓曉"二句,精工之至,情景逼真麼。

世南居官鯁直忠正,為唐太宗所倚重,嘗諫太宗裁抑人工,減修陵墓,以恤民力。又不肯和太宗之宮體詩,謂"體非雅正,恐使天下風靡"。卒後贈禮部尚書,諡曰"文懿"。太宗曾手詔魏王泰曰:"世南於我猶一體,拾遺補闕無日忘之,蓋當代名臣,人倫準的。今其云亡,石渠東觀中無復人矣!"後帝為詩一篇述古興亡,既而歎曰:"鍾子期死,伯牙不復鼓琴,朕此詩將何所示邪?"敕起居郎褚遂良即其靈座焚之。(《新唐書·世南本傳》)可見世南的人品了。

2. **楊炯**(650—693),華陰人,為初唐四傑之一,官校書郎,終盈川

令，其"邊塞詩"很有氣勢。如《從軍行》云：

> 烽火照西京，心中自不平。牙璋辭鳳闕，鐵騎繞龍城。
> 雪暗凋旗畫，風多雜鼓聲。寧為百夫長，勝作一書生。

此詩頗有鼓吹邊功，中心羨慕之意，沈德潛云："此泛言用武效力勝於一經自守。唐汝詢（武后時用事）為朝廷尊寵武臣，而盈川抱才不遇，故爾心中不平。"（《唐詩別裁集》卷九）按這種思想在詩之首尾兩聯，即已吐露無餘矣。與其他《從軍行》的涵義不同，這位自言"愧在盧前，恥居王後"的楊盈川，在這一點上，格調實在不高。其《送劉校書從軍》之作，稍有不同：

> 天將下三宮，星門召五戎。坐謀資廟略，飛檄佇文雄。
> 赤土流星劍，烏號明月弓。秋陰生蜀道，殺氣繞湟中（在青海
> 東南境，漢時羌人所居。湟中城在西平、張掖之間，小月氏之
> 地也）。風雨何年別，琴尊此日同。離亭不可望，溝水自
> 西東。

用辭典雅，對仗甚工，尚不脫六朝餘風。可是不管怎麼說，這劍、弓、殺氣，還是面向西塞的，所以應該當作"邊塞詩"看待。

3. **杜審言**（約 645—約 708），字必簡，祖籍襄陽（今屬湖北省），遷居河南省鞏縣（他是杜甫的祖父）。咸亨（唐高宗年號）進士，中宗後官修文閣直學士。審言五言律詩，格律謹嚴，明人輯有《杜審言集》。他的《送崔融》，邊塞的氣息很濃厚，詩云：

君王行出將，書記遠從征。祖帳連河闕，軍麾動洛城。
旌斾朝朔氣，笳吹夜邊聲。坐覺煙塵掃，秋風古北平。

"古北平"即今之北京市，當時屬於北塞幽州，與契丹接邊，故有"朔氣""笳聲"之言。審言曾交往張易之兄弟，品格不高。但在老輩詩人中，從其造詣上講，固也不能不讓他佔一席地的。

4. **沈佺期**（約656—713），字雲卿，内黃（今屬河南省）人，上元（唐高宗年號）進士，官至太子少詹事。詩與宋之問齊名。樂府、律詩俱佳，如《古意》云：

盧家少婦鬱金香，海燕雙棲玳瑁梁。九月寒砧催木葉，
十年征戍憶遼陽。白狼河北音書斷，丹鳳城南秋夜長。誰為
含愁獨不見，更教明月照流黃。

按遼陽、白狼河俱在今東北遼寧省，唐時則為鞨（北狄、肅慎所居）。詩以盧家少婦起興，蓋言東北的邊事者，"音書斷，秋夜長，含愁不見"，自然是沈佺期代作的"征婦之怨"。可是從神理、氣味上看，至今猶膾炙人口，引以為"邊塞詩"範式之一種的。其《雜詩》所言則更為悱惻：

聞道黃龍戍，頻年不解兵。可憐閨裏月，偏照漢家營。
少婦今春意，良人昨夜情。誰能將旗鼓，一為取龍城。

應注意這"頻年不解兵"的"黃龍戍"，不只使少年夫婦兩地分居而已，更主要的是沒有大將用命，速戰速決，取得最後勝利為可悲耳。《被試出塞》寫邊地戰爭景色亦極好：

十年通大漠,萬里出長平。寒日生戈劍,陰雲拂旆旌。
饑烏啼舊壘,疲馬戀空城。辛苦皋蘭(今甘肅省蘭州市)北,
胡塵損漢兵。

此詩竟體形象化,對仗非常工整,而不顯其雕琢,自是沈雲卿的真本
領,思想也正確。我們認為他的政治品質比宋之問高得多。

徐期的《隴頭水》,則純係西塞風味,這是從題目上即可以體會得
到的。其詩云:

隴山飛落葉,隴雁度寒天。愁見三秋水,分為兩地泉。
西流入羌郡,東下向秦川。征客重回首,肝腸空自憐。

三句四句甚是巧思,"西流入羌,東向秦川"也很精妙。"肝腸空自憐"
則惆悵甚矣,是其結語轉為"通徹"的所在,係為"征客"而言者。徐期
運筆委婉之處,大可學習。

5. **賀知章**(659—744),字季真,越中永興(今浙江省蕭山縣)人。
證聖(唐武后年號)進士,官至秘書監,後還鄉為道士。知章好飲酒,與
李白友善。詩多應制寫景和祭神樂章之作。但是他的《送人之軍》是
例外,說了邊塞之事:

常經絕脈塞,復見斷腸流。送子成今別,令人起昔愁。
隴雲晴半雨,邊草夏先秋。萬里長城寄,無貽漢國憂。

"塞"是"絕脈","流"成"斷腸",這詩一開始即見巧思。繼之以

三、四兩句,對仗亦工。而"隴雲""邊草"一聯,一個"晴半雨",一個"夏先秋",可說是寫活了邊塞的氣象景物。"無貽漢國憂",則充分體現了賀監關懷國家大事的心情。

6. **李白**(701—762),字太白,祖籍隴西成紀(今甘肅天水附近),遷居蜀郡綿州彰明縣(今四川綿陽縣地)。天寶(唐玄宗年號)元年(742)以道士吳筠之薦為供奉翰林,未及三年,為宰相李林甫等所構陷,落職離長安。安史亂起(天寶十四年),入永王李璘幕府。璘敗,被罪流放夜郎(今貴州省桐梓縣一帶),中途遇赦,歸,欲隨李光弼東征,未果,病死當塗(今安徽省)。

他是我國唐代與杜甫並稱的大詩人,是屈原(戰國時代,楚人)以後傑出的浪漫詩人代表。他的詩歌,大量運用誇張手法,想像也極豐富,用筆如長江大河一瀉千里。他也是我國詩史上最善於學習漢魏六朝樂府詩歌的代表人物。"清水出芙蓉,天然去雕飾"(白自謂),他的詩歌語言,竟是這樣的俊逸,而且各體俱佳,以七言歌行及七言絕句為最擅勝處。邊塞之作亦多,有《李太白全集》。其《古風》云:

> 胡關饒風沙,蕭索竟終古。木落秋草黃,登高望戎虜。荒城空大漠,邊邑無遺堵。白骨橫千霜,嵯峨蔽榛莽。借問誰淩虐?天驕毒威武(此指吐厥而言)。赫怒我聖皇,勞師事鼙鼓。陽和變殺氣,發卒騷中土。三十六萬人,哀哀淚如雨。且悲就行役,安得營農圃!不見征戍兒,豈知關山苦。李牧今不在,邊人飼豺虎。(第九)

沈德潛注云:"天寶中,皇帝使王忠嗣攻吐蕃石堡城,忠嗣言堅守難攻,董延光自請攻之,不克,覆命哥舒翰攻而拔之。獲吐蕃四百人,而唐兵

死亡略盡,其後世為仇敵矣。詩為開邊垂戒。"(《唐詩別裁集》卷二)
作者蓋泛指匈奴以代西陲之敵也。此詩一起即極言邊塞之荒敗淒涼:
"邊邑無遺堵,白骨橫千霜。"景象何等淒慘,令人目不忍覩! 而勞師發
卒"三十六萬人,哀哀淚如雨,且悲就行役,不得營農圃",已可見其怨
聲載道,痛不欲生的情況了。"邊人飼豺虎",這和其後廿二之"秦水
別隴首,幽咽多悲聲。胡馬顧朔雪,躞蹀長嘶鳴。感物動我心,緬然含
歸情",卅四之"怯卒非戰士,炎方難遠行。長號別嚴親,日月慘光晶。
泣盡繼以血,心摧兩無聲。困獸當猛虎,窮魚餌奔鯨。千去不一回,投
軀豈全生"(《李太白全集》卷二)有異曲同工、先後呼應之妙。就是
說,反對邊塞戰爭,極目人民疾苦,一也。

其《關山月》,更是用筆自然、寫景清新、敦厚溫柔,為戍客抒發思
歸的一首絕唱:

> 明月出天山,蒼茫雲海間。長風幾萬里,吹度玉門關。
> 漢下白登道,胡窺青海灣。由來征戰地,不見有人還。戍客
> 望邊邑,思歸多苦顏。高樓當此夜,歎息未應閑。

雖是泛指,可是說的淒惋,"由來"二句已經顯露"反戰"之意了,亦人
所不能言者。他的《送白利從金吾董將軍西征》則與此稍異,詩云:

> 西羌延國討,白起佐軍威。劍決浮雲氣,弓彎明月輝。
> 馬行邊草綠,旌卷曙霜飛。抗手凜相顧,寒風生鐵衣。(《李
> 太白全集》卷十七)

按《後漢書·西羌列傳》云:"西羌之本出自三苗,姜姓之別也。其國
近南嶽。及舜流四凶,徙之三危,河關之西南羌地是也。濱於賜支,至

乎河首,綿地千里。……南接蜀漢,徼外蠻夷,西北接鄯善、車師諸國。所居無常,依隨水草,地少五穀,以產牧為業。"唐時則概指吐番為西羌,此詩之"國討"云云,已是太白有先揚國威,征伐不敗的信念了。蓋思想因時變易,對象各自不同,不能說他前後矛盾。他的《從軍行》也是此類,詩曰:

> 從軍玉門道,逐虜金微山。笛奏梅花曲,刀開明月環。
> 鼓聲鳴海上,兵氣擁雲間。願斬單于首,長驅靜鐵關。

這不同樣是同仇敵愾、鬥志昂揚之作嗎? 誰能說太白一味反戰不愛中國呢? 不過,總的說來,他還是反對亂開邊事的,樂府《戰城南》道:

> 去年戰,桑乾源,今年戰,蔥河道。洗兵條支海上波,放馬天山雪中草。萬里長征戰,三軍盡衰老。匈奴以殺戮為耕作,古來唯見白骨黃沙田。秦家築城避胡處,漢家還有烽火然。烽火然不息,征戰無已時。野戰格鬥死,敗馬號鳴向天悲。烏鳶啄人腸,銜飛上掛枯樹枝。士卒塗草莽,將軍空爾為。乃知兵者是兇器,聖人不得已而用之。

詩在刻骨鏤心地恨邊塞之戰,寫士兵之苦,甚至連死後暴屍鳥啄人腸的慘狀都不放過,仿佛目擊而神傷,並定罪為匈奴的嗜殺,可謂深得樂府之真髓,代人民立言之大道矣。雄快宕逸,一首萬金,非太白說不出來。

李太白的《北風行》也不是一般的"閨怨":以寫北地風光的大雪為開端,亦賦亦興,入後才點出"幽州思婦"覩物思人,而"此恨綿綿無盡期"之悲苦形狀的。黃河可塞,此怨難裁。其詩云:

燭龍棲寒門,光曜猶旦開。日月照之何不及此?惟有北風號怒天上來。燕山雪花大如席,片片吹落軒轅臺。幽州思婦十二月,停歌罷笑雙蛾摧。倚門望行人,念君長城苦寒良可哀。別時提劍救邊去,遺此虎文金鞞靫。中有一雙白羽箭,蜘蛛結網生塵埃。箭空在,人今戰死不復回。不忍見此物,焚之已成灰。黃河捧土尚可塞,北風雨雪恨難裁。

代言而使情景歷歷如畫,讀之淒絕,美哉!

最後說說太白的《塞下曲》。他雖然沒有廁身邊塞工作,可是耳濡目染調查研究的結果,卻是異常的熟悉,一些兒也不陌生。如:

五月天山雪,無花只有寒。笛中聞折柳,春色未曾看。曉戰隨金鼓,宵眠抱玉鞍。願將腰下劍,直為斬樓蘭。(其一)

駿馬似風飆,鳴鞭出渭橋。彎弓辭漢月,插羽破天驕。陣解星芒盡,營空海霧消。功成畫麟閣,獨有霍嫖姚。(其二)

塞虜乘秋下,天兵出漢家。將軍分虎竹,戰士臥龍沙。邊月隨弓影,胡霜拂劍花。玉關殊未入,少婦莫長嗟。(其三)

第一、二首,把從軍的將士說得生龍活虎一般,殺敵致勝自是意中之事,可是上凌煙閣的只是皇親國戚,這就大有問題了。第三首的結語落在少年征婦的身上,筆觸婉轉深刻,至於迸出"金鼓曉戰,玉鞍宵眠,邊月弓影,胡霜劍花"一類的美辭,就在太白的其他詩作中也是所在多有的,不待細說。

沈德潛云:"讀李詩者,於雄快之中,得其深遠宕逸之神,才是謫仙人面目。"又說:"太白七言古,想落天外,局自變生,大江無風,波浪自湧,白雲從空,隨風變滅,此殆天授,非人可及。"(《唐詩別裁集》卷五注)可謂識其真髓,說到點子上了,我們有同感。它體現於邊塞詩上的也不例外。

7. **杜甫**(712—770)字子美,原籍襄陽(今屬湖北),遷居鞏縣(今屬河南)。安史之亂前,寓居長安(今屬陝西),因累舉進士不第而漫遊各地。他知識淵博,亦有政治抱負。肅宗時,任左拾遺。後移家成都,築草堂於浣花溪上。劍南節度使嚴武表之為檢校工部員外郎。其詩題材豐富,反映人民的疾苦,批判統治者的罪惡,有"詩史"之稱。從藝術手法上說,其風格多樣,語言精練,具有高度的表達能力。傳今的著作為《杜工部集》。他的《兵車行》,可以推尊居首,作為邊塞出兵的典型代表詩篇:

車轔轔,馬蕭蕭,行人弓箭各在腰。耶娘妻子走相送,塵埃不見咸陽橋。牽衣頓足攔道哭,哭聲直上干雲霄。道旁過者問行人,行人但云點行頻。或從十五北防河,便至四十西營田。去時里正與裹頭,歸來頭白還戍邊。邊庭流血成海水,武皇開邊意未已。君不聞漢家山東二百州,千村萬落生荊杞。縱有健婦把鋤犁,禾生隴畝無東西。況復秦兵耐苦戰,被驅不異犬與雞。長者雖有問,役夫敢申恨?且如今年冬,未休關西卒。縣官急索租,租稅從何出?信知生男惡,反是生女好。生女猶得嫁比鄰,生男埋沒隨百草!君不見,青海頭,古來白骨無人收。新鬼煩冤舊鬼哭,天陰雨濕聲啾啾!

這簡直是一幅行軍畫圖,而且有人物,有對話,有議論,有比擬。行兮送兮不堪俯仰,甚至到了征夫征婦哭聲震天的境地。所以反映"邊庭流血成海水,武皇開邊意未已"的主題所在,也就是此詩的中心思想,實乃誅心之言。充邊,索租,內外交迫,根本不管人民的死活,於是很自然地產生了"生男不如生女"的絕叫,而以青海頭的"白骨無人收,鬼哭聲啾啾"作結。從生離發展到死別,從"人哭"落筆到"鬼哭",情況錯綜,一氣呵成,不是千古卓越的現實主義大詩人,豈能有此。他的愛國思想,也體現於這些方面。

其次便是前、後《出塞》(共十四首),不止被稱為當代行軍邊塞的大觀,也應該稱為此類詩歌的千古絕調。至於詩之本事,則朱長孺說得是:"明皇季年,哥舒翰貪功於吐蕃,安祿山構禍於契丹,於是征調半天下。"《前出塞》為哥舒發,《後出塞》為祿山發(據《明唐詩別裁集》沈注所引)。沈德潛則云:"詩前九章,多從軍愁苦之詞,後五章防強臣跋扈之漸長,有所發也。"按注言均是,茲分錄其詩如下:

　　迢迢萬餘里,領我赴三軍。軍中異苦樂,主將寧盡聞。隔河見胡騎,倏忽數百群。我始為奴僕,幾時樹功勳!(前五)

　　驅馬天雨雪,軍行入高山。逕危抱寒石,指落層冰間。已去漢月遠,何時築城還。浮雲暮南征,可望不可攀。(前七)

　　單于寇我壘,百里風塵昏。雄劍四五動,彼軍為我奔。擄其名王歸,繫頸授轅門。潛身備行列,一勝何足論。(前八)

這都是一些白描的手法,令人情隨景見,意在言傳,此即是邊塞戰爭、邊塞風光,和邊卒的思想。按子美並沒有參加過邊塞工作,何以能得知此之情真意切,幾同目覩? 殆從調查研究中得來者也。《後出塞》的也是這樣:

> 朝進東門營,暮上河陽橋。落日照大旗,馬鳴風蕭蕭。平沙列萬幕,部伍各見招。中天懸明月,令嚴夜寂寥。悲笳數聲動,壯士慘不驕。借問大將誰? 恐是霍嫖姚! (後二)

此則極言軍容之盛、軍令之嚴。而"落日照旗,馬鳴風蕭"的塞外景色,遂至今猶使人神往。總的說來,兩出塞的主旨,還是在反對窮兵黷武、傷殘人民的(包括對方的在內)。"殺人亦有限,立國自有疆。苟能制侵陵,豈在多殺傷"(前六)不是說得明白嗎? 其次,子美的愛國思想,英雄氣概,亦著著在綻露著呢。"丈夫誓許國,憤惋復何有","捷下萬仞岡,俯身試搴旗"等語即是。又其七言律《諸將》之一云:

> 漢朝陵墓對南山,胡虜千秋尚入關。昨日玉魚蒙葬地,早時金碗出人間。見愁汗馬西戎逼,曾閃朱旗北斗殷。多少材官守涇渭,將軍且莫破愁顏。

此為吐蕃入侵,諸將不能禦侮而作。不忍斥言,故借漢事為比(《唐詩別裁集》卷十四沈注)。胡虜入關,西戎逼近,愁顏仍在,曷可高枕,雖行大甚巧,亦慨乎言之也矣。少陵之作,往往如此。《有感之二》亦云:

> 幽薊餘蛇豕,乾坤尚虎狼。諸侯春不貢,使者日相望。慎勿吞青海,無勞問越裳。大君先息戰,歸馬華山陽。

337

沈德潛注云：“此言朝廷姑息，近在內地，不修貢職，而勤遠略於青海、越裳，息戰歸馬，婉詞以致諷喻。”（同上卷十）子美真是可愛！

8. **張謂**，天寶（唐玄宗年號）二年進士。乾元（唐肅宗年號）中，以尚書郎出使夏口（今屬湖北省武漢市），大歷（唐代宗年號）中為禮部侍郎。他的《送盧舉使河源》云：

> 故人行役向邊州，匹馬今朝不少留。長路關山何日盡，
> 滿堂絲竹為君愁。

沈德潛云：“絲竹本以娛情，然送人萬里之遠，則絲竹皆愁音也，警絕。”（《唐詩別裁集》卷十九）按《漢書·西域傳》：“河有兩源，一出蔥嶺山，一出于闐。”則今之青海巴顏喀拉山東側名阿爾垣河者是也。其地唐屬“隴右道”，與吐蕃為鄰，邊患頻仍，至肅宗李亨時未已。詩言“為君愁”者在此，沈言“警絕”之意亦在此。但不管怎麼說，這只能認為是間接的情感，送人的作品，與有邊塞生活及軍旅之事者，未可同日而語。

9. **王季友**，肅、代間詩人，與杜甫、岑參、郎士元等人均有往還，殷璠云：“季友詩愛奇務險，遠出常情之外，然而白首短褐，良可悲夫！”（《唐詩紀事》卷二十六）其《古塞下曲》云：

> 進軍飛狐北，窮寇勢將變。日落沙塵昏，背河更一戰。
> 騂馬黃金勒，雕弓白羽箭。射殺左賢王，歸奏未央殿。欲言
> 塞下事，天子不召見。東出咸陽門，哀哀淚如霰。

此言有汗馬功勞的邊將，天子不見，枉自馳騁沙場，射殺敵酋了。岑參《潼關使院懷王七季友》云："王生今才人，時輩咸所仰。何當見顏色，終日勞夢想。驅車到關下，欲往阻河廣。滿目徒春華，思君罷心賞。"（同上）可以參證。

10. **王昌齡**（689—約757），字少伯，太原（今屬山西）人。開元（唐玄宗年號）十五年（727）進士，授汜水（今河南滎陽縣境）尉。開元二十五年（737），又中博學宏詞，遷校書郎。他政治上很不得意，曾先後被貶嶺南、龍標、江寧等地。安史亂後回鄉，被刺史閭丘曉殺害，身後十分淒慘。

昌齡與當時的詩人王維、李白、岑參等均有交誼，關係較深的則是王之渙和辛漸。他擅長七絕，能以極短的篇幅概括極豐富的社會內容，享有"詩家夫子王江寧"的盛譽，以其詩多為當時樂府歌詞中的絕唱故也。只有李白的七絕差堪比擬，所以他是盛唐第一流的詩人。《全唐詩》錄存其詩四卷。其《塞上曲》云：

> 蟬鳴空桑林，八月蕭關道。出塞入塞寒，處處黃蘆草。從來幽并客，皆共沙塵老。莫學遊俠兒，矜誇紫騮好。（其一）

此詩閑閑而來，漸入蕭關，出塞雖寒，只是一片黃蘆而已，未必難於忍受。而徒老沙塵未建功勳的幽燕之客，才是令人不快的。其二云：

> 飲馬渡秋水，水寒風似刀。平沙日未沒，黯黯見臨洮。昔日長城戰，咸言意氣高。黃塵足今古，白骨亂蓬蒿。

這氣氛便不同了。"水寒風似刀",平沙日沒,黯黯臨洮,作戰意氣高,終不免於"白骨亂蓬蒿",還有什麼話可說呢? 他的《少年行》,卻又是英豪般的慷慨出塞之歌:

> 西陵俠少年,送客短長亭。青槐夾兩道,白馬如流星。聞道羽書急,單于寇井陘(即今日河北省之井陘關)。氣高輕赴難,誰顧燕山銘。

這是有些義勇的氣概,亦係作者邊塞產品的特色。其《從軍行》又云:

> 向夕臨大荒,朔風軫歸慮。平沙萬里餘,飛鳥宿何處。虜騎獵長原,翩翩傍河去。邊聲搖白草,海氣生黃霧。百戰苦風塵,十年履霜露。雖投定遠筆,未坐將軍樹。早知行路難,悔不理章句。

在描寫塞外的景色及邊塞戰爭的情況上說,他是卓有成效的,使人心領神會,恍如目覩。至於之後的悔恨之詞,又充分說明著儘管少伯有英氣,可是一進入邊塞對敵鬥爭的現實環境裏,也一樣會消磨殆盡的。《從軍行》又云:

> 秋風馬蹄輕,角弓持弦急。去為龍城戰,正值胡兵襲。軍氣橫大荒,戰酣日將入。長風金鼓動,白露鐵衣濕。四起愁邊聲,南庭時佇立。斷蓬孤自轉,寒雁飛相及。萬里雲沙漲,平原冰霰澀。惟聞漢使還,獨向刀環泣。

這就更是邊塞戰爭的"賦篇"啦。"長風金鼓動,白露鐵衣濕",火熾,形象,自然"斷蓬自轉,寒雁相及"。萬里雲沙,平原冰霰的景象,也會跟著使人"向刀環涕泣"的啦。

11. **王維**(701—761),字摩詰,河東(今山西省祁縣)人,開元(唐玄宗年號)進士,累官至給事中。安禄山亂後為尚書右丞,晚年隱居藍田輞川。前期寫過一些以邊塞為題材的詩,如《送張判官赴河西》之類,後期則以山水詩為主,怡情悅性,有畫有詩,著作傳今的為《王右丞集》。這兒先看看他從贈送詩歌中體現出來的邊塞事物。《送張判官赴河西》云:

> 單車曾出塞,報國敢邀勳。見逐張征虜,今思霍冠軍。
> 沙平連白雪,蓬卷入黃雲。慷慨倚長劍,高歌一送君。

五句六句狀物甚工的是邊塞景色。七句八句饒有雄心,是早期的摩詰。

《送平澹然判官》又云:

> 不識陽關路,新從定遠侯。黃雲斷春色,畫角起邊愁。
> 瀚海經年到,交河出塞流。須令外國使,知飲月氏頭。

此詩也有豪氣,富於愛國思想,三四句用筆之工有如前詩。"知飲"云云,則是借用匈奴破月支王以其頭為飲器的故事,壯則壯矣,未免殘暴。《送趙都督赴代州得青字》云:

> 天官動將星,漢地柳條青。萬里鳴刁斗,三軍出井陘。
> 忘身辭鳳闕,報國取龍庭。豈學書生輩,窗間老一經。

這一首也是寫景逼真,意氣浩瀚。五句六句對仗極工,結語貶斥書生未嘗不是自況。總之一句話,右丞的五律不與人同,以其"雄渾勝人故也"。

王維代邊塞老將掬一把同情之淚的《隴頭吟》和《老將行》,則是憤憤不平,從頭說起,而又以數落戰功,雖英雄了得,卻未得其所來立論的。"廉頗老矣",尚欲請纓,也應該算作百戰不歇,報國心切吧。《隴頭吟》云:

> 長城少年遊俠客,夜上戍樓看太白。隴頭明月迴臨關,隴上行人夜吹笛。關西老將不勝愁,駐馬聽之雙淚流。身經大小百餘戰,麾下偏裨萬戶侯。蘇武才為典屬國,節旄空盡海西頭。

月色,笛聲,引起了邊關老將的惆悵,因景生情,自然得很,而唐代中葉戰亂孔多有功不賞(起碼是法紀紊亂賞罰不明)的情況,也就躍然紙上了。"蘇武才為典屬國""節旄空盡海西頭",結語借用古人古事,現成,貼切。《老將行》更云:

> 少年十五二十時,步行奪得胡馬騎。射殺中山白額虎,肯數鄴下黃鬚兒(曹彰也,鄴下,今河南省臨漳縣)。一身轉戰三千里,一劍曾當百萬師。漢兵奮迅如霹靂,虜騎崩騰畏蒺藜。衛青不敗由天幸,李廣無功緣數奇。自從棄置便衰朽,世事蹉跎成白首。昔時飛箭無全目,今日垂楊生左肘(潰瘍病傷)。路旁時賣故侯瓜,門前學種先生柳。蒼茫古木連窮巷,寥落寒山對虛牖。誓令疏勒出飛泉(用耿恭拜井事),

不似潁川空使酒(指灌夫而言)。賀蘭山下陣如雲,羽檄交馳
日夕聞。節使三河募年少,詔書五道出將軍。試拂鐵衣如雪
色,聊持寶劍動星文。願得燕弓射大將,恥令越甲鳴吾君(用
雍門子狄事)。莫嫌舊日雲中守,猶堪一戰取功勳。

對仗工整,典故頻用,是此詩藝術手法上的特點。摩詰本無軍旅之事,
未見邊功,寫此不過借箸代籌,將武比文而已。可是,"衛青不敗,李廣
無功"句,已成千古名聯。蓋維曾陷賊(安禄山)中,雖工詩畫多才多
藝,置別墅輞川樂遊,終不能不怏怏以去,此從其晚年事佛鰥居素食
可知。

12. **劉長卿**(709—780),字文房,河間(今屬河北省)人,開元(唐
玄宗年號)廿一年(733)進士。曾任轉運使判官,因得罪權貴,貶潘州
南巴(今廣東省茂名市)尉,後移睦州(今浙江省建德縣)司馬,終隨州
(今湖北省安陸縣西北)刺史。

他的創作活動主要在中唐,詩多政治上失意和流連風景之作。長
於五言,清新流暢,與大歷十才子風格相近,著有《劉隨州集》。其《穆
陵關北逢人歸漁陽》云:

逢君穆陵路,匹馬向桑乾。楚國蒼山古,幽州白日寒。
城池百戰後,耆舊幾家殘。處處蓬蒿遍,歸人掩淚看。

此亦極言邊事之害者,"處處蓬蒿""歸人掩淚"。《送耿拾遺歸上都》
又云:

若為天畔獨歸秦,對水看山欲暮春。窮海別離無限路,

隔河征戰幾歸人。長安萬里傳雙淚,建德千峰寄一身。想到
郵亭愁駐馬,不堪西望見風塵。

此時應值吐蕃之亂,故有"隔河征戰""西望風塵",尤其是"長安萬里
傳雙淚"之語。高仲武(唐,渤海人,嘗選唐人詩,以精確名)云:"長卿
員外,有吏干剛而犯上,兩度遷謫,皆自取之。詩體雖不新奇,甚能煉
飾,大抵十首以上,語意稍同,於落句尤甚,此其短也。"(《唐詩紀事》
卷廿六)按這種缺點,一般詩人均所難免,非獨劉長卿也。我們看多了
邊塞詩以後,即有此感。

13. **張籍**(約767—約830),字文昌,吳郡(今江蘇蘇州)人,貞元
(唐德宗年號)進士,歷官太常寺太祝,水部員外郎,國子司業,有《張
司業集》。詩多反映當時社會矛盾和民生疾苦之作,對於婦女尤表關
懷,如《征婦怨》云:

> 九月匈奴殺邊將,漢軍全沒遼水上。萬里無人收白骨,
> 家家城下招魂葬。婦人依倚子與夫,同居貧賤心亦舒。夫死
> 戰場子在腹,妾身雖存如晝燭。

淒涼哀怨,立論完全站在征婦的一面,不怪白樂天(772—846)稱他:
"尤攻樂府詞,舉代少其倫。"姚合(姚崇玄孫,元和進士,官武功尉,遷
監察御史,終秘書監,有《姚少監詩集》)也說他"古風無敵手,新語是
人知"(《唐詩紀事》卷卅四)。再看他的《將軍行》,詩曰:

> 彈箏峽東有胡塵,天子擇日拜將軍。蓬萊殿前賜六纛,
> 還領禁兵為部曲。當朝受詔不辭家,夜向咸陽原上宿。戰車

彭彭旌旗動,三十六軍齊上隴。隴頭戰勝夜亦行,分兵處處
收舊城。胡兒殺盡陰磧暮,擾擾唯有牛羊聲。邊人親戚曾戰
沒,今逐官軍收舊骨。磧西行見萬里空,幕府獨奏將軍功。
(同上)

這可真是名符其實的將軍出征詩,從登臺拜將到殺盡胡兒埋收舊骨,
當然,己方亦有損失,戰歿邊塞的親戚和人民,必須掩埋其遺體麼,而
"樂府獨奏將軍功"則是"一將功成萬骨枯"的貶義了。但此詩的清麗
深婉已可見了。又《西州詩》云:

> 羌胡據西州,近甸無邊城。山東收稅租,養我防塞兵。
> 胡騎來無時,居人常震驚。嗟我五陵間,農者罷耘耕。邊頭
> 多殺傷,士卒難全形。郡縣發丁役,丈夫各征行。生男不能
> 養,懼身有姓名。良馬不念秣,烈士不苟營。所願除國難,再
> 逢天下平。

按西州屬隴右道,天寶末陷於吐蕃,此詩乃願中朝恢復失土者,直用賦
體,說得懇切。除國難,圖太平,亦作者之愛國思想所由體現者也。

14. **賈島**(779—843),字閬仙,范陽(今河北省涿縣)人。初落拓
為僧,號無本,後還俗屢舉進士不第,曾任長江主簿。其詩多寫荒涼枯
寂之境而講求錘煉,刻意求工,有《長江集》。這裏要介紹的是他《贈
王將軍》,詩曰:

> 宿衛爐煙近,除書墨未乾。馬曾金鏃中,身有寶刀瘢。
> 父子同時捷,君王畫陣看。何當為外帥,白日出長安。

"郊寒島瘦",人有定評,孟郊且不去管他,這位以"推敲"得名(曾因迷於此道誤撞了韓京兆尹[愈]的車從)。在這首詩中卻只有"馬曾金鏃中,身有寶刀瘢"二句較工,然而殊少豪邁之氣,他的《渡桑乾》"無端更渡桑乾水,卻望并州是故鄉",還不及此。

15. **李商隱**(約813—約858),字義山,號玉谿生,懷州河內(今河南沁陽)人。開成(唐文宗年號)進士,曾任縣尉,秘書郎,和東川節度使判官等職。因受牛李黨爭影響,潦倒終生。詩卻有名,多托古以斥時政,也富於文采。然有時用典太多,未免意旨晦澀,使人不易領會,著有《玉谿生文集》。這裏只具體分析一下他的《少將》:

　　族亞齊安陸,風高漢武威。煙波別墅醉,花月後門歸。
青海聞傳箭,天山報合圍。一朝攜劍起,上馬即如飛。

　　義山是一位很有抱負的文人,未嘗不想"致君堯舜上"的,譬如他說:"元和天子(唐憲宗)神武姿,彼何人哉軒與羲。誓將上雪列聖恥,坐法宮中朝四夷。"(《韓碑》)即足以表明他的心態,並不是單唱"夕陽無限好,只是近黃昏"(《登樂遊原》),或"芳心向春盡,所得是沾衣"(《落花》)的。這首詩"青海"以下四句,特別是"傳箭青海,合圍天山"之語,不是很有氣魄嗎?一片愛國心,"上馬即如飛",這恐怕是義山的本尊啦。

16. **戎昱**,荊南(今屬湖南省)人,登進士第,建中(唐德宗年號)中為辰(今湖南沅陵縣)、虔(今江西省寧都縣)二州刺史。其《塞下曲》云:

北風凋白草，胡馬日駸駸。夜後戍樓月，秋來邊將心。
鐵衣霜露重，戰馬歲年深。自有盧龍塞，煙塵飛至今。

胡馬、戍樓、鐵衣、煙塵，一片邊塞風光，也是戎昱之所深知的，所以寫來嚴絲合縫，有情有景。可是，不如《詠史》批判"和親政策"之脫跳有力：

漢家青史上，計拙是和親。社稷依明主，安危托婦人。
豈能將玉貌，便擬靜胡塵。地下千年骨，誰為輔佐臣？

武力解決不了問題，卻想依靠婦女出嫁敵酋以濟蒼生，豈不有損國體！《唐詩別裁集》注云："憲宗朝，北狄頻寇邊，大臣奏：'古者和親有五利而無費。'帝曰：'朕記得詩人《詠史》一篇云：漢家青史上，計拙是和親。'侍臣以戎昱對，帝笑曰：'魏絳之功，何其懦也。'自是息和蕃之議。"可見戎昱此詩傳播之廣、影響之大。

17. **常建**(生卒年不詳)，開元十五年進士，而懷才不遇，官止盱眙尉(按當為盱眙，張目為盱，舉目為眙，今安徽省盱眙縣是其地)。《唐書》雖無傳，他的名詩佳句卻不在少，如《題破山寺後禪院》云："清晨入古寺，初日照高林。竹徑通幽處，禪房花木深。山光悅鳥性，潭影空人心。萬籟此都寂，但餘鐘磬音。"歐陽修特愛其"竹徑"二句，云："欲仿其語作一聯，久不可得，始知造意者為難工也。"丹陽商璠則愛其"山光"二句，並悲建之"高才而無貴位"，說他的詩"似初發通莊，卻尋野徑。百里之外，方歸大道。所以其旨遠、其興僻，佳句輒來，惟論意表。至如'松際露微月，清光猶為君'等數十句，並可稱為警策"(《河岳英

347

靈集》卷三十）。其《弔王將軍墓》，即為商璠許以"一篇盡善者"，詩曰：

> 嫖姚北伐時，深入強千里。戰餘落日黃，軍敗鼓聲死！
> 嘗聞漢飛將，可奪單于壘。今與山鬼鄰，殘兵哭遼水。

"戰餘"二句，已是死氣籠罩，"鬼鄰"二句，直說將軍陣亡，哭其地也，應該也是邊塞詩的一種，從情調上看絲毫也不差麼。《塞上曲》又云：

> 翩翩雲中使，來問太原卒。百戰苦不歸，刀頭怨秋月。
> 塞雲隨陣落，寒日傍城沒。城下有寡妻，哀哀哭枯骨。

哭遼水，哭枯骨，哭個不停；說軍敗，說城沒，說得慘絕。常建雖未身臨其境，目覩其情，躬與其事，也不能不作為邊塞詩的悼亡者。

18. **郎士元**（生卒年不詳），字君冑，中山（今河北省定縣）人。天寶（唐玄宗年號）進士，官郢州刺史。為大歷（唐代宗年號）十才子之一，工詩，與錢起齊名，有文集。其《送李將軍赴鄧州》（按，應是定州，即古之中山，今之真定，而非南陽鄧州，否則與詩意不合）：

> 雙旌漢飛將，萬里獨橫戈。春色臨關盡，黃雲出塞多。
> 鼓鼙悲絕漠，烽戍隔長河。莫斷陰山路，天驕已請和。

據云，錢（起）郎（士元）兩人送人之作，時得之者以為榮。今觀此詩，邊塞的情調十足，辭彙亦美，以之贈人，怎麼能夠不受歡迎呢？

19. **羅隱**(833—909),唐文學家,字昭諫,餘姚(今屬浙江)人,舉進士不第,入鎮海軍節度使錢鏐幕,後遷判官,給事中等職。他的詩文多憤激諷刺之作,清人輯有《羅昭諫集》。詩錄其《登夏州城樓》一首。夏州,即今之榆林,地在陝西北部,為當時唐之邊塞。

> 寒城獵獵戍旗風,獨倚危樓悵望中。萬里山河唐土地,
> 千年魂魄晉英雄。離心不忍聽邊馬,往事應須問塞鴻。好脫
> 儒冠從校尉,一枝長戟六鈞弓。

作者還真有點兒投筆從戎的想法,稜稜富有骨氣,已是唐代末年了,不可多得。這應該跟昭諫的一生坎坷,到處碰壁有關,但終不失其為愛國之作也。

20. **張蠙**,字象文,清河(今河北省清河縣)人,乾寧(唐光宗年號)進士。王建開國,拜員外郎。他的《登單于臺》,寫邊塞景色有獨到之處:

> 邊兵春盡回,獨上單于臺。白日地中出,黃河天上來。
> 沙翻痕似浪,風急響疑雷。欲向陰關度,陰關曉不開。

此詩中間四句兩對極工,可愛煞人。其結語有"密雲不雨",耐人尋味的優點。

二、將相出征，不與人同的邊塞生活

21. **張說**（667—731），唐之宰相（字道濟，一字說之，洛陽人），玄宗李隆基時，曾任檢校幽州都督、并州大使等軍職。皇帝曾親自寫詩送他巡邊，有"盡節恢時佐，輸誠禦寇場。三軍臨朔野，馹馬即戎行。鼓吹威夷狄，旌軒溢洛陽"等句，完全是褒獎溢美誇示軍威之作。如同應制送行，賀知章等人的詩一樣，他們的格調氣息也無大差異：

> 荒境盡懷忠，梯航已自通。九攻雖不戰，五月尚持戎。遣戍征周牒，恢邊重漢功。選車命元宰，授律取文雄。冑出天弧上，謀成帝幄中。詔旗分夏物，專討錫唐弓。帳宿伊川右，鉦傳晉苑東。饗人藉黃實，樂正理絲桐。歧陌涵餘雨，離川照晚虹。恭聞詠方叔，千載舞皇風。（《奉和聖制送張說巡邊》）。

這雖然是唐代著名詩人賀知章（659—744）的工筆，典雅古樸，景色人物兼而有之，但終不免於為文造情的形式之作，隔靴搔癢，味同嚼蠟。真的，應該不是吹毛求疵！被張說稱為"詞旨豐美，得中和之氣"（《唐詩紀事》卷十五）的許景先，所作亦不外是。許詩云：

> 文武承邦式，風雲感國禎。王師親賦政，廟略久論兵。漢主知三傑，周官統六卿。四方分閫受，千里坐謀成。介冑辭前殿，壺觴宿左營。賞延頒賜重，宸贈出車榮。龍武三軍氣，魚鈴五校名。郊雲駐旌羽，邊吹引金鉦。振旅方稱德，安

人更克貞。佇看銘石罷,同聽凱歌聲。(《奉和聖制送張尚書
巡邊》)

"車榮""軍氣""旌羽""金鉦",是一些軍旅的氣象及其名物,包括預祝
勝利,變相的"頌聖"之詞如"佇看銘石,同聽凱歌"在內,都不過是以
意為之、想當然的話。"應制"嘛,那裏會有"氣沖牛斗,凌厲無前"的
精神呢?"愛國"云云,更談不上。還有蘇晉(玄宗時為吏部侍郎,有
王粲之稱),他也說:

> 方漢比周年,興王合在宣(指周宣王而言)。亟聞降虜
> 拜,復覿出師篇。祈父萬邦式,英猷三略傳。算車申夏政,菱
> 舍啟戎田。嚴問盟胡苑,軍容濟洛川。皇情悵關施,詔餞列
> 郊筵。路接禁園草,池分御井蓮。離聲軫去角,居念斷歸蟬。
> 三捷豈云爾,七擒良信然。具僚誠寄望,奏凱秋風前。(《奉
> 和聖制送張說巡邊》)

蘇晉以頌揚為主,堆砌了許多典故,毫無邊塞風味,就更是應付差事的
官樣文章了。宰相張九齡(678—740)的差強人意:

> 宗臣事有征,廟算在休兵。天與三台座,人當萬里城。
> 朔南方偃革,河右暫揚旌。寵錫從仙禁,光華出漢京。山川
> 勤遠略,原隰軫皇情。為奏薰琴唱,仍題寶劍名。聞風六郡
> 伏,計日五戎平。山甫歸應疾,留侯功復成。歌鐘旋可望,衽
> 席豈難行!四牡何時入,吾君憶履聲。(《奉和聖制送尚書燕
> 國公赴朔方》)

此則純以早日旋師，休兵偃武為中心思想之作，切合大臣身份。此外如張嘉正之"山川看是陣，草木想為兵"，盧從愿（玄宗的吏部尚書）之"佇聞歌杕杜，凱入繫名王"，徐知仁之"由來詞翰首，今見勒燕然"，宋璟（玄宗宰相）之"以智泉寧竭，其徐海自清"，皆取文武合一、以謀制勝之義，張說自己則說：

> 禮樂逢明主，韜鈐用老臣。恭憑神武策，遠禦鬼方人。供帳榮恩餞，山川喜詔巡。天文日月麗，朝賦管弦新。幼志傳三略，衰材謝六鈞。膽由忠作伴，心固道為鄰。漢保河南地，胡清塞北塵。連年大軍後，不日小康辰。劍舞輕離別，歌酣忘苦辛。從來思博望，許國不謀身。（《將赴朔方軍應制》）

古人說："哀兵必勝。"張說的武力巡邊，出將入相，徑可以說是喜上眉梢無上光榮了，何況他還是一位詩人？所謂"燕許大手筆"（張後來被封贈為燕國公，故云。許國公蘇頲，長於詔令，與之齊名）呢？此詩即吐屬不凡，自然宛揚，雖云"應制"，並未過分誇飾，讓我們也看看張說的軍中生活及其感受。《幽州夜飲》云：

> 涼風吹夜雨，蕭瑟動寒林。正有高堂宴，能忘遲暮心。軍中宜劍舞，塞上重笳音。不作邊城將，誰知恩遇深？

有情有景，筆直寫來，正是作者的老老實實處，無怪沈德潛說他"遠臣宜作是想。此種結後（指"邊城""恩遇"二句而言）惟老杜（甫）有之。"實則張說此行，也真有所建樹，不徒說得好聽。《玄宗本紀》云："開元九年八月，蘭池（在今寧夏鹽池縣內）胡康待賓寇邊。九月，天兵軍節度大使張說為兵部尚書,同中書門下三品(即宰相)。開元十年四月,張說持節朔方軍節度大使。五月,突厥請和。閏月,張說巡邊。九月,張說敗康願子於木盤山,執之。十一年張說兼中書令。"可證。

這一組詩全是五言,氣派堂皇,是一種興旺景象。此則因為開元年間,李隆基勵精圖治,亦有邊功。大將郭子儀(697—781)、李光弼(708—764)屢建奇勳,即其一例。

三、文人參軍，聞見親切的邊塞詩作

22. **陳子昂**(661—702)，字伯玉，梓州射洪(今四川省射洪縣)人，唐高宗開耀二年(682)進士，武則天光宅元年(684)授麟臺正字，遷右拾遺，後下獄死。

子昂是初唐後期有才能也有抱負的一位詩人，他多次上書言事，陳述政治利弊，常遭權貴排斥，壯志難伸。他反對駢文，崇尚漢魏，詩主風雅，鄙棄齊梁，是李杜的先驅。

萬歲通天元年(696)，子昂曾隨武攸宜征討契丹，對於東北邊事頗有所知，他的《送魏大從軍》等作，即反映了當日的情況。他說"從戎"強似"和戎"，以古人魏絳作了話頭：

> 匈奴猶未滅，魏絳復從戎。恨別三河道(漢以河內、河南、河東為三河)，言追六郡雄。雁山橫代北(即今山西省北部)，狐塞接雲中。勿使燕然(今內蒙古自治區)上，惟留漢將功。(《送魏大從軍》)

借題發揮，格調雄渾，自是子昂本色。《送著作佐郎崔融等從梁王東征》又云：

> 金天方肅殺，白露始專征。王師非樂戰，之子慎佳兵。海氣侵南部，邊風掃北平(即今北京市)。莫賣盧龍塞(今河北省盧龍縣)，歸邀麟閣名。

侈言"肅殺"也好,"專征"也罷,窺其主旨,還是"非樂戰""慎佳兵"的。初唐已如此,中晚夫復何言? 此等氣派可與作者的《登幽州臺歌》合併起來看,"子昂始高蹈"麼。

23. **李益**(748—約827),字君虞,隴西姑臧(今甘肅省武威縣)人。大歷(唐代宗年號)進士,官至禮部尚書。益以生於西陲,熟悉邊事,頗多歌詠之作。且有為教坊(御用內府樂的管理所在)樂人取為聲樂度曲者(如《夜上受降城聞笛》即是),其《征人歌》《早行詩》(亦曰《曉角詩》)並被寫入畫圖。詩皆建中(唐德宗年號)、貞元(同上)間作。益詩刻畫邊塞軍事,形象細緻、動人觀聽、怨悱不亂、恰如其分。《自序》(贈左補闕盧景亮)云:

> 五在兵間,故為文多軍旅之思。或軍中酒酣,塞上兵寢,
> 投劍秉筆,散懷於斯文,率皆出乎慷慨意氣。武毅果屬,本其
> 涼國,則世將之後,乃西州之遺民歟! 亦其坎坷當世,發憤之
> 所致也。(《唐詩紀事》卷卅)

按李益雖號稱"大歷十才子",而《舊唐書》無傳。清人王士禎(1634—1711)《分甘餘話》云:"唐大歷十才子,傳聞不一。江鄰幾所志乃盧綸、錢起、郎士元、司空曙、李益、李端、李嘉祐、皇甫曾、耿湋、苗發、吉中孚,共十一人。或又云有夏侯審。按發、審詩名不甚著,未可與諸子頡頏;且皇甫兄弟齊名,不應有曾而無冉;又韓翃同時盛名,而亦不之及,皆不可解。"宋初去唐未遠,而傳聞不同如此,我們就用不著去推測了。蓋諸人都只是大歷間的精英,各有千秋,從李益的邊塞詩即可略見一斑,如:

回樂峰前沙似雪,受降城下月如霜。不知何處吹蘆管,
一夜征人盡望鄉。(《夜上受降城聞笛》)

按受降城,漢武帝所建,舊為漢九原北塞外,在今内蒙古自治區烏喇特
旗北。唐受降城有三,其中城即漢之舊址,在黃河北岸。東城在漢為
雲中郡,地處黃河東岸。西城本漢朔方郡,亦在黃河北岸。三城均為
張仁愿(中丞檢校,幽州都督,後為鎮軍大將軍,武后時名將)所築,俱
在今内蒙古自治區。又:

胡風凍合鸊鵜泉,牧馬千群逐暖川。塞外征行無盡日,
年年移帳雪中天。(《征人歌》)
邊霜昨夜墮關榆,吹角當城漢月孤。無限塞鴻飛不度,
秋風卷入小單于。(《聽曉角》)
天山雪後海風寒,橫笛偏吹行路難。磧裏征人三十萬,
一時回向月明看。(《從軍北征》)

這幾首詩的特點是:七言絕句,不離"征人"。而"霜月""雪天""胡風"
"流沙""角笛""蘆管",以至"牧馬""塞鴻",處處皆是一片邊地行軍
的景色。雖有"望鄉"之情"無盡"之言,並不顯著悲戚苦難。就是說
在邊塞作官的人,那思想感情到底跟行伍中的士兵不一樣。例如,他
還有這樣的詩句:

草綠古燕州,鶯聲引獨遊。雁歸天北畔,春盡海西頭。
向日花偏落,馳年水自流。感恩知有地,不上望京樓。(《獻
劉濟》)

356

劉濟是當日的幽州都督,保舉李益作了營田副使,所以他在詩中露出了感激之意,原不足怪,但是可以說明作者的生活思緒,近乎不與一般從軍者相同。"鶯聲""綠草""感恩""自流",已經不再"望鄉""望京"啦。後來他從司空魚朝恩北征有《苦樂行》,更云:"勞者且莫歌,我欲歌送觴。行軍有苦樂,此曲樂未央。"可證。其中佳句云:

> 一旦承嘉惠,輕身重恩光。秉筆參帷帟(帟,音繹,帳幕),從軍至朔方。邊地多陰風,草木自淒涼。斷絕海雲去,出沒胡沙長。參差引雁翼,隱轔騰軍裝。劍文夜如水,馬汗凍成霜。

> 俠氣五都少,矜功六郡良。山河起目前,睚眥死路傍。北馳逐獫虜,西臨復舊疆。昔還賦餘資,今出乃贏糧。一矢彀夏服,我弓不再張。寄語丈夫雄,若樂身自當。

兩節詩情景宛然,真而又美,是興會之作,也有氣魄。不過,魚朝恩乃一權閹,並不是什麼好人,跟這樣的官長辦事,還要誇說戰功,李益的品德如何,也就可想而知了。《來從竇車騎行》(竇文場,也是宦官,有寵於德宗,累擢驃騎大將軍,曾監軍朔方)類此。其詩云:

> 束髮逢世屯,懷恩抱明義。讀書良有感,學劍慚非智。遂別魯諸生,來從竇車騎。追兵赴邊急,絡馬黃金轡。出入燕南陲,由來重意氣。自經皋蘭戰,又破樓煩地。西北護三邊,東南留一尉。時過欻如雲,參差不自意。將軍失恩澤,萬事從此異。置酒高臺上,薄暮秋風至。長戟與我歸,歸來同棄置。自酌還自飲,非名又非利。歌出易水寒,琴下雍門淚。出逢平樂舊,言在天階侍。問我從軍苦,自陳少年貴。丈夫

交四海,徒論身自致。漢將不封侯,蘇卿勞遠使。今我終此曲,此曲誠不易。貴人難識心,何由知忌諱。

益自己說:"散懷""發憤""多軍旅之思",看來是的。因為他多從主觀的願望出發去看待問題而且又不無得失之感的,什麼"戰皋蘭""破樓煩""護三邊",不過因人成事,故作壯語,"易水寒""雍門淚""從軍苦"已是棄置於歸來後的老調,非在邊塞時的實際感受了。"漢將不封侯,蘇卿勞遠使"不是牢騷話麼?"此曲誠不易","何由知忌諱",如見其肺腑然!我們應該欣賞他下面列舉的一些詩句:

> 邊馬櫪上驚,雄劍匣中鳴。半夜軍書至,匈奴寇六城。中堅分暗陣,太乙起神兵。出沒風雲合,蒼黃豹虎爭。今日邊庭戰,緣賞不緣名。(《夜發軍中》)
> 金鐃隨玉節,落日河邊路。沙鳴後騎來,雁起前軍度。五城鳴斥堠,三秦新召募。天寒白登道,塞濁陰山霧。仍聞舊兵老,尚在烏蘭戍。笳簫漢思繁,旌旗邊色故。寢興倦弓甲,勤役傷風露。來遠賞不行,鋒交勳乃茂。未知朔方道,何年罷兵賦。(《五城道中》)

此類都是白描的工筆,非躬與其役者刻畫不出來,使人具有聞見親切,不能不擊節歎賞之感,美中不足的是念念不忘"行賞",精神不夠強大,難預於忠貞衛國之林。

其《塞下曲》中亦多相似的名句。如:

> 蕃州部落能結束,朝暮馳獵黃河曲。燕歌未斷塞鴻飛,牧馬群嘶邊草綠。秦築長城城已摧,漢武北上單于臺。古來

358

征戰虜不盡,今日還復天兵來。黃河東流流九折,沙場埋恨何時絕?蔡琰沒去造胡笳,蘇武歸來持漢節。為報如今都護雄,匈奴且莫下雲中。請書塞北陰山石,願比燕然車騎功。

以上所引並見《唐詩紀事》卷三十中。其《苦樂行》《五道城中》兩章且為《李益集》所未載者。總之,在唐代的邊塞詩中,李益足稱名家,不止數量較多,絕句、律詩、長篇都有,而且感情真實,狀物貼切,五言比七言更為佳,絕句勝於律詩。再說一句就是,有生活的作品,非向壁虛構者可比。

還要補充一點的是,李益的邊塞詩歌,不只同情漢人,對於胡兒的流落天涯者也同樣是憐惜的。如《登夏州城樓觀征人賦得六州胡兒歌》云:

六州胡兒六蕃語,十歲騎羊逐沙鼠。沙頭牧馬孤雁飛,漢軍遊騎貂錦衣。雲中征戍三千里,今日征行何歲歸?無定河邊數株柳,共送行人一杯酒。胡兒起作和蕃歌,齊唱嗚嗚盡垂手。心知舊國西州遠,西向胡天望鄉久。回身忽作異方聲,一聲回盡征人首。蕃音虜曲一難分,似說邊情向塞雲。故國關山無限路,風沙滿眼堪斷魂。不見天邊青作冢,古來愁殺漢昭君。(《唐詩別裁》)

真可以說別有風味,而妙在人的感情寄托同一,有誰不認為李益在這一點上是偉大的呢?

《觀回軍三韻》,只有五言六句,以少勝多,別開生面,其詩曰:

行行上隴頭,隴月暗悠悠。萬里將軍沒,回旌隴戍秋。

誰令嗚咽水,重入故營流。

"回軍"了,不是"班師",更非"凱旋"。因為從月色水聲中便說明了問題:"將軍沒了!"真是神來之筆! 必須冷眼觀聽,始能得此。

24. **高適**(700—765),字達夫,渤海郡(今河北省景縣)人,早年生活潦倒,參加戎幕,對邊塞生活深有體會,所以他的邊塞詩很富有魅力,與岑參同負盛名,其代表作如《燕歌行》:

> 漢家煙塵在東北,漢將辭家破殘賊。男兒本自重橫行,天子非常賜顏色。摐金伐鼓下榆關,旌旆逶迤碣石間。校尉羽書飛瀚海,單于獵火照狼山。山川蕭條極邊土,胡騎憑陵雜風雨。戰士軍前半死生,美人帳下猶歌舞。大漠窮秋塞草腓,孤城落日鬥兵稀。身當恩遇恒輕敵,力盡關山未解圍。鐵衣遠戍辛勤久,玉箸應啼別離後。少婦城南欲斷腸,征人薊北空回首。邊庭飄颻那可度,絕域蒼茫更何有! 殺氣三時作陣雲,寒聲一夜傳刁斗。相看白刃血紛紛,死節從來豈顧勳! 君不見沙場征戰苦,至今猶憶李將軍。

根據作者的序言,知道這首詩是針對當時東北邊將張守珪而作的。張居功自傲(開元二十三年他以戰功拜輔國大將軍兼御史大夫,二十五年曾破契丹。事見《舊唐書·守珪傳》),不惜士卒,又喜歡飲酒作樂,軍政敗壞,故達夫予以批判。他揭露了錯綜複雜的矛盾,描繪了士兵們的心理變化,事物斑斑,有聲有色,如在修辭上緊緊地抓住了一個"燕"字,以"東北""榆關""碣石""瀚海""薊北"等地名來表明邊塞的所在,和"單于""胡騎""大漠""絕域""邊庭"以充實點畫了邊塞的景象,事事傳信息,件件有交待,使人一目了然。而"沙場征戰苦,白刃血紛紛"之罪過,也就令張守珪無處躲閃了,儘管他這裏是托為"李將軍"的。

高適的贈送詩,其關涉到邊塞的並未闕如,《送劉評事充朔方判官賦得征馬嘶》云:

> 征馬向邊州,蕭蕭嘶不休。思深應帶別,聲斷為兼秋。
> 歧路風將遠,關山月共愁。贈君從此去,何日大刀頭?

竟體興而比,語言簡潔,情意中和。《使青夷軍入居庸》又云:

> 匹馬行將久,征途去轉難。不知邊地別,只訝客衣單。
> 溪冷泉聲苦,山空木葉乾。莫言關塞極,雲雪尚漫漫。

信手拈來,清新宛轉,仔細探索,卻只是強調邊地的"冷"與"苦"。五、六兩句,忒愛煞人,以其狀物工而心意切也。

25. **岑參**(715—770),南陽人(今河南省南陽縣),出身於世宦之家(曾祖父文本,叔祖父長倩位至宰相,父亦兩為州刺史)。天寶進士,授兵曹參軍,常隨高仙芝(?—755,高麗人,曾充安西四鎮節度使)、封常清(高的部屬,後積功官至范陽節度使)至邊塞(前後六年),生活充實,聞見親切,所以這一方面的詩歌,多而且好,如:

> 彎彎月出掛城頭,城頭月出照涼州。涼州七里十萬家,
> 胡人半解彈琵琶。琵琶一曲腸堪斷,風蕭蕭兮夜漫漫。河西
> 幕中多故人,故人別來三五春。花門樓前見秋草,豈能貧賤

相看老? 一生大笑能幾回,斗酒相逢須醉倒。(《涼州館中與諸判官夜集》)

君不聞胡笳聲最悲,紫髯綠眼胡人吹。吹之一曲猶未了,愁殺樓蘭征戍兒。涼秋八月蕭關道,北風吹斷天山草。崑崙山南月欲斜,胡人向月吹胡笳。胡笳怨兮將送君,秦山遙望隴山雲。邊城夜夜多愁夢,向月胡笳誰喜聞?(《胡笳歌送顏真卿使赴河隴》)

兩歌都有民歌神韻,一個琵琶,一個胡笳。伴隨著月色秋風,怎不愁殺人也呢? 特別是重筆點出胡人來,說明這是在邊塞,只能於醉裏夢裏討生活了。真是悲戚之至! 又如:

君不見走馬川行雪海邊,平沙莽莽黃入天。輪臺(即今新疆省維吾爾自治區輪臺縣)九月風夜吼,一川碎石大如斗,隨風滿地石亂走。匈奴草黃馬正肥,金山西見煙塵飛,漢家大將西出師。將軍金甲夜不脫,半夜軍行戈相撥,風頭如刀面如割。馬毛帶雪汗氣蒸,五花連錢旋作冰,幕中草檄硯水凝。虜騎聞之應膽懾,料知短兵不敢接,車師西門佇獻捷。(《走馬川行奉送封大夫出師西征》)

輪臺城頭夜吹角,輪臺城北旄頭落。羽書昨夜過渠黎(今新疆省維吾爾自治區輪臺縣東南是其地),單于已在金山西(在今青海省西寧縣西七十里)。戍樓西望煙塵黑,漢軍屯在輪臺北。上將擁旄西出征,平明吹笛大軍行。四邊伐鼓雪海湧,三軍大呼陰山動。虜塞兵氣連雲屯,戰場白骨纏草根。劍河風急雲片闊,沙口石凍馬蹄脫。亞相勤王甘苦辛,誓將報主靜邊塵。古來青史誰不見,今見功名勝古人。(《輪臺歌

奉送封大夫出師西征》)

這兩首七古更作得好,寫景色是天昏地暗、走石飛沙,說嚴寒是面如刀割、馬毛帶雪,夜行軍既金甲不脫、戈矛相撥,那氣勢也吹角鳴笛、伐鼓吶喊,只搞得海湧山搖、草木皆兵,還誰管他硯水凝、馬蹄脫,以至於"白骨纏根暴屍戰場"呢。因為出師的目的乃在於"靜邊塵,求捷報"的,理應生死置之度外,不怕犧牲嘛,所以它不是吊戰場文,而是行軍短歌。"北風卷地百草折",儘管是北地風光,作者的心情卻是"千樹萬樹梨花開"呐。衣狐裘、臥錦衾的人物,到底與普通一兵不同。("北風"以下等句見《白雪歌送武判官歸京》)

當然,思鄉、念家,對於在邊塞工作的詩人也不會毫不暴露的。岑參還有一系列的絕句正是表示這種離情別緒的,多為七言:

　　酒泉太守能劍舞,高堂置酒夜擊鼓。胡笳一曲斷人腸,座上相看淚如雨。(《酒泉太守席上醉後作》)
　　西向輪臺萬里餘,也知鄉信日應疏。隴山鸚鵡能言語,為報家人數寄書。(《赴北庭度隴思家》)
　　走馬西來欲到天,辭家見月兩回圓。今夜不知何處宿,平沙萬里絕人煙。(《磧中作》)
　　漢將承恩西破戎,捷書先奏未央宮。天子預開麟閣待,只今誰數貳師功? 日落轅門鼓角鳴,千群面縛出蕃城。洗兵魚海雲迎陣,秣馬龍堆月照營。(《樂府雜曲·鼓吹曲辭·凱歌六首》)

這些詩從不同的角度來表現邊塞居人的離愁別緒——酒泉的太守高堂置酒、擊鼓夜舞,可是在胡笳曲中,一樣的淚落如雨。隴上的戍客則思家盼信,枉自行役於萬里平沙之中,不如能夠學舌的鸚鵡。破戒的將軍呢? 雖已向天子報捷,麟閣標名,卻不是人人有份的,自然不免惆悵。那些戰敗被俘的蕃兵,就更不要說了,轅門鼓角齊鳴,從日落到月出,看著勝利者擦洗武器、飽喂戰馬的耀武揚威的情景。真是寫的各如其事,事在邊疆,不論什麼人,都不會如心愜意的。下面的兩首送人詞,也有異曲同工之妙。《武威春暮聞宇文判官西使還已到晉昌》云:

> 岸雨過城頭,黃鸝上戍樓。塞花飄客淚,邊柳掛鄉愁。
> 白髮悲明鏡,青春換敝裘。君從萬里使,聞已到瓜州。

此羨人之歸而悲己之思也。情隨景入,客淚鄉愁,垂垂老矣,尚羈旅於萬里之外,兩兩對比其何以堪! 故而哀哀上告。《磧西頭送李判官入京》同此,蓋其時嘉州方留磧西(地在今山西省臨縣西南)為記室也。詩云:

> 一身從遠使,萬里向安西。漢月垂鄉淚,胡沙費馬蹄。
> 尋河愁地盡,過磧覺天低。送子軍中飲,家書醉裏題。

此詩三句以後,可以說是歌以當哭,對景傷情:垂鄉淚因漢月高照,費馬蹄是深陷胡沙。地盡,天低,幾令人有窮途末路之感。沒有久戍邊塞的人,再能筆上生花也寫不出來的。岑參的《白雪歌送武判官歸京》更為有名,詩云:

> 北風卷地白草折,胡天八月即飛雪。忽如一夜春風來,
> 千樹萬樹梨花開。散入珠簾濕羅幕,狐裘不暖錦衾薄。將軍
> 角弓不得控,都護鐵衣冷難著。瀚海闌干百丈冰,愁雲慘澹

萬里凝。中軍置酒飲歸客,胡琴琵琶與羌笛。紛紛暮雪下轅門,風掣紅旗凍不翻。輪臺東門送君去,去時雪滿天山路。山回路轉不見君,雪上空留馬行處。

邊塞軍部文官的生活,到底與千萬的普通戰士不同,他們還有閒情逸致來欣賞雪景,而且毫無惜別的神態,這個我們應該看個明白。另外是:全詩在寫邊塞的景色時,自始至終拈住一個"雪"字,使人神清意朗,俯仰多姿,則是作者藝術手段高明之故也。

四、其他作者,雖非大家,描寫邊塞也有獨到之處的

26. **李頎**(690—751,頎音 qí,開元進士,曾任新鄉縣尉。有詩集,邊塞詩有《古意》《古從軍行》等作。沈德潛說他比岑、高"和緩",也有說他"豪邁"的。我則認為他屬辭悠揚,情真意切,寫人狀物都極生動。《古意》云:

> 男兒事長征,少小幽燕客。賭勝馬蹄下,由來輕七尺。殺人莫敢前,鬚如蝟毛磔。黃雲隴底白雲飛,未得報恩不得歸。遼東小婦年十五,慣彈琵琶解歌舞。今為羌笛出塞聲,使我三軍淚如雨。

此詩起首雖有燕趙豪爽之氣,而結語卻是聞笛感傷了的,而且非一人,是三軍。刻畫人物有如塑工,刀筆幾下便是形象,此為別人所不及處。《古從軍行》更不兩樣,不過點染胡地景色之筆較多:

> 白日登山望烽火,黃昏飲馬傍交河。行人刁斗風沙暗,公主琵琶幽怨多。野雲萬里無城郭,雨雪紛紛連大漠。胡雁哀鳴夜夜飛,胡兒眼淚雙雙落。聞道玉門猶被遮,應將性命逐輕車。年年戰骨埋荒外,空見蒲桃入漢家。

此見塞外景色畫圖一般,襯以幽怨之琵琶、哀鳴的胡雁、落淚的胡兒,怎不叫人悽愴呢?而埋荒的戰骨所換來的不過是一些蒲桃,失算極了!這不是在給輕開邊事、不恤民命者的當頭棒喝嗎?

27. **祖詠**(699—約746),洛陽(今屬河南)人,開元(唐玄宗年號)進士,與王維友善,其詩工於寫景狀物,《望薊門》云:

　　燕臺一望客心驚,笳鼓喧喧漢將營。萬里寒光生積雪,
三邊曙色動危旌。沙場烽火侵胡月,海畔雲山擁薊城。少小
雖非投筆吏,論功還欲請長纓。

此薊州,即今河北薊縣,唐為漁陽郡,北臨突厥,屢有邊事,這裏"客心驚""動危旌""積雪寒光""胡月烽火",已經描繪得使人如聞其聲,如見其景,從而驚心動魄了。結尾竟作"請長纓"的壯語,似與作者喜歡"隱逸生活"的思想情況不甚符合,殆其"少作"歟?

28. **崔顥**(? 704——754)汴州(今河南省開封市)人,開元(唐玄宗年號)十一年(722)進士,天寶中為尚書司勳員外郎。
　　顥,文人無行,後經歷邊塞生活,忽改常態,風格凜然。遊武昌,《黃鶴樓》一詩,至今傳誦,其邊塞之作如《送單于裴都護赴西河》云:

　　征馬去翩翩,秋城月正圓。單于莫近塞,都護欲臨邊。
漢驛通煙火,胡沙乏井泉。功成須獻捷,未必去經年。

此詩寫來輕鬆,毫無塞外疾苦之言,尤稱獨特。其《遼西作》則云:

　　燕郊芳歲晚,殘雪凍邊城。四月青草合,遼陽春水生。
胡人正牧馬,漢將日徵兵。露重寶刀濕,沙虛金鼓鳴。寒衣
著已盡,春服與誰成?寄語洛陽使,為傳邊塞情。

這也只是征人索春服，並無其他驚人情況，至於"胡人牧馬""漢將徵兵"，也不過例行公事，不必在意。倒是"露重""沙虛"二句用筆頗工。《贈王威古》則與此不同，詩曰：

> 三十羽林將，出身常事邊。春風吹淺草，獵騎何翩翩。插羽兩相顧，鳴弓新上弦。射麋入深谷，飲馬投荒泉。馬上共傾酒，野中聊割鮮。相看未及飲，雜虜寇幽燕。烽火去不息，胡塵高際天。長驅救東北，戰解城亦全。報國行赴難，古來皆共然。（以上見《唐詩紀事》卷二十）

說這位將軍從愜意的遊獵生活到勝利地解救東北，全福全壽，真是位特殊人物。而娓娓敘來，詳盡動聽，亦可見崔顥手筆之非凡了。

29. **盧綸**（748—800?），字允言，河中蒲州（今山西永濟縣）人。大歷（唐代宗年號）初，屢試不第，以宰相元載薦，補閿鄉尉，官至檢校戶部郎中。有詩五卷（《全唐詩》錄存）。綸為"大歷十才子"之一，其"邊塞詩"以《從軍行》最有名：

> 二十在邊城，軍中得勇名。卷旗收敗馬，占磧（水渚中有石者）擁殘兵。覆陣烏鳶起，燒山草木明。塞閑思遠獵，師老厭分營。雪嶺無人跡，冰河足雁聲。李陵甘此沒，惆悵漢公卿。

盧綸曾為河中元帥府判官（節度使僚屬，分管倉、兵、騎、胄四曹事），故頗熟悉邊地情況，觀其"敗馬""殘兵"之言，可能對敵沒佔什麼上風。

《送韓都護還邊》因人及事,別有情調:

> 好勇知名早,爭雄上將間。戰多春入塞,獵慣夜登山。
> 陣合龍蛇動,軍移草木閑。今來部曲盡,白首過蕭關。

此詩亦有"將軍白髮征夫淚"之義。他的《塞下曲》卻雄健得很:

> 林暗草驚風,將軍夜引弓。平明尋白羽,沒在石棱中。
> (其一)
> 月黑雁飛高,單于夜遁逃。欲將輕騎逐,大雪滿弓刀。
> (其二)

夜射,矢沒石棱,騎逐,單于已逃,大將軍八面威風,這是何等氣魄!言簡意精,勝似長篇樂府,允是此中能手。

30. **雍陶**,字國鈞,成都人,太和(唐文宗年號)進士,自國子《毛詩》博士出為簡州刺史。能詩,嘗自比謝宣城(朓),而罕與人交際。有《塞路晴詩》一首,別具風格,詩云:

> 晚虹斜日塞天昏,一半山川帶雨痕。新水亂侵青草路,
> 殘煙猶傍綠楊村。胡人羊馬休南牧,漢將旌旗在北門。行子
> 喜聞無戰伐,閑看遊騎獵秋原。

我們說此詩別具風格,是因為它在景色上沒用"寒風""荒煙""月暗""霜飛""沙磧""悲笳"一類"塞上詩"常見的字詞,反而代之以"晚虹""雨痕""新水""綠楊""青草"這些令人神往的自然景象,加

之結語也是悠閒自在,從容不迫的樣子之故。能說不是當日的一點突破嗎?

31. **盧汝弼**(生平不詳)的《塞上四時詞》,別有風味。春、夏、秋、冬,邊塞的四季景色,都給了點染,而各首的結語亦極警惻——上望夫山,鄉國音信久斷,泣涕漣漣;到了冬天,還怕結冰以後,胡馬南侵,真是樸實勤奮,肯於做出犧牲的好人民,其詩如下:

春風昨夜到榆關,故國煙花想已殘。少婦不知歸不得,朝朝應上望夫山。(其一,春季,但是"煙花"已殘,征婦已作了未亡人,猶望夫歸,可悲之至。)

盧龍塞外草初肥,雁乳平蕪曉不飛。鄉國近來音信斷,至今猶自著寒衣。(其二,夏季了,無人照看,夏著冬裝。這是從征夫的角度看問題的。)

八月霜飛柳變黃,蓬根吹斷雁南翔。隴頭流水關山月,泣上龍堆望故鄉。(其三,秋季了,思鄉登高,毫無復員希望,所以垂泣,活畫一個老戍卒的心腸。)

朔風吹雪透刀瘢,飲馬長城窟更寒。半夜火來知有敵,一時齊保賀蘭山。(其四,冬季,這說明著邊疆守衛者,儘管有這樣那樣的苦痛,可是時刻警惕著,只要一有敵情,便準備齊上戰場保衛國家,不能不說是極好的人民戰士。)

32. **楊巨源**,字景山,蒲州(今山西省)人。貞元(唐德宗年號)進士,累拜國子司業。以詩訓後進,多成其藝,年七十致仕。太和(唐文宗年號),復以為河中少尹,不領職務,歲致俸祿至終。其《長城聞笛》云:

　　　　孤城笛滿林，斷續共霜砧。夜月降羌淚，秋風老將心。
　　　　靜過寒壘遍，暗入故關深。惆悵梅花落，山川不可尋。

此詩含蓄甚深，而情景結合得尤臻上乘，夾敘夾議，可資讀者反復
尋味。

　　《唐詩紀事》卷卅五引云：“巨源以‘三刀夢益州，一箭取遼城’得
名。”故樂天詩云：“早聞一箭取遼城，相識雖新有故情。清句三朝誰是
敵？白鬚四海半為兄。”

　　巨源之贈送詩亦極有名，其涉及邊塞者頗不在少。如《贈張將
軍》云：

　　　　關西諸將揖容光，獨立營門劍有霜。知愛魯連歸海上，
　　　　肯令王剪在頻陽。天晴紅幟當山滿，日暮清笳入塞長。年少
　　　　功高人最羨，漢家壇樹月蒼蒼。（《唐詩紀事》卷卅八）

這把主人公張將軍稱美得有聲有色，而主要功績卻是在邊塞上，“日暮
清笳入塞長”，已經“點睛”了麼。又《述舊紀勳寄太原李光顏侍中》亦
佳，詩云：

　　　　玉塞含悽見雁行，北垣新詔拜龍驤。弟兄間世真飛將，
　　　　貔虎歸時似故鄉。鼓角因風飄朔氣，旌旗映水發秋光。河源
　　　　收地心猶壯，笑向天西萬里霜。（同上）

用詞美，是源於知之深，氣魄大，則由於功勳多。沙場老將，塞上風光，
真是相得益彰。但是我以為寫得最動人也最有教育意義的，還是《贈

371

鄰家老將》,詩云:

> 白首羽林郎,丁年戍朔方。陰天瞻磧落,秋日渡遼陽。
> 大漠寒山黑,孤城夜月黃。十年依蓐食,萬里帶金瘡。拂雪
> 陳師祭,衝風立教場。箭飛瓊羽合,旗動火雲張。虎翼分營
> 勢,魚鱗擁陣行。誓心清塞色,斗血雜沙光。戰地晴輝薄,軍
> 門曉氣長。寇深爭暗襲,關迥勒春防。身賤竟何訴,天高徒
> 自傷。功成封寵將,力盡到貧鄉。雀老方悲海,鷹衰卻念霜。
> 空餘孤劍在,開匣一沾裳。

活畫一幅"邊塞老將行樂圖",抒情、素描。

33. **李昌符**,字若夢,咸通(唐懿宗年號)四年進士,官膳部員外
郎。詩與張喬、許棠齊名。有《塞上行》,言與西羌的邊事,情景俱佳:

> 朔野煙塵起,天軍又舉戈。陰風向晚急,殺氣入秋多。
> 樹盡禽棲草,冰堅路在河。汾陽無繼者,羌虜肯先和!(《唐
> 詩別裁集》)

國無大將,欲圖言和而不可得。蓋極言唐代已衰,不復為敵所畏了,還
要舉戈征討,實在是自討苦吃。"樹盡""冰堅"已從景象上慨乎作比
啦。但《唐詩紀事》所引,字句頗有不同,也把它抄在下面:

> 蒼莽盧關北,孤城帳幕多。客軍甘入陣,老將望廻戈。
> 樹盡禽棲草,冰堅路在河。汾陽尋下世,羌虜肯先和!(卷
> 七十)

34. **張仲素**(生平不詳)的幾首邊詞,也值得介紹一下。《塞下曲》頗有豪氣:

> 朔雪飄飄開雁門,平沙歷亂卷蓬根。功名恥計擒生數,
> 直斬樓蘭報國恩。

此可謂"頭"筆,點景也佳,結語豪邁,與哀傷者大不相同。《秋夜曲》情調正常:

> 丁丁漏水夜何長,漫漫輕雲露月光。秋逼暗蟲通夕響,
> 征衣未寄莫飛霜。

懷念而不感傷,可以說是"堂皇",第三句特工精,簡直是神來之筆。《秋閨思》與之同功:

> 碧窗斜月藹深暉,愁聽寒螿淚濕衣。夢裏分明見關塞,
> 不知何路向金微。(其一)
> 秋天一夜靜無雲,斷續鴻聲到曉聞。欲寄征衣問消息,
> 居延城外又移軍。(其二)

沈德潛注云:"即王涯所云'不省出門行,沙場知近遠'意。"從表現出來的思緒來看,已比《秋夜曲》深了一層,因為已經到了"淚濕衣"的境界了。第二句亦精闢,以其可以理解為"徹夜未眠"也,欲問消息,又換了防地,極言通信之難。構思之巧,運筆之工,令人歎為觀止。

35. **劉灣**,雖然名頭不大,也不詳其爵里,但是一首《出塞曲》,卻是寫得很有氣勢,他說:

> 將軍在重圍,音信絕不通。羽書如流星,飛入甘泉宮。倚是并州兒,少年心膽雄。一朝隨召募,百戰爭王公。去年桑乾北,今年桑乾東。死是征人死,功是將軍功。汗馬牧秋月,疲卒臥霜風。仍聞左賢王,更將圍雲中。(《唐詩別裁集》卷三)

詩歌的語言純淨通俗,完全用的敘述筆法,而點題之處則是單刀直入一語喝破:"死是征人死,功是將軍功。""一將功成萬骨枯"嘛。結尾不但給了吐厥入侵的信息,還道出了他們不把唐人放在眼裏的氣勢,發人深思,促人警惕。

36. **薛逢**,字陶臣,河東(今山西省)人。會昌(唐武宗年號)進士,歷侍御史、尚書郎、秘書監等官,持論鯁切,亦有謀略(《唐書·文藝傳》有傳)。他的《送靈州田尚書》有詩云:

> 陰風獵獵滿旗竿,白草颼颼劍氣攢。九姓羌渾隨漢節,六州蕃落從戎鞍。霜中入塞雕弓硬,月下翻營玉帳寒。今日路傍誰不指,穰苴門戶慣登壇。

他這首七律作得很有聲色——"陰風""白草","九姓""六州","霜中""月下",各自對仗工整,格調清新,沈德潛說是"有盛唐人氣息"(《唐詩別裁集》卷十六注),不為無因。

37. **陳陶**,字崇伯,是個不見經傳的人,詩作也不多,可是一曲《隴西行》就流傳千古了,其詩云:

> 誓掃匈奴不顧身,五千貂錦喪胡塵。可憐無定河邊骨,猶是春閨夢裏人。

很有一股子為國獻身,不怕犧牲的勁頭,而且後面兩句還是從客觀上去哀憫那些不知道自己已經沒有了丈夫的"征婦"的。

蓋嘉運(未詳)進的《涼州歌》則是描繪著邊塞的景物:

> 朔風吹葉雁門秋,萬里煙塵昏戍樓。征馬長思青海北,胡笳夜聽隴山頭。

詩裏雖然不見主人,主人卻分明地活動於字裏行間,所以謂之妙用。

38. **鄭錫**(未詳其生平)的《隴頭別》《度關山》在修辭謀篇上,頗有獨到的造詣。先看《隴頭別》:

> 秋盡初移幕,沾裳一送君。據鞍窺古堠,開灶爇寒雲。登隴人回首,臨關馬顧群。從來斷腸處,皆向此中分。(《唐詩別裁集》卷十一)

五言律詩,對仗工而結語巧,所以不應使之向隅。《度關山》亦差似之。

> 象弭插文犀,魚腸瑩鸊鷉(水鳥,似鳧而小足,連尾,不能陸行)。水聲分隴咽,馬色度關迷。曉幕胡沙慘,危烽漢月

低。仍聞數騎將,更欲出遼西。(同上)

此詩稍病雕琢,而收尾二句有神氣。

39. 趙徵明(生平未詳)之《回軍跛者》詩云:

> 既老又不全,始得離邊城。一枝假枯木,步步向南行。去時日一百,來時月一程。常恐道路旁,掩棄狐兔塋。所願死鄉里,到日不願生。聞此哀怨詞,念念不忍聽。惜無異人術,倏忽具爾形。(《唐詩紀事》卷二十七)

邊塞失腿一隻的殘廢軍人,安了假腿以後,猶在"狐死必首丘"的意念下,步行還鄉。聆其今昔對比之言,怎不令人酸鼻!而作者偉大的同情心,遂躍然於字裏行間矣。另外是,只此一作,已有其獨特的代表性,文不在多,信然。

40. 李群玉,字文山,澧州(今湖南省,澧縣)人,赴舉一上而止。宰相裴休薦之,乞授一文學官,得弘文館校書郎,施乞歸卒。其《送李裴評事》詩云:

> 塞垣從事識兵機,只擬平戎不擬歸。入夜笳聲含白髮,報秋榆葉落征衣。城臨戰壘黃雲晚,馬渡寒沙夕照微。此別不應書斷絕,滿天霜雪有鴻飛。

詩甚雄壯,詞亦雅麗,五、六兩句極見巧思,結語清新,亦非泛泛者可與倫比。

41. **李嶠**,字巨山,贊皇(今屬河北省)人。弱冠舉進士,官至鳳閣舍人,聖歷(唐高宗年號)中,初遷鸞臺侍郎,神龍(唐中宗年號)中,拜吏部尚書,封趙國公,景龍(亦中宗年號)中以兵部尚書同中書門下三品。睿宗時,致仕卒。《紀事》說:"嶠於武后時,賦《金樞詩》,貶唐之功,頌周之德,人皆鄙之。"但嶠反對以公主和蕃的看法,卻是正大的,《奉和送金城公主適西蕃應制》云:

> 漢帝撫戎臣,絲言命錦輪。還將弄機女,遠嫁織皮人。
> 曲怨關山月,妝消道路塵。所嗟穠李樹,空對小榆春。

此托漢事以諷唐人,乃大臣立言之體。可是不管怎麼說,派公主和蕃在當時實是有辱國體的。

42. **沈彬**,字子文,高安(在今越南北境)人,宋《藝文志》說他有《閒居集》十卷。子文之《塞下》《入塞》兩詩,別有意味,《塞下》云:

> 塞葉聲悲秋欲霜,寒山數點下牛羊。映霞旅雁隨疏雨,
> 向磧行人帶夕陽。邊騎不來沙路失,國恩深後海城荒。胡兒
> 向化新成長,猶自千回問漢王。(《唐詩別裁集》卷十六)

沈注云:"塞下詩仿其粗豪,此首最見品格。下半說武備廢弛,胡人窺伺,而措語婉曲,於唐末得之,尤為僅見。"(同上)《入塞》云:

> 苦戰沙門臥箭痕,戍樓閑上望星文。生希國澤分偏將,
> 死奪河源答聖君。鳶覷敗兵眠白草,馬驚邊鬼哭陰雲。功多

地遠無人紀,漢闕笙歌日又曛。(同上)

上一首詩說"國恩深",這一首說"答聖君",可見作者念念不忘祖國之至意。而"功多地遠無人紀",又足證朝廷之賞罰失當,致使愛國志士悲憤不平了。前一首"胡兒向化新成長"之語,卻是一個值得欣賞的新情況。邊塞詩中,此類不多。

43. **裴羽仙**,躬自哀傷邊事而又寫有長詩的女性,自以裴羽仙為最擅勝場。羽仙是裴悅的妻室,悅征匈奴不歸,羽仙賦邊將詩以寫憂鬱,寄夫征衣,以詩繫之,其辭曰:

> 深閨乍冷鑒開篋,玉箸微微濕紅頰。一陣霜風殺柳條,濃煙半夜成黃葉。垂垂白練明如雪,獨下閑階轉淒切。只知抱杵搗秋砧,不覺高樓已無月。時聞寒雁聲相喚,紗窗只有燈相伴。幾展齊紈又懶裁,離腸恐逐金刀斷。細想儀形執牙尺,回刀剪破澄江色。愁撚銀針信手縫,惆悵無人試寬窄。時時舉袖勻紅淚,紅箋謾有千行字。書中不盡心中事,一片殷勤寄邊使。

這真說得:淒涼,婉轉,細膩,貼切。非孤居深閨,懷念征人的女詩人,哪得有此!

44. **無名氏**。唐代文學,不怪以詩歌為主。因為大家名作,風起雲湧,美不勝收,早、盛、中、晚、連綿不絕。許多好詩,還是無名氏作的呢(其次便是僧侶),在"邊塞詩"中,也有這種情況。如《雜詩》:

> 無定河邊暮角聲,赫連臺畔旅人情。函關歸路千餘里,
> 一夕秋風白髮生。

這好像是個邊關老兵的聲音,雖然他還沒有作為"可憐"的"無定河邊"之骨,而只是在"秋風"裏生了"白髮"的人。《胡笳曲》又說:

> 月明星稀霜滿野,氈車夜宿陰山下。漢家自失李將軍,
> 單于公然來牧馬。

是在公然非笑邊將無能,所以胡人敢來牧馬。

45. **金昌緒**,臨安(今屬浙江省)人,其他不詳。《全唐詩》存録其《春怨》一首,詩曰:

> 打起黃鶯兒,莫教枝上啼。啼時驚妾夢,不得到遼西(即
> 今遼寧西部)。

此詩用第一人稱的征婦口吻,思念遠戍遼西的丈夫,醒時不能相見,只好設想夢中聚首,委婉之至,不怒而怨的深意,實已蘊藏其中了。本詩也有說是蓋嘉運作的,題為《伊州歌》。按"伊州"地在今河南省臨汝縣。又說,即今新疆哈密縣。兩地均與詩中"遼西"之語不相符合,所以應該是金作而非蓋詩。

46. **西鄙人**,中國西部的邊民也,也是一個無名氏。其《哥舒歌》則是稱頌當年的安西節度使哥舒翰的。天寶中,哥坐鎮此方,控地數千里,甚有威名,故邊人作此歌:

北斗七星高,哥舒夜帶刀。至今窺牧馬,不敢過臨洮(今
甘肅省岷縣)。

只這幾句話就把哥舒翰忠勇負責、枕戈待旦的精神,以及他威震西陲、
為人愛戴的情況充分體現出來了。哥本胡人,入唐後以戰功封至郡
王。安禄山反,奉命守潼關不利,被害。

後 記

這篇文章是我為了參加"唐詩討論會"今年的年會,於暑假之初趕寫出來的,粗製濫造,錯誤自所難免,希望博雅君子、與會同志,多加指正。總之,本文的目的在於:

①泛覽博觀,選錄非必名家,分析對比重在藝術特點。

②誦其詩,讀其書,不知其人可乎? 故於每篇之首,略述作者生平。

③邊塞詩人多數是同情人民疾苦、反對戰爭殘暴的。但不能夠說這就不是愛國思想。

④反抗入侵之敵,是衛國的行為,包括自衛反擊在內,所以應該歌頌。

⑤皇帝好大喜功開邊不已,甚至侵入別國境內,而又勞民傷財得不償失者,不足為訓。

⑥藝術貴在真實,並不妨礙合理的誇飾,就叫它作浪漫的手法吧。

⑦為文造情的詩,我們認為是無病的呻吟,詩彙再美,章法再好,也要割愛。

⑧"詩中有畫畫中詩",形象逼真,使人感受親切,引人入勝能起共鳴者方見藝術的魅力。

⑨金無足赤,人無完人,大家作品也不例外。我們不吹毛求疵,只採取兩點論的態度。

⑩歷史唯物主義、辯證唯物主義,運用起來談何容易,但卻不能不奉為圭臬。

這些也許都是老生常談,又抽象得很,我把它總結出來,不過略備一格提供參考而已。金聲玉振,足垂千古,美哉!唐代的邊塞詩,真是中國詩史上的一枝奇葩。

李　白　評　傳

李白,這個在中國文學史上最有天才、最為偉大的浪漫詩人,遠自八世紀三十年代以來,就被中國人民所熱愛著了。这只要查考一下關於他的傳說之多,響往之久的種種事實,便知端的。但這是不是說,我們對他已經有了全面的認識呢? 如果要一句老實答案的話,那就是"還不見得"。因為,過去的單純欣賞盲目崇拜者的看法,不足為訓,不必談了,便是今天離開歷史主觀論斷者的意見,也不能夠不加以批判的。希求鑽探出來古人的"廬山真面目"並且給予比較正確的評價,是一件多麼不簡單的事體呀! 下面,我們想分別就李白的家世、出身、生活、思想、詩作、影響,作一回研究,結論自然仍是嘗試的,不過,在方法和材料上,卻力圖其謹嚴與真實。

一、生　活

太白既是一個有著貴族氣息的人物,他的一生又大半生活在物資豐富的天下宴安的盛唐(李隆基)時代。當日所習尚的遊俠、劍術、縱橫、神仙,自然都會很典型地從他身上體現出來,而裘馬輕狂、器用豪華的情況,倒是不在話下的了。至於他的經濟基礎,還看不出來是由於地主的剝削(直到晚年他才在山東置有田產)。從"混遊漁商,隱不絕俗"(《與賈少公書》)的自白中,令人懷疑他可能做過行商(他在詩歌中也常以陶朱公范蠡自比,此點以後再說)。下面就看看太白的一生。

1. 少年時代

太白在兒童的時候就非常的聰穎,他自己說:"五歲誦六甲(當時為計算干支的書),十歲觀百家(諸子百家之學)。軒轅以來,頗得聞矣。"(文集卷二十六《上安州裴長史書》)可見太白的天才早熟。又《新唐書·文藝列傳》云"十歲通詩書",太白自己的《贈張相鎬詩》也說:"十五觀奇書,作賦凌相如。"這些不但是說,太白到了十五歲已經通了詩書,能夠閱讀人所難懂的奇書,而且有了可比西漢大賦家司馬相如的創作了,還了得起麼?《開元天寶遺事》說:"李太白少時,夢所用之筆頭上生花,後天才贍逸,名聞天下。"這雖是一種傳說,也可以側證從少年時起,太白就是天才已著的。又《舊唐書·文苑列傳》云:"少有逸才,志氣宏放,飄然有超世之心。"這應該和他父親的"高臥雲林,不求祿仕"(《唐左拾遺翰林學士李公新墓碑》)有關,雖然後來並不真是超然物外的。不過,太白這時的行為卻是相當的拘謹的,《上安州李長史書》說:"白少頗周慎,忝聞義方,入暗室而無欺,屬昏行而不變。"又告訴了我們他的家庭教育是好的。

太白的幼年,就是這樣在巴蜀成長起來的,"身既生蜀"又"久居峨眉"(魏顥《李翰林集序》)。地理環境上的幽美條件,便很早地幫助詩人蘊育了英秀之氣。范傳正所說的:"受五行之剛氣,叔夜心高;挺三蜀之雄才,相如文逸。環奇宏廓,拔俗無類。"(《唐左拾遺翰林學士李公新墓碑》)未嘗不可以認為是造端於此的。有所蓄而後有所發,這是古今中外的大文學家們,都不可少的成長過程。

2. 青年時代

太白既是天才俊逸的詩人,又有這樣豐富的知識,當然不會"甘老牖下"的。因之,任俠漫遊,干謁當道的行為便跟著年齡的長大而發生了。——在這些日子裏,他漫遊了江南,在楚地結了婚,表現了任俠豪邁,露揚了創作天才。《上安州裴長史書》云:

> 士生則桑弧蓬矢,射乎四方,故知大丈夫必有四方之志。乃仗劍去國,辭親遠遊。(卷二十六)

又《與韓荊州書》云:

> 十五好劍術,遍干諸侯,三十成文章,歷抵卿相。雖長不滿七尺而心雄萬夫,皆王公大人,許與氣義。

觀太白"仗劍去國，辭親遠遊"的話，可能是這時候起他已經獨立生活了。而"心雄萬夫，許與氣義"的話，又可以看出他的成名文武，到處有辦法啦。但是，他都漫遊了甚麼地方呢？《上安州裴長史書》繼續說道：

> 南窮蒼梧，東涉溟海，見鄉人相如，大誇雲夢之事，云楚有七澤，遂來觀焉。

這是說，廣西、江浙、兩湖等地，他都到過了。要是沒有點"問世"的工具——如以文干謁之類——恐怕不大容易辦到，何況他還有結婚安陸（今湖北省鍾祥縣）輕財好施的事呢！《上安州裴長史書》又說：

> 許相公家見招，妻以孫女，便憩跡於此，至移三霜焉。

按《舊唐書·許紹傳》，紹字嗣宗，本高陽人，梁末家於安陸，累官峽州刺史，封安陸郡公。紹是李淵（高祖）最喜愛的人。他的少子圉師（就是太白的妻父）也是李治（高宗）的宰相。這裏我們應該知道，唐人是最重門第的，太白的能夠入贅相府，除了才名特大的條件以外，恐怕還有係出宗室的關係。據魏顥《李翰林集序》，太白凡四娶，許為第一家。《上安州裴長史書》又自道其輕財好施的情況云：

> 曩昔東遊維揚，不逾一年，散金三十餘萬，有落魄公子，悉皆濟之，此則是白之輕財好施也。

"輕財好施"是太白的慷慨豪邁處，且不要說，而不到一年竟用去了這樣多的金錢。這種手法，這種財力，便非富有現鈔的人搞不來。

但太白任俠的事例卻以殯葬友人吳指南最為典型:

> 昔與蜀中友人吳指南,同遊於楚。指南死於洞庭之上,
> 白禪服慟哭,若喪天倫,炎月伏屍,泣盡而繼之以血。行路聞
> 者,悉皆傷心,猛虎前臨,堅守不動,遂權殯於湖側,便之金
> 陵。數年來觀,筋肉尚在,白雪泣持刃,躬申洗削,裹骨徒步,
> 負之而趨,寢興攜持,無輟身手,遂丐貸營葬於鄂城之東。故
> 鄉路遙,魂魄無主,禮以遷窆,式昭朋情,此則是白存交重義
> 也。(《上安州裴長史書》)

指南之死,能使太白哀毀過人,如喪考妣,必是在他生前跟太白有
過特殊的關係(多一半兒是經濟上的,也可能是道義上的)。而太白的
守屍不避猛虎,負骨移葬鄂東,卻不能不算當時的義烈行為。總之,他
所以能夠這樣地英武,是和他扶危濟困肝膽照人的任俠習性分不開
的。《俠客行》云:

> 趙客縵胡纓,吳鉤霜雪明。銀鞍照白馬,颯沓如流星。
> 十步殺一人,千里不留行。事了拂衣去,深藏身與名。閑過
> 信陵飲,脫劍膝前橫。將炙啖朱亥,持觴勸侯嬴。三杯吐然
> 諾,五嶽倒為輕。眼花耳熱後,意氣素霓生。救趙揮金槌,邯
> 鄲先震驚。千秋二壯士,烜赫大梁城。縱死俠骨香,不慚世
> 上英。誰能書閣下,白首太玄經! (卷三)

以持重然諾舍生為國的侯嬴、朱亥(戰國魏的兩個義士)自況,並
在結語中高唱不能夠"白首太玄經""縱死俠骨香",我們就會知道太
白的任俠使氣,不是單純地從個人利益出發的了。

　　紫燕黃金瞳，啾啾搖綠鬣。平明相馳逐，結客洛門東。少年學劍術，凌轢白猿公。珠袍曳錦帶，匕首插吳鴻。由來萬夫勇，俠此生雄風。托交從劇孟，買醉入新豐。笑盡一杯酒，殺人都市中。羞道易水寒，從令日貫虹。燕丹事不立，虛沒秦帝宮。武陽死灰人，安可與成功！

　　事要做就要求成功，“虛沒”的荊軻，“死灰”的武陽，都不能算是“好漢”，這便是“少任俠，曾手刃數人”（兄魏顥《李翰林集序》）的太白之勇。下面再看他的文章，太白自己說：

　　　前禮部尚書蘇公，出為益州長史。白於路中投刺，待以布衣之禮，因謂群寮曰：“此子天才英麗，下筆不休。雖風力未成，且見專車之骨，若廣之以學，可以相如比肩也。四海明識，具知此談。”
　　　前此郡督馬公，朝野豪彥，一見盡禮，許為奇才。因謂長史李京之曰：“諸人之文，猶山無煙霞，春無草樹。李白之文，清雄奔放，名章俊語，絡繹間起，光明洞徹，句句動人。”此則故交元丹親接斯議。

　　　　　　　　　　　　　　　　　　（《上安州裴長史書》）

　　此類載記，我們相信它的真實性，因為，從太白搞創作的發展過程上看，恐怕是賦和散文的成就較先，除這裏的“比肩相如”、文章“清雄奔放”等語可資證明以外，《與韓荊州書》中的“恐雕蟲小技，不合大人”（當係指賦而言）、“請日試萬言，倚馬可待”（這就會包括著散文了）等語，也可以考見。但，這可不等於說他這時候還不曾起首作詩。

前面所引用的《俠客行》《結客少年場行》,即或是比此稍晚一些的詩;漫遊江南以後,作品就越來越大量地產生了。

太白雖在這樣地露才揚己,奔走干進,可是三十歲以前他並未搞到一官半職。這原因恐怕和他的(1)只是漏籍的宗室;(2)不由進士出身;(3)才高志大不為當道所喜有關。特別是最後的一點——他是個自視甚高不安於小成的人,對於那些地方官吏,經常是瞧不上眼的。例如他剛對裴長史引用完了蘇相(頲)、馬督(未詳)誇獎自己的話,跟著就予以鄙視說:"若蘇馬二公,愚人也,復何足盡陳?"(見《上安州裴長史書》)試問這種搞法甚麼人還敢來"借重"呢?於是只好隱居去了。《安陸白兆山桃花巖寄劉侍御綰》詩云:

> 雲臥三十年,好閑復愛仙。蓬壺雖冥絕,鸞鳳心悠然。歸來桃花巖,得憩雲窗眠。對嶺人共語,飲潭猿相連。時升翠微上,邈若羅浮巔。兩岑抱東壑,一嶂橫西天。樹雜日易隱,崖傾月難圓。芳草換野色,飛蘿瑤春煙。入遠構石室,選幽開山田。獨此林下意,杳無區中緣。永辭霜臺客,千載方來旋。

太白定居安陸前後幾達十年,這一首詩雖然不一定是三十歲的作品,但作為他這一時期隱居生活的參考材料總是可以的。至於求仙煉丹的詩那就太多了,現在只引《古風第五》作例:

> 太白何蒼蒼,星辰上森列。去天三百里,邈爾與世絕。中有綠髮翁,披雲臥松雪。不笑亦不語,冥棲在巖穴。我來逢真人,長跪問寶訣。粲然啟玉齒,授以煉藥說。銘骨傳其語,竦身已電滅。仰望不可及,蒼然五情熱。吾將營丹砂,永世與人別。

這不簡直說得活靈活現煞有介事了麼!

太白的隱逸山林,仍不過是"待價而沽",雖然也嚷嚷著是在求仙問道。因為聰明如太白,絕不會不知道神仙是不可見,長生是不可能的。所以我們千萬不要為他那些煉丹化鶴的說法所迷惑,尤其是壯年以前的此類思想。最有力的證據是見之於《代壽山答孟少府移文書》裏的下面一段話:

> 近者逸人李白自峨眉而來,爾其天為容,道為貌,不屈己,不干人,巢由以來,一人而已。乃虯蟠龜息,遁乎此山。僕嘗弄之以綠綺,臥之以碧雲,嗽之以瓊液,餌之以金砂。既而童顏益春,真氣愈茂,將欲倚劍天外,掛弓扶桑,浮四海,橫八荒,出宇宙之寥廓,登雲天之渺茫。俄而李公仰天長吁,謂其友人曰:"吾未可去也,吾與爾達則兼濟天下,窮則獨善一身,安能餐君紫霞,蔭君青松,乘君鸞鶴,駕君虯龍,一朝飛騰,為方丈蓬萊之人耳? 此則未可也。"乃相與卷其丹書,匣其瑤瑟,申管晏之談,謀帝王之術。奮其智能,願為輔弼,使寰區大定,海縣清一。事君之道成,榮親之義畢,然後與陶朱留侯,浮五湖,戲滄州,不足為難矣。

這一段實在耐人尋味,前半極力誇張自己隱居的形象,仿佛已是"仙風道骨""神遊八極之表"(《大鵬賦序》)了。後半則大翻其案,盛言事君榮親匡濟天下之道,連管晏之術都端了上來,哪個山人會這樣地躍躍欲試呢? 因此我們才能大膽地說,太白的隱逸正是以退為進的"障眼法兒",求仙更是等於遊戲的事啦。還有值得留意的,太白在這裏又以陶朱公(范蠡)自況,也可以作為他可能參加"端木生涯"的參考。

3. 壯年時代

無論隱居的時候還是漫遊的日子,太白的生活都是既愜意而又豪華的,這自然跟他的"生財有大道"的物質基礎分不開,舉些事例來看,如關於隱居的:

> 昔與逸人東巖子,隱於岷山之陽,白巢居數年,不跡城市。養奇禽千計。呼皆就掌取食,了無驚猜。(卷二十六《上安州裴長史書》)

> 聞黃山胡公有雙白鷳,蓋是家雞所伏,自小馴狎,了無驚猜,以其名呼之,皆就掌取食。然此鳥耿介,尤難畜之。予平生酷好,竟莫能致,而胡公輒贈於我,唯求一詩。聞之欣然,適會宿意,因援筆三叫,文不加點以贈之。

> 請以雙白璧,買君雙白鷳。白鷳白如錦,白雪恥容顏。照影玉潭裏,刷毛琪樹間。夜棲寒月靜,朝步落花閑。我願得此鳥,玩之坐碧山。胡公能輒贈,籠寄野人還。(卷十二《贈黃山胡公求白鷳》)

有此閒情逸致不算稀奇,有此飼養大量奇禽還要求之四方的人力物力可不簡單。同時,看這一首詩也可以知道太白的詩才敏捷騰譽士林的情況了。關於遊獵的,騎馬、試箭、畋獵、飲酒,不但是遊俠的本色,也是貴族的行徑。可是,這要在草原較多的北方才能夠施展得開,所以太白在漫遊燕趙河洛的時候,便多是"金羈絡駿馬,錦帶橫龍泉"(卷十五《留別廣陵諸公》)了,如《秋獵孟諸夜歸置酒單父東樓觀妓》有句云:

　　駿發跨名駒,雕弓控鳴弦。鷹豪魯草白,狐兔多肥鮮。
邀遮相馳逐,遂出城東田。一掃四野空,喧呼鞍馬前。歸來
獻所獲,炮炙宜霜天。(卷十五)

又《送族弟凝至晏堌單父三十里》詩云:

　　雪滿原野白,戎裝出盤遊。揮鞭佈獵騎,四顧登高丘。
兔起馬足間,蒼鷹下平疇。喧呼相馳逐,取樂銷人憂。

　　要隱逸就嘯傲山林,燒丹煉氣;要盤遊就馳騁田野,逐犬駕鷹。太
白四十歲以前的生活,確是這樣放縱的。太白這個時期隱居的地方是
竹溪和剡溪,同隱者有孔巢父、吳筠等人,《舊唐書本傳》云:

　　少與魯中諸生,孔巢父、韓准、裴政、張叔明、陶沔等,隱
　於徂徠山,酣歌縱酒,時號竹溪六逸。天寶初,客遊會稽,與
　道士吳筠,隱於剡中(今浙江省曹娥江上中游剡縣南)。

《新唐書》本傳所載與此略有不同:

　　更客任城,與孔巢父、韓准、裴政、張叔明、陶沔,居徂徠
　山,日沉飲,號竹溪六逸。天寶初,南入會稽,與吳筠善。

　　先說隱居竹溪的這一樁。
　　我們還是同意《新唐書》"更客任城"的說法。因為,太白的父親
既是"逃歸於蜀"(李陽冰《草堂集序》),"潛還廣漢"(《唐左拾遺翰林

學士李公新墓碑》)的,照道理說不應該又千里迢迢地跑到任城來做縣尉,何況又和"高臥雲林,不求祿仕"(同上)的結論不合? 於是《舊唐書》"父為任城尉"、"遂家焉"和"少與諸生"云云便不大容易成立了。而且,"顧余不及仕,學劍來山東。舉鞭訪前途,獲笑汶上翁。下愚忽壯士,未足論窮通"(《五月東魯行答汶上翁》)一詩,又分明說的是李白壯年才到山東學劍的。

至於太白同隱竹溪的幾位先生,只是孔巢父在《舊唐書》中有傳,說他"早勤文史,少時與韓准、裴政、李白、張叔明、陶沔隱於徂徠山,時號竹溪六逸。"但他後來在政治上跟太白走的並不是一條路,太白跟了永王璘,他卻投奔了中朝做給事中、御史大夫、陝華等州招討使,在充魏博宣慰使時遇害。太白曾有詩稱他們:"韓生信英彥,裴子含清真,孔侯復秀出,俱與雲霞親。"(《送韓准、裴政、孔巢父還山》)。

再說"剡溪"這一檔子。

偕隱太白於剡溪的吳筠,在《舊唐書》中也有傳。他是魯中的儒士,少通經,善屬文,舉進士不第,這才入嵩山做了道士,但仍舊借詩酒跟文士相往還。後來東遊天台,因為善於著述,名聞京師,被李隆基叫到長安待詔翰林。(通過這一人物,我們也可以知道當時的隱者尤其是道士是怎麼一回事了。既享受著免役免稅的特殊權利,又隨時有脫卻藍衫換紫衣的機會——當時的和尚也是一樣——何樂不為?)太白跟他的交往在傳中也提到,那原文是這樣的:"嘗於天台剡中往來,與詩人李白、孔巢父詩篇酬和,逍遙泉石,人多從之"。可見他們是臭味相投的。但,我們應該指出來的是,吳筠不只是一個"傳正一之法(一種道家"長生"的法術)",詞理宏通,文采煥發(寫了許多詩文)的才士,並且也是一個直言敢諫,能進能退,還非常之反對釋家的鬥士。李隆基相當地看重他。

太白這一時期的最大事件,也是他這一生政治生活的重要階段之一的事體,卻是到了長安做了翰林學士,真個地接近了皇帝李隆基,因為"苟無濟代心,獨善亦何益?"(《贈韋秘書子春》)"余亦草間人,頗懷拯物情"(《讀諸葛武侯傳書懷贈長安崔少府叔封昆季》)。在富國利民的政治事業上打算積極地表現一番,原是他一廂情願的壯志。

這裏的問題是,太白究竟是哪一年進的京? 原始的薦舉人是誰? 李陽冰《草堂集序》只說:"天寶中,皇祖下詔征就金馬。"魏顥《李翰林集序》未著何年,但說:"因持盈法師達,白亦因之入翰林。"樂史《李翰林別集序》則說:"翰林在唐天寶中,賀秘監聞於明皇,帝召見金鑾殿。"而《舊唐書》本傳又說:"天寶初,筠征赴闕,薦之於朝,與筠俱待詔翰林。"這裏面唯有《新唐書》本傳說得最詳盡,它說:"天寶初,南入會稽,與吳筠善,筠被召,故白亦至長安。往見賀知章,知章見其文,歎曰:'子謫仙人也。'言於玄宗,召見金鑾殿。論當世事,奏頌一篇,帝賜食,親為調羹,有詔供奉翰林。"

看完了這些載說,首先叫我們感到的是,只這一點小事,過去的書史便說得這般紛紜:天寶初、天寶中,持盈法師、賀知章、吳筠地鬧個不清。對於文獻材料那裏,可以不加論辯呢!

我們打算肯定的是,無論吳筠,賀知章,還是持盈法師(就是睿宗女玉貞公主,她自度為女道士,持盈是出家後的法名),只要他們是李隆基的親信,曉得了太白的天才,都會負責推薦的。因為李隆基是很喜歡詩歌樂章的一個皇帝。現在吳筠入長安既在天寶之初,賀知章退休又在天寶三年,則斷定太白入京是在天寶元年他的四十一歲的時候,應該沒有多大問題。至於入京的原因,還是由於朝廷的征召,並非自己隨便跑來的。《應征別內》詩說得好:

　　王命三征去未還,明朝離別出吳關。白玉高樓看不見,
　　相思須上望夫山。(卷二十五,其一)

出門妻子強牽衣，問我西行幾日歸？歸時儻佩黃金印，
莫見蘇秦不下機。（同上，其二）

王命三征，問我西行，又提出儻佩金印的話，這不明擺著是應征入
京的麼？《南陵別兒童入京》的情調，就更顯得激動了：

白酒新熟山中歸，黃雞啄黍秋正肥。呼童烹雞酌白酒，
兒女嬉笑牽人衣。高歌取醉欲自慰，起舞落日爭光輝。遊說
萬乘苦不早，著鞭跨馬涉遠道。會稽愚婦輕買臣，余亦辭家
西入秦。仰天大笑出門去，我輩豈是蓬蒿人！（卷十五）

要不是入京做事確有把握，那裏會這樣地大喜欲狂從容上路？
"遊說萬乘苦不早"，"余亦辭家西入秦"，"仰天大笑出門去，我輩豈是
蓬蒿人"，真是令人如聞其聲如見其人了。此外，從太白雞酒在案、童
僕給使的富裕生活看起來，更知道他之急於出仕不是為了祿食。
那麼，太白到了京師獲得的是甚麼樣的待遇？所搞的都是哪一類
的工作呢？這些，則書史載記大致相同，如李陽冰的《草堂集序》云：

降輦步迎，如見綺皓，以七寶牀賜食，御手調羹以飯之，
謂曰："卿是布衣，名為朕知。非素蓄道義，何以及此？"置於
金鑾殿，出入翰林中，問以國政，潛草詔誥，人無知者。

范傳正《李公新墓碑》也說：

玄宗明皇帝降輦步迎，如見園綺。論當世務，草答蕃書，
辯如懸河，筆不停輟。玄宗嘉之，以寶牀方丈賜食於前，御手

和羹,德音褒美。褐衣恩遇,前無比儔。遂直翰林,專掌
密命。

這都在說明李隆基對於太白之來,最初是非常的歡迎的。一個外
地的士子,一見之下就能使著皇帝這樣地看重,問以國政,潛草詔誥,
不能不是威名久傳天下才表現的結果,而新舊《唐書》只著重記載了太
白醉成新樂府一節,未免是"徘優"視之,抹煞了詩人"從政"的本志
了。太白剛到長安時的心情,因此是極其快慰的,如《效古》詩云:

> 朝入天苑中,謁帝蓬萊宮。青山映輦道,碧樹搖煙空。
> 謬題金閨籍,得與銀臺通。待詔奉明主,抽毫頌清風。歸時
> 落日晚,蹀躞浮雲驄。人馬本無意,飛馳自豪雄。入門紫鴛
> 鴦,金井雙梧桐。清歌弦古曲,美酒沽新豐。快意且為樂,列
> 筵坐群公。光景不可留,生世如轉蓬。早達勝晚遇,羞比垂
> 釣翁。(其一)

按太白在未入長安以前常以呂望(太公姜尚)自比,如《梁甫吟》
云:"君不見朝歌屠叟辭棘津,八十西來釣渭濱。寧羞白髮照清水,逢
時壯氣思經綸。廣張三千六百鉤,風期暗與文王親。大賢虎變愚不
測,當年頗似尋常人。"在這裏又一面珍惜不可多得的時光,一面暗喜
總比呂望早達,可是他的大願所在。《駕去溫泉宮後贈楊山人》詩
也說:

> 少年落魄楚漢間,風塵蕭瑟多苦顏。自言管葛竟誰許,
> 長吁莫錯還閉關。一朝君王垂拂拭,剖心輸丹雪胸臆。忽蒙
> 白日回景光,直上青雲生羽翼。幸陪鸞輦出鴻都,身騎飛龍

天馬駒。王公大人借顏色,金璋紫綬來相趨。當時結交何紛紛,片言道合惟有君。待吾盡節報明主,然後相攜臥白雲。(卷九)

這裏又追敘了自己未遇之時常以管仲、諸葛亮自勵的情況,是其出仕前後一番憂國憂民的思想更已昭告於人,因此那"剖心輸丹雪胸臆""待吾盡節報明主"的誓言,是誰也不能不尊視的了。

可惜的是,這個時候正是唐代最惡毒的宰相李林甫在把持朝政,他因為自己不學無術又非常討厭才士作家。太白既是高傲慣了的人物,對於這種口蜜腹劍的勢利小人,想是不會買帳的,失望之後,便只好是借酒消愁了。他此時所接近的是以賀知章為首的"清流",按太白《對酒憶賀監》詩並序云:

太子賓客賀公,於長安紫極宮一見余,呼余為"謫仙人",因解金龜換酒為樂:
四明有狂客,風流賀季真。長安一相見,呼我謫仙人。
(下略)

太白在《金陵與諸賢送權十一昭夷序》文中也有:"四明逸老賀知章呼余為謫仙人,蓋實錄耳"(卷二十七)的話,足見"知遇"之感的深切。這一故事在《本事詩》裏說得最詳細:

李太白初自蜀至京師,舍於逆旅,賀監知章聞其名,首訪之。既奇其姿,復請所為文,出《蜀道難》以示之。讀未竟,稱歎者數四,號為謫仙,解金龜換酒,與傾盡醉,期不間日。

賀監跟太白定交的經過,在這段文字裏可以說敘述得相當完備(只是說太白乃自蜀而來,知章是訪於逆旅,與前不同應加糾正),可供參考。知章是李隆基最敬重的朝臣,在他請求退休以後,隆基不但作詩贈行,還叫百官城外相餞(事見《唐書》本傳)。因此,李、賀兩人也該算是物以類聚吧。

除知章外,太白長安的酒友還有李適之、汝陽王璡、崔宗之、張旭、焦遂、蘇晉等人,他們合在一起號稱"酒中八仙",當代的大詩人杜甫有詩以贊之云:

> 知章騎馬似乘船,眼花落井水底眠。汝陽三斗始朝天,道逢麴車口流涎,恨不移封向酒泉。左相日興費萬錢,飲如長鯨吸百川,銜杯樂聖稱避賢。宗之瀟灑美少年,舉觴白眼望青天,皎如玉樹臨風前。蘇晉長齋繡佛前,醉中往往愛逃禪。李白斗酒詩百篇,長安市上酒家眠;天子呼來不上船,自稱臣是酒中仙。張旭三杯草聖傳,脫帽露頂王公前,揮毫落紙如雲煙。焦遂五斗方卓然,高談雄辯驚四筵。

這裏面有親王,有宰相,有詩人,有書家,有和尚,有道士,有說客,有少爺,但基本上說都是一些政治失意逃避現實的人物。這不能不認為是李林甫排擠專擅的結果。

太白在長安前後住了不到三年,"酒仙"生活以外,只是看看花做做詩了,包括他的陪侍宮廷應制寫作在內。但就是這樣的"鬼混",還是被"趕出"長安了事,樂史述其情況云:

> 禁中初重木芍藥,即今牡丹也。得四本:紅、紫、淺紅、通白者,上因移植於興慶池東沉香亭前。會花方繁開,上乘照

夜車,太真妃以步輦從。詔選梨園弟子中尤者,得樂一十六
色。李龜年以歌擅一時之名,手捧檀板,押眾樂前,將欲歌
之。上曰:"賞名花,對妃子,焉用舊樂詞焉。"遽命龜年持金
花箋,宣賜翰林供奉李白,立進《清平調》詞三章。白欣然承
詔旨,由若宿醒未解,因授筆賦之。其一曰:"雲想衣裳花想
容,春風拂檻露華濃。若非群玉山頭見,會向瑤臺月下逢。"
其二曰:"一枝紅豔露凝香,雲雨巫山枉斷腸。借問漢宮誰得
似,可憐飛燕倚新妝。"其三曰:"名花傾國兩相歡,長得君王
帶笑看。解釋春風無限恨,沉香亭北倚闌干。"

　　龜年以歌辭進,上命梨園子弟,略約調撫絲竹,遂促龜年
以歌之。太真妃持頗梨七寶杯,酌西涼州葡萄酒,笑領歌辭,
意甚厚。上因調玉笛以倚曲,每曲編將換,則遲其聲以媚之。
太真妃飲罷,斂繡巾重拜。上自是顧李翰林尤異於諸學士。
會高力士終以脫靴為深恥,異日太真妃重吟前辭,力士曰:
"始以妃子怨李白深入骨髓,何翻拳拳如是耶?"太真妃因驚
曰:"何翰林學士能辱人如斯?"力士曰:"以飛燕指妃子,賤
之甚矣!"太真妃頗深然之。

　　瞧,太白這個"倒楣"勁兒,朝中既有權壓百僚的李林甫把持一切,
官中又有勢傾內外的高力士出面作梗,太白的政治生命還有個不被宣
告斷絕的麼?不過,這裏應該強調的是,太白的"常醉使高力士脫靴"
(也並見於新、舊《唐書》本傳和指斥楊玉環為禍絕漢祚的趙飛燕《宮
中行樂詞》之二,也有"宮中誰第一,飛燕在昭陽"的句子),乃是有意
識地在向這個腐朽沒落的中央統治政權作鬥爭,並非什麼醉後失檢或
是一時衝動的行為(王綺所注"是批龍之逆鱗而履虎尾也,非至愚極妄
之人,當不為此"的話,我們不同意,因為,他沒有體會到太白對於他們

的戰鬥精神）。因為，早在別的詩裏，他便有攻擊這些權貴的話了。如《古風》第二十四云：

> 大車揚飛塵，亭午暗阡陌。中貴多黃金，連雲開甲宅。路逢鬥雞者，冠蓋何輝赫。鼻息干虹蜺，行人皆怵惕。世無洗耳翁，誰知堯與跖！

按《新唐書·宦者傳》：“開元天寶中，宦者黃衣以上三千員，衣朱紫千餘人。其稱旨者輒拜三品將軍，列戟於門。其在殿頭供奉，委任華重。持節傳命，光焰殷殷動四方，所至郡縣奔走獻遺至萬計。修功德市禽鳥，一為之使，猶且數千緡。監軍持權，節度反出其下。於是甲舍名園、上腴之田，為中人所名者半京畿矣。”又據《高力士傳》：“力士累加驃騎大將軍，封渤海郡公，於來廷坊建佛祠，興寧坊立道士祠，珍樓寶屋，國貲所不逮。鐘成，力士宴公卿，一扣鐘納禮錢十萬，有佞悅者至二十扣，其少亦不減十。都北堰澷列五磑，日僦三百斛直。”所以太白此詩所道，乃是非常之具有現實戰鬥意義的。又第四十六云：

> 一百四十年，國容何赫然。隱隱五鳳樓，峨峨橫三川。王侯象星月，賓客如雲煙。鬥雞金宮裏，蹴鞠瑤臺邊。舉動搖白日，指揮回青天。當塗何翕忽，失路長棄捐。獨有揚執戟，閉關草《太玄》。

按唐自李淵武德元年（公元六一八年）到李隆基天寶十四年（公元七五五年）才得一百三十七年，這裏一開始竟說出了一百四十年之數，恐怕是文字傳抄有了錯誤。因為，此詩從內容上看，可以肯定它是天寶初年太白供職翰林時的作品。只要細味他那憂國憤時的情調——在有著這樣長久年代偉大首都的朝廷裏,竟活著這樣多的只曉得鬥雞蹴鞠的朝士,豈不可歎!——就清楚了。

此外,對於以李林甫為首的結黨營私危害國家的統治集團,太白也有著高度的警惕,五十三首云:

> 戰國何紛紛,兵戈亂浮雲。趙倚兩虎鬥,晉為六卿分。
> 奸臣欲竊位,樹黨自相群。果然田成子,一旦殺齊君。

林甫雖未弒君篡位,然誣殺太子(李瑛,還有鄂王李瑤,光王李琚),陷害宰臣(如張九齡、李適之、嚴挺之等),以王鉷、吉溫、羅希奭為爪牙,數興大獄,同時又蒙蔽李隆基使其退處深宮恣意淫樂,動搖了李唐的根本,養成了安史的叛亂,就是依照封建道德去衡量,也是罪不容誅的奸臣。所以太白對於他和他的同黨的"誅斥",真是千該萬該的。

高力士、李林甫之外,太白所最憎惡的人便是楊玉環,特別是在他遭讒被逐以後。《雪讒詩贈友人》云:

> 彼婦人之倡狂,不如鵲之彊彊。彼婦人之淫昏,不如鶉之奔奔。坦蕩君子,無悅簧言。擢髮續罪,罪乃孔多。傾海流惡,惡無以過。人生實難,逢此織羅。積毀銷金,沉憂作歌。天未喪文,其如予何!妲己滅紂,褒女惑周。天維蕩覆,職此之由。漢祖呂氏,食其在傍。秦皇太后,毒亦淫荒。蠍蜮作昏,遂掩太陽。萬乘尚爾,匹夫何傷?辭殫意窮,心切理直。如或妄談,昊天是殛。(此詩首尾均有所略)

403

　　太白為什麼這樣地"誅伐"楊玉環呢？因為以玉環為首的外戚集團（如虢國夫人、秦國夫人和楊國忠之流）的確惑亂了李隆基，激起了安史之亂，使著天下人民大受其害，如認禄山為乾兒，叫他出入宮禁（玉環）；削藩激變，沒有辦法平定禍亂（國忠）等，實在不能都諉罪於李隆基。這從後來逃蜀途中馬嵬兵變，隨行軍士要求隆基殺掉兩人以謝天下一事，也可以看出來人民對於他們的怨恨了。因此，太白把歷史上淫惡的貴婦，褒姒、妲己、呂雉、秦后，一齊和玉環比得起來，不能算做過火，同時也使我們知道他的預見不差，抨擊她並不是只從個人的懊惱出發啦。而詩中"天未喪文，其如予何"的話，又可以體會到他那種絕不屈服的偉大精神了。

　　從高力士、李林甫，到楊玉環，太白對於這個腐朽沒落的中央統治政權，雖然攻擊得這樣地體無完膚，但對那為首的李隆基，卻還相當的客氣，他只怪他不該聽信讒言屈抑了忠臣，第五十一云：

　　　殷后亂天紀，楚懷亦已昏。夷羊滿中野，菉葹盈高門。
　　比干諫而死，屈原竄湘源。虎口何婉孌，女媭空嬋娟。彭咸
　　久淪沒，此意與誰論？

　　這種怨誹不亂的態度，自然跟他的出身宗室因而正統觀念特別強是有關係的。關於這一點，再多看下面所錄引的詩歌，就會明白了。

　　以上論引太白對立朝中權貴的情況已畢，所取詩歌雖有離京以後的作品，但就其激越切實的内容上講，可以代表他供職翰林時的觀感，因之多摘録了幾首。這些詩的共同特點，乃是托古諷今以物方人（偶爾提出來些具體情況，也是泛指的），當然又是時代環境限制了他，用不到再多說。

　　《易》曰"知機其神"，《詩》曰"相彼雨雪，先集維霰"，像太白這樣

聰明絕頂的人,看到朝中這等烏煙瘴氣漆黑一團的情況,不會不知道戀棧無益不可久的。譬如《翰林讀書言懷呈集賢諸學士》,便已經露了這種心跡:

> 晨趨紫禁中,夕待金門詔。觀書散遺帙,探古窮至妙。片言苟會心,掩卷忽而笑。青蠅易相點,白雪難同調。本是疏散人,屢貽褊促誚。雲天屬清朗,林壑憶遊眺。或時清風來,閑倚欄下嘯。嚴光桐廬溪,謝客臨海嶠。功成謝人間,從此一投釣。

顯而易見的是,他在很早以前就知道有人說他的壞話,並且自己是曲高和寡了。但這恐怕還只是同事間的嫉妒,不是宮中、府中有了什麼表示,所以雖然也想山林之樂,卻未嘗不忍耐著期待著功成而後身退的。同樣心情的詩,又有《同王昌齡送族弟襄歸桂陽》:

> 秦地見碧草,楚謠對清樽。把酒爾何思,鷓鴣啼南園。予欲羅浮隱,猶懷明主恩。躊躇紫宮戀,孤負滄洲言。終然無心雲,海上同飛翻。相期乃不淺,幽桂有芳根。

欲隱羅浮,猶懷明主,太白的思想雖依舊在矛盾著,可是越來越趨向於"走路"了。如《送裴十八圖南歸嵩山》云:

> 何處可為別?長安青綺門。胡姬招素手,延客醉金樽。臨當上馬時,我獨與君言。風吹芳蘭折,日沒鳥雀喧。舉手指飛鴻,此情難具論。同歸無早晚,潁水有清源。

"同歸無早晚,潁水有清源"不是已經很明白地說出了就要還鄉的話麼？至於太白究竟是在什麼方式之下離開了朝廷的,則書史載記不盡相同。有說是由於朝臣的讒毀的：

> 許中書舍人,以張垍讒,逐遊海岱間。(魏顥《李翰林集序》)

> 上重之,欲以綸誥之任委之,為同列者所謗,詔令歸山。(劉全白《唐故翰林學士李君碣記》)

> 醜正同列,害能成謗,格言不入,帝用疏之。公乃浪跡縱酒,以自昏穢。詠歌之際,屢稱東山。又與賀知章、崔宗之等,自為八仙之遊,謂公謫仙人,朝列賦謫仙之歌,凡數百首,多言公之不得意。天子知其不可留,乃賜金歸之。(李陽冰《草堂集序》)

這一類的說法,以李陽冰的為最完備,因為見聞親切的關係,我們認為它也最可信。其次是說,由於宮中阻礙的：

> 上嘗三欲命李白官,卒為宮中所捍而止。(樂史《李翰林別集序》)

> 嘗沉醉殿上,引足令高力士脫靴,由是斥去。(《舊唐書》本傳)

> 白嘗侍帝,醉,使高力士脫靴,力士素貴,恥之,摘其詩以激楊貴妃,帝欲官白,妃輒沮止。白自知不為親近所容,益驁放不自修,與知章、李適之、汝陽王璡、崔宗之、蘇晉、張旭、焦遂,為酒中八仙人。懇求還山,帝賜金放還。(《新唐書》本傳)

這一類以《新唐書》的記載為最詳盡,因為它成書較晚,掌握材料較多,基本上是可以採用的。最後,唯有范碑的說法,和以上兩類大不相同:

> 將處司言之任,多陪侍從之遊。他日泛白蓮池,公不在宴。皇歡既洽,召公作序。時公已被酒於翰苑中,仍命高將軍扶以登舟,優寵如是。既而上疏請還舊山,玄宗甚愛其才,或慮乘醉出入省中,不能不言溫室樹,恐撥後患,惜而遂之。

上列的材料告訴了我們,太白的沒有官守(按《文獻通考》翰林學士,唐玄宗開元二十六年置,初以中書務繁,乃選文學之士號翰林供奉,與集賢學士分掌制誥書命,至是號供奉為學士,但假其名而無所取),是同列(張垍,丞相說之子,尚玄宗女寧親公主,以中書舍人貢奉翰林,後降安祿山),也是宮中(包括楊玉環和高力士)阻礙的結果。他的走法,可以說是李隆基的放逐,也可以說是自己的疏請,反正都是一個不見容於中央統治集團,(范傳正的說法雖然比較特殊——怕太白洩露機密——也是一樣)用不到再費神思去考定它。我們應該更加明確的一點卻是,此乃太白疾惡權貴不肯同流合污的必然的後果,因為他之入京靠攏皇帝,是打算在政治上有所建樹的,不是來企圖升官發財的。前面早已說過,這是太白愛國家愛人民也愛自己的高貴的品質的一貫表現,但無論怎麼說,太白對於自己此來的不得展其抱負是感生著莫大的悲憤的,《古詩》三十七云:

> 燕臣昔慟哭,五月飛秋霜。庶女號蒼天,震風擊齊堂。精誠有所感,造化為悲傷。而我竟何辜,遠身金殿旁。浮雲

蔽紫闥,白日難回光。群沙穢明珠,眾草淩孤芳。古來共歎息,流淚空沾裳。

此時"浮雲"等詞均有所指,王琦注引蕭士贇說:"此詩其遭高力士譖於貴妃而放黜之時所作乎? 浮雲比力士,紫闥比中宮,白雲比明皇,群沙眾草以喻小人,明珠孤芳以喻君子(就是太白自己)。"我們同意。又《玉壺吟》云:

烈士擊玉壺,壯心惜暮年。三杯拂劍舞秋月,忽然高詠涕泗漣。鳳凰初下紫泥詔,謁帝稱觴登御筵。揄揚九重萬乘主,謔浪赤墀青瑣賢。朝天數換飛龍馬,敕賜珊瑚白玉鞭。世人不識東方朔,大隱金門是謫仙。西施宜笑復宜顰,醜女效之徒累身。君王雖愛蛾眉好,無奈宮中妒殺人。

這首詩雖然直接提出了"宮中妒殺人"的"對頭冤家",卻不似前一首的悲憤沉痛,當是離朝以後所作,因為它又恢復了豪邁之氣。《鞠歌行》詩與此同類:

玉不自言如桃李,魚目笑之卞和恥。楚國青蠅何太多,連城白璧遭讒毀。荊山長號泣血人,忠臣死為刖足鬼。聽曲知寧戚,夷吾因小妻。秦穆五羊皮,買死百里奚。洗拂青雲上,當時賤如泥。朝歌鼓刀叟,虎變磻溪中。一舉釣六合,遂荒營丘東。平生渭水曲,誰識此老翁。奈何今之人,雙目送飛鴻。

講古比今,歎息遭讒,可是結句還是歸於訕笑那些掌握政權的人,有眼不識"飛鴻",白白地叫自己這等有著治國安邦的大才走掉。接著,我們的詩人真就走了,唱著高貴的可是本色的詩歌離開了長安啦:

> 鳳饑不啄粟,所食唯琅玕。焉能與群雞,刺蹙爭一餐。
> 朝鳴崑丘樹,夕飲砥柱湍。歸飛海路遠,獨宿天霜寒。幸遇
> 王子晉,結交青雲端。懷恩未得報,感別空長歎。(《古風》
> 之四十)

太白去朝以後,所最懷戀的是皇帝,所最慨歎的是人情冷暖。思君的如:"欲尋商山皓,猶戀漢皇恩"(《別韋少府》),"霜凋逐臣髮,日憶明光宮。"(《魯中送二從弟赴舉之西京》)歎息炎涼的如:"一別蹉跎朝市間,青雲之交不可攀。"(《走筆賜獨孤駙馬》)"一朝謝病游江海,疇昔相知幾人在?前門長揖後門關,今日結交明日改。"(《贈從弟南平太守之遙》)這些也自然是逐臣遷客的真情實感。

歷史雖然不會重演,個人的生活方式有時卻難免於再循故轍。太白出京之後的依舊漫遊求仙以文會友,便可以說明了這一點。如《留別西河劉少府》詩云:

> 秋髮已種種,所為竟無成。閑傾魯壺酒,笑對劉公榮。
> 謂我是方朔,人間落歲星。白衣千萬乘,何事去天庭。君亦
> 不得意,高歌羨鴻冥。世人若醯雞,安可識梅生。雖為刀筆
> 吏,緬懷在赤城。余亦如流萍,隨波樂休明。自有兩少妾,雙
> 騎駿馬行。東山春酒綠,歸隱謝浮名。

少妾駿馬,酒綠燈紅,足證他這時候的生活,還是非常闊綽的,而漫遊的地方則又遍及今天的山西、河南、河北、江蘇、浙江等省,只把家

安置在山東。接近的人物則有:陳留採訪大使李彥允(他是太白的叔祖父,太白曾往依之)、北海齊州的高天師(太白是到這裏的紫極宮來受道籙的)、洛陽的大詩人杜甫(兩人同在梁宋等地求仙訪道)和王屋山人魏萬(魏萬對於太白是異常地崇敬的,他曾替太白編輯文集);時間則是從天寶三年直到十三年,前後幾達十載之久。太白這一時期的生活思想,范傳正分析得最得體,《唐左拾遺翰林學士李公新墓碑並序》云:

> 公以為千鈞之弩,一發不中,則當摧撞折牙而永息機用,安能效碌碌者蘇而復上哉。脫屣軒冕,釋羈韁鎖,因肆情性,大放於宇宙間。飲酒非嗜其酣樂,取其昏以自富;作詩非事於文律,取其吟以自適;好神仙非慕其輕舉,將以不可求之事求之,其意欲耗壯心,遺餘年也。

太白自己既是因為向中央統治集團作鬥爭而被排斥出來的人,又清清楚楚地看出它的不可救藥,於是不再做任何期待的智士。在政治失意之後,借酒銷愁,歌以當哭,遊仙取樂,理解為當然的事體是正確的。他辭朝再隱,聲名益高,"所適二千石郊迎"(魏顥《李翰林集序》)已和前此的迎塵下拜以文求謁的情況不同。遠就不單純地是太白文學成就的結果了。唐自李隆基衰敗以來,地方勢力(藩鎮)越搞越和中央對抗的情況,可以說明這一點。

太白跟少陵是在洛陽相遇的,洛陽是當時的文化中心之一,也是豪門貴族爭逐角鬥的都市。兩位唐代最偉大的詩人在這裏會合了,對於中國詩歌的發展上說,實在不能不認為是有相當重大的影響的。因為太白比少陵大了十一歲,已經成了名的大哥哥,對於方在建立自己風格的小弟弟的幫助,應該是比較大些,雖然兩人創作的路數並不相同。例如少陵的"秋來相顧尚飄蓬,未就丹砂愧葛洪"(《贈李白》),"李侯金閨彥,脫身事幽討。亦有梁宋遊,方期拾瑤草"(《贈李白》),便很和太白的遊仙詩相近。

太白對於少陵認真創作的態度是非常之推重的。《戲贈杜甫》云:

飯顆山頭逢杜甫,頂戴笠子日卓午。借問別來太瘦生,
總為從前作詩苦。(唐《本事詩》)

這雖是出以詼諧口吻的作品,但它所反映的少陵苦吟之態,實在是再形象也沒有了,而那一種憐愛關切的情調,直到今天我們還可以體會得到。乃過去竟有人說這是太白的嘲笑少陵的凡庸的,不知是何居心!

少陵對於太白的詩,那是佩服得五體投地的,因為他說:"白也詩無敵,飄然思不群。"(《春日憶李白》)又說:"筆落驚風雨,詩成泣鬼神。"(《寄李十二白二十韻》)他甚至於渴想跟太白當面研究創作,說:"何時一樽酒,重與細論文!"(《春日憶李白》)這當然不止於是虛心而已。

總之,兩人的友情是極其篤厚的,在一起的時候是"醉眠秋共被,攜手日同行。"(杜甫《與李十二白同尋范十隱居》)而且杜對李是"憐君如弟兄"(同上),李念杜是"思君若汶水"(《沙丘城下寄杜甫》)。特別是少陵,在太白被囚禁和竄逐以後,對於這位不幸的詩友,曾寄予了最大的關切與懷念,如"世人皆欲殺,吾意獨憐才"(《不見》),"江南瘴癘地,逐客無消息。故人入我夢,明我常相憶"(《夢李白》)等句,在在都表現著無比的關懷。

太白、魏顥間的友情,也是非同泛泛的。魏顥對於太白,真可以說是"傾倒"已極了的。他為了專訪太白不惜跋涉幾千里,最後才在廣陵

(現在的江蘇省江都縣附近)相見。太白記云:

> 王屋山人魏萬,云自嵩宋沿吳相訪,數千里不遇,乘興遊
> 台越,經永嘉,觀謝公石門,後於廣陵相見。(《送王屋山人魏
> 萬還王屋詩序》)

魏顥自己也說:

> 顥始名萬,次名炎。萬之日,不遠命駕江東訪白,遊天
> 台,還廣陵見之。眸子炯然,哆如餓虎,或時束帶,風流蘊藉。
> (《李翰林集序》)

這除掉證明了魏顥的確曾千里訪太白,又叫我們知道了太白在離
京以後,精神不但未曾潦倒,反是越發地飄逸了的。魏顥“愛文好古,
浪跡方外”(同上),亦深為太白所愛重。相見的時候,太白說:“相逢
樂無限。”相別以後,太白說:“白首長相思。”(《送王屋山人魏萬還王
屋詩序》)甚至把自己的作品都交給魏顥編纂。魏顥說:

> 顥平生自負,人或為狂,白相見泯合,有贈之作,謂予爾
> 後必著大名於天下,無忘老夫與明月奴。因盡出其文,命顥
> 為集。(《李翰林集序》)

不用說,這兩位又是臭味相投之士,因為都是自視甚高不與凡庸
同調麼? 魏顥詩說:“君抱碧海珠,我懷藍田玉。各稱希代寶,萬里遙
相燭。長卿慕藺久,子猷意已深;平生風雲人,暗合江海心。”(《金陵
酬李翰林謫仙子》)可證。

太白的家,這個時期是住在山東的。他的《寄東魯二稚子》詩,說得好:

> 吳地桑葉綠,吳蠶已三眠。我家寄東魯,誰種龜陰田?春事已不及,江行復茫然。南風吹歸心,飛墮酒樓前。樓東一株桃,枝葉拂青煙。此樹我所種,別來向三年。桃今與樓齊,我行尚未旋。嬌女字平陽,折花倚桃邊。折花不見我,淚下如流泉。小兒名伯禽,與姊亦齊肩。雙行桃樹下,撫背復誰憐?念此失次第,肝腸日憂煎。裂素寫遠意,因之汶陽川。

按《太平廣記》載:"(太白)於任城縣構酒樓,日與同志荒宴,客至少有醒時,邑人皆以白重名,望其里而加敬焉。"這就說明了太白中年以後果是家住山東,並且越來越喜高樓醉臥。但亦經常漫遊在外,因而頗思其一雙兒女。又這裏既有"誰種龜陰田"的話,是太白在魯已經有了田產,雖然我們還無法考知它的畝數。

4. 晚年時代

太白晚年的生活是相當坎坷的。遭逢了安史之變,被隔絕在南方不能與室家團聚;又因為跟了李璘(永王)起兵反抗中央政權而被李亨(肅宗)監禁、流放,後來雖被赦回也就抑鬱非常地死在當塗了。

李隆基的腐朽透頂了的中央政權,延續到了天寶十四年(公元七五五年)果然被自己所豢養的胡將、范陽節度使安祿山(父為胡人,母是突厥人)舉河北、山西之力一舉而徹底打垮。隆基逃往了四川,李亨逃到了甘肅,黃河流域被佔領,東西二京被攻陷。

按《通鑒》載:"安祿山專制三道(范陽、平盧、河東,今河北、山西之地)陰蓄異志,殆將十年。"因為李隆基待他特別好,不好意思起來造反。可是,楊國忠跟安禄山太過不去,總在隆基面前說禄山靠不住,並且經常拿事情來找麻煩,恨不得禄山就叛亂,以證明自己的判斷正確。禄山忍無可忍這才決意動兵,先做一道假詔書告訴將士說:"奉旨入朝討楊國忠。"於天寶十四年十一月發所部兵和羅、奚、契丹、室韋共十五萬眾,號稱二十萬人,引兵南下。步騎精銳,煙塵千里,鼓噪之聲震動天地。這個時候大河南北久無兵事,聽到范陽兵起,遠近驚駭,毫無抵抗力量。因之所至破滅,勢如破竹,禄山遂自稱為大燕皇帝。

安史之亂,本是統治階級內部的矛盾(雖然也夾雜民族鬥爭的成分)。從當時的具體情況上看,西河人民因為厭惡了李隆基的統治,在安禄山起兵之初大都是望風投降的,後以禄山殘暴,濫殺漢人,西北江淮才紛紛起來反抗的。因之,郭子儀、李光弼之兵便算是"勤王義師",而奉命佈署江淮的李璘(永王),就更是"名正言順"的討賊大都督了。(按《舊唐書》,永王璘,玄宗第十六子也。天寶十四載十一月,安禄山反范陽。十五載六月,玄宗幸蜀,至漢中郡,下詔以璘為江南四道節度使,江陵郡大都督。)

前面說過,太白對於天寶以來的中央政權雖然極端的憎惡,但是,對於李隆基這個皇帝,尤其是李家的王朝卻依舊是念念不忘,擁護到底的。所以他一聽到了安史作亂兩京淪陷,便痛苦地說出人民所遭受的災害:

> 胡馬渡洛水,血流征戰場。千門閉秋景,萬姓危朝霜。
> (《獄中上崔相渙》)

又惆悵著都城陷落,不知何日才能收復云:

中原走豺虎,烈火焚宗廟。太白晝經天,頹陽掩餘照。王城皆蕩覆,世路成奔峭。四海望長安,攢眉寡西笑。蒼生疑落葉,白骨空相吊。連兵似雪山,破敵誰能料?(《經亂後將避地剡中留贈崔宣城》)

下面一段話就說得更憤慨:

皇朝百五十年金革不作,逆胡竊號,剝亂中原。雖平嵩邱、填伊洛,不足以掩宮城之骸骨;決洪河,灑秦雍,不足以蕩犬羊之膻臊。毒侵區宇,憤盈穹旻。(《為宋中丞請都金陵表》)

太白對於胡兵雖是這般的痛恨,但在最初他因為賊勢浩大,自己又無守土之責,只是說著"大盜割鴻溝,如風掃秋葉。吾非濟代人,且隱屏風疊"(《贈王判官》),而"轉側宿松、匡廬間"(見《唐書本傳》)。只是感謝著門人武諤之亂中見訪,"並許以將冒胡兵以致其家"(見《贈武十七諤詩》並序)的義氣,還沒有參軍報國的意圖。後來,永王璘辟為府僚佐(《新唐書》),這才感於"王命崇重,大總元戎,辟書三至,人輕禮重,嚴期迫切,難以固辭,扶力一行,前觀進退",而決志"塵忝幕府""報國薦賢"的(《與賈少公書》)。如《在水軍宴贈幕府諸侍御》詩云:

月化五白龍,翻飛淩九天。胡沙驚北海,電掃洛陽川。虜箭雨宮闕,皇輿成播遷。英王受廟略,秉鉞清南邊。雲旗卷海雪,金戟羅江煙。聚散百萬人,弛張在一賢。霜臺降郡

彦,水國奉戎旃。繡服開宴語,天人借樓船。如登黃金臺,遙
謁紫霞仙。卷身編蓬下,冥機四十年。寧知草間人,腰下有
龍泉。浮雲在一決,誓欲清幽燕。願與四座公,靜談金匱篇。
齊心戴朝恩,不惜微軀捐。所冀旄頭滅,功成追魯連。

按《十六國春秋》:"月,臣也。龍,君也。月化為龍,當有臣為君
者。"可知太白公開推崇李璘之意。而且以功臣自比,又提出了"不惜
微軀捐"的口號,是跟著李璘對抗李亨的態度已極明顯,乃論者謂太白
之從永王東下是被"脅迫",豈非曲解?

原來李璘到了江陵以後便"召募將士數萬人,恣情補署",加以
"江淮租賦山積,自視富強,因有異志"。李亨聽到了急忙叫他"歸覲
上皇於蜀",他不但抗命,而且在十二月"擅引舟師東下",去襲取金陵
(並見《通鑒》及新舊《唐書》)。這很清楚的是想要自己獨打江山另創
基業,太白那裏會不知道?譬如見之《永王東巡歌》裏的"永王正月東
出師,天子遙分龍虎旗",不已經有了天子巡狩春秋書王之意?特別是
第五首的推尊:

> 二帝巡遊俱未回,五陵松柏使人哀。諸侯不救河南地,
> 更喜賢王遠道來。

這不等於說李隆基、李亨都不頂事,唯有李璘才能夠安慰祖先面
對敵人麼?不過,這還只是從李璘方面著眼的,下面的兩首便是太白
自己的意志了:

> 三川北虜亂如麻,四海南奔似永嘉。但用東山謝安石,
> 為君談笑靜胡沙。(其二)

試借君王玉馬鞭,指揮戎虜坐瓊筵。南風一掃胡塵靜,
西入長安到日邊。(其十一)

西北的呂望,江左的謝安,乃是太白常常喜歡拿來自比的古人。
呂望的例前面已經舉過了。安石的如"莫學東山臥,參差老謝安"
(《送果四歸東平》),"安石在東山,無心濟天下。一起振橫流,功成復
瀟灑"(《贈常侍御》),在在都流露著他的響往之意。再結合起來說在
這裏的"為君談笑靜胡沙""西入長安到日邊"的話,更可以肯定太白
是真打算幫助李璘建立新朝,以貫徹他那反抗腐朽沒落的中央政權的
主張了。這從後來李璘的事敗被殺和李亨的窮治太白——繫潯陽(今
江西九江縣)獄,流放夜郎(今貴州桐梓縣)也可以推見。《為宋中丞
自薦表》中"逆胡暴亂,避地廬山,遇永王東巡,協行,中道奔走"和《憶
舊遊書懷》詩中"僕臥香爐頂,餐霞漱瑤泉。半夜水軍來,潯陽滿旌旃。
空名適自誤,迫脅上樓船。往賜五百金,棄之若浮煙"等語,都應該是
事後的掩飾,須辯。

太白在李璘兵敗亡走彭澤的時候,那情形是相當的狼狽的,他自
己說:

蘇武天山上,田橫海島邊。萬里關塞斷,何日是歸年。
(《奔七道中》其一)
亭伯去安在,李陵降未歸。愁客變海色,短服改胡衣。
(同上,其二)

以蘇武、田橫、崔駰(亭伯名)、李陵,這些"亡命之徒"自比,可見
太白當日心情之壞;而"欲行遠道述""幾時可生還"(同上,第五、第
四)的話,就更令人感到淒切了。果然一逃到潯陽,便被逮捕下獄。

《繫潯陽上崔相渙》詩云:

> 邯鄲四十萬,同日陷長平。能回造化筆,或冀一人生。

此詩前兩句是說李璘兵敗,後兩句是自己求生,終因崔渙(時為宣慰大使)和宋若思(時為御史中丞)的"推覆清雪"(《為宋中丞自薦表》),得以假釋出獄,並參加宋若思的幕府。太白說:

> 中丞宋公,以吳兵三千赴河南,軍次潯陽,脫余之囚,參謀幕府。

接著他在詩裏也有"白猿傳劍術,黃石借兵符""自憐非劇孟,何以佐良圖"的話,又於《自薦表》中說:

> 臣所管李白,實審無辜。懷經濟之才,抗巢由之節。文可以變風俗,學可以究天人。一命不沾,四海稱屈。

這就相當的無聊了。剛跟著李璘對立完李亨,便向李亨要官爵,骨頭怎麼又軟起來? 結果是,不但官不曾得,而且幾乎招來殺身之禍,幸虧郭子儀一力援救,才得免死長流夜郎。樂史《別集序》云:

> 白有知鑒,客并州(今山西省),識汾陽王郭子儀於行伍中,為脫其刑責而獎重之。及翰林坐永王之事,汾陽功成,請以官爵贖翰林,上許之,因而免誅。

太白的流放,好像是相當"優待"的,因為他不但不押解,還可以自

由自在的看朋友,如《泛沔州城南郎官湖》詩云:

> 乾元(肅宗李亨年號)歲,秋八月,白遷於夜郎。遇故人尚書郎張謂出使夏口。沔州牧杜公、漢陽宰王公,觴於江城之南湖,樂天下之再平也。方夜水月如練,清光可掇。張公殊有勝概,四望超然。乃顧白曰:"此湖古來賢豪遊者非一,而枉踐佳景,寂寥無聞。夫子可為我標之嘉名,以傳不朽。"白因舉酒酹水,號之曰"郎官湖"。亦猶鄭圃之有"僕射陂"也。席上文士輔翼岑靜以為知言,乃命賦詩紀事,刻石湖側,將於大別山相磨滅焉。

這就證明了太白雖在流放途中,依舊可以參加宴會,以文會友,而且是連地方官都對他一樣地歡迎,所以他這時候的心情並不十分沉重的。像"我愁遠謫夜郎去,何日金雞放赦回"(《流夜郎贈辛判官》)一類的句子,只是偶爾有之。何況他剛泛遊到了三峽,便遇赦(按《唐書·肅宗本紀》,乾元元年因"改元""有事南郊"和"冊立太子"諸事,共有三次大赦,並且因為大旱,"降死罪,流以下原之"。太白遇赦,當在此數事中),而東歸了呢?他的《流夜郎半道承恩放還兼欣克復之美書懷示息秀才》詩云:

> 黃口為人羅,白龍乃魚服。得罪豈怨天,以愚陷網目。鯨鯢未剪滅,豺狼屢翻覆。悲作楚地囚,何日秦庭哭。遭逢二明主,前後兩遷逐。去國愁夜郎,投身竄荒谷。半道雪屯蒙,曠如鳥出籠。遙欣克復美,光武安可同?天子巡劍閣,儲皇守扶風。揚袂正北辰,開襟攬群雄。胡兵出月窟,雷破關之東。左掃因右拂,旋收洛陽宮。回輿入咸京,席捲六合通。

叱吒開帝業,手成天地功。大駕還長安,兩日忽再中。一朝
讓寶位,劍璽傳無窮。愧無秋毫力,誰念矍鑠翁。弋者何所
慕,高飛仰冥鴻。棄劍學丹砂,臨爐雙玉童。寄言息夫子,歲
晚陟方蓬。

從這篇詩裏我們能夠看出三種意義:太白對於自己的兩番遷逐表
示不滿,對於兩京收復皇帝正位表示"欣慰";對於今後生活的安排已
經決計"退休",因為這時太白已是近六十的人了。

太白回棹以後,再遊江南。於寶應元年歸依族叔當塗令李陽冰,
以疾卒。李陽冰《草堂集序》云:

> 陽冰試弦歌於當塗,心非所好,公退不棄我,乘扁舟而相
> 顧。臨當掛冠,公又疾殛。草藁萬卷,手集未修。枕上授簡,
> 俾予為序。論《關雎》之義,始愧卜商;明《春秋》之辭,終慚
> 杜預。自中原有事,公避地八年,當時著述,十喪其九。今所
> 存者,皆得之他人焉。時寶應元年十一月乙酉也。

陽冰此文既有"公又疾殛"和"枕上授簡"的話,足證太白是病死
的。而最後的創作集子便是陽冰所編的《草堂集》了,又按劉全白、李
華亦並云:

> 偶遊至此,遂以疾終,因葬於此。文集亦無定卷,家家有
> 之。(《唐故翰林學士李君碣記》)
> 年六十二,不偶,賦《臨終歌》而卒。(《故翰林學士李君
> 墓誌》)

這都說明了太白確是病死在當塗的。他的詩文集也在當地四處流傳的。因此,《摭言》和《容齋隨筆》醉中捉月而死之說,便肯定是傳說了——太白生前慣習舟中翫月,如《翫月金陵城西孫楚酒樓,達曙歌吹,日晚乘醉,著紫綺裘、烏紗巾,與酒客數人棹歌秦淮,往石頭訪崔四侍御》詩云:"昨翫西城月,青天垂玉鉤。朝沽金陵酒,歌吹孫楚樓。忽憶繡衣人,乘船往石頭。草裹烏紗巾,倒披紫琦裘。兩岸拍手笑,疑是王子猷。酒客十數公,崩騰醉中流。謔浪棹海客,喧呼傲王侯。"恐怕就是醉中捉月一類傳說的根源。

上面介紹太白的生平已畢,總結起來說:

(1)太白出身於沒落的貴族家庭,是李唐的宗室遠支。他的物質生活根源可能是來自創作和行商的。壯年以後才在山東有了財產。

(2)他天才極高,抱負也大,所以儘管是遊俠、隱逸、神仙、詩酒的生活佔去了生命的絕大部分,可是,他的本心是打算在政治上有所表現的。

(3)李隆基見召,算是太白接近了中央統治政權。但是,因為遭受排擠,未能取得官職。可注意的是,他曾經面向這個腐朽沒落的集團,展開了鬥爭。

(4)跟隨李璘起兵,乃是太白對抗自食其果的中央政權的最具體的行動。雖然結果失敗了——橫被監禁和竄逐。詩名人望遂因此而益高。

(5)我們可以說,太白是一位最善於用詩歌來反映自己生活的人(這可不等於說,他沒有報導人民疾苦的作品),特別是他體現於作品中的浪漫氣息,真稱得起是既坦率而又切實,這應該是他不滿意於現實社會的有力的證件。

二、思　想

　　唐自李世民(太宗)以來,就不能說是不重視儒家,如他一即位便派杜如晦、房玄齡、虞世南等十八人為學士,又命顏師古補五經脫誤,孔穎達作《五經正義》。從儒生到經籍,在在都表示著被推尊,這自然是封建統治階級意識形態的表現。但在另一方面,他也未嘗不崇敬釋氏。如他非常看重玄奘的佛經翻譯工作,提出了梵本六百七十五部,並令房玄齡、許敬宗及碩學沙門五十餘人在弘福寺相助整比。到了李治(高宗)、李顯(中宗)的時候,度僧尼、造寺院,佛教遂更加興旺。不過道家之盛都是李隆基以後的事情。《舊唐書》說,隆基曾拜道士張果為銀青光禄大夫,號曰玄通先生;封道士葉法善為越國公,賜住京師景龍觀中可證。因此,三教思想雖然不無矛盾,但是因為它們都為統治階級所御用,於是也就"共存共榮"了。

　　太白生在這種三教分立的時代,自己又是個聰明絕頂的人,對於它們的思想便不能不都有一定程度的感染。不過,如果仔細考究起來,它們所體現的於太白生活意識中的成分與過程,到底還是不盡相同的。譬如就拿儒家思想來說,儘管太白也在"尊尊",講求君臣之道,"明主""聖君"地叫著,但是不滿意的時候,他也一樣地擬之為"殷后""楚懷"而大提其意見。這和一般人的"天主聖明,臣罪當誅"的自卑勁兒,就不同了。再拿他對儒家的老祖宗孔丘的態度來做例。雖然也在"夫子""大聖"地稱呼著,可是"我本楚狂人,鳳歌笑孔丘"(《廬山謠寄盧侍御虛舟》)、"仲尼且不敵,況乃尋常人"(《送魯郡劉長史》)一類不夠尊敬的話,倒是太白本心的意思。至於等而下之的後來的儒生真是不在他的眼中了。《嘲魯儒》說："魯叟談五經,白髮死章句。問以經濟策,茫然墜煙霧。"可見他對讀死書,死讀書,讀書死的書呆子,從來就是看不起的。只是,無論怎麼說,太白是打算拯物濟世的,是有著"致居堯舜上,立國秦漢中"的雄心的。那麼,從積極地維持封建統治的這一意義上看,太白思想成分中的儒家部分,還是很重要的哩。特別是青年以後的思想情況。

我們在介紹太白生平的時候,曾經一再地說,他的求仙煉丹、詩酒隱逸乃是不得志前和失意以後的苦悶跡象,一種知其不可而為之的聊以解嘲的辦法。雖是如此,它當然也會有其思想根源的。這思想根源是什麼呢？是自西晉葛洪(抱朴子)以來就盛行著的消極而又沒落的脫離現實自我陶醉的貴族階級思想。它體現到皇帝身上,是大富貴亦壽考的長生術的追求;它體現到一般貴族身上,尤其是失意者的時候,便很容易是自己作耍觀念滿足的形態了,太白就是屬於後者的,他說燒爐煉丹:

> 美人為政本忘機,服藥求仙事不違。葉縣已泥丹竈畢,瀛洲當伴赤松歸。先師有訣神將助,大聖無心火自飛。九轉但能生羽翼,雙鳧忽去定何依。(《題雍丘崔明府丹竈》)

他說成仙了道:

> 客有鶴上仙,飛飛凌太清。揚言碧雲裏,自道安期名。兩兩白玉童,雙吹紫鸞笙。去影忽不見,回風送天聲。舉手遠望之,飄然若流星。願食金光草,壽與天齊傾。(《古風》之七)

這樣的詩很多,我們不多引了,可是已經看得出來是太白在跟自己開玩笑(說的滿"離奇"麼,誰會相信它是真事?),因之也就叫人知道,太白所倡導的道家,乃是秦漢以來的方技之類,而非老子《道德經》五千言的精神。雖然他自己在攀老子為"先君"(先君懷聖德——《謁老子廟》)、為"吾祖"(吾祖吹橐籥——《送于十八應四子舉落第還嵩山》),我們再對照著下面的詩研究一番,就會更加的清楚:

> 天地為橐籥,周流行太易。造化合元符,交媾騰精魄。自然成妙用,孰知其指的?羅絡四季間,綿微無一隙。日月更出沒,雙光豈云只!姹女乘河車,黃金充轅軛。執樞相管轄,催憂傷羽翮。朱鳥張炎威,白虎守本宅。相煎成苦老,消鑠凝津液。仿佛明窗塵,死灰同至寂。搗冶入赤色,十二周律例。赫然稱大還,與道本無隔。白日可撫弄,清都在咫尺。北酆落死名,南斗上升籍。(《草創大還贈柳官迪》)

此詩無論從內容上或是口吻上看,都是方士法師的東西。何況太白自己接著也說"抑予是何者,身在方士格"(同上)呢。

太白之於釋氏,卻不似對於道家的只擇取秦漢以來煉丹飛升的方士之流,而是頗從佛理中有所領悟,這才頂禮膜拜了的。因此,他把"佛祖"看得比哪一位"先人"都神聖。如《崇明寺佛頂尊勝陀羅尼幢頌》云:

> 共工不觸山,嬌皇不補天,其鴻波汩汩流,伯禹不治水,萬人其魚乎!禮樂大壞,仲尼不作,王道其昏乎!而有功包陰陽,力掩造化,首出眾聖,卓稱大雄,彼三者之不足徵矣。粵有我西方金仙之垂範,覺曠劫之大夢,碎群愚之重昏。寂

然不動,湛而長存。使苦海靜滔天之波,疑山滅炎崑之火,囊括天地,置之清涼。日月或墜,神通自在,不其偉與!

苦海靜波,疑山滅炎,我佛乃大路金仙眾聖之首。這是普通的推崇嗎?《金銀泥畫西方淨土變相贊》就說得更明確:

> 我聞金天之西,日沒之所,去中華十萬億剎,有極樂世界焉。彼國之佛,身長六十萬億恒沙由旬,眉間白毫,向右宛轉如五須彌山;目光清白若四海水,端坐說法,湛然常存。沼明金沙,岸列珍樹,欄楯彌復,羅網周張。車渠琉璃,為樓殿之飾;頗黎瑪瑙,耀階砌之榮。皆諸佛所證,無虛言者。

這是太白把《佛說阿彌陀經》中所演述的佛國佛相拿來簡化於自己的文字裏了。末後之贊與此相似,只是"以此功德海,冥祐為舟梁。八十億劫罪,如風掃清霜。庶觀無量壽,長願玉豪光"等語,又涵泳了《觀無量壽佛經》的精義,應該說明。

太白對於釋氏的"心學",的確有所體會,如他說虛空靜寂之理云:

> 水中之月,了不可取。虛空齊心,寥廓無主。(《志公畫贊》)
> 至人之心,如鏡中影;揮斥萬變,動不離靜。彼質我斤,揮風是騁;了物無二,皆為匠郢。(《李居士贊》)
> 本心若虛空,清淨無一物。焚蕩淫怒癡,圓寂了見佛。(《地藏菩薩贊》)
> 海英嶽靈,誕彼開士。了身皆空,觀月在水。如薪傳火,朗徹生死。如雲開天,廓然萬里。寂滅為樂,江海而閑。逆

旅形內,虛舟世聞。邈彼昆閬,誰云可攀?(《魯郡葉和尚贊》)

按太白的意思是說:水中之月,不過是一個影子,既非真的月亮,何從捉去?鏡中的影子也是一樣,雖然甚麼都可以照了進去,從鏡子的本身上說,還是一個空無所有的。把這道理應用到人,只要六根(眼、耳、鼻、舌、身、意)清淨,六塵(色、聲、香、味、觸、法)不染,不就可以本體(心)立明是如來(佛)了麼?其實太白不知道,鏡、水根本不能夠和人心(人的感覺器官)相比。鏡中的花、水中的月,不過是物與物之間單純的反映關係而已。人的感覺器官則是一具生物的有機體,它感受了外物以後,還要發生一定的反作用(七情六欲都由此而起),所以叫它清淨無為便不簡單了。太白採用慧遠"形盡神不滅論"的說法,即"火之傳於薪,猶神之傳於形,火之傳異薪,猶神之傳異形。前薪非後薪,則知指窮之術妙;前形非後形,則悟情數之感深。惑者見形朽於一生,便以謂神情俱喪,猶觀火窮於一木,謂終期都盡耳",來叫人"朗徹生死",更有問題。因為慧遠之論,早已被范縝"神滅論",即"神即形也,形即神也。形存則神存,形謝則神滅也。形者,神之質;形者,神之用,是則形稱其質,神言其用,形之與神,不得相異也"打垮,何況以"如薪傳火"擬之於如神傳形,和以鏡花水月相比於感覺器官感受外物,同樣地有不倫不類的錯誤呢。

不過,無論怎麼說,太白對於佛學是下過相當大的工夫的,他自己說:

昔在朗陵(按即今之河南省確山縣)東,學禪白眉空(此或係一高僧名)。大地了鏡徹,迴旋寄輪風。攬彼造化力,持為我神通。晚謁太山君(神名,泰山之神,主治人生死,見《廣

博物志》），親見日沒雲。中夜臥山月，拂衣逃人群。授余金
仙道，曠劫未始聞。冥機發天光，獨朗謝垢氛。虛舟不繫物，
觀化遊江濱。（《贈僧崖公》）

因此，在太白思想當中，雖然是儒、釋、道的成分都有，我們總以為
他對釋氏的心學“領悟較深”，尤其是在政治失意以後。他《答湖州迦
葉司馬問白是何人》詩云：

> 青蓮居士謫仙人，酒肆藏名三十春。湖州司馬何須問，
> 金粟如來是後身。

亦人亦仙亦佛。但最後以如來自況，可以看出來他的重心何在。
　　最後是，太白雖然也摭拾了老子“無名天地之始，有名萬物之母”
（見《代壽山答孟少府移文書》）的話頭，但嚴格地說起來，對於宇宙，
他並沒什麼整體的概念。現在，我們可以替他肯定的地方，只不過是
認識問題屬於唯心論的範疇而已。如果再從人生態度上看，也不能不
說有的時候偏於享樂的個人主義的，因為他常說：

> 生者為過客，死者為歸人。天地一逆旅，日被萬古塵。
> （《擬古》之九）
> 夫天地者，萬物之逆旅也；光陰者，百代之過客也；而浮
> 生若夢，為樂幾何？古人秉燭夜遊，良有以也。（《春夜宴從
> 弟桃花園序》）

這就是太白浮雲富貴“浮榮何足珍”（《擬古》之九）、行樂及時“我
輩不作樂，但為後代悲”（《邯鄲南亭觀妓》）的享樂主義，可是我們應

該注意的是他那隱藏在心中深處的悲哀呀!"棄我去者,昨日之日不可留。亂我心者,今日之日多煩憂。""抽刀斷水水更流,舉杯澆愁愁更愁。人生在世不稱意,明朝散髮弄扁舟。"(《宣州謝脁樓餞別》),不是在痛苦地呻吟著麼?

總結起來說:

(1)太白的思想雖是儒、釋、道雜糅的,但他卻非笑孔丘只學方士,求仙煉丹地搞個不休。

(2)從表面現象上看,有時他是一個個人享樂主義者,可是更應該注意的,是他蘊藏在心之深處的悲哀。

(3)他這思想,基本上是唯心的,封建統治階級的,雖然還夠不上說已經有了完整的體系。

三、創　作

　　太白是一位多產的詩人,杜甫就曾說他"斗酒百篇",因此他當日寫出來的東西絕不會少於萬首,可惜的是大半喪失了——陽冰作序,已云十喪八九。傳今的作品計詩一千零一篇,賦與文六十五篇(宋曾鞏說),例如《長干行》《去婦詞》《笑歌行》《悲歌行》和《草書歌行》等。有的辭意淺鄙,有的互見他人集中,遂恐怕不是太白之作,文中的《比干碑》亦然,因為它是李翰的手筆,必須加以辨別。至於集子,則不但李陽冰的《草堂集》本、樂史的《李翰林集》本,後佚不傳,就是熙寧宋敏求的增定本亦所罕見。作箋注者必只有楊齊賢(宋)、蕭士贇(宋)、胡震亨(明)、王琦(清)四家,比之少陵詩注有千家的情況,真是差同天壤了。我們現在採用的乃是王注的翻印宋本,雖然晚出但是篇章注釋最為完善。

四、主　張

從太白生活的過程上看,最初他不過是以文賦作為'干進'的工具,亦不曾有依此以垂世不朽的意思。從來因為受漫遊四方見多識廣,這就漸漸地感到原有的一套——鋪陳的賦篇,四六的散文——不足以表達浩漫的思想豐富的情感,於是太白式的自由歌詩出現。先說他對於賦的看法。《大獵賦序》云:

> 白以為賦者,古詩之流,辭欲壯麗,義歸博遠。不然,何
> 以光贊盛美,感天動神?

這自然還是班固的老調,他所作的《大獵》《劍閣》諸賦,必的確不曾離開壯麗頌美的圈子。雖然《大鵬》一賦,頗似莊周寓言,時作奇語,又不大拘牽於舊的格律,究竟不是太白"自我作古"的東西。

太白在壯年以前用文字為干進的例證必很多,如《上安州裴長史書》自道其此種意旨云:

> 白聞天不言而四時行,地不語而百物生。白人焉,非天
> 地,安得不言而知乎,敢剖心析肝,論舉身之事。便當談笑以
> 明其心,而粗陳其大綱,一快憤懣,惟君侯察焉。

他這種散文,流於真實,有時事例必斑斑可考,的確做到了很好地為自己服務的要求,只是,仍不能算為太白藝術的最高表現。因為,它

們不過是些"應酬"的文字。

> 至於制作,積成卷軸,則欲塵穢視聽,恐雕蟲小技,不合大人,若賜觀芻蕘,請給紙墨,兼之書人,然後退掃閑軒,繕寫呈上。庶青萍、結綠,長價於薛、卞之門。幸惟下流,大開獎飾,惟君侯圖之。(《與韓荊州書》)

至於詩歌,則毫無問題的是太白文學中的代表創作。這是由於他不但寫出了大量的帶有解放意味的長短詩篇,而且也提出了力挽齊秦秀風的積極的先進的口號。《古風》之一說:

> 大雅久不作,吾衰竟誰陳?王風委蔓草,戰國多荊榛。龍虎相啖食,兵戈逮狂秦。正聲何微茫,哀怨起騷人。揚馬激頹波,開流蕩無垠。廢興雖萬變,憲章亦已淪。自從建安來,綺麗不足珍。聖代復元古,垂衣貴清真。群從屬休明,乘運共躍鱗。文質相炳煥,眾星羅秋旻。我志在刪述,垂耀映千春。希望如有立,絕筆於獲麟。

這篇詩實在就是太白的"詩歌革命宣言"。他先慨歎著從《三百篇》以來已經日漸微茫的正聲,而同情著以屈原為首的騷人的哀怨;又疾惡著以揚雄、司馬相如為首的賦家的頹廢,而更進一步地否定了建安以後的綺麗詩人。最後,再鄭重地提出了以陳子昂為首的復元古貴清真的唐代;而明君大號地表示了自己"志在刪述"的勇氣和"輝映千春"的信心。這些都證明了太白從詩的發展史上,的確看清楚了什麽才是為人民大眾所喜聞樂見的新生成長的光明的道路。因此,他的為新詩歌而戰鬥的精神,也是極其旺盛的,第二十一首又說：

> 郢客吟白雪，遺音飛青天。徒勞歌此曲，舉世誰為傳？
> 試為巴人唱，和者乃數千。吞聲何足道，歎息空凄然。

不落庸俗的看法，與"采"不同的創作，在乍一倡導的時候，遇到訕笑非議乃是必不可免的事情，但是，忍氣吞聲或者唉聲歎氣能當得了什麼；唯有迎上前去貫徹到底，才是正確的態度。還有，太白對於不能獨立寫作，唯知抄襲摹擬的人，必是非常之憎惡的。第三十五首云：

> 醜女來效顰，還家驚四鄰。壽陵失本色，笑殺邯鄲人。
> 一曲斐然子，雕蟲喪天真。棘刺造沐猴，三年費精神。功成
> 無所用，楚楚且華身。大雅思文王，頌聲久崩淪。安得郢中
> 質，一揮成風巾。

甚麼叫做"天真"，就是說實話。這是指有東施效顰、邯鄲學步態度的作者所不能想像的。太白提出這個來，恐怕是對於初唐四傑（王勃、楊炯、盧照鄰、駱賓王）、"沈宋"（沈佺期、宋之問）之流的陳隋風氣——拘牽聲樂、效尤綺靡的一個反擊。因為，如果不正本清源地指它一下，則信手信腕、獨抒性靈的活的詩歌，終是不容易大行於天下的。

五、成　就

太白的文是"開口成文,揮翰霧散"、"日試萬言,倚馬可待"的(亦見《送從弟京北參軍令詩》和《與韓荊州書》中),詩是"書禿千兔毫,詩裁兩牛腰。筆蹴起龍虎,舞袖拂雲霄"的(《醉從贈王厲陽詩》)。有這樣的天才,又有這樣的毅力,就無怪乎他能夠蜚聲當世,名垂千古了。不過,我們今天想要知道的不止於是他這個人的這些成就,更重要的乃是他除了很好的為自己服務的詩文以外,還有同情人民疾苦反映社會情況的作品沒有? 按太白集中頗多反對兵役,疾惡邊功的詩歌,最著名的如《戰城南》:

去年戰,桑乾源。今年戰,葱河道。洗兵條支海上波,放馬天山雪中草。萬里長征戰,三軍盡衰老。匈奴以殺戮為耕作,古來唯見白骨黃沙田。秦家築城避胡處,漢家還有烽火燃。烽火燃不息,征戰無已時。野戰格鬥死,敗馬號鳴向天悲。烏鳶啄人腸,銜飛上掛枯樹枝。士卒塗草莽,將軍空爾為。乃知兵者是凶器,聖人不得已而用之。

《戰城南》本是漢鼓吹鐃歌十八曲之二,是描寫戰場的淒慘景象的,太白在這裏卻只是用了它的題目,唱出了反對邊功的歌辭,而把重點擺在"乃知兵者是凶器"的結語上。詞句更是五、六、七、八、九字地參差互見,真可以說是極自由翻新之能手了。唐在李隆基開元天寶年間,屢開邊事,西擊吐番,南征雲貴,勞民傷財,師出無功,所以太白才有此作。又《古風》之十四亦云：

> 胡關饒風沙，蕭索竟終古。木落秋草黃，登高望戎虜。荒城空大漠，邊邑無遺堵。白骨橫千霜，嵯峨蔽榛莽。借問誰陵虐，天驕毒威武。赫怒我聖皇，勞師事鼙鼓。陽和變殺氣，發卒騷中土。三十六萬人，哀哀淚如雨。且悲就行役，安得營農圃？不見征戍兒，豈知關山苦！李牧今不在，邊人飼豺虎。

這首詩所反映的邊城景色，戰地情況，尤其是從軍士卒的哀怨，就更細緻全面了。不是站在人民立場來考慮問題的詩人，不會寫出這樣具有反抗性的詩作。另外是他這五古真是擴大了陳子昂素樸的境界，能夠更進一步地報導客觀的現實之處，必須體認清楚。又樂府《關山月》詩云：

> 明月出天山，蒼茫雲海間。長風幾萬里，吹度玉門關。漢下白登道，胡窺青海灣。由來征戰地，不見有人還。戍客望邊邑，思歸多苦顏。高樓當此夜，歎息未應閑。

《關山月》乃是樂府鼓角橫吹十五曲之一，也是歌頌邊塞征戍之詞。但這裏的“由來征戰地，不見有人還”，就分外地顯得悽愴了。試想一想那關山月下清海灣邊思歸不得的萬里戍客吧。誰實為之，孰令聽之，這背後就有一種對立統治者的情緒存在了。按青海就是現在的青海，唐李治(高宗)時為吐番所據。開元中，崔西逸、皇甫惟、王忠嗣等，曾先後在此和吐番人作戰。再舉一首《子夜吳歌》的悵惘征戍的：

長安一片月,萬戶擣衣聲。秋風吹不盡,總是玉關情。
何日平胡虜,良人罷遠征。

《子夜吳歌》本是江南兒女的戀歌,太白也用來作為思婦遠懷征人
之詞,遂說得這般切合季節與請調。天才詩人真是手法靈活,善於推
陳出新了。但這些詩歌雖好,都不過是描寫西北邊事的。下面的八句
便不同了:

雲南五月中,頻喪渡瀘師。毒草殺漢馬,張兵奪秦旗。
至今西二(當作"洱")河,流血擁僵屍。將無七秦略,魯女惜
園葵。(《書懷贈南陵常贊府》)

按《唐書》,天寶十載四月,劍南節度使鮮于仲通和雲南蠻族戰於
西洱河,敗績,大將王天遠陣亡。十三載六月,劍南節度留後李宓再
戰,結果他自己都犧牲了。可見情況之慘。太白此等詩句當是指的這
些事件。其次,在同詩中他也指出了剝削太甚荒年不足:

咸陽天下樞,累歲人不足,雖有數斗玉,不如一盤粟。賴
得契宰衡,持鈞慰風俗。(同上)
白玉換斗粟,黃金買尺薪。(《送魯郡劉長史》)

天寶十二年八月,十三載秋,鬧淫雨荒年的時候,長安城中真曾有
此現象,京師搞得這般狼狽,別的地方就更不要問了。這不是李隆基
外開邊事,內縱奢靡的後果嗎?至於太白議談統治者和自道失意的作
品前面引錄已多,茲不重列。

下邊談談太白文學的技巧。

太白的文學即表、書、序、記、頌、贊、銘、碑、祭文無一不能,詩亦古詩、樂府、近體(包括律詩和絕句)樣樣精通。這些我們引在前面的材料里已經可以知其梗概,賦和散文不是重點不再多說。這裏還要特別介紹的是關於詩的表現手法。先看他的古詩,陸生《口譜》曾稱之云:

> 李白古風六十首,富於子昂之《感遇》,儉於嗣宗之《詠懷》。其詩宗風騷,薄聲律。

太白的詩,風調高雅,的確走的是陳子昂的路子,關於這一點朱熹也說:

> 李太白詩,非無法度,乃從容於法度之中,蓋聖於詩者也。《古風》兩卷,多效陳子昂,亦有全用其句處,太白去子昂不遠,其尊慕之如此!

按太白《古風》傳今者計五十九首,題材豐富,感興萬端,雖多取譬之作,但均實有所指。說它是集阮籍以來《詠懷詩》之大成,亦無不可。至於例證則前面推引已多,不另補充了。下面再說說他的樂府,黃山谷云:

> 太白歌詩,度越六代,與漢魏樂府爭衡。(《山谷文集》)

又《李詩通》云:

> 太白詩,宗風騷,薄聲律,開口成文,揮翰霧散,似天仙之詞,而樂府詩連類引義,尤多諷興,為近古所未有。

按太白樂府詩傳今者近百一十首,歌辭應有盡有,體例多式多樣,可以說已經應了"依舊體翻新聲"的能事,最著名的詩篇如《遠別離》:

> 遠別離,古有皇、英之二女,乃在洞庭之南,瀟湘之浦。海水直下萬里深,誰人不言此離苦?日慘慘兮雲冥冥,猩猩啼煙兮鬼嘯雨。我縱言之將何補?皇穹竊恐不照余之忠誠,雷憑憑兮欲吼怒。堯舜當之亦禪禹。君失臣兮龍為魚,權歸臣兮鼠變虎。或云堯幽囚,舜野死。九疑聯綿皆相似,重瞳孤墳竟何是?帝子泣兮綠雲間,隨風波兮去無還。慟哭兮遠望,見蒼梧之深山。蒼梧山崩湘水絕,竹上之淚乃可滅。

試看看這首詩的句法詞彙,口吻情調吧,這不是《楚辭》的路數嗎?特別是那"洞庭""瀟湘""蒼梧"的地帶,"君失臣兮龍為魚""權歸臣兮鼠變龍"的憂傷,不簡直是《離騷》的"模子"麼?所以前人說它"度越六代""追宗風騷",實在不為無見。再如名垂千古的《蜀道難》:

> 噫吁嚱,危乎高哉! 蜀道之難,難於上青天! 蠶叢及魚鳧,開國何茫然! 爾來四萬八千歲,不與秦塞通人煙。西當太白有鳥道,可以橫絕峨眉巔。地崩山摧壯士死,然後天梯石棧相鉤連。上有六龍回日之高標,下有沖波逆折之回川。黃鶴之飛尚不得過,猿猱欲度愁攀援。青泥何盤盤,百步九折縈巖巒。捫參歷井仰脅息,以手撫膺坐長歎。問君西遊何時還? 畏途巉巖不可攀。但見悲鳥號古木,雄飛雌從繞林間。又聞子規啼夜月,愁空山。蜀道之難,難於上青天,使人聽此凋朱顏! 連峰去天不盈尺,枯松倒掛倚絕壁。飛湍瀑流

爭喧豗,砯崖轉石萬壑雷。其險也若此,嗟爾遠道之人胡為
乎來哉！劍閣崢嶸而崔嵬,一夫當關,萬夫莫開。所守或匪
親,化為狼與豺。朝避猛虎,夕避長蛇。磨牙吮血,殺人如
麻。錦城雖云樂,不如早還家。蜀道之難,難於上青天,側身
西望長咨嗟！

《蜀道難行》乃相和歌瑟調三十八曲之一(《樂府詩集》引王僧虔
《技錄》),是說川陝之間銅梁玉壘險峻的。但是沒有像太白寫得這般
生動形象,令人如同身臨其境。至於它究竟是為什麼作的？前人猜測
不一(有人說是諷刺嚴武的跋扈的,有人說是譴責李隆基的逃難的),
我們只好不去管它。接著,瞧瞧他的《絕句》:

> 五言絕句,李太白氣體高妙。(王士禎《唐人萬首絕句
> 選》凡例)。
> 盛唐絕句,太白高於諸人。(《唐詩品彙》)
> 詩以神行,使人得其意於言之外,若遠若近,若無若有;
> 若雲之於天,月之於水。心得而會之,口不得而言之,斯詩之
> 神者也。而五七言絕,尤貴以此道行之,昔之擅其妙者,在唐
> 有太白一人。(屈紹隆《粵遊歎詠序》)

太白絕句,瞻古未有,我們只看這幾家的評論已可略知一二。下
面再舉兩首詩來作例證。

> 牀前明月光,疑是地上霜。舉頭望明月,低頭思故鄉。
> (《靜夜思》)
> 李白乘舟將欲行,忽聞岸上踏歌聲。桃花潭水深千尺,

不及汪倫送我情。(《贈汪倫》)

自然、真摯、獨創一格,這便是太白絕句的特色。當時他的文學語言接近口語地顯示出來了。尤其是像下面的詩歌:

人道橫江好,儂道橫江惡。一風三日吹倒山,白浪高於瓦官閣。

這不是很好的一首白話詩麼,連吳地第一人稱代名詞的"儂"字,都使用了。又如《秋浦歌》之十二云:

水如一匹練,此地即平天。耐可乘明月,看花上酒船。

按浙人言寧可曰耐可,又是一種方言的應用。最後,再引一首嵌有此方口語的。如《東魯見狄博通》詩云:

去年別我向何處,有人傳道遊江東。謂言掛席度滄海,卻來應是無長風。

"傳道""卻來"等詞,直到今天還是北方人(特別是北京人)常用的口語。

那麼,太白這種清新飄逸的手法,除去自己的天才和功夫外,是不是也有師法古人的地方呢? 他的好友杜少陵就說"李侯有佳句,往往似陰鏗"(《與李十二日同尋范十隱居》),"清新庾開府(信),俊逸鮑參軍(照)"(《春日憶李白》),有沒有道理呢?

按《陳書·阮卓傳》云:"武為陰鏗,字子堅,五歲能誦詩,日賦千言。及長,博涉史傳,尤善五言詩,為當時所重,有集三卷行於世。"這樣看來,少陵之所以說太白似陰鏗者,當後因其詩才敏捷長於五言之故。至於庾子山(信)則是南北朝的大家,鮑明遠(照)又是"白話詩"的能手,少陵也拿來比擬太白,應該還是著重在"清新"和"俊逸"上。而太白自己呢,卻常常有嚮往陶(淵明)、謝(朓)的話。他說陶淵明云:

陶令去彭澤,茫然太古心。大音自成曲,但奏無弦琴。(《贈臨洺縣令皓弟》)

淵明歸去來,不與世相逐。因無杯中物,遂偶本州牧。因招白衣人,笑酌黃花菊。(《九日登山》)

陶令日日醉,不知五柳春。素琴本無弦,漉酒用葛巾。清風北窗下,自謂羲皇人。何時到栗里,一見平生親。(《戲贈鄭溧陽》)

太白此類歌頌淵明的詩歌甚多,大概是因為在欣賞自然景色,不肯為五斗米折腰和充分地利用詩文來反映自己的生活的這些行為上,兩人是後先一致的緣故。但更重要的應該是,淵明乃是從建安以來第一個不肯練琴自珍的詩人。他的這種自由自在,明白曉暢的手法,當然會被太白接受的。其次,太白對於謝朓的詩也曾相當的愛好。如:

我吟謝朓詩上句,朔風颯颯風吹雨。(《酬殷明佐見贈五雲裘歌》)

明發新林浦,空吟謝朓詩。(《新林浦阻風寄友人》)
諾為楚人重,詩傳謝朓清。(《送儲邕之武昌》)

按《南齊書》，謝玄暉（朓）"文字清麗，長於五言詩"。沈約常說"二百年來無此詩也"。於是我們就又知道太白喜歡宣城詩的原因了。

說到這裏已經可以得到一個簡單的結論，那就是，無論陰鏗、庾信、鮑照、陶潛或謝朓，因為他們都是清新流利的五言大家，所以太白才學習他們的長處。最後，還是讓我們引幾位對於太白知之較深的人的看法，來作為他的文學成就的讚語。李陽冰云：

　　不讀非聖之書，恥為鄭衛之作，故其言多似天仙之辭。凡所著述，言多諷興。自三代已來，風騷之後，馳驅屈、宋，鞭撻揚、馬，千載獨步，唯公一人。故王公趨風，列岳結軌，群賢翕習，如鳥歸鳳。盧黃門云："陳拾遺橫制頹波，天下質文，翕然一變。"至今朝詩體，尚有梁陳宮掖之風，至公大變，掃地並盡。今古文集，遏而不行。唯公文章，橫被六合，可謂力敵造化歟？（《草堂集序》）

陽冰從詩歌的發展史上來肯定太白繼承前人批判當代的卓越的表現，實是一種嚴正負責的態度。看了上面論述的材料以後，我們也同意他的說法。其次，范傳正又結合著太白的生活以論他的文學風格道：

　　晦以麴蘗，暢於文篇。萬象奔走乎筆端，萬慮泯滅乎樽前。臥必酒甕，行唯酒船。吟風詠月，席地幕天。但貴乎適其所適，不知夫所以然而然。至今尚疑其醉在千日，寧審乎壽終百年。（《唐左拾遺翰林學士李公新墓碑》）

關於太白這種語帶煙霞，胸懷錦繡，驅策自然，使萬物皆備於我的

風格,傳正而外,皮日休也有很精譬的論說:

　　言出天地外,思出鬼神表。讀之則神馳八極,測之則心
懷四溟。磊磊落落,真非世間語者,有李太白。(《劉棗強碑
文》)

　　這就是我們在研究一開始便肯定了的,李太白乃是中國文學史上
最有天才,最為偉大的浪漫詩人的主因。此外,所謂浪漫主義一般的
具有下列條件:
　　(一)主觀地要求個性的解放和自由。
　　(二)熱愛自然,對於它懷有著清新自然的感覺。
　　(三)憎惡腐朽的統治者,同情被迫害的人民。
　　(四)不滿意於現實的生活,常憧憬那神秘的世界。
　　(五)好大喜功,放縱嗜欲,在感情上極容易興奮,也經常地頹喪。
　　(六)反對文學上的因襲手法,具有獨立創造的精神。發抒性靈,
不拘形式。
　　總之,浪漫主義者所表現於思想上的是一種神秘荒唐、興奮渴望、
愛美反抗、憂鬱爽朗的極為複雜的心理情況。因此它體現於藝術中的
也就是那些帶有怪誕誇張、雄壯奔放和富有暗示性的色彩。這些特
點,在太白跟他的作品裏幾乎都可以找尋得到。於是,儘管在中國的
八世紀,還不能像十九世紀的歐洲一樣,有了真正的浪漫主義大詩人
如法之雨果,德之歌德、席勒、海涅,英之拜倫、雪萊,俄之普希金等(因
為,我們首先應該承認,浪漫主義乃是資本主義社會的附麗品,在資產
階級產生以前,它是不會形成的),我們也願意大膽地說一聲,太白是
世界上最早的具有中國式浪漫氣息的大詩人。
　　總結起來說:

442

(1)太白確是繼承了從"風""騷"以來的中國詩歌的優良傳統,糾正了建安以後雕琢綺麗的靡靡之音,並且更進一步地發揮了自己的創作天才,成為了中國文學史上最偉大的浪漫詩人。

(2)他的文學成就的最大特色是:手法自然、個性奔放、文字清新、題材豐富,尤其是也具有對腐朽的沒落的統治者的戰鬥精神。而詩歌的長於抒情、敘事、寫景,與形式上的工於變化多式多樣——如新型樂府,五言絕句的充分形成,倒是次要的了。

(3)從太白文學的內容上看,雖然應該認為基本上是為自己服務而且服務得非常之好的,可也不能夠說他的同情人民疾苦,反映客觀現實的作品,遺留給我們的不多,何況連那些幻想極樂世界,報導求仙煉丹的詩篇的本身,就綻露著不滿意現實社會的思想情況呢?

(4)太白的詩是不容易學的,因為我們沒有他當日的天才和生活。但可不能就說他對後來的影響不大,譬如只按個性解放推陳出新這一點來說,要是沒有他跟少陵的並起雙峙,唐詩會不會像今天這樣地被人民所珍愛,恐怕還有問題。韓愈說:"李杜文章在,光焰萬丈長。不知群兒愚,那用故謗傷。蚍蜉撼大樹,可笑不自量!"(《調張籍》)少陵不必費話了,對於太白,設若仍舊存在有主觀訕笑信口雌黃的人,我們除了請他多讀一下《太白全集》以外,也要以韓退之這幾句詩相贈。

明　清　文　學

一、明清的政治經濟概況

　　從蒙古人手裏把統治中國最高的政權奪了回來的,明太祖朱元璋原本也是貧農出身(他出生在濠州——今安徽省鳳陽縣,幼而孤貧,當過和尚,也曾流浪在安徽、河南一帶),不過在接替郭子興領導了農民反元起義軍,尤其是在次第消滅了東南群雄——漢陽的徐壽輝、蘇州的張士誠、鄞縣的方國珍以後,階級立場已經逐漸轉變,他結合了武裝的地主、封建的官僚集團和知識分子,因而北伐成功,趕走了杔灌鐵木耳(元順帝),建立了統一的明朝(一三六八),表現為一個非常苛刻殘暴的皇帝——丞相胡惟庸、大將藍玉等均遭殺害,前後株連者將近五萬人,案子也拖延了十餘年才告結束。

　　但我們可不能不說朱元璋的光復華夏,施行了中央集權制度(廢除丞相,分其職權為吏、戶、禮、兵、刑、工六部,由皇帝自己總管),使著中國又成功了強威統一的大帝國,從歷史的發展上看,是一段富有更多意義的事件。特別是他的改良的經濟政策:鼓勵人們開荒地,命令士兵屯田邊疆;安插流民於淮北,使之參加生產;分配並資助無地少地的農民以土地糧食和耕具;又大量地修築塘堰,發展水利事業。這樣一加整頓,不只軍糧民食都有了著落,而且戰爭搞荒蕪了的田地和長滿了野草的蒙古人牧場也都種植了五穀,恢復了農業生產。

　　此外,朱元璋還剪除了地方的豪強;清點了全國的土地;普查了全國的人口;適當地減免了賦稅,賑濟了荒年;加重了富戶的負擔,嚴勵地懲辦著貪贓枉法的官吏。因此種種,政府的收入便增加了,貧苦的人民也得到照顧了。於是農民的生活獲得安定,階級矛盾賴以緩和,戰爭創傷平復,社會呈現了繁榮的景象。這是由打蒙古貴族統治下解放出來的農民,積極從事生產的必然後果。朱元璋精明幹練,看清楚了這個規律,正確地掌握了這個政策,恢復農村經濟的改良政策,所以得到成功。

朱元璋死後,他的兒子朱棣(明成祖)用武力從侄子朱允炆(建文帝)手裏奪取了帝位(一四〇三),把國都由金陵(今南京)遷到北京,繼續貫徹朱元璋鞏固統治的各項政策,並且特別著重於邊防的加強,幾次主動地出擊蒙古,使著朱明的帝國越發地興盛起來。可是朱棣以後,因為繼嗣皇帝的深居宮廷,罕見朝臣,一切政事都由閹官代行處理,並且使用廠衛(東廠、錦衣衛都是宦官的特務機關),任意鎮壓反對朝廷的官吏和人民(一律是騎逮捕進來,不分官民,不論罪名輕重,一概枷杖。輕者充軍,重者處死,很少能倖免的)。於是內憂外患接踵而至,這個帝國也就跟著衰敗下去了。

這時期對立的兩個階級是新興的皇王權貴等大地主和無地少地的農民,地主掌握鄉村政權,兼併土地放高利貸的結果,逼得農民饑餓破產,賣身投靠。那一條條的稅法——清點地畝,按畝征銀,令田主繳納一定數量的銀錢,所有田賦差役一併在內,不另攤派。雖好,也擋不了豪強的壟斷瞞哄,從中榨取。這樣自然激起了農民不斷地反抗,延續到了朱由檢(思宗),便被起義軍的首領李自成(闖王)所攻城,時為崇禎十七年,公元一六四四年(以張獻忠為首的另一路義軍也佔據了四川)。

明代在中國經濟文化的發展史上有一件和過去的王朝迥乎不同的事件,那便是從朱元璋起就和東南亞的國家如安南、琉球、呂宋、暹羅、爪哇等發生了外交的關係(事實上他們當時都是向中國稱藩納貢的國家)。朱棣之時更把"國營"的海外貿易規模擴大,他利用政府的力量,自備船隻武器貨物,派遣了強大的武裝船隊到南洋諸國去貿易、示威,前後共計七次,最遠的地方都到了波斯灣、非洲東海岸及馬達加

斯加島的南端。統率這個船隊的首領,就是歷史上著名的三寶太監鄭
和。中國和西洋的海上交通一被打開,就不僅僅是中外的物資"資源
其流"了,通過傳教士利瑪竇等的東來,歐西的科學如《萬國全圖》(利
瑪竇繪)《乾坤體義》(利瑪竇著)等也跟著流傳起來。雖然這並無助
於明朝政治上的敗亡。

满清的入侵,是邊疆民族統治中國的最後一個王朝。它之得有天
下,完全是竊取了中國人民業已摧毀了朱明統治的勝利果實。因為從
努爾哈赤(清太祖)到皇太極(清太宗)一貫地在利用漢奸探聽虛實,
要不是范文程、孔有德、洪承疇、吳三桂等的背叛祖國,一力相助,不過
二十萬人的八旗兵力絕不會坐穩北京,鎮壓完了所有的起義軍。就拿
李自成說,基本上便是吳三桂跟蹤消滅了的。其餘忠義人士如史可法
的揚州督師、瞿式耜的桂林反抗,也都分別地壞在馬世英和孔有德的
手裏,而且跟著來的是清人"揚州十日""嘉定三屠"的大殘殺。儘管
如此,中國人民的抗清鬥爭,還一直延續到一六八三年(這一年明人抗
清的最後根據地臺灣被攻佔)。

清自一六四四年福臨(世祖)入主中國,鎮壓了漢族人民的反抗,
確立了對中國本部的統治以後,社會經濟在和平安定的環境下又漸漸
地獲得恢復和發展。特別是玄燁(聖祖)、胤禛(世宗)、弘曆(高宗)等
三個皇帝的繼興,充分地運用了中國豐富的人力和物力,擴大了疆域,
使著中國的領土伸展到了外蒙古、西藏、青海和新疆。他們又知道自
己是一個人口很少的種族,經濟文化還比較落後,針對著這一特點,如
果不聯合起來各個民族的統治階級來幫助統治,便無法鞏固已得的政
權。因之漢人的大地主、蒙古的王公、西藏的喇嘛、苗族的土司便在以
滿洲貴族為中心的情況下形成了一種聯合的封建統治。

清朝統治者的種族特權是很大的,滿人一般的不參加生產,他們
只在做官當兵,而把通過圈佔得來的大片土地交給漢人代為耕種。這

當然是極厲害的剥削,好在政府所施行的"攤丁入畝"新稅法——沒有田的可以不繳稅,還相當的合理。又加上他們極力地抑制兼併,鼓勵墾荒,因之在顒琰(仁宗)以前,人民倒生活得馬馬糊糊,雖然不斷地有邊塞兵役。可是在鴉片戰爭以後,以英國為首的帝國主義者東來殖民以後,這種情況便改變了。

工商業在清代不能算夠發達,小手工業和市集商業(零星的雜貨小生意)從整體上看還佔著很重要的地位,但城市經濟因為供給統治階級的消費享樂,卻也得到畸形的發展。值得提起的是這時期的礦業、瓷業和印刷業都相當的興盛,這原因是康熙(聖祖玄燁的年號)以後,人們可以開礦,西南各省的銀、銅、鉛、錫等礦藏大量地獲得開採。景德鎮(在今江西省浮梁縣)的瓷器在政府積極協助之下也大批地生產了精品。特別是印刷業,已經開始使用了銅制木制的活字來排印書籍,而且准許人民設立書坊刻印,則其發達可知。只是此外的機器工業和對外貿易雖在十九世紀工業革命之際,因為科學知識落後滿清政府頑固保守,直到一八四〇年海禁被英人打開才漸漸地有了一些,但也始終不能獨自經營製造。

總之,這個時期的政治經濟情況如果在綜合起來說可分下列:

1. 工商業的發達與資本主義因素的萌芽

(1)明朝由於統治者對工商業曾採取一系列的扶持政策,商品貨幣經濟逐漸興盛,在一定程度上破壞了封建社會的自然經濟,萌芽了資本主義因素。代表新興的市民社會力量有了發展,同時封建主義對立的市民思想顯明地抬了頭。

(2)清代對工商業所採取的是壓迫和阻礙的政策,但是客觀的歷史發展並不符合滿清統治階級的主觀願望。後來國內外市場比以前活躍,城市工商業更發達起來。這樣,代表資本主義關係萌芽狀態的新興的市民社會力量就進一步發展了。

2. 土地兼併的加速

(1)明初採取發展生產政策,提高了農業生產力,也發展了工商業,而商品貨幣經濟侵入農村,促使更多的農業品商品化。這些因素都刺激著官僚地主加緊掠奪和兼併土地,造成土地高度集中的現象。

(2)滿清統治者依靠和縱容八族貴族與官僚大地主階級,曾給以種種特權——兼併土地,壟斷商業和手工業,進行高利貸剝削的結果,也引起了農村土地的高度集中。

3. 專制集權政治的殘酷

(1)在政治上與經濟相適應,明代的君主集權發展到空前的高度,如軍政大權的集中;對待官吏非常殘酷,對一般人民更不用說;勵行八股取士的制度以奴化知識分子。

(2)滿清除上面幾點與明代相同外,運用專制政治,表現出極端的種族壓迫。

4. 社會矛盾的尖銳與人民力量的壯大

(1)明代階段矛盾與鬥爭;市民運動對封建主的鬥爭;農民起義。
(2)清代民族鬥爭與階級鬥爭相結合,人民力量更是無比的強大。

二、明清的文化學術概況

明清兩代的最高統治者從種族上看，雖有漢人、滿人的不同，可是無論朱元璋、愛新覺羅玄燁或是他們的繼嗣者，那危害知識分子鉗制言論自由的政策在基本上卻沒有什麼大差異。舉些例證說，如兩代都是科舉取士，皆使讀書人的經歷完全消磨於八股帖括之中；兩代都有文字之獄來殘酷地迫害書生鉗制言論；兩代都扶植程朱之學，鼓勵奴才思想以便於他們的封建統治。要不是自明末到滿清中葉（一六一六到一七七七）出了幾位大學士，如顧炎武（亭林）、黃宗羲（梨洲）、王夫之（船山）、顏元（習齋）、李塨（恕古）和戴震（東原）等來提倡一下"窮理""致用""實踐""力行"，則這個時期簡直談不到有什麼學術思想了。因為無論顧、黃的民族思想，顏、李的勞動觀點和戴東原實事求是的科學精神，都是反對奴才待遇，闡發人民自由，強調個性解放的進步的，業已綻露得有民主主義思想色彩的東西。這對於當日漆黑一團的統制階級思想——宋明理學來說，自然是一個正面而又有力的鬥爭。再具體些說如：

黃宗羲在滿人滅明之後起兵救國，並曾乞師日本，據守舟山，在四明山寨號召義兵，雖然屢遭摧毀，照舊抗爭不休。這主要的是因為他認識到了滿人的殘暴、封建帝王的罪惡。他說："天下之大害者，君而已矣。""頂天地之大，於兆人萬姓之中，獨私其一人一姓呼？"（《明夷待訪錄》《原君》）又說："吾無天下之責，則吾在君為路人，出而仕於君也，不以天下為事，則君之僕妾也，以天下為事，則君之師友也。"（同上《原君》）他把君看成了害民之賊。君臣的名分首先是建築在給人民辦事的原則上,這還不是極惡封建統治,竭力鼓吹民主的思想麼?

王夫之也是一樣,明亡,他起兵抗清,戰敗了便逃隱於石船山(在湖南衡陽縣),著書——《船山遺書》一百八十八卷——立說。他認為土地不該是帝王的私有物,倒應該為耕者所有。因為人民從它搞生產,並且拿出糧食來養活帝王官吏,不應該解釋作佃農向地主繳納租稅。(具見《噩夢》——一部專論民生經濟問題的書——中,王夫之就這樣把幾千年來封建王朝的政治經濟制度"普天之下,莫非王土,率土之濱,莫非王臣"的"天經地義"給否定了。

這都說明了這些哲學家們不但學問深湛、思想新穎,而且是理論結合著實踐,經驗充實著學理。這種情況一直發展到戊戌變法(一八九五)前後,如以康有為、梁啟超、譚嗣同為首的改良主義者的政治行為。雖然他們的思想,只能屬於資產階級民主革命的範疇的,但那種以漢學之"實"救宋學之"空",從書本上的鑽研轉到了政治上的行動。特別是通過他們所反映了的封建主義制度業已腐朽不堪,必須尋求變革之道的新精神卻必須予以肯定的。

三、明清兩代的文學概況

中國文學發展到了元代,因為新興的戲曲獨霸了文壇,那一派相傳的詩歌古文早已凋零不堪,所以繼之而起的文學代表作乃是伴著戲曲接著講史、平話的通俗小說。儘管明代文必秦漢、詩必盛唐的復古運動鬧得烏煙瘴氣,清代桐城散文、江西詩派的"正統文學"也搞得像煞有介事,我們還是不能夠為這些現象所混淆,而應該鄭重其事地先提出小說來研究。此以:

① 遠從宋元時起,中國人民就喜歡語文通俗、故事生動的話本了。

② 朝廷以八股取士,戲曲也僵化為傳奇以後,成本大套的章回小說便為進步作家們專心致志的創作物了。

③ 作為文人才子的大知識分子們,看到小說對於群眾有驚人的感染能力,便也不能不另眼來看待它。

(一) 小說

"小說"一詞,最早的含義乃是瑣屑的話,《莊子 外物》篇云:"飾小說以干縣令"便是這個意思。它後來才慢慢地轉為寓言異記的別詞,桓譚《新論》說:

> 小說家合殘論小語,近取譬喻,以作短書,治身理家,有
> 可觀之辭。(李善注《文選》卷三十一引)

這就已經初步地具有後世小說的意義了,但是直到班固,它的名義方才得到肯定。班固說:

> 小說家者流,蓋出於稗官,街談巷語,道聽塗說者之所造也。孔子曰:"雖小道,必有可觀者焉,致遠恐泥,是以君子弗為也。"然亦弗滅也。閭里小知者之所及,亦使綴而不忘,如或一言而采,此亦芻蕘狂夫之議也。(《漢書·藝文志》)

從班孟堅的話裏,我們就可以推知,遠在東漢以前,中國的小說便是以反映人民的生活、思想為基礎的,那精神就不是統治階級御用的、正統的。因此,它才叫做稗官野史,因此它才被貶抑為"小道",尤其是因此它才被阻礙了許多年——到了唐代才只有傳奇,到了宋代也只有話本,直到元末明初才有了章回體裁的小說。

至於小說的種類,則明胡應麟分為:①志怪(如《搜神記》《述異記》);②傳奇(如《飛燕外傳》《太真外傳》);③雜錄(如《世說新語》);④叢談(如《夢溪筆談》);⑤辨訂(如《鼠璞雞肋》);⑥箴規(如《顏氏家訓》)(具見《少室山房筆書》廿八)。清紀昀又分為:①雜事(如《西京雜事》);②異聞(如《山海經》);③瑣語(如《博物志》)(具見《四庫全書總目提要》)。不過嚴格地說起來,這些分法還都不能算是合於要求,因為它們裏面根本就沒有章回小說。於是找來找去,我們仍須參考魯迅先生的意見,把明清小說分為以下八種:

① **講史**:便於講說的歷史故事,通常都是演義性質的,它乃是話本的發展,最著者如《水滸傳》《三國演義》。
② **神魔小說**:通過仙佛魔鬼的"妄說"來體現義利、邪

正、是非、善惡、真假、虛實的小說。它的遠祖是晉唐以來的志怪體，最著者為《西遊記》《封神榜》。

③ **人情小說**：魯迅先生說："人情小說的取材猶宋市人小說之《銀字兒》，大率為離合悲歡及發跡變態之事，間雜因果報應，而不甚言靈怪，又緣描摹世態，見其世態炎涼，故亦謂之'世情書'。"（同上，一九九頁）以《紅樓夢》《金瓶梅》最為有名。

④ **選本小說**：此類小說明末最多，它們的源流卻還是從宋代來的——"或存舊文，或出新制"（魯迅先生語），不過改頭換面之後，不再用老名稱了。《醒世恒言》《拍案驚奇》等都是。

⑤ **傳奇小說**：也是唐人傳奇文的發展，在體裁上則以短篇記敘者為多，清人最善此種寫作。《聊齋志異》（蒲松齡著）《閱微草堂筆記》（紀昀著）可稱代表。

⑥ **諷刺小說**：議談人事，諷刺社會罪惡的小說，這本來是在晉唐就有的，不過到了明代才有長篇，為人們所熟悉的《儒林外史》便是它的典型之作。

⑦ **俠義小說**：這是一種"抑揚勇俠，讚美粗豪"而又"必不背於'忠義'"（魯迅先生語）的小說。它通常是跟著"善於判斷奇巧案件的'清官'"的故事相結合的，如《三俠五義》《施公案》之類就是。

⑧ **譴責小說**：正面暴露現實社會罪惡並加以徹底糾彈的小說，此在清末庚子（一九〇〇）之役以後最為流行，如《官場現形記》（李伯元著）的斥責滿清官吏貪污、憎惡政治腐敗者便是。

上列各類小說,限於時間和篇幅,我們當然無法全部予以介紹,就其流傳的廣被影響得巨大,特別是將來教學上的實際要求等方面看,我們暫擬提出《水滸》《三國》《西遊》《紅樓》《儒林外史》和《聊齋》這幾部書來研究一下:

1.《水滸》

周亮工(書影)說羅貫中是越人,生於洪武初年。他寫作的小說甚多,除本書外,尚有《三國志演義》《隋唐志傳》《殘唐五代史演義》《三遂平妖傳》等;亦能詞曲劇碼,傳今者有《龍虎風雲會》(見《元人雜劇選》)《三平章死哭蜚虎子》《忠臣孝子連環諫》(據明抄《錄鬼薄續編》所引),因此可以推知他必是一位多才多藝而又多產的大作家。至於關於他的編著《水滸傳》的載記,則《也是園書目》說:"舊本羅貫中《水滸傳》二十卷。"《續文獻通考》說他"編撰小說數十種,而《水滸傳》敘宋江事奸盜脫騙,機械甚詳。"《七修類稿》說:"《三國》《宋江》二書乃杭人羅貫中所編,予意舊必有本,故曰編。"《宋江》又曰施耐庵的本。這裏應該注意的是從《水滸》成書之日起,便有羅著施作、施撰羅編的說法了,現在再把胡(應麟)說錄在下面:

今世傳街談巷語,有所謂演義者,蓋尤在傳奇雜劇下,然元人武林施某所編《水滸傳》,特為盛行,世率以其鑿空無據,要不盡原也。余偶閱一小說序,稱施某常入市肆,抽閱故書於敝楮中,得宋張叔夜《擒賊招語》一通,備悉其一百八人所由起,因潤飾成此編。其門人羅某亦效之,為《三國志》,絕淺鄙可嗤也。郎(瑛)謂此書及《三國》並羅貫中撰,大謬,二書深淺工拙,若天壤之懸,詎有出一手理?世傳施號耐庵,名字竟不可考。

胡應麟的這一段話，別的我們先不要去管它，而施、羅兩人對於《水滸》的編著均曾盡過最大最早的努力，並且取得了輝煌的勝利成果，因此確實必須予以肯定的。儘管胡應麟在施、羅之間主觀地有所軒輊，甚至於根本不承認羅有撰寫《水滸》的這一件事。原因是像《水滸》這樣大部頭的小說創作，絕不會是一個人所能夠獨立完成的。施、羅本人在某些地方即係編纂前人的東西不必說了，施羅之後，如郭勳、李卓吾、金聖歎等哪一位沒有對《水滸》盡過力？凡此種種，均足以為《水滸》是三百年來中國小說作者集體創作的佐證。如果一定斤斤計較是施是羅或是施先羅後，便是抹煞《水滸》本身發展的情況了。

勘定《水滸》的版本也是一種極為麻煩的事件，但我們知道施、羅原本的內容是起於洪太尉的誤走妖魔，而次以百八人的漸集梁山，直到元霄鬧東京，三敗高太尉，全夥受招安為止。以後諸本則或添征方臘，或添征遼，或添征田虎、王慶或征四寇，都被添上不等。其結局大體上是功成被害，魂聚蓼兒窪的，唯有金聖歎的刪改本止於盧俊義驚夢。

傳今的單行本《水滸》當以百回本的《忠義水滸傳》為最好，此書前署"錢塘施耐庵的本，羅貫中編次"（《百川書志》六），其實就是明嘉靖時武定侯郭勳家所傳之本，它的基本內容雖與百十本同，但已"除去惡詩，增益駢語，描寫亦愈入細微"（魯迅先生語，見《中國小說史略》頁一四三）。按胡應麟云：

> 武定侯郭勳，在世宗（朱厚熜）朝號好文多藝能計數。今新安所刻《水滸傳》善本，即其家所傳。前有汪太函序，托名

天都外臣者。(《野獲編》五)

郭本《水滸》是郭勳自己改編的,還是汪太函(道昆)加工的,我們雖然還不知道,但這個本子改得好,成功了一部"生龍活虎似的大名作"(鄭振鐸先生語,見《水滸傳》的演進)卻是事實,鄭振鐸先生說:

> 郭本最大的好處,並不在改換回目,插增征遼諸點,而實在於它將羅本的《水滸傳》又改造得進步了不少,在今本的許多《水滸》中,郭本乃是一個最完美的定本。無論楊定見也好,金聖歎也好,都不能在他的一百回之中有些什麽增損,至多只不過改換幾個字眼而已。(同上)

為什麽魯迅先生和鄭振鐸先生都這樣地推許郭本呢?原來他比起羅本來有著下列的改進:

(一)改換單語標目的"某則"為對偶的"回目"——每回必有二語對稱,並且取消了卷數。

(二)汰除了蕪雜的詩詞,文字也更加地清新,因為他使用了大量的人民口語。

(三)對於內容有所損益,人物描寫愈見生動明確。

不過這個善本極是罕見,連出於郭氏的李贄序及批點本今亦難得(楊定見本的一百二十回《忠義水滸傳全書》也是一樣),倒是金聖歎(人瑞)評定的貫華堂本七十回《水滸傳》至今風行——正傳七十回,楔子一回,實七十一回,有《原序》一篇。其書與百二十回本之前七十回並無大異,只是把此後的征四寇刪除而妄增了一節"盧俊義梁山驚惡夢",這便和原著大不相同了。全本在某些地方雖然剪裁得不差,文字上也更加地統一精煉,但他那評定的觀點卻是污蔑以宋江為首的梁山英雄們的。這就是說，金聖歎是從反對農民起義的立場來看《水滸傳》的，因之我們就不能夠不予以揭露並且用十分警惕的態度對待它。

總之，《水滸》這部已經流傳了五百年的巨著，由於歷史環境的變異，各個時代編著工作者的觀點立場的不同，其結果自然會形成了許許多多、改頭換面、大同小異的本子。就以上面所引用的百回本、百廿回本和七十回本而論，現存的和見於著錄的，便有十幾種。而且他們各有各的特點，各有各的形相，我們一時也介紹不了許多，但可以指出來它的發展情況，那就是越來越充實精到。如果不信，請看最近人民出版社所印行的百廿回本的《水滸全傳》。

《水滸》的成長談完。下面再研究一下它的思想性和藝術性。

我們首先可以肯定的是《水滸》乃是中國古典小說中最為具有人民性的長篇巨著，這是因為通過它所體現出來的階級鬥爭情況，特別地顯得明確和強烈。再具體些說，就是《水滸》才真是站在被壓迫、被剝削的廣大人民的立場來正面地對抗著封建統治階級的小說，不論它反映的社會背景是宋代、元代還是明代。

大家都知道在梁山頂上插了一面杏黃旗子，上寫著"替天行道"四個大字，我們說過"替天行道"便是梁山泊的英雄們所揭示出來的行動綱領，鬥爭口號。因為就封建統治者自立的政治學說，那"天"乃是最高的封建統治者皇帝自己的靠山——自古以來皇帝就自稱是受命於天的天帝之子，那"道"就是封建統治者為了管制人民剝削其勞動果實，因而一反其"仁民愛物"的體天地好生之德的本質的政治說法和手法，沒有看到歷來的皇帝都喊著"普天之下，莫非王土；率土之濱，莫非王臣"麼？那麼以宋江為首的梁山好漢們居然敢喊起這樣對立的口號，搞起這樣的反正事業，這不是人民革命事業的行為是什麼？

但是,是在什麼樣的客觀條件下才使著他們走上了這個革命的途徑呢？簡單地講,一句話是人民被逼得沒有活路了。只拿書中的代表人物說吧,無論軍官出身的林沖,普通市民的武松,或是沒落的貴族階級柴進,都是因為被貪官污吏土豪惡霸以及維護這些醜惡分子的朝廷,逼得"有家難奔有國難投",然後才不得不投入梁山找尋活路的。譬如書中說官吏的貪殘的：

（一）如今那官司——處處動彈便害百姓,但一聲下農村來,倒先把好百姓養的豬羊雞鵝盡都喫了,又要盤纏打發他。（第十五回,阮小五的話）

（二）這廝又是文官,又沒本事,自從到任,只把那些鄉間些少上戶詐騙；亂行法度,無所不為。（第卅三回,花榮說劉知寨）

（三）梁中書在北京害民,詐得錢物,卻把去東京與蔡太師慶生辰此一等正是不義之財。（第十五回,晁蓋等為劫取生辰綱的誓言）

（四）那知府複姓慕容,雙名彥達,是今上徽宗天子慕容貴妃之兄,依托妹子的勢要,在青州橫行,殘害良民,欺罔僚友,無所不為。（第卅三回）

看看這些地方"父母官兒",從皇親國舅到宰相女婿,哪一個不是貪污不法的？同時對於鎮壓起義的人民來說,他們也是同樣地殘酷的,而所謂朝廷呢？則徽宗既是荒淫的皇帝,蔡京又是奸猾的宰相,連太尉高俅卻不過是個出身幫閒漢的勢利小人。試問似這般從地方到中央的腐朽沒落的統治政權,要不遭到人民的反抗還有真理了嗎？所以當征討梁山的關勝喝問宋江為什麼"背叛朝廷"的時候,宋江便回答說：

> 蓋為朝廷不明,縱容奸臣當道,讒佞專權,佈滿濫官汙吏,陷害天下百姓。宋江等替天行道,並無異心。(六四回)

在另外的一回裏,宋江勸使索超投降時也有類似的話語：

> 你看我眾兄弟們,一大半都是朝廷軍官,蓋為朝廷不明,縱容奸臣當道,汙吏專權,酷害良民,都情願協助宋江,替天行道。若是將軍不棄,同以忠義為主。(第六十五回)

這些話不都是從廣大的人民利益出發掊擊貪殘的統治者麼？

那"替天行道"的正義也就在此。結果呢？不但官家派來的將軍如關勝、索超等人都歸向了梁山,連朝廷上的大員高俅、童貫也幾番地被打得慘敗,這不說明著勝利的一面是屬於人民的麼？

其次,再從梁山好漢們的政治手段——"劫富濟貧,除暴安良"上看,也可以看出他們起義的目的不只是單純地為了自己。因為誰都知道,那富的是少數的剝削者,同理殘暴的也只是那些貪官污吏和土豪劣紳。這些家伙們從其階級本質上說是害人到底又喜財難舍的,要不以毒攻毒的去殺光他們清算他們,可怎麼能夠拯救被迫害的人民？所以從董超、薛霸(危害流配囚徒的解差)、西門慶(侮辱女性破壞家庭的土劣)、殷天錫(橫行霸道仗勢欺人的官親)、祝朝奉(剝削農民獨霸一方的惡霸地主)、黃文炳(勾結官府欺壓善良的鄉紳),到利用官職公然魚肉人民的劉知寨(高)、張兵馬都監(蒙方)、高唐知州(高原)、慕容知府(彥達)、蔡九知府(得章),都必須要刀刀斬盡、劍劍誅絕,才算徹底解決了問題。這也就是"天煞星"李逵、"天傷星"武松被塑造的來由,尤其是"耗國因家木,刀兵點水工,縱橫三十六,橫亂在山東"(三十九回)的宋江被肯定的道理。李逵說得好：

哥哥正應著上天的言語,雖然吃了他些苦,黃文炳那賊也吃我割得快活!放著我們許多軍馬便造反,怕怎地!晁蓋哥哥便做大宋皇帝,宋江哥哥便做小宋皇帝;吳先生做個丞相;公孫道士便作個國師;我們都做將軍;殺去東京,奪了鳥位,在那裏快活,卻不好!不強似這鳥水溝裏!(第四十一回)

這不單是黑旋風的快人快語,其實就是梁山好漢們的共同想法。至於做皇帝云云,倒是怪他們不得,這從嬴秦二世陳涉、吳廣的農民起義(公元前二零九年)算起,起義軍的首領便有稱王稱帝的事實了。它是封建制度下的必然產物麼,這時老百姓所希求的不過是一個能夠使著他們安居樂業的太平天下而已,我們怎麼可以違背歷史的現實而厚責宋江等人呢?

還有人說,梁山泊的一百單八將,雖然也有出身農民的穆春,打漁為生的三阮、二張,小手工業者金大堅、侯健和自由職業者安道全、皇甫端、蕭讓等,但畢竟是吏役軍官地主成分的居多,這樣雜七雜八的人物怎麼應該算是農民起義?殊不知這些人不過是起義軍的領導集團,實際力量還是表現在那廣大的農民——所謂嘍囉的身上的。何況他們歸向梁山以後經過了長時間的革命鬥爭的訓練與考驗,已經基本上背叛了本階級而在起義軍的隊伍中正常地成長了呢!試看下面這首歌詞:

赤目炎炎似火燒,野田禾稻半枯焦;
農夫心內如湯煮,公子王孫把扇搖。

這是見於第六十回中晁蓋等智取生辰綱的一首歌詞,毫無疑問的是它已經尖銳地反映了勞動農民對立貴族(封建大地主)們的戰鬥情緒了。再如:

> 打漁一世廖兒窪,不見青苗不種麻;
>
> 酷吏贓官都殺盡,忠心報答趙官家。

阮小五誘戰捕盜巡檢何濤等人時便唱的是這一歌詞,從內容上看,他還不是梁山好漢們的共同呼聲麼?農夫,漁夫,這就說的是代表了廣大的群眾。

不錯,梁山的結局是悲慘的:接受招安;出征了四寇;最後是同歸於盡(弟兄們多死於戰爭;凱旋以後,宋江、李逵被毒殺;吳用、花榮因此自縊)。這自然是歷史條件的關係我們無法非難古人,但又何嘗不可以警惕以後的起義者,叫他們必須將革命進行到底,千萬不能半途而廢,否則便要自取滅亡了呢!(我們懷疑以後的李自成、太平軍就可能是接受了這個經驗教訓因而一幹到底的)另外是梁山的生活,無論是政治上、經濟上的也都給我們提出了比較合理的辦法:從頭領到嘍囉一般地都是哥弟相稱沒有階級,不過遵守共同制定的法律,在工作上分層負責,有服從各級領導的義務,因此就不單是號令嚴明,而且也"人盡其才"。所以我們可以大膽地說一句"梁山人"的政治地位是平等的。如下面的一段話便是一個有力的證明:

> 八方共域,異姓一家。天地顯罡煞之精,人境合傑靈之美。千里面朝夕相見,一寸心死生可同。相貌語言、南北東西雖各別,心情肝膽、忠誠信義並無差。其人則有帝子神孫,富豪將吏,並三教九流,乃至獵戶漁人,屠兒劊子,都一般兒

哥弟稱呼,不分貴賤;且又有同胞手足,捉對夫妻,與叔侄郎
舅,以及跟隨主僕,爭鬥冤讐,皆一樣的酒筵歡樂,無間親疏。
或精靈,或粗鹵,或村樸,或風流,何嘗相礙,果然識性同居;
或筆舌,或刀槍,或奔馳,或偷騙,各有偏長,真是隨才器使。
(第七十一回)

　　這等於一篇梁山人事的總結,它的最出色處便是團結得好——
"死生相托,患難相扶"(同上),這是一種什麼力量叫他們如此地協力
同心呢? 若要覓取答案還得引錄書文:

　　　宋江鄙猥小吏,無學無能,荷天地之蓋載,感日月之照
臨,聚兄弟於梁山,結英雄於水泊,共一百八人。上符天數,
下合人心。自今以後,若是個人存心不仁,削絕大義,萬望天
地行誅,神人共戮,萬世不得人身,億載永沉末劫。但願共存
忠義於心,同著功勳於國,替天行道,保境安民,神天鑒察,報
應昭彰。(同上)

　　此乃以宋江為首的百八人齊聚梁山以後的誓詞,這裏邊"天地行
誅""報應昭彰"、"萬世不得人身,億載永沉末劫"等語,自然是神道設
教借作警惕的話,我們一看便知。頂重要的是他們在這裏嚴肅地揭示
了共同奮鬥的政治目標——"休言嘯聚山林,真可圖王霸業"(同上),
這才是使著他們團結一致、生死以之的主動力哩。

　　他們的經濟制度也是相當地合理的,以劫取了生辰綱那一天起,
便是得了財務大家俵分,聚義梁山之後更是"大碗喝酒,大塊吃肉,大
秤分金銀,論箱分衣服"。每當攻破州縣,先給散糧米救濟百姓,然後
才把所得的府庫金寶錢物給賞馬、步、水三軍並大、小頭目。頭領們自

己可以有私財,上山的人,如果先有家眷資財的,沒有不想辦法把他們搬取來的。至於山寨的土地、房屋、湖泊、店鋪以及其它的生產工具、戰鬥工具,則屬於這個集團的公共所有。大家勞動生產,大家享受果實,是基本上消滅了剝削關係的,這不能不說是一種很理想的生活方式。可惜的是在一脈相傳的封建社會裏,這樣合理的生活無法長久延續下去,所以最後還是歸於消滅了。總之,水滸的英雄們:

(1)鞏固了進可攻、退可守的革命根據地——梁山泊。

(2)建立了撻伐貪官污吏,對立統治王朝的武力——梁山軍。

(3)提出了"替天行道,除暴安良"的鬥爭口號。

(4)確定了哥弟相稱、不分等級(和性別)的政治地位。

(5)實踐了集體勞動生產,合理分配果實的經濟制度。

(6)貫徹了服從領導、任勞任怨,尤其是束身自愛、忠義待人的鐵的紀律。

似這等綱領堂皇、政策正確、組織緊密、紀律嚴明的農民革命集團,在中國歷史上真還是不多見的,而作者卻通過小說把它提現給後人的我們了,則從反抗封建王朝的戰鬥意義上說,不是具有空前的典型性的東西麼?

水滸人物的描寫,更有著高度的藝術成就,這是因為他把此中的重要人物,都寫得有性靈、有生氣,不只是面目不同而已。再具體些說,就是它之描寫人物極善於抓住特點突出的予以刻劃,而且往往是性情和行為結合到一起來談,譬如它寫魯達的嫉惡如仇、拳打惡霸:

　　鄭屠右手拿刀,左手來揪魯達,被這魯提轄就勢按住左手,趕上入去,望小腹上只一腳,騰地踢倒在當街上。魯達再入一步,踏住胸脯,提著那醋缽兒大小拳頭,看著這鄭屠道:

"洒家始投走種經略相公,作到關西五路廉訪使,也不枉了叫
作'鎮關西'。你是個賣肉的操刀屠戶,狗一般的人,也叫做
'鎮關西',你是如何強騙了金翠蓮的?"只一拳,正打在鼻子
上,打得鮮血迸流,鼻子歪在半邊,卻便似開了個油醬鋪:鹹
的、酸的、辣的,一發都滾出來。鄭屠掙不起來,那把尖刀也
丟在了一邊,口裏只叫'打得好!'魯達罵道:"直娘賊,還敢
應口!"提起拳頭來就眼眶際眉梢只一拳,打得眼棱縫裂,烏
珠迸出,也是開了個彩帛鋪的:紅的、黑的、絳的都綻將出來。

　　兩邊看的人懼怕魯提轄,誰敢向前來勸。

　　鄭屠當不過,討饒。魯達喝道:"咄! 你是個破落戶,若
只和俺硬當底,洒家倒饒了你! 你如今對俺討饒,洒家偏不
饒你!"又只一拳,太陽上正著,卻是作了一個金堂水陸的道
場:磬兒、鈸兒、鐃兒一齊響。魯達看時,只見鄭屠挺在地上,
口裏只有出的氣,沒了入的氣,動彈不得。

(第三回)

　　這便是三拳打死"鎮關西"的一段正文。從這裏我們不只看到了
魯達的神勇,尤其知道了魯達的性格,雖然這兒不過是斷章取義地提
了一下。(文中憎惡惡霸的筆墨也值得我們學習)再如林沖,本來也是
一條了不得的好漢,但是被迫害到死到臨頭以前還是那樣的賠小心說
軟話,不敢正面鬥爭。例如下面的文字:

　　三個人奔到裏面,解下行李包裹,都搬在樹跟頭。林沖
叫聲:"阿也!"靠著一顆大樹便倒了。只見董超、薛霸道:
"行一步,等一步,倒走得我困倦起來。且睡一睡,卻行。"放
下水火棍,便倒在樹邊;略略閉得眼,從地上叫將起來。林沖

道:"上下,作甚麼?""俺兩個正在睡一睡,這裏又無關鎖,只怕你走了,我們放心不下,以此睡不穩。"林沖答道:"小人是個好漢,官司既已吃了,一世也不走!"薛霸道:"那裏信得你說,要我們心穩,須得縛一縛。"林沖道:"上下要縛便縛,小人敢道怎的?"薛霸腰裏解下索子來,把林沖聯手帶腳和枷緊緊的縛在樹上,同董超兩個跳將起來,轉過身來,拿起水火棍,看著林沖說道:"不是俺要結果你;自是前日來時,有那陸虞侯傳著高太尉鈞旨,教我兩個在這結果你,立等金印回去回話。便多走的幾日,也是死數! 只今日就這裏倒作成我兩個回去快些。休得要怨我兄弟兩個,只是上司差遣,不由自己。你須精細著,明年今日是你的周年,我等已限定日期,亦要早回話。"林沖見說,淚如雨下,便道:"上下,我與你二位往日無仇,近日無冤,你二位如何救得小人,生死不忘!"董超道:"說甚麼閒話,救你不得!"(第八回)

上下不離口,一味地乞憐,這便是軍官出身的林沖表現在早期的妥協性和軟弱性。(董超、薛霸的可惡,從他們身上刻骨鏤心地給出了統治階級爪牙的形象自不待說)設若我們把此後的林沖山神廟復仇、梁山火拼王倫時的英武聯繫起來看,就會知道《水滸》的作者如何的善於發展著寫個性了——各有階級的烙印,不逼不上梁山。

不過,《水滸傳》中可愛的人物雖多,我們總覺得作者塑造出來的武松最為完美,這是因為他神勇機智,辛辣頑強,是一位充滿著人性的英雄,是一面無奸不破無惡不摧的勝利的旗幟。舉些例子來說,景陽岡上的吊睛白額大老虎,多少武裝齊備的獵戶都動它不得,武松卻在酒醉以後赤手空拳就打死了它。陽谷縣內土劣西門慶,有錢有勢又有勇力,官私兩面誰都對付不了他,武松也只三拳兩腳就要了他的命。慣會害人的解差,連林沖那樣的好漢都著了他們的道兒,可是對武松反倒是小心服侍著(孟州道上),有了歹意的便等於自己送死。(飛雲浦中)惡霸蔣門神、都監張蒙方這等虎視一方、上下其手的封建統治力量,碰到了武松照樣地要被壞毀得血濺鴛鴦樓內。試看,對於這些腐朽的勢力醜惡的人物來講,武松不是他們的對頭冤家是什麼? 而且我們說他是完整的人物、勝利的旗幟的道理還不止此,因為,他能在打死猛虎為人民除害以後,關切著獵戶,不接受賞賜錢,他說:

> 小人托賴相公的福蔭,偶然僥倖打死了這個大蟲,非小
> 人之能,如何敢受賞賜? 小人聞知這眾獵戶因這個大蟲受到
> 了相公的責罰,何不就把這一千貫給散與眾人去用?(第廿
> 三回)

唯大英雄能本色,這不是武松能出人頭地之處嘛? 作者說他"忠厚仁德"(第廿三回),我們認為這才是真正的人民情感。再如他的光明磊落、敢做敢為,也是非比尋常的。如他在殺嫂祭兄已罷,對於鄰舍的那一番話:

> 小人因與哥哥報仇雪恨,犯罪正當其理,雖死不怨,卻才
> 是驚嚇了高鄰。小人此一去,存亡未保,死活不知。我哥哥
> 靈牀子就今燒化了。家中但有些一應物料,望煩四位高鄰與
> 小人變賣些錢來,作隨衙用度之資,聽候使用,今去縣裏首
> 告,休要管小人罪犯輕重,只替小人從實證一證。(第二十七
> 回)

從容安排、視死如歸，這又是在表揚武松的義烈，雖然文字面上說的是替兄報仇。因為他殺的是人不敢惹的惡紳，他辦的是官有所諱的案件，所以他的此一施為仍是人民稱快的事情。專管人間不平，不分親疏厚薄，這從他醉打蔣忠一事也可以看得出來。他說：

> 眾位高鄰都在這裏，我武松自從陽谷縣殺了人配在這裏，便聽得人說道："快活林這座酒店原是小施管營造的屋宇等項賣賣，被這蔣門神倚勢豪強，公然奪了，白白地佔了他的衣飯。你眾人休猜道是我的主人，我和他並未干涉，我從來都要打天下這等不明道德的人！我若路見不平，真乃拔刀相助，我便死也不怕！今日我本待將蔣家這廝一頓拳腳打死，就除了一害；我看你眾高鄰面上，權寄下這廝一條性命。我今晚便要他投外埠去。若不離了此間，我再撞見時，景陽岡上大蟲便是這模樣！"（第三十回）

"我若路見不平，真乃拔刀相助，我便死也不怕！"武松的忘我無私的戰鬥精神就是這樣地驚人，同時梁山英雄們的嫉惡如仇的現實，誓死對立鬥爭的肝膽，也就是通過此類的典型人物得到充分的體現了。

最後我們談談宋江，按作者第十八回中詳細介紹了這位梁山軍的首領說：

> 那人姓宋名江，表字公明，排行第三。祖居鄆城縣宋家村人氏。為他面黑身矮，人都喚他作黑宋江。又且於家大孝，為人仗義疏財，人皆稱他為"孝義黑三郎"。上有父親在堂，母親早喪，下有一個兄弟，喚作"鐵扇子"宋清，自和他父親宋太公在村中務農，守些田園過活。這宋江自在鄆城做押

司。他刀筆精通,吏道純熟,更兼**愛刀槍棒**,學得武藝多般。平生只好結識江湖上好漢,但有人**來投奔他的**,若高若低,無有不納,便留在莊上館穀,終日追陪,**並無厭倦**,若要起身,盡力資助。端的是揮金似土!人問他**求財物**,亦不推脫,且好作方便,每每排難解紛,只是周全**人性命**。**時**常散施棺材藥餌,濟人貧苦,賙人之急,扶人之困。以此,**山東河**北聞名,都稱他作"及時雨",卻把他比作天上下的及時雨一般,能救萬物。

我們都知道,蒙元的社會階級是"一官二吏"的,只要多讀讀元曲,便會清楚那為虎作倀魚肉人民的"孔目"是多麼的可惡。但在這裏卻偏偏說宋江是個"押司"出身,而且文武雙全仗義疏財(這自然是有他的地主階級的物質條件的),不是作者從義軍領導人物的身上就指出了超俗出眾、背叛統治階級的時代精神了麼?何況自古以來,都是說"皇恩浩蕩""膏澤下民"的,這裏卻把宋江比作"天上的及時雨一般,能救萬物",豈不是一個"替天行道"者的化身?

第三十一回石勇對燕順說,除了更"奢遮"的山東及時雨呼保義宋公明之外,"便是大宋皇帝也不怕!"看看宋江的"身份"吧。

又有人說,宋江"面黑身矮",長得貌不驚人,雖然"愛喜拳棒",武藝並不高強——臨陣不能交鋒,遇難靠人搭救,算得上那道英雄好漢!特別是對於入夥梁山,他是顧慮百般一再地躊躇,直到大眾鬧了江州,這才因為自己的性命關係,不得不跟著晁蓋走。不也可以解釋作立場不堅定?我們的看法是這樣的,像李逵一般的"暴虎馮河,死而無悔"看,究竟不過是"匹夫之勇"(當然也不是說革命的隊伍中不需要這樣的忠勇的人士)。所貴為領袖者,仍在於他的"臨事而懼,好謀而成"的領導藝術。換句話說,就是他的組織能力,團結辦法和鬥爭方式是否夠好夠正確,才應該是我們衡量的所在。而關於這些地方,作者賦

予宋江的都是肯定的。那就足以說明他的立場並不是不堅定了(因為
這應該被理解做:是他的領導藝術之所以正確和高明的基本條件)。
至於說鬧江州後他才肯上梁山,這也毫不稀奇,因為革命的利益沒有
不結合著個人的利益的,而"不逼不上梁山",又是人民英雄們被封建
統治者迫害得走投無路以後的共有的過程與途徑,何能單責宋江? 如
果說宋江不是早就蓄意革命的,那麼他冒著危險"結識江湖上的好
漢",浪費金錢"扶危濟困,仗義疏財"的做什麼呢? 如他寫在江州潯
陽樓上的反詩《西江月》(見第卅九回)云:

> 自幼曾攻經史,長成亦有權謀。
> 恰如猛虎臥荒邱,潛伏爪牙忍受。
> 不幸刺文雙頰,那堪配在江州!
> 他年若得報讎,血染潯陽江口!

以潛伏爪牙暫臥荒邱的猛虎自況,賭定為報此仇要血染潯陽江
口,這還不是為了對立統治者早就蓄有起義念頭的明證麼? 而"自幼
曾攻經史,長成亦有權謀"又足見宋江自身之處——從中國農民革命
的歷史上看,出身地主家庭的知識分子在受了迫害活不下去的時候,
往往是參加起義者行列之中,不是作為首領,便是作為謀士(如李密,
黃巢自己,李自成部下的牛金星,洪秀全的謀士馮雲山等),單是他們
自己是搞不成器的。梁山上的宋江和吳用,正是這些人的榜樣。《西
江月》後又有詩四句道:

> 心在山東身在吳,飄蓬江海漫嗟吁。
> 他時若遂凌雲志,敢笑黃巢不丈夫!

待時而動,氣雄萬夫,連曾經打垮過腐朽的李唐統治王朝的黃巢都不放在眼下,誰還能說宋江是個"安分守己"之徒呢! 至於後來帶著梁山弟兄接受招安,反替統治者去消滅在道義上曾經是自己的同盟者田虎、方臘、王慶等人,則是當時的社會制度和自己階級出身使然,道理前面已經交待過了,這裏不再多說。

上面說的只是正面人物的舉例,除此之外,那反面的角色,《水滸》也一樣地寫得惟妙惟肖,例如高俅的公報私仇欺壓部下:

> 高俅得做太尉,擇選吉日良辰去殿帥府裏到任,所有一應合署公吏、衙將、督軍、禁軍、馬步人等,盡來參拜,各呈手本,開報花名。高殿帥一一點過,於內只欠一名八十萬禁軍教頭王進,半月之前,已有病狀在官,患病未愈,不曾入衙門管事。高殿帥大怒,喝道:"胡說! 既有手本呈來,卻不是那廝抗拒官府,搪塞下官? 此人即係推病在家! 快與我拿來!"隨即差人到王進家來捉拿王進。
>
> 且說王進卻無妻子,只有一個老母,年已六旬之上。牌頭向教頭王進說:"如今高殿帥新來上任,點你不著,軍政司稟說染病在家,見有病患狀在官,高殿帥焦躁,那裏肯信,定要拿你,只道是教頭詐病在家。教頭只得去走一遭;若還不去,定連累小人了"。王進聽罷,只得捱著病來。進得殿帥府前,參見太尉,拜了四拜,躬身唱著喏,起來立在一邊。高俅道:"你那廝便是督軍教頭王昇的兒子?"王進稟道:"小人便是。"高俅喝道:"這廝! 你爺是街上使花棒賣藥的,你省得甚麼武藝? 前官沒眼,參你作個教頭,如何敢小覷我,不伏俺點視! 你托誰的勢要捱病在家安閒快樂?"王進告道:"小人怎敢,其突患病未痊。"高太尉罵道:"賊配軍,你既害病,如何來

得?"王進又告道:"太尉呼喚,不敢不來。"高殿帥大怒,喝令:"左右,拿下!加力與我打這廝!"眾多牙將都是和王進好的,只得與軍政司同告道:"今日是太尉上任好日頭,赦免此人這一次。"高太尉喝道:"你這賊配軍!且看眾將之面,饒恕你今日,明日卻和你理會!"王進謝罪罷,起來抬頭看了,認得是高俅。出得衙門,歎口氣道:"俺的性命今番難保了!俺道是什麼高殿帥,卻原來正是東京幫閒的圓杜高二!此先時曾學使棒,被我父親一棒打翻,三四個月將息不起,有此之仇,他今日發跡,得作殿帥府太尉,正待要報此仇,我不想正屬他管!自古道:'不怕官,只怕管。'俺如何與他掙得?怎生奈何是好?"回到家中,悶悶不已。

(第二回)

幫閒的高二能夠做太尉,一上了任就先報私仇,這樣的官,這樣的政府,還有個不逼人起來造反的?再看流氓的形象:

楊志立未久,只見兩邊的人都跑入河下巷內去躲,楊志看時,只見都亂藏,口裏說道:"快躲了,大蟲來了!"楊志道:"好作怪!這等一片錦城池,卻那得大蟲來?"當下立住腳看時,只見遠遠地黑凜凜一條大漢,喝得半醉,一步一顛撞將來。楊志看那人時,原來是京師有名的落戶潑皮,叫做"沒毛大蟲"牛二,專在街上撒潑,行兇,撞鬧,連為頭官司、開封府也治他不下。以此,滿城人見那廝來,都躲了。

卻說牛二搶到楊志面前,就手裏把那口寶刀扯將出來,問道:"漢子,你這刀要賣幾錢?"楊志道:"祖上留下寶刀,要賣三千貫。"牛二喝道:"甚麼鳥刀!要賣許多錢?我三十文買一把,也切得肉,切得豆腐。你的鳥刀有甚好處?叫作寶刀?"楊志道:"洒家的須不是店上賣的白鐵刀。這是寶刀。"牛二道:"怎地喚作寶刀?"楊志道:"第一件,砍銅剁鐵,刀口不捲;第二件吹毛得過;第三件,殺人頭上沒血。"牛二道:"你敢剁銅錢麼?"楊志道:"你便將來,剁與你看。"

牛二便去州橋下香椒鋪裏討了二十文當三錢,一垛兒將來放在州橋樹杆上,叫楊志道:"漢子,你若剁得開時,我還你三千貫!"那時看的人雖然不敢近前,向遠遠地圍住瞭望,楊志道:"這個直的甚麼!"把衣袖捲起,拿刀在手,看得較准,只一刀,把銅錢剁作兩半,眾人喝彩。牛二道:"喝甚麼鳥彩!你且說第二件事甚麼?"楊志道:"吹毛得過;若把幾根頭髮,望刀上只一吹,齊齊都斷。"牛二道:"我不信!"自把頭上把下一把頭髮,送與楊志:"你且吹與我看!"楊志左手接過頭髮,照著刀口上,盡氣力一吹,那頭髮都作兩段,紛紛飄下地來,眾人喝彩,看得人越多了。

牛二又問:"第三件是甚麼?"楊志道:"殺人刀上沒血。"牛二道:"怎地殺人刀上沒血?"楊志道:"把人一刀砍了,並無血痕,只是個快。"牛二道:"我不信,你把刀來剁一個人我看。"楊志道:"禁城之中,如何敢殺人?你不信時,取一隻狗來殺與你看。"牛二道:"你說殺人,不曾說殺狗!"楊志道:"你不買便罷,只管纏人作甚麼?"牛二道:"你將來我看!"楊志道:"你只顧沒了當,洒家又不是你撩撥的!"牛二道:"你敢殺我?"楊志道:"和你往日無冤,近日無仇,一物不成,兩物現在。沒來由殺你作甚麼!"牛二緊揪住楊志,說道:"我偏要買這口刀!"楊志道:"你要買,將錢來!"牛二道:"我沒錢!"楊志道:"你沒錢揪住洒家怎地?"牛二道:"我要你這口刀!"

楊志道:"我不與你!"牛二道:"你好男子,剁我一刀!"楊志大怒,把牛二推了一跤,牛二爬將起來,鑽入楊志懷裏。楊志叫道:"街坊鄰居都是證見!楊志無盤纏,自賣這口刀,這個潑皮強奪洒家的刀,又把俺打!"街坊人怕這牛二,誰敢向前來勸。牛二喝道:"你說我打你,便打殺,直甚麼?"口裏說,一面揮起右手,一拳打來。

(第十二回)

流氓,潑皮,自然是封建社會的附產物,《水滸》的特色之一,就在於這等寫什麼人像什麼人的筆法,追源溯本又應該和作者們的生活經驗豐富、體會人情深刻分不開,特別是下面這一段:

李小二道:"都頭出去了許多時,不知此處近日有個東京新來打踅的行院,色藝雙絕,叫作白秀英,那妮子來三都頭卻值公差出外不在。如今見在勾欄裏,說唱諸般品調,每月有那一般"打散",或是戲舞,或是吹彈,或是唱歌,賺得那人山人海價看,都頭如何不去睃一睃?端的是好個粉頭!"

雷橫聽了,又遇心閑,便和那李小二到勾欄裏來看。只見門前掛著許多金字帳額,旗杆吊著等身靠背。入到裏面,便去青龍頭上第一位坐了。看戲臺上,卻作笑樂院本。那李小二人叢裏撇了雷橫,自去外面趕碗頭腦去了。院本下來,只見一個老兒裹著磕腦兒頭巾,穿著一領茶褐羅衫,繫一條皂條,拿把扇子上來開科道:"老漢是東京人氏白玉喬的便是。如今年邁,只憑女兒秀英歌舞吹彈,普天下伏侍看官。"鑼聲響處,那白秀英早上戲臺,參拜四方,拈起鑼棒,如撒豆般點動,拍下一聲界方,念了四句七言詩道:"新鳥啾啾舊鳥歸,老羊羸瘦小羊肥。人生衣食真難是,不及鴛鴦處處飛!"
雷橫聽了,喝聲采。那白秀英道:"今天秀英招牌上明寫著這
場話本,是一段風流蘊借的格範,喚做《豫章城 雙漸趕蘇
卿》。"說了開話又唱,唱了又說,合棚價眾人喝乎不絕。那白
秀英唱到務頭,這白玉喬按喝道:"雖無買馬博金藝,要動聽
明鑒事人。"看官喝乎是過去了,我兒且下回一回,下來便是
褙交鼓兒的院本。……白秀英拿起盤子,指著道:"財門上
起,利地上住,吉地上過,旺地上行。手到面前,休教空過。"
白玉喬道:"我兒且走一遭,看官都待賞你。"白秀英托著盤子
先到雷橫面前。雷橫便去身邊袋裏摸時,不想並無一文。雷
橫道:"今日忘了,不曾帶得些出來,明日一發賞你。"白秀英
笑道:"頭醋不釃二醋薄。官人坐當其位,可出個標首。"雷橫
通紅了面皮道:"我一時不曾帶得出來,非是我拾不得。"白秀
英道:"官人既是來聽唱,如何不記得帶錢出來?"雷橫道:
"我賞你三五兩銀子,也不打緊,卻恨今日忘記帶來。"白秀英
道:"官人今日眼見一文也無,提甚三五兩銀子! 正是教俺
'望梅止渴,畫餅充饑'。"白玉喬叫道:"我兒,你自沒眼! 不
看城裏人村裏人,只顧問他討甚麼! 且過去問曉事的恩官告
個標首。"雷橫道:"我怎地不是曉事的?"白玉喬道:"你若省
得這子弟門庭時,狗頭上生角!"眾人齊和起來。雷橫大怒,
便罵道:"這忤奴,怎敢辱我!"白玉喬道:"便罵你這三家村
使牛的,打甚麼緊!"有認得的,喝道:"使不得! 這個是本縣
雷都頭。"白玉喬道:"只怕是'驢筋頭'!"雷橫那裏忍耐得
住,從坐椅上直跳下戲臺來,揪住白玉喬,一拳一腳,便打得
唇綻齒落。

(第五十一回)

477

"既在江湖內,都是命薄人",舊社會裏的藝人為了掙一口衣食受盡人們的奚落,因此似這等尖酸刻薄的"江湖口",實在也怪他們不得。不過這裏的白氏父女,卻是又當別論,因為他們倚仗著鄆城縣官的後臺,不把聽眾當做"主顧",而且雷橫也不是那等白瞧白看的主兒,竟然硬要羞辱他到底(枷號在勾欄門首),還連帶著毆打了他的老娘(白秀英自家動手),這就已經是忘了本等的行為。

說到這裏,我們有補充談談作者對於婦女形象到底處理得如何的必要。

第一句話便是作者刻劃在《水滸》書中的婦女形象,正面的人物不如反面的寫得細緻生動,就以坐在忠義堂上的三位女俠頭領顧大嫂、孫二娘和扈三娘而論:顧大嫂倒是潑辣勇悍,投向梁山的心情也殷切,例如她逼反大伯登州提轄孫立時說:"我們自去上梁山泊了。如今朝廷有甚分曉?""既是伯伯不肯,我們今日先和伯伯拼個你死我活!"(第四十九回)結果是不但逼反了孫立,詐降了祝朝奉,而且真個倒反了打跨了銅牆鐵壁般的祝家莊,成就了上山以後的第一功。就是說這個人物還描寫得不差。可是十字坡前賣蒙汗藥酒以人肉做包子餡的孫二娘就不怎麼出色了,如果沒有她的丈夫張青從旁指點,連魯智深、武松這樣的好漢她都要起意麻翻了呢!(第二十七回)然而最不盡人情的,還是扈三娘這位女英雄,她的全家在祝家莊攻下以後都被李逵砍得精光,沒有看到她有過表情,就降了梁山。婚姻大事總該自己有個主張,但在宋江提議叫她跟自家手下敗將的矮腳虎王英配為夫婦的時候也默默地應承了(事見第五十回)。而且查遍了全書,知道她向不表示意見,根本連口都不曾開過,豈不有趣得緊!

反之,反派人物如潘金蓮、閻惜嬌、潘巧雲等,就都交待得形象逼真,事有可信。潘金蓮只因不滿意於"三寸丁谷樹皮""三分像人七分像鬼"的武大郎這個被侮辱與被損害的賣炊餅人,為了滿足私欲,便一切不顧地企圖引誘小叔武二,特別是跟土劣惡霸西門慶亂搞男女關係,最後還要親手藥死了自己的丈夫。她那一種狠毒成性、罪犯殺人的行為,毫無疑問地是被安排作為該憎惡的人物,也就是說梁山英雄們革命的對象之一的。閻惜嬌也是一樣。她打交道的是什麼人?我們都曉得是已經結交梁山,後來成為起義軍領導人的宋江,她受過宋江的周濟,為宋江所圈養著的這些事實先不必說了,因為"水性楊花"而私通宋江的徒弟張文遠也姑且不去管她,成問題的是她在松江索討招文袋時,竟口稱梁山英雄們為"打劫賊""梁山伯強賊"。在宋江已經答應了她退還賣身契准嫁張三,"賠送"身邊衣物財產以及定期補足黃金百兩的苛刻的三個條件以後,她還是強調要到鄆城縣出首(第二十一回)。試問作者筆下的這個婆娘,就其生活的腐朽,用心的刁狡,尤其是對立革命人物的情緒上講,不加誅除,能不是個禍根?只有潘巧雲,雖然奸通了海和尚,影響了石(秀)、楊(雄)的團結,卻是罪不至死的,可是竟在翠屏山上遭到了刨腹挖心的慘刑,這當然是處理過分了。

那麼這是什麼緣故呢?我們的看法是:作者究竟是五百多年前的文學家,儘管他也能夠破天荒地把一百單八將中擺上了三位女英雄,到底因為對於這方面的生活熟悉得不如反派的婦女,也可以說還殘餘著重男輕女的封建意識,這從他所否定的婦女都是生活糜爛、投靠豪強官紳的一點,也可以看的出來。因此我們不只不該為古人諱,而且必須把他體現於人物刻劃上的優缺點搞明確了才對頭。首先應該知道這是一部面對城市人民的小說,作者自己也是在城市裏長大的人物,所以關於小市民階層的庸俗的腐朽的一面,自然就容易體會得深刻,描畫得神似。

其次是作者適用於書中的諺語,也非常之冷豔動人,它們多半是

出諸代表人物的口裏的,譬如搗亂禪堂的魯智深:

> 話說魯智深回到叢林選佛場中禪牀上撲倒頭便睡。上下肩兩個禪和子推他起來,說道:"使不得,既要出家,如何不學坐禪?"魯智深道:"洒家自睡,幹你甚事?"禪和子道:"善哉!"魯智深喝道:"團魚洒家也吃,什麽鱔哉?"禪和子道:"卻是苦也!"魯智深道:"團魚大腹,又肥甜了好吃,那得苦也?"上下肩禪和子都不睬他,由他自睡了。(第四回)

魯智深大鬧五臺山一節,有許多這樣幽默的話,這自然不止是生動地刻劃了智深的個性,恐怕連諷刺佛教都有了。如他罵金剛為"鳥大漢",怪它張開大口笑,因而打垮了它(同上)。在另一回中又說和尚廟裏的職事僧人也有等級也須有功勞才能升授(第六回),生鐵佛崔道成則搶男霸女、破壞瓦官寺、欺壓老實僧人(同上),而最露骨的卻是第四十五回中寫海闍黎的淫穢遭報——"淫戒破時招殺報,因緣不爽分毫。本來面目忒蹊蹺,一絲真不掛,立地吃屠刀!"(四十六回的《臨江仙》詞)均足徵作者的用心所在。還有一點是此書在敘述人物的形象和服裝時慣用駢語,如單道相貌的;

> 堂堂八尺五六身軀,細細三柳髭髯;兩眉入鬢,鳳眼朝天;面如重棗,唇若塗硃。(關勝,見六十三回)

只說服裝的:

> 頭戴一字巾,身披朱紅甲,上穿青錦襖,下著抹綠靴,腰係皮搭膊,前後鐵掩心。(史進武裝,見第二回)

相貌服飾一齊講的：

> 頭戴一頂青紗抓角兒頭巾，腦後兩個白玉圈連珠鬢環，
> 身穿一領單綠羅團花戰袍，腰係一條雙獺尾龜背銀帶，穿一
> 對磕爪頭朝樣皂靴，手中執一把折疊紙西川扇子，生的豹頭
> 環眼，燕頷虎須，八尺長短身材，三十四五年紀。（林沖，見第
> 七回）

此等各式各樣的描寫手法遂為後來古典小說作者的典範，所以金
人瑞(聖歎)說：

> 水滸所敘，敘一百八人，人有其性情，人有其氣質，人有
> 其形狀，人有其聲口。夫以一手而畫數面，則將有兄弟之形，
> 一口而吹數聲，斯不免再映也。施耐庵以一心所運，而一百
> 八人各自入妙者，無他，十年格物而一朝物格，斯以一筆而寫
> 有千萬人，因不以為難也。（《水滸序》）

金人瑞這裏所說的“格物”“物格”，在我們今天說就是生活體會
得夠，材料掌握得好，然後才能創造出來這樣栩栩如生的代表人物。
所以在這一方面我們統一他的看法，但說“一百八人各自入妙”，便與
事實不符了，因為只有書中少數的重要人物算達到了這個標準，而且
還不一定是百八人數以內的。

其次關於《水滸》的結構，則茅盾先生說得好：

> 從全書來看，《水滸》的結構，不是有機的結構。我們可

以把若干主要人物的故事分別編為各自獨立的短篇或中篇而無割裂之感。但是從一個人物的故事來看,《水滸》的結構是嚴密的,甚至也是有機的,在這一點上,足可以證明《水滸》其尚為口頭文學的時候是同一母題而各自獨立的許多故事。(講《水滸》的人物和結構)

《水滸》的結構是這樣的,它雖然從"洪太尉誤走妖魔"開書,以"梁山伯英雄排座次"(七十一回)為中心點,到"征四寇"後的"神聚蓼兒窪"(一百回,或百十五回本的一百十五回)做結局。但其具體的寫法卻是化整為零地,穿針引線地以書中的幾個重要人物為主的。例如它從第二回起高俅引出了王進,再由王進進入了史進本傳,而到了第三回就由史進傳內出現了魯達,演成了魯達傳(四、五、六、七回)。第七回中同樣地由魯達傳轉入了林沖傳(七、八、九、十、十一回),十二回中由林沖傳過度到楊志傳(十二、十三回),直到十三回末才變化了手法突出地通過鄆城縣役朱仝、雷橫的捕捉到劉唐,而以事為主地扣入了智取生辰綱的正文。於是以晁蓋為首的七星,吳用、公孫勝、三阮(小二、小五、小七)和白勝也就陸續地出現了。(同時楊志的生活,也得到了補充,十四、十五、十六回)十七回又是魯、楊的合傳,——雙奔二龍山,但從十八回起便接入梁山泊主宋江的本傳了(十八、二十、二十一、二十二、二十三回)。其中只有十九回是說晁蓋上山,林沖火併。二十三回後半是說武松打虎,因而轉入了武松傳的。(二十三、二十四、二十六、二十七、二十八、二十九、三十、三十一、三十二回)這之後又是以宋江為主的群雄合傳,只不過叫那比較重要的人物分別佔上一二回已經夠不上是"專章立傳"了,——如四十四、四十五、四十六回算是楊(雄)、石(秀)合傳。六十一、六十二、六十三回算是盧俊義(附燕青)傳的便是。基於上述種種情況,如果我們把史進、魯達、林沖、楊志,特別是宋江、武松各回分別獨立起來,真可以成為許多很好的短篇或中篇,這原因也是茅盾先生說得對,還保有著便於講說的口頭文學(話本)的痕跡。

《水滸》創作上的另一成功,是它才真正大量地使用了人民的口語,舉些例證來說:

副詞習慣語:

端的(果然,究竟)　　端的了得。

怎生(如何,怎樣)　　似此怎生奈何?

恁地(這樣的意思)　　既然恁地。

兀自(還在的意思)　　尚兀自倦怠。

慚愧(驚喜之詞,作僥倖解)　　慚愧!驚殺下官。

叵耐(叵是不可二字的和音,"叵耐"便是不可耐)　　叵耐無理。

省得(懂得)　　你等道眾省得什麼。

遮莫(儘管,哪怕,無論,莫非)　　遮莫去那裏陪個小心。

爭些先(差一點兒)　　爭些先送了性命。

不當穩便(不大妥當)　　傷犯於人,不得穩便。

名詞通俗語:

幹人(衙門裏的辦事人)　　見了幹人。

頭口(牲畜、馬的代稱)　　小人母親騎的頭口。

耍子(玩耍)　　較量一棒耍子。

茶博士(茶房)　　茶博士。

酒保(酒飯鋪裏跑堂)　　酒保喝了喏。

火家(夥計)　　總鄰舍積十來個火家。

伴當(僕從)　　跟柴進的伴當。

養娘(女僕)　張都監著了鬟養娘相勸。

老小(家眷)　亦且壯年,又沒老小。

口頭成語

赤口白舌	交頭接耳	三推六向	眉來眼去
笑裏藏刀	胡言亂語	放屁辣臊	風吹草動
山高水低	打草驚蛇	執鞭隨鐙	口是心非
虎頭蛇尾	大驚小怪	死心塌地	窮酸餓醋

雜言的(五言、六言)

賊去了關門	強賓不壓主
沒巧不成話	捏了一把汗
不怕官只怕管	有眼不識泰山
趕人不要趕上	三寸不爛之舌
張家長李家短	遠親不如近鄰
一客不煩二主	發昏章第十一

八言的(兩句對稱)

三十六計走為上著	前不巴村後不巴店
眉頭一皺計上心來	吃飯防噎走路防跌
一物不成兩物見在	有家難奔有國難投
冤各有頭債各有主	一手交錢一手交貨
送君千里終須一別	行不更名坐不改姓
福無雙至禍不單行	望梅止渴畫餅充饑

十言的

長別人志氣滅自己威風	梁園雖好不是久戀之家
殺人須見血救人須救徹	急來抱佛腳閒時不燒香
好事不出門惡事傳千里	在人矮簷下不敢不低頭
人無千日好花無百日紅	怒從心上起惡向膽邊生
量小非君子無毒不丈夫	隔牆須有耳窗外豈無人

我們摘錄在上面的這些習慣成語，就其涵義來講，今天看來，雖然有的已經陳腐必須清除，但它們的確是遠從宋元以來就流行在人民口頭上的話，而且有些詞語直到現在還被人們使用著，研究中國語言學者不能不加注意。

《水滸》結構上的另一特色，是它正式形成了章回小說的體例。因為宋元以來的話本，雖然有的曾分作"章則"（如見於《大唐三藏取經記》中的《行程遇猴行者處第二》之類），但像《水滸》這樣很明確地標出了回目的卻還沒有。所以我們可以大膽地說長篇古典小說的產生是和章回體例的創造分不開的。

《水滸》的章回，從內容上說是"從發生到發展的，也就是說有頭有尾，前後聯貫的，而且每一回目都分兩段，每段之中各有獨立的人物和故事。以形式上說，是接著個、十、百的數目字順次排列下去的，回目的字則七言、八言有不等，但卻是上下相聯、語法完整的。例如：

第一回　張天師祈禱瘟疫　洪太尉誤走妖魔

第二回　王教頭私走延安府　九紋龍大鬧史家村

第三回　史大郎夜走華陰縣　魯提轄拳打鎮關西

它們兩兩對稱各表一事，而且每一段中都具備著主語、述語和賓語的情況,不很明顯地擺給讀者們了麼？同時還有一點可以看出來的東西,就是上下兩題的最末一字,往往是平仄互異的——如果上一聯是仄,則下一聯一定是平,反之,若是上聯是平,則下聯一定是仄,這恐怕是為了念起來響的關係。

又在章回本文之中,那段落起首和一回結尾之處,《水滸》也創造出來一些相適應的筆法,如段落起首時它經常使用"說話""卻說""再說""只說""且說""休說"等語文:

> 說話故宋哲宗皇帝在時……(第二回)
>
> 卻說王都尉當日晚不見高俅回來……(同上)
>
> 且說這王進卻無妻子……(同上)
>
> 休說眾人歡喜飲酒……(同上)
>
> 再說史進正在莊上忿怒未消……(同上)
>
> 只說魯提轄回到經略府前下處……(第三回)

這些話頭應該是遠從宋代說話人講史時就存在著的,所以話本雖然已經發展成了長篇小說,可是便於講說的此類說話人的口吻還是照舊地保留下來。至於它們的涵義,則除了"休說"是不說、"只說"有單說的意思以外,基本上是相同的。不過"說話"、"卻說"和"再說"被使用的時候較多罷了。至於《水滸》每一章回的結尾則常常是留下本回未了的問題以待次章解決,那手法是:先說兩三句話,再在"直教"、"有分教"或"正是"的提示下作上一副對(對的內容有總結本章的,也有暗示下回的),再發出醒人心目的問題來促使讀者聽者注意以期他們急於知道下文。例:

> 不是這夥人來捉史進並三個頭領,怎地教史進先殺了一

二個人,結識了十數個好漢? 直教:蘆花深處屯兵士,荷葉陰
中治戰船。畢竟史進與三個頭領怎地脫身,且聽下回分解。
(第二回)

真長老指著魯智深,說出這幾句言語,去這個去處,有分
教這人:笑揮禪仗,戰天下英雄好漢,怒掣戒刀,砍世上逆子
讒臣。畢竟真長老與智深說出甚言語來,且聽下回分解。
(第四回)

正是:斷送落花三月雨,摧殘楊柳九秋霜。畢竟楊志在
黃泥岡上尋死,性命如何,且聽下回分解。(第十六回)

此外書中也有"直教""有分教"和"正是"分別兩兩並用的結尾。
例如:

不因此等,有分教;大鬧中原,縱橫海內。直教:農夫背
上添心號,漁父舟中插認旗,畢竟看林沖性命如何,且聽下回
分解。(第七回)

那去處不是別處,有分教:蓼兒窪內,前後擺數十只戰艦
艨艟,水滸寨中,左右列百十個英雄好漢。正是:說明殺氣侵
人冷,講處悲風透骨寒。畢竟看林沖被莊容解投甚處來,且
聽下回分解。(第十回)

此類結尾的"有分教"下面的詞意卻不只是總結本章或是暗示下
回的,因為它有的時候把範圍擴大到全書的發展方向去了。

前面介紹的人物描寫、詞彙的使用和章回結構等手法都成了後來
的長篇小說的典範,這便是《水滸》藝術的卓越處。

不過,《水滸》對中國人民的最大貢獻還是在於它之鼓蕩了明清以

來的農民革命，如《明史 李自成傳》說："崇禎十六年，自成自號奉天倡義大元帥。"自成這裏所稱的"奉天倡義"便有同於梁山泊的"替天"、"忠義"。又清劉鑾的《五石瓠》云："張獻忠之狡也，日使人說《水滸》《三國》讀書，凡埋伏攻擊皆效之。"這是獻忠向《水滸》《三國》學習兵法之證。不但明末起義軍的兩大首領李、張如此，滿清中葉的太平革命軍也是一樣。《莊諧雜錄》記胡林翼的話說："至草澤中，又全以《水滸傳》為師資，故滿口英雄好漢。"張德堅《賊情匯纂》亦說："賊之詭計，果何所依據？ 由二三點賊，采裨官野史中軍情仿之，行之往往有效，遂寶為不傳之秘訣，其獲取《三國演義》《水滸傳》為尤多。"《三國演義》且先不說，《水滸傳》對於來自民間毫無文化基礎的起義軍領導者，那影響那教育可就真不算小了，所以半月老人的《蕩寇志續序》說：

近世以來，盜賊蜂起，朝廷征討不息，草澤奔走流離，其由來已非一日，非由於拜盟結黨之徒，托諸水滸一百八人以釀成之耶？

這些封建統治者御用的文人們雖然痛詆起義的農民為"盜賊"，甚至另寫了《蕩寇志》來希圖誣衊梁山好漢、對抗起義軍的"革命教科書"，其如事實勝於雄辯，人民要找的就是此等可以活命的"造反"的路子何？ 所以通過他們的報導，反倒叫我們更加知道《水滸》成書作用之大了。此外關於起義軍首領們的綽號，如見於《李自成傳》的混世王、顯道神、九茶龍等，見於《識皇小識》的混江龍、托天王、一丈青等。關於反滿鬥爭的秘密結社的條文如見於《洪門志》(朱琳編)《銅臺令》中的："銅臺大令往下揚，滿院哥弟聽端祥。大哥好比宋江樣，仁義坐鎮忠義堂。二哥好比吳用樣，智謀廣大興山崗……"等等都很顯明地是學自《水滸》的，我們就不細說了。

從前面的種種論證看來,《水滸》乃是一部空前優秀的長篇古典小說已屬毫無疑問,但這可不等於說它就連一點兒錯誤都沒有,我們隨便舉它幾條作例:

① 徵引上的

第一回說,宋仁宗(趙禎)嘉祐三年天下瘟疫,參知政事范仲淹奏請宣召張天師入京建醮禳除。按范仲淹已前死於皇祐四年(距此六年),不應有此奏請。

第二回說仁宗晏駕無有太子,傳位於濮安懿王允讓之子太宗皇帝(趙匡義)嫡孫英宗(趙曙),亦誤,因為趙曙乃是趙匡義的曾孫,這兒錯了一代。

② 時間上的

第三回金翠蓮父女和魯達同在一天逃走——金家父女是早上走的,魯達是下午走的,及至魯達到了雁門,金翠蓮已經作了趙員外的外室,未免太快。

第十六回楊志押送生辰綱前往東京,是五月半動身,六月初四到達黃泥岡,走了將近二十天,而老都管回報梁中書時卻說"五七日後行到黃泥岡",顯有錯誤。

③ 地理上的

第三十六回說宋江發配江州,打從梁山泊經過,按江洲即今江西省九江縣,地在鄆城縣之南,梁山泊屬今山東省壽張縣地在鄆城縣之此,從鄆城往江州何能經過梁山?

第三十九回說戴宗由江州往東京(汴梁)經過梁山溝,又是錯誤的。因江州在東京東南,梁山在東京東北,由江州往東京無經過梁山之理。

④ 情理上的

第四十一回說江州城出了劫法場的重大案件,而隔江的無為軍照舊不作防備,聽令梁山好漢攻入施為,未免有些不近情理。

第四十八回說扈三娘被擒入夥,也是一家頭領,可是她對於李逵殺了她的全家,並沒有什麼哀痛和憤怒的表示,這不成了一個毫無心肝的女人麼?

⑤ 交待上的

第二回雖然說王進被迫私走延安,但自史家村收徒教習以後,便沒有下文了——究竟投著老種經略得到安插不曾?似應交待。

第十五回說吳用往東溪村前曾分付主人家"權放一日假"。過了一日又轉到石碣村去說三阮,撞籌未再招呼學生,吳用既是教授,怎能這樣自由行動?交待欠清楚。

⑥ 章回上的

第四回回目說:"趙員外重修文殊院。"而事實上直到第五回才只有"趙員外自將若干錢物來五臺山,再塑起金剛,重修起半山亭子"的話,不但章回顛倒也值不得佔上半個回目。

第八回的"花和尚大鬧野豬林"也是一樣,因為魯智深救林沖於野豬林是第九回開始的事,似不當先見於第八回目中。

此外,零零碎碎的錯誤還很多,我們不再列舉,但應該指出的是,這些"小錯誤"對於《水滸》的藝術成就,並無多大影響。下面,作它一個小結:

①《水滸》是中國最早的、最為卓越的一部英雄傳奇小說,但它的成書是經過了傳說、話本、戲曲的發展階段的。

②《水滸》的中心思想是"替天行道,除暴安良",因此英雄們的行動基本上是戰鬥的、革命的、對抗封建統治階級的,是和廣大人民的利益一致的。

③《水滸》英雄們的出身雖有不同,可是被逼聚義以後,因為團結得好,政治經濟制度合理化,已經形成了一支非常有力量的革命隊伍。

④《水滸》的藝術成就是空前的,賦予了許多英雄人物以獨特的性格,細緻地描寫了大量的戰鬥生活,認真地歌誦了農民起義,也創立了章回小說的體制。

⑤《水滸》對於後來的農民起義,以及古典小說的創作那影響都是相當的大的。有人說它是"農民革命教科書"、長篇章回小說的典範,我們同意這話。

⑥《水滸》的文字,特別地流利清新、生動豐富,這原因是它所使用的語言幾乎百分之八十是提煉自人民大眾的。

總之,《水滸》在一定的程度上,歌誦了農民革命及其英雄人物,但也反映了革命鬥爭和革命思想的不徹底性與因此而遭到的慘痛的失敗的教訓。同時它也報導披露了封建統治階級內部的矛盾和他們殘酷地壓迫人民、剝削人民的罪行。

2.《三國志演義》

《三國志演義》乃是《五代史平話》以後的一部最為人所熟悉的講史小說,它的影響所以如此之大,魯迅先生說得好:"三國時多英雄,武勇智術,環偉動人,而事狀無楚漢之簡,又無春秋列國之繁,故尤宜乎講說。"(《中國小說史略》第十五編《明之講史》)這話真是半點兒也不差,因為我們都知道,中國歷史上的人物、故事,的確以春秋戰國和三國時期的最稱繁盛,後者又比較地整齊,所以便更容易為小說家取作題材了。

自然,《三國》成書和《水滸》一樣,也不是一下子就有了一百二十回的巨著的——唐代已經有人用三國的人物作為談笑的資料,如李商隱《驕兒》詩云:"或謔張飛胡,或笑鄧艾吃。"宋代則《說三分》與《講五代史》已並列為說話的專科(《東京夢華録》)。蘇軾甚至引王彭所云塗巷小兒聽說三國的情況道:"聞劉玄德敗,頻蹙眉有出涕者,聞曹操敗,即喜唱快。"(《志林》)可見三國故事流傳民間已久。

金元院本雜劇之中使用三國故事作題材的更多;如表演劉、關、張的《三戰呂布》;武漢臣、鄭德輝作《斬呂布》;于伯淵表演關羽故事的《義勇辭金》(見周憲玉《雜劇十段錦》中)、《單刀會》(《元人雜劇三十種》);表演諸葛亮故事的《臥龍岡》(王曄)、《博望燒屯》(《元人雜劇三十種》)、《燒樊城》(趙文寶)、《襄陽會》(高文秀)、《諸葛祭風》(王仲文)、《隔江鬥智》(無名氏)、《五丈原》。其它如表演呂布故事的《連環計》(無名氏),周瑜故事的《謁魯肅》(高文秀),曹子建故事的《七步成章》(王實甫),管寧故事的《管寧割席》(關漢卿)等。雖然業已多半失傳,(只有《單刀會》《博望燒屯》《連環計》《隔江鬥智》分見於《元人雜劇》和《元曲選》中),但是它們裏面的許多情節卻照舊可以從今天的《三國志演義》中找尋出來。

以上的情況都說明了《三國》的成書也是一步步地從民間故事、說話人底本和雜劇腳本中發展起來的,而且遠從北宋時起,三國的故事就已經成為極流行的講史了。不過成問題的是,北宋時代的《三國志話本》早就沒有辦法看到了。傳今的第一部《三國志話本》,乃是元至正(順帝托權鐵木耳的年號)間新安虞氏所刻的五種全相平話本中的

《全相平話三國志》(其它五種書是《武王伐紂》《樂毅圖齊》《七國春秋後集》《秦併六國》和《呂后斬韓信前漢書續集》,各三卷,合共十五卷)。只應該指出的是,這個本子無論從內容或是文字任何方面看,都和今本的《三國志演義》大不相同。

因為作者在書的一開端便聲稱它乃是一樁冤怨相報的公案:書生司馬仲相因疾惡秦始皇焚書坑儒的暴行被轉到陰曹報冤殿去作閻君。仲相第一件事便審的是漢高祖劉邦被告恩將仇報,殘殺功臣韓信、彭越、英布一案,但在追究責任的時候,劉邦和呂雉互相推諉,直到傳來蒯通作證,才使實行俯首認罪,旋奉天帝論旨放韓信等三人轉回陽世,同分漢朝天下:韓信為曹操佔有中原;彭越為劉備奪了西川;英布為孫權雄據江東。並教劉邦轉生為獻帝,呂雉轉生為伏后,教曹操囚帝殺后以報前仇。末後又叫蒯通轉為諸葛亮去幫忙劉備,仲相也轉為司馬懿併吞三國統一天下。這便是此書:"不是三人分天下,來報高祖斬首冤"的緣起。

還有,關於此書轉世報冤一節,新編《五代史平話梁史》卷上中也有類似的文字:

> 劉季殺了項羽立著國號曰漢,只因疑忌功臣,如韓王信、彭越、陳豨之徒,皆不免於族滅誅夷。這三個功臣,抱屈喊冤,訴於天帝。天帝可憐見三功臣無辜被戮,令他每三個托生作三個豪傑出來,韓信去曹家托生,作著個曹操;彭越去孫家托生,作著個孫權;陳豨去那宗室家托生,作著個劉備。這三個分了他的天下。曹操篡奪獻帝國號曰魏;劉先主圖興復漢室,立國號曰蜀;孫權自行兵荊州,立國號曰吳,三國各有史。這是《三國志》是也。

　　這證明了韓信等轉世三分的說法在宋時就已經流傳開了的，雖然他們的內容不無小有出入之處。本來麼，劉邦屈殺功臣行為殘暴，千百世下誰不扼腕憤慨？人民的作者們，為了發洩一下胸中不平之氣，這才借著佛家輪迴孽報之說來安排了一干人物，所以它縱令是神話的、附會的，卻不能夠不說是富有現實的意義的，何況那元末明初的朱元璋（太祖）、朱棣（世祖），又是兩個慘殺臣下的傢伙呢！又司馬仲相陰曹斷獄的故事，說來也單獨發展成了《鬧陰司司馬貌斷獄》小說一篇（見《古今小說》中）。司馬仲湘（貌字仲湘，是"相"已改作"湘"），在這裏面表現得就更驚人了，他只做了六小時的閻王，卻審清了三百五十多年未曾判決的四大案件。"屈殺忠臣"（原告韓信等三人，被告劉邦夫婦）一宗以外，還有"恩將仇報"（原告丁公，被告劉邦），"專權奪位"（原告戚氏，被告呂氏）和"乘危逼命"（原告項羽，被告王翳、呂馬童等六人）等三宗。清結以後，除第一案人犯的韓生跟見於《三國志平話》引端中的情況一樣之外，又打發了丁公投胎為周瑜，項羽投胎為關羽，王翳等六人投胎為曹操部下子五關的大將，叫他們俱被關羽殺掉。這也未嘗不可以作為《三國志平話》緣起的補充材料。

　　虞氏本《三國志平話》共分三卷，第一卷從"話分兩說，今漢靈帝即位，當年銅鐵皆鳴"起到白門樓呂布喪命，劉備不為曹操所用，說出了"他家本是中山後，肯作曹公臣下臣？"為止。第二卷從漢獻帝認劉備為皇叔，封以佐將軍、豫州牧起到東吳招親，回返荊州，議取西川為止。第三卷以氣死周瑜，劉備佔有荊襄九郡起到降孫皓，三分歸一統，漢帝外孫劉淵北逃後，才終於俘虜了懷、愍二帝，重立漢朝，大赦天下為止。它的內容基本上雖和今本《三國志演義》相差不多，但有些人名、地名，特別是故事的情節便大不一樣。例如：以糜夫人為梅夫人，皇甫嵩為皇甫松，張角為張党，董承為董成，蔡邕為蔡雍，文醜為文丑，新野為豐冶，華容道為滑榮路，街亭為皆亭，耒陽為歷陽，左陽軍為佐

將軍,討虜將軍為托虜將軍等。多半是同音假借的簡體字,情節上的
例子如:孫學究得道;張飛怒殺定州太守分屍督郵;劉呂相爭翼德,兩
番求救曹營;弟兄失散,張飛古城自稱"無姓大王";當陽、長板喝斷橋
梁;滑榮路上曹操借了塵霧走脫;龐統煽動沿江四郡背叛劉備;孫夫人
因阿斗被奪"羞慘投江而死";諸葛亮皆亭遇娘娘,說是"臥龍升天,豈
無大雨";獻帝聽到司馬氏代魏大笑而死;劉淵、劉聰得了晉室天下以
後,仍立廟奉祝漢高、昭烈和後主。都是稀奇古怪的事,而且文字上也
拙劣異常,如孔明東吳求救巧激周郎的一段:

　　卻說周郎每日與小喬作樂。今人告曰托虜,今差一官
人,將一船金珠緞匹,賜與太守。小喬甚喜。周瑜言:"夫人
不會其意。"諸葛、魯肅親自來請。須臾,諸葛至。問:何人
也? 諸葛自言:"南陽武蕩山臥龍岡元名諸葛亮。"周瑜大驚,
問:"軍師何意?"諸葛曰:"曹操今有百萬雄兵,屯於夏口,欲
吞吳、蜀。我主在困,故來求救。"周瑜不語。又見數個丫環
侍女,簇小喬遇屏風而立。小喬言:"諸葛,你主公陷於夏口,
無計可救,遠赴豫章,請周郎為元帥。"卻說諸葛身長九尺二
寸,年始三旬,鬢如烏鴉,指甲三寸,美若良夫。周瑜待諸葛
酒畢,左右進根橘,托一金甌,請葛推衣起,用左手捧一根,右
手拾其刀。魯肅曰:"武侯失尊重之札。"周瑜笑曰:"我聞諸
葛出身低微,元是莊農。不慣。"遂自分其根為三段。孔明將
一段分作三片,一片大,一片次之,一片又次之,於銀臺內。
周瑜問:"軍師何意?"諸葛說:"大者是曹相,次者是孫托虜,
又次者是我主孤窮劉備也。曹操兵勢若山,無人可當。孫仲
謀微拒些小,奈何? 主公兵微將寡;吳地求救,元帥托患。"周
瑜不語。孔明振威而喝曰:"今曹操動軍遠收江吳,非為皇叔

之過也。爾須知曹操長安建銅雀宮,拘刷天下美色婦人。今曹相取江吳,虜喬公二女,豈不辱元帥清名?"周瑜推衣而起,喝:"夫人歸後堂,我為大丈夫,豈受人辱! 即見托虜為帥,當殺曹公。"

從這一段書裏就可以看出來稱謂不統一,不合理(如諸葛亮被周瑜叫做軍師,又為魯肅稱為武侯,而且就拿他的本名說也忽而諸葛忽而孔明,沒個一致的辦法)。有的詞句晦澀無法索解(如"孫仲謀微拒些小""元帥托患""拘刷天下美色婦人"等),和上下文氣不能聯貫之處(如小喬言"請周郎為元帥",下忽接入孔明面貌的敘述)。不過,這些缺點倒足以說明了它確是納入民間傳說,接近人民口語的原始的素樸之作。至於人物方面,則張飛在這裏是一位最有生氣,最惹人愛的角色,因為作者把他寫成了純真可喜的粗人,能夠跟一切不合理的現象展開鬥爭的壯士。此外便是諸葛亮算無遺策奇計迭成的神機形象。相形之下,那關羽反是暗然無光的了。又曹操這時也還不曾被特別的憎惡。

逮及此書發展成為《三國志演義》,就真個是與前不同,另有可觀了。

作者考:《三國志演義》作者之為羅貫中卻是自明以來就毫無異詞的,不過羅氏究係自撰還是別有師承(如就《三國志平話》加以刪補之類),我們已經無法指出。現在能夠知道的只是曾見於金華蔣大器(庸愚子)嘉靖本《三國志通俗演義》序文中的情況,大器說:

語云:"質勝文則野,文勝質則史。"此則史家秉筆之法。其於眾人觀之,赤嘗病焉。故往往舍而不之顧者,由其不通乎眾人。而歷代之事,愈久愈失其傳,前代嘗以野史作為評話,令瞽者演說,其間言辭鄙謬,又失之於野,士君子多厭之。
若東原羅貫中,以平陽陳壽傳,考諸國史,自漢靈帝中平元
年,終於晉太康元年之事,留心損益,目之曰《三國志通俗演
義》,文不甚深,言不甚俗,事紀其實,亦庶幾乎史,蓋欲讀誦
者,人人得而知之,若詩所謂里巷歌謠之謂也。

　　好啦,從蔣大器的話裏,我們起碼可以推知羅貫中的演義本,是由
評話(也就是"野史")轉為歷史的;是取材於陳壽的《三國志》的(看嘉
靖本的標題:齊平陽侯陳壽史傳,明羅本貫中編次亦可論定);是加工
到了已足為士君子所讀誦的程度的。因此,魯迅先生也說它是:"排
比陳壽《三國志》及裴松之注,間采稗史,且又雜以臆說作之;論斷仍
取陳、裴及習鑿齒、孫盛語,引詩則多為胡曾與周靜軒。"(《中國小說
史略》,第十五編《明之講史》)再換幾句話說,就是這部書已經成為
比附史實雅俗共賞的歷史演義小說了。羅氏之功實在不能夠不大書
特書。
　　按今本的《三國演義》,果是以描寫東漢王朝分裂成魏、吳、蜀三國
最後又重告統一為題材的歷史小說,它的時代是從漢靈帝劉宏中平元
年(公元一八四年)開始到晉武帝司馬炎大康元年(公元二八零年)結
束,前後共計九十六年。全書分為一百二十回,二百四十卷,(因為每
回都有上下兩節的關係)——第一回為"宴桃園豪傑三結義(嘉靖本
為"祭天地桃園三結義")"。第一百二十回為"降孫皓三分歸一統(嘉
靖本為"王濬計取後頭城")"。書中的前八十回是敘述東漢王朝崩
潰,地方武力混戰直到三國分立的,這是小說的主要部分。後四十回
是描寫魏、蜀、吳的矛盾對立,因而越來越走向了司馬西晉統一的局
面,已是小說的結尾部分了。它既是一部歷史小說,就不能不取材於
記述三國史事的著作。同時既成為小說,便又不能不有增飾加工,附

會臆說的地方,這是我們應該首先搞清楚的。

說到這裏,《三國志演義》的主要問題,也就是它的中心思想所在,該當提出來了。

按過去批判此書的人,多因為它是敘述"興劉滅曹"的歷史故事的,給戴上了一頂擁護"正統思想"的大帽子,這種說法自然也不能夠算錯。本來麼,"正統思想"是封建主義歷史觀的一部分,生長在封建社會的歷史小說作家,不去竭力地表現它,反而是稀奇的事。何況具體到三國來講,在它們還未成形以前,名義上還是漢家的天下,但最要緊的是"正統思想"有時還結合著"民族思想"出現的,這樣的情況往往發生在人民慘遭外來侵略者統治的時候。即如從北宋到明初的三百多年當中(也就是《三國》從故事「評話戲曲」發展到演義的時期),正是漢民族連續遭受契丹、女真,特別是蒙古人侵略和統治的時代,漢族人民在種族歧視、政治迫害、經濟剝削的痛苦生活中,企圖起而自救,有了還我河山、復興中朝的願望,原也極其自然的。武備不足,且作文字宣傳,那末,如果把劉備所代表的漢家政權作為漢族政治的象徵,於是大聲疾呼地說"漢賊不兩立,王業不偏安",不是很正當的民族情感麼?譬如趙宋南渡以後,大詩人陸游,"得建業倅鄭覺民書,言虜亂,自淮以北,民苦徵調,皆望王師之至"。詩一開頭便有"邦命中興漢,天心大討曹"的句子,不是已經用漢家比南宋,以曹操擬女真了麼?蒙古征服了中國,人民的戲曲作家,也有許多使用三國故事作題材來體現了"人心思漢"的思想的。最顯著的例子,如見於關漢卿所作《關大王單刀會雜劇》中關羽在魯肅向他索還荊州時的唱詞:"想著俺漢高皇王圖霸業,漢光武秉正除邪,漢獻帝將董卓誅,漢皇叔把溫侯滅,俺哥哥合承受漢家基業,則你東吳國的孫權,和俺劉家卻是甚枝葉?"言外之意,不又是在高抬漢家,鄙視異姓(族)麼?何況那三國故事的本身就是興漢滅賊的,不也可以渲染成為有著愛國主義思想的小說麼?

所以我們的結論才是:《三國志演義》的"正統思想",可以認為是和對抗外來侵略者的愛國主義思想有關的,而最重要的是它的歌頌有義氣的英雄,讚美忠信愛人的民主賢相和將軍們,反對奸惡殘暴的當權者,所以作者才根據著廣大人民的願望,反映了帝蜀貶魏、擁劉反曹的愛恨分明、是非昭然的理想,這不止是此書人民性的所在,也正是它的中心思想。

這話也不能空說一陣就算,讓我們再從作者賦予書中的人民性和主要人物身上的團結、戰鬥、愛人民的精神去切實地檢查一下,先談談關於愛護人民的。如:

> 扶持王室,擬救黎民。(第五句,曹操討董卓的檄文)禍加至尊,虐流百姓。(同上,袁紹的盟詞)
> 劫遷天子,流徒百姓。(第六回,曹操追擊董卓時語)。
> 帝星不明,賊臣亂國,萬民塗炭,京城一空!(同上,孫堅進駐洛陽後的話)。
> 誰想漢天下卻在汝手中耶!"汝可憐漢天下生靈!"(第八回,王允對貂蟬語)。
> 今卓上欺天子,下虐生靈,罪惡貫盈,人神共憤。(第九回,呂布教李儒誘董卓重來長安時的說法)。

這些話都是把人民和天子相提並論的,就剪除董卓(羌種)的這正義行為上說,不應該以統治者要取人民擁護的普通政治辭令來看待它們,因為那董卓是如此的殘暴——殺掠社賽(趕廟會的)之民:

> 嘗引軍出城,行到陽城地方,時當二月,村民社賽,男女
> 皆集。卓命軍士圍住盡皆殺之,掠婦女財物,裝載車上,懸頭

千餘顆於車下,連軫還都,揚言殺賊大勝而回,於城門下焚燒人頭,以婦女財物分散眾軍。(第四回)

明明自己是賊,倒說人民是賊,這不只是賊喊捉賊,而竟是殘賊百姓了。卓又洗劫洛陽:

卓即差鐵騎五千,遍行提挈洛陽富戶,共數千家,插旗頭上,大書"反賊逆黨",盡斬於城外,取其金貲,李傕、郭汜盡驅洛陽之民數百萬口,前赴長安。每百姓一對,間軍一隊,互相拖押,死於溝壑者,不可勝數。又縱軍士淫人妻女,奪人糧食,啼哭之聲,震動天地。如有行得遲者,背後三千軍催督,軍士手執白刃,於路殺人。(第六回)

看看這種強盜行為,不是國賊還是什麼?再如他的慘殺降卒:

一日,卓出橫門,百官皆送。卓留宴,適北地招安降卒數百人到。卓即命於座前,或斷其手足,或鑿其眼睛,或割其舌,或以大鍋煮之,哀號之聲震天,百官戰慄失箸,卓飲食談笑自若。(第八回)

似此滅絕人性的暴賊,若不及早除去,人民怎麼受得了?所以才說王允等設計誅之,乃是正義的行為。這從卓屍被號令通衢以後,"看屍軍士以火置其臍中為燈,膏油滿地,百姓過者,莫不手擲其頭,足踐其屍"(第九回)的情況,和李傕、郭汜遷葬卓屍(事實上已經只剩了一些"零碎皮骨"時,"天降大雷雨,平地水深數尺,霹靂震開其棺,屍首提出棺外。李傕候請再葬,是夜又復如是。三次改葬,皆不能葬,零皮碎骨,悉為雷火消滅")(第十回)的描述,都可以看出來人民對"吾為天下計,豈惜小民哉"(第六回)的豺狼是如何的深惡痛絕,也就是作者"天之怒卓,可謂甚矣"(第十回)的結論,在怎樣地給統治者以當頭棒喝了。反之,作者對於"愛民如子"的人,則是一意表揚的,如:徐州刺史陶謙在曹操包圍了城池,要報"殺父之仇"的時候說:

> 曹兵勢力難敵,吾當自縛往曹營,任其剖割,以救徐州一
> 郡百姓之命。(第十回)

麋竺卻勸他說:"府君久鎮徐州,人民感恩"(同上),不可造次行事。孫策初定江東的時候也是:

> 初聞孫郎兵至,皆喪膽而走。及策軍到,並不許一人擄
> 掠。雞犬不驚,人民皆悅,賣牛酒到寨勞軍。策以金帛答之,
> 歡聲遍野。(第十五回)

原也難怪,在封建社會中,老百姓只希望有個好朝廷,多用一些好官吏,教他們能夠安居樂業便滿足了,所以比較開明的統治者多一半是會受到人民歡迎的,特別是劉備真可以說是到處"得民"了。如:

> 尋小路投許都。途次絕糧,嘗往村中,求食。但到處,聞
> 劉豫州,皆爭進飲食。(第十九回敗於呂布後)
> 路過徐州,百姓焚香遮道,請留劉使君為牧。操曰:"劉
> 使君功大,且待面君封爵,回來未遲。"百姓叩謝。(第二十回
> 隨操斬呂布後)

但這還只是一般的載記,至於突出的描寫,恐怕要算見於"劉玄德攜民渡江"一回中的文字了:

孔明曰:"可速棄樊城,取襄陽暫歇。"玄德曰:"奈百姓相隨已久,安忍棄之?"孔明曰:"可令人遍告百姓:有願隨者同去,不願者留下。"先使雲長往江岸整頓船只,令孫乾、簡雍在城中聲揚曰:"今曹兵將至,孤城不可久守,百姓願隨者便同渡江"。兩縣之民,齊聲大呼曰:"我等雖死,亦願隨使君!"即日號泣而行。扶老攜幼,將男帶女,滾滾渡河,兩岸哭聲不絕。玄德於船上望見,大慟曰:"為吾一人而使百姓遭此大難,吾何生哉!"欲投江而死,左右急救止,聞者莫不痛哭。船到南岸,回顧百姓,有未渡者,望南而哭,玄德急令雲長催船渡之,方才上馬。

卻說玄德同行軍民十餘萬,大小車數千輛,挑擔背負者不計其數。路過劉表之墓,玄德率眾將拜於墓前,哭告曰:"辱弟備無德無才,負兄寄托之重,罪在備一身,與百姓無干。望兄英靈,垂救荊襄之民!"言甚悲切,軍民無不下淚。忽哨馬報說:"曹操大軍已屯樊城,使人收拾船筏,即日渡江趕來也。"眾將皆曰:"江陵要地,足可拒守。今擁民眾數萬,日行十餘里,似此幾日得至江陵?倘曹兵到,如何迎敵?不如暫棄百姓,先行為上。"玄德泣曰:"舉大事者必以人為本,今人歸我,奈何棄之?"百姓聞玄德此言,莫不傷感。(第四十一回)

前面董卓說:"吾為天下計,豈惜小民哉?"這裏劉備說:"舉大事者必以人為本。今人歸我,奈何棄之?"不是作者把害民、愛民的言行作了一個鮮明的對比麼？董卓不必再談了,看起"我等雖死亦願隨使君"的人心向背來,曹操不已經是董卓的接續者了麼？還有,如果只是國內統治階級的矛盾的戰爭,那百姓又何至於"扶老攜幼,將男帶女,滾滾渡河"？這裏面便有文章了。何況魏延此時竟公開地指斥荊州降將蔡瑁、張允為"賣國之賊?"操雖為漢賊,卻是托名漢相的,蔡瑁、張允以城降曹,無論如何也說不上是"賣國賊"的。所以我們認為這些地方已是作者在開始把曹操當作異族侵略者來處理了。

既已提出來劉備,我們就搞清楚了他的身分。按劉備自己向漢獻帝劉協說:

> 臣乃中山靖王之後,孝景皇帝閣下玄孫,劉雄之孫,劉宏之子也。(第二十回)

劉協聽了細排譜牒的結果,原來劉備還是叔叔輩,於是拜爵為左將軍宜城亭侯。自此,他便不只是漢室宗親(孔融語見十一回),而且是堂堂的皇叔了。再看人民對於這位皇叔的看法如何,我們認為徐母和曹操的一段對話最足以代表:曹操教徐母寫信給徐庶時:

> 徐母曰:"劉備何如人也?"操曰:"沛郡小輩,妄稱'皇叔',全無信義,所謂外君子而內小人者也。"徐母屬聲曰:"汝何虛誑之也! 吾久聞玄德乃中山靖王之後,孝景帝閣下玄孫,屈身下士,恭己待人,仁聲素著。世之黃童白叟、牧子樵夫皆知其名,真當世之英雄也。吾兒輔之,得其主矣。汝雖托名漢相,實為漢賊,乃反以玄德為逆臣,欲使吾兒背明投暗,豈不自恥乎!"(第三十六回)

她說完了話,不但不動筆寫信,反而舉起石硯直打曹操。因之,在這裏面,我們不只知道了人民耳目中的劉備,同時也知道曹操臭名遠揚的情況了。至於戰鬥的徐母形象的可愛,自然更不待說。

對於劉備這一人物,作者還有一個契合人民性的處理手法,那就是為了對立國賊,儘管給他安排了一個皇叔的地位,可是為了他的能夠接近人民、熟悉人民的生活,又強調了他是出身於寒素的家庭的。如:

> 家貧,販履織席為業。(第一回,本傳)
> 汝乃織席編履之夫。(第十四回,袁術罵備)
> 織席編履小輩,安敢輕我!(第二十一回,同上)

不只是在"四世三公"的袁術眼睛裏,這個出身寒微的劉備卑不足道,就是袁術手下的將官紀靈,也會罵一聲"劉備村夫"(十四回)。本來佩服劉備是英雄的曹操在翻了臉以後,也大罵其"賣履小兒"(七十二回),連非常看得起劉備的公孫瓚向虎牢關前各鎮諸侯介紹劉備的時候,也不能不只說一句"平原人劉備是也"(第五回)。而劉備又真是一個"吾少也賤,故多能鄙事"的人物,如:

> 玄德也防曹操謀害,就下處後園種菜,親自澆灌,以為韜晦之計。(第二十一回)
> 有人送犛牛尾至,玄德取尾親自結帽。(第三十九回)

這都說明了這位人民的英雄是來自民間,並且還有著豐富的勞動經驗的,種菜、編手工什麼都搞得。總之,作者之意是要塑造出來一個大丈夫不怕出身低、賣草鞋的劉備才能是領導人民對抗漢賊的英雄形象,所以又借陸績、孔明的對話重明確了這一點。陸績說:"劉豫州雖云中山靖王苗裔,卻無可稽考,眼見只是織席販履之夫耳!"孔明非笑他說:"劉豫州堂堂帝胄,當今皇帝,按譜賜爵,何云無可稽考?且高祖起身亭長,而終有天下;織席販履,又何足為辱乎?"(第四十三回)

不過,談到這裏,我們趕緊就應該補充一項重要的材料。那就是,劉備之所以成為"人民的領袖",不是鬧個人英雄鬧出來的,換句話說,他乃是通過眾所周知的集體主義的奮鬥才得以實現的。再具體些講,是他只是一個為人民所擁護的、正義的、戰鬥的、團結的、有組織有紀律的政治集團的領導者。如果一定要給這個集團起個名字,勉強地可以叫它做"桃園集團"。

要問"桃園集團"的成員,馬上會有人不假思索地說:劉備、關羽、張飛唄!書中第一回便交待明白了麼——"宴桃園豪傑三結義。"但是,我們不只想這樣劃小了圈子,因為看作者安排在小說裏的東西,強大的桃園力量沒有諸葛亮和趙雲是表現不出來的。也正如今日整出的三國京劇一樣,少了軍師(孔明)和四將軍(趙雲)絕唱不成功。雖然劉、關、張是它的基本隊伍,這個道理很多,讓我們慢慢兒地陳述在下面。

為什麼說桃園集團是為人民所擁護的、正義的、戰鬥的、團結的政治集團呢?這首先從他們的誓言裏就可以看得出來:

念劉備、關羽、張飛,雖然異姓,既結為兄弟,則同心協力,救困扶危,上報國家,下安黎庶,不求同年同月同日生,但願同年同月同日死。皇天后土,實鑒此心,背人忘恩,天人共戮。(第一回)

试问，"同心協力、救困扶危、上報國家、下安黎庶"，還不是桃園的政治綱領麼？再從這個綱領的本質上看，有誰能說它不是為人民所擁護的、正義的集團呢？但這個政治目的的實現，卻是以"不求同年同月同日生，但願同年同月同日死"的異姓兄弟作為基礎的。所以，我們又不能不說它是團結的戰鬥的了。（後世效顰的單純為小集團謀利益的"金蘭之好"一類的結盟，實在不配和這個相比）

劉備的出身，前面已經說過，關羽是一個因為殺了仗勢欺人的土豪，在本地不得安身，這才逃難江湖的亡命徒，他與劉備自然容易接近了。就是張飛，雖然"頗有莊田"，但也只是"賣酒屠豬"的小生產者，何況他又是一個"專好結交天下豪傑"的英雄呢？（並見第一回）所以從階級出身上看，三人的結拜原是極其自然的事。

這三位弟兄自結拜以後，在生活上是"食則同桌，寢則同牀"，如劉備"在稠人廣眾，關、張侍立終日不倦"（見第二回）不必說了，最難得的是他們果然為了共同的政治目的協力奮鬥到底。先說劉備：

> 卻說玄德在袁紹處，旦夕煩惱。紹曰："玄德何故常憂？"玄德曰："二弟不知音耗，妻小陷於曹賊，上不能報國，下不能保家，安得不憂？"（第二十五回）

這是劉備在徐州失散轉投袁紹時的煩惱情況，看他先提二弟，後提妻小；先談報國，後談保家。那態度還是照舊不變的。再如他聽說關羽為孫權所害以後的悲憤：

> 玄德曰："孤與關、張二弟桃園結義時，誓同生死，今雲長已亡，孤豈能獨享富貴乎？"言未畢，只見關興號慟而來。玄德見了，大叫一聲，又哭絕於地，眾官救醒。一日哭絕三五

次,三日水漿不進,只是痛哭。淚濕衣襟,斑斑成血。(第七
十八回)

關羽之死,雖緣於個人英雄剛愎自用,但就捨身為國和業已降賊
的標準作最後的戰鬥上說,卻是雖敗猶榮的。因此,劉備之哭,以及後
此的復仇之戰,便不應該解釋為出於私情的了。劉備對張飛的態度也
是一樣,在張飛失了徐州,羞見劉備,想要拔劍自刎的時候,劉備慌忙
抱住張飛說:

　　吾三人桃園結義,不求同生,但願同死。今雖失了城池
家小,安忍教兄弟中道而亡?(第十五回)

劉備不忍教張飛中道而亡,自然還包有討賊的大事業尚待完成的
意思。直到後來張飛死於范疆、張達的暗殺,劉備決心興兵伐吳也是
至死方休的做法,都告訴我們桃園弟兄真是同生共死啦! 沒有聽見劉
備的話麼?"二弟俱亡,朕安忍獨生!"就是這一種履約踐誓的精神,也
足夠兄弟鬩牆之輩慚愧多少年了。(書中所說的袁氏骨肉之變:袁紹
和袁術、袁譚和袁尚間的兩代兄弟不和。劉氏兄弟之爭;劉表子劉琮、
劉琦關於荊州繼承權的紛擾,都指出了這是死路一條,同時也未嘗不
是拿來反襯三個異姓兄弟的團結的、偉大的)。我們再從關(羽)、張
(飛)的行為上看:關羽屯土山向張遼所提出的投降三條件是:

　　一者,吾與皇叔設誓,共扶漢室,吾今只降漢帝,不降曹
操;二者,二嫂虐請給皇叔俸祿養贍,一應上下人等,皆不許
到門;三者,但知劉皇叔去向,不管千里萬里,便當辭去;三者
缺一,斷不肯降。(第二十五回)

處危難之中,行權宜之計時,還是這般歸漢不降曹的大義凜然,我們便不當認為這只是關羽個人的行為出色了,但這種曲線的政治姿態是不大容易被人瞭解的。以劉備的英明仁厚,在關羽斬了顏良、文醜以後,都不能不寫了這樣的信:

> 備與足下,自桃園締盟,誓以同死;今何中道相違,割恩斷義?君必欲取功名,圖富貴,願獻備首級以成全功!書不盡言,死待來命!(第二十六回)

其實,也怪劉備不得,弟兄兩人偏偏分寄在交戰的袁、曹雙方,關羽殺了紹將,自然會使劉備處境危殆,且看關羽如何表示吧——關羽看了劉備來信,痛哭著說:"某非不欲尋兄,奈不知所在也。安肯圖富貴而背舊盟乎?"(同上)遂寫書答云:

> 竊聞義不負心,忠不顧死。羽自幼讀書,粗知禮義。觀羊角哀、左伯桃之事,未嘗不三歎而流涕也。前守下邳,內無積粟,外無援兵,雖即效死,奈有二嫂之重,未敢斷首捐軀,致負所托。故而暫且羈身,冀圖後會。近至汝南,方知兄信,即當面辭曹操,奉二嫂歸。羽但懷異心,神人共戮,披肝瀝膽,筆楮難窮。瞻拜有期,伏維照鑒。(同上)

接著關羽真就掛印封金,過關斬將地趕向河北來會劉備,造成了忠義無雙的英雄佳話。不過,還是那句老話,關羽之於劉備,可不只是溫情主義的無原則的服從,譬如他對國土的態度,當諸葛瑾拿著劉備的書信來收取荊州三郡的時候,關羽說:

吾與吾兄桃園結義,誓共匡扶漢室。荊州本大漢疆土,
豈得妄以尺寸與人?將在外,君命有所不受。雖吾兄有書
來,我卻只不還。(第六十六回)

這種私不廢公,保衛漢家河山的態度不更嚴正了麼?直到孫權降
曹,兩面夾擊荊州,使著關羽敗走麥城以後,他那不妥協、不屈辱的精
神也沒有半點兒變更,如諸葛瑾來勸他歸順東吳時,他說:

吾乃解良一武夫,蒙吾主以手足相待,安肯背義投敵國
乎?城若破,有死而已。玉可碎而不可改其白,竹可焚而不
可毀其節,身雖殞,名可垂於竹帛也。(第七十六回)

有人說,關羽昔日尚可以投曹操,為什麼今天就不能夠降孫權?
殊不知彼一時此一時也:彼時弟兄失散,劉備下落不明,二嫂歸他保
護,張遼的話又說得入情入理(就以踐盟桃園,匡扶漢室的話來打動
他)。所以,他便只得以權辦理。此時則劉備已立業西川,自己又守土
有責,諸葛瑾卻勸他屈膝敵國,這事如何作得?為了貫徹桃園誓言,自
然是"玉碎"方顯本色的。

張飛雖是一個"粗人",但對於信守桃園大義上卻是乾脆徹底、直
截了當的。例如關、張相會古城的一幕:

當日孫乾領關公命,入城見飛。施禮畢,具言:"玄德離
了袁紹處,投汝南去了。今雲長直從許都送二位夫人至此,
請將軍出迎。"張飛聽罷,更不回言,隨即披掛持矛上馬,引一
干餘人,逕出城門。孫乾驚訝,又不敢問,只得隨出城來。關

公望見張飛到來,喜不自禁,付刀與周倉接了,拍馬來迎。只見圓睜環眼,倒豎虎須,吼聲如雷,揮矛向關公便砍。關公大驚,連忙閃過,便叫:"賢弟何故如此? 豈忘了桃園結義耶?"飛喝曰:"你既無義,有何面目來與我相見!"關公曰:"我如何無義?"飛曰:"你背了兄長,降了曹操,封侯賜爵,今又來賺我! 我今與你拼個死活!"關公曰:"你原來不知,我也難說。現放著二位嫂嫂在此,賢弟請自問。"二夫人聽得,揭簾而呼曰:"三叔何故如此?"飛曰:"嫂嫂住著,且看我殺了負義的人,然後請嫂嫂入城。"甘夫人曰:"二叔因不知你等下落,故暫棲身曹氏。今知你哥哥在汝南,特不避險阻,送我們到此,三叔休錯見了。"麋夫人曰:"二叔向在許都,原出於無奈。"飛曰:"嫂嫂休要被他瞞過了! 忠臣寧死而不辱,大丈夫豈有事二主之理!"關公曰:"賢弟休屈了我。"孫乾曰:"雲長特來尋將軍。"飛喝曰:"你如何也胡說! 他那裏有好心! 必是來捉我!"(第二十八回)

從這段文章裏滿可以看出張飛是個直性漢子,不曉得什麼彎彎曲曲的政治手法,雖然有時他也會"粗中有細"地用些智謀(如長阪設疑兵,耒陽查龐統,西川釋嚴顏等)。何況關羽投曹,連劉備都曾誤會過呢? 更重要的是張飛也只認得桃園的義氣,未曾因為是"二哥"便將就下去了,所以一直等到關羽斬了蔡陽、退了追兵,他才涕泣相迎。

關羽被害東吳,張飛急於報仇的心情比劉備來得還厲害,如下面的載記:

飛至演武廳,拜伏於地,抱先主足而哭。先主也哭,飛曰:"陛下今日為君,早忘了桃園之誓! 二兄之仇,如何不報?"

先主曰:"多官諫阻,未敢輕舉。"飛曰:"他人豈知昔日
之盟? 若陛下不去,臣舍此軀與二兄報仇! 若不能報時,臣
寧死不見陛下也。"(第八十一回)

於是這位"張三爺"果然以死殉桃園了。作者為什麼要創造出來
這樣生死不渝的團結形象呢? 我們認為,應該是籍此攻擊蒙古王朝的
"走馬換帝"的! 他們兄弟相殘,從武帝哈尚到順帝托歡特莫爾,僅僅
二十六個年頭就換了八個皇帝——骨肉之間猶然如此,還用說被征服
的漢人? 再不起來反抗如何得了,而對立之道,便是集體主義最為上
策了。但是,具體到桃園弟兄來講,為什麼又要說只是劉、關、張三人
還發揮不了最大的力量呢? 這是因為從武功上看,沒有"長勝將軍"趙
雲;從智謀上看,沒有"神機軍師"諸葛亮,桃園集團就不可能打下江
山、立下基業的。何況關、張、劉相繼謝世以後(也就是書中的八十六
回以後),如果沒有這兩個人物屹立在蜀廷之中,根本就無法體現出來
"漢賊不兩立,王業不偏安"的戰鬥精神?

先說趙雲,這位勇冠三軍、深明大義的英雄,簡直可以看他作書中
的勝利形象之一。他的汗馬功勞真是數不過來的,只對劉備父子,便
曾經三番兩次完成了保護的任務——劉備敗徐州(三十一回)、逃白帝
(八十四回),劉備在當陽(四十一回)、在長江上(六十一回)時,都是
趙雲捨死忘生才把他們"搶救"出來的。而最難得的是,他不只是個一
勇之夫,極知大體,如奉命取桂陽不肯和城守趙範的寡嫂結婚,勝利
後,諸葛亮又加以撮合。他說:

趙範既與某結為兄弟,今若娶其嫂,惹人唾罵,一也;其
婦再嫁,便失大節,二也;趙範初降其心難測,三也。主公新

定江漢,枕席未安,雲安敢以一婦人而廢主公之大事?

這實在是尊重對方人格,又表現了公而忘私的大丈夫行為,不得只庸俗地看做是對於封建道德之信守。再如劉備初定益州,便將成都有名田宅分賜諸官,趙雲諫曰:

> 益州人民,屢遭兵火,田宅皆空;今當歸還百姓,令安居復業,民心方定,不宜奪之為私賞也。(第六十五回)

軍事勝利以後,首先看到的是人民的疾苦,這哪裏是一般武將的見識。同時,從這些地方也可以認識到桃園集團的"民本主義"是無乎不在的了。再如劉備決意興兵伐吳為關羽復仇時,也是趙雲敢於正面諫阻:

> 卻說先主起兵東征,趙雲諫曰:"國賊乃曹操,非孫權也。今曹丕篡漢,神人共怒。陛下可早圖漢中,屯兵渭河上流,以討凶逆,則關東義士,必裹糧策馬以迎王帥;若舍魏以伐吳,兵勢一交,豈能驟解?願陛下察之。"先主曰:"孫權害了朕弟,又兼傅士仁、糜芳、潘漳、馬忠,皆有切齒之仇;啖其肉而滅其族,方雪朕恨。卿何阻耶?"雲曰:"漢賊之仇,公也;兄弟之仇,私也;願以天下為重。"(第八十一回)

按孫權雖已與魏聯合,但主要的敵人自然還是篡漢的曹丕。劉備此時卻一味地拒諫孤行,連趙雲、諸葛亮的意見都不採納(諸葛亮當時也有"遷漢鼎者,罪白曹操,移劉祚者,過非孫權,竊謂魏賊若除,則吳自賓服"的話),並且把他兩人一個攔在後方(諸葛亮留守四川),一個命催糧草(趙雲做為後應),這樣違背集體主義的行為,安得不敗!

趙雲應該作為桃園集團的核心人物,從劉備、關羽的口中也可以找出證據來。劉備說:"子龍是我故友。"(第四十一回)關羽說:"子龍久隨吾兄,即吾弟也。"(第七十三回)即是。還有,當時的人更多此類說法,如拿他和關、張並稱的:

> 關、張、趙雲,皆萬人敵,惜無善用之人。(第三十五回,司馬徽的話)

以趙雲和劉、關、張、諸葛並稱的:

> 我聞劉玄德乃大漢皇叔,更兼孔明多謀,關、張極勇;令領兵來的趙子龍,在當陽長阪百萬軍中,如入無人之境。我桂陽能有多少人馬? 不可迎敵,只可投降。(第五十二回 桂陽太守趙範語)

趙雲和關、張一樣,都是名震於三國的,不必說了。必須注意的是趙範的說法,恰可作為桃園核心人物盡在此中的有力佐證。因之,最後應該交待一下諸葛亮啦。

諸葛亮隱居南陽,自比管、樂,因受劉備三顧茅廬的邀請,這才在隆中決定三分形勢,出山使著桃園據荊州、取西川、入漢中,從無到有,從孤窮到奄有一方地,建立了討賊根據地。劉備死了,他又身負托孤之重,七擒孟獲,六出祁山,鞠躬盡瘁地為討漢賊付出了畢生的精力。總之,的確像我們在前面所說的,通過諸葛亮這一典型的軍師形象,作者不但完成了桃園集團的核心組織,而且也卓越地塑造成功一位極罕見的愛國戰士。現在,先看諸葛亮在桃園集團中的地位:

　　玄德待孔明如師,食則同桌,寢則同榻,終日共論天下大事。(第三十八回)

　　卻說玄德自得孔明,以師禮待之。關、張二人不悅,曰:"孔明年幼,有甚才學? 兄長待之太過! 又未見他真實效驗!"玄德曰:"吾得孔明,猶魚之得水也,兩弟勿復多言。"關、張見說,不言而退。(第三十九回)

　這是說諸葛亮一參加桃園便是一位"參謀長"的樣子,只是關、張還有些不服,直到博望坡用兵以後,問題才得解決。經過的情況是:

　　忽報曹操差夏侯惇引兵十萬殺奔新野來了,張飛聞知,謂雲長曰:"可著孔明前去迎敵便了"。正說之間,玄德召二人入,謂曰:"夏侯惇引兵到來,如何迎敵?"張飛曰:"哥哥何不使'水'去?"玄德曰:"智賴孔明,勇須二弟,何可摧調?"關、張出,玄德請孔明商議,孔明說:"但恐關、張二人,不肯聽吾號令,主公若欲亮行兵,乞假劍印。"玄德便以劍印付孔明,孔明遂聚集眾將聽令,張飛謂雲長曰:"且聽令去,看他如何調度。"(同上)。

諸葛亮分派軍事已畢:

　　雲長曰:"我等皆出迎敵,未審軍師卻作何事?"孔明曰:"我只坐守縣城。"張飛大笑曰:"我們都去廝殺,你卻在家坐地,好自在!"孔明曰:"劍印在此,違令者斬!"玄德曰:"豈不聞'運籌帷幄之中,決勝千里之外?'二弟不可違令。"張飛冷笑而去,雲長曰:"我們且看他的計應也不應,那時卻來問他不遲。"二人去了。眾將皆未知孔明韜略,今雖聽令,卻都疑惑不定。(同上)

這幾段文字寫諸葛亮初出茅廬,遭到關(羽)、張(飛)輕視的情況,最是生動,因為諸人的形象、口吻交織得是如此的細膩謹嚴,但其結果卻只是要關、張在照計行事,取得勝利以後說一句:"孔明真英傑也!"(同上),從此協力同心、分工合作地去完成對敵鬥爭的任務。

諸葛亮的奇計迭出、算無遺策、知己知彼、百戰百勝之處,我們只看作者常常提到他的:通天文、識地理、知奇門、曉陰陽、看陣圖、明兵勢;連機智英俊的周瑜,老奸巨猾的曹操和沉著穩健的司馬懿都不是對手,便可概見。這裏想要特別提出的是他的善於"將將"跟忠貞報國。按桃園集團中最難調度的人物是義勇絕倫然而心高氣傲的關羽,當關羽要入川找馬超比拼武藝高下的時候,諸葛亮寫信給他說:

> 亮聞將軍欲與孟起分別高下。以亮度之,孟起雖雄烈過人,亦乃黥布、彭越之徒耳,當與翼德並驅爭先,猶未及美髯公之絕倫超群也。今公受任守荊州,不為不重,倘一入川,若荊州有失,罪莫大焉,惟冀明照。(第六十五回)

順著關羽的心氣,說他比馬超英雄,此語是賓;戒之以守土有責,不可擅動,這才是主要的用意。竟使關羽看罷書信,綽髯微笑說:"孔明知我心也!"(同上)遂無入川之意。即此一例,已見手法。至於諸葛亮的忠貞,則更是觸處可見,如白帝城劉備托孤的話:

> 朕不讀書,粗知大略。聖人云:"鳥之將死,其鳴也哀;人

之將死,其言也善。"朕本待與卿等同滅曹賊,共扶漢室,不幸中道而別,煩丞相將詔付與太子禪,令勿以為常言。凡事更望承相教之!孔明等泣拜於地。

　　先主命内侍扶起孔明,一手掩淚,一手執其手,曰:"朕今死矣!有心腹之言相告!"孔明曰:"有何聖諭?"先主泣曰:"君才十倍曹丕,必能安邦定國,終定大事。若嗣子可輔則輔之;如其不才,君可自為成都之主。"孔明聽畢,汗流遍體,手足無措,泣拜於地曰:"臣安敢不竭股肱之力,盡忠貞之節,繼之以死乎!"言訖,叩頭流血。(第八十五回)

　　前人往往說,這是劉備恐怕諸葛亮靠不住,所以要他的"口供"。我們卻不是這樣的看法,因為劉備是以不得滅曹賊、扶漢室為恨的,而諸葛亮之才十倍曹丕和劉禪的不成器又都是事實,於是老老實實地交待一下便是很有必要的了。不然的話,從古以來封建王朝的"顧命"大臣在死者骨肉未寒的時候就為非作歹的多了,為什麼單單諸葛亮能夠鞠躬盡瘁呢?如"出師表"云:

　　先帝慮漢賊不兩立,王業不偏安,故托臣以討賊也。以先帝之明,量臣之才,故知臣伐賊,才弱敵強也。然不伐賊,王業亦亡。惟坐而待亡,孰與伐之?是故托臣而弗疑也。

　　繼續對敵鬥爭,不顧成敗利鈍,這才是劉備托孤,諸葛亮接受顧命的大義所在,也就是桃園集團貫徹到底的戰爭精神。如果只用普通的封建道德來衡量它,那便歪曲了作者的用心了。如諸葛亮將終時的言行:

　　孔明強支病體,令左右扶上小車,出寨遍觀各營,自覺秋風吹面,徹骨生寒,乃長歎曰:"再不能臨陣討賊矣! 悠悠蒼天,曷其有極!"(第一百四回)

　　像這種"出師未捷身先死,長使英雄淚滿襟"的情調,教誰看到不要為之痛哭、流涕、長太息呢? 他如此外的潔身自好,死之日"不使內有餘帛,外有餘財",並勸劉禪要"約己愛民,布仁恩於宇下"(同上)等,都是他始終熱愛祖國,至死不忘人民的高貴的表現。(諸葛亮死後,他的學生姜維又接著"九伐"中原,他的兒、孫諸葛瞻和諸葛尚也都戰死綿竹,成為一門忠烈。)

　　桃園這個為人民所擁護的、正義的、戰鬥的、勝利的、有組織有紀律的政治集團,便這樣通過劉備的仁德、關羽的義烈、張飛的雄武、趙雲的忠勇,尤其是諸葛亮的奇謀,最完美地被形成了。但還需要強調一句的是,他們發揮力量的主要條件是集體主義的精神,不然的話,為什麼劉備在未得諸葛亮以前只能夠寄人籬下? 諸葛亮不碰到劉備,也不過是高臥隆中。次而至於關羽來麥城,是因為不聽諸葛亮"北拒曹操,東和孫權"(第六十三回)的指示。張飛被暗殺,是原於不注意劉備"鞭撻健兒而復令在左右"(第八十一回)的勸告。就是趙雲,跟了公孫瓚那樣久,也幹不出來赫赫之功呢? 所以說,"桃園弟兄"(我們非常欣賞京劇演員表演某些三國戲時所採用的這個稱謂)的戰無不勝、攻無不取的局面,如據荊州、取西川、入漢東等,只有當他俯協力,同心團結在一起的時候才會實現。而作者給我們創造成功的史無前例的集體主義的典型,也就在這裏。再舉一個反證,看看敵人對於桃園的態度:

　　劉備以梟雄之姿,有關、張、趙雲之將,更兼諸葛用謀,必

非久屈人下者。愚意莫如軟困之於吳中，盛為築宮室以喪其
心志，多送美色玩好以娛其耳目，使分開關、張之情，隔遠諸
葛之契，各置一方。然後以兵擊之，大事可定矣。今若縱之，
恐蛟龍得雲雨，終非池中物也。（第五十五回）

這是周瑜在美人計落空以後，向孫權提出來的又一企圖拆散桃園
的辦法。他之毒辣不必說了，而桃園成員被敵人重視的情況也可概
見。（曹操雖然嫉視劉備，也不能不稱之為"英雄"，為"人中之龍"。
對於關羽和趙雲，則一個曾費盡氣力加以收買，一個也想在百萬軍中
加以"生致"。對於桃園，自然更是想要徹底消滅的。）

桃園的大敵，也就是他們對立鬥爭的主要對象，是以曹操為首的
反動匪幫，乃至人所共知的事體，這是因為他們欺詐殘暴，公開地和漢
家人民為敵。就拿曹操個人來說，他的人生態度是："寧教我負天下
人，休教天下人負我。"（第四回曹操殺呂伯奢全家以後對陳宮的話）
他的政治態度是："苟天命在孤，孤為周文王矣。"（第七十八回 曹操對
陳群勸進時候的話）因此，殺害黃貴妃（第二十四回），伏皇后、獻帝二
子（第六十六回）、五臣百官（第六十九回）和曾被親信的謀士如荀彧
（第六十一回）、崔琰（第六十八回）等一系列的狠毒行為，便作成了他
的國賊形象，使著劉備、周瑜都對他下了："雖托名漢相，實為漢賊"
（分見三十一回、四十四回）的結論。劉備還針對他提出了自己的政治
主張，劉備說：

今與吾水火相敵者，曹操也。操以急，吾以寬；操以暴，
吾以仁；操以譎，吾以忠。每與曹相反，事乃可成。若以小利
而失信義於天下，吾不忍也。（第六十回）

因之,曹操這個"饕餮放橫,傷化虐民"(見第二十二回袁紹討操檄文中)的國賊,雖然勢大兵強,是統一了北方,但在人心向背的程度上看,卻遠遠地不能和劉備相比了。如:曹操要發人馬下荊州時,孔融歎曰:"以至不仁伐至仁,安得不敗乎!"(第四十回)左慈在曹操做了魏王,意得氣驕時說:"益州劉玄德乃帝室之冑,何不讓此位與之?不然,貧道與飛劍取汝之頭也。"(第六十八回)都代表的是人民的看法。尤其是後來劉備進位漢中王,表中指斥曹操為"侵擅國權,恣心極亂"和反復申言"寇賊不梟,國難未已"(第七十三回)的話,又可以令人聯想到有排除異族侵害中國的味道在內了。

至於孫權這個人物,則我們以為當他說"孤與老賊勢不兩立"(第四十四回),因而聯合劉備去拒曹操,並在赤壁取得了輝煌的勝利的時候,自然要予以肯定的。可是等到他勾結曹操,偷襲荊州,甚且遞出降書順表說"臣孫權久知天命已歸王上,伏望早正大位,遣將剿滅劉備,掃平兩川,臣即率群下納土歸降矣"(第七十八回)的時候,那就必須否定他了。

對於三國人物的分析,我們就重點地作到這裏。另外還要明確的是:作者提供給我們的幾點必須警惕的事例,第一是驕敵者必敗,如:

曹操赤壁橫槊,賦詩時說:"劉備、諸葛亮,汝不料螻蟻之力,欲撼泰山,何其愚耶!"(第四十八回)

關羽鎮守荊州,常呼江東為群鼠(第六十六回),又不肯與東吳和親,說:"吾虎女安肯嫁犬子耶!"(第七十三回)

劉備戰猇亭時,輕視陸遜為帥,說:"朕用兵老矣,豈反不如'黃口孺子耶!'"(第八十三回)

這就是說無論是敵是我,兵力小、兵力大、臨陣驕矜,狂妄自大者,結果只有敗亡。第二是猜忌者必敗，如：

    周瑜從和諸葛亮接觸時起，就一心一意地想算計他，結果是三番被氣之後，喊著"既生瑜，何生亮"死去。（第五十七回）

    馬超興兵為父報仇，而不能團結父執韓遂，竟被曹操縱了反間，斬之斷臂，自己也敗回西涼，叫我們現在看到韓遂向馬超解釋的話"賢姪休疑，我無歹心"（第五十九回），還覺得怪可憐見的。

這又是說狹隘褊急、猜忌成性的人，有時只害了自己，有時也連累別人壞了大事，不可不戒。第三是反覆者必敗，如呂布最是此類典型，受金珠殺丁原時說："吾堂堂丈夫，安肯為汝子乎？"（第三回）因貂蟬殺董卓時說："有詔討賊！"一戟直刺咽喉（第九回）。被擒白門樓時向曹操乞命說："布今已服矣，公為大將，布副之，天下不難定也。"（第十九回）這樣"饑則為用，飽則易去"（第十六回）的"三姓家奴"（第五回）誰還敢用？

因此，我們知道反覆無常、朝三暮四之輩，也是作者深惡痛絕的。統上三者，驕矜、猜忌、反復，就是從今天人民革命事業的要求上看，都還是必須徹底拔除的壞品質，而作者遠在五百年前便已經通過典型的人物事例提了出來，不能不說《三國》一書到處可以發現富有進步意義的東西。

其次，談談此書的藝術手法。首先是關於人物形象的：

《三國志演義》作者的最大成功，是他賦予了歷史人物以新的生命。幾個重要角色，如桃園弟兄、曹操、孫權等，無不各有其聲音、笑貌、態度、作風，而且那形象和性格又往往是配合得非常之貼切的，就舉劉、關、張為例：

　　劉備：生得身長八尺，兩耳垂肩，雙手過膝，目能自顧其耳，面如冠玉，唇若塗脂；人不甚好讀書，性寬和，寡言語，喜怒不形於色；素有大志，專好結交天下豪傑。（第一回）

　　關羽：身長九尺，髯長二尺，面如重棗，唇若塗脂；丹鳳眼，臥蠶眉；相貌堂堂，威風凜凜；手使青龍偃月刀（又名冷豔鋸），重八十二斤。（同上）

　　張飛：身長八尺，豹頭環眼，燕頷虎鬚；聲若巨雷，勢如奔馬，手使一桿丈八點鋼矛。（同上）

　　直到今天京劇班中桃園弟兄的臉譜和他們表現在舞臺上的性格，如劉備的溫和、關羽的靜肅、張飛的粗燥，還和這裏說的差不了多少。就中我們單舉快人快語的張飛為例：

　　欲殺董卓時：張飛大怒曰："我等親赴血戰，救了這廝，他卻如此無禮，若不殺之，難消我氣！"（第一回）

　　怒鞭督郵時：飛大喝："害民賊！ 認得我麼？"督郵未及開言，早被張飛揪住頭髮，扯出館驛，直到縣前馬椿上縛住，攀下樹條，去郵督兩腿上著力鞭打，一連打折樹條十數枝。（第二回）

　　三戰呂布時：旁邊一將，圓睜環眼，倒豎虎鬚，挺丈八蛇矛，飛馬大叫："三姓家奴休走，燕人張飛在此！"（第五回）

　　三顧茅廬時：張飛曰："哥哥差矣。量此村夫，何足為大賢？今番不須哥哥去，他如不來，我只用一條麻繩縛將來！"（第三十八回）

　　大鬧長阪時：只見張飛橫矛立馬於橋上。大叫："子龍！你如何反我哥哥？""若非簡雍先來報信，我今見你怎肯干休也！"（第四十一回）

　　耒陽查龐統：飛乃入縣，正廳上坐定，教縣令來見。統衣冠不整，扶醉而出。飛怒曰："吾兄以汝為人，合作縣宰，汝焉敢盡廢縣亭？"（第五十六回）

　　截江奪斗時：當下張飛提劍跳上吳船，周善見張飛上船，提刀來迎，被張飛手起一劍砍倒，提頭擲於孫夫人前。夫人大驚，曰："叔叔何故無禮！"張飛曰："嫂嫂不以俺哥哥為重，私自歸家，這便無禮！"（第六十一回）。

　　西蜀戰嚴顏：那嚴顏在城敵樓上，一箭射中張飛頭盔，飛指而恨曰："吾拏住你這老匹夫，親自食你肉！"（第六十三回）

　　對戰馬超時：卻說張飛聞馬超攻關，大叫而入，曰："辭了哥哥，便去戰馬超也！"（第六十五回）

　　急報兄仇時：鞭畢范疆、張達，以手指之曰："來日俱要完備！若違了限，即殺汝二人示眾！"（第八十一回）

　　張飛急躁直爽的性格，從這些口語裏不是很清楚地可以看到麼？因此，我們又知道此書在使用文字上雖然不夠通俗，可是此類借著對話來說明人物刻劃之處，卻都做得相當的好的。關於人物衣飾的也是一樣。如，他說呂布的戎裝形象：

　　頭戴三尺束髮紫金冠，體掛西川紅錦百花袍，身披獸面吞頭連環鎧，腰係勒甲玲瓏獅蠻帶，弓箭隨身，手持畫戟；坐下嘶風赤兔馬，果然是人中呂布，馬中赤兔！（第五回）

俗話說得好，"人是衣裳馬是鞍"，作者大概掌握了這種實際生活的經驗。就拿上面錄引的文字說吧，六十二個字中，倒有一多半是近描寫衣飾的，但呂布的形象也就跟著出來了。

還有，作者更善於重點地寫人寫事，除已分別摘引在前面的材料以外，如他通過禰衡所體現的敢於鬥爭國賊的書生形象：

> 操於省廳上大宴賓客，令鼓吏撾鼓，舊吏云："報鼓必換新衣。"衡穿舊衣而入，遂擊鼓為"漁陽三過"，音節殊妙，淵淵有金石聲，坐客聽之，莫不慷慨流涕。左右喝曰："何不更衣！"衡當面脫下舊破衣服，裸體而立，渾身盡露，坐客皆掩面，衡乃徐徐著褲，顏色不變。操叱曰："廟堂之上，何太無禮！"衡曰："欺君罔上乃謂無禮，吾露父母之形，以顯清白之體耳！"操曰："汝為清白，誰為污濁？"衡曰："汝不識賢愚，是眼濁也；不讀詩書，是口濁也；不納忠言，是耳濁也；不通古今，是身濁也；不容諸侯，是腹濁也；常懷篡逆，是心濁也。吾乃天下名士，用為鼓吏，是猶陽貨輕仲尼，臧倉毀孟子耳！欲成王霸之業，而如此輕人耶？"（第二十三回）

八妓、九儒、十丐，我們都知道書生在蒙古人的眼裏是沒有地位的，但在《三國志演義》中，知識分子如荀彧、郭嘉、程昱、賈詡、魯肅、張昭、闞澤、陸遜、法正、蔣琬、費禕、孫乾等，卻紛紛地參贊魏、吳、蜀三方面的軍政大計，禰衡在這裏還正面和曹操展開了鬥爭。從這些地方，可以看出來此書的現實主義意義了。再如他對馬超的描寫：

> 操出馬於門旗下，看西涼之兵，人人勇健，個個英雄。又

見馬超生得面如傅粉,唇若抹硃;腰細膀寬,聲雄力猛;白袍銀鎧,手執長槍,立馬陣前;上首龐德,下首馬岱。操暗暗稱奇,自縱馬謂超曰:"汝乃漢朝名將子孫,何故背反耶?"超咬牙切齒,大罵:"曹賊欺君罔上,罪不容誅!害我父弟,不共戴天之仇!吾當活捉,生啖汝肉!"說罷,挺槍直殺過來。(中略)操兵大敗。西涼兵來得勢猛,左右將佐皆抵擋不住。馬超、龐德、馬岱,引百餘騎直入中軍來捉曹操。曹在亂軍中,只聽西涼軍大叫:"穿紅袍的是曹操!"曹操馬上急脫下紅袍,又聽得大叫:"長髯者是曹操!"操驚慌,掣所佩刀斷其髯。軍中有人將曹操割髯之事,告知馬超,超遂令人叫擎短髮者是曹操,操聞知,即扯旗角包頸而逃。曹操正走之間,背後一騎趕來,正是馬超,操大驚。左右將校見超趕來,各自逃命,只撇下曹操,超厲聲大叫曰:"曹操休走!"操驚得馬鞭墮地。看看趕上,馬超從後使槍搠來。操繞樹而走,超一槍搠在樹上,急撥下時,操已走遠。(第五十八回)

馬超本是西蜀五虎上將之一,但作者寫他的英勇卻用的是另一種筆法。入川以前殺得曹操割鬚棄袍,和張飛也打了個平手。歸蜀之後,只說是曾迫劉璋投降,受命久鎮西陲,戰陣一事反倒不見了。而且,他之對立曹操是直接由於家仇的,這跟劉備等主要的是為了國難又自不同,雖然超父馬騰是死於謀誅曹操的。再看作者怎樣敘說曹操的兇殘。

只說華歆將伏后擁至外殿。帝望見后,乃下殿抱后而哭。歆曰:"魏公有命,可遠行!"后哭,謂帝曰:"不能復相活耶!"帝曰:"我命亦不知在何時也!"甲士擁后而去,帝搥胸

大慟。見郤慮在側,帝曰:"郤公! 天下寧有是事耶!"哭倒在
地。郤慮令左右扶帝入宮。華歆擎伏后見操,操罵曰:"吾以
誠心待汝等,汝等反欲害我耶! 吾不殺汝,汝必殺我!"喝左
右亂棒打死。隨即入宮,將伏后所生二子皆鴆殺之。當晚將
伏完、穆順等宗族二百餘口皆斬於市,朝野之人,無不驚駭。
(第六十六回)

　　在封建社會中竟能□□帝、皇后,他們的親信這樣虐殺著的,應該
算是一種什麼人物呢? 換句話說,能夠單純地解釋作是統治階級內部
的矛盾麼? 因為劉協在《三國志演義》裏只是一個被損害的角色呀!
"昭陽殿裏夫妻別,不及民間婦與夫"的"可憐蟲"形象,不可以做代
表。同時,我們從引錄在前面的材料裏,也就知道作者對於國賊曹操
是怎樣地深惡痛絕了。

　　自然,這部書雖叫作《三國志演義》,但作者的重點,很清楚地是擺
在桃園(蜀)一方面的,從下邊的統計數字裏也可以看得出來:

　　① 一百二十回中倒有九十回是寫桃園的,有的佔了全回(這是多
數),有的佔了半回,而且其餘的三十回中,提到桃園的地方也不少。

　　② 書裏面的主要人物幾乎全在桃園之中(如劉、關、張、趙、諸葛
和姜維),其餘的角色除曹操是特定的國賊以外,連孫權、劉表、劉璋等
都可以說是為了陪襯桃園才被描寫的。

　　③ 故事是從"宴桃園豪傑三結義"開始的,發展到了赤壁之戰,還
是出色地在說桃園。直到佔荊州、入西川、定漢中、猇亭之役,七擒孟
獲,六出祁山,九伐中原,都是以桃園為主要的題材而夾敘別人的。姜
維死後,只有一回"降孫皓三分歸一統",全書便告結束。

　　因此,我們可以說作者真是繼承了司馬遷以來以人為綱,借事穿
插的優良的史家傳統,並且更進一步地提煉出來,典型結合了實際,而

成為空前的歷史小說作家。作者處理人物頗有辯證發展的眼光，如曹操雖為國賊，但在伐討董卓、擒呂布、滅袁紹時卻基本上是被肯定的；孫權雖曾與劉備共破曹操，但在他勸進曹操，接受曹丕九錫之封時，卻是被視同國賊的。特別是劉備，在曹操許田射獵以前，他可以和操共破呂布，在孫權赤壁鏖兵時，他又與權同拒曹操，以至於徐州須三讓、荊州是硬借、西川便奪取、漢中乃進襲等等，都是因人因地，因時制宜的卓越的手法，我們不可不知、不可不學。

只是有人說，《三國志演義》的作者把當時反抗封建統治階級的黃巾軍寫成了賊寇，又把關羽寫成了"神聖"，諸葛亮寫成了"神仙"，不但違背了現實主義人民性的原則，而且演義的氣氛也太濃厚了。對於這些問題，我們有著左列的不成熟的意見：

黃巾軍誠然是漢末起義的人民軍，但我們認為作者之所以提出他們來，主要的是為了劉、關、張的出世的，沒有看到只用半回便輕輕地帶過了麼？而且我們也不應該只揪住作者這一缺點，就把他體現在書中的東西，整個地予以否定。作者究竟是生活於三百年前封建社會裏的人哪。

在本書中，關羽是義烈的象徵，諸葛亮是智慧的象徵。作者牽於歷史事實，雖不能不說關羽死於荊州，但卻一再強調他是死於奸計，死於夾攻，為國捐軀，雖敗猶榮，並且通過"顯聖"一類的神話，告訴讀者，像他這樣的人物是會浩氣長存、不死不朽的——關羽成為神聖雖是明清以後的事，他的被人尊視為時已不在晚，這只要看元曲裏稱他為關大王，本書亦稱"公"、稱"某"而不名（至多叫一聲"雲長"）可知。

作者處理諸葛亮也使用的是同樣的手法。那就是說，按照史實，儘管他是無救於西蜀的偏安和危亡的，可是作者只願意把這種結局歸之於天命，而非由於人謀之不臧。因為在諸葛亮出場以前，作者便借司馬徽中口"臥龍雖得其主，不得其時，惜哉！"（第三十七回）的話，來給他預作注腳了。所以，此後作者便拼命地寫他算無遺策，著著佔先，使人感到只要諸葛亮在場什麼都有辦法，不聽諸葛亮的話只有失敗，諸葛亮死了，這書便沒有看頭了。因此種種，諸葛亮便成了智慧的代稱，是《三國志演義》裏面最可愛的人物之一。

　　至於《三國志演義》的結構，則我們在前面已經約略地談過，它是一部以人為綱、有分有合的歷史小說，但是應該明確的是，它這個人物是以桃園為主的，沒有看到開宗明義第一回，便是"宴桃園豪傑三結義"麼？它說"分""合"是在強調"分"的，沒有看到書一上場便說的是"天下大勢，分久必合，合久必分"麼？借歷史上的人物和故事，號召團結漢人，分裂現有統治局面，如果仔細考究一下，便會發覺作者"苦心孤詣"的所在了。還應該交待的，是此書在章回標目和段落起迄的口吻上，基本上都和《水滸》相似的。因之，不再多說（這也是為兩書同係早期章回小說的有力佐證）。

　　《三國志演義》的文字是不夠通俗的，這原因之一，恐怕是作者認為它是歷史小說，取材行文必須作到雅俗共賞的境地，才會博取廣大讀者的愛好，尤其是知識分子的讚揚，以收宣傳之功吧。雖然如此，我們卻一樣地覺得它的詞彙豐富，為人民所喜聞樂見。例如下面的句子：

① 成語類的四言的

引狼入室	狡兔三窟	投鼠忌器	海枯石爛
隨波逐浪	赴湯蹈火	櫛風沐雨	癬疥之疾
心腹大患	病入膏肓	血氣方剛	協力共心
易如反掌	寬洪大量	頓開茅塞	並駕齊驅
足智多謀	尋章摘句	舞文弄墨	忘恩負義
弄巧成拙	不知時務	反復無常	

八言的

事須三思免致後悔　　區區微勞何足掛齒

吉凶相救患難相扶　　金石之言當銘肺腑

人心不足得隴望蜀　　青春作賦皓首窮經

三教九流諸子百家　　至誠之道可以前知

兔死狐悲物傷其類　　車戰斗量不可勝數

青史傳名流芳百世　　久仰大名如雷貫耳

② 講兵法的

置之死地而後生　　以逸待勞以主制客

出其不意攻其不備　　攻心為上攻城為下

憑高視下勢如破竹　　歸師勿掩窮寇莫追

滅兵省將明罰思過　　知己知彼百戰百勝

包原濕阻屯兵兵法之大忌

③ 說戰場的

鼓角喧天火炮震地　　火光沖天喊聲震地

旌旗蔽野戈戟如林　　棋逢對手將遇良才

壯士臨陣不死帶傷　　勢如飛馬疾似流星

人皆饑倒馬盡困乏　　屍橫遍野血流成河

愁雲漠漠慘霧濛濛　　天愁地慘月色無光

　　這些詞彙雖多文言,但卻簡單具體,為人民使用已久,特別是關於兵法的,擺在這兒的固然是抽象原則的東西,可是我們不要忘記它們都可以以書中找出來實際的戰陣例證的。因之,也就是被起義者們所熟悉了(明末農民革命軍領袖張獻忠等引用《三國》兵法行軍的材料已具見上章《水滸》中,這裏不再多說。)。

《三國志演義》一書,三百年來除了教育著廣大人民以外,它的影響甚至還波及到了愛國軍人、知識分子和滿清的統治階級。《郎潛紀聞》云:

> 明末李定國,初與孫可望並為賊。蜀人金公趾在軍中,為說"三國衍義",每斥可望為董卓、曹操,而許定國以諸葛。定國大感曰:"孔明不敢望,關、張、伯約,不敢不勉。"自是遂與可望左。乃受桂王封爵,自誓努力報國,洗去賊名,百折不回,殉身緬海,為有明三百年忠臣之殿,則亦傳習郢書之效矣。

明末的李定國和孫可望先本都是起義軍人,不過可望比較殘暴,定國又能對抗外來的侵略者至死不屈,這便更應該受到歌誦了。不料他之愛國思想卻是啟發自《三國演義》的,可見此書流傳之廣、力量之大。又《隨園詩話》云:

> 崔念陵進士,詩才極佳,惜有五古一篇,責關公華容道上放曹操一事。此小說衍義語也,何可入詩?何屺瞻作札,有"生瑜""生亮"之語,被毛西河誚其無稽,終身慚悔。某孝廉作關廟對聯,竟有用"秉燭達旦"者。俚俗乃爾,人可不學耶?

無論袁枚怎麼說,滿清的文人、學者一樣也欣賞《三國》,並對其文字事物有所感染的這個事實恐怕無法否認了。《郎潛紀聞》又說:

> 羅貫中《三國演義》多取材於陳壽,習鑿齒之書,不盡子虛烏有也。太宗崇德四年,命大學士達海,譯《孟子》《六

韜》,兼及是書,未竣。順治七年,演義告竣,大學士范文肅公文程等,蒙賞鞍馬銀幣有差。國初滿洲武將不識漢文者,類多得力於此。

試問自古以來,有哪一種稗官野史曾經這樣視同經書戰策地被統治者使用著?(他們自然是斷章取義地只揀那有利於統治,可借鑒於軍旅之事的來應用),而滿人文化之低也就可以想見。《竹葉亭雜記》亦云:

雍正間,扎少宗伯因保舉人才,引孔明不識馬謖事,憲宗怒其不當以小說入奏,責四十,仍枷示焉。乾隆初,某侍衛擢荊州將軍,人賀之,輒痛哭,怪問其故,將軍曰:“此地以關瑪法尚守不住,今遣老夫,是欲殺老夫也!”聞者掩口。此又熟讀衍義而更加憒憒者矣!“瑪法”,國語呼祖之稱。

胤禛(清世宗)本是一個要面子的滿洲皇帝,所以才這樣大力地糾正朝臣的“小說語”,以救祖宗之不足。不過,以荊州將軍痛哭外守一節,又可以側面偵知當日是江南不好統治的一般情況了(後來道、咸年間的太平軍和宣統末年的辛亥革命,果然都是在江漢一帶站穩了腳步,打垮了滿清政權)。只是不管怎麼說,《三國志演義》的勢力之大,尤其是中心人物關羽、諸葛亮等的深中人心,欲是越發地可以考見了。

以上係就《三國志演義》的政治影響上約略地談了一下。此外它也為《東周列國志》《西漢演義》《隋唐演義》《精忠說岳全傳》等類歷史的章回小說,開了創作的先河,也為古典戲劇裏的三國戲曲、曲藝說唱裏的三國段子提供了必不可少的材料。總之一句話,自從有了《三國志演義》這部完整的歷史小說,人民的藝術生活便得到了一定程度的充實了。

總結起來說：

①《三國志演義》是中國第一部歷史章回小說，它的作者雖然已經被肯定為羅貫中，但也同樣是由傳說、平話發展過來的。

② 書中的正統思想是和對抗外來侵略者的意識有關係的，因為它的完成時代是民族矛盾、階級矛盾都嚴重的時代。

③ 此書名為《三國》，實際上卻是以"桃園弟兄"（西蜀）為主體的，這是一個為人民所擁護的、正義的、戰鬥的、勝利的、有組織有紀律的政治集團。

④ 在人物的塑造上，它是獲得了空前的成功的。此外，許多歷史人物都被賦予了新的不朽的、栩栩如生的性格了。

⑤ 文字是不夠通俗的，但不能說它就沒有形象生動、豐富具體的辭彙和成語，而且倒可以看出作者繼承優良的古文跡象所在。

⑥ 它跟《水滸》一樣，無論在政治上、文化上，都給予了中國人民以很大的幫助。因此，連愛新覺羅王朝也想著利用作統治天下的工具啦。

⑦ 從文字藝術上看，它更是章回歷史小說、三國古典戲劇、說唱三國曲藝的先鋒與腳本，通過它們的相互輝映，越發地充實了人民的藝術生活。

總之，此書雖然是以歷史事實為根本，在大規模地描寫著三國時代魏、蜀、吳的複雜的政治鬥爭和軍事鬥爭的，但是主要的還是作者依據人民的需要，參證了裴松之的注文，所創作出來的像"桃園弟兄"這樣可敬可愛的英雄們，也就是說廣大人民理想中的政治集權，因而以憎惡的情緒來對立那些殘民以逞的統治階級的，這便是它的人民性與進步性的所在。

3.《西遊記》

在中國古典文學發展史上，雖然遠從《詩經》就有了像"玄鳥"這樣的神話，《楚辭》也有了"雲中君""湘夫人"一類的"仙人"，下逮晉人有過"志怪"、唐人有過"傳奇"、宋人有過關於"猴行者"的平話。但是，稱得起神話文學的代表作品的，應該是以《西遊記》為最有條件。這不只因為它是繼承了自古以來的神話傳說的傳統，更重要的乃是浪漫主義的創作手法得到空前的發揮。它當然也是由打漢、唐就積累下來的三教（儒、釋、道）思想長期雜糅的必然後果。

《西遊記》的著者，過去曾被傳說是宋末元初的道士丘處機（山東登州棲霞人），為了宣說"金丹"的宗旨而作的。這原因是他應元太祖鐵木真之聘，也曾西遊萬里，直達雪山相見。《元史·釋老傳》云：

> 歲己卯，太祖自乃蠻命近臣，持詔求之，處機乃與弟子十有八人，同往見焉。明年宿留山北，又明年，趣使再至，乃發撫州，經數十國，為地萬有餘里，蓋蹀血戰場，避寇叛域，絕糧沙漠，自崑崙歷四載而始達雪山，常馬行深雪中，馬上舉策試之，未及積雪之半，乃見，太祖大悅。（卷二百二）

因此，處機的弟子李志常，便述其所見著成《長春真人西遊記》二卷（處機後被努爾哈赤封為長春真人）。但此自別是一書，與傳今的以唐玄奘西天取經為神話的《西遊記》全不相干。因為，丘所記只是道路風土耳聞目見之類，這從清儒錢大昕把它補入《元史·藝文志》地理類中可以為證。何況我們現在要研究的《西遊記》乃是明人吳承恩編著的，已為毫無問題之事。吳玉搢《山陽志遺》卷四云：

天啟舊志列先生(按指吳承恩而言)為近代文苑之首云:
"性敏而多慧,博極群書,為詩文下筆立成,復善諧謔。所著
雜記幾種,名震一時。"初不知雜記為何等書,及閱淮賢文目,
載《西遊記》為先生著。考《西遊記》舊稱為證道書,謂其合
於金丹大旨。元虞道園有序,稱此書係其國初邱長春真人所
撰,而郡志謂出先生手。天啟時去先生來遠,其言必有所本。
意長春初有此記,至先生乃為之通俗演義。如《三國志》本陳
壽,而演義則稱羅貫中也。書中多吾鄉方言,其出淮人手無
疑,或云有《後西遊記》,為射陽先生傳。

這一段材料除掉不該把丘處機《西遊記》和吳承恩《西遊記》混為
一談而外,其餘都是必須珍視的,又《冷虛雜識》亦云:

《西遊記》推衍五行之旨,視他衍義書為勝,相傳出元丘
真人處機之手。山陽丁儉卿舍人晏,據淮安府康熙初舊志藝
文書目,謂是其鄉嘉靖中歲貢生官長興縣丞吳承恩所作。且
謂記中所述大學士、翰林院、中書科、錦衣衛、兵馬司、司禮
監,皆明代官制。又多淮郡方言,此足以正俗傳之訛。

到此為止,我們不但知道早已有人提出來《西遊記》的作者是吳承
恩,而且從文字、官制的特點上,又說明了小說的時代性和地方性,真
是給我們解決了大問題。只是,吳承恩究竟是什麼樣的人呢?聰慧、
淵博,詩文敏捷,語言詼諧之外,還能夠曉得別的麼?按《出陽志遺》
又云:

嘉靖中,吳貢生承恩,字汝忠,號射陽山人,吾淮才士也。英敏博洽,凡一時金石碑版,睂祝贈送之詞,多出其手,薦紳臺閣諸公皆倩為捉刀人。顧數奇,不偶,僅以歲貢官長興縣丞。貧老乏嗣,遺稿多散佚失傳。邱司徒正綱收拾殘缺,得其友人馬清溪、馬竹泉所手錄文,益之以鄉人所藏,分為四卷,刻之,名曰《射陽存稿》(又有續稿一卷)。五獄山人陳文燭為之序,其略云:"陳子守淮安時,長興徐子興過淮,往汝忠丞長興,與子興善,三人者呼酒韓侯祠內,酒酣論文論詩,不倦也。汝忠為文自六經後,惟漢魏為近古。詩自三百篇後,惟唐人為近古。近時學者徒謝朝華而不知畜多識,去陳言而不知漱芳潤,即欲敷文陳詩,難矣。徐先生與予深韙其言。今觀汝忠之作,緣情而綺麗,體物而瀏亮,其詞微而顯,其旨博而深,收百代之闕文,采千載之餘韻,沉酣淵深,浮藻雲駿,張文潛以後一人而已。"其推許之者,可謂至極。讀其遺集,實吾郡有明一代之冠,惜其書刊板不存,予初得一抄本,紙墨已渝散。後陸續收得刻本四卷,並續集一卷,亦全。盡登其詩入《山陽耆舊集》,擇其傑出者各體載一二首於此,以志辦香之意云。

從這一段記載裏又知道了作者的多才多藝,文學造詣的具體情況,特別是他的晚年窮獨,等於和人民生活在一起的諸種條件,已經可以肯定他是一個作家了。何況他又享有長壽(按魯迅先生考證,吳承恩的生卒年代為一五一〇年————一五八〇年,是他活了七十一歲),個性豪縱,"群生總如夢,獨爾驚豪傑,大笑仰青天,停盃問明月"("對秋月感秋")的詩句,甚至有人疑之為李太白呢!再如《二郎搜山圖歌》:

李在惟聞畫山水(李在,明宣德時的畫家),不謂兼能貌
神鬼。筆端變幻真駭人,意態如生狀奇詭。少年都美清源
公,指揮部從揚靈風。星飛電掣各奉命,蒐羅要使山林空。
名鷹攫挐犬勝嚙,大劍長刀瑩霜雪。猴老雖延欲斷魂,狐娘
空灑嬌啼血。江翻海攪走六丁,紛紛水怪無留蹤。青鋒一下
斷狂虺,金鎖交纏禽毒龍。神兵獵妖猶獵獸,探穴搗巢無逸
寇。平生氣焰安在哉?爪牙雖存敢馳驟!我聞古聖開鴻蒙,
命官絕地天之通。軒轅鑄鏡禹鑄鼎,四方民物俱昭融。後來
群魔出孔竅,白晝搏人繁聚嘯。終南進士老鍾馗,空向宮闈
唱虛耗。民災翻出衣冠中,不為猿鶴為沙蟲。坐觀宋室用五
鬼,不見虞廷誅四凶。野夫有懷多感激,無事臨風三歎息。
胸中磨損斬邪刀,欲起平之恨無力。救日有矢救月弓,世間
豈謂無英雄?誰能為我致麟鳳,長令萬年保合清寧功?

只從這首詩中,我們便可以看出來作者軒昂的氣宇,宏闊的胸襟
和役使神話傳說的工力。如果把它對照著小說裏那些詠魔說怪的詩
詞研究一下,更會清楚它們的手法、情調,是並無二致的了。只是說了
半天,作者究竟為了什麼要寫這樣的神話小說,卻還不曾交待,且聽聽
他自己的話吧:

余幼年即好奇聞,在童子社學時,每偷市野言稗史,懼為
父師訶奪,私求隱處讀之。比長,好益甚,聞益奇,迨於既壯,
旁求曲致,幾貯滿胸中矣。嘗愛唐人如牛奇章、段柯古輩所
著傳記,莫不模寫物情,每欲作一書對之,懶未暇也。轉賴轉
忘,胸中之貯者消盡。獨此十數事,磊快尚存;日與懶戰,幸

而勝焉,於是吾書始成。因竊自笑,斯蓋怪求余,非余求怪也。(《禹鼎志序》)

要想瞭解作者為什麼能夠這樣地酷愛志怪,老而彌篤,我們認為有先搞清楚他所生值的時代的必要:按朱明王朝自武宗厚照算起,皇帝們是越來越荒淫昏憒的。就拿世宗厚熜說,他崇信道教,大建宮殿,而且政歸宦寺,終年不見朝臣,只鬧得北邊俺答侵入抄掠,東南沿海倭寇倡狂,不但外患嚴重,民變、兵變也不斷發生。下經穆宗載垕至神宗翊鈞初年,則政治腐朽,仍舊剝削人民加深。作者目擊時艱,感懷身世,那對立統治階級憎惡現實社會的情緒必然是越來越厲害。因之,富有戰鬥精神的人物,須被消滅的"邪魔",尤其是在幻想中的"極樂世界",便紛紛地通過小說創造出來了——你們不是特務機關管制得厲害麼?我說神、鬧鬼、擒妖、捉怪,恐怕管我不著。神話小說《西遊記》便在這一巧妙的掩護手法下得以跟人見面了。"斯蓋怪求余,非余求怪也"的話,當作如是觀。

作者此書的題材,一面是採用前代的故事,一面是增入自己的見聞,這一情況,我們從錄引在前面的材料裏也可略見,現在要究問的是它為什麼也叫做《西遊記》,到底摭拾了過去的哪些東西?這兩個問題,可以綜合起來談談。

我們認為作者故事的取材是以"唐僧取經"為主的,小說的得名亦在於此。先從史書上看,唐僧(玄奘)是確有其人,取經(西遊)也是確有其事的。而且唐僧自己就寫過《大唐西域記》,只不過是一部入竺紀行風俗略志的書籍罷了。《舊唐書·方伎傳》云:

僧玄奘陳氏,洛州偃師人,大業末出家,博涉經論,嘗謂翻譯者多有訛謬,故就西域廣求異本,以參驗之。貞觀初,隨商人往遊西域,玄奘既辨博出群,所在必為講釋論難,蕃人遠近咸尊服之。在西域十七年,經百餘國,悉解其國之語,仍采其山川謠俗,土地所有,撰《西域記》十二卷。貞觀十九年歸至京師,太宗見之,與之談論,大悅! 於是詔將梵文六百五十七部,於宏福寺翻譯。

又唐沙門慧立做的《慈恩三藏法師傳》記載玄奘立志取經和路途艱險的情況就更詳細了。它說取經的目的:

　　既遍謁眾師,備飡其說,詳考其義,各擅宗途,驗之聖典,亦隱顯有異,莫知適從,乃誓遊西方以問所惑,並取《十七地論》,以釋眾疑。

想要糾正經典翻譯的錯誤以息紛紜的論爭,乃是玄奘西行的原因,到此更加明確。它又說途中的艱險:

　　莫賀延磧,長八百餘里,古曰沙河。上無飛鳥,下無走獸,復無水草。是時顧影,唯一心但念觀音菩薩及《般若心經》。初,法師在蜀,見一病人,身瘡臭穢,衣服破汙,愍將向寺,施與飲食衣服之值。病者慚愧,乃授法師此經,因常誦習。至沙河間,逢諸惡鬼,奇狀異類,繞人前後,雖念觀音,不得令去,即誦此經,發聲皆散,在危獲濟,實所憑焉。

後來發展到小說裏的"流沙河""八百里通天河"以及唐僧每遇災難便口誦"多心經"等故事,雖然不一定是從這裏直接取材的,也可以看出來作者為什麼要以唐僧取經作故事的主要內容了。又有云:

夜則妖魑舉火,燦若繁星;晝則驚風擁沙,散如時雨。雖遇如是,心無所懼;但苦水盡,渴不能前,於是時四夜五日,無一滴霑喉;口腹乾燋,幾將殞絕,不能復進,遂臥沙中,默念觀音,雖困不舍,啟菩薩曰:"玄奘此行,不求財利,無冀名譽,但為無上道心正法來耳。仰惟菩薩慈念群生,以救苦為務,此為苦矣,寧不知耶?"如是告時,心心無輟。至第五夜半,忽有涼風觸身,冷快如沐寒水,遂得目明。

《西遊記》裏的唐僧,也很有幾次大磨難如"黑風怪""紅孩兒""通天河裏的魚精",都是"觀音菩薩"親身來替他剗除的,可以參照著看。

以上的例證,都是說,唐玄奘取經是確有其事,他本人又是一個極著名的法師,就是因為這些,後人才把見於他的遊記裏的奇聞異事,演化成了"靈異""神跡",如《太平廣記》九十二說:

初奘將往西域,於靈巖寺見有松一樹;奘立於庭,以手摩其枝曰:"吾西去求佛教,汝可西長。若吾歸,即卻東回,使吾弟子知之。"及去,其枝年年西指,約長數丈。一年,忽東回,門人弟子曰:"教主歸矣。"乃西迎之,奘果還。至今眾謂此松為摩頂松。

這就說明了玄奘故事傳到宋初(《太平廣記》成於九七八年)已經"神異"起來了。再舉同卷的一節記載:

沙門玄奘,唐武德初(按年代有誤)往西域取經,行至罽

538

賓國,道險,(多)虎豹,不可過。奘不知為計,乃鑷門而坐。
至夕開門,見一老僧,頭面瘡痍,身體膿血,牀上獨坐,莫知來
由。奘乃禮拜勤求,僧口授《多心經》一卷,令奘誦之,遂得山
川平易,道路開闊,虎豹藏形,魔鬼潛跡,遂至佛國,取經六百
餘部而歸。其《多心經》至今誦之。

此乃從《慈恩三藏法師傳·在蜀見病人》一段裏蛻化出來的,當屬
毫無疑問。但這些究竟不過是零碎的文字,到了南宋,《大唐三藏取經
詩話》出來,取經的故事便有了成本的平話了。這部書雖然在第十編
中已經介紹過了,我們為了指出《西遊記》作者也曾取材於本書起見,
特再舉例如下:

> 猴行者曰:"我八百歲時到此中(西王母池)偷桃吃了,
> 至今二萬七千歲不曾來也。"法師曰:"今日蟠桃結實,可偷三
> 五個吃。"猴行者曰:"我因八百歲時偷吃十個,被王母捉下,
> 左肋判八百,右肋判三千鐵棒,配在花菓山紫雲洞,至今肋下
> 尚痛,我今定是不敢偷吃也。"(第十一章)

《西遊記》中齊天大聖偷桃盜丹大鬧天宮本是行者傳的主要部分,
這裏卻說的是法師想打主意行者不敢動手,雖是情節不同,偷桃故事
倒是有增無減的。其他如路過"蛇子國"的"大蛇小蛇,交雜無數";
"火類坳頭"幻化婦人的白虎精等,不但可為《西遊記》作者"八十一
難"的藍本,也足為孫行者變化騰挈的原始材料,還要補充的是猴行者
在《詩話》裏之成為取經人的保護者,應該和他後來被處理為《西遊
記》裏的主要人物是一派相傳的。

說到這裏,我們可以歸結出一點來了。那就是《西遊記》和我們已

經介紹過的《水滸》《三國》一樣，雖然都是有一部分或者一多半史實作根據的，可是組成它們的主要部分卻是民間的傳說或神話，並且是陸續發展成為長篇巨著的。再從作者一方面看他們，固然不乏其創作之處，而總以說他們是編著者比較恰當些。對於《西遊記》的作者吳承恩說，只提出鈔本《永樂大典》一萬三千一百三十九卷"送"字韻中有殘存的《西遊記》文"夢斬涇河龍一條"，它又和現行的《西遊記》中這一節文字（見第十回"老龍王拙計犯天條"中）差不了多少，我們便可以推知吳承恩也不過是個改作者了。魯迅先生說："其所取材，頗極廣泛。於《西遊記》中亦采《華光傳》及《真武傳》，於西遊故事亦采《西遊記雜劇》及《三藏取經詩話》（？）翻案挪移則用唐人傳奇（如《異聞集》《酉陽雜俎》等）。諷刺揶揄則取當時世態，加以鋪張描寫，幾乎改觀。"（《中國小說史略》第十七篇，明之神魔小說（中）第一七九頁）這實在是最正確的論斷。《西遊記》的版本，則據鄭振鐸的考證（見《痀僂集》《西遊記的演化》）是：

古本西遊記（見《永樂大典》）

吳承恩西遊記（嘉隆間）現存版本有四：

① 金陵唐氏世德堂刊本（萬曆二十年）

② 閩建楊閩齋刊本（萬曆十一年）

③ 某氏刊本（萬曆間）

④ 李卓吾批評本（天啟崇禎間）

朱鼎臣西遊釋厄傳（隆萬間，改吳氏本）

楊致和西遊記傳（萬曆間改吳氏本，魯迅先生說它的產生在吳承恩以前。）

汪憺漪西遊證道書（康熙間改吳氏本）和它同一性質的書有：

① 陳士斌西遊真經(康熙丙子)

② 張書紳新說西遊記(乾隆十四年)

③ 劉一明西遊原旨(嘉慶十五年)

④ 張含章通易西遊正旨(道光十九年)

　　上面的版本可分為兩組,以吳承恩為首的《西遊記》包括朱本、楊本在內,是以記敘故事的本身為主的;以汪澹漪為首的《證道書》,是以敷演"義理"為主的,不可不辨。

　　《西遊記》共計一百回,由第一回至第七回,是孫悟空出世、得道、鬧天宮到被降伏的故事,可以說是孫悟空的本傳;由第八回到第十二回,是說如來造經,觀音東來覓取唐僧,因而夾敘玄奘父母遇難、復仇,和唐王遊地府、劉全進瓜、三藏西行等情節的;由第十三回到第一百回,就是唐僧取經路過八十一難的本文直到東返成真為止。它們雖然首尾相聯,是一部整套的大書,但也未嘗不可以拆成若干個獨立的故事去看。我們在這裏要指出的是不論怎樣,如果不把它當做寓言暗示也就是托為神話可是面對現實的小說來對待,便會越研究越莫明其妙,越閱讀越想入非非了。現在先分析一下小說裏的人物:

　　我們認為書中的人物雖多,但基本上可以分作兩大類,一類是吃人的妖魔,一類是時時有被吃掉危險的好人。而這裏面最出色的人物便是出身"妖猴",可是發展成了妖魔對頭的孫悟空,他聚眾花菓山,聯合六大聖,大鬧天宮地府,藐視一切權威,尤其應該頂禮的是他斬妖縛怪處處為人除害,不但是正義、勇敢和智慧的化身,而且是戰鬥勝利光榮的代表,因為他所擾鬧的是營私舞弊的地府:

　　判官崔珏可以跟人曹官魏徵互通關節,擅改生死簿給唐
太宗添壽二十年,十王也透露生死的消息,說太宗的御妹"壽

似不永"還要受賄南瓜。(見第十一回)

所謂"閻王注定三更死,誰敢留人到五更"的"鐵面無私"的精神在哪兒呢?這樣偏袒統治階級的幽冥,叫孫悟空來一個"九幽十類盡除名"的正面鬥爭有誰說不應該?他所對立的是殘暴不仁的玉皇:

捲簾大將不過是在蟠桃會上,失手打碎了一個玻璃盞,便被打了八百,貶到下界,變成吃人為生的妖魔,還要七日一次飛劍來穿胸脇百下。(見第八回)

天篷元帥只因帶酒戲弄了嫦娥,就被責打了二千鐵錘,貶下塵凡成為豬精去害人。(同上)

一條小龍因為縱火燒了殿上的明珠,為他父親表奏忤逆,也要吊在空中,打了三百,定期斬決。(同上)

這樣酷法濫刑、草菅人命的"上帝",更是應該公開反抗搞他一個馬仰人翻的。所以偷桃、盜丹、打敗了十萬天兵天將的這一場鏖戰不能夠不是孫悟空的英雄行為。他也詛咒那些放縱妖魔出來害人的菩薩們:

孫悟空在知道金角銀角是太上老君的兩個童兒作怪時說:"你這老官兒,著實無禮,縱放家屬為邪,該問個鈐束不嚴的罪名。"老君道:"不干我事,不可錯怪了人。此乃海上菩薩問我借了三次,送他在此,托化為妖,試你師徒可有真心往西去也。"大聖聞言,心中作念道:"這菩薩也老大憊懶!當時解脱老孫,教保唐僧西去取經,我說路途艱澀難行,他曾許我到急難處,親來相救;如今反使精邪掯害,語言不的,該他一世

無夫!"(第三十五回)

　　孫悟空降伏了烏雞國的偽王以後也對文殊菩薩說:"菩薩,這是你坐下的一個青毛獅子,卻怎麼走將來成精,你就不收伏他?"菩薩道:"悟空,他不曾走,他是佛旨差來的。"行者道:"這畜類成精,侵奪帝位,還奉佛旨差來,似老孫保唐僧受苦,就該領幾道勅書?"(第三十九回)

　　最有問題的是連佛祖的親戚佛母孔雀大明王的胞弟大鵬,也在西天路上作起怪來:他活吞了獅駝國的生靈,危害了取經人的行進,但當如來降伏他時,他遂說:"你若餓壞了我,你有罪愆。"這時,如來不只不追究他舊日的罪惡,反說:"我管四大部洲,無數眾生瞻仰,凡做好事,我教他先祭汝口。"(以上並見第七十七回)這不都是放縱妖魔包括怪物的行為麼? 難怪孫悟空在思想上搞不通,要跟這些"佛爺"們對抗了。孫悟空說:

　　　　這都是我佛如來,坐在那極樂之境,沒得事幹弄了那三藏之經。若果有心勸善,理當送上東土,卻不是個萬古流傳?只是捨不得送去,卻教我等來取。怎知道苦歷千山,今朝到此喪命。(同上,謠傳唐僧被夾生兒吃了故云)

　　這不是憤激之情溢於言表的話麼? 統治階級愚弄人民,任意買放國賊、玩弄政治花樣還不是和這一般的? 因此,我們認為悟空此言,實是"誅心"之論。

　　孫悟空表現在西天路上的豐功偉績那是筆不勝書的。他除掉完成了保護唐僧西天取經的"任務"以外,又給沿途的人民斬絕了無數的妖魔,解救了許多的災害,其犖犖大者如:在車遲國搭救了五百個慘被迫害的和尚(第四十四回);煽息了八百里的火焰山使著附近居民從此進入了五穀豐登的清涼世界(第六十一回);比丘國驅除妖魔救活了一千一百一十一個將被剜去心肝作為皇帝藥引子的兒童(第七十八回);和為鳳仙郡求得了甘霖免除了乾旱普濟了眾生。這都是代天行道造福人生的典型事例——看到這些地方,常常教人感生玉皇、如來這樣天地佛祖的大頭子可以沒有,而深入民間廣泛施為的救苦救難的齊天大聖卻是不能夠缺少的人物。這便是孫悟空的高貴處,也就是作者關於創造主人公的最大成功處。孫悟空之所以被我們這樣地熱愛著,還因為他具有了下列的優良的品質。

① **堅持學習** 為學本領拋棄猴王之位,漂洋過海受盡人間苦難,方才找到"須菩提祖師"拜了門,然後又低首下心靈性獨運地挨了多少年,始得菩提真傳成功了"筋斗雲""身外身""七十二般變化"的廣大神通。

② **與眾同樂** 猴王學成回里首先剿除了危害小猴的混世魔王,接著就武裝自己聚義"花菓山",為"子孫"們除名"地府",聯合六弟兄對抗那一切外來的"侵略"。他連天上的"仙丹""玉酒"都不肯獨自享受,要帶下來大家同賞。

③ **戰鬥到底** 無論是在反"天宮"時還是西行路上,不管對頭的實力如何強大,他全是對抗到底,必待取得最後的勝利方肯甘休。

④ **不念舊惡** 從"西天佛祖""太上老君""南海觀音"算起,到"顯聖二郎真君""托塔李天王""哪吒三太子"等"三界諸仙",只要大家目標一致,除暴安良,為協助"取經"的完成而工作著的時候,他沒有不極表歡迎徹底合作的。

⑤ **智勇雙全** 他多才多藝、有勇有謀,不但善於組織偵察,而且最能隨機肆應,這只要看他"驅神役鬼"、調兵遣將地搞得井井有條,一絲不亂,便知道了。

⑥ **忠於師友**　雖然"唐僧"是那樣地心慈面軟、溺愛偏聽,"八戒"是那樣地怯懦、貪懶,喜歡挑撥,而他反應出來的東西,只是偶爾的不滿,帶有教育性的"惡作劇"而已,因為他始終是敬愛師父的純正、師弟的呆夯的。

⑦ **熱愛工作**　愛管閒事不怕困難,而又任勞任怨地為人服務的精神,是他之最不可及處。總之,他是一個工作不必都從自己的利益出發的偉大的勞動創造者。

⑧ **信心充分**　他不懂得什麼叫做失敗,縱然遇著過不少的艱難困苦,可是代替垂頭喪氣的總是再接再厲的昂揚的鬥志。所以"戰鬥勝佛"的封號,在他的確是可以當之無愧的。

他的身世和神通,小說中給予的讚語極多(多一半是和妖精對陣時用的),我們只舉下面的一首為例:

> 自小生來手段強,乾坤萬里有名揚。
>
> 當時穎悟修仙道,昔日傳來不老方。
>
> 立志拜投方寸地,虔心參見聖人鄉。
>
> 學成變化無量法,宇宙長空任我狂。
>
> 閑在山前將虎伏,悶來海內把龍降。
>
> 祖居花菓稱王位,水簾洞裏逞剛強。
>
> 幾番有意圖天界,數次無知奪上方。
>
> 御賜齊天名大聖,敕封又贈美猴王。
>
> 只因宴設蟠桃會,無簡相邀我性剛。
>
> 暗闖瑤池偷玉液,私行寶閣飲瓊漿。
>
> 龍肝鳳髓曾偷吃,百味珍饈我竊嘗。
>
> 千載蟠桃隨受用,萬年丹藥任充腸。
>
> 天宮異物般般取,聖府奇珍件件藏。

玉帝訪我有手段,即發天兵擺戰場。

九曜惡星遭我貶,五方凶宿被吾傷。

普天神將皆無敵,十萬雄師不敢當。

威逼玉帝傳旨意,灌江小聖把兵揚。

相持七十單二變,各弄精神個個強。

南海觀音來助戰,淨瓶楊柳也相幫。

老君又使金剛套,把我擒拿到上方。

綁見玉皇張大帝,曹官拷教罪該當。

即差大力開刀斬,刀砍頭皮火焰光。

百計千方弄不死,將吾押赴老君堂。

六丁神火爐中煉,煉得渾身硬似鋼。

諸神閉戶無遮擋,眾神商量把佛央。

其實如來多法力,果然智慧廣無量。

手中賭賽翻筋斗,將山壓我不能強。

玉皇才設"安天會",西域方稱極樂場。

壓困老孫五百載,一些茶飯不曾嘗。

金蟬長老臨凡世,東土差他拜佛鄉。

欲取真經回上國,大唐帝主度先亡。

觀音勸我皈依善,秉教迦持不放狂。

解脫高山根下難,如今西去取經章。

　　從這首以鬧天宮為重點的自贊詩中,我們幾乎可以說是完全認識了孫悟空。再結合著前面已經分析過的性格看上一看,有誰能說他不是《西遊記》中最可愛的人物?因為他是作者創造出來的反抗暴君征服自然的最高想像,也就是勞動人民創造歷史面向自由幸福生活的典型化身。

有人說,孫悟空能夠不皈依佛教不給取經人做變相的奴才就更好了,否則從反抗暴力上來看,不是等於有始無終麼? 我們認爲這種說法又是不合乎歷史唯物主義辯證唯物主義的。難道應該要求一位生活在十六世紀六十年代的作家,創造出來完全脫離封建社會消滅帝王統治政權的生活與人物? 孫悟空跳不開封建統治者積極幫兇佛祖如來的手心,原是非常合乎歷史的現實的,何況他皈入佛門以後搞的還是斬妖除怪安定民生的工作,對於"權威人物"也未嘗眞個俯首貼耳地聽從役使? (那就是說,他依舊保有著對立鬥爭的精神,這種事例,書中隨處可以找見)

又有人說,那末,可以看做是和《水滸傳》中宋江的接受招安如出一轍了。我們說,這種看法也不完全是正確的。因爲,宋江等人接受招安以後是跟著"政府"的軍隊消滅人民的起義軍的(王慶、田虎、方臘等都是此中的領導者),而且他們的結局是悲慘的自殺,和這兒孫悟空的戰鬥到底又有幻想的快樂生活是不可同日而語的。

《西遊記》中僅次於孫悟空的重要人物是豬八戒,雖然他表現得太不夠理想。他是作者創造出來的一個被嘲笑的對象,但究竟還是一個相當可愛的正面人物。這是因爲他,戇直、坦率、本色、頑皮,充滿著樂觀主義的生活情調。打開西行路上的功勞簿看,則荊棘嶺開山,稀柿衕拱路,應該是他很大的勞績。何況從取經的任務上講,他又始終是一個擔行李的長工,打妖魔的助手,跟著唐僧一直走上西天的? 至於是不是因爲他手使釘鈀武器,能夠"掃地通溝"搬磚運瓦,築土打牆,耕田耙地,種麥插秧,創家立業(第十八回),並在西行路上做了長工,有了憊懶、狹隘、自私自利的生活情況,便說他是"三十畝地一頭牛,老婆孩子熱炕頭"的小農化身,暫時還不敢肯定。此以中國農民自古以來就是習勞習苦,誠實勤樸的。像豬八戒這種被迫勞動(許多工作如挑擔子、開山拱路之類都是在行者壓力之下他才肯做的)、貪吃好色(如來說他"口壯身慵,色情未泯",故只封為"淨壇使者"(事見第一百回)的性行,怎麼能夠代表農民的大多數? 我們至多可以承認在他身上有著某些農民的東西。

豬八戒最大的缺點是他貪戀溫暖,未戒色情,已經剃度當了和尚還要想著家庭、喜歡婦女。剛拜了師父從高老莊啟程,就對高老說:"丈人啊! 你還好生看待我渾家,只怕我們取不成經時,我好還俗,照舊與你做女婿過活。"(第十九回)後來在路上碰到磨難,經常叫嚷散夥不幹、回家探親的也總是他。如在寶象國遇黃袍怪時,連白龍馬為了救師父都受了傷,八戒卻只對它喊著:"怎的好! 怎的好! 你可掙的動麼? 你掙得動,便掙下海去罷,把行李等老豬挑去高老莊上,回爐做女婿去呀!"(第三十回,這時行者被逐,沙僧被擒,三藏被魔幻化為虎故云)

還不止此,八戒遇有榮華富貴特別是美色誘惑的時候,也總是他心旌搖搖地把握不住。最顯著的例證,如在"四聖試禪心"的故事裏,當四眾投宿到由黎山老母等四位菩薩幻化成的大莊院中,年青的孀婦為了招贅家長帶著三個美麗的女兒出來面相時,三藏是合掌低頭,孫大聖佯佯不睬,沙僧則轉背回身。惟有八戒不但事先聯繫好了,比時更扭捏不堪地開口叫娘,還想讓三個姑娘都嫁了他。結果是被人捆了起來,著實地耍笑了一場。(第二十三回)

豬八戒的另外一個缺點是懦怯逃避自私自利,這種表現是多方面的。如臨陣脫逃:他在碗子山跟著沙僧雙戰黃袍怪的中途,因為力氣不加,便托言出恭扔下沙僧不管,自己鑽入蒿草葛藤裏面睡倒,只留半邊耳朵聽著梆聲。(第二十九回)如希圖苟免,在平頂山被妖魔捉到當查對影像要認出他是取經四眾的那一個時,他口裏豬頭三牲的只管向城隍許願,並且把個長嘴揣在懷裏。(第三十二回)還有貪小便宜:烏雞國中行者騙他去背國王屍身說是偷寶貝時,他就老實不客氣地先提出了條件,說到手之後須完全歸他所有不能分份兒。(第三十八回)

　　豬八戒最後也是最大的一個缺點便是嫉妒行者搞不團結。他的神通智謀都比不上行者,他也非常懼怕這位猴子師兄,但他卻頗得唐僧的偏愛,常常在師父面前挑撥是非,說行者的壞話,不是唆使唐僧驅逐悟空,如屍魔三戲唐三藏時,俱被悟空識破打殺,最後還現出白骨夫人的真骸來,八戒卻偏說他是弄法欺人,藉令悟空被撞(第二十七回),便是慫恿唐僧多念緊箍咒來困惑悟空,如他為了報復悟空叫他背屍而促使唐僧逼著悟空去醫活死了三年的烏雞國王時就是如此作弄法(第三十八回)。

　　當然豬八戒的身上雖然有著這樣多的缺點,可不等於說我們就認為他不是一個可愛的人物,而且恰恰相反,作者賦予八戒的突出的性格,也正是通過這些地方才體現出來的。所以說來說去,我們還是覺得他這個人物的可笑處未嘗不就是他的本色處。

　　取經人隊伍中的第三成員是沙僧,他雖然也牽著白龍馬,執定降魔杖,作為行者助手之一,共同完成了西來的任務,但我們總覺得他沒有任何突出的表現,無法對他發生強烈的印象。

　　倒是唐僧不同了,唐僧這個出身官僚地主家庭,被封大闡都僧綱奉旨西行取經的御弟和尚,不是一個容易批判的人物。因為他不止是人間帝王御用的法師,又是西天佛祖的轉世大弟子,縱令我們應該肯定他那一心向善愛惜生命的行為,也無法同意他那因人成事並不勞動的生活。何況他的意志並不堅決,一碰到磨難就思鄉怕死,對於權威完全攝服,見了皇帝、菩薩,只曉得膜拜?特別是他待行者的態度,吹毛求疵,過河拆橋,一再地加以驅逐,不能不說是夠苛刻的了。("行者"就說過他"忒沒情義",見第五十六回)如果仔細研究起來,這恐怕和他的出身有關係。因此,儘管他也是一個正面的人物,叫人喜歡的地方卻是不多。

　　人物就談到這裏,下面試行介紹一下小說的思想性。

《西遊記》的思想,從表面上看,誰都知道它是雜糅三教的,例如這樣的話:

> 自古以來,皆云三教至尊,而不可毀,不可廢。(第十二回)
> 李老君乃開天闢地之祖,尚坐於太清之右;佛如來是治世之尊,還坐於大鵬之下;孔聖人是儒教之尊,亦僅呼為"夫子"。(第八十六回)

這種思想情況是很切合當代的思潮的,前面早已說過。我們要特別指出的乃是事實上作者都把它們否定了。先說道教,因為世宗朱厚熜是最崇信他的,於是作者對他的抨擊也就最力。例如所謂道家始祖太上老君的仙丹,被孫悟空沙豆一般地偷吃光了;他的八卦仙爐枉煉了孫悟空四十九日,最後卻被一腳踢翻了;結果是這位道祖非常怕孫悟空,而孫悟空見他也只稱一聲"老官兒",這些情況已經夠唐突的了。還嫌不足,非要把三清的聖像丟到茅廁裏去不可,並且罵上幾句:

> 三清,三清,我說你聽:遠方到此,慣滅妖精。欲享供養,無處安寧。借你坐位,略略少停。你等坐久,也且暫下毛坑。你平日家受用無窮,做個清淨道士;今日裏不免享些穢物,也做個受臭氣的天尊!(第四十四回)

這是孫悟空等三眾到了車遲國為了想吃三清觀道士的供養,把三清偶像推入東廁時的"祝詞"。這還不算,他們又假充三聖臨凡,叫道士們喝些尿水說:

　　道號,道號,你好胡思!那個三清,肯降凡基?吾將真姓,說與你知:大唐僧眾,奉旨來西。良宵無事,下降宮闈。吃了供養,閑坐嬉嬉。蒙你叩拜,何以答之?那裏是什麼聖水,你們吃的都是我一溺之尿!(同上)

　　"侮辱"了道祖,作弄了道士,最後還要通過鬥法把虎、鹿、羊精幻變的"國師"完全消滅,這我們就應該很容易地看出作者用心的所在了。因為被蠱惑的乃是一家國王呀!(比丘國國丈的行為跟這兒如出一轍,詳見第七十八回)

　　其次,小說既是以敘述取經為主的,照說佛家應為作者所全面肯定的了。然而不然:諸佛、阿羅、揭諦、菩薩、金剛、比丘僧尼等眾只會在靈山大雷音寶剎擺樣子,車遲國的五百和尚只能受迫害給道士作苦工;唐僧只可仗著徒弟降妖捉怪去西天取經,已經不大是被瞧得起的樣子了。又借比丘國的國丈指著正和他論道的唐僧,諷刺那參禪打坐的工夫說:

　　呵!呵!呵!你這和尚滿口胡柴!寂滅門中,必云忍性,你不知那性從何而滅!枯坐參禪,盡是些盲修瞎煉。俗語云:"坐,坐,坐!你的屁股破!大煎熬,反成禍。"(第七十八回)

　　但這還只是空頭的挖苦,我們覺得作者對於佛家譏笑的筆墨,沒有比第一百回阿儺、迦葉向唐僧索要"人事"的描寫,再為深刻的了:

　　阿儺、迦葉引唐僧看遍經名,對唐僧說:"聖僧東土到此,有些什麼人事送我們?快拿出來?好傳經與你去。"三藏聞言道:"弟子玄奘,來路遙遙,不曾備得。"二尊者笑道:"好,好,好!白手傳經繼世,後人當餓死矣!"

因為唐僧等不曾有人事,結果是只給了他們一大堆"白本",等到四眾發現被騙,回來噪著換取時,如來還要替這種勒索大加解釋。他說行者道:

> 你且休嚷,他兩個問你要人事之情,我已知矣,但只是經不可輕傳,亦不可以空取。向時眾比丘聖僧下山,曾將此經在舍衛國趙長者家與他誦了一遍,保他家生者安全,亡者超脫,只討得他三斗三升米粒黃金回來。我還說他們忒賣賤了,教後代兒孫沒錢使用。你如今空手來取,是以傳了白本。(同上)

可見佛祖是"通同作弊"的,有給三斗三升米粒黃金的都嫌少麼?有這樣貪愛貨利的頭子,能怪手下的人不乾淨?所以阿儺、伽葉雖然把經給換了,到底要了唐僧的紫金缽:

> 二尊者復領四眾,到珍樓寶閣之下,仍問唐僧要些人事。三藏無物奉承,即命沙僧取出紫金缽盂,雙手奉上道:"弟子委是窮寒路遙,不曾備得人事。這缽盂乃唐王親手所賜,教弟子持此,沿路化齋。今特奉上,聊表寸心。萬望尊者,將此收下,待回朝奏上唐王,定有厚謝。只是以有字真經賜下,庶不孤欽差之意,遠涉之勞也。"那阿儺接了,但微微而笑,被那些管珍樓的力士、管香積的庖丁、看閣的尊者,你抹他臉,我撲他背,彈指的、扭脣的,一個個笑道:"不羞!不羞!需索取經的人事!"須臾,把臉皮都羞皺了只是拿著缽盂不放。(同上)

可真把個阿儺尊者挖苦透了。因之,這還能夠算一個什麼"極樂世界"? 從佛祖到尊者都是這樣地愛財? 和尚門中最要禁戒的就是財色,看看前面介紹過的豬八戒,再看看這兒描寫的阿儺,不是作者故意拿來叫佛家出乖露醜的麼?

依次,該交待一下儒家的了。

作者在小說中也常教忠教孝講仁講義,但是我們都知道儒家思想體現到封建統治制度上的東西,沒有比皇帝再尊貴的了。因為他是天下第一人哪! 一姓相傳希冀著萬世一系的呀! 可是作者在書中怎麼說呢? 他說:"皇帝輪流做,明年到我家。"他說"靈霄寶殿非他久,歷代人王有分傳"。(第七回)這已經是很大膽的言論了,他還要把他們寫得卑鄙不堪,使人對之心頭作惡。例如有挑擔子的皇帝,這是行者擺佈烏雞國王的:

> 行者笑道:"陛下,著你那般打扮,挑著擔子,跟我們走走,可虧你麼?"那國王慌忙跪下道:"師父,你是我重生父母一般,莫說挑擔,情願執鞭墜鐙,伏侍老爺,同行上西天去也。"(第三十九回)

有哭妖精的國王,又是行者予以叱責的。車遲國王看到三個"國師"俱已死掉,哭個不休時:

> 行者上前高呼道:"你怎麼這等昏亂! 見放著那道士的屍骸,一個是虎,一個是鹿,那羊力是一個羚羊。不信時,撈上骨頭來看。那裏人有那樣骷髏?他本是成精的山獸,同心到此害你。因見氣數還旺,不敢下手。若再過二年,你氣數

衰敗,他就害了你性命,把你江山一般兒盡屬他了。"(第四十七回)

還有想要"倒找門"的女主,這是西梁女國國王的事:唐僧等四眾到了西梁請求倒換關文的時候,女主便和她的臣子們商量著要嫁唐僧:

> 女王道:"東土男人,乃唐朝御弟。我國中自混沌開闢之時,累代帝王,更不曾見個男人至此。幸今唐王御弟下降,想是天賜來的。寡人以一國之富,願招御弟為王,我願為后,與他陰陽配合,生子生孫,永傳帝業,卻不是今日之喜兆也。"(第五十四回)

更不濟事的是又有為了老婆跪和尚的君王。在行者答應給朱紫國王降妖伏怪救回他的皇后金聖宮時,他就是這般下作的:

> 行者道:"我老孫與你去伏妖邪,何如?"國王跪下道:"若救得朕后,朕願領三宮九嬪,出城為民,將一國江山,盡付神僧,讓你為帝。"八戒在旁,見出此言,行此禮,忍不住呵呵大笑道:"這皇帝失了體統!怎麼為老婆就不要江山,跪著和尚?"(第六十九回)

諸如此類都是作者想盡了方法來鄙視或藐視那些"位登九五禍害百姓"的封建社會最高統治者的。試問這可同"天王聖明臣罪當誅"的教"忠",有任何相同之點麼?另外是,這種富貴已極的皇帝,也不等於人人都想做它。作者托為行者的話說:

不瞞列位說:老孫若肯要做皇帝,天下萬國九州皇帝,都做遍了。只是我們做慣了和尚,是這般懶散。若做了皇帝,就要留頭長髮,黃昏不睡,五鼓不眠;聽有邊報,心神不安;見有災荒,憂愁無奈。我們怎麼弄得慣?你還做你的皇帝,我還做我的和尚,修功行去也。(第四十回對烏雞國王的話)

作者之所以能夠這樣地強調"蔽屣天下"的思想,是跟他的浮雲富貴"逃避"現實的人生態度分不開的。他說:"朝臣寒待漏,爭似我寬懷?"他說:"草履麻條粗布被,心寬強似著羅衣。"他說:"身安不說三公位,性定強如十里城。十里城高防闊令,三公位顯聽宣聲。"因為生當明代中葉的亂世,他已經覺得"無榮無辱無煩惱,不管人間興與敗"(以上並見第十回漁樵問答的詩詞中)的超政治思想,也就是不跟腐朽沒落的封建統治者合作的行為,才是正當的人生態度。在不做你的官、不服你的管的生活情況下,才更能夠接近人民,從事創作,通過作品來表現自己的戰鬥精神的。——書中談禪講道之處雖多,但它究竟不是專論三教的著作,難免有些牽強附會,頂好不去深究。魯迅先生說:

作者雖儒生,此書則實出於遊戲,亦非語道,故全書僅偶見五行生克之常談,尤未學佛,故末回至有荒唐無稽之經目,特緣混同之教,流行已久,故其著作,乃亦釋迦與老君同流,真性與元神雜出,使三教之徒,皆得隨宜附會而已。(《中國小說史略》第十七編《明之神魔小說》中,第一八五頁)

三教之徒隨宜附會,偶見五行(如悟空為心猿、屬金,八戒為木,白龍為意馬屬水,沙僧是土之類),尤未學佛。魯迅先生對於作者的思想情況可謂知之甚悉。"遊戲"云云,則更足為小說之作不是專為宣傳三教思想的說解。

最後,再讓我們認識一下作者的藝術手法。

《西遊記》特色之一是作者使神魔有人情,精魅通世故,並在離奇變幻的故事中,洋溢著令人輕鬆的情調,甚至在故事發展到萬分緊急的時候作者也忘不了使用詼諧的詞句。例如孫行者為了救活烏雞國王重上兜率宮向李老君索丹砂的一段文字:

> 才入門,只見那太上老君正坐在那丹房中,與仙童執芭蕉扇搧火煉丹哩!他見行者來時,即吩咐看丹的童兒:"各要仔細,偷丹的賊又來也。"行者作禮笑道:"老官兒,這等沒搭撒,防備我怎的? 我如今不幹那樣事了。"老君道:"你那猴子,五百年前大鬧天宮,把我靈丹偷吃無數,著小聖二郎捉拿上界,送在我丹爐煉了四十九日,炭也不知費了多少。你如今幸得脱身,皈依佛果,保唐僧往西天取經,前者在平頂山上降魔,弄刁難,不與我寶貝,今日又來做甚?"行者道:"前日事,老孫更沒稽遲,將你那五件寶貝當時交還,你反疑心怪我?"(第三十九回)

等到行者說明來由並向老君開玩笑說要把"九轉還魂丹"借得一千丸兒時:

> 老君道:"這猴子胡說! 什麼一千丸二千丸,當飯吃呢! 是那裏土塊積的,這等容易? 快去! 快去! 沒有!"行者笑道:"百十丸兒也罷。"老君道:"也沒有。"行者道:"十來丸也

罷。"老君怒道:"這潑猴卻也纏帳!沒有,沒有!出去,出去!"行者笑道:"真個沒有?我問別處去救罷。"老君喝道:"去,去,去!"這大聖拽轉步,往前就走。

老君忽的尋思道:"這猴子憊懶哩,說去就去,只怕溜進來就偷。"即命仙童叫回來道:"你這猴子,手腳不穩,我把這'還魂丹'送你一丸罷。"行者道:"老官兒,既然曉得老孫的手段,快把金丹拿出來,與我四六分分,還是你的造化哩;不然,就送你個'皮笊籬——一撈個罄盡。'"那老君取過葫蘆來,倒吊過底子,傾出一粒金丹,還與行者道:"止有此了。拿去,拿去!送你這一粒,醫活那皇帝,只算你的功果罷。"行者接了道:"且休忙,等我嘗嘗看,只怕是假的,莫被他哄了。"撲的往口裏一丟,慌得那老君上前扯住,一把揪住頂瓜皮,撙著拳頭,罵道:"這潑猴若要咽下去,就直打殺了。"行者笑道:"嘴臉!小家子樣!那個吃你的哩!能值幾個錢?虛多實少的。在這裏不是?"原來那猴子頦下有嗉袋兒。他把那金丹噙在嗉袋裏,被老君捻住道:"去罷!去罷!再休來此纏繞!"這大聖才謝了老祖,出離了兜率天宮。

(同上)

看,這不是趣味橫生的一段故事麼!而行者的有恃無恐出言冷罵,老君的又慌又怕小家子樣,真也刻畫得入木三分了。再如唐僧等人在獅駝國遇妖(獅、象、大鵬之精)被擒抬上蒸籠以後,那八戒的自嘲語:

八戒在裏面道:"晦氣!晦氣!不知是'悶氣蒸'又不知是'出氣蒸'哩。"沙僧道:"二哥,怎麼叫做'悶氣''出氣'?"

八戒道:"'悶氣蒸'是蓋了籠頭,'出氣蒸'不蓋。"三藏在浮上一層應聲道:"徒弟,不曾蓋。"八戒道:"造化! 今夜還不得死! 這是'出氣蒸'了!"行者聽得他三人都說話,未曾傷命,便就飛了去,把個鐵籠蓋,輕輕兒蓋上。三藏慌了道:"徒弟! 蓋上了!"八戒道:"罷了! 這個是'悶氣蒸',今夜必是死了!"沙僧與長老嚶嚶地啼哭,八戒道:"且不要哭,這一會燒火的換了班了。"沙僧道:"你怎麼知道?"八戒道:"早先抬上來時,正合我意;我有些兒寒濕氣的病,要他騰騰,這會子反冷氣上來了。——噯! 燒火的長官,添上些柴便怎的? 要了你的哩!"(第七十七回)

已到生死關頭,還在自己開心,書中的八戒,是經常有著這樣樂觀的情調的。也就是說,作者的輕鬆幽默多一半是通過行者、八戒這兩個人物體現的(從這一點上也可以看出來兩人在小說中的地位)。

《西遊記》的藝術特色之二,是使用大量的詩詞(據我們初步的統計已有六百七十餘首)來狀人狀物:無論人物(神魔、精魅包括在內)的形象,生活(主要的是對戰)的情況,環境的景色,甚而至於蟲豸器用之微,它都有很好的韻文誇飾。詩詞的形式則五言、七言、雜言並用,有一二十字成章的,也有百十句的大篇。譬如八戒咒行者(在行者油鍋裏詐死的時候,事見第四十五回《車遲國猴王顯法》)的詞兒:

闖禍的潑猴子,無知的弼馬溫! 該死的潑猴子,油烹的弼馬溫! 猴兒了帳,馬溫斷根!

已經是很自由的詩體,我們還可以看出來八戒和行者不和的情況。再如描寫撒濫汙的和尚的:

閒時沿牆拋瓦,悶來壁上扳釘。冷天向火拆窗櫺,夏日
拖門攔徑。

旛布扯為腳帶,牙香偷換蔓菁。常將琉璃把油傾,奪碗
奪鍋賭勝。(第三十六回)

遊手好閑不事生產的和尚,真是多有這般"憊懶"的,所以說作者
就形容得好。描寫器物的如豬八戒挑上西天的那付擔子:

四片黃藤篾,長短八條繩。又要防陰雨,氈包三四層。
匾擔還愁滑,兩頭釘上釘。銅鑲鐵打九環杖,篾絲藤纏大斗
篷。(第二十三回)

這付擔子可真不輕,難怪豬八戒抱怨行者說:"似這般許多行李,
難為老豬一個逐日家擔著走,偏你跟師父做徒弟,拿我做長工!"(同
上)。也有學習宋元單寫景色的雜曲:

水痕收,山骨瘦。紅葉紛飛,黃花時候。霜晴覺夜長,月
白穿窗透。家家煙火夕陽多,處處湖光寒水溜。白蘋香,紅
蓼茂。橘綠橙黃,柳衰穀秀。荒村雁落碎蘆花,野店雞聲收
菽豆。(第八十八回)

祖國淮南一帶直到現在還可以欣賞到這般深秋的晚色,雖然作者
此曲顯著有些雕琢了。下面這首說寺廟的便通俗明確得多:

不小不大,卻也是琉璃碧瓦;半新半舊,卻也是八字紅

牆。隱隱見蒼松偃蓋,也不知是幾千百年間故物到如今;潺
潺聽流水鳴弦,也不道是那朝代時開山留得。在山門上,大
書著"布金禪寺";懸區上,留題著"上古遺跡"。(第九十三回)

自從六朝以來,就是"南朝四百八十寺,多少樓臺煙雨中"的。這
不但說明了和尚廟坐落的往往是風景最為幽美的地方,也證明著作者
的生活非常的豐富,因為向壁虛耕是不容易產生出來這等具體的物象
的。最後再舉一首敘述對戰的歌詞,是行者大戰鹿精時的:

> 棒舉迸金光,拐輪兇氣發。那怪道:"你無知敢進我門
> 來!"行者道:"我有意降妖怪!"那怪道:"我戀國主與你無
> 干,怎的欺心來展抹?"行者道:"僧修政教本慈悲,不忍兒童
> 活見殺。"語去言來各恨仇,棒迎拐架當心札。促損琪花為顧
> 生,踢破翠苔因把滑。只殺得那洞中霞采欠分明,巖上芳菲
> 俱掩壓。乒乓驚得鳥難飛,吆喝嚇得美人散。只存老怪與猴
> 王,呼呼卷地狂風刮。看看殺出洞門來,又撞悟能獸性發。
> (第七十九回)

不是只寫廝殺,還要通過對話說明爭鬥起來的緣由,乃是作者"戰
爭詩"的獨到之處。總之,就從這些藝術手法上看,也知道作者繼承優
良傳統的情況是多方面的了。(當然,他這種詩詞之中也有很多重複
堆砌的東西,我們似乎不必為賢者諱)

《西遊記》的藝術特色之三是作者在小說內運用了相當豐富的諺
語。我們從這裏面不但可以推知當時人民的思想,也能夠體會到他們
的生活經驗。因為諺語來自民間,傳諸口耳,是人民思想的昇華、經驗
的積累和語言的提煉,不是真個和人民生活打成一片的作家不會把它

們充分地體現到作品中間的。現在就摘録一些作為參考：

① 四言的

水火無情	瓜熟自落	武不善作	征不待時
妻者齊也	事不過三	眾毛攢裘	停留長智
斬草除根	放屁添風		

② 五言六言七言的

事無三不成　　遠路沒輕擔　　不知者不坐罪

好手不敵雙拳　　一客不犯二主　　賒三不敵現二

魚水盆內捺蒼蠅　　現鐘不打打鑄鐘　　人逢喜事精神爽

爛板凳高談闊論　　鸑鷟不吃鸑鷟肉　　起手容易結梢難

上門的買賣好做

③ 八言的

手插魚籃避不得腥　　三人出外小的兒苦

口說無憑做出便見　　過耳之言不可聽信

路上說話草裏有人　　與人方便自己方便

藥不執方合宜而用　　好漢子不趕乏兔兒

單絲不線孤掌難鳴　　殺人一萬自損三千

藥不輕賣病不討醫

④ 十言的

要知山下路須問去來人　　長安雖好不是久戀之家

只有天在上更無山與齊　　乾魚可好與貓兒作枕頭

口開神氣散舌動是非生　　來說是非者必是是非人

馬行千里無人不能自往　　將軍不下馬各自奔前程

不信直中直須防仁不仁　　黃金未為貴安樂值錢多

有風方起浪無潮水自平　　在家不是貧路貧貧殺人

⑤ 十四言的

山高自有客行路水深自有渡船人

曾著賣糖君子哄到今不信口甜人

一葉浮萍歸大海為人何處不相逢

粗柳簸箕細柳鬥世上誰見男兒醜

積水養魚終不釣深山喂虎望長生

大海裏翻了豆腐船湯裏來水裏去

留得五湖明月在何愁沒處下金鈎

　　這些或用物作比或以事為例的諺語,都是意義明確看法肯定的,
"人民口頭創作"有些話直到今天我們還可以批判地使用的。總結起
來說:

　　①《西遊記》的生產過程基本上跟《三國》《水滸》是一樣的,也是
歷經口頭傳說、平話底本、單齣戲曲,慢慢發展成為章回巨著的。

　　② 吳承恩只是一位編著者,因為他一方面使用了過去已有的許
多題材,一方面又面對現實地給予了小說以新的生命,雖然後者才是
他的主要貢獻所在。

　　③ 小說是藉著神話來對立鬥爭朱明中葉腐朽沒落封建統治的。
所以"人"是"真人","事"是"真事",絕不當看做僅供消遣的遊戲
筆墨。

　　④ 猴跟八戒是書中的主要人物。我們從他們身上,不但可以看
出來勞動人民的優良品質,同時也能夠找出來發展存在中的某些

缺點。

⑤ 此書應該被認為是中國第一部神話小說的原因還有它的藝術手法的獨到,如使神魔有人情,精魅通世故;並且應用了大量的詩詞諺語來刻劃人物、豐富故事的内容等。

⑥ 三教思想不過是作者隨宜附會的思想情況而已,因為無論儒家、佛家、尤其是道家,他對它們的真正意圖,都是鄙夷否定的。

總之,《西遊記》雖然描寫的是神魔妖怪的事情,但它卻是人的思想意識的反映,封建社會主要的階級關係和階級鬥爭的反映,特別是人民對於征服自然支配自然有著異常豐富想像的反映。這裏面主要的代表人物便是孫悟空,是他大鬧了天宮,反映了中國封建社會人民對抗統治階級的反抗;通過他嘲笑揭露了諸天神將,也就是說已近沒落腐朽的封建統治階級的懦弱無能;最後也是以他為中心,來肯定了幫助唐僧西天取經克服了一系列的艱難險阻而終於達到目的、實現理想的戰鬥精神和樂觀主義。至於體現在他身上的中國勞動人民的優良品質如正直、勇敢、具有不平凡的能力和智慧等就更不待說。

4.《儒林外史》

我們說,明清小說,是中國古典小說的大成時期,不只從它們所繼承來的現實主義精神上看,就是結合著體現它們的藝術手法說,那結論也是一樣的。例如我們介紹在前面的有講史(《水滸》《三國》)、神話(《西遊記》),而這兒要談的又是諷刺小說了。

《儒林外史》作為諷刺小說出現於滿清初期,其成就是遠過於那些以油腔滑調的打諢,信口雌黃的謾罵來發洩和取悅讀者的作品的。因為它既不是私人的洩憤也不是人身的攻擊,而是魯迅先生所謂"於世事有不平,因抽毫而抨擊"(《中國小說史略》第二十三篇,《清之諷刺

小說》頁二四七)的反映客觀現實提出典型事物的有著批判意味的現實主義小說。魯迅先生說:

> 迨吳敬梓《儒林外史》出,乃秉持公心,指摘時弊,機鋒所向,尤在士林。其文又戚而能諧,婉而多諷,於是說部中乃始有足稱諷刺之書。(同上)

只要我們仔細琢磨一下本書的內容和它的風格情調,就會知道魯迅先生這話是千真萬確的。現在先看看作者吳敬梓的生平:

吳敬梓字敏軒,一字文木,安徽全椒人。生於公元一七〇一年(清聖祖玄燁康熙四十年),死於公元一七五四年(清高宗弘曆乾隆十九年)。

敬梓的高祖吳沛是一個理學家,在當時的東南頗有一些聲譽。曾祖吳國順是清世祖(福臨)時的探花(科舉制度中的三鼎甲之一,名列第三),官至侍讀學士。伯叔祖吳昺、吳晟也一為榜眼(三鼎甲中的第二名)、一為進士(殿試及格的一般得中者有二甲三甲之分),都做了相當大的官。連作者自己也說:"五十年中,家門鼎盛,子弟則人有鳳毛,門巷則家誇馬糞。綠野堂開,青雲路近。"(《文木山房集·移居賦》)

但是,作者本支的祖父吳旦,只是一個監生(捐監,也可以參加省裏的舉人考試),而且死得很早。父親吳霖也只是一個拔貢(比起碼的功名秀才高一些的貢生),做了幾年縣訓導(一縣的教官),還因為得罪上司把差事搞掉了。

作者自己雖然從幼年時代起就博聞強記、聰明異常,可是只考取了一個秀才。再加上賦性豪放,喜歡揮霍,剛到壯年就把上代留給他的財產花費完了,直弄得奴僕逃散,無米下鍋,為親戚朋友們所不齒,

不能不把家搬到南京去住,靠著賣文和朋友的幫助生活。他這時候的
景況,他的好朋友程晉芳說得最清楚:

> 乃移居江城東之大中橋,環堵蕭然,擁故書數十冊,日夕
> 自娛。窮極,則以書易米。或冬日苦寒,無酒食,邀同好汪京
> 門、樊聖謨輩五六人,乘月出城南門,繞城堞行數十里,歌詠
> 嘯呼,相與應和,逮明,入水西門各大笑散去,夜夜如是,謂之
> 暖足。余族伯祖麗山先生與有姻連,時周之。方秋,霖潦三四
> 日,族祖告諸子曰:"比日城中米奇貴,不知敏軒作何狀,可持
> 米三斗,錢二千,往視之。"至,則不食二日矣。(《吳敬梓傳》)

吳敬梓是一位學問淵博,講求"文行出處"的書生,早年固然應過
科考,可是等到他一深知八股文字的淺薄,功名中人的卑鄙以後,便連
滿清博學鴻詞科的微召(是由安徽巡撫趙國麟薦舉的)都不去應,而甘
心這樣安貧樂道自由自在地生活著,直到五十四歲客死揚州時為止,
這便不是簡單的事體啦。

我們在前面介紹滿清文化思想的時候,不是交待過麼? 當明末清
初之際,因為女真的入主中國,激起了以顧(炎武)、黃(宗羲)、王(夫
之)等大師為首的反滿復明的愛國運動。後來因為滿清統治的已趨鞏
固,政治上的鬥爭急切不易,便轉而入於民主思想的傳播,這具體的施
為便是對抗科舉的樸學工夫、不跟統治者合作的名士行為了。而作者
呢? 不但程晉芳說他:"晚年亦好治經,曰:'此人生立命處也。'"(《吳
敬梓傳》)他自己在《儒林外史》這一部小說中,也的確極鮮明地揭出
了反抗科舉制度對立滿清統治的戰鬥的旗幟。例如他在書的第一回:
"說楔子敷陳大義,借名流隱括全文"中就講:

人生南北多歧路,將相神仙,也要凡人做。

百代興亡朝復暮,江風吹倒前朝樹。

功名富貴無憑據,費盡心情,總把流光誤。

濁酒三杯沉醉去,水流花謝知何處。

他這"將相神仙也要凡人做"的話已經有了平等觀念,不去細說了。最重要的還是淡泊事功,浮雲富貴的出世思想,因為認真地說,這種情調實在就是疾惡當代不與滿人合作的戰鬥精神,他跟普通隱居不仕的"賢者",還不可同日而語的。楔子中的主人公王冕便是作者預先提示出來的典型人物(在小說的創作上講這乃是一種獨具特色的藝術手法,前此是不曾有過的),而且我們應該知道,王冕逃避的主要的還是蒙古王朝(所以影射滿人)呀。(他跟朱元璋畢竟還見了一面)例如王冕獻議給吳王的話:

> 若以仁義服人,何人不服,豈但浙江? 若以兵力服人,浙人雖弱,恐亦義不受辱。(同上)

殘暴的蒙古王朝,傳到托懽鐵木耳(元順帝),不是到底叫中國人民趕回漠北去了麼? 因之"揚州十日""嘉定三屠"的滿洲主子們也應該看看榜樣。這才是作者的深意所在。他又托為婁瓚和蘧祐的對話來重點地指斥清帝胤禎(雍正)道:

> 小侄看來,寧王此番舉動,也與成祖差不多。只是成祖運氣好,到而今稱聖、稱神;寧王運氣低,就落得個為賊、為虜,也要算一件不平之事。蘧太守道:"成敗論人,固是庸人之見,但本朝大事,你我做臣子的,說話須要謹慎了。"(第八回)

胤禎陰謀奪得了皇位一事,雖是統治階級爭權奪利的內部矛盾。作者為了表示憎惡,有意貶損,便抓住了這個猜忌殘忍的頭子作為攻擊的代表人物,而每常只說:"自從永樂篡位之後,明朝就不成個天下!"(同上)譬如鄒吉甫的一段話:

> 再不要說起! 而今人情薄了,這米做出來的酒汁都是薄的! 小老兒還是聽見我死鬼父親說:"在洪武爺手裏過日子,各樣都好;二斗米做酒,足有二十斤酒娘子,後來永樂爺掌了江山,不知怎樣的,事事都改變了,二斗米只做的出十五六斤酒來。像我這酒是加著水下的,還是這般淡薄無味。"三公子道:"我們酒量也不大,只這個酒十分好了。鄒吉甫吃著酒,說道:"不瞞老爺說,我是老了,不中用了。怎得天可憐見,讓他們孩子們再過幾年洪武爺的日子就好了。
>
> 四公子聽了,望著三公子笑。鄒吉甫又道:"我聽見人說:本朝的天下要同孔夫子的周朝一樣好的,就為出了個永樂爺就弄壞了。"
>
> (第九回)

從這些話裏我們都可以看出來作者想念朱明王朝"洪武爺"和借著永樂來影射胤禎(雍正)的思想情況的。同時,這當然也就是絕大多數被滿清王朝迫害著的中國人民的共同思想,因為所謂康雍盛世的人民是在這樣地苟活著的:

1. **秀才出賣兒女**:倪老爹向鮑文卿說道:"長兄,你不是外人,料想也不笑我。我不瞞你說,那四個兒子我都因沒有

的吃用,把他們賣在他州外府去了!"(第二十五回)

2. **老者無以為葬**:老爺向借宿的莊徵君道:"我家只得一間屋,夫妻兩口住著,都有七十多歲,不幸今早又把個老妻死了,沒錢買棺材,現停在屋裏。客官卻在那裏住?"(第三十五回)

3. **農民被逼尋死**:虞博士問被救起來的人為什麼尋死?那人道:"小人就是這裏莊農人家,替人家做著幾塊田,收些稻,都被田主斛的去了,父親得病,死在家裏,竟不能有錢買口棺木。我想我這樣人還活在世上做什麼,不如尋個死路!"(第三十六回)

只舉這三個例證也就夠了。作者此時正在青壯年時代(約自二十三歲至三十五歲),目覩這種民不聊生的悲慘情況還有個不更憎惡胤禛的?不過,作者通過這一部書所提出來的問題主要的是關於品第儒生批判科舉的。閑齋老人說得好(有人認為他是作者的假名):

夫曰"外史",原不自居正史之列也;曰"儒林",迥異玄虛荒渺之談也。其書以功名富貴為一篇之骨:有心豔功名富貴而媚人下人者;有假托無意功名富貴,自以為高,被人看破恥笑者;終乃以辭卻功名富貴,品第最上一層,為中流砥柱。(《儒林外史序》)

不是說得很明確麼,這兒褒獎書生是以"辭卻功名富貴"者為"最上一層"的,其他種種都在貶斥之列。這便又是不與滿奴合流的中心意旨了。而科舉應試乃是攫取功名富貴甘作滿清奴才的唯一途徑,於是作者便集中炮火來對它施行攻擊。——從第一回起作者就托為王

568

冕的話來批判那禮部取士三年一科,用五經、四書八股文的辦法說:

　　這個法卻定的不好! 將來讀書人既有此一條榮身之路,
把那文行出處都看得輕了。(第一回)

　　什麼叫做"文行出處"? 不過是讀書人立身處世的基本態度罷了。
讀書人立身處世的基本態度到底應該怎樣? 孟子說得好:"富貴不能
淫,貧賤不能移,威武不能屈"的真書生本色大丈夫行為是也。在中國
歷史上有沒有這樣的人物呢? 我們的看法是不但有而且很多,遠的不
說,就是打從宋末以來,那不屈於蒙古人的文天祥,不辱於滿洲人的史
可法,便是具有這種精神的典型人物,作者既然提出這個標準來作為
衡量人物的尺度,那蠅營狗苟投靠權門畢生帖括以求一售的"士人",
便自然都被他所鄙視。但作者評論"舉業"的話,沒有比下面這一段再
深刻的了:

　　舉業二字,是從古及今人人必要做的。就如孔子生在春
秋時候,那時用"言揚行舉"做官,故孔子只講得個"言寡尤,
行寡悔,祿在其中"。這便是孔子的舉業。講到戰國時,以遊
說做官,所以孟子歷說齊、梁。這便是孟子的舉業。到漢朝,
用賢良方正開科,所以公孫弘、董仲舒,舉賢良方正。這便是
漢人的舉業。到唐朝用詩賦取士,他們若講孔孟的話,就沒
有官做了,所以唐人最會做幾句詩。到宋朝又好了,都用的
是些理學的人做官,所以程、朱就講理學。這便是宋人的舉
業。到本朝,用文章取士,這是極好的法則,就是夫子在而
今,也要念文章,做舉業,斷不講那"言寡尤,行寡悔"的話。
何也? 就日日講究"言寡尤,行寡悔",那個給你官做? 孔子

的道,也就不行了。

這是作者藉小說中一流人物馬二先生(純上)口裏所談的"舉業經"。看他引經據典從古到今地說了一大陣,連孔子當年的言行都認做是"舉業"了。這還不算,又硬派孔子生在今天"也要念文章做舉業",否則便沒人"給你官做",可見舉業和官是前因後果不可分割的東西,所以世人才"趨之若鶩"的。這段說白,不只可為當時"舉業迷"(其實也就是"官迷")的代表思想,而封建統治者利用八股取士來牢籠人民的政策的惡毒也就不問可知。且看科舉制度都把知識分子害得如何怪模怪樣了吧:有頭撞號板的周進:

> 話說周進在省城裏要看貢院,金有餘見他真切,只得用幾個小錢同他去看,不想才到天字號,就撞死在地下。眾人多慌了,只道一時中了惡。行主人道:"想是這貢院裏久沒有人到,陰氣重了,故此周客人中了惡。"金有餘道:"賢東,我扶著他。你且去到做工的那裏藉口開水來灌他一灌。"行主人應諾,取了水來,三四個客人一齊扶著,灌了下去,喉嚨裏咯咯的響了。一聲,吐出一口稠涎來。眾人道:"好了。"扶著立了起來,周進看著號板,又是一頭撞將去。這回不死了,放聲大哭起來。眾人勸著不住。金有餘道:"你看,這不是瘋了麼?好好到貢院來耍,你家又不死了人,為什麼號淘痛哭?"周進也不聽見,只管伏著號板哭個不住;一號哭過,又哭到二號,三號;滿地打滾,哭了又哭,哭的眾人心裏都淒慘起來。金有餘見不是事,同行主人,一左一右,架著他的膀子。他那裏肯起來,哭了一陣,又是一陣,直哭到口裏吐出鮮血來。眾人七手八腳將他扛抬了出來,貢院前一個茶棚子裏坐下,勸他吃了一

碗茶，猶自索鼻涕，彈眼淚，傷心不止。（第三回）

周進因為考了半生也不曾撈到一個秀才，連下省裏應試舉人的資格都沒有，所以看到貢院的號板才這樣地傷心痛苦起來。好啦，這一哭哭得有理了，跟他姊丈一同作生意的老客們肯出銀子替他捐監了（監生也可以參加省考）。他一曉得這事可成的時候，便說：“若得如此，便是重生父母，我周進變驢變馬，也要報效！”爬到地下，就磕了幾個頭。（同上）請看，這就是不曾發跡以前的周司業的嘴臉。也有因為中試喜歡瘋了的范進：

> 范進三兩步走進屋裏來，見中間報帖已經升掛起來，上寫道：“捷報貴府老爺范進高中廣東鄉試第七名亞元。京報連登黃甲。”
>
> 范進不看便罷，看了一遍，又念一遍，自己把兩手拍了一下，笑了一聲道：“噫！好了！我中了！”說著，往後一交跌倒，牙關咬緊，不醒人事，老太太慌了，慌將幾口開水灌了過來。他爬將起來，又拍著手大笑道：“噫！好！我中了！”笑著，不由分說，就往門外飛跑，把報錄人和鄰居都嚇了一跳。走出大門不多路，一腳踹在塘裏，掙起來，頭髮都跌散了，兩手黃泥，淋淋漓漓一身的水，眾人拉他不住，拍著笑著，一直走到集上去了。眾人大眼望小眼，一齊道：“原來新貴人歡喜瘋了。”
>
> （同上）

最妙的是范進這個瘋病，還必待他素日懼怕的岳丈胡屠戶根據著報錄人的提議賞了他一個嘴巴，罵道：“該死的畜生！你中了甚麼？”（同上）才好過來，真是叫人看了啼笑皆非了。但這卻的確是中舉以後的范學道的醜態。

此類事例，就暫且舉這兩個。其次，作者也毫不寬假地指出了中試者詭說"異夢"的無恥行徑。例如周進（作蒙師時）和王舉人（惠）的一段對話：

> 周進道："老先生的硃卷是晚生熟讀過的。後面兩大股文章，尤其精妙。"王舉人道："那兩股文章不是俺作的。"周進道："老先生又過謙了。卻是誰作的呢?"王舉人道："雖不是我作的，卻也不是人作的。那時頭場初九日，天色將晚，第一篇文章還不曾做完，自己心裏疑惑，說："我平日筆下最快，今日如何遲了?"正想不出來，不覺瞌睡上來，伏著號板打一個盹，只見五個青臉的人跳進號來，中間一人，手裏拿著一枝大筆，把俺頭上點了一點，就跳出去了。隨即一個戴紗帽，紅袍金帶的人，揭簾子進來，把俺拍了一下，說道："王公請起。"那時弟嚇了一跳，通身冷汗，醒轉來，拿筆在手，不知不覺寫了出來。可見貢院裏鬼神是有的。弟也曾把這些話回稟過大主考座師，座師就道弟該有鼎元之分。"（第二回）

這明明是王舉人信口開河自抬身價來向那不第的老童生誇。最辛辣的是作者跟著就叫他自己否認異夢自打嘴巴了！

> 王舉人笑道："說起來，竟是一場笑話。弟今年正月初一日夢見看會試榜，弟中在上面是不消說了，那第三名也是汶上人叫做荀玫，弟正疑惑我縣裏沒有這一個姓荀的孝廉，誰知竟同著這個小學生的名字。難道和他同榜不成!"說罷，就哈哈大笑起來，道："可見夢作不得准! 況且功名大事，總以文章

為主,那裏有什麼鬼神!"周進道:"老先生,夢也竟有准的。前日晚生初來,會著集上梅朋友,他說也是正月初一日,夢見一個大紅日頭落在他頭上,他這年就飛黃騰達的。"王舉人道:"這話更作不得准了,比如他進過學,就有日頭落在他頭上;像我這發過的,不該連天都掉下來,是俺頂著的了?"(同上)

真是有趣得緊,這裏除了拆穿了王舉人自相矛盾的讕言以外,又叫我們知道了功名中人的無往而不自私自利,連說謊都是只可自家不准別人的,其實那考場中是一榻糊塗,根本不像個樣子的。如第二十六回說:

安慶七學共考三場,見那些童生,也有代筆的,也有傳遞的,大家丟紙團,掠磚頭,擠眉弄眼,無所不為。到了搶粉湯、包子的時候,大家推成一團,跌成一塊,鮑廷璽看不上眼。有一個童生,推著出恭,走到察院土牆跟前,把上牆挖個洞,伸手要到外頭去接文章,被鮑廷璽看見,要採他過來見太爺。

這雖然只說的是安慶地方的童生考試,但是他們的不堪的情況,也就可以代表一般了。沒有瞧見麼？連搞戲劇的鮑廷璽(他跟他父親鮑文卿是受知府向鼎的委托在考場裏巡察的)都瞧不上眼了？"衣冠中人"豈不是大不如當時被卑視的戲劇工作者！其次,他們這些人的文章,陳辭濫調地只講求那起、承、轉、合的形式上的"美好"不必說了,並且還是剽竊摹擬等於"文抄公"的,如第四十九回高翰林的話:

"揣摩"二字,就是這舉業的金針了。小弟鄉試的那三篇拙作,沒有一句話是杜撰,字字都是有來歷的。所以才得僥倖。若是不知道"揣摩",就是聖人也是不中的。

他這"揣摩"二字,便是剿襲的"飾詞"。因為從緊跟著"沒有一句話是杜撰,字字都是有來歷"的話裏就知道了。這樣出身的舉人進士,自然會是一些飯桶草包不學無術的家伙。例如書中的湯知縣在和張鄉紳敘談的時候,連盡人皆知的劉基他都不曉得;張某自己也把趙普受賄瓜子金的故事,錯給劉基按上(見第四回中)。歷史知識這樣貧乏可笑還是小事。最成問題的是他們在家便是魚肉鄉民的鄉紳,做官便是危害人民的老爺。同時,鄉紳和地方官又是互相勾結、狼狽為奸的,如貢生嚴大位的行為,他詐欺:

> 王小二,是貢生嚴大位的緊鄰。去年三月內,嚴貢生家一口才過下來的小豬,走到他家去,他慌送回嚴家,嚴家說:豬到人家,再尋回來,最不利市,押著出了八錢銀子,把小豬就賣與他。這一口豬在王家已養到一百多斤,不想錯走到嚴家去,嚴家把豬關了。小二的哥子王大走到嚴家討豬,嚴貢生說:"豬本來是他的,你要討豬,照時值估價拿幾兩銀子來,領了豬去。"王大是個窮人,那有銀子,就同嚴家爭吵了幾句,被嚴貢生幾個兒子,拿栓門的閂、擀面的杖,打了一個臭死,腿都打折了,睡在家裏。(第五回)

只從一隻豬身上,便生出了這麼多敲詐花樣,還損害了人民的身體,多麼厲害的鄉紳哪!他又苛刻,都算計到吹鼓手和跟人的身上了。如他跟四斗子的一段對話,四斗子說:

> 今日是個好日子,八錢銀子一班叫吹手還叫不動。老爹

給了他二錢四分低銀子,又還扣了他二分錢頭,又叫張府裏
押著他來,他不知今日應承了幾家,他這個時候怎得來?"大
老爹發怒道:"放狗屁! 快替我去! 來遲了,連你一頓嘴巴!"
四斗子骨都著嘴,一路絮聒了出去,說道:"從早上到此刻,一
碗飯也不給人吃,偏生有這些臭排場!"說罷去了。(第六回)

俗語說:"雁過都要拔毛",嚴貢生正是這樣的人物,因為,他是不
管什麼情理只往錢眼兒裏鑽的。他也欺凌他的寡弟婦:他從城裏帶著
新結婚的第二個兒子和媳婦(張鄉紳的女兒)回到鄉下以後,立刻走到
二房家裏(他的已死的弟弟家裏,頗有財產,弟兄兩人是早已分居過了
的。二房無子,寡弟婦正想要過繼他的最小的兒子第五個的),叫齊了
管事的家人吩咐道:

　　我家二相公,明日過來承繼了,是你們的新主人,須要小
心伺候。趙新娘(就是他的寡弟婦是妾扶了正的)是沒有兒
女的,二相公只認得他是父妾,他也沒有權利佔著正屋的。
吩咐你們媳婦子把群屋打掃兩間,替他搬過東西去,騰出正
屋來,好讓二相公歇宿。彼此也要避個嫌疑:二相公再呼他
"新娘"。他叫二相公、二娘是"二爺""二奶奶"。再過幾日,
二娘來了,是趙新娘先過來拜見,然後二相公過去作揖。我
們鄉紳人家,這些大禮,都是差錯不得的! 你們各人管的田
房利息帳目,都連夜攢造清完,先送與我逐細看過,好交與二
相公查點。比不得二老爹在日,小老婆當家,憑著你們這些
奴才朦混作弊! 此後若有一點欺隱,我把你這些奴才,三十
板一個,還要送到湯老爺衙門裏追工本飯米哩!"眾人應諾下
去,大老爹過那裏去了。(同上)

寡弟婦對於他這位大伯公過去是巴結討好到無微不至的。但是，他一翻臉，便這樣前頭勾了後頭抹了的什麼都不認帳。滿口詩云子曰的鄉紳原來是豺狼成性的小人。至於這些鄉紳開當鋪放高利貸來剝削農民的情況則四十六回書中季萵蕭和虞華軒談話裏所交待出來的五河縣方家最有代表性。虞華軒將椅子挪近季萵蕭跟前，低言道：

> 敝縣別的當鋪，原也不敢如此，只有仁昌、仁大，方家這兩個典鋪，他又是鄉紳，又是監典，又同府縣官相與的極好，所以無所不為，百姓敢怒而不敢言。

鄉紳勾通官府來重利盤剝人民，這便是科舉制度下培養出來的官、紳，試問在這些老爺們直接統治之下老百姓還想活命麼？鄉紳的惡行說到這裏暫且作罷，接著再瞧瞧爬了上去作官為宦的主兒們，就拿中了進士先做主事後放外任的王惠為例，他那南昌太守是怎樣做的：

> 釘了一把頭號的庫戥，把六房書辦都傳進來，問明了各項內的餘利，不許欺隱，都派入官，三日五日一比。用的是頭號板子，把兩根板子拿到內衙上秤，秤了一輕一重，都寫了暗號在上面，出來坐堂之時，吩咐叫用大板，皂隸若取那輕的，就知他得了錢了，就取那重板子打皂隸。這些衙役百姓，一個個被他打得魂飛魄散。合城的人，無一個不知道太爺的厲害，睡夢裏也是怕的。(第八回)

但這樣的人，才算是"能員"，才會被上司賞識，不到三年便推薦升了南贛道。另一樣的便是濫施罰章草菅人命的"糊塗官"了。如高要知縣湯奉的搞法：因為回教老師夫要求"斷屠"不要斷盡，私下孝敬了他五十斤牛肉，他便聽信了張鄉紳的話要做清官：

> 叫將老師夫上來，大罵一頓"大膽狗奴"，重責三十板，取一面大枷，把那五十斤牛肉都堆在枷上，臉和頸子箍的緊緊的，只剩得兩個眼睛，在縣前示眾。天氣又熱，枷到第二日，牛肉生蛆，第三日，嗚呼死了。

這樣胡搞，按察使對他還要官官相諱，聽從他的請求，把因為抗議老師夫無辜枷死的為首回民，問成"挾制官府"之罪，交他親自罰辦。看看，這些暗無天日的事，怎麼不叫人民痛恨！作者也氣極了，才要把紗帽賞與王義安(開妓院的烏龜)戴的(見四十三回中)。

作者除了正面否定了這些科考出身的貪官污吏土豪劣紳以外，也痛切地鞭撻了那些胡吹亂謗的"名士""選家"們。例如匡超人不過是個柴行裏記賬的先生，因為東家歇業流落在杭州，虧得老選家馬純上幫助了他，才得重回家鄉(溫州，樂清)。可是他後來稍一"得志"，便立刻看不起老朋友而公開地吹起法螺來了。他剛剛學著馬純上的榜樣批了點兒八股，就對馮琢庵牛布衣說：

> 我的文名也夠了。自從那年到杭州(按，就是流落在這兒的一年)，至今五六年，考卷、墨卷、房書、行書、名家的稿子，還有《四書講書》《五經講書》《古文選本》——家裏有個賬，共是九十五本。弟選的文章，每一回出，書店定要賣掉一萬部。山東、山西、河南、陝西、北直的客人，都爭著賣，只愁買不到手。還有個拙稿是前年刻的，而今已經翻刻過三副

板。不瞞二位先生說,北五省讀書的人,家家隆重的是小弟;都在書案上,香火蠟燭,供著"先儒匡子之神位"。(第二十回)

匡超人還鄉以後,只曾賣豆腐養老爹來,因為李知縣的"垂青"才考取了一個案首,再到杭州是投奔的布政司書吏潘自業,跟著他包攬詞訟胡作匪為,並在杭州安下了家。這樣一個不堪的腳色,卻偏偏要自欺欺人地貽笑大方,真是恬不知恥了。這還不算,牛布衣已經給他指出了:"先生,你此言誤矣!所謂'先儒'者,乃已經去世之儒者;今先生尚在,何得如此稱呼?"(同上)他仍舊強詞奪理說:"不然!所謂'先儒'者,乃先生之謂也!"豈不是越說越不通,越來越露馬腳!但最不可恕的是與馮琢庵談及馬純上時,他竟說:

這馬純兄理法有餘,才氣不足,所以他的選本也不甚行。選本總以行為主,若是不行,書店就要賠本。惟有小弟的選本,外國都有的!

原來外國人也會重視八股文章,豈非"豈有此理"之事。而過河拆橋,轉眼就踢朋友,那品質也就真夠惡劣的了!再說一個冒名頂替的敗類牛浦。

牛浦在牛布衣客死蕪湖甘露庵後,便竊出了牛布衣的詩稿,印上了自己的名章,並且魚目混珠地也叫起牛布衣來;相與了幾個讀書人,再也不管香蠟店(他自己家裏一個小鋪子)的事,氣死了祖父牛老,還藉著一個偶然來訪的董孝廉威脅養他過活的舅丈人說:

"不是我說一個大膽的話,若不是我在你家,你家就一二百年也不得有個老爺走進這屋裏來!"卜誠道:"沒的扯淡!
就算你相與老爺,你到底不是個老爺!"牛浦道:"憑你向那個
說去! 還是坐著同老爺打躬作揖的好,還是捧茶給老爺吃,
走錯路,惹老爺笑的好?"卜信道:"不要噁心! 我家也不希罕
這樣老爺!"牛浦道:"不希罕麼? 明日向董老爺說,拿帖子送
到蕪湖縣,先打一頓板子!"兩個人一齊叫道:"反了! 反了!
外甥女婿要送舅丈人去打板子! 是我家養活你這年把的不
是了! 就和他到縣裏去講講,看是打哪個的板子!"(第二十
二回)

　　牛浦的下流無恥還不止此,他後來流浪在外面的時候,又認素不
相識的牛玉圃做叔公,跟著東撞西撞圖個衣食,直到被丟棄在路途中。
又被牛布衣的妻子尋著告到衙門,說他害死人命頂名冒替。作者筆下
所否定的墨卷選家,斗方名士,都是此類。

　　總之,在封建統治者惡毒的科舉制度下,無論直接從它產生出來
的官紳,還是間接藉之庇蔭的"名士",自其生活資料博取的方式方法
而言,都可以肯定地說一句是:人民的蟊賊、社會的寄生者。作者這樣
痛惡他們,便說明著作者的立場,是鮮明地站在人民的一邊的。

　　此外,作者通過具體的人物故事來諷刺當時社會其他黑暗情況的
描寫的也不少,如他嘲笑吝嗇的:

　　　話說嚴監生臨死之時,伸著兩個指頭,總不肯斷氣;幾個
　　姪兒和些家人都來訌亂著問,有說為兩個人的,有說為兩件
　　事的,有說為兩處田地的,紛紛不一;只管搖頭不是,趙氏(他
　　的老婆)分開眾人,走上前道:"爺,只有我能知道你的心事。
　　你是為那燈盞裏點的是兩莖燈草,不放心,恐費了油,我如今

挑掉一莖就是了。"說罷忙走去挑掉一莖。眾人看嚴監生時，點一點頭，把手垂下，登時就沒了氣。(第六回)

　　這可真把刻薄成家要錢不要命的守財奴，描寫得刻骨鏤心的了。——嚴監生就是嚴貢生的老弟，他株守田園，剝削人民，這樣算計了一世，只落得肺病死掉人財兩空。就從這一人物身上，也充分地綻露了作者憎惡封建主義的情調。他又鞭撻無恥道：

　　　　這牛並不是他父親變的，這和尚積年剃了光頭，把鹽搽在頭上，走到放牛所在，見那極肥的牛，他就跪在牛跟前，哄出牛舌頭來舐他的頭。牛但凡舐著鹽，就要淌出眼水來，他就說是他父親，到那人家哭著求施捨。拖搶了來，就賣錢用，不是一遭了。(第二十四回)

　　那些指佛穿衣、賴佛吃飯的和尚們，已經是不事生產的剝削者了，這兒又生出了這樣捏造輪回的刁鑽古怪方法來騙取人錢，真是可惡已極。但是作者最反對同時也寫得最叫人辛酸的沒有比他通過"徽州府烈婦殉夫"那一回所提出來的對於"節烈"的抨擊了。腐儒王玉輝的女兒三姑娘死了丈夫，王玉輝走去看她，她說：

　　　　父親在上，我一個大姐姐死了丈夫，在家累著父親養活，而今我又死了丈夫，難道又要父親養活不成？父親是寒士，也養活不來這許多女兒！"王玉輝道："你如今要怎樣？"三姑娘道："我而今辭別公婆、父親，也便尋一份死路，跟著丈夫一處去了！"公婆兩個聽見這句話，驚得淚下如雨。說道："我兒！你氣瘋了！自古螻蟻尚且貪生，你怎麼講出這樣話來！

你生是我家人,死是我家鬼。我做公婆的怎的不養活你,要你父親養活?快不要如此!"三姑娘道:"爹媽也走了,我做媳婦的不能孝順爹媽,反累爹媽,我心裏不安,只是由著我到這條路上去罷。只是我死還有幾天工夫,要求父親到家替母親說了,請母親到這裏來,我當面別一別,這是要緊的。"王玉輝道:"親家,我仔細想來,我這小女要殉節的真切,倒也由著他行罷。自古'心去意難留'。"因問女兒道:"我兒,你既如此,這是青史上留名的事,我難道反攔阻你?你竟是這樣做罷。我今日就回家去叫你母親來和你作別。"親家再三不肯。王玉輝執意,一徑來到家裏,把這話向老孺人說了。老孺人道:"你怎的越老越呆了! 一個女兒要死,你該勸他,怎麼倒叫他死,這是什麼話說!"王玉輝道:"這樣事,你們是不曉得的。"老孺人聽見,痛哭流涕連忙叫了轎子,去勸女兒,到親家家去了。王玉輝在家,依舊看書寫字,候女兒的信息,老孺人勸女兒,那裏勸的轉,一般每日梳洗,陪著母親坐,只是茶飯全然不吃。母親和婆婆著實勸著,千方百計,總不肯吃。餓到六天上,不能起牀,母親看著,傷心慘目,痛人心脾,也就病倒了,抬了回來,在家睡著。又過了三日,二更天氣,幾個火把幾個人來打門,報導:"三姑娘餓了八日,在今日午時去世了。"老孺人聽見,哭死了過去,灌醒回來,大哭不止。王玉輝走到牀面前說道:"你這老人家真正是個呆子! 三女兒他而今已是成了仙了,你哭他怎的? 他這死的好,只怕我將來不能像他這一個好題目死哩!"因仰天大笑道:"死的好! 死的好!"大笑著走出房門去了。(第四十八回)

我想我們看完這個故事,都會感到又悲慘又氣憤的:悲慘的是:當時的婦女經濟不能獨立，社會沒有地位，死了丈夫的青年婦女，就是自己不消滅自己那日子也是極難過的，沒有聽到舊日的話麼？"寡婦門前是非多"，"好馬不備雙鞍子，烈女不嫁二夫男，"不幸做了寡婦，便要被社會的人半隔離起來，經濟不能獨立還不准你另行改稼，試想她們的活路在那兒呢？除非有了兒子的，才能夠"寡婦兒子月明珠"吃那"夫死從子"的飯了。所以，這兒三姑娘的"殉節"主要的是由於父親無力養活，公婆又以年邁，年青青的怎麼得了，這才說"由著我到這條路去罷"的話，但是如果王玉輝不予同意，也像大女兒似的，把三姑娘接回家來，三姑娘自然也可以不死，然而他卻忍心害理地說"心去意難留"執意叫三姑娘這樣去做，這便是吃人的社會殺人的禮教，使著這個腐儒直接負了催毀親生女兒的性命的罪責了，好端端的一人竟聽她絕食而死，還要仰天大笑地說："死的好！"豈止是一個呆子，我看竟是自己打算盤的結果——自己不必增加負擔，倒有個節婦女兒的"風光"，那用心原是極殘酷的。

以上所言，雖然是關於小說的思想部分的，但那人物特別是此中的反面腳色，也聯帶地述說了一個梗概了。除了夏總甲（第二回）、胡屠戶（第三回）、潘書史（第十九回）這一類"書生"以外的人物還不曾詳細地談及，如果我們也給這些人一個評價的話，那就是封建社會的"人渣"，應該提出來的是，作者把他們都刻劃得活靈活現，表現了塑造人物的高度藝術概括性。

《儒林外史》的正面人物，是杜少卿、莊尚志、虞果行等名士大儒。就中尤其是杜少卿據金和的跋文和蔣瑞藻《小說考證》引"松風閣筆乘"說：就是作者自況，其中"散財移居，辭薦建祠，皆實事也。"我們相信這話，因為偉大的藝術家在創造小說的中心人物時，很難說不雜有個人的生活意態在內，但可不能因此就漠視了人物的典型性。因為，無論怎麼講，它也會是一個加工潤飾昇華到了有著共同代表性的形象的,這是人民的要求,前面不是說過麼? 嫉惡科舉逃避徵選是作者此書的中心意旨,而杜少卿卻正是體現這一戰鬥的進步的思想的主要人物。書中很有幾回文字是寫他的學問見解和行誼的,如他和遲衡山蘧、駃夫大論《詩經》:

> 杜少卿道:"朱文公解經,自立一說,也是要後人與諸儒參看。而今丟了諸儒,只依朱注,這是後人固陋,與朱子不相干。小弟遍覺諸儒之說,也有一二私見請教,即如《凱風》一篇說七子之母想再嫁,我心裏不安。古人二十而嫁,養到第七個兒子,又長大了,那母親也該有五十多歲,那有想嫁之理! 所謂'不安其室'者,不過因衣服飲食不稱心,在家吵鬧,七子所以自認不足。這話前人不曾說過。"遲衡山點頭道:"有理。"杜少卿道:"《女曰雞鳴》一篇,先生們說怎麼樣好?"馬二先生道:"這是鄭風,只是說他不淫,還有什麼別的說?"遲衡山道:"便是,也還不能得其深味。"杜少卿道:"非也,但凡士君子橫了一個做官的念頭在心裏,便先要驕傲妻子。妻子想做夫人,想不到手,便事事不遂心,吵鬧起來。你看這夫婦兩個絕無一點心想到功名富貴上去,彈琴飲酒,知命樂天。這便是三代以上修身齊家之君子。這個前人也不曾說過。"蘧駃夫道:"這一說果然妙了!"杜少卿道:"據小弟看來,《溱洧》之詩,也只是夫婦同遊,並非淫亂。"季葦蕭道:"怪道前日老哥同老嫂在姚園大樂! 這就是你彈琴飲酒,采蘭贈芍的風流了!"眾人一齊大笑,遲衡山道:"少卿妙論,令我聞之如飲醍醐。"(第三十四回)

我們在體會這些說詩的內容時,首先應該注意的還不只是杜少卿的看法到底夠不夠正確,因為他是在結合著自己的生活思想來講古比今地作解釋的。所以它之被肯定處,正是此類空所依傍,面對現實的戰鬥精神——在舉世風靡於朱熹集注的時候,他能夠提出異議,不相苟同;在大家想要做官的時候,他能夠輕視功名富貴懷念三代,這本身便是一種自我作古憎惡當世的對立情緒。他的某些特立獨行的生活,也可以從非議他的高老先生(是個翰林)口中見到。高老先生對遲衡山等罵完了少卿的父親就罵少卿道:

> 他這兒子就更胡說,混穿混喫,和尚、道士、工匠、花子,都拉著相與,卻不肯相與一個正經人! 不到十年內,把六七萬銀子弄的精光。天長縣站不住,搬在南京城裏,日日攜著乃眷上酒館喫酒,手裏拿著一個銅盞子,就像討飯的一般! 不想他家竟出了這樣子弟! 學生在家裏,往常教子侄們讀書,就以他為戒。每人讀書的桌子上,寫一紙帖粘著,上面寫道:"不可學天長杜儀!"遲衡山聽罷,紅了臉道:"近日朝廷徵辟他,他都不就。"高老先生冷笑道:"先生你這話又錯了,他果然肚裏通,就該中了去!"又笑道:"徵辟難道算得正途出身麼?"(同上)

這一段話真是把杜少卿罵透了,在冬烘加祿蠹的高老先生眼睛裏,杜少卿真應該是這般被"否定"的人物。可是,我們倒從這些言談話語中,知道了杜少卿的高貴所在了:有錢大家用;不論出身只要氣味相投都可以交往;還有著篤於愛情的夫婦之道;逃避徵辟不為統治者所使用的卓越行為。這些不都是自由、平等、反封建的進步行誼麼? 高老先生縱然罵得厲害,其內反足以顯示杜少卿的灑脫豪邁不同流俗呵! 所以遲衡山對於這一席話的結論是:

　　方才高老先生這些話,分明是罵少卿,不想倒替少卿添
了許多身份。眾位先生,少卿是自古及今難得的一個奇人!
(同上)

　　杜少卿之為一流人物在他的老世伯婁太爺的口裏也有過類似的
說法,婁太爺說,他的"品行、文章,是當今第一人"。(第三十二回)我
們除了可以從上面引證的材料中找到這些評價的論據,同時還可以對
照著他的其他言行如鄙視功名中人說"這學裏秀才,未見得好似奴
才!"(同上)強調一夫一妻制說"娶妾的事,最傷天理。"(第三十四回)
特別是那懇辭薦舉的話:"麋鹿之性,草野慣了。"(第三十三回)那一
種昂首天外但是富有人性的真名士風度,就是到了今天,也照舊覺得
著實可愛哩。

　　杜少卿而外,莊尚志也是一位了不起的人物。他雖被徵召到京,
依舊堅請還山,最令人欽敬的是大學士太保公想要把他收入門牆,他
竟說:

　　世無孔子,不當在弟子之列,況太保公屢主禮闈,翰苑門
生,不知多少,何取晚生這一個野人? 這就不敢領教了。(第
三十五回)

　　把這話簡單些就是:你不配做我的先生,我也不受你的拉攏。直
接回絕,正面搶白,這是多麼光明正大的態度! 據說莊尚志就是大經
學家上元程綿莊(亦見金和的跋文和蔣編《小說考證》"儒林外史"條
所引)。綿莊學問淵深,不願應舉,夠得上是顧(亭林)、黃(黎洲)以後
的真儒,作者拿他來當儒者的典型人物,原是千該萬該的。

585

　　虞育德則是一位宅心仁厚屈己待人的老先生，他雖是進士出身的南京國子監博士，可是不但沒有學博氣習，尤其沒有老爺派頭。杜少卿說他："襟懷沖淡，是上而伯夷、柳下惠，下而陶靖節一流人物。"（第三十八回）足見是少卿等的"同路人"了。他的忠厚之處也是不一而足，如愛護讀書、獎掖下一代、關心人民的疾苦、尊重奴婢的人格（分見三十六、七回中）等，都是通常人做不出來的事體，所以在祭祀泰伯的大典中，他就被推為主祭人了。（書中的名士、真儒們隆敬"三以天下讓民無得而稱焉"的泰伯，也是對於使用卑鄙手法奪取了皇位的胤禛的一個正面的鬥爭，因為它通過遲衡山的口中明明地點出了"也可以助一助政教"的話。其事分見第三十三回和第三十七回中）

　　小說中的正面人物除了這些書生本色的名士真儒（因為他們既不幫忙也不幫閒，而是一些風骨嶙峋不與世俗苟同的進步的知識分子）以外，還有幾位特殊的人物也都刻劃得令人敬愛。首先是"飾終"牛布衣的甘露庵老和尚。牛布衣寄住在他的庵裏，他和牛布衣處得非常之相得，牛布衣吟哦的時候他便煨了茶送來；牛布衣感到孤寂了，他便陪著說話；牛布衣病倒了，他便親侍湯藥心中感傷；牛布衣逝去了，他便信守死者的遺言辦理一切後事。（第二十回）從這個人物身上，反映了誠篤的人性，從這個故事中，交待了詩人到處寄食客死異鄉的悲慘生活，一位時代的犧牲者。其次是反抗封建迫害的沈瓊枝，她被鹽商宋為富騙買為妾，不受侮辱逃到南京賣詩賣繡，是一個具有堅強戰鬥意志的女性，所以連杜少卿都對她說："鹽商富貴榮幸，多少士大夫見了就鎖魂奪魄，你一個弱女子視如土芥，這就可敬的極了。"（第四十一回）但是，這還不算，在橫遭逮捕考詢的時候，她竟能夠叱咤差人折服知縣，絕不屈伏於貪官汙史的虎狼淫威之下，才更教人佩服呢。最後，我們再介紹一位老戲劇工作者鮑文卿的行誼，他幫助了劇作者出身的知縣向鼎（從按察司那裏打消了向鼎的參劾），不受"酬報"。（第二十四回)同情了賣子過活的倪老爹,過繼了老爹的第六個兒子。(第二十五回)而最難得的是他愛人以德,一絲不苟,譬如安慶府的書辦知道他是知府的老友,想要買通他在知府面前講說人情時他回復說:

> 我若是喜歡銀子,當年在安東縣曾賞過我五百兩銀子,我不敢受。自己知道是個窮命,須是骨頭裏掙出來的錢,才做得肉,我怎肯瞞著太老爺拿這項錢?況且他若有理,斷不肯拿出幾百兩銀來尋人情。若是准了這一邊的事,就要叫那邊受屈,豈不喪了陰德?依我的意思,不但我不敢管,連二位老爹也不必管他。自古道:"公門裏好修行。"你們服侍太老爺,凡事不可壞了太老爺清名,也要各人保著自己的身家性命。(第二十五回)

這安慶府就是鮑文卿曾經幫助過免受參劾的向鼎,向鼎是個有文化講義氣的官,極愛鮑文卿的為人,所以再度相遇以後便叫他跟到任所來住,可是鮑文卿照舊地"安分守已"一年多久也不曾在向鼎面前說過半個字的人情,因此就更為向鼎所器重,我們只看這裏"須是骨頭裏掙出來的錢才做得肉"和"公門裏好修行"的話,是多麼的嚴正呀!潔身自愛尊重勞動。不怪書辦聽了他的話要感到"毛髮悚然"(同上),也愧煞了那些奔走官府魚肉人民的"衣冠中人"了。向鼎說:

> 而今的人,可謂江河日下。這些中進士、做翰林的,和他說到傳道窮經,他便說迂而無當;和他說到通今博古,他便說雜而不精。究竟事君交友的所在,全然看不得!不如我這鮑朋友,他雖生意是賤業,倒頗多君子之行。(第二十六回)

從這一段評論中不但可以看出來鮑文卿在向鼎眼睛裏的分量，同時又否定了科舉之輩。至於鮑文卿自稱"小的"、常說"不配"和這裏向鼎道是"賤業"，都是當時社會輕視戲劇工作者的實際情況，我們怪他不得。

小說的人物我們就介紹到這裏，同時，作者的藝術手法描寫得細緻動人，形象塑造得鮮明具體，而且又把兩者配合得是如此的貼切，已經基本上達到了產生典型人物於典型環境之中，典型人物又的確具有著典型性格的這個藝術水平了。雖然有的地方因為我們對於當時的社會尤其是科舉的生活，瞭解得不夠，於是體會得也就很差。

《儒林外史》在組織結構上也具有著一些獨特的手法，如它一開頭用"敷陳大義，隱括全文"的楔子，在結尾用突然添出四個人物（會寫字的季遐年，賣火紙筒子的棋手王太，開茶館的詩人畫家蓋寬，和會彈琴的裁縫荊元都是不慕"榮華"自食其力的人），以"述往思來"的手法是作者獨特創造出來的，另外是它雖然也是以人為中心來寫事的，但絕不像別的小說，把主人公看得特別重，在整個的故事中叫它佔去最多的篇幅而且有頭有尾地一直發展下來。因為書中的人物近二百個，夠得上重要的也不下五六十人，他們之間彼此連貫，無量數的情節也"頂針續麻地隨著出現"，所以我們很難說哪個人（或是哪些人）是主人公了（杜少卿雖是作者的化身都不能說是的，因為他遲至三十一回才出現，到了四十一回就沒事了）。因此就往往有人說這部書故事發展的最高潮還勉強地可以說是祭泰伯（第三十七回）而主人公卻簡直就沒有。這話也不能算毫無道理。

至於小說的文字方面，則我們在介紹一開始時就提到過，因為作者生活的地理環境關係，有許多口語是蘇皖人民們白話，特別是當時知識分子的口頭語言，真可以說是一個精確的錄音，其中有些諺語甚至也可以從《西遊記》中找到，從這些地方又可以參證兩大小說作者的確都是生長在江淮地區的藝術家了。其次是《儒林外史》的作者是極長於用最簡單的語文表現最深刻的意義的。這種造詣,概括其中簡約凝練的手法,雖然是古已有之的,但是,我們只要仔細地對比一番,便會知道所謂"言簡意賅""意在言外""略小存大""舉重明輕"的這一套,到了作者的手裏,是已經如何地"爐火純青""後來居上"了。總結起來說:

①《儒林外史》是中國第一部富有戰鬥精神和人情意味的長篇諷刺小說,它的產生是跟作者疾惡滿清統治想望古代衣冠的愛國主義思想分不開的。

② 書中抨擊的主要事物是科舉制度下的"舉業"及由此產生出來的貪污土劣,而招搖撞騙遊手好閒的"名士""詩人"也聯在其內。雖然後者中有的是並無科名的。

③ 小說的藝術特色就是諷刺得刻骨鏤心地深刻,同時它所諷刺的事物和對象,又都是日常生活中到處可見的,這就分外地冷雋近人輕鬆可喜了。因為作者諷刺藝術的生命是植根於嚴肅的現實主義土壤中的,是繼承了中國古代史家褒貶滑稽的優良傳統的。

④ 在組織結構上,《儒林外史》雖然也是章回的體裁,但是卷首的一回楔子、卷終的四個附加人物,從敷陳全篇大意,示範典型生活上看,實在是一種創制的手法。另外是只有重要人物而無突出的主人公的這一點,也不能不說是"與眾不同"的。

⑤ 最後是作者極善於使用通俗精練的文字,刻劃體現出來最生動最豐富的人物故事,因而深刻並富有特徵地反映了政治與社會的內在本質。這就不單純是藝術手法的高強了。生活充實,感受敏銳,並且富有戰鬥精神才是主要的因素。

5.《紅樓夢》:"石頭記""金玉緣""金陵十三釵"

《紅樓夢》是中國近三百年來流傳最廣影響也最大的古典現實主義長篇小說之一,因為它在滿清時代就有著"開談不講《紅樓夢》,縱讀詩書也枉然"(見楊懋建所著《京塵雜錄》卷四《夢華瑣簿》中)的說法了,可見它深入社會各階層得到廣大讀者愛好的情況。

小說的作者曹雪芹,名霑,原籍河北省豐潤縣,生於清世宗胤禛雍正元年(一七二三年)。大約是在明朝末年,他的祖先遷居東北,入了滿洲籍為漢軍正白旗人,後來跟著清兵入關得到滿洲人的寵信,便變成了新朝的世家貴族。《紅樓夢》第五回說:"吾家自國朝定鼎以來,功名奕世,富貴流傳,已歷百年。"這雖然談的是賈家,事實上就是作者在自敘他的祖上。

從曹雪芹的曾祖曹璽到他的父親曹頫凡六十五年中也就是由康熙(清聖祖玄燁的年號)二年到雍正六年(公元一六六二——一七二八),曹家三代世襲了江寧織造官務。有時還兼任蘇州織造和兩淮鹽政。這些官都是直接為滿清皇帝採辦衣飾日用品及搜刮財賦的要職,品位雖然不高卻是當時的"肥缺",不是皇族的近侍是撈不到手的。

因為這樣,曹家便成了一個官僚地主的世家,他們用剝削來的大量金錢收買土地莊園,建造高樓大廈,過分地講究吃穿享受,生活極端地淫靡腐朽,這從康熙五次南巡,四次都是由作者的祖父曹寅接駕一事,也可以想見。而《紅樓夢》中"賈不假,白玉為堂金作馬"(第四回),"別講銀子成了糞土,憑是世上有的,沒有不是堆山積海的"(第十六回)一類的話,又可以相互參證了。

但在作者出生的時候,他的祖父曹寅已去世,他的父親曹頫在他四歲時因為封建統治集團的內部傾軋也被免了職還抄了家,十歲以後他跟著父親由南京回到北京,倒過了一陣比較康寧的日子,可是在他二十二歲左右,家裏又遭巨變,從此這個百年望族便沒落到底了。作者自己竟貧到移住西郊饘粥度日的境地。他的不朽的小說傑作《紅樓夢》就是在這樣的生活情況下寫成的。

我們應該特別指出來的是,作者此時的生活固然艱難,可是他的精神卻並未潦倒。他自己就說:"蓬牖茅椽,繩牀瓦灶,並不足妨我襟懷。況那晨風夕月,階柳庭花,更覺得潤人筆墨。"(見《紅樓夢》第一回)足證他的情調依舊是相當地豁達的。縱令偶爾也要發些"陋室空堂,當年笏滿牀;衰草枯楊,曾為歌舞場。蛛絲兒結滿雕梁,綠紗今又在蓬窗上"(同上)的感慨。

作者卒於滿清高宗弘曆乾隆二十七年(一七六三年),才只四十歲,遺著除《石頭記》(《紅樓夢》的又名)八十回(後四十回為高鶚所續)以外,復有未經類集的詩文若干。

《紅樓夢》所反映的時代雍正、乾隆年間,正是滿清王朝的"鼎盛"時期,再說得確切點兒,也正是中國封建社會接近死亡的一個"迴光返照"的時期。因為它已經是二千年來最後的一個王朝了。正因如此,統治階級對於人民的迫害,就更加地殘暴起來,甚至連統治階級自己,那矛盾那鬥爭也是非常之厲害的:胤禛的謀奪皇位貶殺異己(他的父兄們的親信,包括曹寅在內),便具體地說明了這個問題。所以當時的中國在表面上是海宴河清的太平盛世,而實際上卻是混亂恐怖人人自危的局面。

另外,據鄧拓同志的分析,這個時期已經是"封建社會開始分解,從封建經濟體系內部生長起來的資本主義經濟因素正在萌芽的時期"。這就是說,"在封建經濟內部生長著新的生產力和生產關係的萌芽,代表著資本主義關係萌芽狀態的新興的市民社會力量有了發展。同封建主義思想意識相對立的市民思想明顯地抬頭了。因而,在當時的社會，"除了農民和地主的主要矛盾以外，還存在著代表資本主義關係萌芽狀態的新興市民社會力量和封建統治的矛盾。"（節引《論〈紅樓夢〉的社會背景和歷史意義》）

《紅樓夢》的歷史意義和藝術價值就在於它通過了賈寶玉和林黛玉戀愛失敗的故事——也就是他們為了爭取自由幸福的生活所付出來的悲劇代價——因而全面地揭露了末期封建制度與貴族家庭的腐朽和罪惡，指出它和他們種種壓迫、剝削、荒淫、欺詐的必然崩潰與死亡的情況。所以，如果我們說，它是封建社會的一面鏡子，貴族家庭的最後喪鐘，應該是非常正確的看法，因為它告訴了我們，從宮廷中算起那生活必是悲哀、貪濫的，如賈元春身為貴妃，都不能經常和親人相會，賈家用了大批款子修蓋了省親別墅（只是採辦女樂置備家俱就用了五萬銀子），也只留得貴妃休息了不到一天，書中第十八回說：

> 賈妃垂淚，彼此上前廝見，一手挽賈母，一手挽王夫人，三人滿心皆有許多話，俱說不出，只是嗚咽對泣而已。邢夫人、李、鳳、迎、探、惜等俱在旁垂淚無言。半日，賈妃方忍悲強笑，安慰道："當日既送我到那不得見人的去處，好容易今日回家，娘兒們這時不說不笑，反倒哭個不了。一會子我去了，又不知多早晚才能一見！"說到這句，不禁又哽咽起來。

我們看，"不得見人的去處"非形同囚禁而何？貴妃到家卻是這般地悲悲切切，則她在宮中的生活是否快樂已經不問可知。這便是封建王朝三宮六院七十二妃的悲劇，沒有聽到元妃的結論麼？元妃向她的父親賈政說："田舍之家，齏鹽布帛，得遂天倫之樂；今雖富貴，骨肉分離，終無意趣！"（同上）這便是元妃的老實話，也就是作者控訴封建帝王蹂躏女性殘害人民的正面文章。再如宮中的太監,弄權賣爵公開索賄:秦可卿死了,賈珍為了喪禮上風光些,和大明宮掌宮內監戴權商量著替賈蓉捐個前程,戴權說:

> 事倒湊巧,正有個美缺。如今三百員龍禁尉缺了兩員。昨兒襄陽侯的兄弟老三來求我,現拿了一千五百兩銀子送到我家裏。你知道,咱們都是老相好,不拘怎麼樣。看著他爺爺的分上,胡亂應了,還剩了一個缺,誰知永興節度使馮胖子要求與他孩子捐,我就沒工夫應他。既是咱們的孩子要捐,快寫個履歷來。(第十三回)

等到手續完畢,賈珍問銀子到部去兌還是送入內相府中時,戴權直接了當地說:“若到部裏兌,你又吃虧了,不如平准一千兩銀子送到我家就完了。”(同上)試問這不是“乾沒”是什麼? 如果我們高興替他算算,三百個缺要是都這樣賣放起來不就好有三十萬銀子的收入了麼? 多麼驚人的貪婪數目哪! 他們還經常地出來“打秋風”。當夏太監派小太監來找賈璉時,鳳姐叫賈璉躲藏起來自己動問小太監到底有什麼事,小太監說:

> 夏爺爺因今兒偶見一所房子,如今竟短二百兩銀子,打發我來問舅奶奶家裏,有現成的銀子,暫借一二百,過一兩日就送來。”鳳姐兒聽了,笑道:“什麼是送來? 有的是銀子,只管光兌了去。改日我們短了,再借去也是一樣。”小太監道:“夏爺爺還說上兩回還有一千二百兩銀子沒送來,等今年底下,自然一齊都送過來的。”鳳姐笑道:“你夏爺爺好小氣,這也值得放在心裏? 我說一句話,不怕他多心:要都這麼記清

了還我們,不知要還多少了,只怕我們沒有,要有,只管拿去。
(第七十二回)

"羊毛出在羊身上",賈府裏哪兒來的銀子,還不都是剝削人民的,這就叫做"大魚吃小魚,小魚吃蝦米"的層層剝削的封建制度。賈家是個外戚,尚且叫內監們常常這樣地"敲竹杠",害得賈璉對鳳姐說:"這一起外祟何日是了!""昨兒周太監來,張口一千兩,我略應慢了些,他就不自在,將來得罪人的地方兒多著呢。"(同上)別的官員身上就更不必說了,把賬算到最後,誰不要歎息一聲說:"可憐的人民!"

孟軻說:"上下交征利而國危矣。"滿清王朝的當日更是這般的。從宮廷裏的太監到地方父母官兒不要錢的恐怕不多,同時還是官紳勾結上下其手的。如小說第四回談那"護官符"道:

> 如今凡作地方官的,都有一個私單,上面寫的是本省最有權勢極富貴的大鄉紳名姓,各省皆然。倘若不知,一時觸犯了這樣的人家,不但官爵,只怕連性命也難保呢。——所以叫做"護官符"。

這不只綻露了官紳一體魚肉人民的實際情況,而且我們從它裏面也可以索知統治階級內部的矛盾是無時無地不存在著的了。這從書中"酷吏"的代表賈雨村身上,他跟賈府遇合分離的整個過程上,以及賈府本身的興、衰、榮、辱,也就是它先為外戚後被抄檢的發展情況上,更可以找到許多具體的例證,此地暫不多說。至於地方官受賄則第八十六回明明標著"受私賄老官翻案牘"的——薛蟠二次打死人命被收,先由薛蝌"帶去銀兩做了衙門上下使費",再通過賈家花上幾千銀子,才把知縣買通了,於是當槽兒的白白地喪命,兇手薛蟠只問了一個誤傷。第九十九回又清清楚楚地指出縱令主人要做"清官",跟人也要暗弄手腳的。所謂"守官箴惡奴同破例",連賈政這樣古板的人,都當不起李十兒一番煽動的話。李十兒說:"那些書吏衙役都是花了錢買著糧道的衙門,那個不想發財?"百姓說:"凡有新到任的老爺,告示出的越利害,越是想錢的法兒。州縣害怕了,好多多的送銀子。"於是他便在賈政默許的情況下,"鉤連內外","做起威福"來了,而作者的結論也就是:

> 我們陰間,上下都是鐵面無私的,不比陽間瞻情顧意,有
>
> 許多的關礙處!(第十六回)

肯定"陰間"正是罵盡"陽世",後此小說中主人公賈寶玉的痛詆"祿蠹"、輕視"經濟",也未嘗不是為了這個。接著再談談貴族們淫靡的生活,光說關於奢侈的,如趙嬤嬤和鳳姐的一段對話:

> 趙嬤嬤道:"噯喲,那可是千載難逢的!那時候,我才記事兒,咱們賈府正在姑蘇、揚州一帶監造海船,修理海塘。只預備接駕一次,把銀子花的像淌海水似!說起來——"鳳姐忙接道:"我們王府裏也預備過一次。那時我爺爺專管各國進貢朝賀的事,又有外國人來,都是我們家養活。粵、閩、滇、浙,所有的洋船貨物都是我們家的。"趙嬤嬤道:"那是誰不知道的?如今還有個俗語兒呢!說'東海少了白玉牀,龍王來請金陵王',這說的就是奶奶府上了。如今還有現在江南的甄家——哎喲!好勢派!——獨他們家接駕四次,要不是我們親眼看見,告訴誰也不相信的。別講銀子成了糞土,憑是世上有的,沒有不是堆山積海的。'罪過可惜'四個字竟顧不

得了！"(第十六回)

　　凡是熟悉《紅樓夢》故事的人都會知道這裏接駕四次用銀子如糞土的甄家就是"賈不假,白玉為堂金作馬"(第四回)的賈家。因為作者在第一回中就交待過了,"假作真時真亦假"(真、假二字便是甄、賈的諧音),同時也就暗示給讀者無論甄家、賈家,它跟作者的本家曹家更是"只此一家",不過是"記為二姓"而已。這裏"東海少了白玉牀,龍王來請金陵王"的王家,便是王夫人、王熙鳳的母家,王家的繼承人王子騰後來遂做到九省都檢點,幾乎入閣拜了相。另外還有一個"阿房宮,三百里,住不下金陵一個史",乃是靖遠侯史家,賈母史老君的老娘家,史湘雲也是他家的孫小姐。最後是"豐年好大雪,珍珠如土金如鐵"的薛家,薛姨媽王夫人的親姐姐家,薛蟠、薛寶釵自己的家。他家雖非世宦,卻是皇商,"家中有百萬之富",又和王家、賈家是至親。這四個大富大貴地主官僚的世家盤根錯節地親上加親,驕侈淫逸地勢傾兩京,真可以說是滿清王朝的標準貴族,他們後來抄家的(賈家、甄家)、敗家的(薛家)、人丁稀少主人喪亡的(史家、王家),也都遭到的是同一個命運。這就不是簡單的事體了——皇家嫉視,人民對立,階級沒落,同歸滅亡,是作者已經預先看出來他們(也就是本階級的)的不可避免的前途了,使他們招致毀滅的原因,首先便是那"取之盡錙銖、用之如泥沙"的奢靡生活。就拿衣食作例子說罷,秦可卿因為患病見大夫常常脫換新衣服,他的公公賈珍道:

　　　　可是這孩子也糊塗！何必脫脫換換的？倘或著了涼,更添一層病,還了得！任憑什麼好衣裳,又值什麼呢？孩子的身體要緊,就是一天穿一套新的,也不值什麼！(第十回)

596

後來可卿夭亡,賈珍要大辦喪事說:"如何料理,不過盡我所有罷了!"(第十三回)都可以看出來賈府的奢侈。又如只吃一味"茄鯗",便要浪費如下的人力物力:

　　把才下來的茄子,把皮簽了,只要淨肉,切成碎丁子,用雞油炸了;再用雞肉脯子合香菌、新筍、蘑菇、五香豆腐乾子、各色乾菓子,都切成丁兒,拿雞湯煨乾了,拿香油一收,外加糟油一拌,盛在瓷罐子裏封嚴了,要吃的時候兒,拿出來用炒的雞瓜子,一拌就是了。(第四十一回)

不怪農民劉姥姥吃到聽到以後,要搖頭吐舌說:"我的佛祖! 倒得多少只雞配他! 怪道這個味兒!"(同上)按中國歷史上的封建統治者們是最講究吃的,他們吃一看二眼觀三地講求食品的"色、香、味",食不厭精、膾不厭細地誇示鐘鳴鼎食陳列八簋,特別是發展到了滿清王朝,更講究的是滿漢筵席山珍海味,一桌酒菜往往要四四、六六,甚或是八八六十四樣,吃不吃的也要擺了上來。(我們從故宮中滿清皇帝所遺留下來的食譜,便可以考見)作者在小說中描寫此類的文字甚細,我們都該把它當作是有著暴露否定的政治意義的。再介紹一下他們"取之盡錙銖"的情況,如寧國府莊頭烏進孝交給賈珍的一張年貨單子:

　　大鹿三十只,獐子五十只,麂子五十只,暹豬二十個,湯豬二十個,龍豬二十個,野豬二十個,家臘豬二十個,野羊二十個,青羊二十個,家湯羊二十個,家風羊二十個,鱘鰉魚二個,各色雜魚二百斤。活雞、鴨、鵝,各二百隻。風雞、鴨、鵝二百隻,野雞、兔子,各二百對。熊掌二十對,鹿筋二十斤,海參五十斤,鹿舌五十條,牛舌五十條,蠅乾二十斤,榛、松、桃、杏穰各二百袋。大對蝦五十對,乾蝦二百斤。銀霜炭上等選用一千斤,中等二千斤,柴炭三萬斤,玉田胭脂米二擔,碧糯五十斛,粉粳五十斛。雜色梁穀各五十斛,下用常米一千擔,各色乾菜一車。外賣梁穀,牲口各項,折銀二千五百兩,外門下孝敬哥兒玩意兒:活鹿兩對,白兔四對,黑兔四對,活錦雞兩對,西洋鴨兩對。(第五十三回)

東西這樣的豐足,賈珍還要說烏進孝是跟他"打擂臺"(勒揹主人的意思)。似這樣的收入不過是寧國府的八九分之一(榮國府又比這裏多著幾倍),還不是道地的貴族大地主麼? 這些物資便是他們所恃以鋪張浪費的物質基礎,這些物資也就是農民們終歲勞動的血汗果實。俗語云"飽暖生淫欲",地主老爺們既然有了這般豐厚的物質的條件,那隨之俱來的自然就是心靈道德日趨墮落的淫穢生活。賈府裏賈珍、賈璉的吃喝嫖賭浪蕩逍遙便是此中代表人物,如果再就賈府裏的整個情況來說,則焦大罵寧國府的話可以作為代表。焦大當著鳳姐、賈蓉罵道:

　　那裏承望到如今生下這些畜生來! 每日偷雞戲狗,爬灰的爬灰,養小叔子的養小叔子,我什麼不知道? 咱們"胳膊折了往袖子裏藏"! (第七回)

此外柳湘蓮對於寧國府的批評也有類似的話。他對寶玉說:"你們東府裏除了那兩個石頭獅子乾淨罷了!"(第六十六回)這就非常概括地說明了賈府裏的糜爛的生活(其實也是就當時貴族們的共同生活情況)——討小老婆,侮辱僕婦丫環,不分長幼尊卑地亂搞男女關係,那種生活情調已經近於世紀末的了。這些還不都是寄生於封建社會最後階段中的統治階級即將歸於覆滅的景象！

在這種漆黑一團一塌糊塗的腐朽生活中，惟有賈寶玉和林黛玉以及屬於他們這一類型中的人物如鴛鴦、晴雯等卻不是這樣的。他們基本上是不慕榮利的，憎惡權威的，有獨立的人格，至死不向醜惡的現實低頭的。尤其是這裏面的賈寶玉。現在就讓我們從他開始來試作分析。

賈寶玉是一位對立封建官僚地主統治階級，打算按照自己的願望生活下去的自由主義者，也就是說他乃是宗法制度的逆子、封建社會的貳臣，有著平等、博愛觀念的人道主義者。（這些都是自從《紅樓夢研究》批判以來，多數人認為正確的說法）再具體些說，就是凌邁世俗不做"祿蠹"，雖生活於錦繡堆中，卻不以富貴榮華為樂，終朝每日只是"尋愁覓恨，似傻如狂"。這就不是庸俗的人們能夠體會得了的了。因為所謂"天下無能第一"者，"無能"於趨炎附勢鑽營利祿是也；所謂"古今不肖無雙"者，"不肖"於頑固古板拘守禮教是也。這樣的人在當時統治階級的眼睛裏，自然是"行為偏僻性乖張"，"於國於家無望"的。可是我們今天看來，他那"哪管世人誹謗"（以上所引成語俱見第三回中）的態度，倒正是獨立奮鬥毫不妥協的戰鬥精神，因為他：

① **厭惡特殊**。譬如他的通靈寶玉，那是從賈母到小丫頭人人看作是他的命根子的，可是他自己有時卻狠命摔去罵道："什麼罕物！人的高下不識，還說靈不靈呢？我也不要這勞什子了！"等到大家都來搶護，他又哭道："家裏姐姐妹妹都沒有，單我有，我說沒趣兒。如今來了這個神仙似的妹妹也沒有，可知這不是個好東西。"（第三回）

② **常常自慚形穢**。寶玉一見秦鍾，心中便如有所失，癡了半月，心中又起了默想說："天下竟有這等的人物！如今看了，我竟成了泥豬癩狗了！可恨我為什麼生在這侯門公府之家？要也生在寒儒薄官的

家裏,早得和他交接,也不枉生了一世。我雖比他尊貴,但綾錦紗羅,也不過裹了我這枯株朽木;羊羔美酒,也不過填了我這糞窟泥溝。'富貴'二字,真是把人茶毒了！……"(第七回)

③ **不慕榮華富貴**。賈元春晉封貴妃以後,寧榮兩處和上下內外人等莫不歡天喜地,獨有寶玉置若罔聞——賈母等如何謝恩,如何回家,親友如何來慶賀,榮寧兩府近日如何熱鬧,眾人如何得意,獨他一個皆視有如無、毫不介意。(第十六回)在閒談起來的時候,他甚至認為做官丟了印都極平常。(第三十二回)

④ **反對讀書上進**。襲人說他:"凡讀書上進的人,你就起個外號兒,叫人家'祿蠹',又說:'只除了什麼明明德外就沒書了,都是前人自己混編纂出來的'。"(第十九回)這不是正面反對科舉經書的態度麼？這從他的只搞詩詞而又作得"比眾人都強"(包括他的老子賈政在內,見第十七回)一點,也可以證明他是"非不能也,是不為也"的。

⑤ **恥與縉紳來往**。史湘雲在寶玉不願意見賈雨村說自己不過是俗中透俗的俗人時,勸他說:"就不願去考舉人進士的,也該常會會這些為官作宦的,談講談講那些仕途經濟,也好將來應酬事物,日後也有個正經朋友。"寶玉聽了大覺逆耳,便道:"姑娘請別的屋裏坐罷,我這裏仔細腌臢了你這樣知經濟的人！"

⑥ **沒有長兄的架子**。賈府裏的規矩,凡做兄弟的都怕哥哥。這自然是宗法制度的慣例,唯有寶玉不要人怕,他想著:"兄弟們一樣都有父母教訓,何必我多事？反生疏了。""所以弟兄間亦不過盡其大概就算了。"(第二十回)決不想立甚麼威嚴作甚麼表率。

⑦ **待"下"寬縱**。寶玉房裏的丫環基本上都受到他的憐愛與尊重不必說了。就是賈府裏別的侍女和小廝他也很少疾言厲色地對待他們。有時甚至寬縱到可以回他的嘴,"搶"他的飾物,如大觀園試才題對額以後,賈政的小廝向他請賞,他笑道:"每人一吊。"眾人道:"誰沒

見那一吊錢! 把這荷包賞了罷。"說著,一個個上來解荷包,解扇袋,不
容分說,將寶玉所佩之物,盡行解去。(第十七回)

⑧ **有為人忘我的精神**。寶玉常常主動地幫助別人,替不相干的
人排難解紛,特別是對園中的侍兒們,經常勸她們不要生事,免遭責
問,有時竟代擔罪過,或是忘我地招呼他人。如藕官燒紙祭菂官,被婆
子捉到,寶玉見了忙道:"他並沒燒紙,原是林姑娘叫他燒那爛字紙。"
(第五十八回)芳官被她的乾娘虐待,襲人、晴雯怨芳官不省事,寶玉
道:"怨不得芳官! 自古就'物不平則鳴',他失親少眷的在這裏,沒人
照看,賺了他的錢,又作踐他,如何怪得?"(第五十八回)大雨淋得水
雞兒似的,他反告訴別人:"下雨了,快避雨去罷。"(第三十回)

除了這些優良的品質以外,寶玉這個生活在貴族大家庭的公子哥
兒,他那最突出的性格乃是特別敬愛女性。他說:"女兒是水做的骨
肉,男人是泥做的骨肉。我見了女兒便清爽,見了男子便濁臭逼人!"
(第二回)這話當然包蘊著極深刻的道理的。第一是女孩兒比較純潔
天真,而且自古以來就受著封建社會的雙重迫害的,所以值得同情;第
二,是他的生活周圍都是女孩兒家,在這個"女兒國"裏同情她們敬愛
她們,就等於說是愛護人民,關切弱小,尤其是反對男尊女卑,主子奴
才的封建制度,不能不算是一種進步的思想。何況他又是一個"泛愛
眾(女孩兒們,從寶釵到襲人等)而親仁(獨有黛玉自己是他的中心人
物)"極有分寸並不濫來的"情癡"呢? 因此種種,我們批判這一人物
實在不該只斤斤計較他的某些落後行為(如和秦鍾、蔣玉菡等的變態
的友情),吃胭脂、愛女紅一類的特別的毛病,因而就聯帶地抹煞了他
的偉大高貴之處,因為,這些才是不可避免的階級烙印呀!

小說中和賈寶玉同等重要的人物是林黛玉,她"孤高自許,目下無
塵"(第五回),也就是說,她憎惡庸俗,對立現實的情調,跟寶玉是一
般的——她輕視一切人,連北靜王的蓁苓香念珠她都說:"什麼臭男人

拿過的,我不要這東西。"(第十六回,當寶玉轉送給她的時候)她也輕視仕宦科舉,寶玉戲說:"林姑娘從來說過這些混賬話嗎?要是他也說過這些混賬話,我早和他生分了!"(第三十二回,當湘雲、襲人對寶玉談仕途經濟的時候)尤其是關於追求自由幸福的生活,反對封建包辦的婚姻方面,兩人更是心心相印協力奮鬥的。雖然結局是一死一逃完全失敗了。

林黛玉的性格還有著一種人所共知的特點,那就是工愁善病,冷僻疏懶。先說她這"心較比干多一竅,病如西子勝三分"(第三回)處。如黛玉在怡紅院外誤吃了閉門羹以後,自己心裏便想:

> 雖說是舅母家如同自己家一樣,到底是客邊。如今父母雙亡,無依無靠,現在他家依棲,若是認真慪氣,也覺沒趣!(第二十六回)

不怪黛玉多心,儘管是一位貴族出身的"千金小姐",可是寄人籬下無以為家卻是事實。所以她這工愁善病也未嘗沒有它的社會根源的。第二十七回又說:

> 紫鵑、雪雁素日知道黛玉的情性,無事悶坐,不是愁眉,便是長歎,且好端端的,不知為著什麼,常常的便自淚不乾的。先時還有人勸解,或怕她思父母,想家鄉,受委屈,用話來寬慰,誰知後來一年一月的,竟是常常如此,把這個樣兒看慣了,也都不理論了。

這實在是林黛玉平日生活的素描,從這裏面可以看出來多少不可告人的痛苦了!環境的惡濁,人事的鬼蜮,戰鬥的創傷,前途的渺茫!

能說她的"生性(自然本質)"就是這樣的麼？還是結合著她的婚姻問題說罷,紫鵑道得好:

> 倒不是白嚼蛆,我倒是一片真心為姑娘,替你愁了這幾年了。又沒個父母兄弟,誰是知疼著熱的? 趁早兒,老太太還明白硬朗的時節,作定了大事要緊,俗語說:"老健春寒秋後熱。"倘或老太太一時有個好歹,那時雖也完事,只怕耽誤了時光,還不得趁心如意呢。公子王孫雖多,那一個不是三房五妾,今兒朝東,明兒朝西? 娶一個天仙來,也不過三夜五夜,也就撂在脖子後頭了,甚至於憐新棄舊,反目成仇的,多著呢。娘家有人有勢的,還好。要像姑娘這樣的,有老太太一日好些,一日沒了老太太,也只是憑人去欺負罷了。——所以說,拿主意要緊,姑娘是個明白人,沒聽見俗語說的"萬兩黃金容易得,知心一個也難求"? (第五十七回)

紫鵑是最清楚寶、黛的關係的,她也是全心全意要說明他倆達成結合目的的人,我們只看這番話說得是如何入情入理,同時當日男尊女卑的社會地位,包辦婚姻的不良後果,以及黛玉孤苦伶仃的生活情況。寶、黛"從小兒就一處長大,脾氣、性情都彼此知道"(同上)的愛的基礎,也就都反映出來了。不過,這裏要特別提出來的是,連老太太也不中用,自從寶釵進了賈府,從賈母、王夫人到丫頭們,就把那寵愛擁戴的心情早都轉移過去了,這便是黛玉越來越悲憤以至逼成了多心小性尖酸的主要原因。黛玉自己就對寶釵說"我最是個多心的人"(第四十五回),她接著說:

> 你看這裏這些人,因見老太太多疼了寶玉和鳳姐姐兩

個,他們尚虎視眈眈,背地裏言三語四的,何況於我? 況我又不是正經主子,原是無依無靠,投奔來了的,他們已經多嫌著我呢,如今我還不知進退,何苦叫他們咒我?

多心、疏懶、冷淡、癆病,這些症象原都是前因後果相互影響著的。關於此類情況書中不乏記載的筆墨,也是第四十五回說:

　　黛玉每歲至春分秋分,必犯舊疾,今秋又遇著賈母高興,多遊玩了兩次,未免過勞了神,近日又復咳嗽起來,覺得比往常又重,所以總不出門,只在自己房中將養。有時悶了,又盼著姐妹來說些閒話排遣;及至寶釵等來望候,他說不得三五句話,又厭煩了。眾人都體諒他病中,且素日形體姣弱,禁不得一些委屈,所以他接待不周,禮數疏忽也都不責他。

這還不是病態麼? 因為黛玉的人生觀已是不夠健康的了,她經常地說:

　　人有聚就有散,聚時喜歡,到散時豈不清冷? 既清冷則生感傷,所以不如倒是不聚的好。(第三十一回)

因此,她就"喜散不喜聚"。因此,"人以為歡喜時他反以為悲慟"(同上)。這種情調體現到她的詩詞裏面的也極多,如《桃花行》結尾的幾句:

　　若將人淚比桃花,淚自長流花自媚。淚眼觀花淚易乾,淚乾春盡花憔悴。憔悴花遮憔悴人,花飛人倦易黃昏。一聲

杜宇春歸盡,寂寞簾櫳空月痕!（第七十回）

詩作得如此的悲哀,不怪寶玉看到"竟要滾下淚來",並且肯定是黛玉之作說"林妹妹曾經離亂",所以"作此哀音"。（並見第七十回）但是最淒苦的還是那一首《葬花吟》,一起首的"花謝花飛花滿天,紅消香斷有誰憐"已經令人聞之辛酸了,可是那結語竟還有:

　　爾今死去儂收葬,未卜儂身何日喪?儂今葬花人笑癡,他年葬儂知是誰?試看春殘花漸落,便是紅顏老死時。一朝春盡紅顏老,花落人亡兩不知!

我們認為這不只是一個女孩兒家因為悲感身世所發抒出來的哀音,簡直應該把它當作是一種世紀末式的生活上的絕叫。統觀前面所徵引的材料,固然可以知道黛玉的的孤高自許,對立現實的精神,但是更應該注意的是她這個沖不出雲團的月亮,只能夠悲觀厭世的社會原因,末期的封建制度壓力之大,這也就是說,不能單怪黛玉的戰鬥力量不夠堅強,人生態度過於灰色。她的"素多猜忌,好弄小性兒"（第二十七回寶釵、襲人的話）,也當作如是觀——是萬惡的封建社會齷齪的貴族生活危害的結果,並不是什麼自然本質的關係。

作者就是通過這一對貴族青年男女,寶玉和黛玉的愛的悲劇來重點而亦全面地反映了沒落的封建社會的黑暗,垂死的貴族階段的腐朽,來告訴人們必須另找出路,再按老一套的辦法是生活不下去了,雖然這個新的辦法因為時代的關係,還不曾給我們明確地提示出來。

談到這裏又牽涉到一個比較麻煩的問題:既然肯定了黛玉,對於她的"情敵"寶釵應該如何看法?寶釵到底是不是完全被否定的人物?我們的答案是這樣的:

　　賈府上的家政當權派是以王夫人、王熙鳳為首的迫害弱小作福作威的剝削集團(賈母史太君不過是一位溺愛子孫只圖快樂的偶相),那麼,靠攏這個集團並且為它所用的人物應該怎樣對待?那寶釵一進賈府便"行為豁達,隨時從分","深得下人之心"。知道黛玉和她對立,她卻故意"渾然不覺"(以上並見第五回),甚且更進一步地使用小忠小信小恩小惠的手法欺騙了黛玉,叫疑忌她的"情敵"也不得不說出來"只當你有心藏奸,往日竟是我錯了"(第四十五回)的話,已然叫人很容易地看出來"方知曹操是奸雄了"。何況她那討好老太太,巴結王夫人,推崇王熙鳳,結識花襲人的一系列的行為,更是昭昭在人耳目的呢?例如她討好老太太的:

　　　　我來了這麼幾年,留神看起來,二嫂子憑他怎麼巧,再巧不過老太太。(第三十五回)

　　以王熙鳳之巧來反觀老太太之巧,烘雲托月還有比這再巧妙的詞令麼?難怪賈母要愛稱她作"我的兒",說"從我們家裏四個女孩兒算起,都不如寶丫頭"(同上)了。再如她巴結王夫人的——在金釧兒情烈跳井以後,王夫人心中異常不安,寶釵卻勸王夫人不必十分過意不去,只多賞幾兩銀子發送她也就盡了主僕之情(這分明是以金錢買人命的助紂為虐的政治手法,因為金釧是王夫人逼死的)。特別是當王夫人談到要送金釧以妝裹(殮衣)的時候,她竟自報奮勇地說不必另做,她自己的衣服就可以用,還說不"忌諱"。其結果是買到了姨娘的心,參加了賈府的家政集團——王夫人特請了寶釵來,托她各處小心,並且囑咐她道:

　　　　好孩子,你還是個妥當人,你兄弟妹妹們又小,我又沒工夫,你替我辛苦兩天,照應照應。凡有想不到事,你來告訴我,別等老太太問出來,我沒話回,那些人不好,你只管說,他們不聽,你來回我,別弄出大事來才好。(第五十五回)

寶釵受命以後,也就真的行動起來,如她警告園中的婆子們道:

　　我也不該管這事,你們也知道,我姨娘親口囑托我三五回,說大奶奶如今又不得閒,別的姑娘又小,托我照看照看。我若不依,分明是叫姨娘操心。你們太太又多病,家務也忙,我原是個閒人,就是街坊鄰舍,也要幫個忙兒,何況姨娘托我?講不起眾人嫌我,倘或我只顧沽名釣譽的,那時酒醉賭輸,再生出事來,我怎麼見姨娘?你們那時後悔也遲了,就連你們素昔的老臉也都丟了。(第五十六回)

處處抬出姨娘(王夫人)來,其實就是"挾天子以令諸侯"的行徑,何況還強調是受"囑托"不是"派令"的高貴的身份?因此有誰能說寶釵不是厲害的!她推崇王熙鳳的話,也是這樣又自然又中聽的。她說:

　　二嫂子的詼諧,真是好的。(第二十五回)
　　世上的話,到了二嫂子嘴裏也就盡了。(第四十二回)

鳳姐是以伶牙俐齒會見勤兒來向賈母、王夫人要權固寵的,所以寶釵之贊,正是搔著被贊者的癢處,絕不是普通的詞令。至於寶釵的結識襲人,那就更是志不在小別有深心的作為了。她替襲人給寶玉做針錢。(第三十二回)在寶玉挨打以後,她又送來丸藥通過襲人給寶玉

607

敷上,還說,要什麼東西,可以悄悄地往她那裏取去,不必驚動老太太、太太跟眾人。(第三十四回)甚至可以代替襲人坐在寶玉牀上,為寶玉服務。(趕蚊子做活計,第三十五回)總之,是她已經和襲人做成功了爾我不分共同照看寶玉的境地了。只舉一例,在襲人不明白為什麼王夫人特賞兩碗飯菜覺得不好意思時,寶釵說:

這就不好意思了?明兒個還有比這個更叫你不好意思的呢!(同上)

襲人聽了話內有因,素知寶釵不是輕嘴薄舌奚落人的,自己想起上日王夫人的意思來,便不再提了。(同上)因之,我們從這些情況中不但看出來寶釵和襲人水乳交融般的友情,同時也可以推知寶釵果是參贊於王夫人"帷幄之中"的了。

寫到這裏我們不能不說,寶釵處心積慮地來愛寶玉,從一般的道理上講仿佛沒有辦法說她不是正當的行為的,她也應該有這種權利麼。問題乃在於這裏是不是憑藉著當權派(製造形勢使之有利於己)?危害第三人(主要是黛玉的生命)?因為寶釵比誰都清楚,寶、黛之愛是生死不渝的,如果擠進去一個第三者,那便是性命交關的事,可是她終於這樣做了,把它提高到原則上看,不是建立自己的快樂於別人的痛苦上面的剝削(甚至可以說是殘忍的)行為麼?至於寶玉是不是也愛寶釵?則我們不必躊躇便可以回答一個"是"字。但跟著就要說,這裏面是非常之有分寸的,不必費話就看這一段材料罷,寶玉在黛玉歪派他有人(就是寶釵)和他玩,比自己又會念,又會作,又會寫又會說笑,又怕他生氣的時候,悄悄地向黛玉說:

你這麼個明白人,難道連"親不隔疏,後不僭先"也不知道？我雖糊塗卻明白這兩句話。頭一件，咱們是姑舅姐妹，寶姐姐是兩姨姐妹，論親戚也比你遠。第二件，你先來，咱們兩個一桌吃，一牀睡，從小兒一處長大的，他是才來的，豈有個為他遠你的呢？（第二十回）

"親不隔疏，後不僭先"，只詳參寶玉口中這八個字，則釵、黛二人在他腦子裏的分量如何已經不必再去多問了。然而最重要的還是下面這一段話——寶玉懶與士大夫接談，又最厭峨冠禮服賀吊往還等事，前面已經介紹過，見機勸導討他這個嫌惡的寶釵也是一個，氣得寶玉都罵著說：

好好的一個清靜潔白女子，也學的釣名沽譽，入了國賊祿鬼之流！這總是前人無故生事，立意造言，原為引導後世的鬚眉濁物。不想我生不幸，亦且瓊閨繡閣中亦染此風，真真有負天地鍾靈毓秀之德了！（第三十六回）

思想情況不相同，這就不是簡單的事兒了，不只是不相愛，而且滋生了憎惡的心理了。那末，以不入耳之言來相勸勉的寶釵，憑藉家長的力量來達成結合目的的寶釵，特別是摧毀了別人的幸福自己也落個"竹籃打水一場空"的寶釵，究其用心說是"犯罪"，觀其結局謂曰"可憐"，難道是冤枉的？

語云："多財善賈，長袖善舞。"薛寶釵出身商人世家，嫻習封建道德，所謂"罕言寡語，穩重和平"，可以說是舊社會中的標準婦女，作者塑造出她來，不只是使之和黛玉作一個鮮明的對比，也未嘗不是通過她以教育那些賢妻良母主義者，說如此這般是一樣地沒法活下去的。

賈府裏的別的姑娘，則迎春懦弱（簡直是忠厚無用），惜春冷僻

(已經到了不近人情的地步),常來常往的史湘雲明快(有時天真得令人可愛),也都各有她們的性格,但都不是當權派的人物。只有探春敏決幹練,特富才情,雖參加了家政工作,卻不過是個"諍臣"的腳色。值得肯定的也就在於她獨敢面向腐朽沒落的統治者如王夫人、王熙鳳等鬥爭挑戰,並且燭見了家運的必趨衰敗,最有代表性的是"惑奸讒抄檢大觀園"裏的這一節:

　　這裏鳳姐和王善保家的又到探春院內,誰知早有人報與探春了。探春也就猜著必有緣故,所以引出這等醜態來,遂命眾丫鬟秉燭開門而待。眾人來了。探春故問:"何事?"鳳姐笑道:"因丟了一件東西,連日訪察不出人來,恐怕旁人賴這些女孩子們,所以大家搜一搜,使人去疑兒,倒是洗淨他們的好法子。"探春冷笑道:"我們的丫頭,自然都是些賊,我就是頭一個窩主。既如此,先來搜我的箱櫃,他們所有偷了來的,都交給我藏著呢。"說著,便命丫頭們把箱一齊打開,將鏡奩、妝盒、衾袱、衣包,若大若小之物一齊打開,請鳳姐去抄閱。鳳姐陪笑道:"我不過是奉太太的命來,妹妹別錯怪了我。"因命丫鬟們:"快快給姑娘關上。"

　　平兒、豐兒等,先忙著替侍書等關的關,收的收。探春道:"我的東西倒許你們搜閱,要想搜我的丫頭,這卻不能。我原比眾人歹毒,凡丫頭所有的東西,我都知道,都在我這裏間收著,一針一線他們也沒的收藏,要搜所以只來搜我。你們不依,只管去回太太,只說我違背了太太,該怎麼處治,我去自領。你們別忙,自然連你們抄的日子有呢!你們今日早起,不曾議論甄家,自己家裏好好的抄家,果然真抄了。咱們也漸漸的來了。可知這樣大族人家,若從外頭殺來,一時是

610

殺不死的。這是古人曾說的'百足之蟲,死而不僵',必須先從家裏自殺自滅起來,才能一敗塗地呢!"說著,不覺流下淚來。

鳳姐只看著眾媳婦們。周瑞家的便道:"既是女孩子的東西全在這裏,奶奶且請到別處去罷,也讓姑娘好安寢。"鳳姐便起身告辭。探春道:"可細細搜明白了。若明日再來,我就不依了。"鳳姐笑道:"既然丫頭們的東西都在這裏,就不必搜了。"探春冷笑道:"你果然倒乖!連我的包袱都打開了,還說沒翻。明日敢說我護著丫頭們,不許你們翻了。你趁早說明,若還要翻,不妨再翻一遍。"鳳姐知道探春素日與眾不同的,只得陪笑道:"已經連你的東西都搜查明白了。"探春又問眾人:"你們也都搜明白了沒有?"周瑞家的等都陪笑說:"都翻明白了。"

那王善保家的本是個心內沒成算的人,素日雖聞探春的名,他想眾人沒眼色沒膽量罷了,那裏一個姑娘家就這樣利害起來?況且又是庶出,他敢怎麼著。自己又仗著是邢夫人的陪房,連王夫人尚另眼看待,何況別人?只當是探春認真單惱鳳姐,與他們無干。他便要趁勢作臉,因越眾向前,拉起探春的衣襟,故意一掀,嘻嘻笑道:"連姑娘身上我都翻了,果然沒有什麼。"鳳姐見他這樣,忙說:"媽媽走罷,別瘋瘋癲癲的。"

一語未了,只聽"拍"的一聲,王家的臉上早著了探春一巴掌。探春登時大怒,指著王家的問道:"你是什麼東西,敢來拉扯我的衣裳!我不過看著太太的面上,你又有幾歲年紀,叫你一聲媽媽,你就狗仗人勢,天天作耗,在我們跟前逞臉!如今越發了不得了!你索性望我動手動腳的了!你打

量我是和你們姑娘那麼好性兒,由著你們欺負,你就錯了主
意了!你來搜檢東西,我不惱你,不該拿我取笑兒!"說著,便
親自要解紐子,拉著鳳姐兒細細的翻。"省得叫你們奴才來
翻我!"

(第七十四回)

賈府三姑娘探春的個性殺法,通過這一段文字可以說是整個地交
待了出來。我們查遍大觀園的少爺小姐們,沒有任何一個人敢於這樣
地對抗"命令",唐突鳳姐,尤其是動手打了狗腿子,而又處處站穩腳步
叫人從表面上挑不出錯兒來的。但從"敏探春興利除宿弊"(第五十
六回)的諸種作為上看,可以知道她儘管不滿意於"統治"的現狀,但
至多也不過是一位改良主義者。所以如果拿她和蔑視一切對抗現實
的黛玉來比,恐怕首先要搞清楚了她們的基本態度(姑且也叫它作立
場吧)上的差異。

接著我們就研究一下鳳姐。

王熙鳳"臉酸心硬"(第十四回),"兩面三刀"(第六十五回),是賈
府裏的"暴君""汙吏""潑婦""讒人"。我們先看府中的"下人"們對
她的公論。周瑞家的對劉姥姥說:

這鳳姑娘年紀兒雖小,行事兒比世人都大呢,如今出挑
的美人似的,少說著只怕有一萬心眼子,再要賭口齒,十個會
說的男人也說不過他呢!回來你見了,就知道了——就只一
件,待下人未免太嚴些兒。(第六回)

再看寧國府中都總管賴升對同事的話:

如今請了西府裏璉二奶奶管理內事,倘或他來支取東西,或是說話,小心伺候才好。每日大家早來晚散,寧可辛苦這一個月,過後再歇息,別把老臉面扔了,那是個有名的烈貨,臉酸心硬,一時惱了,不認人的!(第十四回)

但是談得最徹底的卻還是賈璉的心腹僕人興兒,興兒對尤二姐道:

如今闔家大小,除了老太太、太太兩個,沒有不恨他(王熙鳳)的,只不過面子情兒怕他。皆因他一時看得人都不及他,只一味哄著老太太、太太兩個人喜歡。他說一是一,說二是二,沒人敢攔他.又恨不得把銀子錢省了下來堆成山,好叫老太太、太太說他會過日子,殊不知苦了下人,他討好兒。或有好事,他就不等別人去說,他先抓尖兒。或有了不好的事,或他自己錯了,他便一縮頭,推到別人身上去,他還在旁邊撥火兒。(第十四回)

興兒把他們二奶奶的為人可真是看到骨頭裏去了。這還不算,他又概括著說她"心裏歹毒,口裏尖快",說她"嘴甜心苦,兩面三刀。上頭笑著,腳底下就使絆子;明是一盆火,暗是一把刀,他都佔全了"(同上)。因此我們才說她是"暴君"又兼"污吏"的。譬如賈府裏的刑法,罰月錢、抽鞭子、打嘴巴、打板子、關馬圈,她都行到了猶以為未足。有時還要燒了紅烙鐵來烙人嘴,用頭上的簪子來亂紮人。(第四十四回)這樣的殘暴,誰不恨她?至於她苛刻待人從錢上找便宜的事,我們只舉賈母給她做生日,她連並無收益的兩個姨娘趙氏、周氏都不放過,也叫她們各出二兩的份子一事就可以說明了。當時尤氏悄悄地罵她說:

"我把你這沒足夠的小蹄子兒! 這麼些婆婆、嬸子湊銀子給你做生日,你還不夠,又拉上兩個苦瓠子!"鳳姐也悄悄的笑道:"你少胡說! 一會子離了這裏,我才和你算賬! 他們兩個為什麼苦呢? 有了錢也是白填還別人,不如拘了來,咱們樂。"(第四十三回)

最有深刻意義的是尤氏下面的話,尤氏向平兒說:

　　我看著你主子這麼細緻,弄這些錢,那裏使去? 使不了,明兒帶了棺材裏使去! (同上)

因為鳳姐真是太認得錢了(這兒還只不過是偶爾的外添兒),她連丫頭們的月錢都要打折扣發放的,第三十六回王夫人問她:"前兒恍惚聽見有人抱怨,說短了一串錢,是什麼緣故?"她饒著弄了手眼卻巧言折辯地說:

　　姨娘們的丫頭月例,原是人各一吊錢。這事其實不在我手裏,我倒樂得給他們呢,只是外頭扣著,這裏我不過是接手兒,怎麼來,怎麼去,由不得我做主。我倒說了兩三回,仍舊添上這兩分兒為是,他們說了只有這個數兒,叫我也難再說了。如今我手裏給他們,每月連日子都不錯。先時候兒在外頭關,那個月不打饑荒? 何曾順順溜溜的得過一遭兒呢?

看,這不是沒理說成有理,一手掩蓋了王夫人的耳目,而且不但把責任推到別人身上,反倒講自己對他們是體貼的鬼話麼? 可是她一回

到屋裏便向平兒罵著說:

> 我從今以後,倒要幹幾件刻薄事了。抱怨給太太聽我也
> 不怕! 糊塗油蒙了心,爛了舌頭,不得好死的下作娼婦們,別
> 做娘的春夢了! 明兒一裏腦子扣的日子還有呢。如今裁了
> 丫頭的錢就抱怨了,也不想想,自己也配使三個丫頭!

　　這就是鳳姐嘴甜心苦兩面三刀的本來面目,至於暗弄手眼,唯利
是圖的事兒,比這大的還有的是——她包攬詞訟,硬替張守備的兒子
退聘,逼死了未婚的金哥,結果弄得張、李兩家人財兩空,她自己卻安
享了三千兩白銀。(第十六回)放高利貸,她對旺兒的媳婦說:"說給
你男人:外頭所有的賬目,一概趕今年年底都收進來,少一個錢也不
依。我的名聲不好,再放一年,都要生吃了我呢!"(第七十二回)可見
聰明的鳳姐也未嘗不知道自己的處境,"騎上了老虎"、"也太毒性了"
(第五十五回)一類的話,她常向平兒說的。

　　鳳姐的"毒性"更充分地表現在她的兩性生活上,她跟賈璉彼此
之間都是不夠忠實的。她放債瞞著賈璉,辦事壓著賈璉,這些情節
且不要說,最不饒人的是因為賈璉亂搞男女關係,她都不惜殺人犯
罪了。鮑二媳婦上吊以後,她吩咐林之孝家的說:"我沒一個錢——
有錢也不給他! 只管叫他告去! 也不許勸他,也不用鎮唬他,只管叫
他告! 他告不成,我還問他個'以屍詐訛' 呢!"(第四十四回)賈璉偷
娶了尤二姐,她那威風殺氣就更大了。先拿住了旺兒、興兒,把尤二姐
騙進了大觀園,跟著就挑唆二姐的前夫張華叫他出頭告狀——告賈璉
國孝家孝在身,背旨瞞親,仗財依勢,強逼退親,停妻再娶。(暗中卻派
人用銀打點,不要深究)然後才到寧國府找尋尤氏(二姐的姐姐)撒
潑——滾到尤氏懷裏,嚎天慟地,大放悲聲。(以上並見六十七八兩回

中)只說:

> 給你兄弟娶親,我不惱。為什麼使他違旨背親,把混賬名兒給我背著?咱們只去見官,省得捕快皂隸來拿。再者,咱們只過去見了老太太、太太和眾族人等,大家公議了,我既不賢良,又不容男人買妾,只給我一紙休書,我即刻就走!你妹妹我也親身接了來家,生怕老太太、太太生氣,也不敢回,現在三茶六飯,金奴銀婢的住在園裏。我這裏趕著收拾房子,和我的一樣,只等老太太知道了。原說接下來大家安分守己的,我也不提舊事了。誰知又是有了人家的!不知你們幹的什麼事,我一概又不知道。如今告我,我昨日急了——縱然我出去見官,也丟的是你賈家的臉——少不得偷把太太的五百兩銀子去打點。如今把我的人還鎖在那裏!(第六十八回)

她就這般說了又哭,哭了又罵,後來又放聲大哭起祖宗爺娘來,又要撞頭尋死,把個尤氏搓揉成一個麵團兒,衣服上全是眼淚鼻涕。(同上)看看,我們說鳳姐是"潑婦"還有錯麼?翻臉就不認人,找上茬兒便沒完沒了!直鬧了個河潯水乾,以尤氏為首的眾姬妾丫頭媳婦等,黑壓壓地跪了一地,陪笑求情,結果是面子佔盡,銀子詐走(只在督察院用了三百兩,她卻向尤氏說是五百兩),挑撥著秋桐——用"借刀殺人"之法,"坐山觀虎鬥"逼得尤二姐吞金自殺了事。

我們認為作者之所以把王熙鳳描寫得這般的惡毒,其目的當不僅在於揭露像她一樣的婦女從當時貴族的大家庭中隨處都可以找到。因為如果把賈家比作一個小朝廷的話,則王熙鳳恰好就是那種貌似忠信而內懷奸詐,為了自己要害盡天下蒼生的蠹賊,作者憎惡了她,也就等於憎惡了本階級的統治者。

下面也說說賈府裏的"奴才"。

賈府裏的"奴才"是分上、中、下三等的,無論男女,小廝、丫鬟,俱按差使的大小而定等第。如兩府裏的總管寧國府的賴升和賴大家的,榮國府的林之孝、吳新登和林之孝家的、吳新登家的,他們在主子面前都是有頭有臉的,有時甚至比小輩的主子還被看重些。例如賴嬤嬤等可以陪賈母玩牌,可以在主子面前替別人講情,出份子也比照少奶奶的數兒可見。(第四十三回)就舉賴家為例,賴嬤嬤的孫子賴尚榮都做了縣官了,下面的一段話,最可以給爬上去的"奴才"做寫照。賴嬤嬤道:

> 我說:"小子,別說你是官兒了,橫行霸道的!你今年活了三十歲,雖然是人家的奴才,一落娘胎胞兒,主子的恩典,放你出來,上托著主子的洪福,下托著你老子娘,也是公子哥兒似的,讀書寫字,也是丫頭老婆奶子捧鳳凰似的,長了這麼大。你那裏知道那'奴才'兩字是怎麼寫的!只知道享福,也不知道你爺爺和你老子受的那苦惱!熬了兩三輩子,好容易掙出你這麼個東西來。從小兒三災八難,花的銀子,照樣也打出你這麼個銀人兒來了。到二十歲上,又蒙主子的恩典,許你捐了前程在身上。你看那正根正苗,忍饑挨餓的有多少?你一個奴才秧子,仔細折了福!如今樂了十年,不知怎麼弄神弄鬼的,求了主子,又選了出來了。縣官雖小,事情卻大,做那一處的官,就是那一方的父母。你不安分守己,盡忠報國,孝敬主子,只怕天也不容你!"(第四十五回)

封建社會裏有所謂"宰相門下七品官"的話,作為外戚貴族的賈家,也出了賴尚榮,這是不足為奇的。我們要說明的是,賴家等是賈家的爬了上去的"奴才",他們一般的有財有勢,使奴喚婢,欺凌弱小,助紂為虐。對於那些見了主子就摘帽子,磕響頭,犯了"罪過"就打屁股、關馬圈的低級"奴才"來說,自然也是高高在上的統治階級,魯迅先生不是早就說過了麼?"有暫時做穩了奴隸的時代",滿清王朝的漢籍達官貴人們就正應了這句話,因為,在這個王朝的皇帝面前,並不是人人都有公開的自稱"奴才"的資格的。那就是說,還有絕大多數的官兒,欲做爬了上去的直接奴才而不可得呢。所以我們認為作者之所以這般完備地描寫賈府中的奴才生活,是又具有著面對現實藝術概括的意義的。所以,他也同樣地塑造出來我們在前面已經約略地提到過的敢於叱咤主子富有鬥爭精神的焦大。焦大趕著賈蓉大叫著說:

> 蓉哥兒,你別在焦大跟前使主子性兒! 別說你這樣兒的,就是你爹,你爺爺,也不敢和焦大挺腰子呢! 不是焦大一個人,你們就做官兒,享榮華,受富貴? 你祖宗九死一生掙下這個家業,到如今,不報我的恩,反和我充起主子來了。不和我說別的還可,再說別的,咱們白刀子進去,紅刀子出來!
> (第七回)

焦大對於賈府的祖先,是有過"汗馬功勞"的,從尤氏的口中告訴我們說他是"從小兒跟著太爺出過三四回兵,從死人堆裏把太爺背出來,才得了命。自己挨著餓,卻偷了東西給主子吃。兩日沒水,得了半碗水給主子喝,他自己喝馬溺"(同上)。但是這樣的"有功之臣",賈府的後人因為他罵了街揭了短,便叫小廝們"揪翻捆倒,拖往馬圈裏去,並且用土和馬糞填滿了嘴叫他叫罵不得"(同上)。從這一事實我們又未嘗不可以看到,統治階級的富貴都是奴才們給打出來的,可是事過境遷以後,他們往往的不認賬甚至於要"恩將仇報"了! 所謂兔死狗烹、鳥盡弓藏者是封建統治者的冷酷傳統在這裏又得了一次生動的體現,同時那些跟著主子轉幫著主子剝削人民的"奴才",就有錢有勢,像焦大這等不滿現狀具有正義感的"奴才",就要遭受凌辱的兩種情況,也極鮮明地擺給我們了。

在賈府的女僕人——媳婦丫鬟們對主子的態度中,就更清楚地存在著這兩種人。媳婦不談,大丫頭中以襲人為首的靠攏當權派和以鴛鴦為首的獨立自立派,可說是表現得極露骨,鬥爭得極尖銳的! 襲人原是賈母房中的大丫頭,後來撥歸寶玉,她就轄治怡紅院(包括寶玉在內),交結薛寶釵,走動王熙鳳,獻"忠"王夫人,本來一個小市民出身的姑娘,不幸被賣做"奴才",像這些向上巴結的行為原不足怪,但最令人痛恨的,是她所恃以希榮取寵於王夫人的"政治資本",乃是靠出賣同行姊妹,甚至於聯帶著寶玉的——寶玉挨了打,大家都心疼,惟有她單獨在王夫人面前說:"論理,寶二爺也得老爺教訓教訓才好呢,要老爺再不管,不知將來還要做出什麼事來呢!"(第三十四回)跟著就反映了寶玉在屋裏的私生活,把自己的"眼中釘",晴雯、四兒、芳官等人都送上了"祭壇"。這個"御狀",後來執行在第七十七回,晴雯等三人全被攆出大觀園,晴雯並且因此喪失了生命。當王夫人搜檢怡紅院走後,寶玉倒在牀上大哭起來,襲人知他心裏別的猶可,獨有晴雯是第一件大事,乃勸道:

> "哭也不中用。你起來我告訴你,晴雯已經好了,他這一家去,倒心淨養幾天。你果然捨不得他,等太太氣消了,你再求老太太,慢慢的叫進來也不難。太太不過偶然聽了別人的閑言,在氣頭上罷了。"寶玉道:"我究竟不知晴雯犯了什麼迷天大罪!"襲人道:"太太只嫌他生的太好了,未免輕狂些。太

太是深知這樣美人似的人,心裏是不能安靜的,所以很嫌他。像我們這粗粗笨笨的倒好。"寶玉道:"美人似的,心裏就不安靜麼? 你那裏知道,古來美人安靜的多著呢! 這也罷了,咱們私自玩話,怎麼也知道了? 又沒外人走風,這可奇怪了!"襲人道:"你有什麼忌諱的? 一時高興了,你就不管有人沒人了。我也曾使過眼色,也曾遞過暗號,被那人知道了,你還不覺。"寶玉道:"怎麼人人的不是,太太都知道了,單不挑出你和麝月秋紋來?"

欲蓋彌彰,這是掩飾不了的事,所以寶玉的疑心"怎麼人人的不是,太太都知道了,單不挑出你和麝月秋紋來"簡直就是誅心之論,只要看"襲人聽了這話,心內一動,低頭半日,無可回答"(同上)的一副神情,便可以燭見她的"心虛"了。她的等於姨娘的生活費(每月二兩銀子)以及賞衣服賞飯菜的"恩賜",都是憑著這些換取來的,因此,儘管她對寶玉是極殷勤的,寶玉的怡紅院生活沒有她是不成的,寶玉對她也是戀戀不捨的,可是大本已虧,心懷叵測,跡其行為不只是庸俗的小市民式的,甚至於是醜惡的"反叛"一流了。從本質上看,如果說襲人是大觀園中大丫頭中最應該被憎惡的人物,這話不算過分。譬如平兒,雖然也是靠攏當權派的人,而且是鳳姐的左右手,她卻宅心仁厚,經常地息事寧人。寶玉的小丫頭墜兒偷了她的蝦鬚鐲,她悄悄地向麝月說:

寶玉是偏在你們身上留心用意,爭勝要強的,那一年有個良兒偷玉,剛冷了這二年,還有人提起來趁願,這會子又跑出一個偷金子的來了。而且更偷到街坊家去了。偏是他這麼著,偏是他的人打嘴。所以我倒忙叮嚀宋媽,千萬別告訴寶玉,只當沒有這事,別和一個人提起。第二件,老太太、太太聽了也生氣。三則襲人和你們也不好看。所以我回二奶奶,只說我往大奶奶那裏去的,誰知鐲子褪了口,丟在草根底下,雪深了沒看見。今兒雪化盡了,黃澄澄的映著日頭,還在那裏呢,我就揀了起來。二奶奶也就信了,所以我來告訴你們。(第五十二回)

平兒愛護寶玉,關切怡紅院姊妹們的態度,都可以從這一行為中看出。要是刁鑽古怪一味地找空隙澆上水的人,那裏還管這些——早就氣充兩脇地來興"問罪之師"了。所以寶玉在竊聽以後,"又喜,又氣,又歎。喜的是平兒竟能體貼自己的心,氣的是墜兒小竊,歎的是墜兒那樣伶俐,做出這醜事來"(同上)的心情,原是我們可以體會得到的。再如彩雲(王夫人房裏的大丫頭)偷了玫瑰露給賈環的事暴露以後,平兒又為探春設想了。她說:

"這也倒是小事。如今就打趙姨娘屋裏起了贓來也容易,我只怕又傷著一個好人的體面。別人都不必管,只這一個人,豈不又生氣。我可憐的是他,不肯為打老鼠傷了玉瓶兒。"說著,把三個指頭一伸。(第六十一回)

按賈府三姑娘探春氣概英颯,才華過人,前面已經談過。只因為她是庶出(在封建貴族的世家裏,這個嫡庶之分是非常之嚴格的,因為名位財產的繼承權,庶出的子弟往往是沒有份兒的),母親趙姨娘又是個"不識賢愚好歹"的女人,聯帶著受了許多委屈。於是平兒對她的維護,便是值得稱讚的了(這裏自然連照顧彩雲都有了,因為平兒接著還有"但只是這做賊的,素日又是和我好的一個姐妹"的話)。平兒的

"瞞上不瞞下",在一定範圍内招呼有了不是的同人的善意的行為,都如此類。作者通過賈璉得力的的小廝興兒給平兒所下的結論是最為公允也最有代表性的。興兒說:

> 平姑娘為人很好,雖然和奶奶一氣,他倒背著奶奶常做些好事,我們有了不足,奶奶是容不過的,只求求他去就完了。(第六十五回)

這就是說,平兒到底還不曾完全喪失了人民的立場,知道在可能範圍内來照看"同儕",所以不該埋沒了她,雖然她這"溫情主義"的做法是遠遠不能夠跟晴雯,特別是鴛鴦的敢於正面鬥爭的英勇行為相比擬的。即如晴雯,獨她可以非議恩賞,秋紋因為送桂花給王夫人,適逢王夫人歡喜賞了她兩件衣服,晴雯見了笑罵道:

> "呸!好沒見世面的蹄子!那是把好的給了人,挑剩下的才給你,你還充有臉呢。"秋紋道:"憑他給誰剩的,到底是太太的恩典。"晴雯道:"要是我,我就不要。若是給別人剩的給我也罷了。一樣這屋裏的人,難道誰又比誰高貴些?把好的給他,剩的才給我,我寧可不要,衝撞了太太,我也不受這口氣!"(第三十七回)

晴雯這話,一面對抗了王夫人,一面抨擊了花襲人(因為她剛被垂青於王夫人得了幾件衣服),總之,就是對立了當權派,倒不一定是由於嫉妒,因為這是她的一貫的態度。在惑奸讒抄檢大觀園時,晴雯還有過比這更露骨的對立的表示,王善保家的搜到晴雯的箱子,因問:"是誰的?怎麼不打開叫搜?"的時候:

只見晴雯挽著頭髮闖進來，豁琅一聲，將箱子掀開，兩手提著底子，往地下一倒，將所有之物盡都倒出來。王善保家的也覺沒趣兒，便紫脹了臉，說道："姑娘，你別生氣，我們並非私自就來的，原是奉太太的命來搜查，你們叫翻呢，我們就翻一翻。不叫翻，我們還許回太太去呢，那用急的這個樣子？"晴雯聽了這話，越發火上澆油，便指著他的臉，說道："你說你是太太打發來的，我還是老太太打發來的呢！太太那邊的人，我也都見過，就只沒看見你這麼個有頭有臉大管事的奶奶！"（第七十四回）

她居然抬出老太太來壓王夫人，那帶來抄檢的王熙鳳以及爪牙狗腿子一般的王善保家的自然就更不放在眼裏了。晴雯說話尖酸鋒利，為人磊落光明，都如此類。這樣的人物，哪裏能夠被容許長久生活在大觀園中呢？終被逐死，勢必所至（有人說她的為人行事面貌結局基本上是和黛玉相似的，如同襲人在這些方面大體上跟寶釵相近一樣。這話也不無道理）。而鴛鴦表現得便更出色，當賈赦要討她做小老婆時，她對平兒說：

別說大老爺要我做小老婆，就是太太這會子死了，他三媒六聘的娶我去做大老婆，我也不能去！（第四十六回）

真是好樣兒的！能夠一反庸俗下賤的"婢為夫人"的出賣靈魂到底，巴結上去也做個地主婆的封建主義的老路，而自己響噹噹的獨立自主地生活下去，這品質是多麼的高貴呢？再如下面的話，當她嫂子金文翔家的向她道喜的時候，她照她嫂子臉上下死勁啐了一口，指著罵道：

> 什麼好話！又是什麼喜事！怪道成日家羨慕人家的丫
> 頭做了小老婆，一家子都仗著他橫行霸道的，一家子都成了
> 小老婆了！看的眼熱了，也把我送在火坑裏去。我若得臉
> 呢，你們外頭橫行霸道，自己就封自己是舅爺了。我若不得
> 臉，敗了時，你們把王八脖子一縮，生死由我去！（同上）

鴛鴦在這兒把封建制度下依靠"裙帶關係"作威作福、危害人民的
統治階級的醜態也揭露得體無完膚。而她個人的憎惡貴族輕視榮華，
尊重自己的人格的精神便更清澈地表示出來，特別是當賈赦逼親不
成，說她"這一輩子也跳不出他的手心"（同上）以後她向賈母哭訴
著說：

> 我是橫了心的，當著眾人在這裏，我這一輩子，別說是寶
> 玉(因為賈赦疑心她看上了寶玉)，就是寶金、寶銀、寶天王、
> 寶皇帝——橫豎不嫁人就完了！就是老太太逼著我，一刀子
> 抹死了，也不能從命！伏侍老太太歸了西，我也不跟著我老
> 子娘哥哥去，或是尋死，或是剪了頭髮當姑子去！要說我不
> 是真心，暫且拿話支吾，這不是天地鬼神，日頭月亮照著，嗓
> 子裏頭長疔！（同上）

斬釘截鐵，生死以之，這種抗拒到底不畏權威的行為，簡直是英雄
的本色了！但卻出之於所謂奴才階層的女孩子的身上，能說作者的用
意不深刻麼？賈母曾向邢夫人說鴛鴦："他也並不指著我和那位太太
要衣裳去，又和那位奶奶要銀子去，所以這幾年，一應事情，他說什麼，

從你小嬸和你媳婦起至家下大大小小,沒有不信的。"(同上)是有這種品質的人,才會有這種義烈的行徑,所以無論從哪一個角度來看,鴛鴦這個人物,都是出人頭地地可被敬愛的形象——至於對比之下的賈赦的淫惡,邢夫人的廢物,那就更是我們一看便知的了。主子的品質自來就是及不上"奴才"的,這也是階級烙印的所在。

能夠跟鴛鴦歸作一個類型的人物除晴雯外,還可以說有情烈死的金釧兒,恥情死的尤三姐,從這些人物的結局上都可以說明著在封建社會裏,無論黛玉一類的主子,或是鴛鴦一類的"奴才",想要獲得自由幸福的生活,那是絕沒有希望的。

以上,主要是介紹的小說裏的婦女形象,特別是女孩兒們的。至於賈府爺們(薛蟠、邢大舅等人在內)驕奢淫逸的墮落生活我們不打算再佔篇幅談說。除了還要重點地指出,作者通過賈赦、賈政、賈珍所體現出來的"父權",末期宗法社會中的虛偽殘暴矛盾對立的父子關係以外,如賴嬤嬤對寶玉說賈府從祖上就沿襲下來的父親管兒子的規矩道:

> 當日老爺小時,你爺爺那個打,誰沒看見的?老爺小時,何曾像你這麼天不怕地不怕的?還有那邊大老爺,雖然淘氣,也沒像你這絆窩子的樣兒,也是天天打。還有東府裏你珍大哥哥的爺爺,那才是火上澆油的性子,說聲惱了,什麼兒子,竟是審賊!(第四十五回)

按封建統治者的基本思想是所謂"父子有親",講求倫常之道的。可是這兒賈府的父親竟是非打即罵審賊一般地來對待自己的兒子,豈非殘酷到連最低限度的人性都成了問題!具體的事例,如賈赦之與賈璉,因為賈璉堵喪賈赦說為了幾把舊扇子就把石呆子弄得傾家敗產也不算什麼能為,就生了氣,"也沒拉倒用板子棍子,就站著,不知他拿什麼東西,打了一頓,臉上打破了兩處。"(第四十八回)再如賈珍之與賈蓉,不過是因為到廟裏拈香天氣太熱,賈蓉先涼快去了,賈珍便叫家人上前啐賈蓉說:"你瞧瞧!我這裏沒熱他倒涼快去了!"(第二十九回)然而事實上赦、璉、珍、蓉這兩對父子,卻是彼此之間亂搞男女關係,並不分什麼姨娘、兒子、公公、兒媳的,真不曉得算是那一道!特別是賈政之與寶玉,從賈母口中就說"見了他老子,就像個避貓鼠一樣,把膽子都唬破了。"(第二十五回)譬如寶玉向賈政來報告上學,賈政說:

　　你要再提上學兩個字,連我也羞死了!依我的話,你竟玩你的去是正經,看仔細站腌臢了我這地,靠腌臢了我這個門!(第九回)

看,譏誚諷刺連冤帶損,父親對兒子的態度這樣,兒子還會敬愛父親才是怪事,賈政打寶玉的時候就更厲害,先說:"拿大繩!拿繩來!堵起嘴來,著實打死!"又對王夫人說:"不如趁今日結果了他的狗命,以絕將來之患!"自己奪過板子來打,那板子下去的又狠又快。(第三十三回)只打得"腿上半段青紫,都有四指寬的傷痕高起來。"(第三十四回)行動不得養了大半月才可以拄著拐棍爬起來。賈政為什麼要這樣地毒打寶玉呢?那罪狀是"在外流蕩優伶,表贈私物;在家荒疏學業,逼淫母婢。"(第三十三回)這些行為在信守"父為子綱"、強調"耀祖光宗"的封建道德、封建制度維繫者的賈政眼裏,自然都是"大逆不道"的,於是他就要"大義滅親"了。沒有看到他為了責打寶玉杜絕說情大叫著說"我把這冠帶家私一應就交與他","到這步田地,還來勸解!明日釀到他弒父弒君你們才不勸不成"(同上)麼?父子兩人的根本衝突就在於一個是舊東西的看守者,一個是新生活的追求者,賈政又是特別迂滯頑固的人，因之碰到事情便不問青紅皂白地毒打上了，也是勢所必至絕非偶然的事。

最後，讓我們談談小說中唯一的勞動人民劉姥姥的形象。作者從她身上反映了許多地主老爺和貧苦農民間的懸殊的生活情況。劉姥姥震驚於賈府的豪華，為了家境困難不得不低首下心地向鳳姐告貸，甚至於要強顏歡笑地作踐著自己，以期博得太太、小姐等的"賞識"。這種含悲忍淚的行為實在就是封建社會中勞動人民共同的痛苦。例如劉姥姥怕進榮國府時，曾向女婿狗兒說：

> 哎喲！可是說的了，"侯門似海"，我是個什麼東西兒！他家人又不認得我，去了也是白跑。（第六回）

這倒不怪姥姥自卑自小，因為自古以來農民跟封建貴族之間就築成了這樣地位懸殊的鴻溝的。再如她知道鳳姐肯幫她二十兩銀子，便喜得眉開眼笑地道：

> 我們也知道艱難的，但只俗語說的，"瘦死的駱駝比馬還大呢"，憑他怎樣，你老拔一根寒毛，比我們的腰還壯哩！（同上）

只賣下了"富貴人家"一桌酒席之費，劉姥姥就心滿意足了，這說明了什麼問題呢？這說明了財富集中，農村破產，人民早已經活不下去了。姥姥不正是京城邊子上的人麼？特別是下面的這些話，劉姥姥說：

> 這樣螃蟹，今年就值五分一斤。十斤五錢，五五二兩五，

627

三五一十五,再搭上酒菜,一共倒有二十多兩銀子!阿彌陀佛!這一頓的銀子,夠我們莊稼人過一年了!(第三十九回,姥姥說賈府的螃蟹宴)

我們鄉下人,到了年下,都上城來買畫兒貼,閑了的時候兒,大家都說,怎麼得到畫兒上逛逛!想著畫兒也不過是假的,那裏有這個真地方兒?誰知今兒進這園裏一瞧,竟比畫兒還強十倍!(第四十回,姥姥誇大觀園)

一頓飯的銀子夠莊稼人過一年(食),貴族的花園比畫兒還強十倍(住),這是多麼富有鬥爭意義的話!雖然只從口氣上看仿佛是很和緩的(因為它是感歎的)。再如下面的話:

依我們倒想魚肉吃,只是吃不起。(第三十九回,姥姥說野菜)

我們想做衣裳也不能,拿著糊窗子豈不可惜?(第四十回,姥姥說軟煙羅)

這個叉巴子,比我們那裏的鐵鍁還沉,那裏拿得動他!(第四十回,姥姥說象牙鑲金的筷子)

怨不得姑娘不認得,你們在這金門繡戶裏,那裏認得木頭?我們成日家和樹木子做街坊,困了枕著他睡,乏了靠著他坐,荒年間餓了還吃他。(第四十一回,姥姥說黃楊木酒杯)

從衣食和器用上,都對比著交待了勞動人民的生活遠遠地不能夠跟貴族相擬的情況了。特別是荒年吃樹的話,已經說盡了人民的苦難。關於劉姥姥身體健康性格明朗之處,下面的文字就寫得更好:

　　賈母道："老親家,你今年多大年紀了?"劉姥姥忙起身答道:"我今年七十五歲了。"賈母向眾人道:"這麼大年紀了,還這麼硬朗!比我大好幾歲呢。我要到這個年紀,還不知怎麼動不得呢!"劉姥姥笑道:"我們生來是受苦的人,老太太生來是享福的。我們要也這麼著,那些莊稼活也沒人做了。"(第三十九回)

　　"福人"的身體不如"苦人"的身體,"福人"享受的物資還都是"苦人"生產出來的——"我們要也這麼著,那些莊稼活也沒人做了"實在是作者尊重勞動人民鞭撻貴族階級的最有代表性的言論。鳳姐說:"我們大姐兒時常有病,也不知是什麼緣故。"劉姥姥道:

　　　　這也有的,富貴人家養的孩子都嬌嫩,自然禁不得一些兒委屈,再他小人兒家,過於尊貴了也禁不起,以後姑奶奶倒少疼他些就好了。(第四十二回)

　　賈母自稱是"老廢物",巧姐兒嬌養得直生病,是曹雪芹把本階級的人從老到小全都否定了的證據。後來劉姥姥痛哭了史太君,救出了巧姐兒(第一百十八回),不但使人感到勞動人民的誠篤可愛,而在變出非常之時,那"肉食者鄙不能遠謀"的情況,也就是人民的品質和智慧絕非貪鄙淫靡昏庸腐朽的貴族階級所可比擬於萬一的事實,更是無可置辯的了。總之,作者要不是後來移住到西郊深入了民間,接近了勞動者,絕不會創造出來這樣可愛的農民形象。雖然她只是"萬綠叢中一點紅"似的,絕無僅有的人物。

　　《紅樓夢》裏的人物多到了五百五十餘人,男二百三十五人,女二百十三人,我們只這樣粗略地介紹了幾個比較為大家所熟悉的人物,當然是不夠全面的。但是,具有代表性的重要人物卻基本上都交待過了。接著應該研究一下小說的組織結構以及文字語言方面的成就啦。說到這裏我們首先想要提出來一個問題——《紅樓夢》第一回的內容、性質來做重點的分析。

很有些人說,"《紅樓夢》樣樣都好,只是第一回把人給鬧糊塗了!"因此就有人主張:"不去看第一回好了,何必自找麻煩?"我們的看法卻不是這樣的。我們認為《紅樓夢》的第一回那內容是非常之豐富,那性質也是非常之重要的。因為作者把寫書的目的,小說的特點,尤其是開宗明義第一章的精神都交待在這裏了。

從章回小說的體裁上講,第一回的內容不外是作者說明寫書的緣由,帶著談談自己的身世,點出故事發生的時代地方,遂即開始敘述情節,登場有關人物。但因為作者的藝術修養,題材取捨,特別是階級出身,社會背景的不同,那表現的手法也就會多式多樣。舉例說吧,它的基本方式可以有下列三類:

① **托為神話的**。如《水滸傳》,通過洪太尉誤走妖魔的神話,點出了一百單八將的非凡。

② **直入本傳的**。如《三國志演義》,一上來便是主要人物劉、關、張桃園三結義的記敘。

③ **外加楔子的**。如《儒林外史》,藉書外人物王冕的故事以"敷陳大義,隱括全文"。

《紅樓夢》的第一回,就不止具備了我們介紹的這些情況,而且運用得非常之巧,牽涉到的問題也極多,因為它:

① 寫的本是真人真事,卻要指為"夢幻",托諸"神話"。

② 打算從肯定幾個女子的生活態度中,來對立封建,憎惡現實。

③ 書是談情之作,但不同於淫穢的"風月筆墨"。

④ 人物裏有作者,然而作者不就是故事裏的某人。

⑤ 思想出世,正在於不肯"謀虛逐妄,為人作嫁"。

⑥ 繼承了優良傳統,批判了因襲的創作方法。

⑦ 雖多詩詞,不是陳詞濫調,講說的文字就更清新。

⑧ 自云所作只能提供"消愁破悶",其實乃是偽裝的武器。

⑨ 作者、書名都有交待,可是只說自己參加了增刪、編纂。

⑩ 內容豐富深刻,可當全書的"楔子"看。

我們對於作者這種實事求是地從自己熟悉的生活出發,洗舊翻新地創造出來富有典型性格的人物,並且通過他們向已經沒落的封建社會展開正面鬥爭的現實主義精神,是完全可以體會得到的。問題乃在於他為什麼定要把人物和故事歸諸"夢幻"、納入"神話",這就說來話長了。

按托為神話,本是中國古典文學創作上的一個傳統手法。我們的祖先圖騰拜物,因而從"自然界的神化"發展到"神的人格化"的這些老話不必說了,逮及封建統治越來越殘暴的時候,人民為了表示反抗也漸由敢怒而不敢言,發展到將古比今,指桑罵槐(唐宋的詩,宋元的戲曲均多此類)。但是,還有比"神道設教"能鼓蕩人心的辦法麼?皇帝知道利用"神"(同時就不敢不對它有所顧忌),人民更會誇飾它("以子之矛陷子之盾"並不全是由於"迷信"),這樣鬧到"天怒人怨"以後,農民軍便起來打垮了他們疾惡的某一王朝。(《水滸》《三國》和《西遊》,都曾盡到了宣傳的義務)那麼,根據前面的例證說,既然《水滸》的英雄們可以頂著星星,以"三十六天罡,七十二地煞"的身份出現,為什麼《紅樓》的主人寶玉和黛玉,不能是"神瑛"、"仙草"的化生?

還有,作者所以這樣處理人物安排故事,是跟他的疾惡現實,追求幸福而又無路可走的悽愴情緒分不開的。再從我們的祖先談起,老子當年便幻想過"小國寡民"的"烏托邦",屈原在日也曾上下求索那"美人""芳草"。下至於陶淵明的"桃花源",李太白的神仙詩,《西遊記》裏的"極樂世界",他們表現思想的方式雖然不同,但那不滿現實嚮往光明的浪漫氣息卻是相通的。而"滿紙荒唐言,一把辛酸淚。都云作者癡,誰解其中味"正是作者自己的老實話,明白了這個,對於他的設為"太虛幻境",和塑造"警幻仙子"一類的人物,便不會感到稀奇了。

作者的思想是儒、釋、道三教雜糅的,從這些地方也可以看得出來,在他"飫甘饜肥"作為"錦衣紈絝"的貴族階級時,那思想可能是儒家的成分居多,因為,"一技無成,半生潦倒"的自負,"無材可去補蒼天,枉入紅塵若許年"的浩歎,都證明著他不是毫無政治的願望的,不過未得展其抱負罷了。等到他沒落成為"蓬牖茅椽,繩牀瓦灶"的生活以後,這才轉入釋道的出世思想,安於"晨風夕月,階柳庭花"的生活,決意"省些壽命筋力,不更去謀虛逐妄,為他人作嫁衣裳"了。

其次,作者的推崇裙釵,特為幾個出色的女子寫傳,除了把同情、正義的一面寄托在從古以來就慘被壓迫在封建大山底層的婦女以外,還有一個微妙的作用,那便是打算使蒙著談情小說外衣的反封建主義說部《紅樓》,得以穩穩當當地深入民間。這自然又是作者吸取了先進經驗的結果。《鶯鶯傳》就是一個有力的榜樣——它雖然是一篇反封建的傳奇,但因為是以戀愛為題材的緣故,自從元稹把它問世以後,便又是小說又是戲地一直編演到今天。有著豐富文學知識的作者,不會不曉得這種情況的,偏偏從自己的生活中真就有這樣可被描寫的女性,豈不現成之至,但他仍舊怕人不放心,而一再地說:"這書並無朝代年紀可考,無大賢大忠理朝廷治風俗的善政,其中只不過幾個異樣女子,或情,或癡,或小才微善。"既模糊了年代,又沖淡了內容。"偷天換日"如此,"過關"還成問題?所以《紅樓》不只深入閨閣而且打進皇宮內院——連西后那拉氏都愛好起來。(分見《庸閑齋筆記》《清稗類鈔》《骨董瑣記》等書)

最後,讓我們介紹一下本回書中"神仙"以外的人物:甄士隱、賈雨村、封肅和甄家的大丫鬟等。關於作者使用甄、賈二人來諧音"真事隱去,假語村言"的"啞謎"部分,這裏不再多談,單就甄士隱的家庭出身(姑蘇的鄉宦)、生活態度(秉性活潑,不以功名為念)和出家的結局上看,很容易叫人聯想到他乃是賈寶玉的影子。因為憎惡"祿蠹"浮雲富貴終於當了和尚的男主人公,跟這兒的甄士隱是若合符節的。但是最值得注意的是,他注解《好了歌》的話"因嫌紗帽小,致使鎖枷扛,昨憐破襖寒,今嫌紫蟒長",顯見得真是看破"妻、財、子、祿",不為統治階級所牢籠。因之我們才認為甄士隱及其生活是具有一定的"楔子"性質。

賈雨村也是一樣,他出身於"詩書仕宦之族",是一個沒落的統治階級知識分子,所以滿腦子的升官發財的思想,他說:"玉在匣中求善價,釵於奩內待時飛。"他也"通達幹練",得到甄士隱的幫助,立刻就進京趕考,還留下話說:"讀書人不在黃道黑道,總以事理為要,不及面辭了。"後來果然爬了上去。這個人物就不單在第一回裏面是個反面的腳色,全書之中也不例外——為賈寶玉所憎惡的"祿蠹"便是此公。必須強調的是,這個騎在人民頭上耀武揚威的家伙,作者早在這裏向我們交待清楚了,"天上一輪才捧出,人間萬姓仰頭看"的老爺思想,賈雨村不是在"淹蹇"的時候就十足地存在著麼?

另外,甄士隱的岳丈封肅雖是一個小人物(大概是個富農,因為他務農而家中殷實),作者也不曾把他輕輕地放過。那就是說,對於他的"半哄半賺"的欺騙行為,"見面時便說些現成話兒,且人前人後又說他不會過"的兩面作風,都提出來了。並且從這裏面我們又可以看到"封建道德"已經破敗的情況。親如翁婿到了女婿生活狼狽的時候,岳丈不但"趁火打劫"地賺用一番,還要"投石下井"地經常打擊,必待逼得女婿貧病交加,走投無路,跟著道人出家了事。殘忍,卑鄙,令人吐棄! 然而封建社會已近消滅前夕的跡象,卻可概見。

甄家的大丫鬟,不是一個好批判的人物。因為看到了"儀表不俗"的"窮儒",便生了愛慕之心,原是作為"奴才"的人一種希求"配人"的常情,好像沒有什麼可以"疵議"的地方,問題是在於她所一再顧盼的乃是自己認為"必非久困之人"的賈雨村,而賈雨村也就把她當作了"巨眼英豪、風塵知己",這便不簡單了。何況後來她終於嫁了他成了"官太太",這才知道作者處理她的態度也是否定的——作者在這裏否定了她,也就等於否定了賈府中以襲人為首的某些靠攏"當權派"的丫鬟。

說到這裏,我們還要有一個小小的補充,那就是年方三歲的英蓮仿佛不能算作一個人物,但值得研究的是,對於讀者來講,誰也知道她就是日後受盡折磨的香菱,作者巴巴地把她寫在這裏,又借癩頭和尚口裏說是"有命無運,累及爹娘之物",必有深意,如果不算附會的話,則她這個"苦孩子"來預為本傳中許多遭受凌辱,一世不得翻身的女性作引襯,恐怕是主要的。生活在窮奢極欲好大喜功的乾隆王朝的人民,因為土地的高度集中,人力物力的空前壓榨,逼得"大戶人家賣田地,小戶人家賣兒郎"的結果,便是賈府中男僮、女侍、家下奴才多至幾百的唯一原因。而英蓮以鄉官之女也難免於慘被拐騙更足說明這一點。作者同情的一面竟能擺在這些人身出賣者的身上(連丟失英蓮的霍啟他都要放他逃走),自非偶然,而創作上的筆筆不苟、嚴肅認真的精神就更驚人。

總之《紅樓夢》的第一回,真可以稱得起是一篇典範的開宗明義的章回,因為作者通過它把該明確的都明確,該交待的都交待了。而且推陳出新,發揚光大地創造出來許多前所未有的藝術手法,尤其是關於主人公和主題思想的揭示,簡直玲瓏剔透到了萬分——"絳珠""還淚"的道理在哪兒? 他告訴了人們,儘管是生長在貴族家庭的女

孩兒,在這個時代(乾隆王朝)也不會有幸福的日子的。"寶玉"所
"通靈"的是什麼事? 正是因為他看到了這個痛苦的現實,無力"補
天",就只好"灌溉仙草","仙草"幻化唯有逃入"太虛",所謂"因空
見色,由色生情,傳情入色,自色悟空"的謎底不過如此。(這些看法,
從作者的階級出身、思想情況以及生值的時代講,都是合情合理的)為
什麼還要跟著他成了"夢魘"? 恐怕只有"形式主義"者才會上這
個當!

　　此外作者刻劃人物的性格最善於從心理上來做揣摩的功夫,特別
是關於女孩兒們的,也值得珍重提出來說說。我們就舉描寫寶、黛兩
人相愛的文字為例:

　　　　原來寶玉自幼生成來的有一種下流癡病,況從幼時和黛
　　玉耳鬢廝磨,心情相對,如今稍知些事,又看了些邪書僻傳,
　　凡遠親近友之家所見的那些閨英閣秀,未有稍及黛玉者。所
　　以早存一段心事,只不好說出來,故每每或喜或怒,變盡法
　　子,暗中試探。那黛玉偏生也是個有些癡病的,也每用假情
　　試探。因你也將真心真意瞞起來,我也將真心真意瞞起來,
　　都只用假意試探,如此兩假相逢,終有一真。其間瑣瑣碎碎,
　　難保不有口角之事。

　　　　即如此刻,寶玉的心內想的是:"別人不知我的心,還可
　　恕,難道你就不想我的心裏眼裏只有你? 你不能為我解煩
　　惱,反來拿這個話堵噎我,可是我心裏時時刻刻只有你,你心
　　裏竟沒我了。"寶玉是這個意思,只口裏說不出來,那黛玉心
　　裏想著:"你心裏自然有我,雖有金玉相對之說,你豈是重這
　　邪說不重人的呢? 我就時常提這金玉,你只管了然無聞的,
　　方見的是待我重,無毫髮私心了,怎麼我這一提金玉的事,你

就著急呢?可知你心裏時時有這個金玉的念頭,我一提,你怕我多心,故意兒著急,安心哄我。"那寶玉心中又想著:"我不管怎麼樣都好,只要你隨意,我就立刻因你死了也是情願的。你知也罷,不知也罷,只由我的心,那才是你和我近,不和我遠。"黛玉心裏又想著:"你只管你就是了,你好我自然好,你要把自己丟開,只管周旋我,是你不叫我近你,竟叫我遠你了。"

看官,你道兩個人原是一個心,如此看來,卻都是多生了枝葉,將那求近之心反弄成疏遠之意了。

(第二十九回)

寶、黛兩人這種蘊藏於心之深處在形式上又不得不婉轉曲折以為表現的愛,乃是生活在封建貴族大家庭中的青年男女所無法避免的變態的行為。作者把它抒寫得如此的入情入理,細膩真實,不只是寶、黛兩人追求自由幸福生活的苦難情況得到了側面的反映,當日戰鬥於禮教防衛下的少男少女們也都有了典型性的事例了。

最後是小說的文字特別的清新流利,從口語上看,又完全是精煉的北京話,比起夾雜古音古義的《水滸》,參半文言的《三國》,有著江南土腔的《西遊》跟《儒林外史》,又淺近通俗得多,這也是它的能夠普及士林深入民間的有利條件之一。總結起來說,

①《紅樓夢》通過各種人物的活動(特別是婦女的生活),宮中貴族間的對立和統一,以及世家巨室的日常瑣事,生動而又概括地描寫了封建家庭腐朽沒落的情況,所以說它是封建社會的一面鏡子,貴族世家的最後喪鐘。

② 從主要人物上看,是賈寶玉在追求靈魂的自由和個性的解放,也就是說,他乃是封建制度、封建道德的反抗者。跟他共同奮鬥的,是

心靈純潔,智慧過人,也是想要按照自己的意志安排自己生活的林黛玉,但是兩個人都只成為了戀愛悲劇的主角,封建社會的犧牲者。

③ 小說的高度的藝術成就也在於作者把封建社會積累起來的文化知識,經史百家之學,尤其是文學藝術的精華包羅萬象又恰到好處地安排在書中,傳達給讀者,使著後人的我們因此而更熱愛了祖國優秀的文化遺產,探索到如何創作怎樣欣賞的豐富的文學源泉。

(二)詩歌

1. 明代詩歌

【前缺】明太祖朱元璋,來自民間,繼元而有天下以後,頗知獎勵文事,徵集時賢,惜晚年屢興大獄,誅殺無倫,連和他共同建國、參贊帷幄的劉基、宋濂、高啟都被疑忌,先後賜死。他的兒子成祖朱棣依樣畫葫蘆,方孝儒族誅,解縉醉死,以致藝文凋零,作者陵夷。但不管怎麼說,高啟、楊維楨、張羽、劉基等人之詩,固已著稱洪武之初矣。

永樂(成祖)、宣德(武宗)之際,雖有作者,而氣體弱,風力薄,難乎為繼。直至正統(英宗朱祁鎮)年間,李東陽、何景明出,出入宋、元,昌言復古,文必秦漢,詩貴盛唐,此外一切吐棄,談藝之士,往往從之,風氣一變,而成了假古董死文學。世宗嘉靖(朱厚熜)時,王慎中、唐順之輩,文宗歐、曾,詩仿初唐,而李攀龍、王世貞等仍與夢陽、景明相唱和,形成前後七子之勢,陳陳相因,蹈襲不已,詩文大壞。歸有光後出,以歐陽修、司馬光自命,力排李、何、王、李。而徐渭、袁宏道、鍾惺繼之,文風再變,公安、竟陵之言盈天下。天啟、崇禎(明毅宗朱由檢),明代已至末年,錢謙益、陳子龍、張溥,又喜東漢,擷其芳華,跡近衰竭。我們考察《明史・文苑傳》及《四庫全書總目提要》,知其演變大體如此。

總之，我們認為，明初諸家，承虞集、柳貫之餘，詩有根源，值得肯定。中葉以後，則以徐渭、李贄、袁宏道為代表的離經叛道一派，能卓立於前後七子之烏煙瘴氣中，而高唱其抒發性靈、為時而作的主張，是有轉進的精神，影響於近古文學改革之處，殊非淺顯的，應該重點地予以介紹。先述明初的著名作家。

宋濂（1310—1381），字景濂，金華潛溪（今浙江金華）人。幼年家貧而刻苦好學，隨元代末年名家吳萊、柳貫、黃溍等人學習，詩文大進。入明以後，官至翰林學士，為開國文臣之首，惜以胡惟庸案迫害致死，著有《宋學士集》七十五卷。

他的詩不如文，因參修《元史》，長於傳記，詩舉《送許時用還剡》為例：

　　尊酒都門外，孤帆水驛飛。青雲諸老盡，白髮幾人歸？風雨魚羹飯，煙霞鶴氅衣。因君動高興，予亦夢柴扉（濂有佛道思想，消極恬退，一望可知）。

劉基（1311—1375），字伯溫，處州青田（今浙江青田）人。元末進士，仕途不競，朱元璋招之，遂佐助以定天下。基文武全材，詩亦著稱。論者謂元季詩尚辭華，伯溫獨標高格，時欲追隨杜（甫）韓（愈），故超然獨勝，為一代之冠。我們也認為他的樂府高於古詩，古詩高於近體，五言近體又高於七言，這還不止是形式上的問題，蓋其格調、神韻有由然也，如《薤露歌》之悲咽：

　　人生無百歲，百歲復如何？古來英雄士，各已歸山阿！

又如《玉階怨》之婉傷：

> 長門燈下淚，滴作玉階苔。年年傍春雨，一上苑牆來。

兩作饒有古風，蒼勁如畫。其《感懷》之五言亦質樸而高曠：

> 結髮事遠遊，逍遙觀四方。天地一何闊，山川杳茫茫。
> 眾鳥各自飛，喬木空蒼涼。登高見萬里，懷古使心傷。佇立
> 望浮雲，安得凌風翔？

意境超遠而情思宛然，此其所以為絕唱也。其五言近體如《古戍》：

> 古戍連山火，新城殷地笳。九州猶虎豹，四海未桑麻。
> 天迴雲垂草，江空雪覆沙。野梅燒不盡，時見兩三花。

山火、地笳，已見悲壯，虎豹猶在九州，人民何以安於桑麻？自是英雄本色，關心天下大勢之言，結尾更見蔑視野火，梅花不盡的精神，以物方人，勝利在望。

高啟（1336—1373），字季迪，號青丘子，蘇州長洲（今江蘇蘇州）人，賦性狂放，不拘禮法，淡泊仕途。入明，朱元璋授以戶部侍郎，也力辭不就，只參預了修撰《元史》的工作，倨傲如是，自不為太祖所喜，以故腰斬，年僅三十九歲，朱元璋之殘酷猜疑都屬此類。啟詩豪邁秀逸兼而有之，其缺點在於食古不化，未能獨樹一幟，如《悲歌》：

> 征途嶮巇，人乏馬饑。富老不如貧少，美遊不如惡歸。
> 浮雲隨風，零落四野。仰天悲歌，泣數行下。

詩本通俗易曉,真實流暢,直似散曲之口語化者,結語則有同陳子昂的《登幽州臺歌》了。《塞下曲》則脫胎於工部：

> 日落五原塞,蕭條亭堠空。漢家討狂虜,籍役滿山東。
> 去年出飛狐,今年出雲中。得地不足耕,殺人以為功。登高
> 望哀草,感歎意何窮!

此戒開邊之詩。明太祖好大喜功,不恤民命,高啟是否意存諷諫,可以聯繫。小詩如《涼州詞》亦為仿古作者：

> 關外垂楊早換秋,行人落日旆悠悠。隴山高處愁西望,
> 只有黃河入海流。

不是很有杜工部的氣味嗎? 因此,我們想起清人沈德潛的話:"宋詩近腐,元詩近纖,明詩其復古也。"(《明詩別裁集序》)是有道理的,不只前後七子始然,明初作者如高啟等人早已有此風氣了。

李獻吉(1473—1530),名夢陽,字天賜,號空同子,慶陽(今屬甘肅)人。弘治(孝宗朱祐樘)進士,因惡宦官劉瑾,罷官戶部郎中,瑾敗,始得復任,遷官江西提學副使。"文必秦漢、詩必盛唐"是他的文學主張,因而多摹擬古人之作。與何景明等相與呼應,號稱"前七子",其詩凝重有法,間亦感悟時事,為人所重,著有《空同集》。

空同追逐少陵,實有面目相似之處。然過於雕刻,未極自然。七言古體雄渾悲壯,七言近體開合動盪,故當影響時人,獨步一時,謂為剽竊失真,似亦非當。如《朝飲馬送陳子出塞》:

640

朝飲馬,夕飲馬,水咸草枯馬不食,行人痛哭長城下。城
邊白骨借問誰?云是今年築城者,但道辭家別六親,寧知九
死無還身?不惜身為城下土,所恨功成賞別人。去年賊掠開
城縣,黑山血迸單于箭,萬里黃塵哭震天。城門晝閉無人戰,
今年下令修築邊,丁夫半死長城前。城南城北秋草白,愁雲
日暮鳴胡鞭。

詩用賦體直訴兵役之苦、邊城野戰之慘,築城既九死一生,廝殺更
血拼敵箭。結果竟是一個難免"身為城下土",黃塵哭震天,尚何言哉!
雖是仿古出塞之作,然而情景交織,讀之黯然。《送李帥之雲中》就豪
壯得多:

黃風北來雲氣惡,雲州健兒夜吹角。將軍按劍坐待曙,
紇干山搖月半落。槽頭馬鳴士飯飽,昔無完衣今繡襖。沙場
緩彎行射雕,秋草滿地單于逃。

這與唐之送張說巡邊詩(如張九齡等人所作的)極為神似,其它如
《胡馬來再贈陳子》:"冬十二月胡馬來,白草颯颯黃雲開。沿邊十城
九城閉,賀蘭之山安在哉!傳聞清水不復守,遊兵早扼黃河口。即看
烽火入甘泉,已詔將軍屯細柳。去年穿塹長城裏,萬人齊出千人死。
陸海無毛殺氣蒸,五月零冰凍河山。"《送李中丞赴鎮》:"陰風夜撼醫
巫閭,曉來雪片如手落。中丞按彎東視師,躬歷嶮隘揮熊貙。已嚴號
令偃鼓角,更掃日月開旌旗。……塞門蕭蕭風馬鳴,長城雪殘春草生。
低飛鴻雁胡沙靜,遠遁鯨鯢瀚海清"等七古篇,亦都縱橫排宕,蒼涼沉
鬱,神似老杜愛國情深,不得以剿襲前人相譏議。

李攀龍(1514—1570)字于鱗,號滄溟,山東歷城人。嘉靖(神宗朱

翊鈞)進士,官至河南按察使,與王世貞同為"後七子"首領。他認為文自漢、詩自盛唐以下,都不足觀,倡導擬摹復古,所作詩多規範昔人,樂府尤甚。論其思想,則少數作品對於時政有所批議,亦頗感人。就其藝術手法言之,古樂府及五言古體臨摹太過,痕跡觸處可見。七言律與絕句差勝,以其語近情深脫棄凡庸故耳。有《滄溟集》傳世,七律如《平涼》:

> 春色蕭條白日斜,平涼西北見天涯。惟餘青草王孫路,
> 不屬朱門帝子家。宛馬如雲開漢苑,秦兵二月走胡沙。欲投
> 萬里封侯筆,愧我談經鬢有華。

詞清韻響,耐人尋味。而結語情真,尤見火候。《塞上曲送元美》亦好,沈德潛云:"可使樂人歌之。"(《明詩別裁集》)

> 白羽如霜出塞寒,胡烽不斷接長安。城頭一片西山月,
> 多少征人馬上看。

塞上景色及其動態,數語即了,于鱗何嘗不是大手筆? 可見戴著有色眼鏡看人不行。即其五古如《送楊給事河南召募》亦何嘗不可多得:

> 醜虜休南牧,朝廷議北征。幄中新授律,天子大征兵。
> 使者持符出,君推抗疏名。黃金秋突兀,白羽日縱橫。嶽雪
> 三花秀,河冰萬馬行。將軍邀劇孟,公子得侯嬴。屠販多豪
> 傑,風塵郁戰爭。有呼皆左袒,無役不先鳴。寧久燕山戍,終
> 期瀚海清。過梁投賦筆,更為請長纓。

很有氣勢,讀之如親聞其聲,蓋此乃真言非讕言也。惟雕飾之詞嫌多。何景明(1483—1521),字仲默,號大復山人,河南信陽人。弘治(孝宗佑樘)進士,官至陝西提學副使。不滿時政,敢於抨擊。在文學上主張復古,與李夢陽共稱為前七子的首領,後亦不合。著有《大復集》。

仲默詩雖亦法工部而獨稱秀朗,與夢陽不同。《秋江詞》云:

> 煙渺渺,碧波遠,白露晞,翠莎晚。泛綠漪,蒹葭淺,浦風吹帽寒髮短。美人立,江中流,暮雨帆檣江上舟,夕陽簾櫳江上樓。舟中採蓮紅藕香,樓前踏翠芳草愁。芳草愁,西風起,芙蓉花,落秋水。魚初肥,酒正美,江白如練月如洗,醉下煙波千萬里。

詞句秀麗,章句玲瓏,明初諸家那得有此? 即其詩情畫意亦騰躍灑落於字裏行間,非泛泛者所可比擬。《送崔氏》之"怨歌行",作得更是飄逸:

> 飄飄山上葛,累累田中瓠。苟非同根蒂,纏綿安得固? 人情易反復,結交有新故。嗟哉昆昔好,乖棄在中路。明珠倘無因,按劍不我顧。深言匪由衷,白首為所誤。亮君勸恒德,永副平生慕。

以物起興,怨悱不怒,是一巾幗剛勁之形,幾可與"古詩十九首"相頡頏。

王世貞(1526—1590),字元美,號鳳洲、弇州山人,太倉(今屬江

蘇)人。嘉靖(神宗朱翊鈞)進士,官至南京刑部尚書。敢斥權臣嚴嵩
(其父王忬為嵩所害),曾作《太保歌》《袁江流鈐山岡》等長詩以揭露
嚴氏父子的罪惡,與李攀龍同為後七子首領。鳳洲博學多能,文學修
養甚高,惟倡導復古摹擬,在當時產生了不良的影響。著有《藝苑卮
言》《弇州山人四部稿》等書。

鳳洲之詩,高出于麟,樂府古體、七言近體俱稱大家,而時有淺率
之作,堆砌排比,為人疾惡,其《戰城南》雖擬古人,而變換句法,描繪邊
事,頗能省人心目:

戰城南,城南壁,黑雲壓我城北。伏兵搗我東,遊騎抄我
西,使我不得休息。黃塵合匝,日為青,天模糊,鉦鼓發,亂歡
呼。胡騎斂,飆迅驅,樹若薺,草為枯,啼者何?父收子,妻問
夫。戈甲委積,血淹頭顱,家家招魂入,隊隊自哀呼。告主
將,主將若不知,生為邊陲士,野葬復何悲!釜中食,午未炊,
惜其倉皇遂長訣,焉得一飽為!野風騷屑魂依之,曷不覯主
將,高牙大纛坐城中。生當封徹侯,死當廟食無窮。

這樂府自然是咬文嚼字,唯恐不肖古人,但意在擊刺邊政,暴露人
民疾苦之處,"家家招魂,隊隊哀呼"對比主將的"高牙大纛",坐觀城
中,"生封徹侯,死當廟食",真是令人髮指,切齒的血淚之作。而自
"黃塵合匝"至"血淹頭顱"等十四句,頓挫有聲,引人深入凄慘的戰場
之中,其寫作手法亦自別具匠心非同泛泛了。而死是征人死,功是將
軍功。所謂"一將功成萬骨枯"者,實為主題的所在,也是一看便知的。
《書庚戌秋事》七律,可以參看:

傳聞胡馬塞回中,候火甘泉極望同。風雨雕戈秋入塞,

雲霄玉几晝還宮。書生自抱終軍憤,國士誰譏魏絳功? 北望
蒼然天一色,漢家高碣依寒空。

是年北敵俺答入寇,兵薄京師,戒嚴,平虜大將軍仇鸞受詔勤王,
寇退,仇軍無功而楊守謙(巡撫保定都御史)、趙貞吉(左諭德,宣撫諸
軍)被罪棄節,殆此詩之本事也。鳳洲有感而言不免激憤,惜用典故嫌
多,又多隱語,未免費解。

錢謙益(1582—1664),字受之,號牧齋,江蘇常熟人,明萬曆(明神
宗朱翊鈞)進士第三人,官吏部侍郎,因事免職。南明福王朝召為禮部
尚書,南京破,降清,授禮部右侍郎。著有《初學集》《有學集》及《投筆
集》。

牧齋天資過人,學殖鴻博,論詩稱許白居易、蘇東坡、陸放翁,而輕
明代之七子及公安竟陵。他極力排斥前後七子的摹擬因襲和鍾(惺)、
譚(元春)詩的纖仄詭僻,糾正了當時詩歌的偏差,詩宗杜甫、中晚唐及
南北宋諸大家,以典麗宏深見長。所作亦頗推激氣節,感慨興亡,晚年
逃於釋氏。沈德潛謂錢詩“多有關風教,工致有餘,易開淺落,非正聲
也。五言平直少蘊”(《清詩別裁》卷首)。因為他在政治上喪失了民
族氣節,降清之後又有許多追念前明的詩,乾隆時曾經禁止流傳。總
之,牧齋詩文,清初不得不稱為大家,未可以降清而退廢其言。下面舉
幾首他的代表作,如《金陵後觀棋(六首錄(一))》:

寂寞枯枰響沈滲,秦淮秋老咽寒潮。白頭燈影涼宵裏,
一局殘棋見六朝。

詩作於順治四年(1647),從用辭的情調上看,即是淒涼荒敗的以棋局
來比喻時事的,表示作者對福王的滅亡不勝繫念。

又《後秋興之十三(八首録一)》：

　　海角崖山一綫斜,從今也不屬中華。更無魚腹捐軀地,
況有龍涎泛海槎。望斷關河非漢幟,吹殘日月是胡笳。嫦娥
老大無歸處,獨倚銀輪哭桂花。

作者自注云:"自壬寅七月至癸卯五月,訛言繁興,鼠憂泣血,感慟而
作,猶冀其言之或誣也。"壬寅即清康熙元年(1662),其前一年辛丑
(1661),明永曆帝朱由榔被殺於緬甸,南明滅亡。漢胡對稱,興亡並
見,顯係以南宋之亡於元人比擬南明之亡於清人的。即此二詩已足證
牧齋之降清而復思明了。

又《留題秦淮》：

　　舞榭歌臺羅綺叢,都無人跡有春風。踏青無限傷心事,
併入南朝落照中。(其一)

又《故宮人》：

　　漢宮遺事剪燈論,共指青衫認淚痕。今夕驚沙滿蓬鬢,
始知永巷是君恩。

不言而喻,此類均是托為懷古,實則感慨今昔之作。長詩如《題宋
徽宗杏花村圖》更具深意：

　　宜春小苑春風香,宣和秘殿春晝長。帝所神霄換新詰,
江南花石催頭綱。至尊盤礴自游藝,宛是前身畫師制。歲時

646

婚嫁杏花村,桑麻雞犬桃源世。杏花村中花冥冥,紀干山雀
群飛鳴。巾車挈篋去何所,無乃負擔趨青城。君不見,杏花
寒食錢塘路,鬼磷燈熒風雨暮。麥飯何人澆一盂,孤臣哭斷
冬青樹。

借題抒情,賓中之賓,非直為悲趙佶也。

朱之瑜(1600—1682),字魯璵,別號舜水,浙江餘姚人。南明弘光
帝立,欲授以官職,堅辭不就,避居浙江舟山。一六四五年清兵攻陷南
京,他到日本東京借兵以圖復明,未成,就留在日本講學,定居長崎等
地,對中日文化交流頗有貢獻,死在日本不忘故國,遺囑在墓碑上刻寫
"故明人朱之瑜墓"。著有《朱舜水文集》傳世。

避地日本感賦(二首錄一)

漢土西看白日昏,傷心胡虜據中原。衣冠誰有先朝制,
東海翻然認故園。

詩為七絕,懷念前明之情溢於言表,漢土胡虜對稱,敵我分明,可謂生
死以之,有南宋放翁(陸游)的愛國精神。

吳偉業(1609—1671),字駿公,號梅村,江蘇太倉人。明崇禎進
士,官左庶子,參加過復社,弘光時任少詹事,乞假歸。清順治九年,官
國子監祭酒,十三年,因母死辭職歸。梅村詩學唐人,大抵少年所作,
才華橫溢,辭藻清麗,老年經歷喪亂,一變而為遒勁蒼涼,尤擅歌行。
其《圓圓曲》《松山哀》《永和宮詞》《聽女道士卞玉京彈琴》等作皆與明
末史事有關,也反映了明末政治腐敗的情況。其《捉船行》等則具體描
繪了清兵入關以後廣大人民的疾苦,動人哀思。著有《梅村集》。

捉船行

官吏捉船為載兵,大船買脱中船行。中船蘆港且潛避,
小船無知唱歌去。郡符昨下吏如虎,快槳迎風急搖櫓。村人
露肘捉頭來,背似土牛耐鞭苦。苦辭船小要何用,爭執洶洶
路人擁。前頭船見不敢行,曉事篙師斂錢送。船戶家家壞十
千,官司查點候如年。發回仍索常行費,另派門攤云雇船。
君不見,官舫巍峨無用處,打鼓插旗馬頭住。

看這不僅有杜甫"三吏""三別"的味道,而且在反映層層剝削,敲詐勒
索的情況上,有過之無不及,末二句以閑住之官舫對比遭受災苦之船
尤為深刻。

顧炎武,初名絳,字寧人,別號亭林,又嘗自署蔣山傭,崑山(今江
蘇省崑山縣)人。生於公元一六一三年(明神宗萬曆四十一年),卒於
公元一六八二年。早年加入了進步的文教社團"復社"(領導人張溥,
講求砥礪氣節,繼承絕學,影響甚大)。清兵南下,曾參與崑山、嘉定一
帶的對抗活動,失敗後遍遊華北各省,考察邊塞山川形勢,訪求各地風
俗民情,並墾荒於雁門之北,蓋一生不忘匡復也。晚年卜居華陰(今陝
西省華山附近),卒於曲沃(今山西省聞喜縣)。

他是明末清初卓越的學人,一門忠烈(母於清兵入南京後,絕食而
死,臨終語以莫事異族),終生不仕。專攻經學、史學、音韻學,學識淵
博,見解獨到,而且提倡"經世致用",不尚空談,反對宋明理學,為有清
一代的朴學大師,位居江(永)、戴(震)、段(玉裁)之首席。對文學也
強調社會教育作用,為情造文,激昂慷慨,多寫興亡之事。詩亦蒼涼悲
壯,不貴奇巧。著作有《日知錄》("日知其所亡",乃精粹之學問劄
記)、《天下郡國利病書》(北國郡邑掌故,河漕兵農,了若指掌,蓋從調
查研究中來,非徒本本主義者也)、《音學五書》(梯航經史,側重古音

古義,為中國古代音韻訓詁之學奠定了基礎)和《亭林詩文集》(詩勝於文,但均純樸動人典實切當,有其獨特的風格)。

炎武之詩,有興亡之恨的:

> 縞素稱先帝(指崇禎而言),《春秋》大復仇。告天傳玉冊,哭廟見諸侯。詔令屯雷動,恩波解澤流。須知六軍出,一舉定神州。(《亭林詩集·感舊之二》)

很顯然,這是一首哀慟朱由檢之死於非命,而又志圖恢復明室的五律,講古比今。"告天""哭廟",悲憤異常。其《京口即事》更云:

> 白羽出揚州,黃旗下石頭。六雙歸雁落,千里射蛟浮。河上三軍合,關中一戰收。祖生(東晉祖逖,聞雞起舞,與劉琨友善,同志匡復,頗有成果)多意氣,擊楫正中流(誓曰:"不清中原而復濟者,有如大江。"遂部兵與石勒相持,破之)。

此類都是炎武卅三歲時作於順治初年的詩,明亡未久,念念不忘起兵。兼言戰後淒涼人民疾苦的《秋山》之一云:

> 秋山復秋山,秋雨連山殷。昨日戰江口,今日戰山邊。已聞右甄潰,復見左拒殘。旌旗埋地中(漢李陵敗後),梯衝舞城端。一朝長平敗(戰國趙括敗於秦將白起,降卒被坑四十萬),伏屍遍岡巒。北去三百舸,舸舸好紅顏(婦女被俘掠)。吳口擁橐駝,鳴笳入燕關。昔時鄢郢人,猶在城南間。(同上)

它如"婁縣(今江蘇省崑山縣)百里內,牧騎過如織,土人每夜行,冬深月出黑"(《奉先妣藁葬》)、"滿地關河一望哀,徹天烽火照胥臺(即姑蘇臺)。名王白馬江東去,故國降旛海上來"(《海上》)、"埋輪拗鏃周千畝,蔓草枯楊漢二京。今日大梁非舊國,夷門愁殺老侯嬴"(戰國魏之老儒生),何止百數!

再抄録幾首引類呼朋抒發愁憤的詩,《贈錢行人邦寅》云:

李白真狂客,江淹本恨人。生涯從吏議,直道托群倫。之子才名重,相知管鮑親。起風還鷁羽,決海動龍鱗。孤憤心尤烈,窮愁氣未申。彫年黄浦雪,殘臘玉山春。貫日精誠久,回天事業新。南徐遊歷地,倘有和歌辰。

又《贈林處士古度》云:

老者人所敬,於今乃賤之。臨財但苟得,不復知廉維。五官既不全,造請無虚時。趙孟語諄諄,煩亂不可治。期頤悲褚淵,耄齒嗟蘇威。以此住人間,動輒為世嗤。嶷嶷林先生,自小工文辭。彬彬萬曆中,名碩相因依。高會白下亭,卜築清溪湄。同心遊岱宗,誼友從湘累。江山忽改色,草木皆枯萎。受命松柏獨,不改青青姿。今年八十一,小字書新詩。方正既無詘,聰明矧未衰。吾聞王者興,巡狩名山來。百年且就見,況德為人師。唯此耇成人,皇天所憗遺。以洗多壽辱,以作邦家基。

血氣既衰之人,戒之在得,尤其在異族入侵改朝換代之際,迎降事仇,乃是寡廉鮮恥。此錢謙益、侯朝宗之流之所以為人賤視也。詩之前半,正是抨擊此輩,以反襯林古度之棲隱清高,松柏後凋,可以引為同道。時已順治十七年,炎武四十八歲了。南明小朝廷尚在縷縷不絕,故作者有"吾聞王者興,巡狩名山來"的話,可見其勇氣十足,矢無它志啦。《贈黃職方師正》異曲同工,不減此風。

炎武的詩,從壯年(卅二歲,順治元年)以後,是編年敘事抒情的。從國家巨變到身心修養,從學問之道到經世致用,從戚友交往到四方紀遊,沒有言不及義,無病呻吟的東西,徑直可以認為個人生活的史詩與言行錄了。而眼界開曠,講古論今,尤為前人之所不及。

陳子龍(1608—1647),字臥子,號軼符,松江府華亭縣(今上海市松江縣)人。崇禎(思宗由檢)十年進士,初仕紹興推官,擢兵科給事中。甲申後,曾事福王(朱常洵),於南京為權奸所嫉,乞終養去。南都淪亡,抗清復明,謀與吳勝兆等結兵太湖舉事,兵敗被虜,不屈,赴水殉國。

子龍家世清望(曾祖鉞,任俠抗倭,祖善謨,慷慨好義,父所聞,萬曆進士,居官對立權閹)。幼承誨育,奮志讀書,博通經史,亦以風義自矢,為父輩東林人士所器重。崇禎初,他即參加以二張(溥、采)為首的"復社",又與夏允彝、徐孚遠等結為"幾社",相互呼應,復興絕學,砥礪氣節。

他的詩歌,早期雖受前七子的影響,傾向復古,多摹擬古人之作,其後目觀朝政黑暗,權奸誤國,近事日壞,忠貞之士,橫被摧殘,一變而為激昂慷慨,矢志報國的篇章,而其過人之處,也正在於言行合一,戰鬥殉國,所以他的詩無論時人還是後人,都給予很高的評價。吳偉業就說:"故人慷慨多奇節。"(《賀新郎》)

總之,陳子龍的詩可以說較為真實地反映了當時的現實,關心人民疾苦,愛國思想深重,具有著濃厚的時代氣息。他的詞也好,清代的王世貞等都加以推許。與"幾社"名士李雯,宋征璧等形成"雲間詩派",被視為清代三百年詞學的中興。有《焚餘草》,愴懷故國,沉哀淒麗,與詩同工。

他有"風雅體"的作品,直仿《三百篇》,如"曜靈之什"(其七):

> 倬彼燕山,出雲油油。終朝彌野,既舒既柔。既沾既優,田畯語語。樂哉士女,以育我稷黍。皇王布惠,天賜純嘏。

序云:"《曜靈》,天子遇旱而憂,省獄減刑,雨以時降,詩人美之也。"雖云頌聖,格調不殊,就是說,長於四言,非無變化。因為像"水亦有涯,車亦有幅。慎爾話言,敬共維谷"(《初觀政刑部自勵》)這樣的形式,他常運用《朔風》(四言長篇)即是。

古樂府如《豔歌行》《猛虎行》《東門行》《飲馬長城窟行》等古調,以五言為主的老歌行,子龍也習於仿作,如"我本弱女子,被選當雄兵。男兒畏強虜,辛勤獨遠行"(《王昭君》)、"北風時漠漠,長城草枯落。長城信嶢嶢,何如故鄉遙"(《飲馬長城窟行》)和"枯桑動寒風,蒼蒼天地涼。黃雀甘籬落,不慕高翱翔"(《野田黃雀行》)等句,均有漢魏聲音,甚至可以今古齊觀。(此類新舊樂府多至一百八十餘首,長篇如《長安道》計八十句,四百字,短篇如《同生曲》只有四句,廿字。)

子龍的五、七言古,產量亦大,且多佳作,如《寓言》(其二)云:

> 魯國有腐儒,行止如清狂。拜虎求不嚙,揖蛇求不傷。二物頗威厲,豈欲貴儀章?非不執斧柯,欲舉心茫茫。終覺屈身易,寧知均喪亡!持肉餧猛獸,彌耳來相將。食盡甘餌見,亦得充君腸。所以天地間,盡產豺與狼。

罵世非儒,語頗痛切,顯係暗有所指,結尾二句已申明題旨矣。修辭謀

652

篇,恰到好處。其《田家詩》亦刻鏤農民企圖安居樂業的形象:

四月雨新足,良苗青可憐。農夫荷耒出,各自求其田。
蓑笠有煙氣,隴陌相覆連。飛鳥或鳴樹,游鱗時泳川。歎息
此村老,保聚多歲年。昨日村中人,買牛入鄰縣。傳聞有盜
賊,殺戮求金錢。歸來但涕泗,終夜不敢眠。安得守其廬,雞
犬皆翩翩。雖嘗被呵責,官吏真聖賢。(其一)

走筆款款,情景昭然,不失典雅而又古樸,而寓憂傷於怨悱之中,
亦深得詩人敦厚之旨。但其《擬古詩十九首》、《擬公燕詩》(擬文帝、
子建、建安七子)諸作,則為文造情有似賣弄詞章,或明代前後七子之
膚古餘波矣。其《詠懷》"仿阮公體十首"同係此類。

2. 清代詩歌

王士禛(1634—1711),字貽上,號阮亭,又號漁洋山人,山東新城
人。順治(世祖福臨)進士,累官至刑部尚書。他作詩推崇唐人,尤重
王、孟、韋、柳,講求風格不尚穠縟,人稱其雍容淡雅,神韻卓絕,七言絕
句尤佳,轉移一時風氣,著有《帶經堂全集》。

阮亭行旅寫景的小詩頗多,人愛其濃淡咸宜,如《初春濟南作》:

山郡逢春復乍晴,陂塘分出幾泉清?郭邊萬戶皆臨水,
雪後千峰半入城。

山東濟南有"一城山色半城湖"之稱,此詩正好在反映著。又《瓜州渡
江》(其三):

653

> 昨上京江北固樓，微茫風日見瓜州。層層遠樹浮青靄，
> 葉葉輕帆起白鷗。

三四句的景色如畫。又《大風渡江》：

> 鑿翠流丹杳靄間，銀濤雪浪急潺湲。布帆十尺如飛鳥，
> 臥看金陵兩岸山。

銀濤雪浪急，布帆如飛鳥，足見風帆飛舟之狀。又《雨中度故關》：

> 危棧飛流萬仞山，戍樓遙指暮雲間。西風忽送瀟瀟雨，
> 滿路槐花出故關。

康熙十一年，作者出典四川鄉試路中所作。故關，河北井陘口也。有
山有水，風雨瀟瀟，《江上》幾與同工：

> 吳頭楚尾路如何，煙雨秋深暗白波。晚趁寒潮渡江去，
> 滿林黃葉雁聲多。

筆法自然，直寫秋色，吳頭楚尾蓋在泛指長江下游，此詩作於順治十七
年，已是大老官的口吻。

　　施閏章（1618—1683），字尚白，號愚山，宣城（今屬安徽）人。順
治三年進士，康熙時舉博學鴻詞，官至侍讀。詩與山東宋琬齊名，有
"南施北宋"之稱。傳今著作《學餘堂文集·詩集》，其詩不乏反映清
初社會現實者，如《祀竈娘》：

華燈白粥陳椒漿,田家女兒祀蠶娘。願刺繡裙與娘著,
使我紅蠶堆滿箔。他家織縑裁羅襦,妾家賣絲充官租。餘作
郎衣及兒襖,家貧租重還有無。蠶時桑遠行多露,好傍門前
種桑樹。

這不是代人民立言嗎？匪直稅重而已,又懼民俗之不正也,"遠行多
露",固亦慨乎□□。

　　道咸之季,"乾嘉盛世"的迷夢,已被英帝國主義的大炮所毀滅,暴
露了清王朝的腐朽無能,加速了農村經濟的破產,激起了太平天國的
農民革命,一部分開明的統治階級的知識分子,開始警醒於國家的危
亡,疾呼抵抗外國的侵略。由於這些政治經濟和思想意識的產生發
展,中國的詩歌也突破了陳詞濫調,向反映新的現實社會、歌頌抗敵英
雄、同情人民疾苦、抨擊政府昏庸的方向邁進。這個時期的有識之士,
如龔自珍、魏源等即要求改革內政,學習洋務,堅決抵禦侵略,保衛祖
國山河,代表當時的進步思想。因此,體現於他們詩歌裏的主要內容,
也是改良主義的愛國主義的,在靈魂深處具有叛逆精神的一些作品。
如龔自珍的"九州生氣恃風雷,萬馬齊暗究可哀",乃在充分表現著憂
鬱與憤激而又無可奈何的心情。

　　龔自珍(1792—1841),字璱人,號定庵,浙江仁和(今杭州市)人。
其家累代仕宦,祖若父俱進士出身,母又係著名文字學家段玉裁女,故
定庵自幼即隨父母習誦詩文,也跟外祖父學古文字學。及長,亦喜佛
教經典。

　　他於道光(宣宗旻寧)九年第六次會試時始中進士,以內閣中書任
用,以後歷任宗人府、禮部、主客司主事,歷官閑曹而直言敢諫。又故
衣殘履、不拘禮法,遂遭權貴嫉視,目為"狂士",亦因此得與詩人名家

往來,寫出了大量作品。

其後因生活潦倒,辭官南歸,執教於江蘇、浙江之丹陽、雲陽、紫陽等書院,道光二十一年暴卒於丹陽,遺著詩詞近八百首,散文三百餘篇。其詩氣勢磅礴,關心人民疾苦,尤富於愛國思想,關心民瘼的詩如《己亥雜詩》:

> 不論鹽鐵不籌河,獨倚東南涕淚多。國賦三升民一斗,
> 屠牛那不勝栽禾!

不講求鹽鐵生產,也不治理黃河,官府規定每畝納稅三升,可是加上浮捐要繳一斗,人民如何生活得了,於是情願殺牛苟活,不想耕田從事生產。極言清廷剝削農民之慘重。又:

> 只籌一纜十夫多,細算千艘渡此河。我亦曾縻太倉粟,
> 夜聞邪許淚滂沱。

這是說自己空縻國帑,不能為勞苦的人民分憂,只有落淚而已。他那"九州生氣恃風雷,萬馬齊暗究可哀"(同上)不就是作者的絕叫嗎?他的律詩《詠史》也說得好:

> 金粉東南十五州,萬重恩怨屬名流。牢盆狎客操全算,
> 團扇才人踞上游。避席畏聞文字獄,著書都為稻粱謀。田橫
> 五百人安在,難道歸來盡列侯?

定庵道光三年七月解除官職,對於清王朝益為失望,說是詠史,實在憤今,歎息士大夫們只為一己的利祿著想,而不關懷興亡大事,田橫

656

五百壯士哪裏去了？結語意在反詰。藝術性強的代表作,則有《西郊落花歌》24 句 102 字(另有序言 66 字):

　　西郊落花天下奇,古來但賦傷春詩。西郊車馬一朝盡,定盦先生沽酒來賞之。先生探春人不覺,先生送春人又嗤。呼朋亦得三四子,出城失色神皆癡。如錢塘潮夜澎湃,如崑陽戰晨披靡;如八萬四千天女洗臉罷,齊向此地傾胭脂。奇龍怪鳳愛漂泊,琴高之鯉何反欲上天為？玉皇宮中空若洗,三十六界無一青蛾眉。又如先生平生之憂患,恍惚怪誕百出難窮期。先生讀書盡三藏,最喜維摩卷裏多清詞。又聞淨土落花深四寸,瞑目觀想尤神馳。西方淨國未可到,下筆綺語何漓漓! 安得樹有不盡之花更雨新好者,三百六十日長是落花時。

　　通篇以七、九字為主,而間以十一字、十三字者,搖筆即來,信其口手,簡直是首罕見的散文詩。而抒情瀟灑頗有佛語,一韻到底並不板滯,確是開通風氣之作。此外則定庵痛恨鴉片殃民禍國,與其好友林則徐(1785—1850)同主嚴禁“鬼燈隊隊散秋螢(比喻鴉片煙燈),落魄參軍淚眼熒(煙鬼犯癮時之醜態)”,即是極為痛切的名句,前所未有。

　　魏源(1794—1857),字默深,湖南邵陽人。出身於官僚地主家庭,道光(宣宗旻寧)二年舉人,廿四年始中進士,官興化、高郵等地知縣知州。他和龔自珍齊名,學主“經世致用”,是近代的重要詩人。

　　他的詩雄渾遒勁,剽悍奔放,政治篇真實地反映了當時複雜動亂的歷史情況,山水篇形象鮮明引人入勝,不少比興之作。所以感情也比較充沛,缺點是好用冷僻的典故詞彙,不免晦澀。亦有堆砌雷同之病,著有《古微堂詩集》《清夜齋詩稿》。

　　作者《江南吟》(效白香山體)中之"阿芙蓉"為抨擊描畫吸食鴉片煙者較早的古體詩,敲起警鐘喚醒國人。又如《寰海》十章中之恥言:

　　　　阿芙蓉,阿芙蓉,產海西,來海東。不知何國香風過,醉
　　我士女如醇釀。夜不見月與星兮,畫不見白日,自成長夜逍
　　遙國。長夜國,莫愁湖,銷金鍋裏乾坤無。溷六合,迷九有。
　　上朱邸,下黔首。彼昏自痼何足言,藩決膏殫付誰守?語君
　　勿咎阿芙蓉,有形無形朒則同:邊臣之朒曰養癰,樞臣之朒曰
　　中庸,儒臣鸚鵡巧學舌,庫臣陽虎能竊弓,中朝但斷大官朒,
　　阿芙蓉煙可立盡。

　　此詩可以說,從鴉片煙的來源,及吸食者昏天黑地沉湎迷糊的情況,歸咎到清廷的養癰遺患、庸碌無能,甚至貪污盜竊、禍國殃民之種種,語氣雖似平和,涵義卻極尖銳,讀之使人痛恨,至今猶有餘哀!
　　戰敗降敵,時在道光二十年。

　　　　城上旌旗城下盟,怒潮已作落潮聲。陰疑陽戰玄黃血,
　　電掇雷攻水火並。鼓角豈真天上降,琛珠合向海王傾。全憑
　　寶氣銷兵氣,此夕蛟宮萬丈明。

　　此詩備言抗戰(奕山,清之"靖逆將軍")無策,拱手投降,及賠償大量金銀喪權辱國之事,"琛珠合向海王傾,全憑寶氣銷兵氣"二語盡之矣。山水篇録其《湘江舟行》之一:

　　　　亂山吞行舟,前檣忽然沒。誰知曲折處,萬竹鎖屋閭。
　　全身浸緣雲,青峰慰吾渴。人咳鷗鷺起,淨碧上眉髮。近水

山例青，湘山青獨活。無雲翠濛濛，煙林盡如潑。遙青一峰
顯，近青一峰滅。眼底青甫過。意中青鬱勃，匯作無底潭。
遙空蔚藍闊。十載畫瀟湘，不稱瀟湘月。今朝船窗底飽閱千
嶇崒，他年載畫船鷗鷺無汝缺。

詩寫自然景色甚佳，重複字眼嫌多。嶇崒之詞，生僻。

　　袁枚（1716—1798），字子才，號簡齋、隨園老人，乾隆（高宗弘曆）
四年進士，授翰林院庶起士。出知江寧（今屬南京市）沭陽（今屬江
蘇）等縣知縣，年四十即辭官，築隨園於江寧之小倉山。

　　子才論詩主張抒發性靈，作品以放縱山水及閒情逸志者居多，自
成一格，影響頗大。著有《小倉山房詩文集》《隨園詩話》等。其詩雅
俗並具，但有時流於輕淺諧謔。乾嘉之際曾與趙翼（甌北）、蔣士銓
（心餘）號稱江南三大家。

　　詠史之作如《荊卿星》《馬嵬》《張麗華》尚有新義：

　　　　莫唱當年《長恨歌》，人間亦自有銀河。石壕村裏夫妻
　　別，淚比長生殿上多。（《馬嵬》）

就唐詩名作以詠其歷史人物，法甚別致，而落點於受迫害的民間夫婦，
意亦佳尚。又《張麗華》為嬪妃開脫亡國罪責之處，也不同凡響。張，
陳後主叔寶之寵妃也。

　　　　結綺樓邊花怨春，青溪柵上月傷神。可憐褒妲逢君子，
　　都是《周南》傳裏人。

結綺樓陳妃所居，褒姒、妲己，舊說周幽、辛紂二王，因之失國，故子才

為之作反面文章。又《湖上雜詩》對比錢繆、趙構之優劣云：

　　鳳嶺高登演武臺，排衙石上大風來。錢王英武康王弱，
一樣江山兩樣才。

　　此詩打破了地理條件論，地靈人未必傑，南宋高宗和錢繆王俱都
杭州，而政治表現強弱不同，可以比較，可以參考，而袁詩之通澈簡易
可見一般了。作者亦甚自是，不崇拜偶像，《偶然作》云：

　　顏回無宣尼，一瓢何足算？宰相三十年，雖庸有列傳。
君子愛其名，名權非我擅。但看十七史，遜我者大半。

　　袁枚反對造神弄鬼，於此可見，"堯舜與人同耳"，我獨好名不慕權
位，非關狂妄，看破了世事。因為他是個講享受尋自然的文人，"但肯
尋詩便有詩"（《遣興》），生活無乎不在，便沒有不快活的道理，反陶淵
明《飲酒》云：

　　古來功名人，三皇與五帝，所以名赫赫。比我先出世，我
已讓一先，何勞復多事？平生行自然，無心學仁義，婚嫁不視
曆。營葬不擇地，人皆為我危，而我偏福利。想作混沌人，陰
陽亦相避，灌花時雨來。彈琴山月至，天地亦偶然，往往如
吾意。

　　無入而不自得焉，子才真是一個樂天派，詩亦灑脫，近似明末公安
的袁宏道。
　　趙翼（1727—1814），字雲崧，號甌北，江蘇陽湖（今常州）人。乾

隆二十六年進士,授翰林院編修,後官貴西兵備道,旋辭官家居主講安
定書院。甌北本一史學家,著有《二十二史劄記》《陔餘叢考》。

　　詩主推陳出新,自抒性情,惟好發議論,亦多諧謔之作。有《甌北
詩集》及《甌北詩話》傳世。如"李杜詩篇萬口傳,至今已覺不新鮮。
江山代有才人出,各領風騷數百年"(《論詩》)便是名作,至今為人所
常引用。其他作品如:

　　　　依然形勝扼荊襄,赤壁山前故壘長。烏鵲南飛無魏地,
　　大江東去有周郎。千秋人物三分國,一片山河古戰場。今日
　　經過已陳跡,月明漁夫唱滄浪。(《赤壁》)

　　懷古的七律,有人物,用典故,其特點在於中心主題為俱往矣,不
如江上漁歌。《雜題》更是通靈:

　　　　每夕見明月,我已與熟悉。問月可識我,月謂不記憶。
　　茫茫此世界,眾生奚啻億。除是大英豪,或稍為目拭。有如
　　公等輩,未見露奇特。若欲一一認,安得許眼力?神龍行空
　　中,螻蟻對之揖。禮數雖則多,未必遂鑒及。

　　一首頗有趣味的五古,亦嬉笑怒罵意在譏誚之類,特色還在語言
通俗,不用典故。《曉起》尤為灑脫:

　　　　茅店荒雞叫可憎,起來半醒半憎騰。分明一段勞人畫,
　　馬齧殘芻鼠瞰燈。

　　亟言鄉村旅店的簡陋,鄙視當日行人生活。

在十九世紀的後三四十年内,即同治(穆宗載淳)、光緒(德宗載湉)之季,隨著改良運動的發展,出現了以黄遵憲為代表的新派詩人。但他們詩歌中反帝反封建的内容也是不徹底的,對立人民起義,強調個人奮鬥。

黄遵憲(1848—1905),字公度,廣東嘉應州(今屬梅縣)人。出身商人仕宦家庭,青少年時期即感受民族危亡、改革圖強的思想,光緒(德宗載湉)元年中舉,次年出國,歷任日本使館參贊、美國舊金山總領事、英國使館參贊、新加坡總領事等職,二十一年回國,愈益主張變法維新、改良政治。參加"強學會",辦《時務報》,在湖南協助巡撫陳寶箴屬行新政,戊戌變法失敗,被放回鄉里。

公度詩歌的特點是直接為政治服務的,獨辟異徑,熔鑄新理想以入舊風格,在一定程度上解放了古典詩的形式,表現出一種新的精神,新的面貌,是詩歌改良運動的一面旗幟,顯示出了"詩界革命"的業績,具有現實主義的主張,反對擬古主義、形式主義,廣泛地描寫了重大的歷史事件,突出地反映了近代中國的主要社會矛盾,尤其是帝國主義列強與中華民族的矛盾,表現了強烈的愛國主義思想。

他的詩作還充分地表現了批判的精神,把矛頭直接指向封建專制主義制度、封建學術和禮教,也斥責了資本主義民主的虛偽性,創造了豐富的生動的形象。又往往是敘述的散文化,博大宏深,開闊有勢,不避方言俗語和新名詞,缺點是用典過多,未免艱澀。著有《日本雜事詩》《人境廬詩草》。

《鄰婦歎》是作者反映人民疾苦最為痛徹的七古,幾有杜工部"三吏"的神情,也應該算是嘔心瀝血的詩,讀之酸鼻:

寒霜淒淒風蕭蕭,鄰婦隔牆抱頭哭。饑寒將奈卒歲何,哭聲嗚嗚往以復。典衣昨得三百錢,不堪官吏相逼促。紛紛

虎狼來上門,手執官符如火速。哀鳴不敢強歡笑,笑呼阿兄
呼阿叔。隻雞杯酒供一飯,斷絕老翁三日粥。虎狼醉飽求無
已,持刀更剜心頭肉。自從今年水厄來,空倉只有數斗穀。
長男遠鬻少女嫁,剖錢見血血漉漉。官吏時時索私囊,私囊
不許一錢蓄。小人何能敢負租,至今更無男可鬻。明日催租
人又來,眼見老翁趨入獄。嗚呼,眼見老翁趨入獄!遙聞長
官高堂上,紅燈綠酒歡未足。

語言通俗,形象分明,如見其人其事,如聞哀哀上告之聲。結以長
官與貧婦的生活對比,老翁不免入獄,長官紅燈綠酒,著實可悲。
《書憤》竟言及"瓜分":

　　一自珠崖棄,紛紛各效尤。瓜分惟客聽,薪盡向予求。
秦楚縱橫日,幽燕十六州。未聞南北海,處處扼咽喉。

詩作於光緒二十四年,極言清廷喪權辱國,把沿海的優良港口旅
順、大連、威海衛、廣州灣、膠州灣,都讓給了帝國主義列強,衰微甚矣
,國將不國。憤恨已至無涯的境界,於是渴望抗敵名將如馮子材了。
《馮將軍歌》"將軍少小能殺賊,一出旌旗雲變色。江南十載戰功高,
黃褂色映花翎飄。中原蕩清更無事,每日摩挲腰下刀。""將軍氣湧高
於山,看我長驅出玉關(指鎮南關而言,馮子材驅逐法人之地也)。平
生蓄養敢死士,不斬樓蘭今不還。"實已慨乎言之。

梁啟超(1873—1929),字卓如,號任公,別署飲冰室主人,廣東新
會人。他是康有為的學生,1989年戊戌變法前,與康有為聯合各省舉
人上書請變法,領導北京、上海的"強學會"活動,又和黃遵憲等在上海
創辦《時務報》"批評時政",主張"廢科舉,興學校,亦時時發表民權

論",後又曾主講長沙時務學堂,所言亦是時政,"盛倡革命",對於改良運動起了極大的作用。變法失敗,逃亡日本。組織保皇黨,辦報立說,反對資產階級民主革命,但他卻努力於西方社會科學的介紹,和中國的傳統的學術思想的整理與歷史文化的研究,並從事文學創作活動,影響甚大。

他的詩絕大部分作於流亡國外時,計為:

揭露阻撓變法的頑固派

追懷變法犧牲的友人

抒發被迫流亡的憤慨

反映日益深重的民族危機

特色是熱情奔放,明白曉暢,民族意識強烈,愛國思想濃重,如《讀陸放翁集》:

> 詩界千年靡靡風,兵銷魂盡國魂空。集中什九從軍樂,亙古男兒一放翁。(其一)
>
> 辜負胸中十萬兵,百無聊賴以詩鳴。誰憐愛國千行淚,說到胡塵意不平。(其二)

詩末自注云:"中國詩家無不言從軍苦者,惟放翁則慕為國殤。"又云:"放翁集中胡塵等字凡數十見,蓋南渡之音也。"聲應氣求,亦可見任公豪邁之所在了。又《歲暮感懷》云:

> 故國歲暮足悲風,吹入千門萬戶中。是處無衣搜杼軸,幾人豎子算租庸。(其一)
>
> 近聞誅斂空羅雀,儻肯哀鳴念澤鴻。全穴如山非國富,流民休亦怨天公。

此詩作於一九一〇年(宣統二年)時居日本,蓋蒿目時艱,關心人民疾苦之篇也。

任公的詩在篇章結構上亦有極其鬆散自由者,如《志未酬》:

志未酬,志未酬,問君之志幾時酬?志亦無盡量,酬亦無盡時。世界進步靡有止期,吾之希望亦靡有止期。眾生苦惱不斷如亂絲,吾之悲憫亦不斷如亂絲。登高山復有高山,出瀛海更有瀛海。任龍騰虎躍以度此百年兮,所成就其能幾許!雖成少許,不敢自輕,不有少許兮,多許奚自生?但望前途之宏廓而寥遠兮,其孰能無感於余情?於嗟乎,男兒志兮天下事,但有進兮不有止,言志已酬便無志。

戊戌變法失敗以後,任公仍不認輸,在志趣上繼續前進,亦可謂不可多得了(按此詩作於光緒二十七年)。